中国现当代小说理论

1949—2019

编年史

ZHONGGUO XIANDANGDAI
XIAOSHUO LILUN BIANNIANSHI

总主编 / 周新民

第一卷（1949—1959）

本卷主编 / 余存哲

武汉出版社
WUHAN PUBLISHING HOUSE

(鄂)新登字08号

图书在版编目（CIP）数据

中国现当代小说理论编年史.1949—2019.第一卷，1949-1959 / 周新民总主编. -- 武汉：武汉出版社，2024.12. -- ISBN 978-7-5582-7214-1

Ⅰ.I207.409

中国国家版本馆CIP数据核字第20248PR937号

中国现当代小说理论编年史（1949—2019）第一卷（1949—1959）

总 主 编：周新民
本卷主编：余存哲
责任编辑：杨童舒
封面设计：黄子修
出　　版：武汉出版社
社　　址：武汉市江岸区兴业路136号　　邮　　编：430014
电　　话：（027）85606403　　85600625
http://www.whcbs.com　　E-mail：whcbszbs@163.com
印　　刷：湖北新华印务有限公司　　经　　销：新华书店
开　　本：787 mm×1092 mm　　1/16
印　　张：32　　字　　数：540千字
版　　次：2024年12月第1版
印　　次：2025年2月第1次印刷
定　　价：1280.00元（全8卷）

版权所有·翻印必究
如有质量问题，由本社负责调换。

周新民，华中科技大学首席教授、二级教授、博士生导师，国家社科基金重大项目首席专家、国家"万人计划"哲学社会科学领军人才、文化名家暨"四个一批"人才（理论界）、国家百千万人才工程人选、国家"有突出贡献中青年专家"、国务院政府特殊津贴专家，兼任中国小说学会副会长、中国新文学学会副会长、国家出版基金评审专家、湖北省作家协会副主席、湖北省文艺评论家协会副主席、武汉作家协会副主席等职。

周新民主要从事中国当代文学史、文学批评、小说理论研究，主持国家社科基金项目三项（重大项目、重点项目、一般项目各一项），其他省部级课题10余项；在《文学评论》《中国现代文学研究丛刊》《人民日报》《光明日报》等期刊、报纸发表学术研究论文、文学评论200多篇，多篇论文被《新华文摘》《高等学校文科学术文摘》《中国人民大学报刊复印资料》全文转载、摘录，20多篇论文入选各种文选，4篇论文被译为英文；出版专著《中国当代小说理论发展史研究》《"人"的出场与嬗变——近三十年中国小说中的人的话语研究》《当代小说批评的维度》《对话批评：诗·史·思之维》《中国"60后"作家访谈录》；研究成果获第八届"啄木鸟杯"中国文艺评论年度优秀作品奖、湖北省社会科学优秀成果奖、武汉市社会科学优秀成果奖、屈原文艺奖、湖北文艺评论奖等多种奖项。

2022年度国家社科基金重大项目"《中国现当代小说理论编年史》（1895—2020）编撰暨古典资源重释重构研究"（编号：22&ZD278）阶段性成果

华中科技大学文科双一流建设项目基金（中国现代文体学研究）资助成果

总　目

总　序（於可训）……………………………………………1
前　言………………………………………………………5
导　论………………………………………………………21
凡　例………………………………………………………47

第一卷（1949—1959）
第二卷（1960—1979）
第三卷（1980—1985）
第四卷（1986—1988）
第五卷（1989—1994）
第六卷（1995—2002）
第七卷（2003—2011）
第八卷（2012—2019）

参考文献
后　记

总　序

於可训

鲁迅说"中国之小说自来无史"。按照先有创作后有理论批评的次序，在小说创作无史的时代，小说理论批评自然也不会有"史"。鲁迅说这话是在一百年前，晚近一个时期，情况似乎有所改观。中国小说理论不但有史，而且还有体例之别、断代之分。先是古代小说理论批评史著述起于二十世纪八十年代，现当代小说理论批评史接踵其后，也收获了一批重要成果。更近的中国现当代小说理论批评史，则一改长期流行的"论述体"的著述体例，而采用"编年体"的方法。周新民教授主编的这部《中国现当代小说理论编年史（1895—2020）》始发其端，是一种有开创性的重要尝试。

编年史是一种古老的历史著述体例，后来移用于文学史著述，便有文学编年史之说。历史著述的编年，是客观地呈现史实；文学史的编年，也不例外。但要把铺天盖地汗牛充栋的史料编排成史，又谈何容易。年来坊间出版的各种断代的文学编年史或文体编年史渐多，亦间有编年的文学通史，繁简不一，编法多样，就是同一年代、同一文体的文学编年史，也存在这样那样的差别。可见编年史也不是简单地把搜集到的材料依时间次序罗列起来就能成其事功，中间也少不了有编者的意向和选择。对文学理论批评活动进行历史编年，较之一般的文学编年史，另有一个难处，就是对理论观点的甄选。这种类型的编年史要显示其"史"的意义和价值，就不能仅仅告诉读者，某年某月某日某人发表了某篇理论批评文章，或出版了某部理论批评著作，同时还要罗列这篇理论批评文章或专著的主要理论观点,这就要求编者对某一时期的文学理论批评状况有一个宏观的把握,对不同理论观点之间的逻辑联系有一个清晰的判断,这样,进入编年史的理论观点,才不会是一些孤立的个人看法或饾饤之见,而是彼此之间有一种内在的呼应和关联。这就比一般的文学编年史仅止于对史实的介绍和说明要求更高,也决定了周新民的这部编年史要别开生面、另辟蹊径,在观念和体例上有所变通和创新。

在一般人眼里,编年史既然是对史实的客观呈现,自然就不能以编者的主观意志为转移。这话虽然不错,但编年史的编撰既然也是人的一种主体活动,也就免不了会有人的"主观意志"参与其间。诸如编者如何确定史料搜集的对象和范围,如何确立甄别取用的原则和标准——包括释解的详略和侧重,编排的关联和照应,等等,都有人的"主观意志"在起作用。只是这种"主观意志",是在尊重客观史实的基础上,按照严格的时间次序对史料作出选择和安排,而不是在某种"主观意志"的作用下,按照某种先在观念或先行理念去裁剪史实、取用史料,把客观存在的史实变成观念的注脚,把物化的史料变成观念的具体呈现。这有点类似于学者们争论的"以论带史"和"论从史出"的问题。我们都知道所谓"以论带史",是从一种先在的结论或定论中生发出"史",或干脆以这种先在的结论或定论代替"史";所谓"论从史出",则是从客观存在的史实中得出对"史"的认识和结论。但在我们放弃了"以论带史"的述史观念和模式,转而提倡与之相对的"论从史出"的述史观念和模式的时候,却忽略了一个简单的事实,这个事实也就是客观存在的史实如何成为"史"。仅仅按照时间的次序排列史料,显然是不够的,这样很容易把编年史做成史料汇集或资料长编,客观固然客观,却看不出"史"的逻辑和联系,弄不好就成了一种史料的堆积。可见编年体的文学史编撰,同样存在观念和方法的问题,即秉持怎样的文学史观念,为着何种目的,呈现怎样的一种文学史状态,以及如何处理错综复杂的文学史实之间的关系,等等。我曾说,"现阶段现当代文学编年史的编撰,尚属起步阶段,尚无完善的观念和方法,也缺少应有的理论自觉。编撰者多以材料为尚,把主要精力用于史料的搜集、整理和选择、编排,却很少思考如何让这些'材料和事实说话',即如何使这些'材料和事实'通过依年（月、日）序次的编排形成一种自然的历史联系，体现一种内在的历史逻辑，在这个基础上，真正建构起一种既体现客观性又合乎目的性的文学史，而不至于流为一种文学史的资料长编"。

周新民的这部《中国现当代小说理论编年史》对这个问题有比较清醒的自觉，对编年史的观念和方法，尤其是理论编年史的观念和方法，作了重要探索。他认为进入编年史的现当代小说理论的主要范围，应该是"关于小说本体、小说功能、小说文体、小说语言、小说形式、小说体式等方面的理性思考"，"具体形态"则有"小说理论著作与论文、小说评论、小说序跋、小说创作经验谈、小说批评、小说译介、书信、编者的话、编者按语、编辑手记等"，并对现当代小说理论的发展演变进行了历史分期，把现当代小说理论的发展演变分为萌芽期、形成期、定型期、转型期、成熟期等五个时期。在此基础上，为宏观地把握现当代小说理论的历史发展和内在联系，又引入"整体性"观念和"长时段"视野，关注小说理论"常"（恒定的、常态的表现）与"变"（变动的、非常态的表现）之间的辩证关系，注重还原影响现当代小说理论的"历史现场"与"细节"等。虽然这些观念和方法尚未臻完善，但却为编年体的文学史著述走向自觉、逐渐成熟，跨出了重要的一步。

文学史是一个知识系统，是今人对历史上发生的文学事实安排的一个认知的秩序。不论这种安排持何种观念、用何种方法，最终的目的，都是想告诉你一个编者认为真实的历史，都是想让你看到一个编者认定的历史真实。长期流行的"论述体"的文学史，是先把编者认定的这个"真实"告诉你，然后再依照这个"真实"去讲故事。"编年体"的文学史则反过来，编者先把故事讲给你听，让你从故事中得出你对"真实"的判断和结论。然则所谓历史的真实，无论持什么观念、用什么方法，都是不可穷究的；同样，所谓历史的真相，也是无法还原的，但接近这个真实或真相，则是有可能的。我期待"编年体"的文学史比"论述体"的文学史，最终离这个真实或真相更近，以此也可以表示文学史著述的日渐进步。

"编年体"的文学史著述是一项艰苦浩繁的工程，理论编年史尤甚。周新民发出"创新中国现当代小说理论史的叙述体例"的宏愿，积二十载修习之功，带领他的团队，经过四年奋战，成此皇皇巨著，我在表示祝贺的同时，因有同好，也借此发些议论，希望这部著作对推动编年史的观念和方法的建构，起一点开风气的作用。

是为序。

2023 年 2 月 14 日

写于珞珈山临街楼

前　言

笔者带领学术团队于 2020 年秋季开始编撰《中国现当代小说理论编年史（1949—2019）》。在既有工作的基础上，我们于 2022 年申请国家社科基金年度项目（重点项目）"中国现代小说理论编年史"、国家社科基金重大项目"《中国现当代小说理论编年史》（1895—2020）编撰暨古典资源重释重构研究"，经专家评审，均顺利立项。目前，《中国现当代小说理论编年史（1949—2019）》已编撰完毕。在编撰过程之中，我们既借鉴了编年体文学史编撰相关的成熟经验，又结合中国现当代小说理论流变史的实际，做过一些理论探讨。在此，笔者拟把一些粗浅的想法呈给方家，以求指正。

一、"客观"叙史：基于学术史的选择

中国现当代小说理论史研究已经出版过一些有学术意义的理论史著，例如，许怀中著《中国现代小说理论批评的变迁》（1990 年）、谢昭新著《中国现代小说理论发展史》（2009 年）、周新民著《中国当代小说理论发展史研究》（2022 年）等。上述中国现当代小说理论史著作具有一定的开拓性，但是也存在比较明显的遗憾，即"主观性"强，而"客观性"相对不足。作为中国现当代小说理论史的拓荒之作，《中国现代小说理论批评的变迁》一书基本上以文艺思想斗争与小说理论的关系为主线。对此，作者有非常明确的表述："我想改变过去往往以文艺思想斗争为主线的现代文艺批评的格局。固然完全绕过思想斗争

是不可能的，但在叙述它的运动时，我注意小说创作和批评理论的联系。"[1]"文艺思想斗争"的叙述主线具有主观性，是学术界公认的结论，在此不用赘述。《中国现代小说理论发展史》一书以小说理论"现代化"的确立为叙述起点，叙述中国现代小说理论发展的历史过程。何为现代小说理论的"现代化"？《中国现代小说理论发展史》认为，"最主要表现在：一是小说理论观念的现代性；二是小说批评观念和批评方法的现代性；三是对小说创作经验的总结和小说艺术形式理论探索的现代性"[2]。很明显，《中国现代小说理论发展史》以小说理论的"现代化"为核心理念来组织现代小说理论史的叙述。凡是现代性小说理论观念、现代性小说批评观念和批评方法、现代性小说创作经验和对小说艺术形式的理论探讨，都被纳入小说理论史叙述的范围。换而言之，那些偏重传统性的小说理论就会被忽视。中国现代小说理论流变受西方小说理论的影响，固然体现了现代性观念的建立和发展过程，但是，我们也不得不注意到，中国古代小说理论和西方小说理论从根本上分属两种不同的体系。西方小说理论以现实主义传统为主导，其建立的哲学基础是形而上学，"即主体与客体、观察者与被观察者的分离"；而中国小说理论的哲学基础是"万物齐一"[3]。因此，中国小说理论认为，"小说是一个多重的世界，不一定是对现实世界的模仿"[4]。中国现代小说理论流变史既关注对中国古典小说理论的赓续，也观照对西方小说理论的"移植"，自然也注意中西小说理论之间的碰撞与纠葛。这种复杂的历史情境，显然无法用"现代化"的价值理念来统摄。《中国当代小说理论发展史研究》一书虽然注意到中国当代小说理论发展过程之中的民族特性问题，但是，它仍然是一部以"主观性"叙述统领中国当代小说理论发展史的著作，它认为"现代性和传统性构成当代小说理论的'一体两面'"[5]。但是，这样处理中国当代小说理论史，并非就意味着能避免中国当代小说理论史叙述上的主观性。《中国当代小说理论发展史研究》从"现代性"和"传统性"兼备的视

---

[1] 许怀中：《中国现代小说理论批评的变迁》，上海文艺出版社，1990，第392页。
[2] 谢昭新：《中国现代小说理论发展史》，人民出版社，2009，第5页。
[3] 顾明栋：《中国小说理论：一个非西方的叙事体系》，文逸闻译，南京大学出版社，2022，第239页。
[4] 同上书，第238页。
[5] 周新民：《中国当代小说理论发展史研究》，人民出版社，2022，第372页。

野来提炼当代小说的理论命题和相关概念、范畴。然而,"现代性"与"传统性"既相互对立,又相互融合,很难绝对分开。更重要的是,"现代性"也好,"传统性"也罢,其认定也是主观的。因此,兼顾"现代性"与"传统性"的中国当代小说理论史叙述,同样也难以"客观"呈现中国现当代小说理论史。

值得肯定的是,以"主观性"的观点来统领中国现当代小说理论史的叙述,是中国现当代小说理论史研究的一个重要学术阶段。它有助于我们认识和了解中国现当代小说理论史的基本脉络,是中国现当代小说理论史研究进一步深化必要的学术准备。文学史叙述本来就带有一定的主观性,有强烈主观动机,具有鲜明的目的性。

主观性与客观性的诉求本是历史叙述中必须"平衡"的一对矛盾。不过,现有中国现当代小说理论史著作过于偏重"主观性",导致中国现当代小说理论史自身的客观性在一定程度上被遮蔽。鉴于"主观"叙史留下的遗憾,客观叙述中国现当代小说理论史是学术发展的必然诉求。如何让中国现当代小说理论史叙述避免"主观性"过强的遗憾呢?笔者认为,要避免以"主观性"观念统领中国现当代小说理论史,就得创新中国现当代小说理论史的叙史模式。经过思考,我们拟采用"编年体"来叙述中国现当代小说理论史。

二、"事实"的厘定

自《春秋》《左传》始,编年叙史一直是中国史学的优良传统。国学大师陈寅恪生前曾呼吁编著文学编年史。他在《元白诗笺证稿》中提出:"苟今世之编著文学史者,能尽取当时诸文人之作品,考定时间先后,空间离合,而总汇于一书,如史家长编之所为,则其间必有启发。"[1] 中国古代文学史研究者率先尝试以编年体例来叙述文学史。一般认为,最先在这个领域试水的是敖士英于 1935 年出版的《中国文学年表》。真正明确以"编年史"来给文学史著作命名的,则是刘知渐于 1985 年出版的《建安文学编年史》。中国现当代文学编年史著作问世则是在 21 世纪,以於可训主编的《中国文学编年史·现代卷》《中

---

[1] 陈寅恪:《元白诗笺证稿》,生活·读书·新知三联书店,2015,第 9 页。

国文学编年史·当代卷》（2006年）为标志。其后《中国当代文学编年史（1949—2007）》（张健，2012年），《中国近代文学编年史：以文学广告为中心（1872—1914）》（袁进，2013年），《中国现代文学编年史：以文学广告为中心（1915—1927）》（钱理群，2013年），《二十世纪中国文学编年（1900—1931）》《二十世纪中国文学编年（1932—1949）》（卓如、鲁湘元，2013年），《中国现代文学编年史（1895—1949）》（刘勇、李怡，2015—2017年）先后出版。分门别类的文学编年史主要有《中国新诗编年史》（刘福春，2013年）、《中国网络文学编年史（1922—1949）》（欧阳友权、袁星洁，2015年）、《中国现代长篇小说编年史（1922—1949）》（陈思广，2021年）、《中国现代旧体诗词编年史》（李遇春，2021年）等。随着各类编年文学史著作的出版，编年体已经成为中国现当代文学史叙述比较成熟的体例。

按照海登·怀特的说法，"编年史"是历史学术的"原始因素"，"代表着从未经加工的历史记录中选择和编排数据的过程，旨在更广泛地向一种特定读者传达那个记录"[1]。已经出版的各种编年体文学史著有一个基本的共同点——重视事实，基于事实编年叙史。"事实"在文学编年史中的基础地位，决定了文学编年史建立在客观历史现场之中，而不是先验的理论之中。对此，爱德华·迈耶指出："如果作为一个历史学家，竟然不能完成这种任务——确定曾经在现实中存在过的事实这一历史学家首要的根本任务，并且不知道实际的事物及具体的事件，那么他的全部劳作犹如空中楼阁。尽管他罗列最出色、最深刻的理论与综合，以此炫惑公众（这种情况时有所见），但如果他不清楚事件的经过，或者对事件作出错误的叙述，抑或他的历史知识极为贫乏，那么他的所有努力不值一文，只会把读者引入歧途，引入空想世界（不是现实世界）。一切历史的坚固基础均在于此，而不是存在于理论之中。"[2]

编年叙史以事实编排为主旨。於可训主编的《中国文学编年史·现代卷》《中国文学编年史·当代卷》提出："重新回到第一手资料中去，通过对文学史的

---

[1] 海登·怀特：《后现代历史叙事学》，中国社会科学出版社，2003，第373页。
[2] 爱德华·迈耶：《历史学理论及方法论》，转引自R.G.柯林武德《历史的观念》，何兆武、张文杰译，中国社会科学出版社，1986，第201—202页。

原始资料的发掘、整理、钩沉、辑佚，占有尽可能详尽、完备同时又尽可能准确、翔实的文学史料，在此基础上，通过对这些文学史料的甄别和选择、比照和胪列，构造一个'用事实说话'的文学史的逻辑和秩序。这种文学史的逻辑和秩序，不是靠观点来'黏合'史料，而是靠史实之间的联系建立起来的，史家的观点和评价，就隐含在这些史实及其所建立的关系之中。"[1]《二十世纪中国文学编年》则认为，文学编年以纪实为主，侧重反映文学史实的原生态。它的出发点不是观点，而是事实；它的取舍标准，不是某种事实与某种观点是否吻合，而是这种事实是否存在过并且产生过影响。[2]

上述编年体文学史所依仗的"事实"主要是文学事件性的"事实"。文学活动、文学作品的发表、文学批评、文学接受与传播、文学争鸣等，都可以看作是"事实"。编年史的任务就是以"年"为基本单位记录上述客观事实。《中国现当代小说理论编年史（1895—2020）》的编撰同样以"事实"为基础。在编撰过程之中，我们广泛搜集各种文献，选取小说理论的"事实"编排入史。不过，中国现当代小说理论编年史作为"特定"的文学史，其收录的"事实"与一般编年体文学史有所差异。中国现当代小说理论史首先要关注的是关于小说的理论——对小说本体、小说功能、小说文体、小说创作、小说阅读等方面的思考，属于观念形态范畴。因此，中国现当代小说理论观念是叙史的主体。故而，中国现当代小说理论编年史要关注的首要"事实"就是关于小说的诸种观念。客观记录理论家、批评家、作家对于小说的理论思考，这是中国现当代小说理论编年史编撰的根本工作。但是，作为文学史叙述，又不能完全照搬他们的文章，只能摘录有关理论观点与理论表述。因此，小说理论相关理论观点和理论表述，构成了中国现当代小说理论编年史的"事实"。

如果仅仅是摘录相关的小说理论观点，还是无法完全做到客观还原中国现当代小说理论的历史现场。除了理论观点上的"事实"，作为"事实"存在的小说理论还有理论形式的问题。中国现当代小说理论形式以论述体为主，既有论文，也有论著。除了论述体，还有话体——小说话——的形式。之所以关注

---

[1] 於可训：《构建用材料和事实说话的文学史》，《社会科学报》2007年8月9日第5版。
[2] 卓如、鲁湘元主编《二十世纪中国文学编年》，河北教育出版社，2013。

小说理论形式，是因为一定的小说理论观念往往以不同的形态表现出来，从而形成了不同的理论形式。例如，1989年第3期《钟山》杂志的卷首语最早倡导"新写实"小说理论。其后，相关理论观念纷纷以对话、论文、评论的形式出现，丰富了"新写实"小说理论的历史现场。如果抽离了丰富多元的小说理论形式，是无法客观还原中国现当代小说理论的历史现场、细节的。此外，小说理论文献所使用的语体也比较复杂，虽以白话文为主，但还有文言文。

小说理论的传播媒介也是小说理论的"事实"。中国现当代小说理论的传播媒介有报纸、期刊、著作、书信四类。中国现当代小说理论和中国古典小说理论有重大区别，这与现代传播媒介的发展分不开。现代报刊一时风起云涌，现代出版业高度活跃，为小说理论提供了大量的传播机会。中华人民共和国成立后，报纸、期刊的出版得到了制度性保障，此外，还新创办了专门性的理论刊物。这些都为小说理论的发展提供了肥沃的土壤。传播媒介之所以重要，是因为它并非仅是中国现当代小说理论的载体，还深度嵌入小说理论的建构之中。例如，一般来说，刊登在报纸上的小说理论短小精悍，更有文学史的现场感；文学杂志和理论杂志虽然同为杂志，但是，刊发在理论杂志上的小说理论的理论性更强；以书籍形式出现的小说理论更具有系统性和理论深度，而以书信形式出现的小说理论则更具有"小说话"的性质。

因此，理论观点、理论形式、传播媒介、语体等，都是中国现当代小说理论编年史叙述的"事实"。在叙述中国现当代小说理论史时，理论形式、传播媒介、语体等，都作为客观存在物，被直观地呈现出来，以达到还原历史现场的目的。由此可见，理论观点、理论形式、传播媒介、语体等作为进入历史视野的"事实"，和一般意义上编年体文学史所编排的"事实"存在较大的差异，是对既有编年体文学史叙述的一种突破。当然，与中国现当代小说理论发生发展关系紧密的"事实"，如小说理论所处的政治、文化生态环境，小说理论批评与论争，小说理论的出版与编辑活动，等等，也是《中国现当代小说理论编年史（1895—2020）》的叙述对象，兹不赘述。

三、"长时段":客观叙史的时间维度

按照於可训先生的说法,"现阶段现当代文学编年史的编撰,尚属起步阶段,尚无完善的观念和方法,也缺少应有的理论自觉。编撰者多以材料为尚,把主要精力用于史料的搜集、整理和选择、编排,却很少思考如何让这些'材料和事实说话',即如何使这些'材料和事实'通过依年(月、日)序次的编排形成一种自然的历史联系,体现一种内在的历史逻辑,在这个基础上,真正建构起一种既体现客观性又合乎目的性的文学史,而不至于流为一种文学史的资料长编。不是笔者有意苛求,现有'编年体'文学史大多近于文学史的资料长编,而离严格意义上的编年史的目标尚远,从这个意义上说,'编年体'的现当代文学史在现阶段依旧是一种历史的'中间物',成熟、理想的状态尚在人们的期待之中"[1]。现今通行的编年史大都以史料搜集、整理、选择、编排为核心,缺少把"材料和事实"依"年(月、日)序次"建立起有机的历史联系。有些编年体文学史之所以容易流于资料长编,是因为"材料和事实"之间没有建立起因果关系。失去因果关系,材料和事实就是一盘散沙,无法达到既有"客观性"又符合"目的性"的效果。

客观的材料、客观的事实,再加上在此基础上呈现的因果关系,一种合乎"客观性"和"目的性"的文学史才能真正产生。如何确定史料和史料、事实与事实之间的因果关系,成为编年体文学史的关键、重点。笔者认为,史料与史料之间因果关系的客观呈现,很大程度上首先受制于考察史料的时间长度。

现有中国现当代小说理论史著作基本上从比较短的时间段着眼来考察小说理论流变。例如,《中国现代小说理论史》考察的时间跨度是三十年,其起点是五四新文化运动,所提炼的历史观念自然是现代化、现代性。《中国当代小说理论发展史研究》考察的时间段是当代时期,小说理论流变的基本特点自然与中华人民共和国成立后现实主义文学规范的建立紧密相关。还有的小说理论史研究,以"事变"的角度来叙述短时期内小说理论的流变。例如许怀中的《中国现代小说理论批评的变迁》,即是其中的典型。它基本上以小说理论"即时性"

---

[1] 於可训:《论与"编年体"有关的现当代文学史著述问题》,《北方论丛》2015年第4期。

的状况为主，侧重展现当时发生的文学论争、小说批评、重大文学事件对小说理论建设的推动作用。至于现代小说理论自身的发展道路到底呈现出什么样的状貌，《中国现代小说理论批评的变迁》其实并没有做出历史钩沉。由此可见，观察中国现当代小说理论史的时间长度，决定了现当代小说理论的历史状貌、历史价值和历史意义。《中国当代小说理论发展史研究》着眼于中华人民共和国成立后七十年的历史岁月，考察中国当代小说理论的发展道路，而对中国当代小说理论与中国现代小说理论，乃至中国古典小说理论之间的历史联系，明显注意不够。这种书写方式，其实是切断了中国当代小说理论的"血脉"。例如，谈及"十七年"小说理论，由于拘囿于考察的历史时段，我们往往过于凸显"十七年"小说理论的时代性。显然，仅仅聚焦于中华人民共和国成立后七十年的历史，无法从根本上论述清楚"十七年"小说理论的特征。其实，"十七年"小说理论把历史未来发展趋势的新气象作为现实主义的本质，与20世纪40年代末关于现实主义的倡导密不可分。而从侧重于历史未来发展趋势的立场考察现实主义小说理论的路径，又与20世纪30年代兴起的左翼文论、马克思主义的分析方法有密不可分的关系。如果再继续回溯的话，现实主义小说理论又何尝不是对"文以载道"传统的接续与转化呢？

由此可见，从一个比较长的历史时段来考察中国现当代小说理论的发展，更能"客观"反映历史的本来面貌。为了客观呈现中国现当代小说理论的历史状貌，我们拟从"长时段"的历史视角来考察中国现当代小说理论。

何为"长时段"？"长时段"由法国年鉴学派历史学家布罗代尔提出。"长时段"理论的提出，与布罗代尔对于传统历史学的反思有关。布罗代尔认为，"每个历史学家的著作都须对过去的年代顺序加以分期，或多或少地有意选择某一时期或排除某一时期。我们已非常熟悉传统历史编纂学那种戏剧性的、断续的节奏以及它对短时段、个人和事件的强调"[1]。在布罗代尔看来，传统史学拘囿于短时段观察历史，过于关注个人和事件而无法客观反映现实，"因为短

---

[1] 费尔南·布罗代尔：《历史科学和社会科学：长时段》，载何兆武主编《历史理论与史学理论——近现代西方史学著作选》，商务印书馆，1999，第802页。

时段观察法是歪曲现实的哈哈镜,并且是无法预测的"[1]。因此,要客观观察现实,就必须摒弃短时段,而采取长时段的观察视野。在长时段的历史视野中,"所有'现在的事态',都是具有不同起源和节奏的运动复合体,今天的时间既始于昨天、前天,也始于遥远遥远的过去"[2]。因此,"长时段"观察中国现当代小说理论史,会把所发生的事件、观念看作是曾经发生的事件、观念的体现,在"今天"与"昨天""前天"甚至遥远的过去之间建立起源流关系、因果关系。于是,"古今演变"合乎逻辑地成为文学史叙述的内在要求。

"长时段"的文学史视野也需要确定文学史的起点。经过学术辨析,我们将中国现当代小说理论史的起点划定在1895年。之所以把1895年确定为现代小说理论史的起点,是基于两个重要的原因。一是1895年丧权辱国的《马关条约》签订后,国内掀起了"救亡图存"的思想潮流,中国小说理论的生态环境发生了根本性的改变,为小说理论产生"新质"创造了条件。二是因为1895年5月25日《申报》刊登的《求著时新小说启》在小说理论史上具有标志性的意义。征文启事有云:"窃以感动人心,变易风俗,莫如小说。推行广速,传之不久,辄能家喻户晓,气习不难为之一变。"对于"时新小说"的"变异风俗"功能的鼓吹,当属不同于中国古典小说理论之处。《求著时新小说启》问世之后,与其思想一脉相承的《本馆附印说部缘起》《译印政治小说序》《论小说与群治之关系》才陆续问世。《求著时新小说启》的重要意义,也有不少学者注意到。有学者认为《求著时新小说启》是"近代小说理论的起点"[3],也有学者认为《求著时新小说启》的理论观点"促成了中国现代小说的萌芽"[4]。

将中国现当代小说理论史的起点确定为1895年,这只是叙述中国现当代小说理论的历史起点。事实上,从"长时段"的角度来审视中国现当代小说理论流变,则应把现当代小说理论置于"古今演变"的历史视野中来考察,把中国现当代小说理论与中国古典小说理论看作一个整体来考察,既考察中国现当代小说理

---

[1] 费尔南·布罗代尔:《历史科学和社会科学:长时段》,载何兆武主编《历史理论与史学理论——近现代西方史学著作选》,商务印书馆,1999,第802页。
[2] 同上书,第812页。
[3] 陈亚东:《近代小说理论起点之我见》,《明清小说研究》1994年第1期。
[4] 周欣平主编《清末时新小说集》,上海古籍出版社,2011,第10页。

论相对于中国古典小说理论的"变",也注重钩沉中国现当代小说理论流变过程中,属于"常"的内容。因此,从"长时段"的角度来考察中国现当代小说理论之间的因果关系,是呈现中国现当代小说理论流变客观历史面貌的必要考量。

四、"古今演变":客观叙史的史观

20世纪80年代,"重写文学史"浪潮兴起。中国现当代文学史研究进入活跃时期,"二十世纪中国文学史""新文学整体观"等文学史观纷纷涌现,着眼于文学史自身的发展演变来叙述文学史。21世纪初,章培恒等学者提出了"中国文学古今演变"的史观,尝试打通、勾连中国古代文学与中国现当代文学之关系。笔者注意到,章培恒等倡导者多以"今"观"古",阐发中国古代文学所包含的现代价值观。例如,他所主持的《中国文学史新著》,从人性发展的视角来书写中国古代文学史。在这样的思路之中,中国古代文学与中国现当代文学倒是建立起了有机联系。但是,这种联系或者说这种演变建立在以"今"释"古"的基础之上,本质上是以"现代性"为阐释中国古代文学的支点。而中国古代文学的自身特质如何在中国现当代文学发展中得到传承与转化,章培恒先生及其同行倒是不太在意。

"古今演变"的关键是把文学发展的种种现象置于以"古"观"今"的视野中来考察。如钱基博所言:"盖文学史者,文学作业之记载也;所重者,在综贯百家,博通古今文学之嬗变,洞流索源。"[1]"古今文学之嬗变"的关键在于"洞流索源"。如何建立起中国古代文学与中国现当代文学之间的历史有机联系,自是一件浩大的学术工程,绝非凭三五人之力能完成。笔者借编撰中国现当代小说理论编年史的机会,尝试对这一问题展开思考。

在"古今演变"的视野中,中国现当代小说理论建立在传承和转化古典小说理论的基础之上,是中国古代小说理论在现当代历史河流中合乎逻辑的演化的结果。事实上,彰显中国现当代小说理论与古典小说(文学)之间密切联系的概念、命题,不胜枚举。例如,中国古典文学"文以载道"的观念几乎贯穿

---

[1] 钱基博:《现代中国文学史》,傅道彬点校,中国人民大学出版社,2004,第6页。

了中国现当代小说理论史。梁启超、夏尊佑、狄葆贤、陶祐尊、邱炜萲等人倡导小说能够"兴化政治",吴趼人提出小说要"旌善惩恶",王钟麒认为小说可以"辅德育之所不迨也",黄人认为小说可以"求诚明善",王国维提出小说可以塑造"崇高人格"。上述观点都转化了"文以载道"的传统。又如,晚清之后,小说理论对于"文以载道"的承转颇为丰富。鲁迅"改造国民性"的理论观点、左翼小说理论、七月派的小说理论、"十七年"时期的小说理论等,都被赋予"文以载道"鲜明的时代特色。又如,赓续中国古代文言小说理论传统贯穿整个中国现当代小说理论史。文言小说理论的"实录""补史"等理论观点在20世纪二三十年代一直是小说理论讨论的热点。写实主义小说理论、"人生派"小说理论、抗战时期的"战时小说"观,都是对"实录""补史"功能的传承。1949至1976年的小说理论,20世纪80年代初中期现实主义小说理论回归、"新写实"小说理论兴起,20世纪90年代"现实主义冲击波"的理论倡导,21世纪"底层写作"的小说理论,等等,都是"实录""补史"传统的鲜明体现。再如,20世纪三四十年代,周作人、废名、董巽观、萧乾、汪曾祺、沈从文、朱光潜、王任叔、赵景深、茅盾、李广田等自觉借鉴"诗笔"传统,传承中国古代文言小说文体理论传统。20世纪80年代的"东方意识流"小说理论,汪曾祺、何立伟、李庆西、贾平凹等小说家的小说理论观点,重续笔记小说传统。王蒙、莫言等小说家对小说写情绪、情感的倡导,也都是对于文言小说理论传统的借鉴和转化。白话小说理论的传承与转化也是中国现当代小说理论史的重要内容。"十七年"时期对于故事体短篇小说的倡导,对于新评书体长篇小说的推崇,都是古代白话小说理论传承和转化的结果。从小说本体观到小说功能观、文体观等方面,中国现当代小说理论传承古典小说理论传统的现象不胜枚举,在此不作赘述。由此可见,中国现当代小说理论史是中国古典小说理论史合乎历史逻辑的发展结果,它和古典小说理论史是一个有机的整体。

在"古今演变"文学史视野的观照下,中国现当代小说理论的发展道路,非常清晰、明确地呈现出一致性、贯通性。1895年《马关条约》的签订,直接推动"救亡图存"社会思潮的兴起,直接刺激了中国现当代小说理论的萌芽,小说开始被赋予重要的社会功能,这是中国现当代小说理论的萌芽期(1895—

1918年）。中国现当代小说理论的形成期（1919—1927年）是中国现当代小说理论史的第二个阶段，小说理论开始发掘小说的美学价值，小说的独立性得到强化。中国现当代小说理论史的第三个阶段是小说理论的定型期（1928—1949年）。这一阶段写实主义小说理论向现实主义小说理论转变，同时，从宣扬情绪的"抒情"到倡导"抽象的抒情"，抒情小说理论渐趋成熟。中国现当代小说理论史的第四个阶段是小说理论的转型期（1950—1979年）。此阶段现实主义小说理论处于"独尊"地位，现实主义小说理论规范从不同角度得到强化。中国现当代小说理论史的第五个阶段是小说理论的成熟期（1980— ）。这个时期小说理论的民族化追求更自觉，更具有开放与包容的品格。

萌芽期、形成期、定型期、转型期、成熟期构成了中国现当代小说理论的历史发展道路。《中国现当代小说理论编年史（1895—2020）》的编撰，将有意识地打破近代、现代、当代在时间上的分割，把1895—2020年的小说理论史作为一个整体，在整体视野中考察中国现当代小说理论史，精选史实，力求客观再现中国现当代小说理论的历史原貌。

五、"新"与"旧"并置：历史细节的呈现

理论形式、传播媒介、语体的固有状态构成中国现当代小说理论流变的历史场景、细节，这是客观还原中国现当代小说理论流变不可忽视之处。

中国现当代小说理论的理论形式主要是"论述体"，例如小说理论论文、论著，有关小说的评论，等等，这是中国现当代小说理论确立现代性特征的重要方式。毫无疑问，论述体是中国现当代小说理论形式的"主流"，也是中国现当代小说理论与中国古代小说理论在形式上的重要分野。中国现当代小说理论的主要形式是论述体，与之不同的是，小说话、小说评点等"话体"是中国古典小说理论的经典形式。值得注意的是，虽然论述体构成了中国现当代小说理论形式上的主流，但话体的理论形式也从未消失，一直活跃在中国现当代小说理论发展的历史进程之中，是主流之外的"支流"，而且这股"支流"的生命力十分顽强。姑且不谈五四新文化运动之前，小说话、小说评点是基本的理论形式，

前　言

即使是新文化运动之后，小说话仍然是重要的理论形式。黄霖主编的《历代小说话》，其中有13卷是现代小说话；朱泽宝主编的《现代（1912-1949）话体文学批评文献丛刊·小说话卷》进一步补充了《历代小说话》的内容；中国工人出版社于2010、2020年两度集中推出"中国当代长篇小说丛书"绘画评点本，使小说评点这一古老的小说理论形式焕发了新的生机。另外，还存在大量小说话的变体，例如译者识、译序、译跋、译注、补白、编者按、编者手记、卷首语、授奖辞、获奖感言。由此可见，虽然论述体构成了小说理论形式的主流，但是，作为"支流"的小说话、小说评点也显示了古典资源强大的生命力。

我们可以以编者按、卷首语为例来看小说话的重要价值和功能。报纸、期刊刊登的编者按一般具有引导功能、阐释功能和催化功能。编者按是当代小说理论的重要形式，在当代小说理论发展中占据着重要位置。1949—1976年，编者按编发数量较大，影响深远，尤其是《人民日报》《人民文学》《中国青年》《文艺报》所刊发的关于小说理论方面的编者按，具有重要的文学史价值。诸多报刊之中，《文艺报》刊发关于小说理论的编者按更为集中。1949—1976年《文艺报》刊发的编者按具有重要理论价值。例如，《文艺报》1949年第1卷第4期在何其芳《一个文艺创作问题的争论》一文前刊发了编者按；1950年第2卷第5期在邓友梅《评〈金锁〉》一文前刊发了编者按；1951年第4卷第5期在李定中《反对玩弄人民的态度，反对新的低级趣味》一文前刊发了编者按；1952年第16号发起了"关于创造新英雄人物问题的讨论"，发表了编者按；1955年第1、2期在常琳《对〈洼地上的"战役"〉》一文前刊发了编者按，提出了对小说《洼地上的"战役"》的批评与反批评；1956年第8号在《关于典型问题的讨论》栏目中发表了编者按；1959年第2期在《讨论〈青春之歌〉（读者讨论会）》栏目中刊发了关于《青春之歌》的编者按；1961年第10期以编者按的形式号召文艺工作者参与到对《达吉和她的父亲》的讨论中；1966年第1期在《推荐长篇小说〈欧阳海之歌〉》栏目中刊发了编者按，第4期在李方红《"写中间人物"论反映了哪个阶级的政治要求》一文前发表了编者按。上述编者都围绕建立文学规范来展开小说理论的建构，涉及小说题材、小说的倾向性、小说人物、英雄人物形象、典型人物塑造等问题。编者按虽然篇幅短小，但其所论问题之深、之重要，显而易见。

此外，文学期刊的卷首语、编者的话、编者手记、编后记等，也是小说理论的重要形式。一些重要的文学刊物，如《人民文学》《北京文学》《钟山》《收获》《十月》《山花》等，都刊有卷首语、编者的话。卷首语、编者的话对于小说作品的介绍、评价、引导，有重要的理论价值。例如，《钟山》1989年第3期刊发了关于"新写实小说大联展"的卷首语，率先提出"新写实小说"的概念，揭示出了"新写实小说"的基本内涵；《北京文学》1994年第1期卷首语倡导"新体验小说"；《上海文学》1994年第2期卷首语倡导"文化关怀小说"；《上海文学》1996年第8期发表了编者的话《现实主义再掀"冲击波"》，正式提出"现实主义冲击波"的概念。上述卷首语、编者的话是某种小说理论观念的首倡之处，其价值和意义自然不言而喻。由此可见，除"论述体"的理论形式之外，"话体"的理论形式也具有重要的理论价值和意义，值得我们重视。

除了理论形式，传播媒介所建构的历史现场、细节，也值得我们注意。虽然中国现当代小说理论大多数刊发在倡导新文学的报刊上，但是，我们也要格外注意一些被看作是"旧文学报刊"上刊发的小说理论，它们也具有现代性的"新"价值。研究新文学发生之后的小说理论史所采用的文献基本上都刊载于新文学报刊，旧文学曾被新文学家认为是五四新文学的"逆流"，刊载旧文学的报刊自然不受重视。不过，随着研究工作的深入，旧文学的历史价值、文化价值、文学价值逐渐显现出来，刊载旧文学的报刊也理应受到应有的重视。旧文学报刊和新文学报刊一样，在小说理论传播上的作用不可忽视。经过梳理，我们认为比较重要的旧文学报刊有《学衡》、《小说时报》、《小说月报》（前12卷）、《中华小说界》、《礼拜六》、《小说丛报》、《小说海》、《妇女杂志》、《小说新报》、《小说大观》、《小说画报》、《小说革命军》、《小说季报》、《友声》、《新声杂志》、《游戏世界》、《半月》、《红杂志》、《红玫瑰》、《小说世界》、《笑画》、《紫罗兰》、《良友》、《小说月报》、《万象》、《申报》附刊《自由谈》、《春秋》、《新闻报》附刊《快活林》、《时报附刊》附刊《滑稽余谈》、《晶报》、《金刚钻报》等。

上述所列虽然是旧文学报刊，但是，这些报刊在推动小说理论发展的历史

前言

进程中，仍然占有一席之地。例如1914年1月中华书局创办的《中华小说界》，一向被认为是刊发旧体文学的重要刊物，虽然属于旧文学期刊之列，但是，它们所刊发的小说理论史料具有重要的历史价值。《中华小说界》1914年1月1日创刊于上海，沈瓶庵在《发刊词》中指出，《中华小说界》的宗旨之一是"救说部之流弊也"。一部以"救小说流弊"为己任的刊物，其关于小说的一些观点，自然值得重视。例如1915年第2卷第1期发表了梁启超的《告小说家》，总结了自"小说界革命"兴起之后中国小说创作的现状："近十年来，社会风习，一落千丈，何一非所谓新小说者阶之厉？循此横流，更阅数年，中国殆不陆沉焉不止也。呜呼！"[1]这篇文献指出了"小说界革命"后小说创作的问题之所在，它在强化小说社会功能理论上，价值自然不小。再如，吕思勉（成之）的《小说丛话》发表于1914年《中华小说界》第3—8期。这是一篇具有非常重要价值的小说理论专论。《小说丛话》是一篇比较抽象的、专门性的小说理论论文，它深入地论述了小说的性质，此外，还谈及小说的创作方法、Novel 与 Romance、长篇与短篇、写实型与理想型等小说理论的重要范畴。另外，《小说丛话》在清末民初普遍倡导小说社会功能的环境中，延续了王国维从"美"的角度来论述小说的性质和功能的思路，为五四时期确立小说的独立性，提供了重要的理论准备。

除了理论形式、传播媒介之外，中国现当代小说理论的语体形式也值得注意。新文学用白话文写作，这是历史发展的主潮。然而，仍有不少现代小说理论是用文言文书写的，且不乏真知灼见。例如吴宓的《论写实小说之流弊》。《论写实小说之流弊》针对当时写实主义小说的各种问题，提出了写实小说在艺术上的要求："写实小说之佳作，其中所写者绝非原来之实境，乃幻境之最真者耳。其于剪裁及渲染之法，用之至多。特读者不察，只觉其多有合于我所历之实境，而遂信之为真耳。写实小说中劣下之作，则不解此。彼惟以抄袭实境为能事，而不用剪裁及渲染之法。故所得者生吞活剥，狼藉杂凑，不合因果之律，绝少美善之资。虽其字字皆有所本，节节皆系实录，亦奚取焉！"[2]应该说，吴宓的

---

[1] 梁启超：《告小说家》，《中华小说界》1915年1月1日第2卷第1期。
[2] 吴宓：《论写实小说之流弊》，《中华新报》1922年10月22日。

观点直指写实小说创作的要害，强调了"幻境"的重要性，为写实小说提升艺术品质找寻了一个重要支点，弥补了当时写实小说理论忽视艺术性的弊端。其他诸如小凤的《小说杂论》、胡寄尘的《小说管见》、李定夷的《小说学讲义》、宋春舫的《论中国的小说》、张毅汉的《小说范作》、蔡鹤卿的《蔡鹤卿答林琴南书》、林琴南的《林琴南致蔡鹤卿原函》、范烟桥的《醒世姻缘考证》、俞平伯的《小说随笔》、钱锺书的《小说识小》等，虽然都是用文言文书写的，但都具有非常重要的价值和意义。因此，重视文言文写作的小说理论史料，也是编撰《中国现当代小说理论编年史（1895—2020）》应该注意的地方。

上述种种思考和努力，都是为了编撰出一部客观呈现中国现当代小说理论流变史的著作。为了在后续的探索中能做出更好的成果，先将《中国现当代小说理论编年史（1949—2019）》作为2022年度国家社科基金重大项目"《中国现当代小说理论编年史》（1895—2020）编撰暨古典资源重释重构研究"的阶段性成果推出。我们希望通过这种方式，能够收集到更多的指导。

导　论

　　中国现当代小说理论史研究成果已经问世不少，主要有以下三类。一是研究现代转型时期小说理论的发展状况，例如《小说观念与文化精神——兼论中国现代小说观念的形成》（梁爱民，2004年）、《论"五四"小说理论批评的现代转换》（宋向红，2008年）、《从古典到现代——民国小说理论的转型》（刘浩，2013年）。二是叙述现代、当代小说理论的流变史，前者主要成果有《中国现代小说理论批评的变迁》（许怀中，1990年）、《中国现代小说美学思想史论》（蒋心焕，2006年）和《中国现代小说理论发展史》（谢昭新，2009年），后者目前仅见《中国当代小说理论发展史研究》（周新民，2022年）。三是关注较长历史时段小说理论的变迁，目前仅见《20世纪中国小说理论研究》（荣文仿、罗爱华等，2002年），该著虽然以叙述小说创作理论的流变为主，但也为整体叙述现当代小说理论史提供了一定的参考。由是观之，目前还没有著述对中国现当代小说理论史做整体观照。鉴于此，我们尝试整体观照中国现当代小说理论史，以便揭示中国现当代小说理论史的发展轨迹与特征。

　　我们将中国现当代小说理论史的起点划定在1895年。其原因上文已有讨论，此处不再细说。根据中国现当代小说理论发展的历史轨迹，我们拟将中国现当代小说理论史的流变划分为五个阶段：第一个阶段（1895—1918年）为萌芽期，第二个阶段（1919—1927年）为形成期，第三个阶段（1928—1949年）为定型期，第四个阶段（1950—1979年）为转型期，第五个阶段（1980—　　）为成熟期。上述五个阶段中国现当代小说理论所要解决的理论命题存在历史差异性，这种差异性构成了每个历史阶段小说理论的基本内容。

一、中国现当代小说理论的萌芽

出于"救亡图存"的需要,小说"变异风俗"的功能被倡导,小说也因此走上了历史前台。中国古代小说要么是勾栏瓦舍的消遣之物,要么作为历史的附属物,要么作为"街头巷里"的谈资。当小说"变异风俗"的功能被凸显后,从小说的社会功能入手来提升小说价值的路径颇为盛行:"夫说部之兴,其入人之深,行世之远,几几出于经史上,而天下之人心风俗,遂不免为说部之所持。……知其若此,且闻欧、美、东瀛,其开化之时,往往得小说之助。是以不惮辛勤,广为采辑,附纸分送。或译诸大瀛之外,或扶其孤本之微。文章事实,万有不同,不能预拟;而本原之地,宗旨所存,则在乎使民开化。自以为亦愚公之一畚,精卫之一石也。抑又闻之:有人身所作之史,有人心所构之史,而今日人心之营构,即为他日人身之所作。则小说者,又为正史之根矣。"[1]小说之所以有如此强大的社会功能,是因为小说具有开启民智的作用:"夫小说有绝大隐力焉……故一种小说,即有一种之宗旨,能与政体民志息息相通。次则开学智,祛弊俗;又次亦不失为记实历,洽旧闻,而毋为虚骄浮伪之习,附会不经之谈可必也。"[2]

小说"变异风俗"功能的凸显,最终推动了小说政治功能的发掘。基于小说"变异风俗"的价值,梁启超提出"小说为国民之魂"。他指出:"在昔欧洲各国变革之始,其魁儒硕学,仁人志士,往往以其身之所经历,及胸中所怀,政治之议论,一寄之于小说。于是彼中缀学之子,黉塾之暇,手之口之,下而兵丁、而市侩、而农氓、而工匠、而车夫马卒,而妇女,而童孺,靡不手之口之。往往每一书出,而全国之议论为之一变。彼英、美、德、法、奥、意、日本各

---

[1] 几道、别士:《本馆附印说部缘起》,转引自陈平原、夏晓虹编《二十世纪中国小说理论资料(第一卷)1897—1916》,北京大学出版社,1997,第27页。

[2] 邱炜萲:《小说与民智关系》,转引自陈平原、夏晓虹编《二十世纪中国小说理论资料(第一卷)1897—1916》,北京大学出版社,1997,第47—48页。

国政界之日进，则政治小说为功最高焉。"[1]梁启超一向强调小说的政治功能，他曾说道："于日本维新之运有大功者，小说亦其一端也。"[2]此后，他发表了《论小说与群治之关系》，再次倡导小说的政治功能："欲新一国之民，不可不先新一国之小说。故欲新道德，必新小说；欲新宗教，必新小说；欲新政治，必新小说；欲新风俗，必新小说；欲新学艺，必新小说；乃至欲新人心，欲新人格，必新小说。何以故？小说有不可思议之力支配人道故。"[3]

陶祐曾在梁启超的观点上进一步阐释、全方位张扬小说的功能："欲革新支那一切腐败之现象，盍开小说界之幕乎？欲扩张政法，必先扩展小说；欲提倡教育，必先提倡小说；欲振兴实业，必先振兴小说；欲组织军事，必先组织小说；欲改良风俗，必先改良小说。"[4]陶祐曾扩展了小说的社会功能，除了政治功能之外，他还认为小说具有提倡教育、振兴实业、组织军事、改良风俗的功能。

小说的教育功能被激发出来，是这个时期小说理论的重要贡献。讨论小说的教育功能，此时期共有两条路径，一是认为小说具有道德教化的功能，二是把小说当作教育工具。

首先来看小说的道德教化功能被发掘的情况。小说被纳入德育范畴，成为和智育相辅相成的一个重要方面："善教育者，德育与智育本相辅；不善教育者，德育与智育转相妨。此无他，谲与正之别而已。吾既欲持此小说以分教员之一席，则不敢不审慎以出之。历史小说而外，如社会小说，家庭小说，及科学、冒险等，或奇言之，或正言之，务使导之以入于道德范围之内。即艳情小说一种，亦必轨于正道，乃入选焉（后之投稿本社者其注意之）。庶几借小说之趣味之感情，为德育之一助云尔。"[5]也有论者提出小说具有"旌善惩恶"的功能："吾人丁此道德沦亡之时会，亦思所以挽此浇风耶？则当自小说始。是故吾发大誓愿，将遍撰译历史小说，以为教科之助。历史云者，非徒记其事实之谓也，旌

---

[1] 任公：《译印政治小说序》，《清议报》1898年12月23日。
[2] 任公：《饮冰室自由书（一则）》，《清议报》1899年9月5日。
[3] 饮冰：《论小说与群治之关系》，《新小说》1902年11月14日第1号。
[4] 陶祐曾：《论小说之势力及其影响》，转引自王运熙主编，邬国平、黄霖编著《中国文论选·近代卷（下册）》，江苏文艺出版社，1996，第738—739页。
[5] 佚名：《〈月月小说〉序》，《月月小说》1906年11月1日第1号。

善惩恶之意实寓焉。旧史之繁重，读之固不易矣；而新辑教科书，又适嫌其略。吾于是欲持此小说，窃分教员一席焉。"[1] 此外，王钟麒提出小说能"辅德育之所逮"[2]。他说："夫小说者，不特为改良社会、演进群治之基础，抑亦辅德育之所逮者出。吾国民所最缺乏者，公德心耳。惟小说则能使极无公德之人，而有爱国心，有合群心，有保种心，有严师令保所不能为力，而视一弹词、读一演义，则感激流涕者。……夫欲救亡图存，非仅恃一二才士所能为也；必使爱国思想，普及于最大多数国民而后可。求其能普及而收速效者，莫小说若。"[3]

另外，小说还可以充当教育工具。《〈新世界小说社报〉发刊辞》写道："凡世界所有之事，小说中无不备有之；即世界所无之事，小说中亦无不包有之。忽而大千世界，忽而须弥世界，忽而文明世界，忽而黑暗世界，忽而强权不制世界，忽而公理大明世界。种种世界，无不可由小说造；种种世界，无不可以小说毁。过去之世界，以小说挽留之；现在之世界，以小说发表之；未来之世界，以小说唤起之。政治焉，社会焉，侦探焉，冒险焉，艳情焉，科学与理想焉，有新世界乃有新小说，有新小说乃有新世界。传播文明之利器在是，企图教育之普及在是，此《小说世界》之所以作也。大雅君子，其诸有取于斯！"[4] 除此之外，小说还被认为可以补学堂教育之缺："有专门之教育，有普通之教育，而总之皆于愚民无与也，则必须有至浅极易之教育。天下不能尽立学堂也，即能尽立学堂，吾知天下之人亦必不能尽入学堂。语言文字不相合，一也；碍于营生，二也；正言理说，格格而不入，三也；有窟宅其筋脑之迷信，非补习半日之功所能夺，四也；以道听途说为习惯，见校地如囚牢，五也。然则，欲使其人不入学堂而如入学堂，使其人所居之地虽无学堂而（如）有学堂，舍小说其莫由矣。"[5]

值得注意的是，小说的美学特征在晚清之际也得到了发掘。有论者提出，"小

---

[1] 佚名：《〈月月小说〉序》，《月月小说》1906年11月1日第1号。
[2] 天僇生：《论小说与改良社会之关系》，《月月小说》1907年10月7日第9号。
[3] 同上。
[4] 佚名：《〈新世界小说社报〉发刊辞》，转引自陈平原、夏晓虹编《二十世纪中国小说理论资料（第一卷）1897—1916》，北京大学出版社，1997，第204页。
[5] 佚名：《论小说之教育》，转引自：陈平原、夏晓虹编《二十世纪中国小说理论资料（第一卷）1897—1916》，北京大学出版社，1997，第204页。

说者，文学之倾于美的方面之一种也"[1]。在倡导小说的美学特征上，最具有代表性的是王国维为《红楼梦》所写的评论。王国维认为，"《红楼梦》中所有种种之人物，种种之境遇，必本于作者之经验，则雕刻与绘画家之写人之美也，必此取一膝，彼取一臂而后可。其是与非，不待知者而决矣。读者苟玩前数章之说，而知《红楼梦》之精神，与其美学、伦理学上之价值，则此种议论，自可不生。苟知美术之大有造于人生，而《红楼梦》自足为我国美术上之唯一大著述，则其作者之姓名与其著书之年月，固当为唯一考证之题目"[2]。虽然王国维是从"美善相济"的角度来论述小说之美，但是小说的美学价值和功能已开始萌芽。

在这样一个充分张扬小说的社会功能的时代，小说作为独立文学体裁的特征也得到一定程度的探究。别士的《小说原理》尝试在绘画、历史、科普、经文等相区别之中，确立小说的文体属性："除画为不思而得外，小说者，以详尽之笔，写已知之理者也（如说某人插翅上天，其翅也、天也、飞也，皆其已知者也；而相缀连者，则新事也），故最逸。史者，以简略之笔，写已知之理者也，故次之。科学书者，以详尽之笔，写未知之理者也，故难焉。经文者，以简略之笔，写未知之理者也，故最难。而读书之劳逸厘然矣。"[3] 此后，也有不少文字探讨小说作为文学文体的特征，对小说语言应该采用白话文这一点上有共识："文学之进化有一大关键，即由古语之文学变为俗语之文学是也。各国文学史之开展。靡不循此轨道。"[4] 此后，白话文作为小说"正格"语言的共识渐渐形成："以俗言道俗情者，正格也；以文言道俗情者，变格也。"[5]

二、中国现当代小说理论的形成

在中国现当代小说理论萌芽阶段，小说的社会地位得到空前提升，但是，小说仍然是"载道"的工具，只不过所载之道从传统的伦理道德转化为促进社

---

[1] 摩西：《〈小说林〉发刊词》，《小说林》1907 年 2 月第 1 期。
[2] 王国维：《〈红楼梦〉评论》，《教育世界》1904 年 7 月第 81 号。
[3] 别士：《小说理论》，《绣像小说》1903 年 5 月 27 日第 3 期。
[4] 饮冰：《小说丛话》，《新小说》1903 年 9 月 6 日第 1 卷第 7 号。
[5] 吴曰法：《小说家言》，《小说月报》1915 年 6 月 25 日第 6 卷第 6 号。

会发展的伦理、科学、思想等，此时小说尚未确立为具有独立价值的文学门类。直到中国现当代小说理论发展的第二个阶段，小说的独立性才得以确立。其一是不再把小说当作历史的附庸，小说从历史中独立了出来；其二是肯定小说独立存在的艺术价值。

首先来看第一点。在中国传统文学观念中，小说是"野史"，是史传的附庸。虽然梁启超等人提升了小说的地位，但是，小说的文学属性还没有明确。五四时期小说的独立地位才得到确认、提升，小说从历史中独立了出来，理论家们明确地宣告："小说为一种艺术"，"历史是历史，小说是小说。"[1]

因此，小说关注的中心也就从"野史"转移到"人"上来，现代性意义上的小说理论得以形成。小说的关注点开始偏向"人"本身，于是"为人生"的小说功能观便出现了。瞿世英在《小说研究》中说："小说的范围便是人生。小说家的题目是人们的经验和人们的感情。他们所写的是他们观察人类之所得，人们的情绪与思想。有些将他们眼中的人生，赤裸裸的写出来，不管他是善是恶，还有些人便将表现在他们的想像中的理想生活写了出来。但不论他们是怎样的写，总以人生为对象的。……小说中充满了人道主义的，濡浸于爱的精神的都能激发人的同情心，又能使人歌颂人生导入于理想的人的生活。"[2]

除了把小说从历史的附庸地位中解放出来，小说独立的艺术价值也得到肯定。君实在《小说之概念》中强调了小说的艺术价值："吾国人对于小说之概念，可以一般人所称之'闲书'二字尽之。……近年自西洋小说输入，国人对于小说之眼光，始稍稍变易，其最称高尚而普遍者，莫如视小说为通俗教育之利器，但质言之，仍不过儆世劝俗之意味而已。以言小说，固非仅此一义所能概括也。盖小说本为一种艺术，欧美文学家往往殚精竭虑，倾毕生之心力于其中，于以表示国性，阐扬文化，读者亦由是以窥见其精神思想，尊重其价值，不特不能视为游戏之作，而亦不敢仅以儆世劝俗目之。"[3]陈独秀等人也撰文，肯定了小说独立的艺术价值，并以此为价值标准，高度评价了鲁迅的小说艺术成就。应

---

[1] 郁达夫：《历史小说论》，《创造月刊》1926年4月16日第1卷第2期。
[2] 瞿世英：《小说的研究（上篇）》，《小说月报》1922年7月10日第13卷第7号。
[3] 君实：《小说之概念》，《东方杂志》1919年1月15日第16卷第1号。

导 论

该说，小说的独立艺术价值渐渐被五四时期的小说理论家所认可。

作为独立文学门类的观点得到肯定，这是现代小说理论形成的标志。首先，小说的要素得到明确的指认。克莱顿·汉米尔顿著《小说法程》、布利斯·佩里著《小说的研究》先后被翻译出版，对中国小说理论的发展影响巨大。国内小说理论家大都"改写"过上述著作，例如，清华小说研究社的《短篇小说做法》、瞿世英的《小说的研究》、郁达夫的《小说论》、沈雁冰的《小说研究ABC》等，基本属于这一类型的小说理论著作。这些著作基本接受了《小说法程》《小说的研究》等关于小说要素的理论界定。瞿世英认为："小说，无论是长篇短篇，有三种元素是必备的。这三种元素便是人物，布局和安置。换言之，就是小说家是要说明某某人（或许多人）在某某环境下做的什么事，说的什么话，或者想些什么。若没有人物，没有事情，没有背景的文字，还能算小说么？"[1]人物、环境、情节的"三要素说"由此成为小说的基本条件被确立起来。更重要的是，人物的功能和意义被认为是小说最重要的因素，被凸显出来："小说作家从人生之流中拈出一断片来，制成他的作品，其目的就是要他所见到的，所观察的，所想像的人物表现出来。使读者对于他所描写的人物，觉得在想像之中，这些人物是真的，直觉上觉得纸上有人说话走路做事。并且使人对于这纸上的活人活事发生同情（谁能看了《少年维特之烦恼》不对这烦闷的青年表同情呢）。但是这还不够，真正成功的，要使人感觉着在现实生活之上（或之外）还有一理想化的生活存在。能到这样地步的，便是成功的作品。这句话，或者有朋友说太偏，但是我终这样的信。"[2]聚焦人物，这是小说现代性地位确立的标志之一。

写实小说理论、抒情小说理论获得初步发展也是中国现当代小说理论形成期的基本内容。先来看写实小说理论的发展状况。总体看来，这一阶段写实小说理论呈现出鲜明的经验主义色彩。陈独秀率先提出"建设新鲜的立诚的写实文学"，认为它符合"世界社会文学之趋势及时代精神"[3]。钱玄同认为外国小说胜过中国小说的地方就在于"专就一种社会，或一部分的人，细细体察，绘

---

[1] 瞿世英：《小说的研究（中篇）》，《小说月报》1922年8月10日第13卷第8号。
[2] 同上。
[3] 陈独秀：《文学革命论》，《新青年》1917年2月1日第2卷第6号。

影绘声，惟妙惟肖"，"描写得十分确切"。因此，比起中国小说家来，外国小说家用"很透辟的眼光去观察社会，用小说笔墨去暴露他的真相"[1]。总体上看，这一时期写实小说理论的主要诉求是对社会现象做出真实的反映，揭示社会的真相。冰心如此说道："我做小说的目的，是要想感化社会，所以极力描写那些旧社会旧家庭的不良现状，好叫人看了有所警觉，方能想去改良，……何况旧社会旧家庭里，许多真情实事，还有比我所说的悲惨到十倍的呢。"[2]

经验主义的倾向使小说理论倡导忠实于社会现实生活、追求客观和细腻的描写等。这些观念基本上确立起了写实小说的基本理论命题。

经验主义色彩是写实小说转化古代小说理论、倡导"实录"功能的一种表现，体现了由传统向现代转型时期的鲜明色彩。抒情小说理论也具有鲜明的由传统向现代转型的特色，是中国古典抒情传统向现代小说理论渗透的重要体现。如果说写实小说理论是"正格"小说理论，那么，抒情小说理论则是对它的"反动"。1920年，周作人就阐释了抒情小说的基本特征："小说不仅是叙事写景，还可以抒情；因为文学的特质，是在情感的传染，便是那纯自然派所描写，如Zola说，也仍然是'通过了著者的性情的自然'。所以这抒情诗的小说，虽然形式有点特别，但如果具备了文学的特质，也就是真实的小说。内容上必要有悲欢离合，结构上必要有葛藤，极点与收场，才得谓之小说：这种意见，正如十七世纪的戏曲的三一律，已经是过去的东西了。"[3]有论者更大胆一些，认为小说的"情节"还不是小说的重要成分，与"情调"含义相似的"情状"才是小说的要素，甚至认为情节都可以不要，只要情状就行。有论者还进一步提出："我们底知识原来告诉我们：小说重在描出'情状'，不重叙些'情节'；重在'情状真切'，不重'情节离奇'。情节只是壳子罢了，取譬荔枝，情节就像荔枝的壳，情状才是荔枝的肉。而因文艺，植根于真；故亦不贵乎离奇，而重在真切。"[4]

备受写实小说理论关注的人物形象，在抒情小说理论这里，仅是构造小说意境的一部分："人虽然在背景中凸出，但终于无以与自然分离，有些篇章中，

---

[1] 钱玄同：《通信·钱玄同信》，《新青年》1917年8月1日第3卷第6号。
[2] 冰心：《我做小说，何曾悲观呢》，《晨报》1919年11月11日。
[3] 周作人：《〈晚间的来客〉译后附记》，《新青年》1920年4月1日第7卷第5号。
[4] 晓风：《"情节离奇"》，《民国日报·觉悟》1923年6月19日。

且把人缩小到极不重要的一点上,听其逐渐全部消失到自然之中。"[1] 另外,原本为塑造人物形象服务的"环境",也摇身一变,成为具有独立审美价值的"氛围""意境"。

如果把中国现当代小说理论发展的第二个历史阶段(1919—1927年)与前一个阶段相比较,我们就能发现,无论是小说的本体观念还是小说的功能与意义,抑或小说的基本理论形态,都具有鲜明的现代性特征。至此,中国具有现代性特征的小说理论最终形成。

三、中国现当代小说理论的定型

1928—1949年是小说理论的定型阶段。写实小说理论从客观反映创作主体的经验,进一步深化为传达抽象的社会观念。区别于此前经验意义上的写实主义,现实主义走上了历史的舞台。在左翼文化的深刻影响下,现实主义小说诸艺术要素得到进一步发展。在传统文学和西方现代派文学思想的双重影响和刺激下,抒情小说理论迎来了黄金时代。此外,在写实小说理论和抒情小说理论的发展过程之中,人物、结构(情节)、环境等主要理论范畴获得了新质。

此阶段写实小说理论的发展离不开左翼文化的影响。洪灵菲的《普罗列塔利亚小说论》是其标志。洪灵菲在这篇文章中提出普罗列塔利亚小说应该具有的特征:"普罗列塔利亚小说是普罗列塔利亚文学里面的一部分,和普罗列塔利亚的任何艺术一样,它的特性是唯物的,集团的,战斗的,大众的。其次,它是观念形态的艺术,在普罗列塔利亚的解放运动中,它有了很重大的战斗和教养的作用。"[2]《关于新的小说的诞生——评丁玲的〈水〉》是一篇把阶级的、大众的小说观念贯穿到小说理论的重要文献。该文指出《水》的重要价值是:"着眼到大众自己的力量,其次相信大众是会转变的地方",并认为"新的小说家,是一个能够正确地理解阶级斗争,站在工农大众的利益上,特别是看到工农劳

---

[1] 沈从文:《断虹·引言》,载《沈从文文集(国内版)第十一卷·文论》,花城出版社、生活·读书·新知三联书店香港分店,1984,第61页。
[2] 洪灵菲:《普罗列塔利亚小说论》,载《文艺讲座:第一册》,神州国光社,1930,第218页。

苦大众的力量及其出路，具有唯物辩证法的方法的作家！"[1]

接受左翼文化的熏陶后，人物理论和情节理论得到进一步发展。人物理论是中国写实小说理论的核心范畴，这是共识："古代的小说与近代的小说的最大的异点，就是：前者是以 Romance 的事件为中心，后者却是以小说中人物的性质之发展为主体。"[2]中国现当代小说理论形成期人物理论强调人物个性，"凡描写人物的第一要者，就是个性的区别。一人有一人的个性，各不相同。……描写甲，而以乙之个性，描写乙，而以甲之个性，其所得之结果，必至'驴头马嘴''四不像'了。至于个性之表现，从服饰上，形貌上，言语上，举动上，都可表现得出。有时也可从境遇上，感情上，事情上写出他的色彩"[3]。而本阶段人物与人物之间的关系是人物理论关注的核心问题。比如长虹提到，"好的小说不是表现人的个性，而是表现人间相互的关系"[4]。再比如德明指出，"高氏这部小说不是写一个人的事，而是把一家庭作为一个中心描写，而且还几代的迹踪下去。大概以前做小说的注重一个人物的性格底发展，高尔斯华绥则在他这书中描写着父祖的弱点及于子孙身上"[5]。德明的观点进一步强调，小说人物塑造侧重的是人物与人物之间的关系，而不是简单的个性描写。

如何塑造人物形象，也是二十世纪三四十年代人物理论的核心问题。鲁迅关于人物典型的理论具有较高价值。鲁迅说："人物的模特也一样，没有专用过一个人，往往嘴在浙江，脸在北京，衣服在山西，是一个拼凑起来的角色。"[6]除了关于人物的来源的论述之外，鲁迅还谈到了如何刻画出最好的人物形象，那就是"画眼睛"："要极省俭的画出一个人的特点，最好是画他的眼睛。我以为这话是极对的，倘若画了全副的头发，即使细得逼真，也毫无意思。"[7]

而胡风和周扬关于典型的论争，则把人物形象的塑造提升到一个崭新的高度。胡风认为："一个典型，是一个具体的活生生的人物，然而却又是本质上

---

[1] 冯雪峰：《关于新的小说的诞生——评丁玲的〈水〉》，《北斗》1932年1月20日第2卷第1期。
[2] 何穆森：《短篇小说的特质》，《新中华》1933年12月10日第1卷第23期。
[3] 壬唯：《儒林外史与描写的艺术（续）》，《时事新报·学灯》1921年7月14日。
[4] 长虹：《每日评论·小说》，《世界》1928年1月8日第2期。
[5] 德明：《高尔斯华绥大功告成——〈福薛脱传说〉的结束》，《申报·艺术界》1928年9月30日。
[6] 鲁迅：《我怎样做起小说来》，载《创作的经验》，上海天马书店，1933，第6-7页。
[7] 同上。

具有某一群体底特征,代表了那个群体的。"[1]周扬则认为:"典型的创造是由某一社会群里面抽出最性格的特征,习惯,趣味,欲望,行动,语言等,将这些抽出来的体现在一个人物身上,使这个人物并不丧失独有的性格。"[2]胡风和周扬关于典型的论争的最大意义在于偏向本质主义的典型人物理论观点开始萌芽。

对于现实主义小说理论而言,倡导写英雄人物形象渐渐成为一种理论自觉。1943年重庆的《新华日报》发出《一个号召》:"读者都来写我们时代的英雄人物。"[3]孙犁呼吁作家要创造"战时的英雄文学",塑造农民战士的英雄形象,他认为,"文学在本质上就是战争的东西(当然也是劳动的东西),希腊最早的史诗和各悲剧,都是表现战争和英雄事业的","人民喜欢英雄故事。他们对战士、对英雄表示特有的崇敬,在民间有大量的歌颂英雄的口头文学"[4]。

现实主义小说理论虽然一直关注小说与现实生活的关系,关注小说的社会历史功能,但是这并不意味着它不关心小说的形式。

最早关注现实主义小说形式的理论文字见于陈君如和穆木天之间的论争。陈君如认为第一人称的写法也能作为小说的写法,他说:"作品的真实性,是要归于作者对于现实的认识和表现的手段所达到的程度的高下的问题,与第一人称写法却无关,因为,第三人称写法并不能禁止作品内容绝非虚构的和理想的倾向。"[5]而穆木天则认为"第一人称是个人主义的抒情主义的形式,现在的写实所需要写的是民族解放斗争中的工农大众的情绪",因此,第一人称是不能用来写写实小说的,因为"用第一人称写没受过高深教育的工农大众,无论作者的认识是如何的正确,总不容易把他们的性格如实地表现出来"[6]。这场关于第一人称叙事与写实小说的真实性关系的论争,虽然只是在陈君如和穆木天之间展开,但是,它却透露出形式对于现实主义小说的重要性。现实主义小说

---

[1] 胡风:《现实主义底一"修正"》,载《胡风评论集(上)》,人民文学出版社,1982,第343页。
[2] 周扬:《现实主义试论》,载《周扬文集(第一卷)》,人民文学出版社,1984,第160页。
[3] 佚名:《一个号召》,《新华日报》1943年1月24日第4版。
[4] 孙犁:《论战时的英雄文学——在冀中〈前线报〉文艺小组座谈会上的发言》,载《孙犁文集·四》,百花文艺出版社,1982,第335页。
[5] 陈君治:《谈第一人称写法与写实小说》,《申报·自由谈》1934年1月7日。
[6] 穆木天:《再谈写实的小说与第一人称写法》,《申报·自由谈》1934年1月10日。

如何表现民众并让民众能接受，成为小说理论的一个重要课题，也是一直困扰着小说理论家的问题。1942年国民杂志社组织了一场关于小说内容和形式的讨论，许多作家都参与了讨论。讨论过程中，充分利用中国传统的小说形式——章回小说，被一致认为是最能让中国民众接受的小说形式。[1]

抒情小说理论在这一阶段也获得了长足的发展。有些理论家认为以写实和人物塑造为宗旨的写实小说是旧时代的产物，在现代社会中已经没有什么价值了。盛澄华在《试论纪德》中就说："取消小说中一切不特殊属于小说的成分。正像最近照相术已使绘画省去一部求正确的挂虑，无疑留声机将来一定会肃清小说中带有叙述性的对话，而这些对话常常是写实主义者自以为荣的。外在的事变，遇险，重伤，这一类全属于电影，小说中应该舍弃。即连人物的描写在我也不认为真正属于小说。"[2]小说家汪曾祺也发表了类似看法："我们宁可一个短篇小说像诗，像散文，像戏，什么也不像也行，可是不愿意它太像个小说，那只有注定它的死灭。我们那种旧小说，那种标准的短篇小说，必然将是个历史上的东西。许多本来可以写在小说里的东西，老早老早就有另外方式代替了去，比如电影，简直老小说中的大部分，而且是最要紧的部分，它全能代劳，而且更准确，有声有形，证诸耳目，直接得多。"[3]

上述小说观念的变化直接引发了理论家对小说心理结构的重视。沈雁冰认为，"近代心理派的小说把全书的重心寄托在心理分析的趣味上，事实的发展就成为极不重要；因而他们都把'结构'视作无关重要"[4]。他还认为，"近代小说之牺牲了动作的描写而注意于人物心理变化的描写，乃是小说艺术上一大进步"[5]。于是，小说心理结构被看作是小说发展的新趋势："近代的小说一方面在量上增加，一方面在类上也愈见丰富了，小说不但能摄取外形，它还能摄取内心；它不但能表示生活之诸相，还能摄住一种抽象的、超平凡的空气；它是能从外面的东西渐渐移来抓住内里的灵魂。这正如 Leonid Andreyev 的意见，

---

[1] 参见《国民杂志》1942年10月1日第2卷第10期。
[2] 盛澄华：《试论纪德》，《时与潮文艺》1945年1月15日第4卷第6期。
[3] 汪曾祺：《短篇小说的本质》，《益世报·文学周刊》1947年5月31日第6版。
[4] 沈雁冰：《人物的研究》，《小说月报》1925年3月10日第16卷第3号。
[5] 同上。

因为近代人生活的本身，在它是最悲剧的方面，是从外表的活动离得更远而且更远了，陷入灵魂的深处亦更深而更深了……"[1] 不仅如此，理论家还发现，心理结构也能写出时代性的史诗："二十世纪，小说的结构又有了一个巨大的变化：时空立体观完了，时与空都给作者的心理变化与内在的生活感觉糅合成不可易辨了。但结构仍然存在，作者们似乎有了更严整更多苦心的安排，也更合适史诗这个光荣的称呼。詹姆斯·乔伊斯把他最伟大的空前也可能绝后的心灵史诗题名为《尤利西斯》（《奥德赛》的另一名称）决不是没有意义的。因为如此的结构可以更合适地表现'人'的生活的更丰富更真切的内涵与更多采的风貌，可以将极致的抒情，意识流甚至潜意识的光彩，内心情绪与外在气氛的戏剧性的表现凝合在一个光圈似的统一物里面，是最好的诗，也是最好的散文与小说，确是史诗式的人性的高歌。"[2] 这一观点为抒情小说表现社会历史的重要问题提供了合理性。

对于随笔形式小说结构的肯定，也是这一时期重要的理论收获。例如，周作人在《明治文学之追忆》中提到："我读小说大抵是当作文章去看，所以有些不大像小说的随笔风的小说，我倒颇觉得有意思，其有结构有波澜的，仿佛是依照着美国板的小说作法而作出来的东西，反有点不耐烦看，似乎是安排下好的西洋景来等我们去做呆鸟，看了欢喜得出神。"[3]

总之，无论是现实主义小说理论还是抒情小说理论在这个历史阶段都适应了时代的发展。现实主义小说理论对于社会生活的反映成为重要的理论命题，同时，人物理论获得了极大的发展，人物与人物关系的刻画、典型人物的塑造，都代表了这个时期现实主义小说理论的崭新历史内涵。抒情小说理论对情调结构、心理结构、随笔形式的强调，也体现了小说理论适应时代发展的趋势。尤其是心理结构被看作是"史诗式的人性的高歌"的观点，充分体现了抒情小说理论的社会功能和价值。总之，无论是从小说理论范畴的建构还是从小说理论形态的形成状态来看，这一个时期的小说理论基本完成了现代性建设，中国现

---

[1] 陈炜谟：《论坡（Edgar Allan Poe）的小说》，《沉钟》1927年7月10日"爱伦·坡特刊"。
[2] 唐湜：《师陀的〈结婚〉》，《文讯》1948年3月15日第8卷3期。
[3] 周作人：《立春以前》，太平书局，1945，第73页。

当代小说理论的基本范畴、历史形态基本定型。

四、中国现当代小说理论的转型

1949年7月召开的第一次中华全国文学艺术工作者代表大会上，周扬提出了小说的主题、人物形象、语言及形式上的规范性。他认为"民族的、阶级的斗争与劳动生产成为了作品中压倒一切的主题，工农兵群众在作品中如在社会中一样取得了真正主人公的地位"，是小说"新的主题"；至于小说所要塑造的人物形象，他认为应该是"模范人物""英雄人物"。他说："中国人民如何在反对民族压迫与封建压迫的各式各样的斗争中，克服了困难，改造了自己，产生了各种英雄模范人物。……对于他们，这些世界历史的真正主人，我们除了以全副的热情去歌颂去表扬之外，还能有什么别的表示呢？"[1]周扬认为，解放区文学在形式上也是新的，找到了民族形式的崭新表现形式："这首先表现在语言方面。'五四'以来，进步的革命的文艺工作者不止一次地提出过与讨论过'大众化''民族形式'等等的问题，但始终没有得到实际的彻底的解决。直到文艺座谈会以后，由于文艺工作者努力与工农群众相结合，努力学习工农群众的语言，学习他们的萌芽状态的文艺，'大众化''民族形式'的问题就自然而然地得到了解决，至少找到了解决的正确途径。"[2]

如果对照前一个时期现实主义小说理论和抒情小说理论共同繁荣发展的局面，我们就可以发现，这个时期的小说理论发生了重大转型，转向独尊现实主义小说理论。小说题材理论、小说的真实性理论、人物理论、小说的形式理论都获得了崭新的历史内涵。

首先来看小说题材理论。小说题材理论不是一个简单的、单纯的文学理论话题，它被赋予价值判断的意味。小说题材在这个时期有着重要与不重要、高与下的价值之分。同时，选择何种题材也不再是简单的作家艺术个性表现力的问题，还是作家世界观、政治立场等的重要体现。之所以会是这样，是因为现

---

[1] 周扬：《新的人民的文艺》，《人民文学》第1卷第1期。
[2] 同上。

实主义文学以反映现实社会生活本质为要务,题材被认为能"本质"地体现现实社会生活,因此,小说题材就不是一个作家选取何种题材来反映社会生活的艺术层面上的问题,而是和小说作品是否准确地表现社会生活的本质联系在一起。工农兵的阶级斗争实践和生产实践被看作是最能体现社会本质的,因此,它被看作新中国成立后最为重要的文学题材。

小说的真实性是这个时期常常被讨论的问题。综合来看,关于小说真实性的讨论主要涉及三个方面的问题。首先,从小说选取的题材来看,主要集中于客观的社会生活而非作家主观中的"现实"。冯雪峰认为,现实主义要"从现实(客观)出发而不有所粉饰或主观地看现实的那种严肃的、客观的态度,对于现实的观察的深刻性和具体性,以及把文学的基础和美学观点的基础放在对于现实之客观的、真实的描写上"[1]。如果偏离了客观的现实,就会产生"以主观的错误的幻想代替现实生活发展规律的倾向"[2]。

其次,从小说要关注的社会关系来看,要求小说家关注现实社会生活中人与人之间的"阶级关系"。侯金镜等认为,路翎的小说《洼地上的"战役"》《战士的心》的错误在于,在志愿军战士的阶级关系之外,"刻意"地构筑了爱情、亲情关系。即便是同志之间的友爱,也应被纳入阶级关系之中,这样才会被肯定,否则也会招致批评。《你的永远的忠实的同志》就遭受了这样的批评。批评者认为,这篇小说"抽去了部队生活中阶级友爱的实质","将革命部队中的同志关系作了不真实的描写",最终小说中"同志关系中最强有力的、最起作用的不是同志爱,不是阶级友爱,而是个人之间的私情",从而陷入"小资产阶级个人主义的写照"[3]。

最后,真实性的判定标准,并非简单客观陈述现实社会生活那么简单,而是生活真实与艺术真实高度统一。生活真实不仅仅是现实生活中的"事实"(事件真实),还应该是"本质真实",即事件反映出的事物发展本质规律与趋势。"艺术真实"就是以艺术的手法,对"生活现实"作出更集中、更强烈、更典型的

---

[1] 冯雪峰:《中国文学中从古典现实主义到无产阶级现实主义的发展的一个轮廓(续完)》,《文艺报》1952年第20期。
[2] 侯金镜:《评路翎的三篇小说》,《文艺报》1954年第12期。
[3] 刘金:《不,这是不真实的!》,《文艺报》1955年第6期。

艺术概括与艺术提炼，唯有如此，才能在"生活真实"与"艺术真实"的基础上取得具有真实性的艺术效果。如何达到"艺术真实"呢？李希凡提出了自己的观点："我所理解的艺术的真实，尽管有着高度的概括性，它却不能脱离历史的真实。文学作品所创造出的艺术形象，如果没有生根在真实的典型的历史和现实的环境中，那就谈不到真实，而只是对于艺术真实的歪曲。我们不需要'粉饰太平的颂歌'，因为这种颂歌是不真实的，是虚伪的，这是公式化、概念化作品的死路一条；然而，用罗列现象的方法，来表现我们伟大现实生活的落后面，也同样不能取得'真实'的生命，不能为它的人物性格找到和现实环境的真正的有机关系。"[1]

再看人物理论的相关论述。二十世纪五十至七十年代中国小说理论以人物形象塑造为核心命题："社会主义现实主义，首先在善于描写人。但，这在当前中国文艺界，似乎还没有普遍被重视起来"，描写人"实际上是当前中国文艺界的中心问题，也是社会主义现实主义创作原则的中心问题"[2]。1949—1979年围绕人物理论塑造展开过四次比较集中的理论探讨。第一次是新中国成立后关于"能不能写小资产阶级"的讨论；第二次是关于新英雄人物形象塑造的问题；第三次是关于"写中间人物"的论争；第四次是关于人物形象典型化的讨论。这四次人物理论的探讨，是新中国成立后人物理论探究步步深化的过程。下文将依次讨论。

"能不能写小资产阶级"的论争归根结底其实不在于人物形象塑造艺术本身。这场论争表明，人物形象的塑造和作家的立场牵扯在一起。这是人物理论的政治性内涵被发掘的一次讨论。此处不详细展开。

二十世纪五十年代关于新英雄形象的塑造理论，主要有两派观点。一派以周扬为代表，要求塑造没有缺点、完美地体现历史趋势的理想者。周扬认为，"现实主义者必须同时是理想主义者"[3]。另一派则是以冯雪峰为代表，侧重从现实主义艺术出发，来构筑新英雄人物形象。冯雪峰从"实际生活有充分认识"

---

[1] 李希凡：《评〈组织部新来的青年人〉》，《文汇报》1957年2月9日第3版。
[2] 竹可羽：《再谈谈〈关于〈邪不压正〉〉》，转引自洪子诚编《二十世纪中国小说理论资料汇编（第五卷）》，北京大学出版社，1997，第34页。
[3] 周扬：《为创造更多的优秀的文学艺术作品而奋斗》，《人民文学》1953年第11期。

的基础上来理解英雄人物形象塑造，其目的也是让英雄人物形象"不脱离生活实际"[1]。周扬和冯雪峰的分歧，代表了现实主义小说理论的两种流脉，一是偏重理想中的未来发展趋势，一是着眼于当下的实际现状。

"写中间人物"是邵荃麟1962年6月25日在《文艺报》的一次讨论会上提出的主张。他说："两头小，中间大，英雄人物与落后人物是两头，中间状态的人物是大多数，应当写出他们的各种丰富复杂的心理状态。文艺的主要教育对象是中间人物。最进步最先进的人用不着你教育。写英雄树立典范，但也应该注意写中间状态的人物。只写英雄模范，不写矛盾错综复杂的人物，小说的现实主义就不够"，"强调先进人物、英雄人物是应该的，是反映我们时代精神的。但整个说来，反映中间状态的人物比较少。中间大，两头小，好的坏的人都比较少。广大的各阶层是中间的，描写他们是很重要的，矛盾往往集中在这些人物身上。"[2]"写中间人物"的理论其实和冯雪峰倡导的人物理论有异曲同工之处（实际上冯雪峰先于邵荃麟提出"中间人物"理论）。虽然根植于现实生活，但是，"写中间人物"的主张无法体现历史的理想趋势，所以一经问世，就遭受批评。

1949—1979年大致有两种方法来实现典型化。一种是学者常说的概括、集中的方法。对此，邵荃麟的论述非常具有代表性。他说："当作家从现实生活中观察体验、分析、研究了各种各样英雄人物，进入到创作的过程时候，他一定要经过概括和集中。"[3] 除了在现实生活中的人物的基础上概括、集中英雄人物所具有的素质、品质的方法外，另一种方法是在现实的基础上提高英雄人物的素质、品质。这种方法主要适用于创造那些体现出属于未来的、理想的英雄人物素质的英雄人物形象上。严家炎在评论《创业史》中梁生宝这一形象时，较为集中地论述了这一方法。他说："社会主义文学的根本任务和两结合的艺术方法，都要求我们塑造的新英雄人物强烈地体现无产阶级和革命人民大无畏的彻底革命的时代精神，给读者以共产主义思想教育和巨大鼓舞，这就不仅需

---

[1] 冯雪峰：《英雄和群众及其它》，《文艺报》1953年第24期。
[2] 邵荃麟：《在大连农村题材小说座谈会上的讲话》，转引自洪子诚《二十世纪中国小说理论资料汇编（第五卷）》，北京大学出版社，1997，第429页。
[3] 邵荃麟：《邵荃麟评论选集（上）》，人民文学出版社，1981，第319—320页。

要对生活素材作概括、集中、提炼，而且需要循着现实生活和人物性格的逻辑去提高，充分显示出人物的理想主义光彩。这完全不是什么'拔高'。"[1]

1949—1979年小说理论关于小说形式的思考除了满足民族形式的规范外，还要体现出大众化的特点。故事是中国老百姓喜闻乐见的艺术形式，因此，强调故事顺理成章地成为小说理论的自觉追求："重视故事情节的问题就有着更为重要的意义，它关系到文艺如何更好地为广大农民群众服务的问题，也关系到继承传统和贯彻艺术上的群众路线的问题。"[2]陈涌也认为故事性是属于"人民文艺"的小说的重要特征："生动丰富的行动性和故事性，过去有些从事新文艺创作的人并不重视这点，但是这是我们今天创作人民文艺所应该重视的。"[3]评书也被认为是符合中国老百姓的长篇小说审美趣味，[4]大众对《水浒传》《林海雪原》等符合中国读者审美趣味的长篇小说喜爱有加，它们都属于评书类长篇小说。《水浒传》是古代评书的代表作，《林海雪原》被看作是"继承了旧评书传统形式和方法"而创作出来的当代"新评书体小说"[5]。

总之，转型期的小说理论围绕深化小说与现实之间关系，提出了一些富有创见的理论观点，这是不容抹杀的。但是，由于对小说功能的理解比较偏狭，转型期的小说理论在后期进入到逼仄的胡同。

五、中国现当代小说理论的成熟（一）

现实主义小说理论、抒情小说理论、形式本体论小说理论的形成构成了二十世纪八十至九十年代初期小说理论的主潮。本时期小说理论在小说与现实关系的建构、小说与主体关系的思考、小说的形式理论建设、小说的民族化探索等方面，比较好地处理了小说学自身建设和小说的功利价值之间、小说的民族化与现代化之间的关系，彰显了中国现当代小说理论成熟期的气质。

---

[1] 严家炎：《梁生宝形象和新英雄人物创造问题》，《文学评论》1964年第4期。
[2] 包维岳：《故事情节对叙事文学的意义》，《长江文艺》1963第11期。
[3] 陈涌：《孔厥创作的道路》，《人民文学》第1卷第1期。
[4] 依而：《小说的民族形式、评书和〈烈火金刚〉》，《人民文学》1958年第12期。
[5] 同上。

导　论

　　我们先来看二十世纪八十年代现实主义小说理论发展的情况。此阶段现实主义小说理论与前一个阶段有着不同的内涵与特征。首先，反思了现实主义所强调的"现实"："严格地说，艺术创作的最高任务并不是真实地再现现实，而是真实地、形象地表达作家艺术家对现实的认识、态度和感情。艺术所追求的最高真实不是仅仅对生活的逼真的描绘，而更应该是对生活的正确的认识和态度以及对这种认识和态度的准确而生动的表达。"[1]在戴厚英看来，所谓的"真实生活"其实并不是作家对于现实生活照相式的反映，而是小说家对于生活的理解、看法、态度的反映。其次，现实主义反映生活的对象发生了根本性的变化。戴厚英所提倡的"真实"不仅仅局限于客观的真实世界，也包括主观上的"真"。她说："我把'真'放在艺术追求的第一位，我所追求的'真'不仅仅是客观的'真'——揭示客观世界的真实面貌；更重要的是主观的'真'——真实地表达自己的思想感情，说真话，吐真情，掏真心。"[2]因此，戴厚英所理解的现实主义是作家对于生活的能动、"主观"反映。王蒙也认为，小说所反映的真实性，也应该包括作家的主观心理："文学的真实性，既包括着对于客观外部世界的如实反映，也包括着对人们的（包括作家自己的）内心世界的如实反映，我们决不因为提倡真实而排斥浪漫主义，排斥理想、想象、艺术的虚构与概括。"[3]还有论者认为，精神生活的真实性，也应该纳入到现实主义的范围："现实主义如果不能既反映物质关系生活也反映物质关系基础上的精神生活，它还怎么叫作现实主义？客观实在的历史表明，从来的现实主义艺术作品非但不疏忽而且由于展现了一定的现实关系状况而更能深入精神生活和真实表现精神状态"[4]。事实上，虽然现实主义依靠社会分析的基本方法来表现社会生活中的"人"，但是，现实主义并不局限于社会生活本身，而是"通过人与具有现实意义的历史和具体现实的内容丰富的联系来表现人"，"多方面完整地研究人的各种情感，研究人的极其复杂的心理感受"[5]。因而，对于现实主义小

---

[1] 戴厚英：《人啊，人！》，广东人民出版社，1980，第356页。
[2] 同上。
[3] 王蒙：《王蒙文集（第六卷）》，华艺出版社，1993，第23页。
[4] 耿庸：《现代派怎样和现实主义"对抗"》，《社会科学》1982年第9期。
[5] 鲍·苏奇科夫：《现实主义的历史命运——创作方法探讨》，傅仲选、徐记忠、袁振武译，外国文学出版社，1988，第43页。

说理论而言，从把现实主义局限于客观社会生活的描写，拓展为对人的内心世界的描绘，扩宽到对人的精神世界关注，实现了对现实主义传统的全面回归。

其次，以王蒙等为代表的小说理论家倡导表现主体、主观情感、思绪与心态，促进了抒情小说理论的发展。王蒙的小说理论"摆脱了戏剧性的小说的写法"，重视"写主观感觉"，"按照生活在人们心灵中的投影，经过人的心灵的反复的消化，反复的咀嚼，经过记忆、沉淀、怀念、遗忘又重新回忆，经过这么一套心理过程之后的生活"[1]。王蒙认为，小说要表现人的精神世界，这个精神世界既包括人的理性的思维如判断、计划等，还包括人的灵感、奇想、遐思等。王蒙还把色彩、情调、氛围、节奏、旋律等也当作小说的要素，丰富了小说的构成要素。莫言则认为："小说愈来愈变为人类情绪的容器，故事、人物、语言都是造成这容器的材料。"[2]这一类小说理论不像现实主义小说理论那样，孜孜以求地反映外在的客观社会生活，反而更看重主体的"内宇宙"。举凡主体情感、哲思、思绪、心态等，都是小说要表现的对象。随之，小说的要素及其特征、表现手法也发生了变化：小说的情节不再追求戏剧性，且被淡化；小说环境也被打上了主体的烙印；象征的表现手法成为小说理论关注的重心。这一类小说理论常常能在中国古代抒情文学传统里找到理论资源。

形式本体论的崛起是这个阶段小说理论建设的重大收获。在西方文学理论的影响下，二十世纪八十年代中期至九十年代初期，中国产生了语言本体论、叙事形式本体论、符号学本体论三类小说形式本体理论。

二十世纪八十年代后期，中国小说理论家对小说语言的本体展开了思考。首先，理论家们质疑了语言与作家创作意义之间的一一对应关系，认为语言并不只是简单传达作家想表达的意义，它常常在不知不觉中改变作家所设想的意义。其次，语言与实在之间并非简单的对应关系，而且语言的属性并不只是指示世界，语言的属性还体现在其词句的联系和组合上。

另外，小说是在事件中展开的，因此故事性是小说的重要特性。当小说语

---

[1] 王蒙：《在探索的道路上》，《北京师范学院学报（社会科学版）》1980年第4期。
[2] 莫言：《黔驴之鸣》，转引自杨守森、贺立华主编《莫言研究三十年（上）》，山东大学出版社，2013，第310页。

导 论

言被提高到本体位置之后,学者对小说语言和小说故事之间的关系的确产生了新的思考。从功能上看,小说语言具有故事生成功能;从形态上看,小说语言和小说的故事之间存在着对称性;从小说的故事本性来看,小说语言是故事性语言。这些被看作是具有故事性属性的小说应该具备的特征。

叙事学关注叙事文体的叙事方式,并把它看作是叙事文学的本体性存在。叙事学(叙述学)对中国小说理论的影响主要体现为它催生了中国当代小说理论把叙事形式当作小说本体的形式论理论倾向。"叙述"成为中国当代小说理论关注的对象,开始取代传统的小说理论,"叙述"替代了"事件",成为小说理论的核心要素。正如有论者在分析小说《红高粱》时认为,在小说中,叙述代替了小说中的典型事件:"小说的中心事件是一次伏击战。但是,由于莫言注重的是叙述的过程,而不关心叙述的结局,所以,这次战争在《红高粱》中就显得若隐若显,无关紧要,只是作为小说叙述的一个契机,而远远小于整个叙述过程。"[1] 中国当代小说理论关注的不再是人物、情节、环境,而是小说的叙述方式。

随着叙述方式的凸现,小说的含义、构成也发生了变化。"必须抛弃内容与形式的二分法,而以要素与结构的区分取代之。……文学形象的结构即文学特殊的叙述方式。文学叙述方式区别于现实叙述方式,它使现实人物转化成文学角色,使现实事件转化为文学情节,使现实背景转化为文学形象。"[2]

符号本体小说理论也得到了积极探讨。首先是小说的语言观发生了根本性的变革。此前,无论是追求真实的现实主义小说语言观,还是偏向主体化的小说语言观,都认为语言是经验性的,被用来反映、表达客观或主观的对象。但是,在符号学视野中,小说语言观就趋向为"创造"的符号学语言观。"文学语言,作为一种语言符号本体和人类本体存在,它是靠一个一个的词来组接的。文学词汇既是语义性的,更是经验呈现的。所谓经验与呈现,是指作家在进行文学艺术创造的过程中,总是想象性'虚构'出许多属于自己的独特经验,而且,这种独特经验不是被语言'反映'或'表达'出来的东西,而是被创造出来,'自

---

[1] 罗强烈:《小说叙述观念与艺术形象构成的实证分析》,《文学评论》1987年第2期。
[2] 杨春时:《文学的叙述方式》,《文艺评论》1990年第2期。

行呈现'的东西"[1]。在符号学的视阈中，语言非个体经验的呈现，它具有人类文化的普遍性。新时期以来的小说语言告别了对个别优美字句的追求，而是在文本整体性的符号规则下，创造出符合生活原貌和主体生活经验的语序和语态。从总体来看，"考察我国1985年以后的小说，可以发现一个有趣的现象：许多小说不但使用了隐喻性语言，而且还运用了转喻的模式。于是，隐喻和转喻互为渗透，就成为新时期小说符号化的一个引人注目的特征"[2]。

符号学小说理论对小说人物观的冲击最为明显。人物不再是毫发毕现、栩栩如生的心理性存在物，而只是小说中的一个功能。"小说中的人物在符号学的眼中不是死亡了，那么至少也是语词化了。人物不再是一个稳定的、个性化的实体，他在文本中不过是各种事件所汇集的空间。假如像托多洛夫那样将故事形容为一个陈述句，那么，人物性格无非是一些名词与形容词的拼凑。人物的意义当然只能限于文本之内。他们（结构主义）宁可关心人物在故事构造中的功能；人物在他们眼中缩减成行动者。而且，在还原人物行动的时候，结构主义拒绝考察人物的心理动机，他们最终把人物的行动置换成语言学意义上的动词，或者置换为谓语——这是一个与'叙述语法'更为相称的概念。"[3]或者说，小说中的人物只是叙述过程的单位。张智庭在《〈赵氏孤儿〉与〈中国孤儿〉人物符号学之分析》[4]分析了两篇文章的人物符号的类属、人物行为者的层次、人物行为模态、人物符号的动机性，表明人物仅是功能而已。

六、中国现当代小说理论的成熟（二）

二十世纪九十年代中期现实主义小说理论得到了进一步的发展，并且在形式本体论小说理论的基础上，整合文化研究理论，形成了"文化－形式"的小说理论潮流。

二十世纪九十年代中期，以刘醒龙、关仁山、何申、谈歌的小说创作为中

---

[1] 陈剑晖：《符号化了的小说语言》，《文艺评论》1989年第2期。
[2] 同上。
[3] 南帆：《主体与符号》，《文艺争鸣》1991年第2期。
[4] 张智庭：《〈赵氏孤儿〉与〈中国孤儿〉人物符号学之分析》，《外国文学》1991年第2期。

导 论

心的文学潮流,直接带动了九十年代小说理论发展的新流脉。现实主义小说理论再次登上了历史的舞台。

此时,小说在"写什么"的问题上发生了根本性的转向。关注社会现实,已经成为小说创作的一个基本要求。九十年代中期刘醒龙就意识到,小说转向现实社会生活,已经成为一个基本诉求:"无论是乡村小说还是都市小说,我觉得好的都是有实实在在生活内容的作品。有些作家的作品是写给自己看的,有些是写给人民群众看的,后一类更了不起、更长久。……文学不能光是私生活性心理这套东西。作家仅仅是关心自我的心灵是不够的,更要关注社会现实。"[1]

刘醒龙、关仁山这一批作家所关注的社会现实,首先是实实在在的生活。这里所说的"实实在在"的生活,显然指的是社会生活中发生过的生活,不是新历史主义小说所宣称的想象的生活、虚构的生活。实在性的生活,换言之,即生活中存在的生活现象、社会现象,它们成了小说家们重要的表现对象。"我觉得创作本身离不开'现实精神'的强化。单就题材而言,现实主义作品要表现出强烈关注当下现实的品格,而且把目光和笔触直接切入当前改革的两大战场,大中型企业和基层农村。生活本身就是立体的、鲜活的,民情万种,作家真正深入进去,就普通百姓关注焦虑的问题做出及时真实的文学反映。"[2]

二十世纪九十年代末期"底层写作"成为中国影响最大的文学创作潮流。"底层写作"接过了"现实主义冲击波"所举起的现实主义大旗,为现实主义小说理论贡献了新的血液。曹征路认为:"现实重新'主义'是中国当代文学的必然选择,这是由中国的国情决定的。"[3]

除了转向现实主义,九十年代以来小说理论最大的变化是文化转向。有论者认为:"传统的文学批评方法、基本概念、关键词语,业已渐次被废除退场,不仅传统批评的形象、形式、风格、浪漫主义、现实主义、史诗等概念早已被悬置,即便是八十年代流行于中国文坛的新批评、结构主义、"文化-心理"批评等也成了明日黄花。代之而起的是文化批评的骤然升温。在更多的文章中,我们

---

[1] 韩耀禧:《雅曲乡音凤凰琴——近访作家刘醒龙》,《文学报》1995年9月21日第2版。
[2] 关仁山:《作家眼里的现实主义》,《小说家》1997年第4期。
[3] 曹征路:《期待现实重新"主义"》,《文艺理论与批评》2005年第3期。

常见的概念是：全球化、现代性、后现代、后殖民、新儒家、新国学、差异性、颠覆、结构等等。经典的文学理论家的名字也逐渐为杰姆逊、德里达、福柯、拉康、亨廷顿、福山、丹尼尔·贝尔等取代。"[1]九十年代以来新殖民主义、新历史主义、女性主义等文化理论对中国当代小说理论影响巨大。文化理论对于小说理论的贡献主要体现在促使形式主义小说理论转向上，尤其是在一些小说理论家的研究中，小说形式不再仅仅是形式本身，而是被赋予了各种文化意义。于是，综合形式与文化的小说理论诞生了。其中赵毅衡、王一川、李建军的理论探讨尤为有特色。赵毅衡通过对小说叙述者的文化功能分析，昭示了小说叙述者不再是超然的形式要素，相反成为社会文化的符号与载体。王一川从卡里斯马典型入手，创新修辞论人物理论，李建军和布斯的《小说修辞学》对话，重建小说的伦理价值。他们的理论建构，都非常有启发意义。

九十年代以来，构建具有中华民族特色的叙事学理论也是"文化-形式"小说理论发展的一支重要流脉。九十年代以来，小说理论在构建具有中华民族文化特色的叙事学理论道路上，不是简单地发掘中国叙事传统，而是始终以西方的叙事学理论为参照，结合中国叙事理论传统，充分发现中国叙事传统的独特性。

杨义开宗明义地提出了建构中国叙事学的方法："对于我正在思考的叙事学，我认为，不一定如同某些西方理论家那样从语言学的路径开拓研究思路，而应该尊重'对行原理'，在以西方成果为参照系的同时，返回中国叙事文学的本体，从作为中国文化之优势的历史文化中开拓思路，以期发现那些具有中国特色的、也许相当一些侧面为西方理论家感到陌生的理论领域。"[2] "对行原理"的基本含义是，中国与西方文化之间，有着相当程度的相互沟通的可能性。然而，中国文化和西方文化之间又有着较大的差异性，二者首要的关注点不同，思维方式不同，语言方式也不同。因而，要建构中国叙事学，绝不能照搬西方叙事学理论，而应该参照西方叙事学，从中国文化特质入手，建立起中国叙事学自身的理论命题。建构中国叙事学并非故步自封、孤芳自赏，"而是针对某些研究

---

[1] 孟繁华：《中国当代文艺学研究的两难处境》，《湛江师范学院学报（哲学社会科学版）》2002年第5期。
[2] 杨义：《中国叙事学》，人民出版社，1997，第9页。

中有意无意流露出来的轻视自身叙事传统的倾向。由于近百年来西方叙事观念的潜移默化影响，在我们当中常有人表现出唯人马首是瞻的态度。在中国小说的'换型'期，来一点矫枉过正有利于挣脱传统思维的束缚，……但如果在不知不觉中将别人的东西看作惟一正确的标准，总是用别人家的尺子来衡量自己，则会得出否定自己传统的浅薄结论"[1]。傅修延认为，"走向传统并不意味着背朝外部世界"[2]。中国叙事传统是"客观"存在的，这一点毫无疑问。中国叙事传统有着和西方叙事传统不一致的地方："现有的叙事理论基本上是建立在西方叙事传统与叙事经验的基础上的，部分内容与中国叙事经验和叙事传统并不一致，而根据西方叙事理论来研究中国叙事文学特别是古代叙事文学，便难免出现'水土不服'的情况。"[3]赵炎秋的认识应该是具有代表性的。由于中西方有着各自的文化传统，生长在各自文化土壤中的叙事理论自然也有着各自不同的特征与内容。但是，"要在古代叙事思想与叙事经验的基础上构建本土叙事理论，并不意味排斥西方叙事理论。各民族叙事文学是相通的"[4]。

总体看来，中国现当代小说理论在纵向的历史发展上，呈现出非常清晰的五个历史阶段：萌芽期、形成期、定型期、转型期和成熟期。中国现当代小说理论（1949—2020）在发展过程中形成了四种小说理论形态：有深入反映现实社会生活的现实主义小说理论，这是贯穿中国现当代小说理论发展史的基本形态；有凸显主体情感与生命意识的抒情小说理论；有充分彰显形式价值的形式本体论小说理论；有综合文化理论与形式主义而形成的"文化–形式"小说理论。上述四种小说理论的发展，一方面是借鉴外来资源的结果，另一方面是追寻传统的表现。总之，开放性与民族性相结合，构成了中国现当代小说理论历史发展的基本动力。

---

[1] 傅修延：《先秦叙事研究：关于中国叙事传统的形成》，东方出版社，1999，第4—5页。
[2] 同上书，第5页。
[3] 赵炎秋：《构建中国本土叙事理论（代序）》，载熊江梅《先秦两汉叙事思想》，湖南师范大学出版社，2011，第1页。
[4] 同上书，第3页。

凡 例

一、本书所收录的史料以1949年7月1日为时间起点，这一天是中华全国文学艺术工作者代表大会全体代表参加庆祝中国共产党成立二十八周年大会的日子；终止日期为2019年12月31日。

二、本书所收录的史料均来源于上述时间段内在中国大陆公开发表、出版的文献，中国香港、澳门、台湾地区及海外发表、出版的文献未收录。

三、本书所收录的小说理论史料是关于小说本体、小说功能、小说文体、小说语言、小说形式、小说体式等方面的理性思考，具体形态有小说理论著作与论文、小说评论、小说创作经验谈、小说译介、序跋、书信、编者的话、编者按语、编辑手记等。影响小说理论发展的政治事件、文艺政策、国外文学理论译文等，酌情收录。

四、本书以年为单位展开编年叙史，年下辖月，月下辖日。日期不详者归于本月或本季，月份不详者归于本年。

五、本书按中国当代小说理论史料发表、出版的时间为序编排叙史。属于历史事件的史料，根据事件发生的时间编入相应的时间序列。同一史料若在不同时期的不同报刊上发表，根据其最早的发表时间编入相应的时间序列。未公开发表但后来收入文集的史料，根据史料写作（发表讲话）的时间编入相应的时间序列。同日发表在不同报刊上的史料，按照报刊名称首字音序排列。同一期报刊刊出的史料，原则上按照作者（第一作者）姓氏音序排列。同一作者发表于同一期报刊的不同史料，按史料题名首字音序排列。无署名的史料，放到同一日（月、季、年）的最后，按照史料题名首字音序排列，特殊情况酌情处理。属于书籍的史料，一般放在本月中所有报刊史料之后。纳入本月、本季、本年的史料，排序方式遵循前例。

六、若被引史料有指代不清之处，均以"（——编者注）"的形式加以说明。

七、为保持引文的年代特征，保证引用的准确性，本书所收录的史料内容基本保持原貌。原竖排改为横排，繁体字改为简体字，异体字改为正体字；特定时期的二简字，统一改为正体字；通假字、生造字和"的""地""底"等，不做改动；部分用字，如"澈底""刻划""其它""照相""扎记"等，均保持原貌；前后用字不一致者，如"作"与"做"、"像"与"象"、"那"和"哪"、"其他"与"其它"、"心里"与"心理"等，不予统一。外文译名，一仍其旧。确定引起理解障碍、误解的错别字酌情改正。

八、本书所收录史料的标点符号基本保持原貌。史料中多有引号和书名号混用，或书名未加书名号的情况，为方便读者理解，在标示书名时，引号一律改为书名号，未加书名号的一律添加书名号。一段史料中未引用的部分用省略号代替。

第一卷（1949—1959）

目　录

1949 年 ……………………………………………………… 1
1950 年 ……………………………………………………… 19
1951 年 ……………………………………………………… 57
1952 年 ……………………………………………………… 88
1953 年 ……………………………………………………… 107
1954 年 ……………………………………………………… 124
1955 年 ……………………………………………………… 155
1956 年 ……………………………………………………… 185
1957 年 ……………………………………………………… 223
1958 年 ……………………………………………………… 308
1959 年 ……………………………………………………… 360

1949年

七月

1日　王朝闻的《反自然主义三题》发表于《文艺劳动》第1卷第2期。在《形象、不是自然的翻版——致友人书之十三》一题中，王朝闻认为："艺术的源泉是生活，但艺术到底不是生活的再现，艺术的所谓真实感，当然是从实际所得来，但艺术中的实际，不是生活之原样的翻版，而是通过作家的主观作用，有所选择有所强调的重新创造出来的艺术形象。""艺术的形象，应该是比较生活本身更纯萃、更典型，其本质特征更便于认识。""真正好的艺术形象，是典型的形象，是通过已经存在的或可能存在的某一事物之描绘，（如一个平凡人）而看到其普遍意义（如这人所代表的同阶层的命运）的形象。""所谓完整，主要的应该是形象性的强烈、明确、和谐，浑然一体的丰满的机体，而不是拖泥带水，兼容并蓄。"

在《自然主义不容庇护——致友人书之十四》一题中，王朝闻认为："所谓典型，是根据各各具体的事物之比较研究之后创造具有的独特性，同时又带有共同性的形象，即所谓概括的形象。""要能够比事实更真实（即更典型），一方面需要有可资比较研究的丰富的生活经验，一方面，要有透视现象的能够认识现象之本质特征的眼力……""总之，从现实之典型的反映来检讨，自然主义是虚伪的。从作品之社会作用来检讨，自然主义没有应有的教育作用。"

在《认识的片面性与自然主义——致友人书之十五》一题中，王朝闻认为："自然主义好像是从实际出发的，所以容易和现实主义相混同，容易以为它实际得太多了。其实，自然主义者常常是生活经验贫乏者，自然主义好像很冷静的描绘着事物的所有细节，其实，他是抬高了次要的或偶然的细节，因而降低了主要的特征。""容许我重复一个不得不重复的道理：那就是深入客观实际，并提高认识的能力，加强创作的责任感。"

2日 杨朔的《人民改造了我》发表于《人民日报》。杨朔写道："我在矿山上动笔写《红石山》这部小说。……最困难的倒是语言。我能听懂工人的每一句话，我为他们的富有形象色彩的语言所绝倒，但我不会那样说，叫我照样学说一遍，也会结结巴巴的，说走了样。有时一边听他们说话，一边心里记，一转眼又忘了，说不出了。因为语言是从生活里来的，丰富的生活产生了丰富的语言，我一下子如何容易办得到？有些工人特别热情地帮助我组织故事，配备人物，甚而纠正我的语言。……在语言上，有的工人同志看了，觉得还不够通俗。"

4日 郭沫若的《为建设新中国的人民文艺而奋斗——在中华全国文学艺术工作者代表大会上的总报告》发表于《人民日报》。郭沫若认为："要提高艺术性，就必须批判地接受中国的外国的文学艺术遗产，吸收那些适合于表现人民，并为人民所容易接受的东西，而抛弃那些相反的东西。总之，对于中国的文学艺术遗产也好，对于外国的文学艺术遗产也好，我们不应该盲目地轻视，排斥；也不应该盲目地崇拜，搬用。"

6日 《周扬同志在文代大会报告解放区文艺运动 解放区文艺工作的全部经验证明毛主席新方向完全正确》发表于《人民日报》。文中写道，周扬"说中国人民经过了三十年的斗争，已经开始挣脱了帝国主义封建主义加在他们身上的精神枷锁，发展了中国民族固有的勤劳英勇及其他一切优良品性，新的国民性正在形成之中；我们的作品就反映着并推进着新的国民性的成长的过程。和作品中的新的内容相适应的，作品的形式也有许多新的创造。这就是作品中的语言做到了相当大众化的程度，并从民间形式学习了许多东西"。

11日 《新华周报》第2卷第3期发表《新书介绍》，其中介绍了欧阳山的长篇小说《高干大》："《高干大》 欧阳山著 本书是叙述任家沟合作社的事情，前者合作社主任，是因为机械执行上级命令，而没有了解具体情况，致使自己孤立，群众讨厌他，视合作社为'活捉社'，后者有高干大深入群众，听取群众反映后，开办了医药等合作社，群众热烈拥护，而使合作经过许多曲折过程之后，兴兴享雄了。 苏南新华书店印行"。

12日 丁玲的《到群众中去，从群众中来 从群众中来，到群众中去——在文学艺术工作者代表大会上的书面发言》发表于《人民日报》。丁玲写道，作家要"解决当前的工作任务与群众运动的实际问题。因为广大群众在政治上解放了，他们不只要有文艺生活，也迫切要求教育指导，要求告诉他们怎么办，所以我们必须适时及时的给他们以东西解决他们的需要"。"我们提倡向民族的民间的形式学习，因为这个是为群众所熟习，所习惯的形式，为群众所喜闻乐见。"

13日 孔厥的《下乡和创作 中华全国文学艺术工作者代表大会特刊（三）》发表于《人民日报》。孔厥认为："原来语言是跟生活分不开的。在生活中间，农民不仅用日常的活的口语，和祖辈流传的那些经验和智慧的结晶——成语、'俗语'，而且还常常有着光辉的新的语言的创造。是的，新的生活产生着新的语言。在一定的场合，一定阶级、一定性格的人物说着一定的话。""为了学习使用群众的语言表现群众的生活，我特意用农民第一人称来写'苦人儿'和'父子俩'。觉得农民的语言虽然有不精粹、不细致、不科学的部分，还需要提炼、加工、改造，可是比起我自己原有的语言来，实在美丽、生动、丰富得多了。"

14日 吕荧的《新的课题》发表于《文艺报》试刊第11期。吕荧指出："新现实主义的艺术要求表现现实，表现典型性的现实。人民的翻身，土地改革的斗争，劳动英雄的努力生产和创造，人民解放军英勇坚强的战斗，这是中国革命的最真实的现实，也是最典型的现实，它应当是新中国的史诗的内容。表现人民的课题要求现实主义艺术现实性的提高和发扬，要求创作内容的扩大和扩深；这个课题，将要使中国文学的内容空前的丰富起来。""'和人民结合'不是形式上和人民在一起就算'结合'了，这是一个艰苦的自我改造自我学习的过程。只有在这样的生活道路上面，才能创造新的人民的艺术。"

茅盾的《为工农兵——在新华广播电台播讲》发表于同期《文艺报》。茅盾指出："就是说：文学和艺术，要为工农兵服务，就是说：诗歌、戏剧、小说、绘画、音乐……等等，要描写工农兵，以及工农兵的干部，要表现他们的思想情绪，他们的勤劳和英勇，他们在解放战争中所担任的艰巨任务，以及他们对于革命的伟大的贡献。"

18日 柏生的《访作家王统照》发表于《人民日报》。文中写道："谈到解放区的文艺作品,他认为这些作品都是那么真实,如写农民的作品,语言、情景,读起来就非常亲切透澈。对于赵树理的作品,如《李有才板话》等,王先生极为推崇。他说从这个作品中不但看出了作者的写作态度的诚恳,并且在文章中发挥了作者的个性,写的真切而饶风味。"

20日 《郭沫若的大会结束报告》发表于《人民日报》。郭沫若认为："我们的文学家、艺术家,不但要用群众所喜闻乐见的作品来教育群众,而且还要帮助群众自己起来,学会使用文艺这个武器来教育自己。"

王仲元的《〈新儿女英雄传〉给了我些什么》发表于同期《人民日报》。王仲元认为："对于《新儿女英雄传》的作者的丰富的斗争生活经验,我十分敬佩,他把每一个人物都写得那么栩栩如生,每一件事情都写得那么入情入理,特别是在文学和语言的运用上,他不但把农民的言语运用得那么熟练自如,恰合其份,就是写情写景的文字,也都是格外的灵活、生动。"

22日 吕荧的《读〈血染潍河〉》发表于《人民日报》。吕荧认为："在这个故事里,作者把握住战斗做中心,全力向真实的方向突进,没有穿插多余的曲折的情节,也不是单纯的模仿旧小说的叙述方法,也没有照直的把口语土话搬进作品,作者用从生活里来的语言,经过深思的洗炼,真实地表现人民和生活,从这里产生了作者明洁和清朗的风格。虽然,如果要求浮雕的战斗过程的全貌,多彩的典型的人民性格,在这方面有迟滞的步子,笔力也有弱的地方,画面也有静态的素笔,但是作者是用全力执着笔,向着深和广的方向努力,而且是以全心倾注着的。也正是因此,作者简洁明朗的笔触才有凝滞沉重的原因罢。""《血染潍河》明确的表现了人民革命斗争怎样在共产党领导之下,在坚决的英勇的血的战斗里获得了胜利,表现了新中国人民革命的伟大的不可战胜的力量;以及如何前仆后继地在战斗中成长,在战斗里前进。"

八月

1日 雪伦的《从主题说到阅读作品——在省立图书馆读者会文艺组讲》

发表于《文艺创作》第2卷第2期。雪伦认为:"自然,现在的人,除了看旧小说,也看新小说了,但因为存着看古仔的心理不变,结果脑子里就装进些阿Q怎样可笑,鸣凤怎样可怜,虾球怎样勇敢坚强。而对于阿Q的时代,鸣凤的环境,虾球的道路,都是茫然无所了解。这样和那些脑子里只装着贾宝玉,孙猴子的人,又有什么分别呢?""因此,我认为读一本书,看一篇作品,首先应该打破只看看古仔的心理。我们看完了一本书,或一篇作品,一定要去想一想,书中的人物,事件,为什么会有这样的遭遇,为什么会有这样的结果?它的时代背景,社会因素,都是要去探索和体会的。"

3日 莱苏切夫斯基作、华明节译的《文学与政治》发表于《人民日报》。文中写道:"列宁指出:离开政治的'艺术自由'的虚伪宣传,是一种资产阶级观念。其目的是要欺骗人民,掩饰与隐蔽资产阶级艺术之对资本家政策的依赖。""作家,作为一个艺术家,要直接去观察生活事实。他注意观察事实与现象,选择之,在形象中体现之,是按照他的艺术家个性的特点去作的。没有这一点,也就没有艺术。但同时,苏维埃作家要从政治观点去接近生活事实,加以评价。没有这一点,也不能有真正的社会主义的现实主义。"

6日 《新华周报》第2卷第7期发表《〈文艺新地〉征稿启事》。《启事》写道:"一、本刊系贯澈工农兵文艺方针,忠实及时反映当前各种战线上的实际斗争的,综合性的文艺杂志,举凡文艺理论与创作及翻译,如文艺理论、文艺批评、文艺工作经验、小说、诗、剧本、散文、报告、通讯、速写、杂文、大鼓、弹词、民谣、民间故事,……歌曲、木刻、连环图画,以及文艺动态等等,不拘形式,一律欢迎。"

13日 王宾阳的《说〈传家宝〉》发表于《人民日报》。王宾阳写道:"这是赵树理写的一篇故事,一篇记载出今日解放区中的农村妇女由一种生活方式转变到另一种生活方式的故事。这种转变通过了中国传统的家庭里的普遍现象——婆媳间的矛盾——显示出来。我们应该把它理解为一章历史,一面镜子,这面镜子的光彩折射到各个乡村,各个城镇,便有它的教育的意义:妇女要参加主要劳动。"

13日 丁玲的《到群众中去,从群众中来——在文学艺术工作者代表大会上的书面发言》发表于《新华周报》第2卷第8期。关于写作语言的问题，丁玲指出："语言问题，老百姓的语言是生动活泼的，他们不咬文嚼字，他们不装腔做势，他们的丰富的语言是由于他们丰富的生活而产生的，一切话在他们说来都有趣味，一重覆在我们知识分子口中，就干瘪无味，有时甚至连意思都不能够表达，我们的文字也是很定型化了的那末老一套，有的特别欧化，说一句话总是不直截了当，总是要转弯抹角，好像故意不要人懂一样，或者就形容词一大堆，以越多越漂亮，深奥的确显的深奥，好像很有文学气氛，就是不叫人懂得，不叫人读下去，因此我们不特要体会群众的生活，体会他们的感情，而且要学习他们如何使用语言，用一些什么话来表现他们的情感的，这个人不同，那一个人又不同。我们要很好的去学，要学的自然，不是生硬的搬用，不是去掉一些装腔做势的欧化文学，而又换上一些开杂货铺的歇后语，口头语，一些不必要的冷僻的方言，我们是要用群众语言，来丰富自己的文章，而又要再去丰富群众的语言的。"

关于形式及学习形式的问题，丁玲指出："形式问题，我们提倡向民族的民间的形式学习，因为这个是为群众所熟习，所习惯的形式，为群众所喜闻欢见，而且也只有用这种形式，从这种形式中发展；提高了的形式，更容易深入群众，更容易打倒封建的文艺，但我们也吸收一切外国来的优良的有用的传统，在创作上一切科学有了的创作方法，须要学习，尤其是苏联文学的经验和特点，值得好好学习。"

17日 西门亮的《〈高干大〉是一本好小说》发表于《光明日报》。西门亮写道："由于欧阳山对于农村生活的挚爱，熟悉和深入，他在农民性格的描写上得到了很大的成功，如果和赵树理相比，赵的文章是朴素的美，欧阳的便是细致的美。又由于他对于小说中节奏把握得很好，使得这篇小说读起来很紧张，有力，故事和人的性格水乳交融地发展下去，一上眼就令人丢不下手。"西门亮认为，《高干大》是"细腻，深刻，幽美，流利，幽默"的。

九月

25日 辛垦的《萧洛霍夫的〈祖国颂〉》发表于《人民日报》。辛垦认为：

"《祖国颂》是萧洛霍夫的一个短篇小说,或者更恰当些说:是一篇以一段平常的故事为主题的告白;是一篇颂歌——对于仇视苏联人民的美帝的告白;对于无产阶级劳苦大众的祖国苏联的颂歌。"

同日,茅盾的《一致的要求和期望》发表于《文艺报》第1卷第1期。茅盾认为:"文代大会的几百件提案就表示了文艺界同人一致的要求和期望。""归纳起来,不外乎下列诸端:第一是加强理论的学习。……我们要加强学习进步的文艺理论,学习革命的现实主义的创作方法,要肃清欧美资产阶级末落期的文艺曾在我们中间所发生的影响,要克服形式主义的偏向,但尤其重要的,要学习毛泽东思想,获取进步的革命的社会科学知识。"

杨犁整理的《争取小市民层的读者——记旧的连载、章回小说作者座谈会》发表于同期《文艺报》。文中写道:"陈企霞首先说明开会意义在于研究这一类连载的章回体小说的文艺形式的写作经验与读者情况,讨论怎样发展并改革这种形式。他说:'不管那一种文艺形式,当其被很多人所欢迎或注意时,我们就不能置之不问。'""过去在报纸副刊上连载的章回小说在形式上很通俗,很适合一般市民的口味,如果能够把这些经验总结起来加以研究,并灌输进去新的内容,那么这种形式的小说是会起相当作用的。"

文中,赵树理认为:"中国旧小说有一个特点就是'有话则长,无话则短',这和西洋小说'有话则有,无话则无'不同,譬如《四郎探母》坐完了宫要过关,在戏台上要摆出一道象征的关卡过一下,虽然时间很短,但一定要走一下这个形式,这就是'无话则短'的成规,要在新戏中,这一段过关一定略去了。这种旧小说的传统在《水浒》《红楼梦》里面到处显现着,他是入情入理的,适合中国人民口味的,我们如果批判地接受这种传统并没有害处。"赵树理还说:"那一种形式为群众所欢迎并能被接受,我们就采用那种形式。我们在政治上提高以后,再来细心研究一下过去的东西,把旧东西的好处保持下来,创造出新的形式,使每一个主题都反映现实,教育群众,不再无的放矢。"

文中,丁玲总结道:"人们所以喜欢看这一类小说(指章回小说——编者注)是由于写作者的社会经验很丰富,所描写的人物包括各种类型,人物之间的关系很错综复杂,有些,也好像在写写劳苦人民受压迫的情形和牢骚,它能吸引读者。另外，这些小说里所写的人情世故又与那些读者的人情世故相吻合，写作的技巧还细致和熟练，入情入理，说的事情津津有味，这些都是这种小说的好处。但是，在基本上，他没有给人民灌输一种正确的人生观，有时甚至灌输毒素。……我们要用正确的人生观改变这种小说读者的思想和趣味。我们而且要求原来的人在原有形式的基础上以一种新的观点去写作。……我们应该努力改变自己对那些琐碎的人间私事的趣味，要对人民事业有趣味。"

十月

1日 雪峰的《关于鲁迅和俄罗斯文学关系的研究》发表于《小说》第3卷第1期。雪峰指出："对于农民（主要的是贫农和雇农，那在艺术形象上的代表应该是闰土和王胡，而不是阿Q，因为阿Q是一个复合体，他身上所集中着的缺点并非完全都是农民——尤其雇农的，鲁迅把知识分子，统治阶级的士大夫和官僚，以及小市民所通有的'阿Q性'和'阿Q相'也都溶合在阿Q这复合体里了），鲁迅一面指出地主和军阀的无穷的封建的剥削，兵匪和饥荒的经常的浩劫，宗法制度和传统思想的锁链的捆缚；另一面，指出虽然很困难和有些渺茫，但农民仍是最基本的人民，他们将要走出和传统不同的路来的，革命对他们不是悲观，而是要求改造和持久的韧战。"

雪峰写道："到这里，我想可以总结一句说，这种以探索人民力量为基干路线的鲁迅的现实主义，是中国的革命和现实的条件所产生的，但俄罗斯古典现实主义对他所发生的启发的作用，也是可以想象得到的。鲁迅曾经公然以自己从事文学'志在改造社会'作为自己所以亲近俄罗斯文学的理由，而把自己归入'为人生的艺术派'；这就是一种说明，鲁迅是从为人生的艺术而发展到为人民的艺术的。其实，一切真正民主的、革命的作家，为人生那不得不就是为社会、为人民的。"

10日 则因的《〈新儿女英雄传〉给我的启示》发表于《光明日报》。则因认为，《新儿女英雄传》的"第一个长处，用辩证法来说，是它'扬弃'了中国的旧小说。形式上，内容上，都还有着旧小说的遗迹；但它最大的改革，也可以说是最值得注意的一点是它并没有把主人公牛大水、杨小梅等如旧小说一般的作品,描摹成了万能无疵的天神,它写他们的长处,但也更严厉地写出他们的缺点来。""第二点:是这篇小说彻底地描写了农民,在其中,我们找不出一点小资产阶级或资产阶级的意识来……这是一般的现代小说,甚至如《种谷记》(那篇描写农民还很成功的作品),都不能赶上的。""第三点应是它描写的生动和结构的紧密。"

同日,编辑部的《法捷耶夫介绍》和《西蒙诺夫介绍》两篇文章发表于《文艺报》第1卷第2期。《法捷耶夫介绍》一文写道:"法捷耶夫的另一部小说《乌德格的遗民》……以回顾的方式,检讨了远东的游击战争,深刻地说明了新的人物的形成过程,在小说中,法捷耶夫出色地描写了那些从群众中产生的新时代的英雄。"《西蒙诺夫介绍》一文写道:"在西蒙诺夫的各种作品中,充满着对于祖国的爱和对于祖国利益坚持不懈的维护。他善于在日常生活的混乱状态中深刻地摄取时代的显著特征,经常锐敏地反映着当前的急迫问题和社会主义社会下崭新的一代人物,这些人物的崇高品质是伟大的俄罗斯民族被社会主义社会所丰富了以后的具体表现,由于这样抓住了社会的本质来描述真实的生活,能促使我们对工作增强了信心,并吸引我们去追求美好的生活。"

丁玲的《西蒙诺夫给我的印象》发表于同期《文艺报》。丁玲认为:"苏联文学中慢慢出现了新人物了。不特不是陀斯妥也夫斯基的痛苦的人物,也不是高尔基小说中的人物,而是社会主义国家里的人物了。这些人物,已经不是沉重而深刻的人物,也不是有些忧虑的人物,也不是《铁流》里面的郭如鹤,而是一种明朗的、新鲜的、单纯的、活泼的自然极了的人物。"

茅盾的《欢迎我们的老大哥,向我们的老大哥看齐》发表于同期《文艺报》。茅盾认为:"自从'五四'以来,我们中国的革命文艺运动在文艺理论上和在创作方法上都从苏维埃文学以及俄罗斯伟大的古典文学得到了宝贵的启示和深刻的影响。……苏联文学之伟大的品质以及正确的卓越的现实主义创作方法真正能为我们的文艺工作者所吸收所消化而不是生吞活剥,真正能为我们所学习而不是抄袭和摹仿,却在一九四二年毛主席在延安文艺座谈会讲话以后。因此,我们把苏联文学看作我们的老大哥,我们向这位老大哥学习,然而,教导我们如何向这位老大哥学习的,却是毛主席。毛主席是我们的老师。"

18日 法捷耶夫作，萧扬、萧敏合译，化飞校的《论社会主义的现实主义》发表于《人民日报》。文中写道："西欧文学中，浪漫主义的基础和现实主义的基础是分离的。要就是描写丧失了一切理想的'丑恶的现实'，不然就是描写'非现实的美丽'。这样的分离不是俄罗斯古典文学所有的，而俄罗斯古典文学绝大的优越性，也正在这里。"

25日 冯雪峰的《鲁迅创作的独立特色和他受俄罗斯文学的影响》发表于《人民文学》创刊号（第1期）。冯雪峰认为："鲁迅的现实主义，我们自然要说，是最具有中国特色的、独立的现实主义。鲁迅独创的全部作品，假如我们除了现代中国文学的形式和方法完全来自欧洲，而精神是完全现代的这一层不必说，那么我们简直找不出它受外国文学影响的具体迹象。"

周扬的《新的人民的文艺——在中华全国文学艺术工作者代表大会上关于解放区文艺运动的报告》发表于同期《人民文学》。周扬认为："民族的、阶级的斗争与劳动生产成为了作品中压倒一切的主题，工农兵群众在作品中如在社会中一样取得了真正主人公的地位。""我们不应当夸大人民的缺点，比起他们在战争与生产中的伟大贡献来，他们的缺点甚至是不算什么的，我们应当更多地在人民身上看到新的光明。""解放区文艺的内容是新的，而且也正因为内容是新的，在形式方面也自然和它相适应地有许多新的创造。这首先表现在语言方面。""解放区文艺的另一个重要特点之一，就是和自己民族的，特别是民间的文艺传统保持了密切的血肉关系。"周扬强调："必须确立人民文艺的新的美学的标准：凡是'新鲜活泼的、为老百姓所喜闻乐见的中国作风与中国气派'的形式，就是美的，反之就是丑的。"

同日，祜曼（胡蛮）的《鲁迅教导我们向苏联学习》发表于《文艺报》第1卷第3期。祜曼认为："鲁迅先生教导我们向苏联学习，是从中国革命的实际出发，而不是从表面形式出发。创造民族形式的艺术，乃是为了群众看得懂，乃是联系群众并且适应劳动人民的需要，乃是反映人民的生活并用它来教育人民。"

王朝闻的《题材与主题》发表于同期《文艺报》。王朝闻认为："所谓主题，是客观事物的描写，同时通过这一定的选择和加工的复杂方式，表现了作者对待这客观事物的态度,而现实主义的主题,则又依靠作者积极的思想感情与正确的思想方法。主题不积极或反革命不用说与此有关,主题平庸也不能说与此无关。……解决问题的关键在于作家有无人民大众思想感情,能否适当的规定主题。"

萧殷的《评〈红石山〉与〈望南山〉——略谈主题与主题说服力》发表于同期《文艺报》。萧殷认为:"作品所传达的思想虽然明确而积极,但如果作品的思想不是融合在艺术形象里,它就不可能有什么艺术的说服力。也可以这样说:一部作品如果不能让读者在艺术的感受中去领会主题,如果人物的性格与情节的发展没有'必然'的契机,那末,不管情节如何曲折,作品所表达的思想如何积极,而作品的说服力一定会受到损害的。""一篇小说有曲折的情节,应该承认是好的,可是,如果忽略了人物性格的描写,忽略了人物情绪变化过程的描写,或忘记了性格与环境对于情节发展的因果关系,而专门去追求情节,甚或只拿人物去'迁就'预定的情节,就一定不能艺术地完成主题。""善于表现旧生活与旧性格本来也很需要,但如果总是停留在旧生活与旧性格的描写上,那末,我们就无法更真实的反映这个'英雄时代'。……如果作者不放弃浮光掠影的'采访'生活的方式,忽视在思想情绪上与现实结合,忽视反覆地观察、体会、经验生活,那末,新的品质与新的英雄性格就很难把握。虽然,我们的作家对新的现实与新的人物也有感受或感动,也可能由某一点感动的触发,而开始'孕育'人物形象,但是,如果没有丰富的生活作基础,想像就会受到限制,如果没有与新人物相一致的情绪作基础,就很难理解新人物的心理面貌,因而,较完整的英雄性格就很难培养起来。"

杨犁整理的《法捷耶夫与中国作家交换文学上的意见(座谈会)》发表于同期《文艺报》。文中谈道:"该怎样描写人物呢?照真人的性格写呢?还是把好多好性格集中为一个典型来写呢?法捷耶夫说,有很多人物是想像的,但主要的人物都是现实的,他们的性格是根据实际而加以典型化了的。""写新的人物就可以照着他们的生活写出来就行了,这在今日中国已有很好的条件;但重要的是应该看到他们的发展,发展的前途要着重地写,要多写。"

30日 竹可羽的《评欧阳山的〈高干大〉 人民文艺丛书之一》发表于《人

民日报》。竹可羽写道："《高干大》成功的地方，我以为首先在于他生动地写出了一个过渡时期的积极的农村党员的典型，虽然作者在写他落后的一面比起写他积极的一面更要熟练些；其次在于他写了合作社，据我所知，这在解放区文艺中还是仅有的一部。"

十一月

1日 许杰的《论〈桑干河上〉》发表于《小说》第3卷第2期。许杰指出："我们就涉及到一个可否写真人真事问题了。丁玲在她的那篇论文中，也曾说过'我们不特不反对写真人真事，而且还提倡过的'的话，可知写真人真事是'不特不'反对的。但是，这问题为什么这样提法呢？丁玲自己就接着说了：'我们所说的写真人真事不是什么人都写，什么事都写；是写典型的人物，典型的事例。这种人大都是群众中的英雄人物，他本人和他的英雄事迹就带着很大的典型性。写了这些人，对现实、对群众有很大的教育意义。而且去了解这些人去写这些人，对于作者也是一个很好的学习。'周扬也说：'应当肯定：写真人真事是艺术创作的方法之一，只要选择的对象是适当的，而又经过一定艺术上的加工，是可以产生不但有教育意义而且有艺术价值的作品。'"

以群的《表现新事物》发表于《小说》第3卷第3期。以群指出："但是，发现新事物，表现新事物却是今天进步作家的主要任务。不能掌握这任务，就不可能完成最有价值的表现时代真实的作品。法捷耶夫说：'古典作家——高尔基以前的——最大的不幸，岂不正是在于他们常常看不见：正面的人物在生活中什么地方起着真实的作用，而这样的人物又是谁？……如果我们在现实中能发见并理解社会主义社会中最先进的人物，那末，我们比起我们的古典作家来，将处在多么优越的地位。'而我们新中国的作家，却正是与苏联作家一样，可能且应该获得这优越地位的。这也就是'怎样写'的问题中的一个具体环节。"

10日 何其芳的《一个文艺创作问题的争论》发表于《文艺报》第1卷第4期。"编者按"写道："关于写工农兵与写小资产阶级的问题，目前在各地都有一些讨论和意见。何其芳同志对发生在上海《文汇报》上的这一争论，提出了他自己的分析与见解，我们发表此文供大家研究讨论。"

何其芳在文中说:"在这个讨论中,好几篇文章都有些只强调一个方面,因此就呈现出来了这样一个错综的现象:对于这个具体问题回答得比较适当的,对于新时代的文艺新方向的根本精神却有些把握得不够;对于新时代的文艺新方向的根本精神把握得比较紧的,却又对这个具体问题回答得不大适当。"何其芳认为:"毛泽东主席在延安文艺座谈会上的讲话中所规定的文艺方针,文艺政策,是一个十分完整的方针和政策。这种完整性正是表现了无产阶级思想的高度的科学性。谁要是只抓住其中的某一点而忽略了它的根本精神或加以不适当的夸张,都是不对的。只看到为人民大众里面包括有为小资产阶级这一内容,而不认识或不强调今天的文艺家必须与工农兵结合,必须改造自己,改造文艺,那就实际上等于并没有接受这个新方向。认识了强调了为人民大众里面应该首先为工农兵这一根本精神,但因此就简单地过火地以为一切具体文艺作品都绝对只能以工农兵为主角,那也是一种不适当的应用。""说这个问题(指是不是可以写知识分子、小资产阶级的问题——编者注)就不应该提出,是不对的,因为这不能解决问题。说小资产阶级的人物虽说还可以写,但绝对不可以作为作品中的主角,是不能说服人的,因此也并不能解决问题。说小资产阶级的人物可以写,并且也可以作为作品中的主角,不过应该少写,批判地写,也还是比较表面的回答,还不能从根本上解决今天许多新解放区的作者所共有的这个疑问和困惑。""为人民服务并首先为工农兵服务这样一个无产阶级的文艺路线,要原来在旧社会活动的广大的新旧文艺工作者都在思想上澈底地接受并在行动上认真地实践,那是一定要有一个过程的。因为这种思想上澈底地接受和行动上认真地实践本身就包含一个阶级变化的问题,就是从非无产阶级的文艺工作者变化为无产阶级的文艺工作者的问题。"

康濯的《说说萧洛霍夫的一本书》发表于同期《文艺报》。康濯认为:"思想和生活的深度与广度限制了我们。苏联的名著,如像《被开垦的处女地》一样,是有深刻的思想的,苏联的伟大作家和伟大名著,写人物就写出了人物的灵魂,写事件就写出了事件的本质,而这一切,又是从丰富的生活中挖掘出来的典型;但我们的水平却低得多。我们不能要求太高,我们要好好努力,从思想和生活上下功夫。"

读者"乡村小学教员张忠江"的来信与茅盾的回信发表于同期《文艺报》，题为《略谈革命的现实主义》。张忠江在信中说："茅盾先生的《一致的要求和期望》（第一期）一文中，有'……我们要加强学习进步的文艺理论，学习革命的现实主义的创作方法。'所指的进步文艺理论有成书卖吗？革命的现实主义的创作方法是什么？请你们给我一个详细的答覆。"

茅盾在回信中说："'进步的文艺理论'，意即指：凡是主张文艺应当为人民服务，反对'为艺术而艺术'，主张现实主义的创作方法，反对颓废主义和形式主义的文艺理论，都是进步的文艺理论。当然，这样的进步的文艺理论的最高峰就是马列主义的文艺理论。""'革命的现实主义'是区别于旧现实主义而言的，高尔基把俄国革命前的旧现实主义称为批判的现实主义，因为这些现实主义的作品虽然批判了世界的罪恶，却没有指示出前进的道路。十九世纪的西欧其他国家的现实主义作家也复如此。批判的现实主义在当时也有其进步的意义，十月革命后，苏维埃文学的现实主义称为社会主义的现实主义，简短说，'表现苏维埃人民底新的崇高的品质，不但表现我们人民底今天，而且还展望他底明天，用探照灯帮助照亮前进的道路'，就是社会主义的现实主义。照这样说来，社会主义的现实主义的创作方法和我们目前对于文艺创作的要求也是吻合的。但是，因为一般人看见社会主义一词就想到它的经济的政治的含义，而我们现在是新民主主义阶段，所以，一般的我们都用'革命的现实主义'一词以区别于实现实主义，——即批判的现实主义。"

25日 江华的《"问题在于要善于学习"——小说〈问题在那里〉的介绍》发表于《文艺报》第1卷第5期。江华认为，小说《问题在那里》"由于反映的及时，题材的新鲜（这样的作品我们现在太少），作者敏锐的政策眼光，以及适当的人物与事件的形象的表现，值得向读者作介绍"。

杨朔的《〈宁死不屈〉》发表于同期《文艺报》。杨朔写道，他的小说《望南山》"是深受了郭尔巴托夫的影响"。

十二月

1日 竹可羽的《评〈新儿女英雄传〉》发表于《人民文学》第1卷第2期。

竹可羽认为，陈涌没有深入到作品的创作过程里面去寻找问题的症结所在。实际，最主要的问题是对敌斗争和反封建斗争的结合问题。可以看到作者对于作品符合政策的重视，但总显得和许多动人的对敌斗争场面不相亲，这是因为深入群众还不够，创作的现实主义不够。"《新儿女英雄传》在口语的运用，特别是语调的大众化上（这是许多有群众语言的作品所欠缺的。）是受广大读者欢迎的另一个积极的因素。作者在处理张金龙，牛大水和杨小梅三个人间婚姻关系的发展过程上，离开了现实主义的道路。"竹可羽指出，在故事的编排上，到达了使人物和斗争来迁就它的程度，阶级仇恨反而被冲淡了。作者追求故事曲折的结果，使得《新儿女英雄传》落到章回小说的水准里去了。另外还有一些显然的痕迹，为了将某些东西插入进去，而没有很好地从故事深处，通过现实发生规律找出它们内在的联系来，很多地方露出了联系不够紧凑的毛病来。

同日，许杰的《魏金枝的〈活路〉》发表于《小说》第3卷第3期。许杰指出："魏金枝先生的《活路》，是一篇用绍兴方言，不，应该是他的家乡嵊县方言，写的新型的小说。这小说的副标题是'伪保长自述'，全篇都是这位伪保长的自述的记录。"

许杰写道："如果我的理解绍兴方言的能力还可勉强，那末，我的这一个概括，大概也可以算作这小说的线索与梗概。论语言，如果你能懂得绍兴方言的话，这自然是很生动的，因为这的确是一种活生生的语言。但是，如果论结构，论主题，一句话，如果就小说来论小说，我倒是觉得，这小说的作者，因为要试探这一新型的语言形式，因为只是着力此这种语言形式的追摹，反是犯了一些偏向，未免有些顾此失彼了。""小说的形式，是可能给予反作用于内容的。作者在动笔的时候,觉得用这样一个人的叙述，而又记录这个人的活生生的语言，这形式是不妨来一次试探的。但却没有想到，这作品的发展，也就可能受到这语言这形式的限制。第一，语言是意识的外露，是意识的表现，而意识却是随着时代在转变在前进的。进步的意识，只有进步的语言才能表现。根据我自己的推想，对于我自己的家乡的语言，那就所谓'母舌'者，我还是熟悉的。但是，我觉得，我的这个熟悉，却也有个限度，——那是代表着旧社会，在旧社会流行着的一套语言，我是熟悉的；但社会在进步，意识在改变，在乡村中流行的语言，自然也会加上一些新名词新语汇，对于这一点，我却因为离开了家乡久，便觉得没有把握。所以，自己家乡的语言，在提倡方言文学时，固然是最好的依据，却也不是无条件的靠山，他还是应该批判的接受的。对于这一点，我晓得作者魏先生和我一样，他所熟悉家乡的语言，还是解放以前，或者也可以说，是过去长时期生活在家乡中所学得所运用的语言，解放以后，因为少接触，又因为时间短，恐怕是没有把握了。但是，魏先生却爱这个语言（我想是这样），因而无条件的应用起来，一面只求其生动，一面也就顾不到什么时代，什么意识了。在这一篇小说中，我们听了这位伪保长的一大篇的说话，我觉得，这里面只是一个'立功'，一个'夏征'，才是具有这个时代的新内容的词汇，其余的话，虽说不是落后，却也显不出什么进步性来。语言是代表一个人的意识的，具有这样的意识的人物，说是要发展起来，成为一个时代英雄，成为一个积极人物，这种局限性，是不能不加以估计的。"

许杰认为："用方言写作，我们还在提倡，还在发展中；但是同样的理由，我们应该提炼，应该吸收，却不是无条件的应用。民众口头上的语言是活跃的，要真正的使文艺从群众中来到群众中去，方言文学是应该提倡的。而且，从文字语言上说，只有先走上这一条路，慢慢才可以走上拼音文字的路。这前途是非常辽阔的。"

许杰指出："我因为重视用方言写作的尝试，也珍爱作者的这一个新形式的作品，所以我心愿提出一些不成熟的意见，想指出作者所应该强调却没有完全强调的主题，希望读者注意，同时也想探讨一下形式与内容的关系，特别是方言写作的前途，给准备在文艺创作上探寻一条新路，面向工农大众，为工农大众服务的作家一个参考。"

10日　何远的《多多表现新的人物》发表于《文艺报》第1卷第6期。何远认为："新的时代要求艺术作品反映新的人物以及他们高尚的社会的道德的品质，这是大家在理论上所一致承认了的。可是在创作实践上，我们却还做得很不够：许多作品仍然停留在旧现象与旧人物的描写上，而新生的或正在萌芽的新事物与新品质，却没有得到充分的表现。"

何庄的《〈劳动姻缘〉》发表于同期《文艺报》。何庄认为，小说《劳动姻缘》

的"题材是新鲜的,而且也描写了新的人物,虽然在表现方法上,还有一些不够的地方。……由于作者过多地注意了这一恋爱事件本身的曲折,没有能够更多地从各方面反映工厂的生活和斗争中的问题,使人感到过于着重了把恋爱的纠纷当作思想斗争的具体表现,以致不能更深地接触到斗争的主要方面"。

22日 田汉、赵树理的《斯大林与文学》发表于《人民日报》。田汉、赵树理写道:"自从文学的主题人物从革命前期的颓废绝望的'多余的人'飞跃到今天在社会主义建设与卫国战争中表现了最高品质的'苏维埃人',俄国文学才成放出前所未有的光辉,也成为断然压倒一切资产阶级文学的高级存在。"

23日 《文艺剪辑》发表于《人民日报》。文中写道:"他(指蔡天心——编者注)认为文艺的公式主义倾向,主要是由于作家生活接触不深不广,使作品形象化不够,因而描写出来的人物就比较概念,而不是因为作者主观上的政治思想排斥了形象的创造,从今天的文艺创作来看,我们必须加强马列主义与毛泽东思想学习,继续深入生活,并提高对生活的认识……一切企图减弱政治性与思想性的认识,都是不正确的。"

25日 胡丹沸整理的《创作·政策·新人物等问题——漫谈记录》发表于《文艺报》第1卷第7期。杜锋在文中说:"写新人物不如写旧人物生动,原因是新的人物正在各方面生长中,在逐渐形成中,不容易看到,如何写新人物是一个需要研究的问题。"

同期《文艺报》开设围绕古典文学遗产接受的《问题讨论》专栏。该专栏发表文宾的《一条走不通的道路》、王子野的《〈关于中国旧文学的技术水平和接受遗产问题〉的几点意见》、颜默的《关于接受中国旧文学遗产问题》,以及《读者来信(四封)》。其中,王子野认为:"叶先生(指叶蠖生——编者注)说《水浒》这部书在技术上的粗疏达到了可观的程度,而举出的例子只是宋江劫取进香的太尉时,把从开封到华山去的路径认为可以经过山东的。要在《水浒》和《红楼梦》中挑剔这样的粗疏和漏洞是确实不少的。但能不能据此就全盘抹煞了它在文学技术上的成功呢?举反证也很容易,像武松打虎、智取生辰纲、三打祝家庄那样细致的技术不仅不逊于资本主义的旧写实主义作品,而且即在更高的社会主义社会也还要承认它的文学技术的高度。叶先生只看到

《红楼梦》每回以吃饭结束（其实也不如此）太单调无味，而没有看到作者描写宴会的那种多变的笔法，这种技术水平是可以和《安娜·卡列尼娜》里写舞会，写赛马的技术相媲美的。《红楼梦》里的那种具有个性的对话是文学技术上的高峰。《西厢》的文学技术不见得在《罗密欧和朱利叶》之下。我们怎么可以说，我们最好的遗产都比不上资本主义社会中的作品呢？"王子野又补充道："当然不是说旧文学技术已尽美尽善了。旧文学在技术上是有缺点的。像《水浒》这样的优秀小说也还有陈词滥调，结构布局公式化，简单化的毛病。这里就需要作批判的工作。无批判的盲目崇拜旧文学技术，或者不加分析地一概抹煞它，都不是科学的态度。"

1950年

一月

1日 周恩来的《在中华全国文学艺术工作者代表大会上的政治报告》发表于《人民文学》新年号第1卷第3期。周恩来指出:"人民解放战争的胜利,还不能不归功于工人阶级的努力。……工人阶级正在一天比一天成为中国建设事业的主要力量,也正在一天比一天成为我们的文艺创作的重要主题。""文艺工作者应当特别努力向工人阶级的集体主义的精神学习。"要"普遍地进行大规模的旧文艺改革"。"要看到我们今天整个的解放事业,看到我们今天全国的文艺工作","假若我们各部门的文艺工作者都有全局的想法,能够和今天的建设联系起来,和我们的政治运动密切结合起来,我们的工作发展就会更快"。

同日,唐弢的《关于会话语言》发表于《小说》第3卷第4期。唐弢写道:"以会话来描写,正是刻划典型的手法之一,中国作家里,也曾有过卓越的成绩,例如《水浒传》和《红楼梦》就是。为了传真,我们一向以为应该注意的是发言人的阶级、地位和教育的程度……推而至于个性互异,更需有清,浊,迂,急的差别。""在现实主义的创作方法下,作者倘使了解生活,忠于生活,这问题是可以解决的。这里,我要提出的倒是会话语言的问题,也就是,会话语言应否统一于全篇创作语言的问题。""在语言尚未统一,纯粹方言文学的写作还不可能被普遍地接受的今天,应该尽可能地应用土白,插入会话,实在是可以采取的办法,主要的是看作者怎样来运用。"

魏金枝、程造之、柯灵、叶以群、靳以、李健吾、许杰、冯雪峰、周而复的《〈高干大〉座谈会》发表于同期《小说》。魏金枝说道:"一个高干大,就是所有农民要求的化身,也是一切人民要求的化身,而余外几个关于土改的作品却是很少农民共产党员的典型性的。"

柯灵说道:"像合作社这样纯粹属于经济范畴的东西,而《高干大》却用具体丰富的形象,活生生地写了出来,这么深刻动人,而且完满地尽了它的教育作用。""同时对于怎样以文学作品来完成政治任务这一重要课题,《高干大》无疑提供了一个很好的范例。"

周而复说道:"我认为并不是悲剧,很多人说,悲剧有命运的悲剧,性格的悲剧和社会的悲剧,是不正确的。把悲剧归因于神,命运,性格,和个人与社会的矛盾,是不对的,悲剧和喜剧是有阶级性的。在一切社会的戏剧里,悲剧的角色绝大多数反映着被压迫阶级,要求解放的理想——未实现的理想。"

李健吾说道:小说里的"人物的创造是典型的,故事的发展是自然的。在创造人这一点上,《高干大》是老解放区最成功的长篇小说之一。老解放区小说写农民在共同性上都很成功,然而有时候很还难免机械观察的缺点,根据外型来写,没把农民的灵魂抓出来,看《高干大》……这里的人真是把我抓住了"。小说"写高干大并不是了不起的人,还有缺点,他是活的,使人觉得很亲切。往往别的小说写农民的心理过程不够,写高干大却顾到他的缺点,使他活在读者心里"。"《高干大》里的风景描写得不孤立,如旧小说里的描写一般,不突出,感到亲切。""赵树理的语言像说书的语言,能赤裸裸的被吸收到我们心里,欧阳山的语言比较适合于长篇小说,念起来不如赵树理的,但看起来觉得也还宛转。丁玲的《桑干河上》的文字带些欧化,欧阳山介在赵树理和丁玲两者之间。"

许杰说道:"这篇小说中心抓得很紧,政治意识很强,教育作用也强。""这本小说的好处在写出了乡村的经济问题,和封建残余,解放后的经济建设和反封建残余,这主题是非常正确,非常积极的。"

周而复接着说道:"把从事恢复和发展生产繁荣经济的英勇精神,加以描写和概括起来,是我们文艺上的最重要的伟大的主题之一。写合作社经济,而且写得很好,《高干大》是第一本。"

程造之说道:欧阳山"以前写的小说,句子的结构,词藻都不容易懂,写的是小资产阶级的材料。在《高干大》里，他完全不同了"。

雪峰的《欧阳山的〈高干大〉》发表于同期《小说》。雪峰认为，这部小说"抓住了共产党人的这一个品质和'魂灵'来作为故事的源泉与中心，描写了高干大，——这是这部小说最成功的地方"。"所谓写人，我想是应该这样的。""《高干大》这部小说，是分明负起了政策的任务而得到了成功的作品；这就是一个证明，关照政策——党性的具体反映之——并不妨碍作品的生机。"但它"还没有充份地把人民的生活和意识的发展历史，当作主题的必要背景和作品生力的重要来源而加以掘发和反映"。

曰木的《〈原动力〉读后》发表于同期《小说》。曰木写道："在写作的一方面讲，作者的笔调很朴实，他把平凡的人物的心理、感情、性格、特点通过他的比较朴实的技巧，反映到读者的眼眶，同时他把修复机器这个'简单'故事，也告诉了读者，我们并没有觉得这里面有什么虚伪和装饰。而且，它把工人和机器联系得紧紧的，并不是人是人、机器是机器地脱节来描写，所以给读者的印象，是真实、亲切的。""在语言的运用上，正因为作者在工厂中生活了好几年，他从现实生活中提炼出语句，所以总觉得工人是像个工人的说话，加强了这个作品的现实性。"

15日 赵树理的《关于〈邪不压正〉》发表于《人民日报》。赵树理写道："我在写那篇东西的时候把重点放在不正确的干部和流氓上，同时又想说明受了冤枉的中农作何观感，故对小昌、小旦和聚财写得比较突出一点。""我所以套进去个恋爱故事，是因为想在行文上讨一点巧。要是正面写斗争恶霸、穷人翻身、少数人多占了果实留下穷苦窟窿，二次追究连累了中农，一直写到整党、纠偏、篇幅既要增长，又容易公式化，所以我便想了个简便的方法，把上述一切用一个恋爱故事连串起来，使我预期的主要读者对象（土改中的干部和群众），从读这一恋爱故事中，对那各阶段的土改工作和参加工作的人都给以应有的爱憎。""小宝和软英这两个人，不论客观上起的什么作用，在主观上我是没有把他两个当作主人翁的。""这个故事是套进去的，但并不是一种穿插，而是把它当作一条绳子来用——把我要说明的事情都挂在它身上，可又不把它当成主要部分，我在写《李有才板话》的时候，曾以这样的态度来用李有才，这次又用了一下软英和小宝。这种办法，我没有多见别人用过，我也不敢自以为是一种什么手法，只是为了方便起见偷偷用一下算了。"

竹可羽的《评〈邪不压正〉和〈传家宝〉》发表于同期《人民日报》。竹可羽认为："在一个矛盾的两面，作者善于表现落后的一面，不善于表现前进的一面，在作者所集中要表现的一个问题上，没有结合整个历史的动向来得出合理的解决过程，这是《邪不压正》主要的最基本的弱点。""而这个弱点，在《传家宝》里基本上得到了很好的解决。""《传家宝》，这不过一万零些字数的小说，写了农村中一个贫农家庭里婆媳之间的矛盾关系，这个最平凡的，最日常的，在农村家庭里不知重复着几千万遍的婆媳关系，作者深刻地揭露了它的历史的本质。我们清楚地看到了农村两代妇女的生活和观念冲突，看到了妇女的旧的生活和旧的观念正在渐渐死去，新的妇女生活和新的观念在渐渐地成长中，它征服了旧的，代替了旧的；看到了整个中国农村的历史，从这一个婆媳间的冲突中通过，走向未来去。"

25日 茅盾的《目前创作上的一些问题》发表于《文艺报》第1卷第9期。这篇文章是茅盾在人民文学社创作座谈会上的讲话，标题系《文艺报》编者所加。茅盾认为，当时文学创作上的主要问题有五类，分别是："一、真人真事与典型性的问题。二、形式与内容的问题。三、完成任务与政策结合的问题。四、浪漫主义与现实主义的问题。五、如何学习提高的问题。（如文学语言问题、公式化问题、结构的定型化、人物的定型化、人物的典型……等问题。）"茅盾进而对其中的一些问题进行了讨论，他认为："一、关于真人真事与典型性的问题……写真人真事也可以有典型性，问题是在于怎样写。如果取材狭窄而呆板，完全要符合于那真人的一切生活，而不善于找出他生活上最典型的特征，并加以灵活的处理，那么结果，有了真人，而典型就差些了。""最进步的创作方法，是社会主义的现实主义的创作方法。高尔基为这一创作方法所下的解释，基本要点之一就是旧现实主义（即批判的现实主义）加上革命的浪漫主义。而在人物描写上所表现的革命浪漫主义的'手法'，如用通俗的话来说，那就是人物性格容许理想化，——但要注意，这不是空想的理想化，如十九世纪的旧浪漫主义所为，而是植根于现实基础的理想化，亦即是比现实提高一步。这一个原则，应用到写真人真事，也就是说，我们写真人真事的时候，在真人的性格上是可以提高一步的。也就是说，写一个真人的性格，不宜用拍照的方式，而要表现。这样就可使典型性强烈。""现实主义的创作方法基本原则之一就是：写典型的环境中典型的人与事。如何能够在纷纭的社会现象中找出这些典型来，而不迷失在纷乱错综的表现中，这在作者，一方面基本上固然是一个思想问题，又一方面却也是一个技术问题，即剪裁问题。……所谓'剪裁'，是一个技术问题，然而同时也不能说他仅仅是一个技术问题：'剪裁'之是否得当，也和思想的深度有关系。""最后，再就文学的语言问题略述鄙见。有的同志以为完全用地方语来写作不大合适，因为这在作品的普遍性上有阻碍。另一种看法则相反，以为惟用方言才能使老百姓看得懂。我以为两者都有所偏。我们可以用方言，问题是在怎样用。……中国旧小说中的杰作，对于人物的对话，都很费苦心，什么身份的人说什么腔调的话，很有分寸。"

28日 赵仲邑的《〈桑干河上〉》发表于《光明日报》。赵仲邑写道："本书存在着一些缺点：第一、结构比较散漫。各个故事所代表的意义彼此不生连系，或连系得并不密切。……第二、人物不够凸出。读者所得到的只是概括的轮廓，而不是深刻的印象。"

二月

1日 陈涌的《刘白羽近年的小说》发表于《人民文学》第1卷第4期。陈涌写道："《战火纷飞》里的人物大都是单纯、明朗的，这正是新人物的特点，是和过去批判的现实主义作品里惯常的人物不同的。这些特点标志着他们已经有了简单明确的革命的人生观，而没有那些隐秘复杂的个人主义的内心冲突。尽忠于自己的祖国和尽忠于人民已经成为他们日常的感情，也成为他们生活的全部目的。"

陈涌认为："一般的说，语言形式的单纯、明朗，刚健是解放区创作的特点，这个特点，首先是被解放区生活的面貌所决定的。新的生活找寻了新的形式。由于部队生活更大的行动性和战斗性，这个特点在反映部队生活的作品里就格外明显，刘白羽的作品便是这方面的例子。"

陈涌还认为:"在介绍他的人物的特性的时候,作者不喜欢太多的绕弯,不喜欢太多静止的沉闷的叙述,他往往不是在第一句话里也是在最初几句话里便说出了一个人物的主要特征,而给读者一个十分明快的印象。""但这样,也不是说在一个作品里取消了艺术的加工,取消了必要的艺术的想像,不是这样的,取消了必要的加工,必要的想像,便等于取消了艺术,把艺术作品降低到简单追随事实,简单的记录事实的消极的地位,刘白羽却不是这样。"

萧殷的《为什么不能本质地反映生活?》发表于同期《人民文学》。萧殷写道:"作品中的社会意义(或教育意义),应该是从你的人物故事中暗示出来,并不是把社会意义附加在人物故事的外面。""作者不要满足于表面生活的描绘,而应该透过现象去理解问题的本质,只有正确地暴露现象的社会根源的作品,才可能有巨大的社会意义,才可能有较深厚的思想内容。""社会根源发掘得愈深的作品,就愈有社会意义,只有这样的作品,才能真实地反映现实本质,才可能有高度的思想内容,才可能把反映生活与社会意义统一起来。"

同日,阿垅的《论倾向性》发表于《文艺学习》第1卷第1期。阿垅写道:"艺术和政治,不是'两种不同的原素',而是一个同一的东西;不是'结合'的,而是统一的;不是艺术加政治,而是艺术即政治。""我们是生活和行动在一定的历史当中,一定的社会当中,一定的生产关系当中,和一定的阶级利益当中。那么,对于世界,对于事物,对于人生,对于事变,对于政治、经济,以至对于道德、艺术,自然而然就有而且应当有我们底一定的见解,一定的要求。任何人都是如此,所不同的,只是这个那个地、这样那样地、或大或小地、或多或少地把这个见解和要求表达出来;但是如果是在基本上的话,所有的这样的见解和要求,却不得不是一种一定的见解、一定的要求。这样,在文学上,无论那是意识的,或者不意识的,进步的和反动的,以至为艺术而艺术的,无可逃避也无可争辩的事情是,那里面,总是有着一定的政治倾向或者思想倾向的。"

阿垅认为:"艺术,它是亲密的谈心,而不是干燥的说教,它渗透到人们底灵魂而征服了那个灵魂,它感染了人们底感情而组织了那个感情,它从'美'的条件获得艺术效果,从'亲爱的东西'发生艺术力量;而这样的一种一定的艺术效果和艺术力量,也正是那个一定的政治效果和政治力量。艺术本身就是我们底武器。而且还是'人类灵魂的工程。'但是,一到公式主义、教条主义的场合,对于艺术和政治,却把它们当做'两种不同的原素'了,像把它们'结合'起来,却把它们分离开来了,即把它们对立起来了;结果,由于否定了作为政治底形式之一的艺术,也就否定了政治本身,——已经失去了影子的人,他底存在是很困难的。""在艺术的场合,那里面的政治,明明白白地,既不是表现为一定的哲学的形式的,也不是表现为一定的政论的形式的,而只是表现为一定的艺术的形式的,也必须是表现为一定的艺术的形式的;这样,在这个场合,是必须通过一种艺术的形式,于是,它才能够凸出它那政治底本质。""艺术的构成要素是形象。一个作家底艺术的思维,是一种形象的思维;一部作品所有的思想性,又必须通过形象,或者,同化于形象,化身于形象,或者,从形象生发出来,反映出来,——然后向人们提出。""其次,一种概念,包括政治概念,和活生生的现实,以及活生生的人,又是有着一种一定的距离的。""艺术,首先的条件是真;这个概念,却不是真,既不是思想的真,就没有艺术的真,也不是政治的真。""艺术底思想性,作品底倾向性,决定于作家底思想要求和作品底思想内容。"

阿垅提出:"让我们热爱地歌颂新的人民,尽情地欢呼新的政权,庄严地提出新的人物底新的品质,让我们祝福人和赞美人,装饰人和装饰世界,让我们沉醉于创造的劳动,让我们亲切地感到和见到未来。"

同日,《〈种谷记〉座谈会》一文发表于《小说》第3卷第5期。巴金、李健吾、周而复、许杰、唐弢、黄源、程造之、冯雪峰、叶以群、魏金枝出席座谈会。文中,冯雪峰认为:"王加扶和书中的其他的许多人物,尤其故事发展上所必要的人物,也都是富有典型性的人物。至少至少,也都是能够被深掘、被推广、被发展和被塑造成为典型人物的。照我的理解,任何一个真实的人,都富有典型性的,都可以被深掘、被推广、被发展和被塑造为典型人物的。每个实际生活中的真实的人,都是典型的粗坯和材料。问题只在'加工'。而且,问题只在于是平面的加工呢,还是立体的雕塑式的加工。是锦上添花式的现象上的精磨细琢的加工呢,还是深掘的、推广的、概括和透视的发展的加工。""'典型化'决不会失去真实和精确。并且，概括也决不和详尽与生活上的细节相冲突。事实上，倒是相反的。我们都知道，典型化是更大的真实。虽然不一定样样都与事实相符，但也仍不妨碍在叙写上的合情合理的精确。概括，在典型性的创造上，是和典型化同义语。因为概括如果带来了或提高了思想性，如果使内容和人物性格更丰厚、更深刻和更广阔，那么，一切的精到的分析和详尽的描写，都将栩栩如生，富有生命和动人的力量了。但因此，非常明白，典型化就并非平面的加工。而概括就反对某些不必要的详尽和重复，某些没有反而更好更有力的琐碎。同时，典型化和概括，也自然就非有'增加'、深掘和发展不可了。"

冯放的《略谈创造典型性格》发表于同期《小说》。冯放写道："一切艺术的创造，都必须是经过这样的创造过程：从具体到抽象，再由抽象到具体。这就是说作家必须先观察了具体存在现实世界中的一切人，一切事物；然后根据作家的修养，世界观，政治认识，从这纷杂的现象中间为了一定的目的提炼出抽象的主体来，最后，借着活生生的形象的描写，把这思想和观念显示给读者。""我们文学工作者，必须在生活中，随时随地注意一切人，注意他们的细小动作和言谈，这些常常帮助我们去塑造典型人物。""我们的作家。在作品的孕育期中，应仔细的去研究、分析和比较他的纷杂的材料，特别是其中的'人'，作家必须找出这一些人物的阶级的，集团的，性格的特征。""然后把他们共同的特征综合起来，概括在一个人物身上，使这个人物具有代表的意义，这样，作家便创造了典型性格。""这种综合和概括的过程，一般的叫它做'虚构'过程，又叫做'思想孕育期'。这个时期中，就需要具有非常丰富，自由广阔的想像力，用这去补足你的材料中所没有具体的构成你要写的人物的必要部分，赋予你的那个七拼八凑的人物（概念）的骨骼以血肉，令他首先在你的内心中活起来，言谈，喜笑的行动起来。""青年的艺术学徒必须记住，要把你的人物当作有独立人格，个性，癖好的人……帮助他去写成应该完成而未完成的事业，说出他想说而未说出的话语。""现在优秀的作家，必须是生动的，复杂地去充分的表现出置身在现实斗争中的人的矛盾的心理，以显示他的'真实'的生命，指给他一条正确的道路。""文学者抓住了足以说明他的性格的主要性质，强调，甚至在某种程度内夸张的描写，这样便在读者面前显出了一个比实在的人具有更为生动,有力,确定性格的人物,更富感染力。""我们不是自然主义者,不对现象作琐细的描写,在表现人物的思想、心理、感情的时候,只选取足以说明思想、心理、感情的,最信确而富表现力的细节来描写。""聪明的艺术家,选取典型的细节去作侧面描写,既经济,又生动。"

26日 《A·托尔斯泰的〈彼得大帝〉》发表于《人民日报》。文中写道:"《彼得大帝》是A·托尔斯泰写完《一九一八年》后的第一部历史小说。他在描写新社会主义革命初期的经验上,获得了对世界和时代的新的感觉,他从社会主义革命的崇高观点出发,处理自己的主题,成功地创造出那时期的历史的忠实的画面。""在这一部作品里,A·托尔斯泰通过了艺术形象,非常尖锐地表现了列宁所说的彼得大帝以暴力反对暴力的斗争。同时,他更以卓越的力量,不仅描写出了俄罗斯国家的优秀的改革者的典型,而且也描写出了优秀的天才的俄罗斯人民的典型。他表现出了人民在建立新祖国中的创造力量,表现出了从野蛮走向进步的方向。"

三月

1日 茅盾的《文艺创作问题——一月六日在文化部对北京市文艺干部的讲演》发表于《人民文学》第1卷第5期。茅盾写道:"衡量全局的轻重缓急,无论就领导方针而言,或就各个人的创作计划而言,目前头等重要的事情还是要有足够多的表现这时代精神的'文情并茂'的作品去供应万万千千翻身人民的精神饥渴的要求。"创作实践上的问题"是具有相当普遍性的。把这些问题归纳起来,比较重要的是下列三个:第一是关于人物典型性的问题。……第二是结构与人物之公式化的问题。……第三是配合政策的问题"。"真人真事并不妨碍了典型的创造,二者之间有一条路可以相通;这条路便是《夏伯阳》所走的,也是《铁流》和《青年近卫军》所走的。""结构与人物之有公式化危险的问题,归根说来,也还是一个生活经验和思想深度的问题,如果把它作为一个单纯的技巧问题来求解决,恐怕是解决不了的。""这样的结合了现实主义和革命的浪漫主义的创作方法,也就是被称为'社会主义的现实主义'的。"

同日,雪峰、许杰、李健吾的《〈江山村十日〉笔谈》发表于《小说》第

3卷第6期。许杰写道，《江山村十日》用的"是人民的语言，也就是东北的农民的口语的形式"，是"值得注意的"。"小说是有真人真事做底子的。"

11日 俞明仁的《介绍〈萨根的春天〉》发表于《人民日报》。俞明仁认为："古里耶的《萨根的春天》是一部叙述一个生产斗争的故事的苏联新创作小说。它用轻快的笔调，描绘出《萨根》的风物人情，读起来像一首柔和的抒情诗歌，仿佛灿烂的春天跳跃在眼前。""在书中我们又看到新与旧的矛盾。一群在新社会里锻炼出来的年青人，正为创造未来的萨根而奋斗。"

12日 竹可羽的《现实主义与浪漫主义结合》发表于《光明日报》。竹可羽写道："象征主义，这名词是由于他们在艺术创作中特别强调象征的意义而来……他们，极度个人主义，远离革命运动，甚至直接敌视革命，要求'为艺术而艺术'。他们把注意的中心从现实世界移开……把文学从改变生活的斗争中带开，消极地等待着一个神秘而美的神仙世界。这是一种反动的浪漫主义。""但是，作为一个派别来说是如此，其中作家的成分非常复杂，勃洛克，一方面是象征主义最大代表之一，另一方面他也具有健康的因素，这些因素最后把他带进苏维埃文学。"勃洛克"早期的创作充满着个人主义和神秘主义的色彩，他的抒情主人公完全脱离生活，相信一种非人间的神秘的生活……但是革命替勃洛克打开了两眼，他从他神秘的迷宫里走出来，开始观察周围的生活，望着这世界发生的事情"。"虽然他的浪漫主义不是消极的，充满着革命气息。但是他并不依靠清醒的现实主义的生活反映，他的作品中没有从现实中工人阶级中推举出同旧秩序斗争的战士形象。他在作品中通过现实生活的图画表达出主人公的特殊的浪漫主义的态度，而不是描写那一新的'创造主'的现实形象。他的浪漫主义是片面性的。""我引用了他的历史，是为了它说明了两个问题。一方面是，一个作家或诗人，特别是年青的作家或诗人，在他的创作中如果有着健康的浪漫主义的因素，那就是一种不可忽视的因素。一般地说，年青的人，一开始走进社会，走进文艺界，总是以具有革命的浪漫主义因素为其容易有的特色的，与现实主义的紧密的结合是以后逐渐到达的事情。首先，如果是健康的浪漫主义，它常常是带动作者走向现实主义的一种力量。……从浪漫主义来说，重要的在于分别开积极的和消极的，革命的和反动的因素。在于浪漫主义走向和现实主义结合呢还是走向背离现实主义。把一切幻想都加上'小资产阶级性'的帽子,加以拒绝,这是很容易的事情,因为否定一切和肯定一切一样都是用不着多化脑筋的事情。""另一方面,虽然革命的浪漫主义因素,它有带动作者走向现实主义的作用,这正是它可贵的地方,但也是它唯一的成为可贵的地方。""一个伟大的艺术家,不论是创作思想,创作方法和创作本身,它永远同它的时代互相联系着,对于新现实主义是如此,对于旧现实主义也是如此,从旧现实主义到新现实主义,也就是关系着从旧的时代到新的时代。""我们许多作家们的主观上有些软弱的东西,使他们无力掌握新的现实主义,他们中有的曾经跑进了真正的革命圣地去,却不知为了什么地退了出来,他们看不见人民力量的高涨,看不清现实的远景和历史急速地前进的速度,他们更熟习于现实的丑恶的一面,他们中比较优秀的,又不甘于忍受地生活在丑恶的现实中,于是他们反抗了,他们就这样几乎顺手地拿起了旧现实主义的武器。(也只能拿起这样的武器。)但是,如果说十九世纪末和二十世纪初的俄罗斯已经不能运用旧现实主义的武器来有力地作战了,那末难道二十世纪四十年代的中国还能够有力地运用这武器吗?""时代是最有力的东西,时代不允许停留在它已经走过的脚印上,时代要求必须从旧现实主义走向新现实主义。"

同日,陈涌的《论文艺与政治的关系 评阿垅的"论倾向性"》发表于《人民日报》。陈涌认为:"阿垅这篇名为《论倾向性》的论文,形式上是进行两条战线的斗争,反对为艺术而艺术和公式主义,但实质上,却是也同时反对艺术为政治服务的。它以反对为艺术而艺术始,以反对艺术积极地为政治服务终。事实上,在阶级斗争一向都异常尖锐的中国,并不是培植为艺术而艺术理论的最好的环境,完整的为艺术而艺术的理论体系(假如有的话),是抱守不住的了,而且一个多少有点革命要求的作家,他也要求某种程度即使是颇为朦胧灰色的战斗,但又不愿意(至少今天还未认识到)把自己的艺术更多的靠近群众的政治,他还希望保留自己一撮残缺不全的'艺术王国'的国土。于是他便起来抵抗马列主义的关于文艺的党性的思想。不管阿垅曾经怎样大量地引用过马列主义的词句,又不管阿垅自己明确地意识到与否,我以为他的理论的实质便是如此。"

郝彤和编者合作的《从一篇小说看文艺创作中的一种倾向》发表于同期《人

民日报》。郝彤在来信中写道，《让生活变得更美好罢》的"描写是合乎事实的吗？我认为这篇作品的思想是错误的，应该加以批判与纠正"。编者在回信中说，《让生活变得更美好罢》"是一篇不好的作品"。"这是一种恋爱至上主义者或弗洛依德主义者对于人民政治生活和妇女社会作用的歪曲描写。""很可惜，这种歪曲，竟然还是我国目前文艺创作中的一种颇为普遍的倾向。"之所以这样说，是因为"第一，这个时代已经发生了变化。妇女正在取得完全新的地位，对于妇女和对于整个社会生活的完全新的态度正在取得领导地位。新的作家的观察、表现和宣传的精力是应当用在这个方面，是应当用来宣传新的观点而批判旧的观点的。第二，就在描写某些妇女仅仅被某些剥削者当作恋爱的或性欲的对象的那种时代的时候，作家的任务也并不是要着重观察、表现和宣传这个时代的这一个侧面，因为这也并不是它的真正重要的侧面，而且就是那时的妇女生活，也有更重要的侧面"。"我们希望新中国的文艺作家们，特别是共产党员的作家们，用新的正确的态度来对待妇女，对待包括妇女在内的社会生活，并用以教育人民。"

同日，谷峪的《新事新办》、张树雷的《亲家新家》等短篇小说在《人民日报》副刊《人民文艺》发表。"编者按"写道："他们底创作中，往往显露出甚至为某些既成作家所不及的对群众生活底观察与描写的能力，给人以新鲜的亲切的感觉。"

13日 竹可羽的《现实主义与浪漫主义结合（续）》发表于《光明日报》。竹可羽写道："现实主义是从现实所到达的高处与未来的伟大目标的高处来真实地具体地说出最本质的时代精神，呼应最本质的现实要求；浪漫主义是从现实主义的基础上，越过现实去，说出人民对于明天的愿望，描为带动现实前去的远景。鼓舞人民为建设幸福的新的社会生活而斗争，并有力地鞭斥旧社会的残余。正因为如此，这两者是无法分裂的，是不应当分裂的，他们的关系就彷佛唯物论与辩证法的关系一样，过去曾经是分裂地存在着，而且曾经是不可能互相紧紧地结合的，但今天，今天以后，它们将永远结合在一起，永远不再分离开，同时也仿佛像辩证法唯物论结束了仅仅限于解释或说明世界的旧的哲学史一样，社会主义现实主义结束了仅仅限于反映现实的旧的文艺史。""一个长篇创作，要能够像高尔基的《母亲》那样'非常合时'，那样呼应现实，仅仅现实主义是不够的,作家还必须掌握浪漫主义的创作方法,还必须具有能够捕捉在现实中刚刚出现的,还没有确定的新的因素的能力,还必须具有对伟大的远景的渴望,具有高度理解现实的马列主义水准。""从我们新的文艺创作上来说,我们有着不少具有惊人艺术才能的作家们,但是从作品中所反映出来的最主要的缺点,就是思想性和党性的不够,具体地表现在党的领导写不很好,新人的形象写不很好,事件的发展或转变过程不能很好地依照现实的规律前进,自然也就很难看出它的远景,语言的运用不能很好地从人民的生活和创作中去汲取等等。"

竹可羽认为:关于"'真人真事'的问题","问题不在于应不应写'真人真事',问题在于真人真事是否具有典型的意义,是否集中了或反映了现实的本质的东西"。"我们也就可以谈一谈写小资产阶级的问题……今天中国小资产阶级在革命过程中,最本质的是无产阶级化的过程,和工农兵结合的过程,我们正希望有这样的创作出来"。"对于文艺界来说,创作是中心问题,对于创作来说,描写新的生活,描写新的人,特别是描写新的人,是中心问题,呼应现实,描写远景,都只能是通过新生活和新人的描写而到达的。"

26日 茅盾的《读〈新事新办〉等三篇小说》发表于《人民日报》。茅盾写道:"三篇小说有它们共同的优点,在内容方面,是从平凡的日常生活中表现了老解放区农民思想的变化,表现了土改后的农村生活的兴旺和愉快,在形式方面,都能做到结构紧凑,形象生动,文字洗炼。然而这三篇中间,无论从内容或从形式看,又不能不推《新事新办》为最佳。""《新事新办》在技巧上可说是从头至尾无懈可击。这是一篇技术水准很高的短篇小说。现在有些短篇小说严格说来实在是缩紧了的中篇,是一篇生活的流水账的节略而不是生活的横断面。《新事新办》却是处理得很完美的一幅生活横断面,从这横断面中,清楚地给我们看到'旧的正在消逝,新的正在成长。'"

四月

9日 《在中国民间文艺研究会成立大会上的讲话》发表于《人民日报》。文中写道:"明清小说如《水浒》《西游记》《三国演义》等,都是承袭了民间的传统如变文、评话等创作出来的中国文学史上的伟大成就。"

10日 茅盾的《谈〈水浒〉的人物和结构》发表于《文艺报》第2卷第2期。茅盾认为:"《水浒》的人物描写,向来就受到最高的评价。所谓一百单八人个个面目不同,固然不免言之过甚,但全书重要人物中至少有一打以上各有各的面目,却是事实。""个个面目不同,这是一句笼统的评语;仅仅这一句话,还不足以说明《水浒》的人物描写的特点。"在描写人物的性格时,《水浒传》"处处都扣紧了他们的阶级成份。因此,我们可以说,善于从阶级意识去描写人物的立身行事,是《水浒》人物的描写的最大一个特点"。"其次,《水浒》人物描写的又一特点便是关于人物的一切都由人物本身的行动去说明,作者绝不下一按语。"《水浒传》用"由远渐进的方法"塑造人物形象,"故能引人入胜,非常生动"。从结构上看,"《水浒》的结构不是有机的结构。我们可以把若干主要人物的故事分别编为各自独立的短篇或中篇而无割裂之感。但是,从一个人物的故事看来,《水浒》的结构是严密的,甚至也是有机的。在这一点上,足可证明《水浒》当其尚为口头文学的时候是同一母题而各自独立的许多故事。这些各自独立、自成整体的故事,在结构上有一些共同的特点;大概而言,第一,故事的发展,前后勾联,一步紧一步,但又疏密相间,摇曳多姿。第二,善于运用变化错综的手法,避免平铺直叙"。

茅盾写道:"以上是对于《水浒》的人物和结构的一点粗浅的意见。如果要从《水浒》学习,这些便是值得学习的地方。自然,《水浒》也还有许多优点值得我们学习。例如人物的对白中常用当时民间的口头语,因而使得我们如闻其声;又如动作的描写,只用很少几个字,就做到了形象鲜明,活跃在纸上……这些都应该学习,但是从大处看,应当作为学习的主要对象的,还是它的人物描写和结构。在这上头,我的偏见,以为《水浒》比《红楼梦》强些;虽然在全书整个结构上看来,《红楼梦》比《水浒》更近于有机的结构,但以某一人物的故事作为独立短篇而言,如上所述,《水浒》结构也是有机的。"

23日 萧殷的《写"真人真事"与艺术的加工》发表于《人民日报》。萧殷写道:"根据真人真事加以想像的作品,群众并不一概反对,问题要看作者如何去想像,去加工。如果想像甚至夸张得合理,生活又反映得很深刻,群众是不会有什么非议的。但如果想像得不合理，而被描写的生活又仅仅是表面的，那末，不管你所写的是真人真事也罢，不是真人真事也罢，群众都有理由说你的作品是不真实的。""我们认为像现在所流行的真人真事的写作方法（要求刻板的，一点不走样的模写方法），只会使作品陷入经验主义的泥坑。""这里首先应解决的问题，是作者的政治水平与思想水平必须提高一步，如果这问题不解决，不管你如何写法，刻板的写真人真事也罢，概括各种特征在一个人物身上也罢，都不能使作品获得巨大的教育意义的。"

24日 王淑明的《论文学中的乐观主义》发表于《光明日报》。王淑明写道："惟有在生活中找到了完美的现实之后，作家才能在作品里创造出完美人物的形象来。文学中的乐观主义，如果失去了现实存在的社会根据，则那样人物的希望与理想，就只有趋于破灭的一途。反之，当理想与现实达到充分和谐与一致的时候，反映于作品中的两者之间的矛盾，也就不存在了。"

25日 编辑部的《关于〈红楼梦〉》一篇发表于《文艺报》第2卷第3期的《读稿随谈》栏目。文中写道："《红楼梦》的作者能够在极其平淡无奇的日常生活中刻划人物性格，使作品中的人物都栩栩如生，主要是由于作者对那个社会非常熟悉，对那种生活观察、体验也很深入，并且在某种程度上掌握了那个社会的本质特征，这对我们在今天写作时应该如何反映时代，如何表现主题，如何刻划人物也给予了一定的借鉴作用。""《红楼梦》在表面上好像尽是'写才子佳人的悲欢离合'，然而实质上，它是透过这些人的悲欢合离本质地反映了当时封建社会的真实面貌。"

同期《文艺报》头版开设了针对阿垅《论倾向性》和《论正面人物与反面人物》两篇文论的专题讨论栏目。该栏目"编辑部的话"写道："文艺与政治的关系，是文艺批评与文艺理论中心的课题。文艺批评的展开与文艺理论的建设，主要要依靠对这一中心课题的正确解决。"阿垅的两篇文章"在对马克思主义的了解与文献的引用上，表现了很多歪曲的、错误的观点，引起了一些同志的严峻的批评。我们认为：正确地展开在文艺理论上的批评与讨论，是提高文艺工作必要的战斗任务，这样的论战是很有意义的"。"因此，这一期《文艺报》特别转载了陈涌与史笃批评阿垅的两篇论文，和《阿垅先生的自我批评》一信，编成专辑，供大家学习、研究。阿垅在致《人民文艺》编者的信中，表示了接受批评，这种承认错误的自我批评精神是好的，是一个好的开始。我们希望这样的自我批评，能够深刻地在错误观点的主要环节上，进行理论的、思想的具体检讨。我们认为，只有从论点本身进行检讨，才能像《人民文艺》编者按上所说的'文艺思想上将最后达到一致'。这才是理论批评所要求的正确的效果。编辑部认为：像阿垅在上述两篇论文中所表现出来的那些错误的观点和歪曲的理论，不论在目前，在过去，同样在其他的一些文艺工作同志及其他的一些论文中，也还是存在的，这说明在文艺战线上，理论与批评工作尚待展开，是值得大家来继续注意的。"

五月

1日　庐湘的《评〈工作着是美丽的〉》发表于《人民文学》第2卷第1期。庐湘写道："我们要求作家忠实的反映生活，但是这不等于自然主义地把一切琐碎的，毫无积极意义的，不经过作家选择、批判、照像式的反映到作品里去。我们也要求作家写历史题材和知识分子，但这必须从新的认识，新的观点来写。写知识分子，我们必须无情地批判他底弱点和消极面；也必须写出他们受了党的教育，革命斗争的实际锻炼，而生长出来新生的、积极的一面。"

茅盾的《关于反映工人生活的作品》发表于同期《人民文学》。茅盾写道："十来篇作品的主题大体相同，也可以说，基本上是同一的主题。这主题就是：工人中间的落后分子如何转变而成为积极分子，而且比一般的积极分子更积极。""文艺作家的任务就在于从变动着的生活现象中发现最普遍而基本的斗争，于是通过形象，综合分析，从反映现实以至照明未来。""如果我们只从固定的一角来表现主题，那么，作品中的人物尽管多，故事尽管繁杂，却依然不能达到我们所要求的思想性的深刻……我们必须善于总揽全局，鸟瞰式地来表现主题。"

同日，王西彦的《论为人民服务的文艺》发表于《新中华》第13卷第9期。王西彦写道："我们的革命的文艺，应该怎样写工农兵，主要的乃是我们的革命作家的生活实践的问题。从生活实践到写作的实践，这便是我们的革命作家的战斗的历程。""我们的革命文艺，应该用什么形式来表现呢？……在我们现在的情形，文学艺术的创造，内容对于形式的优势是很明显的；这样内容对于形式的优势，不待说是促使着新的表现形式的创造。……我们所要求的形式，是独创的形式，是和旧形式相对抗的形式，是一种作为对旧形式的否定的形式。""新形式的创造虽然是一种对旧形式的否定，但同时又是旧形式的发展。"

许杰的《论"五四"以来中国的新文化运动——新民主主义文化运动三十一年纪念》发表于同期《新中华》。许杰认为："中国现阶段的文化是为工农兵的、工农兵的文化；而要创造并且完成这种文化，一切的文化工作者，必须走向工农大众中间去，和工农大众紧紧的结合起来，向工农大众学习。同时，也只有文化工作者走向工农大众中间去，向工农大众学习，知识分子才能进行改造，文化的普及与提高的关系，才能辨正的解决、辨正的发展。""狭义的文化，就是当作观念形态来看的文化看来，这所谓民族的、科学的、大众的文化，也是一个有机的整体，有着有机的联系的。""对于这三个特质，我们时常也用三个重点配合起来说的，这就叫做科学的内容、民族的形式、大众的方向。"

10日 丁玲的《五四杂谈》发表于《文艺报》第2卷第4期。丁玲认为："现在我们谁也感到创作中有一个很恼火的问题，就是思想性，也就是说我们作品中的思想不够，作品的政治意义不大。"丁玲认为，五四时期的作家"除了要冲破腐朽的文言文以外，在新的形式上也并不十分讲究，只为要把自己的思想说出来，就用了这些形式"。"五四"时期的文章"虽然不一定都能上口，但是朗诵起来，还不是那样难懂。他们所提倡的白话文，也是指不用死人的语言，要用日常生活中的语言，因为他们生活的限制，他们只能用知识分子日常口头上的语言，不能采取丰富的民间语言，所以显得单调，缺少风采，这是指一般的人说，其实许多人的文字，结构的谨严，行文朴素，到现在来读它也还有值得学习的地方。仅以不合劳苦大众的口吻来衡量是不恰当的。五四以后，对于文字的革命并没有继续下去，却走到修饰和装点的方面去了，搬来了很多欧化的文字，重覆的，复杂的主词、宾词等等拐弯抹角的话，使人不懂的加括弧的美丽的辞句，连篇累牍，有些又夹杂些古文来表示自己渊博和儒雅的风格。这些是资产阶级的作家来做文字消遣和游戏的，因为他们根本不愿文学与群众有什么联系的"。丁玲进而认为："我们应该继续五四的那种精神坚决稳定地走下去，继续文字语言的革命。"丁玲列举了三位五四时期的小说家以印证她的观点，在她看来，鲁迅的小说"一句教训人的话没有"，可是它们能深刻地让人感受到封建旧社会的可怕；叶绍钧的文笔"是非常修整朴素的，我们读他的小说，从来没有碰见做作的地方，也没有太洋化的句子，也不用古文，也没中国半文不白的陈辞滥调。而且他的文章也是对旧社会下着批判的"；"冰心在五四时代，本来不过是一个在狭小而较优越的生活圈子里的女学生，但她因为文笔的流丽，情致的幽婉，所以很突出。她的散文和诗都写得很好"。

16日 王西彦的《鲁迅的创作小说的时代意义——为纪念鲁迅逝世十四周年而作》发表于《新中华》第13卷第20期。王西彦写道："作为一个'最清醒的现实主义'者，鲁迅的全部创作，都是本着'最热烈最严正的对于人生的态度'，竭力暴露着旧社会旧制度的黑暗，以谋拯救'陷入瞒和骗的大泽中'的人民群众。""鲁迅的创作小说，不论是为了铁屋的毁坏，为了改良社会和改良人生，或是为了遵奉当时革命的前驱者的命令——总而言之，他所具有的，乃是一个现实主义者的态度，一个清醒的和战斗的现实主义者的态度。""这种清醒的现实主义或战斗的现实主义，也便是鲁迅的全部创作小说的基调。根据着这种基调，我们就可以进而窥探他的作品的时代意义，分析他的作品的丰富内容。""在鲁迅的小说作品里，只写出了一群病态的人，而没有发扬中国国民性中的优秀的部分。但是，我们应该知道，鲁迅的大部分小说，都产生于'五四'时期；到了后来所写的包含在《故事新编》里的历史小说里……便是另一种类型的人物。""鲁迅的改造国民精神的理想，在他所处的黑暗时代里面，也已经由于革命形势的向前发展，显露在投身于实际斗争之中的革命者的血迹里面了。""在知识分子中间，在当时那种昏暗混乱的局面里，有愤怒，有反抗，有不平，有挣扎，然而他们之中的大多数，结果却只有失败和颓唐。这样的知识分子群，在鲁迅的小说作品里，保留着很清晰很生动的形象。""在对这样的人物作着刻绘时，鲁迅是一贯地保持着他一个现实主义者的冷静态度的，但也时刻流露出自己感伤和惆怅。"

21日 方纪的《我的检讨》发表于《人民日报》。方纪写道，他"为了'加强'主人公的性格,完成其'发展'……便颠倒了现实,使重要的服从了次要的,使政治服从了爱情,而表现为党的领导不足,以及夸大爱情在生活中的作用超过政治了。这样,结果,不但没有完成主人公的性格,而且削弱了它;不但妨碍了政治效果,而且妨碍了艺术效果。这使我进一步认识了:题材和主题,形式和内容,艺术和政治的必然统一和前者必须服从后者"。

25日　伯林斯基作、邵人黎译的《论个性与民族性》发表于《文艺报》第2卷第5期。文中写道:"所谓心灵,就是具有血肉的人性,或者以血肉的形体表现出来的人性,一句话,就是他的个性。""我们对于个性这个东西所能说的只是:它与感情、理智、意志、美德、美感和其他永恒持久的观念相比,简直就没有什么价值可言;可是没有了这个短暂的、偶然的东西,就不会有什么感情、理智、意志、美德、以及美丽;同样也不会有什么无情、愚蠢、柔弱、邪恶、以及丑陋了。""民族性对于全人类的关系,正与个性对于个人的关系相当。换句话说,各种民族性就是全人类的许多个性。""每一个人都是具有人性的。可是人性如果要在他的身上显示出来,首先必须通过他自己的个性,表现出他的全部人格,然后再通过他的民族性。一个人的个性与任何其他人的个性不同;因为这个原故,它只是全部人性中的一个有限的部分。""只有在作为社会的一分子的时候,个人才能获得安全的保障,才能发挥他的能力;可是如果要使社会也能获得安全的保障,也能发挥能力,它就需要一种内在的、直接的、有机的环结——民族性。民族性是人类互相往来所造成的自发的结果,并不是有计划地产生出来的。""不管是一个人或是一个民族,他们越能够摆脱自然的直接影响,他们的人性就越成熟。""一个伟大的人物总是具有民族性的,他酷似他的民族;因为他之所以伟大,就是因为他代表了他的民族。""一个天才的最惊人的特性,并不是它能够认识到新的事物,而是他有勇气把新的与旧的敌对起来,促使它们作殊死的斗争。""一个民族对于它的伟大人物的关系,就和土壤对于为它所养育着的植物的关系一样。它们之间只有联系,没有什么分歧和不同。一个伟大诗人的最大的荣誉,便是具有高度的民族性。"

邓友梅的《评〈金锁〉》发表于同期《文艺报》。"编者按"写道:"我们读了邓友梅同志的《评〈金锁〉》后,认为他的意见虽然还有一些不很适当的地方，但基本论点是正确的。我们即将这篇批评转至《说说唱唱》编委会，目的在于引起他们的注意。他们曾在大众文艺创作研究会小说组对这篇小说连续的讨论了三次，并将讨论结果整理寄给我们，同时赵树理同志也写来一篇《金锁发表前后》。进行了检讨，也作了《一点辩护》，现一并发表。"文中写道，《金锁》所塑造的人物"不真实，（应该说是人物性格不统一——编者）因此也影响了主题，甚至在某些地方诬蔑了劳动人民"。

陶君起整理的《读了〈金锁〉以后》发表于同期《文艺报》。该文写道："一、故事性——这一篇的故事性是比较新鲜的……这篇作品，完全是农村色彩，对于个别事物也处理得较为活泼；说明作者是有丰富的农村生活的。语言文字也很通俗生动……结构上比较自然。""二、作者的观点和立场——作者可能是农民家庭出身。对于劳动人民是同情的；但是他所表现的却只是站在旁观者的立场看笑话的态度；往往是敌友不分。""三、人物的处理——全篇人物太多……几个主要人物的性格，也欠明确。""四、作品的描写技术——作者的描写技术，大体说来是很有修养的；文字语言也是很通俗的，可惜有的地方却不免有摹仿和造作的痕迹。"

赵树理的《〈金锁〉发表前后》发表于同期《文艺报》。赵树理在文中简单讲述了小说《金锁》的"编辑经过"，并进行了"自我检讨"和"一点辩护"。在"一点辩护"中，赵树理写道："读者意见中，有一条是说这篇作品中的主角金锁是不真实的，是对劳动人民的侮辱。我以为这是不对的。我所以选登这篇作品，也正因为有些写农村的人，主观上热爱劳动人民，有时候就把一切农民都理想化了，有时与事实不符，所以才选一篇比较现实的作品来作个参照。""这篇作品中对金锁这个人物的处理，最大的缺陷是没有写出他进步的过程——也就是尾巴接得太短了一点，使金锁一类人读了不知道该如何挺起腰来，'瞎闯王''么二楞'等农民读了不知道对解放后的金锁在日常生活中应取什么态度，作农村工作的人读了不知道对金锁该如何做工作。虽有这个缺陷，只能说是美中不足，并不能说是没有真实性或是作者故意侮辱劳动人民。"

六月

1日 曰木的《描写成长和发展中的新人物》发表于《小说》第4卷第2期。曰木写道："描写成长和发展中的新人物，创造新人物的英雄形象，已被今日的文艺工作者逐渐重视了起来，这是完全必要和应该的。""当作我们学习对象的苏联文学，这一工作也被重视并认为是主要的任务，在苏联的文艺作品中，对坚忍不折、勇敢顽强的苏维埃人，描写出他们的高贵风格和特质，塑造出他们的英雄形象，是十分被重视和爱好；'把新人物，把在实际生活中的苏维埃爱国者表现成为有血有肉的艺术形象'（西蒙诺夫）这个任务，是公认的主要工作之一。"

曰木认为："新形势要求我们深入现实生活，深入工农兵，把握住现实生活中的本质，在新生活的飞跃进展中，描写出勇往直前、坚忍不折、为争幸福生活而艰苦斗争的新人物，创造出他们底英雄形象，并且指出他们光辉灿烂幸福的明天。""一个新的英雄人物底成长，决不是偶然的机会使他从石头里跳出来，而是必须在一定的社会条件下，克服了种种困难，战胜了一切阻碍，表现出对濒死事物的胜利……使他成为'不倦不懈地号召人民为生活中一切进步事物而斗争的人'。""主要的关键就在于把握住社会本质，深刻体验了现实生活，通过这些英雄人物的身上，把社会向前发展中新旧冲突的矛盾表现出来，新的得到决定性的胜利，旧的让它躺进棺材。"

10日 陆希治的《"技巧"决定"思想"》发表于《文艺报》第2卷第6期。该文针对俞平伯于1950年4月16日发表在《光明日报》"学术"副刊第4期的《漫谈〈孔雀东南飞〉古诗的技巧》展开了讨论，陆希治认为："强调文艺作品的'思想'并不等于贬低它的'技巧'"，"如无思想，技巧即失去其主宰"，因此，在文艺作品中，"'技巧'首先为'思想'所决定"。

11日 丁玲的《谈谈普及工作 为祝贺北京市文代大会而写》发表于《人民日报》。丁玲写道："旧文艺的确都有非常精细的描写。写得入情入理，委婉，曲折，有它夸张的方法，陪衬的方法，含蓄的方法，这都值得我们学习。""我们要去学习旧文艺的长处，但不是为保存'国粹'，而是为着产生新文艺！"

25日 《文艺报》第2卷第7期开设《创作经验谈》栏目。该栏目发表了黄谷柳的《谈写小说》、刘白羽的《永远应该到前面去》、马加的《我学习群众语言的一点经验》、王希坚的《离奇的故事和典型的故事》、周立波的《关于写作》等文章。

黄谷柳的《谈写小说》结合自身创作经验谈及了以下几点创作方法："一、充分信任读者的想像力。""二、人物的耳、目、手、足、嘴巴和脑海的一切行为思维，要跟脚下眼前的环境，有机地配合起来。""三、情节的发展，不管是单线或复线，交代明白，弄清脉络。没头没脑闯出一个人来，倒叙之中又夹倒叙，把开始的一根线抛得太远，这不适合中国读者的口味。""四、自然风物的描写竭力节约。""五、有分寸地选择大众所最关心的人和事来写。""六、对话除非特别要引人注意时，都不分行写。""大众的、普及的小说，它的内容特点之一就是充满行动。人物在行动，而不是在独白，发呓语，或作内心的神游。"在处理"故事"与"人物"的关系时，该文认为，小说要"服从着主题的要求，让人物性格和环境事件综合着合情合理地发展下去。"

刘白羽的《永远应该到前面去》写道："你怎样从复杂的社会现象中去吸取题材？我想这不是一般的现象，不是身边琐事，而是吸取现实生活当中那种最重要的、许多人为之而斗争的、能以表现复杂斗争的本质的题材。所以这样说，我是想确定，作家从他表现什么，不表现什么上，正说明他与人民的关系，与革命斗争的关系。"对于"吸取斗争中主要的本质的题材"的方法，刘白羽认为："作品主题的思想性，是不能脱离这种本质的、阶级的觉悟而存在的。""在创作过程中，主题思想与形象同时出现而且恰当结合，这是创作的最大愉快。"在塑造人物时，"人物当然有模特儿，但绝不是某一个具体的、特定的人，而是在各个战线上所接触过的人集中在一个人身上表现出来"。

马加在《我学习群众语言的一点经验》中说："在延安文艺座谈会以前，我是用知识分子的语言来进行创作的。""文艺座谈会以后，我开始向群众语言学习。……我首先考虑到的一个问题：就是写出文章应该让他们容易看得懂，让他们听得懂。我写《江山村十日》的时候，就是出于这个动机。""群众的语言是丰富的，朴素而真实的，富于生命和形象性。"不过，"学习群众的语言，应该批判的接受。因为过去的农民语言，是在封建社会下农村个体经济基础上产生的东西，有许多是不科学的，单调的，含意不明确的词句"。"语言是一种活的东西，革命运动不断的在发展，群众不断的在进步，新的语言不断的在创造。把语言固定化，看成教条，那就错了。"

王希坚的《离奇的故事和典型的故事》认为："把离奇的故事当作典型的故事的这种看法，其实不仅在一些写作的朋友们当中存在，在实际工作干部中也常常存在的。""文艺工作者应当关心和喜好群众中那些普通的人，平凡的事，经常的现象，从比较广泛的观察中创造典型，典型的故事有时候是表现在一个离奇的故事之中的，但是如果你不了解一般，不了解日常生活中千万次反覆着的现象，而单只取追求和猎取离奇的故事，那你就不能适当地处理你的典型，甚至即使碰上很好的材料，也会'毫无所获'的。"

周立波的《关于写作》坦言："我写的小说中的人物，大抵都有模特儿，但一个人物有时不只用一个模特儿。《暴风骤雨》里的赵玉林是东北土地改革中好些贫雇农积极分子的特点的综合。车老板子老孙头的主要模特儿，是尚志县一个屯子里的一个五十岁的穷老头，但我也收集了好多同样年纪，同样气质和同样出身的人的言行补充进去。这样塑造出来的肖像，和原来人物固然有些走样，但也更典型，更有着显著的性格的特征。"周立波说道："我喜欢农民的语言。在乡下工作时，曾经记录一些农民生动的言语，看书报时，也很留心别人怎样运用农民的口语。我以为农民的语言比知识分子的语言生动得多了。但要学习他们的语言，必须认真，必须诚心诚意的当他们的小学生。不要光是猎奇似的记下他们的片言只语，而要倾听他们日常的谈话，会议上的发言，以及他们推胸置腹的闲谈。学会运用劳动人民的语言必能改革我们的文体。"

七月

1日　侯金镜的《记华北军区创作座谈会》发表于《人民文学》第2卷第3期。侯金镜写道："许多作品都在努力来表现部队的革命英雄主义的成长和部队的新面貌"，在作品的感情，语言和风格上也有着新的变化，"在语言上，过去只注意搜集带有部队生活特点的语言，说明生活现象的语言，不同人物（急性子或蠢笨的，司号员或炊事员的）的语言特点"，"应该懂得没有新的语言不能创造新的英雄人物，也应该懂得文学语言对社会语言的能动作用，也应该认识我们集中、创造部队新语言责任的重要"。

10日 赵树理的《对〈金锁〉问题的再检讨》发表于《文艺报》第2卷第8期。赵树理在文章中解释道："我在原来的检讨中，虽然也曾提到原作是'局部地从趣味出发，因而损害了对事物的选择和批判'，也曾提到这是作者的错误，可是只那么略略提到，轻轻放过，其原因是着重检讨自己，不愿多把错误向作者身上推。""原检讨中不足之处是没有把'对事物的选择'问题看成立场问题——以为对'金锁'本人的挖苦只是'语言''口吻'的无选择。现在看来，这一点是非常不正确的，这实际上是一个'立场'问题。作者主观上是要替劳动人民说话的，可是因为生活、思想、感情与劳动人民有些脱离（虽然作者原来是农民家庭出身），因而就不能把劳动人民的事当做自己一家人的事来讲。"

小说《手套》和《拖拉机开进高家村》发表于同期《文艺报》，并随文发表两篇小说批评。《读〈手套〉》一文认为："小说《手套》取材于工人日常的劳动生活，它写得简炼，也比较生动。作者是想通过这个作品，来描绘新的人物的面貌，来反映工人阶级在生产建设热潮中高度的热情，和他们的优秀品质。"《手套》"取材于在有些人看来是'简单平凡'的生活"，"在人物的描写上，《手套》是有一些较好的地方的"。"作者并不是不加选择地，或毫无目的地去纪录生活的细节，而是采取了那种代表了人物和生活情绪的特征的东西，来加以恰当地刻划的。"《读〈拖拉机开进高家村〉》一文认为，《拖拉机开进高家村》"反映了农村的新鲜事物；预示了农村的远景和农民的幸福生活；在热烈地展开经济建设高潮的前面，指出了农村农业生产的光明前途"。

12日 萧枫的《谈谈〈我们夫妇之间〉》发表于《光明日报》。萧枫认为，《我们夫妇之间》"是一篇具有一定思想内容的作品，情节单纯明显，描写细腻，委宛。尤其在语言上更显得生动朴素，读起来还动人，可以说是一个比较有感染力的短篇"。"我们现在再进一步来谈谈这篇作品中存在着的一个问题：在人物的描写上：作者对于妻基本上是写得好的，这是这篇小说应该肯定的最主要的一点。作者肯定妻，这也是很明显的。""对于李克，作者的态度，就有些模糊不清了。""作者实在也没有给李克以明确的批判,我们从小说里看不出李克是在怎样的过程里,向自己展开了深刻的检讨,进行过诚意的自我批评,因而,我们就看不出李克在思想感情上有多大的锻炼和进步。""作者这篇作品,题材的丰富意义主要在妻的种种上。作者把妻的种种放在夫妇关系上,因而有些地方显得小'趣味化'以及有些地方显得过分夸大……其实知识分子和工农的结合这个主题,像这样用夫妻关系来表现,一般地说来是不很合适的,最好是放到生产斗争和革命工作中去,这是一个主题思想和题材之间关系的问题。"

25日 陆希治的《一本庸俗的文艺理论书——试评范泉著〈创作论〉》发表于《文艺报》第2卷第9期。陆希治认为,范泉的《创作论》一书"把资产阶级的许多庸俗的'文艺理论'和美国的'小说作法'等七拼八凑起来而已"。在陆希治看来,《创作论》发了许多错误:"第一个错误,作者片面地歪曲了浪漫主义。""第二个错误,作者庸俗地曲解了今天的现实主义。""第三个错误,作者肤浅地把'浪漫的性质'和现实主义机械地分开并使之对峙起来。"

八月

1日 刑公畹的《谈方言文学》发表于《文艺学习》第2卷第1期。刑公畹写道:"第一:'方言文学'这个口号不是引导着我们向前看,而是引导着我们向后看的东西;不是引导着我们走向统一,而是引导着我们走向分裂的东西。第二:'方言文学'这个口号完全是从中国语言的表面形态的基础上提出来的;不是从中国语言的内在的本质的基础上提出来的。""茅盾先生在革命力量没有进入大城市的当时提出这个理论来是正确的;但是当革命在全国范围内取得胜利,因而取得了统一与独立的今天,我想这个理论是会叫各个方言区的作者把自己的作品故意封锁在自己的方言区里的。"所以,刑公畹认为没有必要倡导方言文学,相反要提倡共同语,因为共同语具有以下特点:"第一,愈发结构全民族完全相同的,虽然个别特殊方言有小小出入的地方。……第二,基本词汇是全民族大致相同的,所以就目前中国语言的内在的本质来讲,提出方言文学的本质是没有必要的。"

13日 王朝闻的《〈水浒传〉里的一个两面性的典型——何九叔 ——读

书漫记之一》发表于《人民日报》。王朝闻写道："《水浒传》的重要特色之一，是人物性格异常鲜明、异常丰富。不仅很好地刻画了许多英雄，也性格鲜明地刻画了许多不是英雄的人物。""能够创造这样生动的典型人物，不能不佩服作者技巧的高强；但这只由于作者的技巧的高强吗？不是的。应该说是由于小说作者，或民间传说的作者们非常熟悉这一类人物的缘故。""要向旧文艺学习，决不是旧格调的套用；它如何可信地丰富而又朴质地刻画人物，就是很值得学习的好处之一。"

20日 老舍的《〈老舍选集〉自序》发表于《人民日报》。老舍写道："论技巧，《黑白李》是不很成熟的，因为它产生在我初学乍练写短篇小说的时候——我是先发表过几部长篇，而后才试写短篇的。《断魂枪》，《上任》，和《月牙儿》三篇，技巧都相当的有些进步；《月牙儿》是有以散文诗写小说的企图的。至于《骆驼祥子》，则根本谈不上什么技巧，而只是朴实的叙述。它的好处也许就在此：朴素，简劲有力。""论语言，在这几篇里，除了《月牙儿》有些故意修饰的地方，其余的都力求收敛，不多说，不要花样，尽可能的减少油腔滑调——油腔滑调是我的风格的一大毛病。"

25日 丁玲的《跨到新的时代来——谈知识分子的旧兴趣与工农兵文艺》发表于《文艺报》第2卷第11期。丁玲认为，文艺作品按照"革命斗争的深入和复杂、雄壮和胜利来说，其表现的角度、气派、生动、与深刻，都是很不够的，其与政治经济文化各种建设要求的配合也是很不够的"。"由于时代的不同，战斗的时代，新生的时代，由于文艺工作者思想的进步，与广大群众有了联系，因此新的人物，新的生活，新的矛盾，新的胜利，也就是新的主题不断的涌现于新的作品中，这正是使我们觉得不单调，不枯燥，这正是新的作品的特点，这正是高过于过去作品的地方。""主题既然是新鲜的，人物也是新的，一切的战斗的场面都是新的，那末文艺的形式也就为着适应内容的需要，和作者对文艺形式与语言的不断探求与努力，与过去的革命文艺，欧化的文艺形式，或庸俗的陈腐的鸳鸯蝴蝶派的形式都要显得中国气派，新鲜而丰富。""不了解人民群众的生活，对人民群众的斗争又不感兴趣，比较习惯于个人幽闭的欣赏'艺术'的心情，或者找点曲折故事以消磨时间的读者，对于政治气氛比较浓厚的书籍,是会嫌它不够轻松,不够细腻的,同时也的确不大理解和不容易与作品中的人物有同感,不容易与作者的情绪调和。""工农兵的人民文艺书籍,其中所描写的人物并不只是工人、公民、兵士,那里也有开明士绅、与恶霸地主,有小商人、狗腿子,也有在改造过程中的知识分子与旧知识分子。还有资本家、汉奸、军阀,也有破鞋、二流子,因为仅仅工人或农民是不能构成这个时代中的一个斗争的现实的。"

丁玲写道:"今天以劳动人民为主体的,写新人物的这些作品,还不是很成熟的,作者对于他所喜欢的新人物,还没有古典文学对于贵族生活描写的细致入微,这里找不到巴尔扎克,也没有托尔斯泰。甚至于对于这些新的人物虽然显出了崇高的爱,却还不能把这些人物很好的形象起来,给读者以很深的印象。也还不能把一些伟大的事变写得更有组织、有气氛,甚至不如过去一个时期知识分子写知识分子的苦闷那末深刻。这是今天在文学作品方面的不够,应该承认,也许这是遭受指摘的最大的理由,这个缺点应尽可能快的克服。但我以为这是必然的,因为一切是新的,当文艺工作者更能熟悉与掌握这些新的内容与形式时,慢慢就会使人满意起来。"

同期《文艺报》发表《合伙》与《纠纷》两篇短篇小说,并随文刊发评论《读〈合伙〉与〈纠纷〉》。该文认为:"这两篇短短的作品,在主题上是类似的。它们都是想表现在新的生活的进程中,由于一些旧的思想的遗留,产生了种种矛盾和纠纷。作者想表现出这样的思想:通过新旧事物的矛盾,和矛盾得到解决,使人们有了比以前更好的团结和进步,更愉快地来参加生产建设的斗争。两篇文章都提出了在农业生产中互助合作的问题,在已经废除了封建剥削制度的农村里,恢复和增加生产,和生产中的互助合作,是一个中心的问题,两篇作品都想通过农村生活的一个侧面,来反映这样的问题,是有意义的。"

同期《文艺报》的《文艺信箱》栏目发表《"真实"和"现实"》。平原省文艺工作团的吉星询问了"真实"与"现实"之间的关系问题。文容回答道:"'真实'与否,并不在于实在事实有没有,而在于那实在的事实是否是个别现象或偶然现象,如果这现象是个别的偶然的非本质的现象,那末,它就不是真实的。因为现象并不就是真实,只有把现象加以发掘、分析、研究之后,'真实'才能发现。"

27日 刘恩启的《也谈〈柳堡的故事〉的思想性和艺术性》发表于《光明日报》。刘恩启写道:"《柳堡的故事》的主题思想是好的。作者通过李进、指导员、二妹子等这几个特定人物的故事,'从侧面照耀着新中国人民的战争行径,人民解放军走过了抗日战争与人民解放战争这艰辛的路程',另一个侧面,作品一开始就展开了事件内在本质的矛盾与斗争,反映出党在战争期间,如何在部队内部主要的是教育了农民,并取得了革命战争的胜利。""可以肯定地说,这样的主题是正确的,积极的,在原则上完全没有错误,而且是目前斗争的现实,特别是部队目前的实际情况所需要的,这可以从小说发表后所广泛引起的反响里看出来。同时也还可以说,作者石言同志在这个短篇中证明他对人民解放军里许多战斗英雄们的生活体验深刻和丰富,并显示了他优秀的艺术表现才能,基本上比较成功地完成了他的作品的主题思想。"

刘恩启认为:"但严格说来,《柳堡的故事》这篇小说并不是没有缺点的。我们上面所以只能说作者在基本上完成了他所选择的主题,却不能说已经十分圆满十分成熟地完成了这个主题,还不能说作品的思想、艺术水平已经'达到了惊人卓越的地步'(如像萧枫在他的批评文章里所说的那样),原因就是,作者在小说里部份地流露了和渲染了不正确不健康的思想情感。"

九月

1日 陈涌的《丁玲的〈太阳照在桑干河上〉》发表于《人民文学》第2卷第5期。陈涌写道:"作者安排了一个比较宏大比较繁复的结构,这种比较宏大繁复的结构,是和农村土地斗争的规模和它的复杂的性质相适应的。作者在这里正面的展开了农村阶级斗争的各种场景,希图在尽可能正面的客观的描写里,使读者对土地改革的过程有一个比较丰富、完整的认识。""作者注意到了农村阶级斗争的复杂性,注意到了农村复杂的阶级关系。"在表现人物方面,"作者把她心爱的、对他充满同情的人物,也放在最残酷最尖锐的斗争中加以考验"。作者在表现地主阶级的时候也注重严肃的客观性的描写,"她在作品中注意到地主家庭内部的矛盾和差别"。

3日 刘白羽的《西蒙诺夫谈〈日日夜夜〉的创作——莫斯科访问记之二》发表于《人民日报》。刘白羽写道："西蒙诺夫是第一个那样完美地,那样自然地,那样确信地,不是表面而是本质地,在那生死斗争的年代,把新的人与新的世界带到文学艺术作品中间来。"

9日 江波的《关于如何处理材料——读〈孙桂珍〉后》发表于《光明日报》。该文评价短篇小说《孙桂珍》："像桂珍这样人物的处理,在今天的政治要求下,她的教育意义就不会很大,甚至会由于生活现象的罗列,而掩饰了阶级矛盾的本质。"

10日 《文艺报》第2卷第12期的《读者中来》栏目刊发胡屏的《从概念出发》和刘样的《我们的创作走了弯路》。该栏目中的"编者附志"写道："这两个例子都很好的提供了他们自己亲身的经验,说明如果离开现实生活,不从复杂丰富的社会现象、实际斗争中去吸取题材,而是凭借一些概念、主观的想象或臆测来创作一些作品,那就只会弄得生硬、不真实。但是,我们说要到现实生活中去,要去熟悉各种各样的生活,是不是带着'材料搜集者'的姿态到生活中去搜罗一番,是不是把生活中的一切现象,细节都编织到自己作品中去呢?《我们的创作走了弯路》一文所叙述的经验是值得大家参考的。'体验生活'如果只理解为搜集材料,为材料所埋葬包围,而不是全身心地和群众共同生活斗争,就不能发掘生活中最本质的东西,再加上追求'趣味'和细节上的'逼真',这样写出来的作品,结果一定是枝节百出,主题模糊。"

同期《文艺报》的《读稿随谈》栏目刊发庄的《不要单纯地传达技术知识》。文中写道："读过你的《拔草》一稿,我们觉得你能经常写些短小的速写,来反映部队的生活,锻炼自己的写作能力,是很有意义的。在这篇文章里,你描写了部队生产热潮中的一个断片,想通过简短有力的描写来表现战士们在生产运动中高度的热情,这也是很好的。""不过,读过你的这篇作品以后,总使人感到能从你的作品中获得的东西,实在很少,它不能感动人,也不大能给人什么启发和鼓舞。"平的《故事与环境》一文则写道："作品中的人物离开了社会环境,这是难以想象的。"

17日 孙维世的《奥斯特洛夫斯基与〈钢铁是怎样炼成的〉》发表于《人

民日报》。孙维世写道:"保尔·柯察金就是这部小说的主人翁,奥斯托洛夫斯基用保尔·柯察金写出他自己艰苦奋斗的一生。这是一部伟大的艺术作品,它反映了历史的真实。"

24日 秋白文艺学习组集体讨论的文章《赵树理的〈登记〉》发表于《光明日报》。文中写道:"作品的主题思想是主要的,人物是相当生动的,情节是很吸引人的,特别语言是很通俗易懂的,正如周扬同志所说:'在他(赵树理)的作品中,他几乎很少用方言、土语、歇后语这些;他尽量用普通的,平常的话语,但求每句话都能适合每个人物的特殊身份、状态和心理。'是的,这个特点增加了作品的活泼生动。"批评《登记》"婚姻自由的主题或模范婚姻的意义未能与生产斗争结合起来"。"作者没有从实际中指出农村中模范婚姻或婚姻不自由与劳动生产间的关系,而是把婚姻自由孤立地来处理。"

十月

1日 臧克家的《战斗英雄的形象》发表于《人民日报》。臧克家写道:"自从我们的部队从乡村开到都市里来,这个新的现实在农民出身的士兵心理上必然会引起新的变化。陆荧的短篇——《唐二虎》(见一九四九年九月五、六、七日《长江日报》,《新华月报》转载过)提出了这个问题,它是及时的,新鲜的。""描写军民关系的作品,有刘知侠发表在《山东文艺》上的一个短篇——《铺草》。""这篇东西反映了作者对战争生活的熟习丰富,氛围气也很浓重。但在结构上是欠统一的。第一人称说故事的形式和故事本身的发展是矛盾的,前者像包皮一样,却包不住这故事的内容。"

同日,王瑶的《鲁迅对于中国文学遗产的态度和他所受中国文学的影响》发表于《小说》第4卷第3期。王瑶认为:"几乎在他的全部作品中,和形成他创作的特色中,中国传统文学的影响都占着很大的因素,而且是和整个的鲁迅精神分不开的。""冯雪峰先生曾说:'在文学者的人格与人事关系一点上,鲁迅是和中国文学史上的壮烈不朽的屈原、陶潜、杜甫等,连成一个精神上的系统。这些大诗人,都是有着伟大的人格和深刻的社会热情的人,鲁迅在思想上当然是新的,不同的,但作为一个中国文学者,在对于社会的热情,及其不屈不挠的精神，显示了中国民族与文化的可尊敬的一方面，鲁迅是相承了他们的一脉的。'""我们同意这段话，而且愿意从鲁迅的作品中找出根据和明确的线索；这在我们今天要求中国文学在批评和创作上都应当注意到和过去的历史相连系的时候，在爱护和尊重我们民族的战斗传统的时候，是非常必要的。""鲁迅虽然也强烈地憎恶着传统的历史文化之黑暗的一面，但思想上的深度是越过了五四时代一般的对传统之全盘否定论者的。"

王瑶写道："传统的文化本来是有其消极面与积极面的，因而反对黑暗与接受进步性就同样有其必要；也就是说反封建与接受遗产不但不是冲突的，而且是相成的。鲁迅先生是中国反封建革命中最勇敢的战斗者，因为有了这样的立场，因此对于传统文化之进步的一面，他也必然是最理解得深刻的。这在今天，对于我们特别有示范的教育意义。""毛主席说'鲁迅的骨头是最硬的，他没有丝毫的奴隶与媚骨，这是殖民地半殖民地人民最可宝贵的性格。'这性格正是中国传统的民族战斗精神之正确的承继与高度的发扬。在今天，使一切过去的作品都尽可能地恢复他的本来面目，发扬作品中的积极的有进步意义的部分，已经是完全可能的了，就因为我们已经是属于人民自己的时代。"

王瑶认为，鲁迅小说"表现力量的成功主要即在于新形式的创造……这种新形式的来源，除了他接受的外来影响外，同时也是承继了中国旧小说的表现方式的；不过他能推陈出新，使人觉得新鲜深切罢了"。鲁迅"所谓'采说书'就是指的采自旧日的章回小说。不只语言如此，表现手法上也一样有传统的影响，不过采取之间有所取舍，有所发展罢了"。"在旧小说中，鲁迅先生最推崇的，也是最影响他的写作风格的一部书，是《儒林外史》。""至于以历史传说为题材的小说《故事新编》，则除了表现的方法外，题材也是由传统文献中摘取的"。

15日　李耀的《关于〈王小素和新八疃〉》发表于《光明日报》。李耀指出："语言是传达思想交流情感的工具，也是社会斗争与发展的工具。民族统一的语言是语言的主体，所谓'方言'习惯语仅是从属的。所以在使用土语或习惯语的时候必须注意其涵义的准确性与传达情感的明了性。"

19日　全国文联和北京市文联联合主办鲁迅逝世十四周年纪念大会，社会各界约900余人参加了大会。郭沫若、胡乔木相继讲话，号召学习鲁迅精神。

22日　王朝闻的《精练些》发表于《人民日报》。王朝闻认为,文学作品要"有十分明确的群众观点",作家要"十分认真、严肃、甚至苛刻地来对待自己的作品",消灭"冗长、零乱、空虚、平凡的状态",创作"明确、单纯、有深度、有新鲜见地的作品"。"文风的好坏和作者的思想方法思想意识是分不开的。"作品"必须能够揭发矛盾,明示或暗示矛盾应该和可以如何解决","必须为群众提出和解决迫切需要提出和解决的问题"。"长而杂不好,短而空也不好。当然,该长不长,也是形式主义。但目前,最要紧的是改变那种倾向:——包罗万象,把可有可无的枝节当成群众喜欢的宝贝,片面追求丰富和完整,以为多和大就是'提高',或者以为不噜厮就不能普及,任何事物的描写也要从前三皇后五帝谈起而不问有什么必要。"

25日　碧野的《我的创作过程》发表于《文艺报》第3卷第1期。碧野写道:"语言,我只尽我所能地运用战士的口语,但是我做得很差。对于语言的问题,我想,只有更充分地熟悉战士的生活,更无间地跟他们的思想感情结合在一起之后,才能有力量去提高它、丰富它。"

丁玲的《创作与生活》发表于同期《文艺报》。丁玲写道:"作者一定要对生活经过酝酿、研究、分析、总结,才能将自然形态的艺术加工、提高,进入到创作过程。现在有些人对生活常采取了猎奇的态度,听到什么新鲜事情,就赶忙去抢,以为这就可以写一本不朽的书了。是的,故事有趣,会吸引读者的,突出的故事也会比较容易写得突出,但主要要研究故事的本质的精神方面。而不是从一些生活细节中描写得奇奇怪怪。""作家对于一段生活,对于他全部能接触到的生活,都要经常拿来推敲,不仅是留恋,而是念念不忘地能从其中发现问题,得到一种真理,一种思想,一种见解。""'在生活中如何才能发现生活,发现真理,发现生活的诗?'""第一,对生活的态度应该严肃诚恳老实,不是嬉皮笑脸,油腔滑调,投机取巧,我们到群众中去,就是同他们一起办一件事,我们就要诚心把事办好。第二,对办的事,日常发生的事,不只是要有责任感,而且要从政治方面发生浓厚的情感。这样就会发现一些新的东西,爱这些新的生长着的,即使它还很幼稚。第三,我们要防止满足的感觉,狭隘的观念,自己的胸怀越大,越能接受新鲜事物。第四,稍有感受,便需研究,穷根究底，坚持不懈。最后我想郑重的提出的，就是马列主义的理论学习。"

胡乔木纪念鲁迅的文章《我们所已达到的和还没有达到的成就》发表于同期《文艺报》。胡乔木指出："我们不但在工作规模上而且在与人民群众相结合的程度上都超过了鲁迅"，但也缺少"对于政治生活的鲁迅式的战斗性、敏锐性和严肃性"。"鲁迅式的战斗精神、工作精神和学习精神——这是医治我们中间的懒懒散散、嘻嘻哈哈、无事奔忙而又敷衍了事的最好药方。更多地传布和使用这个药方吧！"

李御的《〈永不掉队〉怎样展开它的主题》发表于同期《文艺报》。李御写道："这篇小说所以能普遍地打动读者的心灵，深刻地教育了读者，不仅仅由于作者抓住了这个极有现实意义的主题思想，更重要的，是作者通过了有血有肉的生活的描写，体现了这个主题思想。只有真实地深刻地描写了生活，揭露了生活深处的矛盾，并解决了这矛盾，那末由生活描写中所企图体现的主题思想，才能有力的说服读者的。""仅只事件富有现实意义，还不能保证作品就有高度的思想性，还要看事件中所提出来的具体矛盾是否合理，和矛盾是否得到真正的解决。只有这两个问题能艺术地得到合理的表现，这篇作品的思想性才能确定。"

荃麟的《论文艺创作与政策和任务相结合——〈目前文艺创作上几个问题〉的演讲词底一节》发表于同期《文艺报》。荃麟写道："一切创作必须是通过作家自己的感觉与思维，决不是拿现成的政策去代替这种感觉与思维作用。但是一个作家必须时时刻刻记住他的创作事业是整个革命事业的一部分，并不只是他个人的事业。因此当他对现实生活进行观察、分析、研究和描写，当他的思想驰骋于上述那些'广泛的原野'的时候，他需要有一种使他能够掌握着正确方向的指针，使他不是去作盲目的驰骋。这个指针即是政策。"

十一月

1日 冯雪峰的《关于人物和性格的一点意见》发表于《小说》第4卷第4期。冯雪峰写道："人物是什么？就是这人物的行动、思想和感情。这就是性格。在这里，人物和这个人物的性格是同一个意思，也就是同一个东西。人的行动、思想和感情，是这个人在他和社会的关系中所成立的，也就是表现他和社会的关系的，并且也就是表现社会关系的。这样说来，人的性格是不但表现这人和社会的关系，并且也就表现他自己，表现他这一个人。因此，没有性格也就等于没有他这一个人，等于没有人物。非常明白，如果这一个人没有行动、思想和感情，就等于没有他这一个人。""写人物必须写性格，写各种不同的人物必须写各种不同的性格，这是为了从这种不同里可以看出社会关系的错综复杂和矛盾对立与统一的真相。自然，我们也可以从科学的调查统计与说明里来理解社会关系的真相，并且我们是必须依靠科学的。但我们也依靠文学，即从人的行动、思想和感情上来理解社会关系的真相。这是科学和文学的分工合作。假如文学不写人，不写性格，而且从事科学的调查统计，那就是文学放弃了自己的任务，自己取消了文学。"

冯雪峰还认为："此外，我觉得在注重写人物写性格的工作中，有几种情况也值得注意，并且必须防止。

"其一是把人物的性格看成为决定一切的一种看法，认为性格是先在的、天生的，是人物的行动、思想和感情的原因。这样的理解是错误的，性格是行动、思想和感情的总内容。我们所看重的不是性格本身，而是看重它所反映的人与人的关系，社会关系，生活的内容与关系。

"其次，个人是有作用于群体，有作用于社会的。个性强大的人，即是他所反映的社会内容也很丰富广博，并且他作用于社会也更大的。我们是集体主义者，但也提倡和发扬强有力的英雄的性格，表扬个人对社会对革命的巨大贡献和作用。但我们依然没有根据来造出性格决定论的观点。强大的性格是强大的人民的力量的反映。从个人主义和个人英雄主义的观点，来处理性格与个性问题，是不但有害，而且是根本不合事实的。我们着重写人，写性格，只是为了文学必须从这条路去写社会内容；我们不可忘记了根本；我们要防止把性格孤立化而成为性格或个性决定论。

"再其次，类型主义地来写性格也是要犯错误的。例如把人的种种性格分成为哈孟雷特型，吉诃德型，罗亭型，阿Q型，等等，等等，而以为人是可以分为如此这般的种种型，是各社会各时代都不变的，长久如此的。虽然民族不同，阶级不同，时代不同，他们的性格是同型的；或者外表和面貌等等不同，而性格还是一类一类地同型的。从这样的观点来写性格或者创造典型，就容易写不出真的活的性格，写不出真实的社会内容，创造不出真实的典型。这是一种公式主义。

"最后，所谓刻画之说也很流行的。好像写人物，写性格，就是刻画人物。可是，又怎能刻画呢？是刻画人物的外表特征和行动、思想和感情上的一些枝节。我觉得这种刻画说，并不是写性格的主要的和最好的方法。如果成为一种倾向，那也容易忘本。人物的外表特征和行动思想感情的一些枝节，也是可以注意的，可以刻画的；但必须也同时能够表现人物的内容和人的行动思想感情的主要点。假如一个具体人物，你把他的外表和一切细节都刻画得惟妙惟肖，而他的主要的思想、精神和品质都表现不出来，那你还是写不出这个人物。反之，主要的性格是写出来了，虽然他的外表和细节是忽视了，那也顶多忽视了外表和细节而已，有些小毛病而已。写性格，主要的是去写他的思想、精神和品质的重要方面。"

魏金枝的《论〈关连长〉的现实性》发表于同期《小说》。魏金枝写道："我以为，讨论或分析一篇小说，与其从描写、观察态度等入手，倒不如从主题的讨论，抓住了主题，比较的来得重要。""一般的小说，在作者写作的心理过程中，大体不出从经验到观念，从观念到经验，或是结合着观念与经验、经验与观念而后形成的。""我们时常说起高度的艺术性与高度的思想性相结合的话，在经验与观念两者不可兼顾的时候，自然得强调着真实与经验这一方面，但却也不能就说只要'真实'，什么就好了的。"

10日 萧殷的《试论普及与提高》发表于《文艺报》第3卷第2期。萧殷写道："提高，首先应该是思想内容的提高，而不是单纯形式的提高。""要提高，首先必须在描写生活的真实性与深刻意义上，按照群众现有的接受能力与认识水平提高一步。""文艺作品的思想性得到解决之后，群众接着就要求艺术性的提高，这是一定的。但作品的艺术性的提高，不能理解为单纯技术的提高，它是与内容密切相关联着的，也是与普及基础紧紧相关联着的。""在集中、组织、创造形象的过程中，适当的吸收、消化一些旧文艺或外国文艺的某些较好的表现方法，以补民间文艺某些不足的部分，使我们原有的人民文艺形式能够更完善的去表现生活,也是必要的。"

于晴的《关于小说〈界限〉的批评》发表于同期《文艺报》。于晴写道:"这篇作品本身提供了在政治上,文艺上的非马列主义与非现实主义的一个实例。""作者也许只是概念地认识到在生活中有着矛盾,但是他却并没有从实际生活中真正地观察、发掘这些矛盾和斗争,因此他只能是主观地,凭自己的趣味抓取了一些无意义的'身边琐事'作为作品的题材,这样的题材当然不可能产生什么有积极性的主题,所以,即使作者在故事的曲折上,在对于女人的'美'的刻划上下了多少工夫,也仍然不能使作品收到好的效果。"

25日 企霞的《评王林的长篇小说〈腹地〉》发表于《文艺报》第3卷第3期。企霞写道:"人们不能一般反对小说中描写恋爱,因为爱情也是生活的有机的一部分。在特定的情况下,描写恋爱对于刻划人物同样可以起把握人物发展特征,使人物性格凸出,成为生活现实的一个侧面。对于恋爱的适当的正确的描写,甚至有时同样也能饱满地反映社会生活的本质。""在选择作品的英雄这一问题上,不能以作者随便决定的一些什么材料来进行雕琢英雄,或者以一些芜杂混乱的垃圾来堆砌英雄。""我们时代正在创造着历史的英雄们,比起我们很多小说里的主人公来,要崇高得多,要伟大得多。我们的文学,它的任务就是要为他们描写出更确定,更伟大,更高尚的人物来。"

十二月

1日 适夷的《最重要的方面》发表于《人民文学》第3卷第2期。适夷认为,文艺工作者们"还缺少对政治生活的鲁迅式的战斗性、敏锐性和严肃性"。"许多文艺工作者对于参加此时此地的尖锐的迫切的日常政治斗争的工作,还没有达到应有的热烈和普遍的程度。""关于文艺和现实的结合的问题",需要"学习和使用鲁迅先生的这一重要的遗产",要"把随时随地的生活细节和政治斗争结合起来"。

王淑明的《也来谈谈普及与提高问题》发表于同期《人民文学》。王淑明写道:"形式和技巧上的,吸取一些外来成份,使民族艺术更加丰富多采,这当然也是需要的,然而,这却不能不是第二义的东西。""向古人与外国文艺作品借鉴,与崇拜欧化,有原则上的区别。我们不应淹没于欧化之中,但也不可故步自封,缺乏接受新事物的感觉与勇气。"

同日,许杰的《也谈〈关连长〉》发表于《小说》第4卷第5期。许杰认为:"真人真事的描写,实在就是通到典型描写的桥梁,不经过这个桥梁,而想一脚跨了过去,就会有落水没顶的危险。自然,真切的观察,深入的分析,以及综合的融会贯通,更是搭成这座桥梁的基本的工作,拿起笔来写真人真事,只是其中一个较小的附带条件,这像鲁迅先生一开头就写出阿Q那样典型的作品来,就是一个证明。但从结构、概念化入手,那就必然是隔靴搔痒,永远不会止痒,也就永远写不出好的典型作品来的。'这些都是非常忠恳的说话,对于一般的,甚至所有的文艺工作者,都会有用处的。"

10日 企霞的《评王林的长篇小说〈腹地〉》(续完)发表于《文艺报》第3卷第4期。企霞写道:"作者在对这些村干部的描写中,在他们性格的特征上,采取了一种屡次出现的笔法,那就是把他们都写成'口头上挂上几个新名词罢了'。""作者所采用的,另一种也是屡次出现的,对村干部的描写方法,是布置他们互相间的'争吵'和'斗嘴'。""作者还有一个描写方法,就是在所有的人的面貌或性格上,都喜欢给以一种可笑的、很多则是'小丑化'的描写。""作者必须特别慎重地,十分严格地用研究的态度,用仔细辨别的方法,面向着他自己小说的主人翁所立脚的一切观念上。"

于晴的《评美国小说〈飘〉》发表于同期《文艺报》。于晴写道:"反动的'哲学',无耻的谎言与色情的麻醉,这就是小说《飘》——同样也是美国反动文艺的内容的全部。"

16日 黄药眠的《论小说中人物底登场》发表于《光明日报》。黄药眠认为:"当小说还是在比较幼稚的阶段,它只有一二个场面,只有三两个人物,只有一个简单的故事,所以处理起来也就比较容易。但到了后来,人物多了,场面和故事也复杂了,于是就发生了如何来处理这些题材的问题。""有些小说,虽然从其整个安排来看,一个故事连着一个故事,一个场面连着一个场面,人物的出场也并没有十分严格的安排,可是就某一个场面来说,人物的出场倒是很有组织的。""在中国的旧小说里,这种纵的历史底叙述,常常只能够是比较简单，不能太长。但在近代的小说里面，这种纵的历史常常都是在横断面的展开达到一定的阶段的时候，然后再来加以补叙。"

22日 朱德熙的《美国的侦探小说》发表于《光明日报》。朱德熙写道："'惊险''恐怖''使你目瞪口呆''使你汗毛直竖'是侦探小说广告上常用的形容词，出版商除了用这些词语来吸引读者之外，还创造了一套理论，他们说'侦探小说可以增加读者的智力，可以训练分析事物的能力，使你的思想周密而敏锐'。美国人是没有工夫，也没有兴趣读哲学或是逻辑的，侦探小说不是最理想的代用品吗？"

25日 李昭、申述的《评〈平原烈火〉》发表于《文艺报》第3卷第5期。李昭、申述认为，《平原烈火》"真实的描写了兵的战斗和日常生活"。

许云的《从阅读调查中看到的几个文艺问题》发表于同期《文艺报》。许云写道："（一）反映现实，提出现实中存在的迫切问题，并给予解决，（二）描写了新时代的新人物，新性格，革命的集体的英雄主义，（三）形式大众化，为群众喜闻乐见。人们阅读文艺作品，不仅是由于文艺作品中反映了现实生活，与现实生活密切关联，在其中看到自己和同伴们的斗争，而且是由于其中的积极因素，典型英雄人物成为自己实际生活和斗争的行动标准、行动方向。"

《美国小说的题材》发表于同期《文艺报》的《国外文讯》栏目。文中写道："美国小说的题材大抵不外下列四种：（一）残酷凶险的……（二）变态心里的……（三）完全幻想的……（四）描写美国社会的道德堕落，社会的畸形发展，这类小说内容比较严肃，追求新奇与刺激的成份少得多。"

《专门写神经病的美国小说》发表于同期《文艺报》的《国外文讯》栏目。文中写道："美国小说中产生了许多描写神经病和心理变态的作品，并获得部分读者的欢迎。例如马尔兹·服丽选编的《一九四九年美国最佳短篇小说选》中，就有各式各样神经病患者的描写。"

1951年

一月

10日 季镇淮的《谈"无巧不成书"》发表于《文艺报》第3卷第6期。季镇淮写道："小说里没有巧，虽然不能就说不成其为小说，但是平铺直叙，照事实记录，可未必能动人。不能动人的小说，就失去其为小说的艺术作用，这大概是不成问题的。""人们说'无巧不成书'，主要也是从旧小说里概括出来的。对于一切旧小说，不怕它没有巧，而是怕它巧得太多，巧到使人摇头，使人不信。那些神魔小说，鬼怪小说，剑侠小说等等，就因为它的情节往往是太巧了，以致于不但不能动人，反而成为笑话。""我要谈的是那些不但使人觉得巧，而又使人觉得真实，一切现实主义的小说里的巧。"

季镇淮认为："小说里没有偶然的情节，就往往不可能有动人的地方。""小说是这样那样的若干偶然情节的组织与串连。""文艺作品必须巧妙地组织偶然的情节，巧妙地使偶然的情节通过必然的过程在适当的地位出现，使作品的真实性集中起来，达到动人的效果。""所谓必然过程的具体内容就是矛盾和斗争。而偶然的情节的出现或者引起矛盾和斗争，或者使矛盾和斗争向前发展，或者使矛盾和斗争深刻、集中、尖锐化，或者使矛盾和斗争解决。偶然情节的本身是从许多必然过程发展出来的，它是真实的，是必然过程的一种表现。"

罗曼·基木作、冯至译的《美国的侦探小说——摘译自〈美国的巴尔纳斯〉》发表于同期《文艺报》。文中写道："人们必须给美国人一种侦探小说，这种小说不仅适合他的生活的节拍，却还要适合他的趣味。……侦探长篇的题材若是建立在各式各样的演绎与归纳上边，就太冗烦了——行动与激动太少了。"《时代》杂志上的《新书概论》一文"攻击纯美国式的侦探小说，因为它称赞不道德，残暴与流血。人们得到一种混合汁,这是用凶杀欲与凶杀性,用狂歌滥舞,纵情酒色,丑行与暴行混合成的。……它伤害那未经写明的文学法则,按照这法则,用草率的态度去写死是不应该的。新一类的侦探小说放弃侦探长篇的传统的要素:具有奇才的包探名手,他的浅陋的陪伴者华生,精彩的推断,罪恶与法则的斗争等。新的侦探小说只适应题材,并不给自己添上特殊的意义。阐明秘密再也不在人们注意的中心。一切行动的人物同时是福尔摩斯也是华生"。

25日 达之的《评〈永远向着前面〉》发表于《文艺报》第3卷第7期。达之认为:"作者在他的创作里,提供了在生活中,在人民的思想认识发展中的重要问题,给以合乎情理的正确的答案,而且,由于他比较鲜明突出地写出了现实中的具体人物,给这些人物以生动的个性,使他的作品有了较强的感染力。尤其值得注意的,是作者在描写新的英雄人物的时候,能够避免了在某些作品中所常见的那种弱点——如:把新的正面人物写成没有血肉的概念,或善于较多地揭露积极人物的落后因素,而拙于强调其前进的光明的一面等等,而是能够较好地集中了新的生活所培养起来的优秀人物的德性与品质,并且有意识地把他们当作生活发展中的决定性的主导力量,当作人民斗争的核心来描写,因而就有力地表现了他们在变革生活的斗争中的巨大作用。"

28日 《人民日报》再次发表《关于党在文艺方面的政策 一九二五年六月十八日俄共(布)中央的决议》。"编者按"写道:"这个决议中所提出的关于党领导文学活动的基本原则在今天仍有现实的教育的意义。""这个决议是值得我们很好地重新加以研究的。"

29日 方典的《形式主义的栅栏》发表于《文汇报》。方典认为:"'文章作法'之类所以必须扬弃,就是因为它把技巧当作了可以离开思想内容的独立存在。形式主义的栅栏就是这样形成的。""踏入了形式主义的技巧论,不可避免的只有把技巧当作一种离开了表现内容的'生命的意义'的绝对规律看待,那结果就是使自己永远墨守成规,闭眼不看新的活的美丽,闭眼不看生活的新进程,丧失了蓬勃的创造力,丧失了对于新事物的感觉,同时滞钝和麻痹就要在这里生根并且凝固起来。""技巧不是从外面加上去的人工的手法。为了避免误会,有人更恰当的用表现能力或表现方法来代替技巧这个用语。""文学的技巧也同样,只有当它是和内容相应相成的活的表现能力或表现方法的时候才存在。"

二月

1日　草明的《我怎样写新中国的工人》发表于《华南文艺》第1卷第5期。草明写道:"我要写新中国的工人。我不仅想写他们的贡献,还要写他们的潜在力;写他们的理想;要写比两三年以前《原动力》里的孙怀德式的工人们又发展一步的李学文式的工人们。于是我写了长篇小说《火车头》。"

同日,雪峰的《创作随感》发表于《文艺新地》第1卷第1期。雪峰认为:"作家取来塑造形象的实际材料,那来源就不但种种不一,而且是非常复杂,有时连作家自己都难于说得清楚的。有的是根据了'真人真事'而加以改造和发展的,也有根据了'真人真事'而几乎很少改造和发展的;有的是完全依靠想像和虚构的;大多数是观察了各人各事而综合起来的。所以,现实上本来就具有综合性的材料固然可以取来加工而达到更大的综合性,而本来没有综合性的材料也能够使它达到综合性,只要作家能够从中看出有普遍性的内容与意义而加以改造与深广化。作家看重的是现实材料的内容与意义;只要这内容与意义能够称得上内容与意义,总是能够成为有普遍性的东西的;而且也只有这样的东西,才有创造性和可塑性。""创作的主要意义,就是概括,就是综合。而概括或综合,就是思想;就是全面与深入的感觉与思想。""综合性的形象,思想性的形象,诗的形象,本质上是归结在一个意思上的。""典型人物,并非依靠五官端正,衣冠齐备,以及他的任何方面都有细账可查而达到典型性的。只有依靠主要方面的表现,而和一种有高度的启发性的思想相结合,才能达到典型性。"

雪峰还认为:"一般地说,构思功夫所以是重要,那原因之一是形成主题思想的时候,也一定同时带来了人物形象的主要的内在生命。人物性格的主要特征、思想和这人物对于社会的依存性,是和主题思想的具体社会性与历史性分不开的。主题思想是作者观察现实社会的结论之重要的部分,同时也就是作者对于构思中的人物与事件的结论之重要的部分,因此,作者将不仅根据主题思想去处理人物与故事的发展，并且也要依靠人物和故事的发展来表现主题思想。"

4日 阮章竞的《谈文艺创作中的几种倾向》发表于《人民日报》。阮章竞写道："我们的某些作品，还不善于从人民的真实生活中，去阐明党与国家的政策，而是借某几个人物的外形，概念地去讲解政策。"

10日 企霞的《无敌的力量从何而来——评碧野的小说〈我们的力量是无敌的〉》发表于《文艺报》第3卷第8期。企霞认为："在作品中，详细的情节的真实性，是现实主义创作最初步的基本的要求。""创作的过程，一句话，乃是对于一切虚伪的、不自然的、不忠实于生活的事物的摒弃过程。"

张庚的《文艺思想和创作——苏联戏剧观感之一》发表于同期《文艺报》。文前，"编者按"写道："张庚同志的这篇文章，介绍了苏联文艺思想和创作上的经验和成就，同时也谈到了我们今天文艺运动中的一些问题。作者主要是鼓励我们向苏联学习，吸取他们的经验，作为我们发展新的人民文艺的借鉴。"

张庚写道："斯大林同志在苏联作家协会章程里给社会主义的现实主义作了经典性的规定……第一，他要求艺术家们描写实际，但这不是普通的实际，而是革命的实际，而且不是固定不变的，相反，乃是发展中的实际。第二，这种描写应当是真实的，而且是历史具体性的。""第三，这种描写一定要和教育群众的任务结合起来。""社会主义现实主义的创作实践中间，一个重要的部分是描写领袖。这是意义特别重要的一面，革命的领袖是被看作新英雄人物、先进人物最完全的典型的代表。""旧的文学和艺术也有描写皇帝的，但和现在描写人民自己的领袖的艺术作品，在精神上、思想性的高度上，情绪的饱满上都是不可比拟的。从这些作品我们看出什么特点？我个人的直感，有如下几点：第一，主要的是写人，写新人物也写旧人物。新旧人物的，也就是新旧思想的斗争，因为文艺作品描写了人，才能深刻感动人，教育人。""其次，是写人物如何生长发展，如何经过考验锻炼而变成布尔什维克，不是一开始就是布尔什维克，一点缺点都没有。""第三，写人物时，作者设身处地，替人物本身着想，因此入情入理，所以很感动人。""关于革命的浪漫主义的问题"，"社会主义的现实主义要求真实的反映现实，也须要幻想和预见"。

15日 丁华的《能不能写小资产阶级——答家栋、光杰同学》发表于《文艺》第3卷第2期。丁华认为:"文艺工作者要用自己的行动,自己的作品去反映工农兵的生活,歌颂社会上的基本力量,而不是把他们歪曲、丑化,乃是天经地义的事,也只有如此,作品才能真确地反映社会、反映时代。""然而是不是只能写工农兵而不能够写小资产阶级乃至资产阶级呢?自然不是,主要的是作者的立场和观点问题。因此站在正确的立场上,用正确的观点去写作,尽管在作品当中是描写小资产阶级甚至民族资产阶级;是以革命的思想感情去教育他们、批判他们、感染他们,特别是要写出他们的改造过程,以及为人民服务的决心和行动。"

林番的《〈桑干河上〉片谈》发表于同期《文艺》。林番写道:"作者通过了具体的形象,反映了农村的各个阶级之间的关系,是错综复杂的,因了这种错综复杂的阶级关系,在斗争的历程里,便不能不呈显了它的深刻的复杂性。""作者不仅表现了人物外在的世界,同时也细致地显示了人物内在的复杂的思想经验。"

25日 张庚的《文艺思想和创作——苏联戏剧观感之一》(续完)发表于《文艺报》第3卷第9期。张庚认为:"小说《腹地》就表现出来存在着思想问题。作者王林同志在抗日根据地中做过很艰苦的斗争,是个很好的同志,但他所写的英雄是小资产阶级的化身,思想是个人英雄主义的思想。"

三月

1日 何其芳的《"实践论"与文艺创作》发表于《人民文学》第3卷第5期。何其芳写道:"文艺作品的写作却是从感性认识上升为理性认识,以至形成主题以后,还要回转过来借助于感觉和印象来创作作品中的具体的形象。""文艺作品,特别是小说、戏剧,却直接描写人的生活","那些认真地诚实地描写了社会生活的伟大作家,他们的作品所显示出来的客观事物的面貌和所包含的意义,常常比他们原来的主观意图更丰富,更正确"。"一个作品,它里面的形象所表达出来的全部意义……那就是它的思想性。它借以表达这些意义的全部形象……以及用来把这种种形象组织起来和表现出来的作品的结构、语言,那就是它的艺术性。""作品的思想性仍然是作者的理性认识的产物。""对于创作家，这就是说，不但对于今天的革命实践和人民生活必须有直接经验，而且还要有很充分很大量的直接经验。这是我们的作品的思想性的基础。""提高我们的作品的艺术性的正确有效的途径，也首先是长期地广泛地体验生活。""这里就还有一个用创作家的眼睛去观察事物的问题，又还有一个文艺的表现方法或技巧的问题。""文艺作品的艺术性的根本来源是感性认识……思考作用在这里同样重要。"

曾克的《刘伯承将军谈写战争》发表于同期《人民文学》。曾克写道："一个作家除了掌握丰富的生活和生动的故事外，更主要的是要懂得政策，要使作品结合政策表现政策，要有战略思想，然后才是从某一个具体事件或战争中去展开描写。""他说：'……据我的了解，写东西和画画是一个样子，画一个人，你不能样样都画他，而要画他的特点。……'"

10日　《文艺报》第3卷第10期的《问题探讨》栏目发表"编辑部的话"。文中写道："在目前的文艺创作中，在语言的问题上是存在着一些不同的意见的，有些同志在创作时，在语言的运用上也遇到了一些困难。我们觉得，为了进一步学习群众语言，更好地从群众的语言中提炼并丰富文学的语言，使我们的作品得以更真实生动地反映人民的斗争生活，在这一问题上是值得展开研究和讨论的。"

侯金镜的《优秀的"人"和优秀的文艺工作者》发表于同期《文艺报》。侯金镜写道："文艺的创作过程……是对现实生活的观察、分析和表现、创造的过程，是作者与现实斗争和作者对自己的斗争，并且使作品作用与推动现实并且提高作者自己的过程。""需要政治上的敏锐，生活知识广博，不断加深对现实主义创作方法的修养，使自己的阶级观念分明，对生活对所要表现的生活对象有着深厚的感情，强烈的爱与憎，这才能使我们的作品在描写敌人的时候，能找到敌人致命的地方，给以沉重的打击，描写英雄人物的时候，能鼓励人民同心同德，勇猛前进；这样才能使文艺工作者真正成为革命战士，成为进军的号手。"

刘作骢的《我对〈谈"方言文学"〉的一点意见》发表于同期《文艺报》。

刘作骢写道，邢公畹的观点"在我看来是完全不对的，我们在斯大林这篇论文（指邢公畹在《谈"方言文学"》中提到的"读斯大林论马克思主义在语言学中的问题"——编者注）中是找不出这种论点的，说方言文学是引我们向后看的，引我们走向分裂的东西"。"我们就拿中国实际的情况来讲，是百分之八十的文盲，而不是百分之八十的知识分子，目前是普及第一，并不是提高第一，而我们的提高，也是在普及的基础之上提高，这怎能说'方言文学，不是从中国语言的内在的本质的基础上提出来的'呢？""我想邢先生还是忽略了中国实际情况"。"鲁迅……说的很明白的，这里并不是不要方言，而是要方言，而是'依此为根据而加以改进'。"

邢公畹的《关于"方言文学"的补充意见》发表于同期《文艺报》。邢公畹写道："'方言'跟'共同语'并不是两个互相敌对的东西，但这并不意味着'创造'一种新语言，也不能据此以为继续'方言文学'的口号的理由。""我们既不是把旧的方言消灭了来创造一种新的民族统一的语言，也不是把一种旧的方言单纯地提升新的民族统一的语言。""方言的差异主要地也只是表面形态上音韵系统的不一致。把问题联系到写作上来，很巧的，我们所使用的文字是表意体系的方块字，所以在目前阶段中，即令是吴、闽、广、客家等方言区的作者，要把自己的作品写成标准语的，也并不是特别困难的事。""我们的国家已经是一个独立、民主、和平、统一，并且不断走向富强的国家了。那么，在今天，我们是应该以正在发展中的统一的民族语来创作呢？（那就是说在我们的创作中要适当地避开地方性土话）还是应该用方言来创作呢？（那就是说在我们的创作中特别去使用并且强调那些地方性的土话）……这两个不同的口号适应于两个不同的时代，但这两个口号本身却是互相矛盾的，要求它们不矛盾是不可能的。""毛主席在指示我们如何学习语言的讲演中，除了刚才所说要学习人民语言之外，又告诉我们要学习外国语言和古人语言。把它联系到文艺创作上来，如果坚持'方言文学'的口号，学习外国语言和古人语言就成为不可能了。但是事实上，一种标准语（共同语）的发展是以一种方言为基础，而又逐渐溶入许多其他方言中的甚至外国语言中的词汇的。"

徐光耀的《我怎样写〈平原烈火〉》发表于同期《文艺报》。徐光耀写道，

《平原烈火》"故事的梗概就大致按'斗争中成长壮大'的发展顺序,只是又扩充了一下。书中的人物……都有一个真实的人做模特儿,又另外集中一些同类型人物的特征上去"。

周立波的《谈方言问题》发表于同期《文艺报》。周立波写道:"文学的革命与否的基本的标帜,不是文字,而是内容。""用方言土话,一定要想方设法使读者能懂。有些表现法,普通话里有,而且也生动,在叙事里就不必采用土话。有些字眼,普通话和方言里都是有的,只是字同音不同,那就应该使用普通话里的字眼。""方言土话的另一个特点是比较的简练。老百姓善于使用简单明了而又生动活泼的字句来表达自己的意思。""我以为我们在创作中应该继续的大量的采用各地的方言,继续的大量的使用地方性的土话。要是不采用在人民的口头上天天反覆使用的生动活泼的,适宜于表现实际生活的地方性的土话,我们的创作就不会精彩,而统一的民族语也不过是空谈,更不会有什么'发展'。""在创作上,使用任何地方的方言土话,我们得得有所删除,有所增益"。"人民的语言,需要加工的地方也还是不少。""为了补救这缺陷,我们必须介绍外来语,添加新的语法和字汇,注入新鲜的血液。""语法的全般欧化当然是行不通的,但不能否认,在语法上,我们也已经有了许多的改革。""我们也不应当完全排斥古人的语言。古人的话,能够留传至今的,是经过了多少年代的提炼的精采的部分。"

11日 冯至的《关于处理中国文学遗产》发表于《人民日报》。冯至写道:"我们若要阐明一些古典作家对于我们的真正意义,就在于努力去发现他们的矛盾,像是对于他们的语言一样,我们要从他们的作品里分辨出哪一些是进步的,哪一些是因袭的。我们不能只从一方面去看他们:既不能因为要表扬他们只强调他们进步的方面,而忘却批评他们落后的部分;也不能因为要批判他们而向他们提出他们在他们时代里不能办到的要求。""在我们评介古典文学时,不要把我们正在发展着的新文学放在视界的外边。"

18日 何其芳的《关于梁山伯祝英台故事》发表于《人民日报》。何其芳写道,梁山伯与祝英台故事"十分强烈地歌颂了一对青年男女的纯洁的爱情,无论封建社会的婚姻制度,无论死亡,都不能把他们分开"。"梁山伯祝英台故事的意义就在这里,它反映了封建社会的青年男女的婚姻自由的要求,并且预言了这种要求最后一定会得到胜利。因为它是劳动人民的口头创作,那些无名的民间创作家一方面固然要在某些点上使梁山伯祝英台的性格适应两人的社会身份,故事的结局适应当时的实际情况,但另一方面,他们也自然会按照劳动人民自己的面貌和愿望来创造这一对他们所喜爱的人物及其结局。"

关于对待文学遗产的态度与民间传说的改编,何其芳认为:"要认真去批判它们,或改编它们,我们必须有洞彻事物本质的思想能力和较高的文学修养,必须十分细心地去了解到底哪些真正是优点,哪些又真正是缺点,而在改编中应该尽可能保存那些优点,不可把优点也当作缺点抛弃。这既不是仅仅有了一点自然科学的常识,也不是仅仅依靠几个革命术语或几个简单的社会科学的概念就能够胜任的。"

25日 波列伏依的《多写些精彩多样的短篇小说》发表于《文艺报》第3卷第11期。波列伏依写道:"短篇小说是文学底战斗的样式,这种样式使作家能够对社会生活中的一切新现象迅速地加以反应,使他能够有表现力地、简短地、有时在寥寥数页里面铭记下充满劳动创造的我们社会主义生活每日每时所产生出来的新的、有趣的、生动的东西。"

沙驼铃的《谈工人董迺相的小说》发表于同期《文艺报》。沙驼铃写道:"董迺相歌唱的是人类最高尚的美德——革命的集体主义的思想。""董迺相所写的人,是具备了工人先进阶级品德的人,是革命的集体主义思想的化身。""董迺相对于集体主义思想的颂扬,贯串在他的全部小说里,这是他创作上最基本的特色。""董迺相小说的语言朴素、明快、单纯。""董迺相反映的生活,有强烈的实感性;气息新鲜、亲切,表现的思想单纯、明确。……表现在作品上,充满了强烈的生活气息,饱和着健康的思想感情,所以,它是真实的、生动的。"

向真的《两篇优秀的短篇小说——读马烽的〈解疙瘩〉和〈一架弹花机〉》发表于同期《文艺报》。向真认为:"《解疙瘩》和《一架弹花机》。这两篇小说都是描写解放后农村中新的人物和新的生活的。由于作者对新的农村人物和生活的熟悉,作者对这样新的人物和生活有出自内心的热爱,作品里充满着真实的情感,看来非常动人、新鲜而又亲切。"

周文的《〈实践论〉与革命文艺工作者》发表于同期《文艺报》。周文写道："当创作家写成一篇作品的时候,而这篇作品,如果的确是把自然形态的文艺经过加工之后,更有组织性,更有集中性,更典型,更理想,更带普遍性,那么它也就是经过作家头脑加工过的现实。"

四月

1日 李克亚的《评张志民的〈考验〉》发表于《人民日报》。李克亚写道："《考验》这篇小说里所写的只是中国人民革命当中个别的现象而不是本质的东西。这样把反面人物当作主要人物来写,而又不能深刻地加以揭露、批判的创作方法,显然是错误的。单从这一点也值得引起我们深思。中国人民今天要求我们的作家深入生活,真正用新现实主义的创作方法,去描写在斗争中普遍存在的事物,创造大量的积极人物的形象;我们作者的力量主要应该放在这方面,因此我们必须改变过去那种喜爱写消极人物,反面人物的偏好(当然,这不是说这样的人物就不容许在我们的作品中存在了)。"

同日,齐谷的《在文艺思想上的一个原则分歧——谈对〈关连长〉的两篇批评》发表于《小说》第5卷第3期。齐谷提到了魏金枝和许杰两人的观点,他说:"魏金枝同志说:'即使真人真事的描写,有时它所含的代表性或典型性不大,但它却是通过现实,因为有现实的具体示范,不至于失去真实。也有时由于作者本身思想水平限制,对于选取现实题材不得其当,不免有所偏差,但只要作者忠实于自己的写作,总还不至于在自己的作品里,留着许多不能自圆的漏洞。'""许杰同志也流露出了类似的看法,他说的是:'在经验与观念两者不可兼顾的时候,自然得强调着真实与经验这一方面。'"齐谷则认为:"我们的看法却完全相反。我们认为,文艺是教育人民的工具。我们看一个作品,首先便看它的政治效果,看它是否能帮助读者正确地认识现实,是否能给读者以积极的思想教育。我们要求作品正确地反映出现实的本质,却不主张作者拘泥于局部的细节的真实。一个作品,如果像《关连长》这样有着一些漏洞,自然是缺点,但只要这些漏洞没有严重到影响到主题的积极性和作品的教育意义,我们便并不把它当作太严重的缺点,我们仍然认为这是一个好的作品。"

10日 《文艺报》第3卷第12期刊发"编辑部的话"。文中写道:"本卷曾提出文学语言、文艺如何更好地与政治任务相结合的问题,对于这两个问题,希望我们文学艺术界同志,青年文艺工作者,文艺爱好者热烈参与讨论,使问题更深入,求得解决的方法。"

萧殷的《生活的真实与艺术的真实》发表于同期《文艺报》。萧殷写道:"一篇作品是否真实,不在于它'如实地'描写了事实或现象,关键在于是否通过了现象透视到本质,是否通过生活现象的描写反映了生活的真实面貌(本质的面貌)。""艺术的真实并不能是生活真实的机械的再现。"

萧殷认为:"文学是通过个体来表现一般,也就是说,它是通过有血肉有感情的行动着的人物、通过人物与人物之间的关系来表现社会(阶级)的真实面貌,表现社会关系(阶级关系)的矛盾及其发展的真实面貌。这样的作品之所以真实,就是它能写出矛盾发展的规律,饱和着代表多数人民利益的思想和感情。这种思想感情表现得越深刻,它的真实性就越大。"

萧殷还认为:"所谓'典型环境中的典型性格',它的含义,一方面要求通过典型的性格去反映现实中的矛盾及其发展的典型状态,另一方面,又要求作家在现实矛盾与发展着的主要状态中去把握人物性格。凡是愈能反映出社会上最主要的最有代表性的、愈能反映出社会矛盾发展状态下所形成的性格,就愈是典型的,真实的。""只有本质地理解并描写了'现有的'那个样子的生活面貌,才可能写出'它应该有的'那个样子的生活面貌。"

15日 张志民的《对于"考验"的检讨》发表于《人民日报》。张志民写道:"关于写斗争的本质,写新人物,积极因素的问题,在自己思想认识上,虽然不算是个很新的问题了。然而,比较有意识地注意去做,却还不久。在过去很长时间中,由于自己阶级观点的不稳固,创作思想上的偏差,所以使得自己不能正确地去观察生活,因此,不是去积极地创造新的人物形象来教育人民,不能准确地分析和认识斗争的本质,而往往是把问题看成孤立的,片面的;对积极前进的东西抓不住,而对消极落后的东西丢不完。所以就偏爱于写落后转变,写反面人物。甚至对于偶然、离奇的故事感觉兴趣。写起落后人物则形象突出,而写到新的人物则从概念出发了。这样,也就歪曲了生活的现实,失掉了作品的积极意义。"

22日 陈荒煤的《为创造新的英雄典型而努力》发表于《长江日报》。陈荒煤指出，当前的文艺创作已经形成了一种"从落后到转变"的创作公式。群众对此讽刺地概括说，"不是落后就是转变，不是二流子就是懒汉"。即对人物的描写，转变前写得充分生动，转变后就显得公式化、概念化。他认为部队文艺创作必须突破这种"思想性与艺术性的贫乏"才能改观。为此他大声疾呼："为创造新的英雄典型而努力！"

同日，康濯的《陈登科和他的小说》发表于《人民日报》。康濯写道，陈登科的《活人塘》和《杜大嫂》这"两部小说反映的，是同一地区同一时期发生的事件，是一九四六年国民党匪军大举进攻解放区以后，华中老根据地的人民，在共产党的领导下，团结一致，顽强不屈，与敌人斗争到底，最后得到光荣胜利的故事"。"两部小说都是以直接的表现方法，以有头有尾的完整的结构（在这里，《活人塘》比《杜大嫂》更完整），朴实、自然地描写了解放战争初期的情况。""关于人物，作者主要是歌颂新的英雄人物，并且是把英雄安排在正面的行动和斗争中，经受各种考验而成长壮大。作者没有静止地、或模糊地处理过他的英雄，因而他的英雄人物都是明确的、活动的。"

25日 陈荒煤的《为创造新的英雄的典型而努力》发表于《文艺报》第4卷第1期。陈荒煤写道："文艺创作的基本内容，是要真实地表现人，写出人在社会的生活、思想感情，写出人的性格，写出人的典型来。""我们现在一般的创作，普遍是采取这样两种方法在表现人：一种是，写一个人，开始思想有毛病——各种程度的落后罢——使得工作受到损失，后来碰了许多钉子，受了外界一些刺激，转变了。这已经形成一种公式，'从落后到转变'。""另一些作品是写正面的积极的人物，写革命的新的英雄人物的，但很多的作品表现不出新人物的思想感情，有英雄的行为，没有英雄的内心活动，不能表现为有血有肉的生动活泼的人物。"

陈荒煤认为："我以为创作的思想性，简单地讲，就是作者经过长时期革命的实践，从阶级斗争的本质观察并认识到生活向前发展的新的因素，新生的成长的革命的力量，通过表现新人物所给予群众教育的深度。凡是作品能正确地生动地表现了新人的典型(并通过这个典型人物的斗争去表现了政策思想),鼓舞与增加了群众斗争的信念,予群众以积极教育,推动革命斗争前进,其思想性与艺术性必强,反之思想性与艺术性必低。""所以,我认为:要求创作的思想性与艺术性,主要是要求作者能够真实地表现新的英雄人物。"

陈荒煤还认为:"创作之表现新和旧的斗争,决不是集中于革命内部、人民本身的新旧斗争。人民的、革命内部的新旧斗争决不能成为作品表现生活中新旧斗争的主体。人民的、革命的落后的东西,只是在表现新生活、新人物在前进中,作为一定的和必须被克服的工作中困难和缺点而出现,是光明的陪衬。""我以为,我们的创作,今天不仅仅是要从'落后到转变'这样一个公式里脱拔出来,改变到去写进步的人物,而且,要大大发扬革命的浪漫主义;不仅仅只是去写进步的积极的新人,而是要创造和雕塑新人的英雄形象。不单是写出人是个哪么样子,更重要的,描绘人可能以及应该发展的样子!""艺术形象的创造中允许夸大(基于现实的集中与概括),过去,我们表现旧社会,夸大了它许多罪恶的东西,落后的东西。那么,今天来表现新生活,为什么不可以夸大优秀的东西呢?我们明明有了许多好的干部、好的人民、好的群众领导者,为什么不可以在这些活生生的人的身上发现他们一切的优秀的东西,从而集中起来,创造我们新英雄的典型呢?"

何远的《再深入一步》发表于同期《文艺报》。何远写道:"作为文艺作品,仅仅描写为个人雪恨去打击敌人,仅仅只求达到个人泄恨的目的,显然是十分不够的。帝国主义直接在我们个人身上所造成的灾难以及我们的复仇行为,应该而且必需去描写,问题要看我们怎样去描写,如果能通过某个个人的悲剧,深一步揭露出帝国主义与人民在本质上的对立,不相容,并形象地表现出帝国主义的存在正是造成某种个人悲剧的根本原因,那末,这样的复仇的行为,就不再是属于个人泄恨性质的东西,它就具有社会性质,将激励广大人民去作坚决的斗争。""文艺作者应该抓住一切为帝国主义直接间接所造成的悲剧的事实,发掘其根源、加以艺术的描写。"

贾霁的《不足为训的武训》发表于同期《文艺报》。"编者按"写道:"《武训传》影片上演后,引起了对于武训这一历史人物,对于影片《武训传》的思想与艺术内容的论争,这一论争是值得大家来注意的。这一论争,不仅反映了很多同志,还缺乏坚强的阶级观点,与正确的历史观点,而且对于中国革命传统的认识,尤其反应了很多糊涂观念。"贾霁在文中写道:"影片中的武训对于生活和生活发展的认识(以及认识的方法)是从个人出发的、主观唯心的、形式主义的。"

五月

4日 丁玲的《怎样对待"五四"时代作品——为〈中国青年报〉写》发表于《中国青年报》。丁玲写道:"有许多年青朋友觉得应学习古典文学,民间文学,外国文学,却从来也没有想到过'五四'以来的新文学,也还可以学习点东西。也有很少人有这种偏见,以为凡是由'五四'新文学影响下生长出来的作家,是要不得的,甚至拿这种话当着一种讽刺。""'五四'是一个革命,是一个思想的革命,也是一个文学上的革命。'五四'的思想革命是一个新民主主义,反对封建、反对帝国主义的革命。因此,'五四'的文学一出现,就是以一种极其充沛的战斗精神来出现,他们用一切文字来向反动的封建思想斗争,攻击帝国主义;虽然那时他们对理论并不是有很高的理解,但他们从历史的现实的要求上却深切地体会到。他们的攻击是澈底的,坚决的(虽说后来有个别人物走到妥协上去),当然最代表这种精神的是鲁迅先生。而且后来的文学,却实是在'五四'的战斗的、革命的文学传统中发展起来的。""从思想上说是这样,就是从形式上说,在'五四'也是一个很了不起的革命,而且也起了很大的影响。……'五四'时代的语言是浅显明白朴素谨严的,因为它只在要说明一些问题,只在于以文学为武器去打击敌人,因此就决不会去搽脂抹粉妞妮作态。一般所指的欧化太过,形式累赘,内容空虚的文体大体是还后来经过许多资产阶级、小资产阶级作家将文学做为消遣品时,才往那种趣味上发展的。"

10日 陈学昭的《多注意多写些短篇小说》发表于《文艺报》第4卷第2期。陈学昭写道:"鲁迅先生总是劝告年青的作家宁可把材料紧缩,不要把它拖长;少说费话,少写长句子。鲁迅先生自己就写了好些精彩的短篇小说,简洁的对白和叙述,把几个人物的思想、情感、特点和当时的时代背景刻划得非常生动。""短篇小说给人的教育意义并不比中篇小说或长篇小说差……能及时给人以教育和提高的多种多样的短篇小说是我们目前十分需要的。"

何家槐的《我对于短篇小说的一些看法》发表于同期《文艺报》。何家槐认为:"短篇小说是一种意义巨大的,重要的,而且是极其难以驾驭的创作形式,并不如有些人所想像的那么简单和容易,与尚未经过精细加工和再三琢磨的素描是应该严格地区别开来的。而且,由于短篇小说特别富于单纯性和统一性,集中性和典型性,一个优秀的短篇小说作家,也特别需要敏锐的感受力和观察力,他必须极善分析、比较、抽象、综合和概括,必须具有高度的思想水平和艺术修养。""短篇小说却是特别需要作者自己独立的风格,自己特有的个性,语言和面貌的,一涉雷同,便乏生趣,因此不论是那个优秀的短篇小说家,都应该是 Stylist。""短篇小说虽更需要洗练和简洁,虽则各有各的特点,但与中篇或长篇既然同属一个文学种类,都是小说,其中当然没有绝对的界限,不可逾越的鸿沟,既然有写中篇或长篇的勇气,当然也可以写短篇;只有在创作的实践过程中,才能确定自己究竟是否长于写短篇。""写短篇小说的人,同样应该具备多方面的生活知识,同样应该极其熟悉和透澈了解要写的人物和他们的环境。"

李纳的《关于"多写精彩多样的短篇小说"》发表于同期《文艺报》。李纳写道:"现实是开展得如此迅速,生活是如此多样,新人新事每日每时大量涌出,它要求通过形象的描写,把我们新生活的各个方面,迅速的反映出来。难道短篇是应该被冷淡的吗?"

申述、李昭的《读〈幸福〉》发表于同期《文艺报》。申述和李昭写道,短篇小说《幸福》"使我们看到比较细致的艺术加工;无论是故事结构、情节叙述或人物心理的描写,莫不紧紧围绕着主题中心,具有简洁严密的特色。在不满五千字的短篇中,对于主题的完成和人物形象的刻划上,都达到使人满意的成就"。

许杰的《我们也要更多的更精彩多样的短篇小说》发表于同期《文艺报》。许杰写道,短篇小说"是一个艺术的整体,同样的是一个定形的艺术。生动、活泼、战斗,……这是它的特长,但同时却又能扼要的、多样的反映多方面的生活"。

15日 老舍的《怎样写通俗文艺》发表于《北京文艺》第2卷第3期。老舍写道:"我们是为人民写东西,就必须尊重人民的语言。""要学习人民的语言,就须去体验人民的生活;人民的生活才是人民语言的字汇词典。若只是摘取民间的几个惯用的词与字,点缀一下,便是尾巴主义。"

20日 王维堤的《也谈"方言文学"》发表于《文汇报》。王维堤写道:"'方言文学'是'共同语文学'的支脉,是应该服从于'共同语文学'的。因此我们如果夸大'方言文学',使'方言文学'流于畸形;那么,它非但不能服从于'共同语文学',反而要和'共同语文学'相对立,这就成了一种曲解现实的错误。""采用方言的正确目的,是为了诱导文学向'共同语文学'发展,而不是强调地方性与民族性的矛盾;是为了引导我们向前看,而不是为了引导我们向后看;是为了引导我们走向统一,而不是为了引导我们走向分裂。当方言文学完成了它的历史任务以后,它便应当自我否定。它仅是一种过渡的形态,而不是一个应该大事鼓吹拼命提倡的具有发展前途的东西。""我们文学的方针,是面向大众;我们文学的任务,是为人民服务。因而学习人民的语言来丰富文学的语言,就成为一种值得重视的问题。""人民的语言是毛坯,加了工的才是文学的语言。"

25日 吕荧的《读〈实践论〉》发表于《文艺报》第4卷第3期。吕荧写道:"文学和艺术,是现实生活的反映,是形象的艺术。而生活、形象,都是感性的认识。只有通过具体的生活,感性的形象,才能达到理性的认识,反映出表现出深广的现实内容。"

孙楷第的《中国短篇白话小说的发展与艺术上的特点》发表于同期《文艺报》。孙楷第写道:"中国短篇白话小说艺术上的特点,据我所了解的有三点:一、故事的 二、说白兼念诵的 三、宣讲的。""故事是内容,说白兼念诵是形式,宣讲是语言工具。以下照此解释。""中国短篇小说,始终是故事的,是因为有这样历史背景的缘故。既然专讲故事,故事必须新奇动人。而个人直接经验,这类故事并不能多。因此,中国短篇白话小说作家所写的故事,除少数是直陈闻见外,大多数还是取材于历代的旧文言小说。"

孙楷第说道:"小说是给人看的,保留这些念诵词,或者有人以为还是多余。

但，我想，短篇小说作者的意思，是以为留着这些，多少可以增加读者的兴趣，不使读者觉得太单调了。所以，我认为这也是作小说的一种技术。"

田涛的《生动真实与长短》发表于同期《文艺报》。田涛写道："小说的主题，思想性，需要人物故事来表现，小说中人物故事如写得不真实，主题思想会变为教条，公式。小说长篇与短篇，应该决定于内容。""短篇小说是文学战斗的有力武器，它比长篇应该是更生动真实的反映生活，更锐利及时地配合政治任务闪击敌人核心，它是一刀见血的作品。短篇小说，表现人物凸出鲜明，生动活泼，解决问题明快。"

六月

1日 竹可羽的《谈徐光耀的〈平原烈火〉》发表于《小说》第5卷第5期。竹可羽提到："新现实主义，要求作者首先描写新的人，描写新人的积极面，这在目前一般地谈谈，似乎已逐渐地成为常识了，但如果检查一下创作实际，这个问题还是不很简单的。""一年多来，我们也的确看到了许多这样的好作品（指"创作新的英雄形象"的作品——编者注）"，但不少作品"有很显然的毛病"，"这些作品的特征是着重于描写肯定人物的缺点弱点，或者描写突出的消极事件，然后再加上一个概念的转变尾巴……这一类消极描写加转变尾巴的千篇一律的文章，相当普遍"。"这种现象，从创作方法上来说是旧现实主义的残余，从思想上来说，是小资产阶级文艺观点的残余，这在新中国成立还只两年时间来说，也许是很自然的现象，但正因为如此，像《平原烈火》这样的作品，就特别值得我们重视，像《平原烈火》这样深刻和生动地描写英雄人物的小说，还不多见。"

竹可羽认为："其次，在创造新英雄形象的作品里，我们还看到了这样的情形。就是在写一个积极人物时，用好多消极人物来陪衬，或者是把英雄人物周围的环境描写成为毫无生气的，处处有问题或有毛病的，作者尽量使环境和英雄人物对立起来，以为只有这样才能表现出英雄人物来。这种方法也是一种旧现实主义方法，这种英雄也只能是旧社会里的英雄，新的英雄人物和新的现实是分不开的，他们不是对立而是互相结合的，因为新的现实社会生活是新现实主义的基础，也是新的英雄诞生和成长的土地。《山东文艺》上刊过一篇叫《铺草》（三月号新华月报文艺栏曾转载）的短篇小说，很能说明这个问题。这是一篇目前少有的短篇小说，它能够使我们恍然领悟典型环境和典型性格不可分的相互关系，新的现实社会生活和新的英雄人物之间的不可分的相互关系。小说《平原烈火》也具有这样的一个优点。"

10日 陈涌的《萧也牧创作的一些倾向》发表于《人民日报》。陈涌写道："有一部分的文艺工作者在文艺思想或者创作方面产生了一些不健康的倾向"，"它在创作上的表现是脱离生活，或者依据小资产阶级的观点、趣味来观察生活，表现生活"。在《我们夫妇之间》中，"作者在这些地方是把知识分子与工农干部之间的'两种思想斗争'庸俗化了的"。《海河边上》的"主要问题并不在于能否描写日常生活，描写恋爱事件，主要的问题是在于能否正确地去描写。经过日常生活，经过恋爱的事件，也可以表现新人的品质，新社会的特点"。"《海河边上》所描写的工人的生活、感情，实际上只是小资产阶级式的生活、感情。"

25日 康濯的《一本极端反动的小说——评〈千古奇丐〉》发表于《人民日报》。康濯认为，《千古奇丐》对武训的撰写"是封建阶级和资产阶级反动思想的公开的宣传，是以所谓'教育家'的招牌，反对革命农民；以教育来代替革命，并且是为反动的改良主义者企图篡夺人民革命的功劳的公开的暴露"。"作者毫不掩饰地歌颂着武训的奴才思想和性格。""作者的'艺术'描写，也充满着丑恶的形象……作者这种极端低劣的艺术技巧，这种极尽歪曲能事的反现实主义的艺术手法，原来正是跟他的反动思想完全适应的。"

同日，《碧野同志来信》发表于《文艺报》第4卷第5期。碧野说道："主要是自己对政策、政治学习不够刻苦努力，对生活的本质也就根本没有能力去掌握。因此产生了《我们的力量是无敌的》这一作品的思想上和创作方法上的许多缺点和错误。""其次，对生活体验的不够虚心和深入，也造成我这作品不够真实的重要原因之一。""再其次，由于自己对政策、政治学习得不够刻苦，和对生活学习的不够虚心，因此也就严重地影响到我的创作态度的非常不严肃，有许多地方是浮浅的，甚至还有许多地方是歪曲现实的。"

荃麟的《党与文艺》发表于同期《文艺报》。荃麟写道："毛主席在延安文艺座谈会的讲话就是党领导文艺运动的最主要的文献。这个讲话不仅对于中国文艺运动,具有决定性的作用,并且对于我们整个党的思想水平及对于全国人民的思想上都产生了极其深刻的影响。这次座谈会以后,中国文艺运动的面貌为之焕然一新。这个讲话的最基本精神,就是把文艺的党性原则贯澈到文艺创作和理论的每个重要具体问题上,作为党的文艺方针规定下来。"

吴士勋的《我对"方言问题"的看法》发表于同期《文艺报》。吴士勋写道:"邢公畹同志主张不要提倡用方言,我是同意这个意见的。……提倡方言文学……对我们现在或是将来的语言统一上是一个很大的阻碍。""关于周同志所主张的方言问题,我认为有提倡和发扬的必要,但是我们有一定的限度。……提倡,绝不是不加选择的搬用,要'有删除,有增益'。也就是我们必需加以挑选,无论任何一个地区的方言我们在吸收它时,要看它的流传基础是不是很广?同时还要看它的思想内容是不是健全,科学?如果合乎这个标准时,我们可以大量的吸取和采用。"

杨堤的《关于方言文学的几个问题——并以此文与邢公畹同志商榷》发表于同期《文艺报》。杨堤写道:"我以为斯大林在论语言学问题时,只是肯定了全民语言的存在,并且指出其发展的道路。我们把这些原则应用到实际问题时,就应当结合时间、条件,提出问题和解决问题。邢同志在把这些原则应用到实际问题时,忽略了时间和条件,这样,就导向一个不正确的结论:说方言文学导向分裂,以为统一语言的形成过程是'突变'的。""我们的创作要为广大的劳动群众服务,特别是要为占人口大多数的农民服务。我们不只过去曾经而很需要的去描写农民,而现在,仍是(也应该是)继续着而又很需要的去描写农民。""我们不能将二者('方言土语'和'标准语'——编者注)孤立以至对立起来。我们在使用标准语创作时,可以而且需要适当的提炼和吸收各地的方言,来丰富自己的作品。强调用标准语不用方言来创作是不适当的。""所谓适当的使用方言,就是从方言中适当的提炼,而扬弃那些庸俗的和迷信的语言。""方言并不是固定不变的,而是不断发展的,它吸收了而又吸收着外国语言和古人语言。今后,随着社会生活的发展它将有更丰富的词和语。"

周扬的《坚决贯澈毛泽东文艺路线——在中央文学研究所的讲话》发表于

同期《文艺报》。周扬写道："我们的文艺首先就要表现中国人民的这些先进人物，表现中国民族与中国共产党的伟大力量，他们的高度的智慧和英雄主义。""我们的文艺作品必须表现出新的人民的这种新的品质，表现共产党员的英雄形象，以他们的英勇事迹和模范行为，来教育广大群众和青年。这是目前文艺创作上头等重要的任务。""新的人民的文艺必须与我们自己民族文学艺术的优良传统衔接起来，发展与充实文艺创作的民族形式。""形式中最主要的因素是语言。斯大林同志说过：'以社会主义为内容的无产阶级文化，在参加社会主义建设的民族中间依照语言风俗等等的不同，而采取各种不同的表现形式和方法。'语言和风俗是必须从人民的实际生活中，从本国人民传统的文艺中去学习的。"

七月

1日 魏金枝的《读〈竞赛〉》发表于《小说》第5卷第6期。魏金枝认为："在人物性格的描写上说，虽然这里所写的王贵五，也和其他作品所写的转变人物一样，由落后而转变到前进，但作者却正确而概括地写出了工人阶级的明快的性格，和坚强的意志。""作者描写王贵五的性格虽是成功的；但作者描写王贵五的方法，也正犯了像王贵五这个人物的莽撞和不沉着的毛病。"魏金枝进而说道："作品中主人公的描写，应该占据作品的最大部分；但对于环绕在主人公四周的人物，我们也不能忽视。因为这能起作用于书中的主人公，也被主人公所影响。所以，以为主人公完全受了环境的影响，固然不对，认为完全被主人公所影响，也是不对的。《竞赛》对四周人物的描写，显然犯了这些毛病。"此外，"作者在文字的应用上，显然没有做到和人物性格相调和的程度。自然，文字只是对于书中人物的言语行动的记录，没有决定内容的绝对权力，但它也可以使我们所要写的人物的性格，更加明确，而适如其人其事，也可以使我们所写的人物，面目模糊，行动死板，远离了真实。依照王贵五这个性格来说，作者冗长复杂的句法，和蹩扭曲折的笔调，是极不相称的"。

许杰的《〈草包生了机灵心〉读后》发表于同期《小说》。许杰认为："你的选取故事，经营结构上面，也是用了一番苦心的；这一点，我在你的作品当中，也可以看得出来。因为你知道，一篇文艺作品，是和一篇政治论文不同的；

一篇政治论文,只是说出这个主题,以及所以提出这个主题的理由,那就够了,但在一篇文艺作品,却是要通过了人物,通过了故事的形象,而后才显现出来的。我不敢说,你的写作这一篇小说,真有这样一个故事,一些人物,但我敢于说,这小说中的故事和人物,你是创造多于写实的。这自然是我的猜想。但如果我的猜想真有几分猜中的话,我倒想和你谈谈你的经营意匠,你的谋篇结构的问题了。"小说"既然写的曹宝雄的转变,那末,这批小说的主人翁和他的中心人物,也应该是曹宝雄"。"我们在写作时,既然肯定了一个主人翁,我们的笔,就应该环绕着这个人物,以这个人物作中心,而展开我们的场面的。""但是,在你的原作中,你在开头一段上,是几乎把小周作为中心人物在写的。""短篇小说所写的,应该是一个故事,一个中心,有些枝蔓的人物与故事,如果并不是必要,就应该尽量的删除,尽量的割爱;因此只有这样,才能使这小说的结构更严谨,故事更完整。"

10日 记者的《向苏联青年作家大会学习》发表于《文艺报》第4卷第6期。文中写道:"短篇小说对于故事的每一情节,每一句话,每一构思,要求都十分谨严。它要求每一插话为整个构思服务,每一细节都为主题服务,它不容许作者的思想有丝毫糊涂的地方,不容许作品中有丝毫的浪费。一个作家愈是长期地学习过写短小的形式,那么就是他写长篇小说,也愈强有力。""在写作技巧方面,语言具有重要的意义。……没有丰富、优美、活泼的语言,是很难表达丰富、优美的感情的。"

25日 记者的《关于方言问题的讨论》发表于《文艺报》第4卷第7期。文中写道:"今天我们还是需要'方言文学',还需要继续大量采用各地方言土语来写作,这不仅是为了作品的精彩,也不仅是为了工农兵文艺必须向工农兵普及,而且正是为了发展统一的民族语言,因为不这样,'统一的民族语也将不过是空谈,更不会有什么发展'(引周立波同志语)。""文学作品里,则尤其应该有所选择和提炼地大量吸取、采用方言,这样不仅将使作品的内容更生动、更有力,同时也有助于促进和丰富民族共同语。"

文中还写道:"汉口文艺通讯员胡天风在他的来信中说:'学习群众语言只是与群众生活、战斗在一起,及从思想感情上去群众化的一种副产物,不是单纯为了文学创作而去学习群众语言的。否则,群众语言只不过是用作装饰作品的纸花纸叶,而不能成为整个文学作品的血肉组成部分之一。'""有些同志在来信来稿中尖锐地提出反对不加选择地滥用语言的态度,尤其是在描写劳动人民的时候,有些作家往往不正确地在作品中夹杂着一些粗俗不堪的话,或是一些骂人的口头禅,他们以为只有这样才能表现劳动人民的性格,但实际上,恰恰是污辱劳动人民和丑化了劳动人民的形象,这种偏向,甚至在某些较有成绩的作家中也不能免。"

记者的《中央文学研究所第一学季学习情况与问题(一九五一年一月到四月)》发表于同期《文艺报》。文中写道:"文艺创作上的一些具体问题,如关于'赶任务'、关于作品的民族形式和大众化、关于写短篇、关于创作实践过程中的劳动,都引起了大家的重视。对于作品的语言必须口语化、群众化,但要以普通话为基础,提炼方言土语,并适当接受外来语的精华;作品的结构要注意读者的接受能力与多样化的创造等,也都各有初步的收获。""通过这些收获,文学研究所研究员们在这一学季中的创作,已大都是经过较严肃的劳动过程,与当前斗争生活联系较密切,注意了刻划人物,特别是新人物的短小形式的作品。"

乐黛云的《对小说〈锻炼〉的几点意见》发表于同期《文艺报》。乐黛云写道:"《锻炼》是萧也牧同志的长篇创作,曾在《中国青年》连载,为一些青年读者所熟知。在描画的细腻,语汇的丰富,笔调的流利方面,作品有着自己的成就;也正是这些成就使得这部小说披着美丽的外衣,在青年知识分子群中更广泛地散布着不好的影响。《锻炼》的缺点主要的是:它严重地表现了作者对勤劳勇敢的中国农民的蔑视、歪曲,与对小资产阶级知识分子狂妄的偏爱和夸张。"

叶秀夫的《萧也牧的作品怎样违反了生活的真实》发表于同期《文艺报》。叶秀夫写道:"与小资产阶级最为相得的思想方法就是主观主义。在拥有一堆感性知识时,主观主义者就流于经验主义,片面夸大(这种片面夸大作者未始不稍稍感觉到,所以他后来还对《我们夫妇之间》中的某些语气作了修改,但终究是枝节的修改),以伪乱真,沉溺于生活之中,而不知来批判自己得到的知识并把它们提高到理性上去。萧也牧错误地相信他关于《我们夫妇之间》的材料是全面的，真实的，有代表性的，他误认为那就是生活的真理！他对知识分子与工农结合的庸俗解释，正说明了他只是看到了事物的外在联系，而没有发掘到事物的内部关系及其发展规律。""主观主义者在另一种场合是搬弄教条，他们把生活公式化。而真实的生活他们是嚼不烂的，所以，根据他们的理解所写出来的作品也就读不通。""我们的文学应该具有高度思想性。我们的文学应该帮助我国人民向前看，而不是向后看；应该使他们在生活中勇往直前，而不是使他们在生活中后退。"

28日 紫兮的《反对歪曲现实的作品——评任大心的小说〈黄河坝上〉》发表于《光明日报》。紫兮认为，任大心的中篇小说《黄河坝上》"是一篇对劳动人民形象做了不正确的描写的作品。它片面的夸大了革命阵营中某些个别的缺点；歪曲了革命干部和劳动人民的智慧，把革命工作中伟大的水利建设工程，写成既无组织又无领导，而是混乱，与一团糟的现象"。

八月

10日 丁玲的《作为一种倾向来看——给萧也牧同志的一封信》发表于《文艺报》第4卷第8期。丁玲写道："你这篇穿着工农兵衣服，而实际是歪曲了嘲弄了工农兵的小说，却因为制服穿得很像样而骗过了一些年青的单纯的知识分子，正迎合了一群小市民的低级趣味。""什么是小市民低级趣味？就是他们喜欢把一切严肃的问题，都给它趣味化，一切严肃的、政治的、思想的问题，都被他们在轻轻松松嘻皮笑脸中取消了。他们对一切新鲜事物感受倒是敏快的。不过不管是怎样新的事物，他们都一视同仁的化在他们那个旧趣味的炉子里了。""在我们的作家中，文艺写作者当中，的确还有人往往只看见生活中的缺点。他天天希望自己能写出伟大作品，然而却看不见伟大人物的伟大的生活变革。他只在繁琐的生活中找缺点，而且还喜欢将自己的色调涂上去。"

企霞的《人民报纸推荐了好小说》发表于同期《文艺报》。企霞写道："在这篇小说（指马烽的短篇小说《结婚》——编者注）中，作者在描写新中国农村的青年新人物时，表达了轻快、明朗、而十分饱满的情绪。通过新人物的活动，作者提供了一个个人生活与社会生活的正确而新颖的关系以形象的例证。这样的主题思想，无疑地是有极普遍教育意义的。""推荐这样的小说，正是因为这篇作品，对于我们伟大祖国社会生活中的新现象，显出了能迅速地反应，和简短生动而富有表现力的一种健康的创作特色。这正是人民文艺的作品最优越、最突出的特征。""这一篇小说另一个值得推荐的特点，是朴素的风格和简洁的形式。这篇小说艺术方面的成功，说明了作者是很好地学习了中国小说简明的叙述和直捷的描写等手法的。故事有始有终，但却也经过适当的剪裁。……'语言也是中国人民的健康的语言'（《人民日报》按语）。"

企霞说道："我们十分需要优秀的短篇小说。短篇小说，这是文学中富于战斗性的、重要的一种作品样式。这样的文学作品，要求作者在极简短的篇幅中，反映我们伟大祖国随时随地所发生的，新颖的、有趣的、有意义的、生动的、重要的人物和事物。以这样的内容，血肉相联地通过人民所喜闻乐见的中国文学风格，运用人民的健康的语言。这样的作品，必将获得读者广泛的欢迎。"

16日 老舍的《我怎样学习语言》发表于《解放军文艺》第1卷第3期。老舍写道："我们要写一篇小说，我们就该当用更活泼，更带情感的语言了。""假若我们是写小说或剧本中的对话，我们的语言便决定于描写的那一个人。我们的人物们有不同的性格、职业、文化水平等等，那么，他们的话语必定不能像由作家包办的，都用一个口气，一个调调儿说出来。""在小说中，除了对话，还有描写，叙述等等。这些，也要用适当的语言去配备，而不应信口开河的说下去。一篇作品须有个情调。情调是悲哀的，或是激壮的，我们的语言就须恰好足以配备这悲哀或激壮。……语言不可随便抓来就用上，而是经过我们的组织，使它能与思想感情发生骨肉相连的关系。"

老舍说道："在最近的几年中，我也留神少用专名词。专名词是应该用的。可是，假若我能不用它，而还能够把事情说明白了，我就决定不用它。我是这么想：有些个专名词的含义是还不容易被广大群众完全了解的；那么，我若用了它们，而使大家只听见看见它们的声音与形象，并不明白到底它们是什么意思，岂不就耽误了事？那就不如避免它们，而另用几句普通话，人人能懂的话，说明白了事体。而且，想要这样说明事体，就必须用浅显的、生动的话，说起来自然亲切有味，使人爱听；这就增加了文艺的说服力量。"

老舍提出:"文艺作品的结构穿插是有机的,像一个美好的生物似的;思想借着语言的表达力量就像血脉似的,贯串到这活东西的全体。因此,当一个作家运用语言的时候,必定非常用心,不使这里多一块,那里缺一块,而是好象用语言画出一幅匀整调谐,处处长短相宜,远近合适的美丽的画儿。这教我学会了:语言须服从作品的结构穿插,而不能乌烟瘴气地乱写。""世界上最好的著作差不多也就是文字清浅简练的著作。初学写作的人,往往以为用上许多形容词、新名词、典故,才能成为好文章。其实,真正的好文章是不随便用,甚至于干脆不用形容词和典故的。用些陈腐的形容词和典故是最易流于庸俗的。我们要自己去深思,不要借用偷用滥用一个词汇。""一个文艺作品里面的语言的好坏,不都在乎它是否用了一大堆词汇,和是否用了某一阶级,某一行业的话语,而在乎它的词汇与话语用得是地方不是。"

25日 程千帆的《〈实践论〉对于文艺科学几个基本问题的启示》发表于《文艺报》第4卷第9期。程千帆写道:"文艺作品要善于描写矛盾和斗争,而在阶级社会中,最重要的就是要善于描写阶级矛盾和阶级斗争。我们必须从这一基本认识出发,深入生活,获得主题,然后围绕这一主题来从事劳动创造。""形象的本质,仍然是人民的生活,而形象的构成,仍然是源于生活中的矛盾和斗争,主要的是阶级矛盾和阶级斗争。但体现形象,既非把生活实践中所感觉到的事物不分主次的反映,也非把它们杂乱无章的陈列,而是围绕着所要表现的主题,集中地、概括地、有机地将客观环境及其中的人物性格联系起来,表现出来。这样,才能使环境和人物服从于主题,而达成我们作品的意图——为改造客观世界和主客观世界的关系而服务。"

程千帆认为:"文艺作品的创作过程,更其具体地说,乃是将人类通过感性阶段而获得的对于客观环境和人物性格的个别的特殊的认识,通过理性阶段,而提高到对于它们的一般的普遍的认识。然后,又将这些一般的普遍的认识,在作品中,通过个别的特殊的环境和人物而形象地表现出来。""典型的构成仍然不能脱离由于在生活中反复实践的结果而获得的理性知识。只有根据对事物的整体、本质及其内部联系的理解,才能够更亲切地感受生活的脉搏,更深刻地掌握写作的主题。"

九月

10日 李真的《语言有阶级性吗？》发表于《文艺报》第4卷第10期。李真写道，语言的"内容是有阶级性的……但是，组成这个句子的辞汇和文法结构本身是没有阶级性的……所谓语言，就是指有它自己的文法结构与基本辞汇的语言体系"。"毛主席要我们用功学习工农兵群众的语言，是因为工农兵群众是在实际斗争中，因而他们的语言的结构简洁、有力，词汇丰富、生动，用功地学习他们的语言就可以使我们自己讲话、写文章切实有力，生动活泼。""学习古人的语言，也是同样的道理，古人用过的很多辞汇，文法结构，已经逐渐被淘汰了，但是有些辞汇和结构还是非常严谨、精炼、生动的，因此，如果我们有选择的加以吸取运用，也就会得到很大的益处。"

陶萍的《读〈为了幸福的明天〉》发表于同期《文艺报》。陶萍写道："白朗的新作《为了幸福的明天》描写了英雄人物。这个作品是根据全国闻名的护厂英雄赵桂兰的故事写成的，但作者并没有局限于真人真事的记录，经过作者的艺术的概括和加工，使得邵玉梅——作品的主人公，从她身上可以看出赵桂兰的影子——的英雄形象有了比较鲜明的表现，有较好的教育群众和指导生活的意义。"

同期《文艺报》的《读者中来》栏目发表《对批评萧也牧作品的反应》一文，该文整理、发表了贾华含等五位读者的来信。"编者按"写道："在《文艺报》上展开了关于萧也牧创作倾向的评论后，引起了各方面读者的重视和广泛的反应。在我们陆续收到的许多读者来信中，一致地肯定了批评这种不良的创作倾向的必要，许多读者，还联系自己的思想，指出萧也牧作品所以获得一部分读者欢迎的原因，有的则指出了萧也牧的作品在群众中起的不良影响。这些意见，对于我们更好认识这一创作倾向的实质，是有帮助的。"

同日，希坚的《谈形式》发表于《文艺新地》第1卷第8期。希坚写道："旧形式，民间形式，难道是天下'乌鸦'一般黑吗？稍有常识的人，会知道这里面上层的艺术形式和下层的艺术形式之分，有已死的和正在发展的之分，对于那些真正应该取消的东西，分配给他半席之地也是多余的，有害于人民的，对于那些有发展前途但尚未改造的东西,也不应该宽大无边,而对于那些群众目前斗争所迫切的文艺形式,则我们应与以适合于他的作用的应有的地位。""文学艺术是教育人民的武器,在今天不可能有两种形式,除了一种唯一的形式,那就是人民的形式,为人民的斗争所需要的形式。"

伊兵的《"阳春白雪"和"下里巴人"——评夜澄的〈征服形式〉》发表于同期《文艺新地》。伊兵写道:"夜澄所宣传的运用旧形式改造旧形式的论点,是与毛泽东同志'推陈出新,百花齐放'的指示背道而驰的。而且也与他文章的第一部份、反对在改造旧形式工作中的左右倾机会主义的论点、作者用以掩饰自己错误观点的那些论调直接抵触的。""而作者在普及和提高的关系上,新旧文艺的关系上,不是提倡提高与普及的统一,大力发展新文艺和大力改造旧文艺的统一,而是主张给'下里巴人''有其一席的地位',使它承担补充的作用,径自去建立夜莺、百合的'伟大艺术',这就是夜澄先生所宣传的文艺思想。"

21日　老舍的《为人民写作最光荣》发表于《人民日报》。老舍写道,文艺"必须为人民服务;要为人民服务,我的作品里就必须把道理说对了。在这个新社会里不准有胡说八道,违反人民利益的'言论自由';也不准利用漂亮的文字,有趣的故事,偷偷的散放毒气!在今天,一个作家必须要拿出最好的本领,最大的热情,去写那顶对的道理"。

十月

1日　老舍的《谈文艺通俗化》发表于《文艺报》第4卷第11、12期。老舍写道:"我们给人民大众写东西,必须短而精,好教大家念起来,既省力省时间,又能真有所得。""我们要抓紧突出的几点,简单干脆的写出来;不要老牛破车,慢慢的往下拖。""通俗化不是减低思想性,而是设法使思想更容易宣传出去,更普遍宣传出去。""能用人民的语言写作,不是减低了文艺性,而是提高了我们文艺创作的能力,加强了文艺性。""通俗化的文艺作品里不许生吞活剥的把革命的道理,用一大串新名词,专名词,写了出来。我们应当把大道理先在心中消化了,而后用具体的事,现成的话,写了出来。""我们最好是要说什么就说什么,说得明确,简单,有力。"

6日 林志浩、张炳炎的《对孙犁创作的意见》发表于《光明日报》。林志浩、张炳炎批评作家孙犁"在创作上明显地看出一种不健康的倾向——即'依据小资产阶级的观点、趣味,来观察生活、表现生活'。因此,他的作品,除了《荷花淀》等少数几篇以外,很多是把正面人物的情感庸俗化;甚至,是把农村妇女的性格强行分裂,写成了有着无产阶级革命行动和小资产阶级感情、趣味的人物"。

19日 茅盾的《纪念鲁迅先生逝世十五周年 鲁迅谈写作》发表于《人民日报》。茅盾写道:"鲁迅指出:创作的基础是生活经验;而所谓生活经验是在'所作'以外也包括了'所遇、所见、所闻'的。"

25日 康濯的《我对萧也牧创作思想的看法》发表于《文艺报》第5卷第1期。康濯写道:"在一九五〇年年初,也牧同志曾有一次对我的创作提了些意见。他说我创作的缺点是有些狭隘和枯燥,某些作品不大能引人入胜。接着,他又说,今天我们进入了城市,读者对象广泛了,局面大了,作品也应该有所改变,作品里应该加一些'感情',加一些'新'的东西、'生动'的东西,语言也应该'提高'些,可以适当用一些知识分子的话来写作。""对于他前半部意见,我是同意的,并且已在苦恼当中寻求进步。但是,对于他提的所谓'感情'和'提高',我却不能同意。""所谓'感情'和'提高'等等,本身并没有问题。""问题在于:也牧同志向我提出的所谓'感情',实际是指小资产阶级感情;所谓'提高',实际上是要迎合城市小资产阶级知识分子和旧市民层;所谓'新'的'生动'的东西,实际上是指小资产阶级知识分子和旧市民层的趣味。"

萧也牧的《我一定要切实地改正错误》发表于同期《文艺报》。萧也牧写道:"不论我原来的写作企图如何,确是有着严重的错误和缺点。""首先是严重地歪曲了生活的真实。""对待人物的态度,我同样也是错误的。一种是对待工人农民以及工农出身的干部,例如《我们夫妇之间》中的张同志,《锻炼》中的白老黑、丁大富等等,我的态度是轻浮的、虚伪的,甚至是玩弄的态度,写到他们的缺点,则津津有味,增枝添叶,伪造事实,不惜采用讽刺的手法,竭力渲染。甚至写到他们的优良品质时,也是抱着一种玩弄的态度。""我不应该写那些看不出任何意义的鸡毛蒜皮的事；我不该写我不熟悉的事（例如写工人），我的作品错误最大的，正好是写了这些不该写的。""我的作品里边所反映出来的：对于生活本质的歪曲，那虚伪的风格，那低级趣味，那玩弄人物的态度，以及严重的个人主义的创作动机；把创作看成是个人的事业，看成是获取个人名誉地位的敲门砖。"

十一月

1日　陈沂的《把我们的创作认真的组织领导起来》发表于《人民文学》第5卷第1期。陈沂写道："创造人民解放军的英雄形象……是我们的创作方向。""要抓紧革命的乐观主义并在作品中贯串革命的乐观主义的精神。""表现英雄的革命乐观主义，应该是要非常全面的，勿须乎完全为真人真事所约束。""革命的现实主义必须同时具备革命的浪漫主义。""在作品里处理牺牲，一定要使它有教育意义。"

9日　《文化生活简评》发表于《人民日报》。在《坚决反对取消文艺上党的倾向性的论调》一节中写道："党的文学艺术工作是党的事业中的一个组成部分，它必须具有高度的政治性、阶级性，也就是党的倾向性，才可能成为团结人民，教育人民，打击敌人消灭敌人的有力武器。"

10日　丁玲的《我读〈收获〉》发表于《文艺报》第5卷第2期。丁玲认为，格林娜·尼柯拉耶娃的小说《收获》"真实地反映现实生活，挑选了很多先进人物，恰当地表现了他们，用他们的为建设社会主义的勤劳伟绩鼓舞千千万万同样的人，并加速一切新事物的发展，和新人物的成长，促进共产主义的胜利实现"。

25日　李枫的《评柳青的〈铜墙铁壁〉》发表于《文艺报》第5卷第3期。李枫写道："长篇小说《铜墙铁壁》就是一部正确描写在人民革命战争中，人民群众的伟大力量的作品。""从这部小说里，可以看出作者的题材的组织能力。以小说的布局和结构来看，是一部很完整的文学作品。小说的取材是很庞大的。作者的意图也不单纯是表现陕北人民群众的力量，而且还企图绘制一幅伟大的战争图画。""我们描写英雄应该描写他机智的战斗，越在紧急的关头，意志越要坚定、沉着、果断，以智慧和勇敢战胜敌人，这样才能给人以教育。"

于晴的《读孙犁的新作〈风云初记〉》发表于同期《文艺报》。于晴写道："作者出色地画出了这个苦难的、美丽的平原上农村生活的图景,生动地描写了许多不同性格的人物,他们的纯朴、勇敢的优良品性和蓬勃的战斗热情。这个作品,和作者的另外一些作品一样,有着浓厚的生活气息和抒情的风格。""《风云初记》的作者,并没有故意在作品中安排十分曲折的情节,而是以许多人物的画面,组成了平原上战斗生活的图景,使我们感到了在这生活中所含有的思想意义。"

十二月

1日 策的《必须全面深入地认识生活》发表于《人民文学》第5卷第2期。策写道:"应该从许多真人真事里面挑选那些最有意义的东西来写,应该把那些不很完整的'真实的事情'加以改变,把那些零零碎碎的材料加以概括、综合、修整。""那些写真人真事的作品,大都只能算是一些素材,而不能算是已经制成了的作品。作者不应该急于把它们当做作品看待,可以作为练习写出来,也可以搁在心里,经常加以思考,或者由于不断地在新的生活里得到新的感受、新的触发,使它深刻丰富起来,形成血肉充实光彩夺人的东西;或者终于不能形成什么,倒是变成了另一篇作品中的一个小穿插;也或者就根本永远丢弃了它……"

5日 胡乔木的《文艺工作者为什么要改造思想?》发表于《人民日报》。胡乔木写道:"只有抱着革命态度到群众中去,和群众打成一片,充分地了解群众的生活、斗争、思想、感情,才能带着创作的要求、想像、主题、题材从群众中来,然后才能写出真实的革命的作品,让作品到群众中去为群众服务。"

7日 周扬的《整顿文艺思想,改进领导工作》发表于《人民日报》。周扬写道:"我们经常强调文艺应当表现新的生活和新的人物,表现革命的乐观主义和英雄主义,这是十分需要的。但是如果我们不对文艺工作者脱离人民的倾向,进行坚决的斗争,那末,他们是不可能创造出新的人物的英雄形象来的。"

25日 萧殷的《生活现象的提高和概括——"文学写作常识"之三》发表于《文艺报》第5卷第5期。萧殷写道:"作品的形象,不是感觉材料的一成不变的摹写,也不是社会现象和事实机械的反映;形象应该是作者通过艺术手段所表现的他所认识的生活；形象应该是经过作者意识改造过的、提高了的感觉材料。这样，形象就不再是低级形态的现象，而是更深刻、更正确、更完全地反映事物面貌的东西了。"

《各地开展文艺界的思想改造运动》一文发表于同期《文艺报》。文中写道："方纪在发言中，首先对自己的小说《让生活变得更美好罢》作了进一步的自我批评，指出这篇小说的错误不但是情节安排的问题，而主要是形象上（亦即思想上）歪曲了农村妇女为婚姻自由所进行的反封建斗争；不是用工人阶级的观点来对待这样一个严肃的主题，而是用小资产阶级的观点歌颂了一种放任轻浮的恋爱至上主义。"

31日 《文化生活简评　白刃的〈目标正前方〉歪曲了战士和工人阶级的形象》发表于《人民日报》。文中写道，白刃的《目标正前方》"是一篇不真实的生拼硬凑的作品，利用人为的故事的曲折性和庸俗低级的趣味，来吸引一部分落后读者，实际上玷污了人民的部队和工人阶级。造成这些严重缺点的原因，是作者的文艺思想具有相当浓厚的小资产阶级倾向"。

1952年

一月

1日 策的《必须全面深入地认识生活（续）》发表于《人民文学》1月号。策写道："结构作品，是在表现主题思想这一目的之下，将人物、事件、环境……三者作有机而合理的构成。……这种构成与硬编故事不同，它首先要问主题思想是那里来的，怎样来的；人物、事件、环境是那里来的和怎样来的。主题思想应该怎样获得呢？应该是作者观察和理解现实的结果……对于现实生活的概括性愈大，思想和形象的典型性就愈大，作品的思想性就愈高。""固定的格式""没有说服性的巧合"和"硬凑条件"是写作者"脱离生活""硬编故事"的三种方式，"应该针对这种倾向展开无情的斗争"。

10日 何其芳的《用毛泽东的文艺理论来改进我们的工作——在北京文艺界学习委员会主办的文艺干部第二次学习报告会上的讲演》发表于《文艺报》第1号。何其芳写道："毛泽东同志《在延安文艺座谈会上的讲话》被规定为学习文件。这是非常必要的。毛泽东同志的这个讲话是为了解决中国革命文艺运动中的一系列的根本问题，反对其中的小资产阶级倾向，明确而完整地提出来的工人阶级的文艺路线、文艺理论。革命的文艺工作，和其他工作一样，也是有它的根本规律的。毛泽东同志以雄厚的马克思列宁主义的理论力量，研究了并掌握了中国革命文艺工作的根本规律，他这个讲话就不仅解决了当时延安文艺界和中国有革命文艺运动以来的一系列的原则问题，而且必然要指导我们的工作到长远的将来。因此，虽然我们今天的文艺工作处于新的情况之下，有些具体问题和九年以前并不完全相同，这个文件在许多根本问题上仍然是我们的指南，仍然是我们检查工作和改进工作的锋利的武器。"

刘辽逸译自苏联《文学报》1951年第122期的《文学语言中的几个问题》发表于同期《文艺报》。"编者按"写道："这里所发表的苏联《文学报》专论《文学语言中的几个问题》，是苏联文学界以及读者讨论语言问题的一个总结。论文根据斯大林的语言学说，对于文学语言与作品的思想内容、文学语言与人民口语的关系等重要方面的问题，都作了正确、精辟的论述。""论文强调指出：人民的语言是文学作家丰富自己的取之不尽的宝库。为了争取文学作品语言的丰富性和多样性，反对语言的贫乏与单调，文学作家必须'倾听人民语言的声音'，使用全民语言的所有宝藏来丰富自己的语言。""在论及如何在作品中运用古字、方言、土语、俗语、技术名词、新词等的时候，论文批判了那种在作品中运用早已淘汰的古字、或以拟古的风格表现现代生活、运用难懂的技术名词、不适当地堆砌方言、脱离语言传统而臆造新词……等不正确的观点和方法。"

该文写道："文艺作品语言问题，也就是表现得最具体的形式和内容互相适应的问题。主人公丰富的精神世界、他们的趣味的多样性、作品中所触及的思想的重要性——这一切就产生了语言的丰富性。""文艺作品的语言，是服从于艺术的概括性规律和艺术的个性规律的。用谈话来表达主人公周围的人的性格和主人公的性格，在文艺作品中并不是用速记的方法记录他们的语言。艺术家应当抓住由于主人公的社会性、职业、教育、年龄、以及个人气质而产生的某些基本特点，然后再用概括了的和典型化了的特征把这些基本特点表达出来。描写主人公说话，与其他创造形象的方法是一样的：选择典型的东西和抛弃偶然的东西在这里也有特别的重要意义。""文艺作品的语言，决不是仅决定于作品的内容。作家在语言中使用一切修辞方法，都是以全民语言的所有资料为基础的。作家可以自由选择全民语言所给予他的资料，但这只是在全民语言的规范以内才有选择的自由。"

苗培时的《把我的思想提高一步》发表于同期《文艺报》。苗培时写道："思想性，这是文艺作品的灵魂。只有思想性高的作品——能够真实地、生动地反映生活，体现党的政策的作品，才能够普遍深入地教育广大人民，提高人民的思想觉悟。""在我写的许多劳模故事中（如关于赵占魁、李凤莲……等人的快板），短篇小说中（如《好班长》《王贤传》《矿工起义》……等），我都是很肤浅地把表面的事实和人物的活动交代了一下。我没有更深入地把客观事实和人物的思想本质——灵魂发掘出来，我只简单地把这些人物所做的事情，潦草地轻描淡写地往纸上一画；但这些人物为什么要这样做，而不是那样做？在我的故事中，是很难给读者一个圆满的答案的。……所以我的歌颂就常常落了空，好像只是为了歌颂而歌颂；这种歌颂又有什么用处、什么效果呢？像这样思想性低的作品，就是可有可无的，不能达到教育人民的目的。"

18日　《文化生活简评》两则发表于《人民日报》。文中写道，晴霓的《蟾江冰波》和玛拉沁夫的《科尔沁草原的人们》都"写了新的主题、新的生活、新的人物，反映了现实生活中先进的力量，用新的伦理观念和新的道德精神教育人民"。"故事中的主要人物都刻划得很生动。""我们文学的任务是教育人民，好的作品应该产生提高读者的觉悟和增强他们为明天而斗争的信心的作用。这就要求我们的作家首先必须具有使文学为人民服务的政治热情，善于发现和肯定生活中的积极因素，善于反映那些充满发展前途的新鲜事物，支持它们，颂扬它们，使它们战胜那些落后的正在衰亡的东西。"

25日　刘辽逸译自苏联《文学报》1951年第122期的《文学语言中的几个问题（续完）》发表于《文艺报》第2号，译文中写道："我们有些作家，特别是历史小说作者，忘记了文学作品的语言应当是明了的，通俗易懂的；如果作品中充满了早已淘汰的古字，那么现在的读者就读不懂了。"在方言问题上，作者提出："关于在文学作品中使用方言的问题，像其他任何修辞方法一样，必须具体地、历史地来处理。如果一地方性的概念，在全民语言中没有确切的名称，或者这个概念用方言来表示，能够传达特殊的地方性的事物特征，而这些特征在作品中又是重要的时候，使用方言是合理的。""不论是古字、方言、土语、业务上的用语、技术名词、新词——所有这一切都是可以应用的，不过要有一个条件，就是其中任何一个词汇在文学作品语言中一定要普遍为人所懂，而且一定要为展开作品的内容而服务。""作家语言的人民性，决不是摹仿什么农民语言可以达到的，也不是过度地堆砌方言、土语可以达到的；作家的语言达到人民性的条件是：明确、普遍为人理解、善于使用那些无限丰富的并且不断在丰富着的全民语言所给予作家的一切资料。"

二月

10日 拉祖丁作、熊秉慈译的《苏联文学中的家庭与婚姻》发表于《文艺报》第3号。"编者按"写道："在创造新的人物形象时，怎样去表现他们的高贵品质，表现新的生活中新的道德观念，以共产主义的思想教育读者，是文艺工作者的重大任务。""这篇论文评论了苏联的文学作品，在对于家庭生活和婚姻问题的真实的描写中，怎样鲜明有力地表现了指引着生活前进的共产主义的道德观念。论文指出小说《收获》与《全心全意》在这方面的描写中，卓越地体现着生活中的新道德，以及它对于生活所起的作用。论文也批判了某些作品中的那种虚伪的非现实的描写，如何歪曲了生活的真实面貌和背离了苏联人民的道德观念。"

25日 茅盾的《果戈理在中国——纪念果戈理逝世百年纪念》发表于《文艺报》第4号。茅盾写道："鲁迅对于他自己的和果戈理的同一题名的作品（《狂人日记》）所作的比较，其意义实不仅限于此两篇作品。如果我们进一步研究这两位大作家，我们将发现两人之中有更多的相似，但也有同样多的不相同。讽刺是他们的风格的共同点，然而鲁迅的讽刺却比果戈理的更为辛辣。"鲁迅和果戈理"都是伟大的爱国主义者，他们之所以有强烈的憎恨，正因为他们有火热的对于祖国和人民的爱，'能爱，故能憎'（鲁迅语）。然而，怎样的人——不是抽象的人而是阶级的人，才合于诗人的赞颂的标准呢？果戈理努力想在他那虽已写成但在死前不多几天又亲手焚毁了的《死魂灵》第二部中描写出来，可是，从作者亲手焚毁原稿这件事，又从现在所传《死魂灵》第二部的残稿看来，作者所要赞颂的对象仍旧是从地主阶级里找出来的，而作者自己也不满意，所以终于亲手把原稿焚毁；但在鲁迅，却不仅在《药》这篇小说中早已侧面赞颂了为革命而牺牲的志士，在《一件小事》和其他的短篇中早已描写了劳动人民的可爱的形象，并且后来又分明指出：惟新兴的工人阶级是我们希望之所寄托"。

三月

10日 湘生的《吉洪诺夫谈纪念果戈理逝世一百周年的意义》发表于《文

艺报》第5号。湘生写道,吉洪诺夫认为,果戈理是"一位俄罗斯现实主义的作家,曾经创造出一系列的文学的形象,这些形象都已成为不朽的、普遍化的典型。在描绘人民生活的图画上,果戈理也具有无比的艺术的力量。直到今天,他还以他的色彩的明朗与活力、以他的诗一般的语言、以他的幽默和无情的尖锐、以他所描绘的宏大而有抒情诗意的景物,尤其是以他的戏剧中所独创的紧张场面,使我们受到感动"。

四月

1日 陈涌的《向果戈理学习什么》发表于《人民文学》3、4月号。陈涌写道:"果戈理的典型人物的创造,对于我们今天的文学创作还有着很大的典范意义。""现实主义的中心问题之一是典型环境的典型人物的创造。过去每一个伟大的现实主义作家,都会给我们留下他那时代的阶级的典型。这些典型,正是他那时代的一定的阶级的生活和精神的集中表现。""典型同时又是集中的表现一个作家的思想和艺术的能力的。""果戈理的所以不朽,它的作品的所以至今还保持它的深刻意义,首先就由于他也和其他许多伟大的作家一样,在他的作品里表现了他的爱国主义,在于他对于社会的政治的重大问题的关心。一个伟大的现实主义的作家,不能不热爱自己的祖国,不能不反映他那时代的生活的一些本质的方面,不能不把自己的注意引向他那时代的生活的一些本质的方面,不能不把自己的注意引向他那时代的社会生活的主要矛盾与斗争。"

10日 王世德的《谈作品中的矛盾与斗争》发表于《文艺报》第7号。王世德认为:"文艺作品要反映社会生活的本质,就必须揭露客观事物内在的矛盾与斗争,因为'这种对立面的斗争,旧东西与新东西间的斗争,衰亡着的东西和产生着的东西间的斗争,衰退着的东西和发展着的东西间的斗争,便是发展过程底实在内容'。我们的文艺是无产阶级的、战斗的、新现实主义的文艺,我们不仅要反映客观事物的矛盾与斗争,而且要以最高的热情和信念来欢呼、歌颂新生的事物在战胜衰老的事物中不断取得的成长与发展,作为生活中的'极大的积极力量'(斯大林)鼓舞人们的斗争意志,推动与指导客观事物前进。"但"有一些文艺作品,它们不但不能尖锐地揭露现实生活的主要矛盾,正面地展开思想斗争,而相反地掩饰矛盾,取消斗争"。

20日 周立波的《〈暴风骤雨〉的写作经过》发表于《光明日报》。周立波写道:"作家要刻划一个人物,必须要把很多同一类型的人物的特性,加以仔细的观察和研究,然后集中写成一个典型。""语言是文学作品的建筑材料,写农民对话而不用农民的语言,写出来一定不像。农民语言的特点是形象化,生动简练,这是从他们丰富的生产知识和斗争知识里头提炼出来的。他们的话,真是虎虎有生气。"

25日 丁玲的《果戈理——进步人类所珍贵的文化巨人——在莫斯科果戈理逝世百年纪念大会上的发言》发表于《文艺报》第8号。丁玲说道:"伟大俄罗斯作家果戈理的艺术作品和文学遗产,对于中国现代文学的诞生和成长,曾经有过并且还继续有着巨大的和深刻的影响,同时对于中国广大的读者也具有高度的教育意义。""果戈理的作品,在中国为什么获得如此的成功和热爱,这并不是偶然的。这首先因为果戈理是伟大俄罗斯现实主义文学的创建者之一,而中国的人民和中国进步的知识青年,用中国伟大作家鲁迅的话来说,是把反映出了俄罗斯人民的斗争、对光明的渴求、对未来的信心及其吴琼的潜在力量的俄罗斯文学,作为自己最好的'导师和朋友'的。"

五月

10日 陆希治的《歪曲现实的'现实主义'——评路翎的短篇小说集〈朱桂花的故事〉》发表于《文艺报》第9号。陆希治认为:"路翎笔下的'工人阶级'的'品质特征'是:浓厚的个人主义和无政府主义思想,流氓和无赖。""路翎笔下的'工人阶级'的'精神状态'是:歇斯底里,精神病患者。"因此,他认为,路翎的现实主义则是一种歪曲现实的"歪曲现实主义"。

同期《文艺报》开设《关于创造新英雄人物问题的讨论》栏目。"编辑部的话"写道:"关于创造新英雄人物的问题,前一时期在一部分文艺刊物上曾经进行过讨论,同时这也是许多文艺批评中所普遍涉及的主要的问题。某些文艺刊物还向文艺工作者提出了'创造新英雄人物是我们的创作方向'的号召。这一问题,主要是针对目前文艺创作中的落后状况——缺乏新的人物、新的事件、新的感情、新的主题；歪曲劳动人民的形象——而提出来的。对于这样的创作上的重要问题进行讨论，显然很有意义，很有必要。"

该栏目中，曾炜的《关于英雄人物的描写（来信之一）》写道："将英雄人物写成一个没有血肉的人的原因，归根结蒂还是由于生活空虚，没有了解多种多样的生活，便将生活简单地、公式地表现出来，这也是和以小资产阶级的立场观点看待生活分不开的。"

该栏目中，梁湧的《作家应该忠实于生活（来信之二）》认为："如果作者正确地表现了英雄对于困难所进行的英勇斗争，以及胜利地克服困难的过程，难道不更能具体表现英雄的可敬的品质和优美的精神面貌吗？如果只是一般地反对描写这些，实质上就会使我们对丰富多样的现实生活闭上了眼睛，那怎么能不把生活写得呆板贫乏，把人物写得概念化呢？""简单地提出不许写'落后转变'，是不恰当的，因为这种说法是有片面性的。我们反对主观地、片面地、脱离生活地捏造落后人物的'转变'，也同样地反对离开生活，从概念出发去刻划无血肉、无个性的人物轮廓。我们要求作家忠实于生活，向生活学习，写出生动的有教育意义的作品。怎样在斗争实践中丰富作者的生活知识，端正他们的立场、思想，同时培养他们认识事物发展规律的能力，是一个根本的问题。"

该栏目刊发董晓天的《不应忽视生活中的矛盾和斗争（来信之四）》。董晓天认为："在我们的文艺创作中，过去和现在都存在着一种不正常的现象，那就是：我们的一部分文艺工作者，还不善于真实地反映我们今天伟大的生活，不善于在作品里表现生活的日新月异的变革和新的气象，不善于描写体现着劳动人民的高贵品质和英雄气概的活生生的人物，不善于在作品里预示我们生活的无限光明的前途。""近来也产生了不少写出了新的生活和新的人物的作品。在许多作品中，也可以看到，那种公式主义的不真实的'落后到转变'的作品是减少了，把否定人物作为今天生活的主人，因而和今天的生活完全不相称的作品也减少了，许多作者也显然在努力创造新的人物的形象了。这些都是可喜的现象。""但同时，我也觉得，某些批评和理论文章，在批判上面所说的不良倾向，提出新英雄人物的创造是我们努力的方向的时候，却产生了一种我认为是片面的看法。""这种意见认为：人民生活的本质是光明的和向上的，虽然我们的生活中也有落后现象，但那不过是'个别的缺点'，所以仿佛不应该去加以注意。这种意见而且在论述中不加具体分析地认为，只要在某一个作品中表现了某一个革命干部的动摇，便算是歪曲了革命干部的形象。……这种意见的提法，我认为是过于笼统的，而且也会由此而引起一些片面的看法。""首先，人民的生活无疑地是光明的和向上的，但是不能够认为，在人民生活的内部就没有矛盾和斗争了。""其次，在描写人民内部的缺点和落后现象的时候，我们当然首先要反对那种'只看到片面就去错误地讥笑他们，甚至敌视他们'的错误的立场和态度。但是我们也不应当不加具体分析地、笼统地反对在作品中描写落后现象。""此外，我还觉得，我们自然要反对那种不真实地反映生活的前进的、以至歪曲了生活的'落后到转变'的公式主义的作品，这种作品往往把他所要歌颂的工农兵群众的人物先写成为毫不现实的、集一切丑恶思想之大成的、甚至与他所处的新社会的环境存在着严重的对抗的矛盾的角色，中间经过一次谈话或一次外来的刺激，便忽然澈底觉悟，变成思想先进的人物了，这种对工农兵的描写当然是错误的。但对这些作品的批判，必须具体地分析作者的立场、思想和创作方法上的根本原因，帮助作者解决这些根本问题，才能使这种情况得到纠正。"

同期《文艺报》的《读者中来》栏目刊发《要表现新的生活、新的人物——读者来信综述》一文。文中写道："文艺工作者应该迅速地、生动地反映轰轰烈烈的政治运动和新的生活，应该表现和歌颂各个战线上涌现出来的英雄模范人物。"

16日 刘白羽的《表现新的时代新的人物》发表于《解放军文艺》5月号。刘白羽认为，毛泽东的《在延安文艺座谈会上的讲话》"深刻的给我们指出革命现实主义的创作道路，给予我们创作者这样一项光荣的任务，要求我们表现世界和历史的创造者、表现前进中的新人物、表现我们新中国人民的优秀典型，要求我们作革命事业的忠实的歌者""第一、对于人民群众应该赞扬、应该歌颂，因为人民是进行革命以推翻旧社会统治者而创造新的世界和历史的人；第二、人民也有缺点，但这些缺点是旧社会传染给他们的，我们对这些缺点既不是打击、也不是讥笑敌视，应该采取长期地耐心地教育他们的态度；第三、我们应该描写他们的改造过程，以这改造过程教育更多的人民群众。"

刘白羽写道:"我们写新中国人民的优秀人物,主要写他们崇高的品质,写他们高度的阶级觉悟。这种任务就绝不可能是简单化的,完整无缺的,没有曲折复杂生长过程的概念化的人物,而是不断勇敢克服缺点,克服困难,纠正错误,从他们身上深刻反映着现实的曲折复杂发展过程的,全身心与战斗溶合的,那种有血有肉的真实人物。""在我们生活当中,永远有一种新的萌芽的东西在生长,这就是新生事物,这就是带头前进的事物,创作者应该从生活中发现这种新生事物。""目前写先进人物写得不像,最大的缺点,是把先进人物写得简单化,概念化,没有写出这个先进人物之所以成为先进人物的发展过程。"

22日 赵树理的《决心到群众中去》发表于《人民日报》。赵树理写道:"我在写新人新事的时候,所要涉及的事,那些在我已有个粗略的形象或已有过个印象的我就略加描写,那些是我连印象也不曾有过的我就用几句话交代过去,可惜是所有的形象或印象比起需要来太少了,至于那绝有把握的、能像我对旧人旧事那样了解得面面俱到、可以尽情描写的新人新事,可以说更少得很,所以在一个作品中同时新旧都有的时候,新的方面便相形见拙。"

25日 冯雪峰的《〈太阳照在桑干河上〉在我们文学发展上的意义》发表于《文艺报》第10号。冯雪峰写道:"作者写人是为了写斗争,也就是为了写社会或写生活;就是说,写人是服从于写社会或写生活的目的,在这里,就是主要地服从于写农村阶级斗争(土地改革)的目的。文学作品必须写人,如果没有写人,则这样的作品的价值是很低的;但写人不是目的,而是一种非有不可的必要手段。文学作品必须写人是因为人的内容是社会,是人在生活着,人在斗争着的缘故。社会上的一切都是经过人的。在文学上,不写人就写不出社会来。所以,文学上的所谓形象,就是指的人。这样,无论文学的目的,或文学的手段,都规定了一种必经的道路,就是:从社会和生活的基础上,从斗争的发展上,去写人。这是根本的道路,也就是现实主义的创造典型性格的方法,如恩格斯规定的有名的公式("典型环境里面的典型性格")所说的。《太阳照在桑干河上》这本小说,作者在写人物上面,已经基本上走上现实主义的道路了。"虽然"作者还没有在这本小说中带来那么了不起的、非常高大的典型人物……但是,她已经有本领地、现实主义地写了真实的人,这是我们文学成长上不可少的必要的基础和第一步,也就是高大的典型人物的创造所必需的基础和第一步;同时也不能否认这本书中已经有不可磨灭的典型。对于我们现在的文学水平和文学能力,达到这必要的基础与第一步,比忽然从天外飞来什么高大的典型人物,意义要重大十倍"。

冯雪峰认为,在艺术手法上,《太阳照在桑干河上》"用的可以说是油画的手法。但是,在以语言的彩色涂抹成的画面上,景色的明丽还是居于第二位的,那居于第一位的是形象性的深刻、思想分析的深入与明确、诗的情绪与生活的热情所织成的气氛的浓重等。全书当作一幅完整的油画来看,虽说还不是最辉煌的,但已经可以说是一幅相当辉煌的美丽的油画了"。

冯雪峰还认为,总之,"这一部艺术上具有创造性的作品,是一部相当辉煌地反映了土地改革的、带来了一定高度的真实性的、史诗似的作品;同时,这是我们无产阶级现实主义的最初的比较显著的一个胜利,这就是它在我们文学发展上的意义"。

六月

25日 陈涌的《〈暴风骤雨〉》发表于《文艺报》第11、12号。陈涌认为:"周立波同志在他的《暴风骤雨》里,比较完整地表现了农民土地斗争的整个过程,也相当真实地表现了农村各个阶级的面貌和心理,和它们之间的斗争。成为我们的作者在创作上比较显著的特点的,是他对于生活的热情和敏感,对于新人物的美好的品性的着重加以发扬,以及在艺术上的单纯性等等。这些,都是这篇短文所要加以介绍的。"

周立波的《谈思想感情的变化》发表于同期《文艺报》。周立波在文中说:"不论中国的,或是外国的古典作品,是要借鉴的。但是,毛泽东同志明确地指出了:'……仅仅是借鉴而不是替代,这是决不能替代的。'""我当时读着一些西洋的古典作品,却漠视了比古典作品所反映的内容要雄伟得多的眼前的工农兵的斗争的现实,这就不是借鉴,而是替代了。"

《文艺报》同期继续开设《关于创造新英雄人物问题的讨论》栏目。该栏目"编辑部的话"写道:"《文艺报》一九五二年第九号的'关于创造新英雄人物问题的讨论'中，发表了四封读者的来信，提出了对于文艺创作上描写新英雄人物的一些意见。这一问题，正如上次的'编辑部的话'中所说，'主要的是针对目前文艺创作中的落后状况——缺乏新的人物、新的事件、新的感情、新的主题；歪曲劳动人民的形象——而提出来的。'我们希望能够通过一些具体的研究，使我们对关于创造新英雄人物的一些根本问题有更明确的认识，使我们能够更多、更好地来创造我们伟大时代的英雄人物的光辉形象，使我们的文艺作品更好地成为教育人民，鼓舞人民的巨大力量。这就是我们展开这个讨论的目的。"

该栏目发表张立云的《关于写英雄人物和写"落后到转变"的问题》。张立云提出："当前文艺创作中的中心问题，仍是描写新人新事、创造新的英雄形象，表现新的时代面貌的问题。要完成这一任务，首先要反对的是脱离生活、脱离群众、脱离实际的资产阶级和小资产阶级思想倾向；同时，也要防止写新人新事时的概念化和公式主义。"

七月

25 日　冯雪峰的《中国文学中从古典现实主义到无产阶级现实主义的发展的一个轮廓（上）》发表于《文艺报》第 14 号。冯雪峰在文中写道："最近《文艺报》收到读者来信提出要求编者解答的问题中，关于现实主义的就有下面这一些：一、在'五四'新文学以前的中国旧文学里面有没有现实主义？如果有，请举例说明之；二、'五四'新文学的现实主义，是外国来的，还是中国优秀文学传统的发展？三、'五四'新文学的现实主义，是资产阶级的现实主义呢，还是无产阶级现实主义？如鲁迅，如茅盾，他们的现实主义属于什么范畴？四、无产阶级现实主义和社会主义现实主义两个名词各自所包含的意义，有没有不同？五、为什么'新民主主义的现实主义'这说法是不妥当的？六、无产阶级现实主义和旧现实主义——例如高尔基说的批判的现实主义，有什么不同？无产阶级现实主义的根本法则是什么？"

冯雪峰指出："中国文学的古典现实主义是怎么样的？"《水浒》《儒林外史》《红楼梦》《西游记》可以被称作"中国文学上的古典现实主义（这里的'古典'，

是经典的、代表性的、杰出的等意思；和所谓古典主义是不同意义的）"。"中国文学上的浪漫主义的倾向，从大体上说也有被动的和积极的两种；即粉饰现实或逃避现实和反抗现实的两种。""积极的浪漫主义在基本上就和现实主义相通，它很自然地要和现实主义结合在一起；于是从文学历史发展的总趋向看，从文学的基本倾向看，它都可以作为现实主义的一种根本性的精神与特色而概括在现实主义里面去。""作为创作方法的现实主义，一般地说，现代的现实主义当然比古代的现实主义更进步、更高级；但实际上，也不完全如此。""现实主义文学在历史上有它根本的优越性和长久的生命，就在于它反映了客观的现实，这使它的内容充实，使它的艺术有生命。"他进而总结道："我们古典现实主义文学有它长久的非常优秀的传统。从'五四'以来，我们对于以古典现实主义为主潮的旧文学的批判的学习与继承，却还是非常不够的。因此，现在和今后，对于我们这些伟大的遗产，深入地加以研究和分析，就是首先必要的工作。"

八月

10日　冯雪峰的《中国文学中从古典现实主义到无产阶级现实主义的发展的一个轮廓（中）》发表于《文艺报》第15号。冯雪峰谈到了"五四新文学中现实主义的社会基础、来源及其发展到无产阶级现实主义的经过"，冯雪峰认为："现实主义作为艺术观或作为创作方法，都和五四时代文学所负担的革命任务相吻合的。这样，五四新文学吸收了中国文学中古典现实主义的基本精神和优点，并加以发扬，加以现代化，这是五四新文学中现实主义的本国的来源；五四新文学又吸收了外国进步文学中现实主义的经验与方法，而加以应用和民族化，这是五四新文学中现实主义的世界的来源。五四新文学，就是在这两种来源的基础之上，在从五四以来的人民革命的时代中，体现着我们民族的创造力，独立地创造出了以鲁迅为代表的辉煌的革命现实主义。"

25日　潘科夫作、言宜译、任谷校的《高尔基论描写新旧的斗争》发表于《文艺报》第16号。潘科夫认为："高尔基的作品反映了以世界上第一个社会主义国家的建立为标注的整个历史时代。社会主义现实主义文学奠基人用艺术真实性的宏大力量，揭示了现代的深刻的社会矛盾，指明资成本主义世界必然灭亡和世界上最光辉的民主制度、社会主义理性的必然胜利。"

同期《文艺报》的《读者中来》栏目发表《希望展开对于概念化、公式化倾向的批评》系列文章。该栏目发表刘炳善的《概念化、公式化的作品歪曲了生活》。刘炳善写道："从延安文艺座谈会到现在，我国出现了一些在中国文学史上空前的、以民族形式描写工农兵的新人新事的作品。这些作品使中国文艺界面目一新。""但是，从解放以来，我国革命形势急剧地胜利地向前发展，而我们的文艺工作却赶不上形势的发展与人民的要求。""想找一些能正确而生动地反映我国解放三年以来人民生活的新面貌、塑造人民中英雄人物的作品，则非常缺少。""造成这种现象的原因，是由于我们的文艺工作者的非无产阶级思想还没有得到澈底改造。因为自己的思想混乱，加上脱离群众、脱离实际的政治运动，也就无法充分理解英雄人物的思想、性格与感情。因此，在写作时，就不能不用干枯的想像来代替生动的现实，用纸人来代替生龙活虎的英雄。"

九月

10日　冯雪峰的《中国文学中从古典现实主义到无产阶级现实主义的发展的一个轮廓（下）》发表于《文艺报》第17号。"关于鲁迅和茅盾"，冯雪峰认为："在中国现代文学和现实主义的关系上，在鲁迅的身上实在结合着承上启下的三种关系，就是：他是继承着中国古典现实主义的；他又联系着世界文学中古典的或所谓批判的现实主义；他在后期（即在一九二七年以后）是一个无产阶级现实主义者。"在谈及茅盾时，冯雪峰认为茅盾自己对《子夜》的评价是"恳切""中肯"的，在冯雪峰看来，《子夜》的缺点主要有三点：第一，"对于他所要描写的革命工作者和工人群众是描写得不够深刻、不够生动、也不够真实的"；第二，"反映当时的革命形势反映得不够深刻"；第三，"在某些人物的描写上是有概念化和机械的地方的"；另外，"'性的刺激'在人物描写上占了那么重要的成份，也是一个不小的缺点"。

冯雪峰认为，《子夜》的意义在于"在我们的文学上，要寻找在一九二七年至抗日战争以前这一时期的民族资产阶级和买办资产阶级的形象，除了《子夜》,依然不能在别的作品中找到;而这些形象也还活在作品中,这是《子夜》的生命的主要的所在。我认为这就是《子夜》的成就;这个成就对于我们文学的重要性也就在这里,因为在这里有它新的开辟"。"总之,《子夜》在反映现实上有它不可磨灭的成就,因此它成为我们文学中优秀的作品之一;虽然还不是已经胜利的无产阶级现实主义的作品,但它也尽了开辟道路的作用。这是就创作方法的成就上说的;而从现实主义的基本方向说,《子夜》却已经是属于无产阶级现实主义的作品。""我们说无产阶级现实主义,就因为这现实主义是以无产阶级的立场和宇宙观(以及两者的完全的统一)为其主要的和鲜明的特征的缘故。标明和强调这样的特征,以便和过去时代的现实主义有所区别,这也是必要的。""无产阶级现实主义也就是社会主义现实主义,这是因为无产阶级的思想就正是社会主义和共产主义。"

平原省聊城专区安乐镇师范文艺研究组的同学们和孙犁的《关于小说〈荷花淀〉的通信》发表于同期《文艺报》。平原省聊城专区安乐镇师范文艺研究组的同学在给孙犁的信中写道:"我们读过你的《荷花淀》后感到非常满意:文字简练而不粗糙,细腻而不烦琐;里面的人物都如活的一般。正是在这种基础上引起了我们对你这篇作品的更进一步研究的兴趣。研究的结果使我们知道了在抗日战争中,我们的上一代是怎样地付出了鲜血和智慧,战败了敌人,换来了我们今天的幸福。但与这同时也遇到了一些疑问,我们自信没有批判的能力,然而我们希望通过这一次讨论能使我们更进一步了解这个作品,我们相信您是肯帮助我们解决这些疑问的。下面是我们的意见:一、有点嘲笑女人的味道。""二、拿女人来衬托男子的英雄,将女人作为小说中的牺牲品。""三、不是郑重地反映妇女们的事迹。""最后,还有一点小地方,就是当水生由区上回来和爱人谈话的时候,'水生指着父亲的小房,叫她小声一点'……文字中却始终没有丝毫描写,请您解释一下"。

孙犁回信表达了几点意思。第一,"在我的印象里,解放区的女人们聚在一起的时候,好说好笑,愉快活泼。所以就这样写出来了。这可以说我在生活认识上,还不够全面,也可以说我在文字技术上还不够确切,但并不是轻视妇女,嘲笑妇女"。第二,"水生这句话可以说是嘲笑,然而在当时并不包含恶意,水生说话的时候,也没有表现'凶相'。他这句话里有对女人的亲爱。这并不等于给她们做鉴定,肯定她们是'落后分子'。在日常生活里面,夫妻之间是常常开这样的玩笑的。""我们看作品,不能仅仅从字面上看,还要体味一下当时的情调,理解人与人之间的关系。不只和概念理论对证,还要和生活对证,就是查一查'生活'这本大辞书,看究竟是不是真实,如果不是这样,许多事情都是无法理解的"。第三,"我认为《荷花淀》是一篇短小的文章,它只能表现妇女生活的一部分","就《荷花淀》这篇文章来说,它的重点并不在后边那几句抽象的叙述,那几句叙述不过是补足文章的意义而已","最后一个问题,就是水生叫女人说话小声一点,我的意思是水生从军,还有点担心父亲难过,我这只是从水生这一方面着想,就是说这样一个青年,有时对自己的父亲也可能有些感情上的牵挂罢了"。"《荷花淀》只是一篇短短的故事,它不足以表现我们时代的妇女们的多方面的伟大的生活面貌。它只是对于几个妇女的简单的,一时一地的素描。它自然是有缺点的。"

25日 舒芜的《致路翎的公开信》发表于《文艺报》第18号。"编者按"写道:"《人民日报》曾于六月八日刊载了《长江日报》上舒芜的《从头学习〈在延安文艺座谈会上的讲话〉》一文。在这篇文章中,舒芜检讨了他于一九四五年发表在《希望》上的《论主观》一文的错误观点。这种观点表现在文艺创作上,是片面地夸大'主观精神'的作用,追求所谓'生命力的扩张',而实际上否认了革命实践和思想改造的必要。《希望》这个刊物是以胡风为首的一个文艺上的小集团所办的;舒芜自己所指出的错误,其实是这个小集团所共同的。舒芜曾在检讨中说:当时还有几个人,都曾经有同样错误的思想,并指出路翎就是其中的一个。对于路翎的一些作品和对于这个小集团的错误思想,在报纸刊物上曾先后进行过一些批评。这里发表的舒芜的《致路翎的公开信》,进一步分析了他自己和路翎及其所属的小集团一些根本性质的错误思想。这种错误表现在:以小资产阶级的个人主义的'斗争'当作革命道路,而否认工人阶级的领导;片面地、过分地强调'主观作用',实际上这'主观'却是小资产阶级的主观,其实就是强调小资产阶级的作用,企图以小资阶级的面貌来改造世界。这种错误思想,使他们在文艺活动上形成一个小集团,在基本路线上是和党所领导的无产阶级的文艺路线——毛泽东文艺方向背道而驰的。我们发表这封公开信，目的是帮助路翎等人检查自己的文艺思想，改正自己文艺思想上的错误倾向。"

十月

10日 冯雪峰的《中国文学中从古典现实主义到无产阶级现实主义的发展的一个轮廓（续）》发表于《文艺报》第19号。对于"无产阶级现实主义的创作成绩"，冯雪峰认为，《白毛女》（贺敬之、丁毅等）、《刘胡兰》（魏风、刘莲池等）、《王秀鸾》（傅铎）、《赤叶河》（阮章竞）、《吕梁英雄传》（马烽、西戎）、《李有才板话》和《小二黑结婚》等（赵树理）、《高乾大》（欧阳山）、《暴风骤雨》（周立波）、《王贵与李香香》（李季）、《种谷记》和《铜墙铁壁》（柳青）、《原动力》（草明）等小说是作家们"向无产阶级现实主义努力的结果"。

同期《文艺报》推介《鲁迅小说集》。文中写道："这是《呐喊》《彷徨》《故事新编》的合集，包括了鲁迅的全部短篇小说。这是本社重排的新版本，根据作者亲自校过的版本和作者手稿从头校勘过的。"同期还推介了施耐庵的《水浒》，文中写道："《水浒》是中国经典文学中最伟大的作品之一。它描写北宋末年一次农民起义的英雄业绩，其中的典型人物，大都写得英气勃勃，如生龙活虎一般。它一方面歌颂人民的英勇斗争，一方面暴露封建统治阶级的腐败黑暗，显示出农民和地主官僚阶级的矛盾对立。几百年来，这部书对于中国人民的革命斗争，起了无限的鼓舞作用。本社根据旧本中最好版本，慎重校订出版，以供广大读者的需要。全书七十一回，每回都有插图。"

16日 丁玲的《谈谈与创作有关的问题（一）——对参加"八一"运动大会的全体文艺工作者的讲话》发表于《文汇报》。丁玲说道："其次说生活与语言的关系。创作中用来表现思想的，主要靠语言。一定的内容，需要有相称的语言。没有生活的人并非没有字，字是有的，而是没有那样相称的话，说出来的话没有那样相称的味道。""语言与群众的关系是非常密切的。语言不好，即使作品本身的思想内容不错也往往流传不开，只有少数的人能够体会而大家不懂。""怎样运用语言，也还可以从我们古典作品里学习的"，"生动的语言在《水浒》里多得很，都是很有感情，很有气派，有血有肉"。

17日 丁玲的《谈谈与创作有关的问题（二）——对参加"八一"运动大会的全体文艺工作者的讲话》发表于《文汇报》。丁玲说道："这些语言，我们现在照抄就不好，一抄人家就知是《水浒》上的话，所以我们不是照抄，而是学它运用语言的方法，我们的话必须像它这般写得既具体，又有力量。""再谈人物。文学创作，主要是要写人。思想是要依靠写出活生生的人来表达的。人物写不活，读者也不会感动。""今天我们还不会写人物，只会写事情。而中国历来很多好的小说，都是善于写人物的。""中国的古典小说写人物实在写得非常漂亮。例子太多，不能尽举，都是只要在重要地方很形象地画两笔，就恰好地把一个人物勾画出来了。现在很多小说写人物不是作者在讲一套，就是作者借英雄的嘴演说一番……那不成为滑稽了吗？这样一点味道都没有了。"

18日 丁玲的《谈谈与创作有关的问题（三）——对参加"八一"运动大会的全体文艺工作者的讲话》发表于《文汇报》。丁玲说道："我们很多人写英雄，只抓着一件事情孤立的写，我们的古典小说，却通过了很多的生活细节来写人物，都很精练……而我们写的时候，不是孤立的写，便是把什么不相干的杂事都写上，结果主要的东西没有突出来。"

25日 冯雪峰的《中国文学中从古典现实主义到无产阶级现实主义的发展的一个轮廓（续完）》发表于《文艺报》第20号。"关于无产阶级现实主义的基本概念"，冯雪峰认为："典型化的原则，是现实主义的最根本的原则。这个方法，是现实主义创作方法的中心和灵魂。""因为它联系着其它的基本方法和原则，并且是这些方法和原则之集中的表现。""运用现实主义的根本的典型化方法，以高度革命性和党性原则的精神，反映着共产主义在各民族中的胜利的进程中所出现的形形式式的新与旧的斗争，在历史的具体性上刻划和塑造生动的、真实的形象，以实现艺术的高度的肯定性、教育性和批判性，这是无产阶级现实主义的目标。""我们的现实主义文学也要求民族的、人民性的、丰美的、独创的艺术形式，要有高度的技巧和表现能力。"

同期《文艺报》的《艺术·文化·思想》栏目发表《我国古典文学名著已开始重印出版》。文中写道："人民文学出版社已开始有计划地进行我们古典文学名著的校勘和重印出版的工作；最伟大的古典名著之一《水浒》且已经出版。"文中谈到，计划出版的小说有《水浒》《三国演义》《红楼梦》《西游记》《儒林外史》《聊斋志异》《西厢记》等。"已出版的《水浒》，是七十一回本，是根据金圣叹本的。但现在新出的版本要比原来的金圣叹本更完美，因系经过十分慎重的、对照各旧本的校勘工作。它保存了金圣叹本的一切优点，但已经依照百二十回本改回了金圣叹任意删节和涂改的处所。"

27日　《文化生活简评　庆贺〈水浒〉的重新出版》发表于《人民日报》。文中写道：《水浒》"深刻地反映了农民和地主官僚阶级的对立，热烈地歌颂了人民的正义反抗，并且出色地刻划了许多英雄人物的真实面貌。它是一部不朽的现实主义的作品，是中华民族的优秀文学遗产之一"。

十一月

10日　冯雪峰的《学习党性原则，学习苏联文学艺术的先进经验》发表于《文艺报》第21号。冯雪峰写道："经过社会主义现实主义的方法，为实践党性原则而努力，这是我们文学艺术创造的唯一正确的道路"，"我们现在必须加倍深刻了解：如果社会主义现实主义，不以实践党性原则为其基本的原则，那么，它就不能成为我们的正确的文学艺术方法。苏联的文学艺术的最重要的、最中心的经验，就在于它证明了这一点"。

十二月

1日　道布雷宁作、罗宝齐译的《文学的社会意义》发表于《人民文学》12月号。文中写道："文学是认识生活的手段。""文学的社会意义，又在于它是社会集团和阶级、在为某种理想和生活方式而进行斗争的特殊手段和工具。在阶级社会里，文学是阶级斗争的工具，在社会主义社会里，文学是人民为建设共产主义而斗争的工具。""文学的社会性质，规定着它的党性、它在社会集团和阶级的斗争中所持的立场；并且使它成为肯定和否定某一社会阶级理想的手段。不难理解，文学是一支非常重大的力量和培养群众自觉的手段。"

9日　杜黎均的《英雄的品质，美丽的生命——〈普通一兵——亚力山大·马特洛索夫〉读后》发表于《人民日报》。杜黎均写道："《普通一兵——亚力山大·马特洛索夫》在创作方法上有着一些显著的特点。其中最显著的特点是：用实际的生活和斗争刻划了人物的性格，既写出了英雄人物的英雄行动，也发掘了英雄人物的思想感情。这里没有空洞的概念的描述，没有无力的标语口号的罗列，生活和斗争本身就表现了人物的一切。"

10日　《文艺报》第23号《关于创造新英雄人物问题的讨论》专栏发表蔡田的《不同意张立云同志的论点》、黄谷柳的《不要在现实面前闭起眼睛》。蔡田写道："《文艺报》本年十一、二号合刊上发表的张立云同志的《关于写新英雄人物和写落后到转变》一文中，我觉得有很多不妥当的地方"，"张立云同志的主张，在作为文艺思想的'指导'时，就是叫人不以现实社会中的活生生的人以及人的复杂的、生动的、活泼的、不断变化发展的真实状况作为创作的根据，而以'抽象的研究'为根据。自然，这就只好写出一些抽象的、概念的、僵化的人物，和刻板的、公式化的作品来。这种'指导'思想的错误，是目前文艺创作中公式化、概念化的根源之一"。

16日　苏联《文学报》社论《争取短篇创作的高度艺术技巧》发表于《解放军文艺》12月号。社论写道："一个具有明确社会思想的作家的短篇小说，它就能帮助人们在最阴暗的、真正绝望的生存环境中看到人类的美丽，预见到未来的人类的胜利。""写作短篇小说，对于作家来说，永远是一种创作技巧上的锻炼。""一个短篇作品放在读者面前——要令人一目了然。这里绝不允许有任何结构松弛和文体萎靡的现象，任何一个轻率的词句，都会使小说本身受到损害。'文章虽短——却能表现很多东西。'短篇小说这一体裁的艺术法则就是这样。""我们的任何一种文学作品，当然，包括短篇小说在内，都是要描写人类活动的美妙、描写使人类建立功绩的精神力量，描写自由的劳动人民新的道德面貌。""短篇小说，决不是一幅画的一角，或者一个断片，它本身就是一幅画。它应当被认作是一种具有充分价值的艺术作品，同时也是一种内容丰富的、足够深入到读者思想意识和感情中去的作品。当然，我们也应当考虑到这一创作形式的特点：不能要求短篇小说都能具有充分的论证和完全适应大型作品那样的法则。不能用不必要的细节、附带的叙述，甚至是一再申述的描写来填塞在短篇小说内。"

1953年

一月

1日 陈涌的《文学创作的新收获——评杨朔的〈三千里江山〉》发表于《人民文学》1月号。陈涌写道:"《三千里江山》在语言和风格方面,是更接近中国过去的传统的。作者不是在表面上,而是在实质上,在气派上吸收了中国过去传统的许多长处。这部作品的所以读起来令人感到亲切,和这点,也就是说,和语言、风格的民族化,是有很大关系的。"

8日 《人民日报》刊载崔八娃的小说《卖子还帐》。"编者按"写道:"崔八娃同志是西北军区某部医院的通讯员,一九四九年入伍,今年二十四岁,陕西安康人。原来他只识六百字,经过速成识字学习后,识了三千多字。在高玉宝的写作的影响下,在组织上的鼓励和帮助下,在刻苦的钻研和顽强的努力下,他以自己的生活经历作材料,写了九篇约三万字的文艺作品。本文是其中的一篇。"

10日 《文艺报》第1号《新书刊》栏目介绍马烽的《宝葫芦》(工人出版社1952年2版)。文中写道:"作者在本书许多篇故事中,都写出了有着鲜明性格的人物,富有强烈的故事性和浓厚的生活气息;充满了农民的幽默、诙谐、咒嘲、和他们大胆的想像;其次,作者能以人民群众的语言来表现他们所赞美和厌恶的东西,也是这本书中的一个特点。"

于晴的《读〈建设伟大水道工程的人们〉中的几篇小说》发表于同期《文艺报》。于晴写道:"短篇小说和短篇的报告文学,是文学的战斗的样式,它们能够帮助作家迅速而敏锐地来反映我们飞跃前进着的伟大生活。在要求文艺工作更好地为祖国大规模建设服务的时候,从波列伏依这样的作品里,我们是可以学习得不少的。"

11日 周扬的《社会主义现实主义——中国文学前进的道路》发表于《人民日报》。周扬写道:"现代中国人民的文学是在中国现实生活的肥沃土壤上生长起来的,它继承了中国悠久的、丰富的、灿烂的文学遗产中的一切优良传统,并将这些传统和国家当前的新的任务巧妙地联结起来。在文学艺术的领域内,我们曾经反对了而且仍要继续反对一切盲目崇拜西方资产阶级文学的倾向。中国文学必须具有自己独特的鲜明的民族风格。但是中国文学的民族特点,决不是什么孤立的、狭隘的、闭关自守的东西,恰恰相反,中国文学可能而且应当在自己民族传统的基础上吸收世界文学的一切前进的有益的东西。"

周扬还指出:"苏联文学的强大力量就在于:它是站在共产主义思想的立场上来观察和表现生活,善于把今天的现实和明天的理想结合起来,换句话说,它的力量就在社会主义现实主义的方法。""社会主义现实主义,现在已成为全世界一切进步作家的旗帜,中国人民的文学正在这个旗帜之下前进。""判断一个作品是否社会主义现实主义的,主要不在它所描写的内容是否社会主义的现实生活,而是在于以社会主义的观点、立场来表现革命发展中的生活的真实。""摆在中国人民,特别是文艺工作者面前的任务,就是积极地使苏联文学、艺术、电影更广泛地普及到中国人民中去,而文艺工作者则应当更努力地学习苏联作家的创作经验和艺术技巧,特别是深刻地去研究作为他们创作基础的社会主义现实主义。"

周扬认为:"今天的中国文学应当把中国古代文学的这个善于描写斗争和性格的优秀传统很好地加以继承和发扬。新的社会主义现实主义的文学,只有当它有意识地、自然也是批判地吸收了自己民族遗产的优秀传统的时候,才能成为真正的人民的文学。"

26日 李家兴《杨朔的小说〈三千里江山〉发表后受到读者的欢迎和文艺界的重视》发表于《光明日报》。李家兴认为,杨朔的《三千里江山》"和目前某些公式化、概念化的作品有显著的不同"。"在近年许多作品中,这部小说是比较是注意表现人物,注意描写人物的精神世界的。出现在作品中的人物,不但共同具有崇高的共产主义品质,还各有各的个性,作者深入了人物的日常生活和内心生活，细致地刻划了各个人物在处理问题时的矛盾和斗争。""其次，《三千里江山》的语言和风格接近我国民族传统，使人读来倍觉亲切。""尽管小说还存在着一些缺点，例如：结构不够完整，全篇缺乏大的事件贯串，某些人物写得还嫌单薄等等。但无论如何，应该肯定，小说《三千里江山》的出现是文艺界一个可喜的收获。"

30日 介绍《文艺月报》创刊号（一九五三年一月出版）的文章发表于《文艺报》第2号《新书刊》栏目。作者贵志在文中写道，《文艺月报》创刊号中的三篇小说，"一篇写志愿军，一篇写农村，一篇写工厂。……《下厂体会》是一篇有趣味的文章，说明一个文艺工作者应该如何进入生活，接近群众"。

二月

1日 路工的《〈水浒〉——英雄的史诗》发表于《光明日报》。路工写道："《水浒》所以是一部不朽的作品，正因为它反映了封建社会的主要矛盾——农民阶级和地主官僚阶级的关系；歌颂了矛盾的主要方面——农民革命英雄；暴露了矛盾的次要方面——官僚、恶霸地主。"

同日，梅拉赫教授作、殷涵节译的《文学典型问题》发表于《人民文学》2月号。文中写道："现实主义艺术家，归根结柢，在任何时代都是表现一定阶级的目的，以及它们在这个或那个方向上影响生活的企图。""每一部作品，只要里面有着人民性的烙印，只要它是属于现实主义的话，就即使在这种情形下：作者立意要把自己的作品专门来描写反面的、丑恶畸形的现象时，正面的美学理想也是可以表现出来的。""社会主义现实主义要求作家正确地、历史地、在现实的革命发展中去具体描写现实，从而开创出先进的现实主义文学史上一个新的、更高的阶段。"

苏联《共产党人》杂志的专论《苏维埃文学的迫切任务》发表于同期《人民文学》。文中写道："作家在描写错综复杂的生活时，不应忘记主要的东西。作家的创作目的，是揭露腐朽的东西；帮助新东西发展和取得胜利；肯定这种胜利；创造正面人物的形象。""我们作家的任务，就是发掘和表现普通人的高尚的精神品质和典型的、正面的性格，创造值得做别人的模范和效仿对象的普通人的明朗的艺术形象。""我们苏维埃文学和艺术必须大胆揭发生活的矛盾和冲突。""我们的作家和艺术家在自己的作品中必须揭斥在社会上有普遍性的恶习、缺点及有害现象，以正面的艺术形象表现具有人类一切优点的新型人物，并促使我们社会的人养成那种已摆脱了由资本主义制度所造成的毒害和恶习的性格。"

15日 王朝闻的《细节、具体描写》发表于《文艺报》第3号。王朝闻认为："没有细节，没有具体描写，就没有形象。""任何伟大的主题，任何动人的情节，都必须依靠一定的细节和具体描写来体现。"例如，"中国古典小说《水浒》，是优秀的现实主义作品。但那些活跃纸上的英雄，那些使读者感到身历其境的场面和情节，也都是依靠善于选择细节和组织细节、善于具体描写而获得的"。"我们看重细节和具体描写，正因为它是塑造形象从而阐明主题的必要条件。"

韦君宜的《青年们希望作品中表现什么样的人物？》发表于同期《文艺报》。韦君宜认为："我们描写先进人物，应当着眼于那些最优秀、最先进的人物，应当从这些人物的表现看出来，今天在各个战线上，我们的为保卫和建设祖国而斗争的最高水平的人物都是些什么样子。这样的人物今天可能还不是占大多数的，但是，这样的人物却是代表我们的劳动人民性格中最本质、最优秀、最有前途的部分。"

25日 夏衍的《克服文艺创作的落后状况》发表于《人民日报》。夏衍写道："文艺作品有别于政治论文，小说戏剧电影不应该看作'政策读本'。文艺作品要写人，要写真实的人，文艺作品要写生活，要写真实的生活；因此文艺工作者必须深刻地研究生活，正确地反映现实，这样才能创造出正面的艺术形象。"

28日 《文学初步读物》发表于《文艺报》第4号。文中写道："我们为了适应广大读者的需要，使他们有适当的初步的文学读物，并从此开始进一步接触更多的文学作品，编印了这套丛书（"文学初步读物"丛书——编者注）。在这一辑（二十种）中，我们编选的范围大致可分三方面：一、在古典文学遗产中比较容易了解的作品；二、'五四'以来有代表性的短篇作品；三、当代作家的创作及群众创作中已有一定评价的短篇作品或长篇中的片断。所选作品都曾根据可靠的版本作过校订，加了必要的注解，并附以插图；有的有作者像、作者介绍等。"其中小说书目有施耐庵的《解珍解宝》、罗贯中的《火烧赤壁》、鲁迅的《故乡》、茅盾的《春蚕》、丁玲的《斗争钱文贵》、赵树理的《小二黑结婚》、柳青的《沙家店战斗》、徐光耀的《周铁汉》、刘白羽的《血缘》、马烽的《一架弹花机》、邵子南的《地雷阵》、玛拉沁夫的《科尔沁草原的人们》、鲁琪的《炉》、李南力的《罗才打虎》等。

三月

2日 高尔基作、孟昌译的《论社会主义现实主义》发表于《人民文学》3月号。文中写道:"作为一种感动的力量,语言的真正的美,是由于言辞的准确、明朗和响亮动听而产生出来的,这些言辞形成书籍中的情景、性格和思想。""作家必须细心研究语言,必须发展从语言中挑选文学语言的最单纯、明朗和生动的字眼的才能,这种文学语言是洗炼过的,然而被空洞和畸形的字眼所极力破坏的。"

15日 安东诺夫作、岳麟译的《论短篇小说写作中的肖像、性格和典型》发表于《文艺月报》第3期。文中写道:"这个人物越清楚地代表一种思想,思想与人物的结合越密切,在我看来,这一作品的艺术性就越强。……问题在于:思想不是在作者头脑里凭空产生的。它们是周围现实所产生的。创作的过程可以大略地用下面的形式来描绘,研究几百个同类的个别生活现象,把这些个别现象加以思考,产生了概念,并把概念转化为一个概括化的艺术形象。"文中特别指出:"描写典型的性格——绝不是只限于一种主要的特点或者几个为一定社会集团所共有的特点,而舍弃一个特定的人物所具有的那些特点……一个失掉了个人特点的主人公,必然成为平凡的、没有血肉的,或者照我们习惯的说法,'公式化'的。"

24日 全国文协召开第六次扩大会议,号召作家以社会主义现实主义的创作方法创造出具有高度思想内容和艺术技巧的作品,会上通过了《关于改组全国文协和加强领导创作的工作方案》。会议决定,一、在全国文协常委会下设创作委员会,具体指导文学创作活动。邵荃麟、沙汀为正副主任,丁玲、老舍、冯雪峰、曹禺、张天翼等11位为创作委员会委员。将在北京的作家按其志愿组成小说、散文、剧本、诗歌、电影文学、儿童文学、通俗文学等创作组。创作委员会编辑内部刊物《作家通讯》（同年6月30出刊）以联系各地作家，反映和交流创作情况。二、常委会下设刊物委员会，在文协领导下，负责研究刊物的方针、计划及其检查情况。冯雪峰为主任，沙汀、王亚平、陈冰夷、戈阳等6人为刊物委员会委员。三、确定《人民文学》为主要发表创作的刊物；向文联建议《文艺报》划归文协领导，作为文艺的理论批评刊物；接办《新观察》作为文艺性的争论和小品散文刊物；加强对《说说唱唱》的领导；筹办《译文》杂志。四、在常委会下设文学基金管理委员会，负责办理作家的福利事业。五、计划在年内召开全国会员代表大会，结合学习社会主义现实主义创作方法，讨论当前文学创作思想问题等，并修改会章，改组全国文协。会上通过茅盾、周扬、丁玲、柯仲平、老舍、巴金等21人为全国文协代表大会筹备委员会委员，茅盾、丁玲为正副主任委员。

30日　B·维里琴斯基作、桑宾译的《斯大林与苏联文学问题（续完）》发表于《文艺报》第6号。B·维里琴斯基认为："斯大林同志的关于形式与内容的关系的学说对于社会主义现实主义的美学的发展和形成有着重大的意义。""苏维埃文学最突出的、从历史发展上形成的特点之一，就是它的多民族性。苏维埃文学也和我们的全部文化一样，在其社会主义的内容上是统一的，在形式上是民族的。党的有关民族问题的政策和斯大林的许多著作，在多民族的苏维埃文学的发展上起了决定的作用。"

敏泽的《对〈三千里江山〉的几点意见》发表于同期《文艺报》。敏泽认为，杨朔的长篇小说《三千里江山》"在创作上，首先体现在作者更多地注意了人物的刻划，显著地改变了如作者在《我的感受》中所说的过去那种单纯'追求故事'的情况"。"作者没有将人物前进和成长中的矛盾作为缺点强调或夸大，也没有把这种前进和成长简单化，而是想写出人物合乎规律的成长过程。生活前进了，生活在这个环境中的人物跟随着发展了、成长了，投到了更高的、更尖锐的斗争中去。""像这样对于人物精神面貌的注意和描写，可惜得很，在作品的后一部分是减弱了。但是，也有些片断，如对于车长杰这个人物，以及对小朱、吴天宝、老包头、姚志兰的某些部分的描写，也还是生动感人的。""在

《三千里江山》中，有一些生活片断的描写是生动的。"

四月

2日 白的《作者应注意提高艺术修养》发表于《人民文学》4月号。白写道："文学作品的思想是体现于形象之中的。作品的思想内容是通过艺术的形式表现出来的，因此，艺术形式的低劣有损于作品的思想内容。内容和形式两者应该是统一的，政治标准和艺术标准应该是统一的。"

12日 C·安东诺夫的《论短篇创作（作家书简之一）——关于肖像、性格与典型》发表于《解放军文艺》4月号。C·安东诺夫写道："短篇小说无论如何都应当富有趣味。……凭借艺术形象和人物的帮助，使你领会了短篇故事的思想。这就是艺术作品与哲学论文的区别，艺术作品里的抽象思想具体化了，化成了人。艺术家创作的成果就是一种化成人物、角色的思想，化成了'当时特定思想的……代表'。""人物代表的思想愈是明显，思想就愈能同人物结合在一起，我认为这种作品就更富于艺术性。""你的主要任务不是要在人物的行为中，探求和欣赏那种偶然的古怪可笑的细小特征或是强调人物外貌上的偶然的极精彩而可笑的细节；而是要在留心研究生活的同时，就要观察、估计和确定那种社会典型所具有的东西，首先即是基本的和独特的特征，这种社会典型的代表就是经过想像的人物，就是能最充分把该社会集团和社会力量表现出来的特征。""典型性格的描写，决不是意味着只限于一个主要的特征或特定社会集团都具有的某些特征，以及排斥作为生理学上的——一个特定的人所具有的特征，如他的个性的特征、特点、习惯、民族的、年龄的、职业的特征等等。没有个性特征的人物，必然会成为一种平凡的和没有血肉的人物。"另外，"我认为，如果作者不重视于描写人物的外表，就会使短篇小说丧失思想的清晰性、真实性、具体性。要是短篇里的主要人物模糊不清，那么，这个短篇的思想也会是模糊的"。

C·安东诺夫还认为："短篇里的对话应当简短而明了。短篇小说不同于长篇小说，不容许有长篇大论。我十分主张，要用简短的叙述来代替逐字逐句地把过于爱说话的人物的争论和思考表达出来的描写，要表达的不是话的本身，而是那种由于谈话的结果,一定要产生的印象。""把人物性格表达出来的一个最主要方法就是他的动作。"

五月

2日 徐群的《一本作家谈创作经验的好书——读:第二届全苏青年作家会议论文集〈作家与生活〉》发表于《人民文学》5月号。徐群写道:"文学就是语言的艺术。……文学作品的技巧是从运用语言的技巧开始的。""文学作品的语言应当是优美的、经过提炼加工的语言,应当是很干净、没有渣滓的民族语言。""语言在短篇小说中显得特别重要,需要精炼的语言,描写和对话的词汇需要选了又选。"

六月

1日 沙汀的《谈谈人物的创造》发表于《西南文艺》6月号。沙汀写道:"写真人真事是可以的,但写真人真事也要遵守艺术的规律,一定需要概括和集中,一定要抛丢一些,强调一些,一定要抛丢一些不必要的,强调一些重要的,不然就不是创作,而是照相了。我认为,取一个在现实生活中你接触过的人来做模特儿,是可以而且必要的。""一篇小说,人物、故事、情节是有机地关联着的。但有决定意义的却是人物。因为故事、情节是从人物的行动来的,而一个酝酿成熟了的人物必然伴随着一切行动细节。有了人物而无行动细节是不可想象的。有些同志不能概括生活,拥有生活和材料但仍不能创作,原因之一恐怕就是对于文学创作的规律不大了解,对于通过人物来表现事件、集中事件这一规律运用得不熟练的原故。"

2日 罗立韵的《反对把工人生活套在公式里》发表于《人民文学》6月号。罗立韵写道:"不少作者在描写工业建设中的工人生活时,非常热中于生产操作方法的描写,有些作者甚至把生产操作过程的描写当作了作品的主题。在这些作品中,人的活动和新旧思想之间的斗争,降到了次要的地位。""在作品中出现这样不好的情况,在作者中产生这些不正确的看法和想法,首先是由于那些作者对文学艺术的教育任务存在着不正确的理解。"因此,"应当认识到:

光表现生产活动，而不表现日常生活及其精神面貌的作品，不能真实的写出工人生活的真实面貌，因而也不能达到预期的教育效果"。

15日 毛泽东在中共中央政治局会议上提出了党在过渡时期的总路线和总任务："从中华人民共和国成立，到社会主义改造基本完成，这是一个过渡时期。党在这个过渡时期的总路线和总任务，是要在一个相当长的时期内，基本上实现国家工业化和对农业、手工业、资本主义工商业的社会主义改造。"

七月

30日 白石的《对〈短篇小说剖析〉的几点意见》发表于《文艺报》第14号。白石写道："《短篇小说剖析》（叶竞耕著，开明书店一九五三年一月出版），是清华大学中国语文系教学小组对五篇小说的研究和分析的总结。我起初以为这本书对我阅读作品的指导一定有很大帮助，但是看过以后，我觉得这本书对作品的分析，有很多错误，作者对同一个问题的认识，往往也前后矛盾。不过我自己对这些问题了解也很差，不能很好地加以分析，现在只提出几个问题，请大家研究。""一、作者对某些作品主题思想的分析，是含糊的，甚至是把作品原来的主题思想歪曲了的。""二、对文艺作品主题、人物、性格、情节的认识，作者也有不正确的地方。……在分析《无敌三勇士》时，本书作者说：'从情节发展中表现人物，作者在情节发展中没有一处忘记反映人物的性格。'（一一三页）这样看来，好像是'人物性格'是附加在'情节'上的。所以作者告诉大家一条心得：'在情节发展中不要忘记了反映人物性格。'这就使人怀疑，情节是怎样产生的呢？情节的发展难道和人物的性格是互相分裂的吗？事实上，情节的发展，正是性格与性格之间、性格和客观环境之间互相关系的必然结果。这就是说情节的发展是服从于人物性格的，人物性格和人物性格、人物和客观环境相互间的关系决定了情节的合理发展；人物性格不是附加在情节上的，人物性格不是情节发展中可有可无的东西。试问，如果作者根本忘记了性格，合理的情节发展又如何产生呢？""三、另外，还有些问题，我认为都有值得再加以研究的必要。如对自然主义与旧现实主义的了解……可以看出批评者对自然主义这样的名词的理解是模糊的，同时对作品也缺乏实事求是的具体分析和研究。"

陈登科的《我们要学习》发表于同期《文艺报》。陈登科写道："在写作过程中，注意写作技巧的提高是十分重要的。我开始初学写作时，只是凭一种热情，根本认识不到文学还有什么技巧。""在我们学习古代文学，研究了《水浒》以后，我对这些问题（人物形象塑造问题——编者注）有了深一步的体会。"因此，他认为"我们必须很认真地向过去中国的和外国的优秀作品学习"。

八月

5日　《人民日报》发表《文化简讯》。其中一则为《长篇小说〈牛虻〉中译本出版》，文中写道："小说以十九世纪意大利人民处在奥地利帝国压迫下，被剥夺了国家的自由、统一的史实为背景，表现当时意大利的爱国志士起来为自己民族的独立和国家的统一进行忘我的斗争。作者通过小说的主角'牛虻'这个形象，把当时那些志士的爱国精神和革命热情深刻地表现出来，使这部作品浸透着革命的英雄主义。"

30日　推介长篇小说《远离莫斯科的地方》（阿扎耶夫著，刘辽逸、谢素台合译，人民文学出版社一九五三年七月北京第一版）的文章发表于《文艺报》第16号《新书刊》栏目。文中写道："它所描写的是：一九四一年苏维埃人在远东巨大建设工作中所进行的英勇斗争。""批评家叶尔米洛夫在《我们现实中的诗篇》一文中，曾经指出这部作品在艺术上的革新：不仅在于作者从'国家的观点同时也是诗的观点'描写了平常的、琐碎的事务，'还在于作者从艺术的观点探讨了''几乎近似科学的特殊的艺术——聪明的布尔什维克式的领导人们成长的艺术。'"

九月

5日　苏·华西里耶夫作、黄星圻译的《巴巴耶夫斯基的小说〈金星英雄〉和〈光明普照大地〉》发表于《光明日报》。文中写道："巴巴耶夫斯基的小说是用彩色缤纷的大众语写成的，这种语言反映着现代集体农民的文化的提高。……除去作者在故意强调一些人物的落后以及文化水平的低下时用过一些特殊的用语以外，《金星英雄》和《光明普照大地》里是完全没有方言和古语的累赘的。""巴巴耶夫斯基小说的俄文原文的风格，有时很接近于大众口语式的诗歌。"

9日 俞洁的《纪念俄国伟大作家列夫·托尔斯泰》发表于《人民日报》。俞洁写道："我们在《战争与和平》里不但看见了托尔斯泰刻划人物性格的高度技巧和现实主义描写历史事件的巨大力量，而且也看到了作者对于人民力量的信任和他的爱国主义精神。"

15日 蒋孔阳的《要善于通过日常生活来表现英雄人物》发表于《文艺月报》第9期。蒋孔阳写道："我们并不是说，小说中不可以写英雄人物的工作写他们生产与战斗的活动。这正是我们今天所要写的伟大的题材。我们只是说，我们要把这一切工作当作人的活动来写，把伟大的题材溶解到生活的当中来写，把英雄人物生活的热情与工作的热情联结起来写。因为只有热爱生活的人，才能热爱工作。……我们着重地表现英雄人物的日常生活，正是为了更好地突出他的工作，突出他的伟大的业绩。""比较优秀的小说，它们的特点之一，就是作家能够深入到生活的最深处去，发掘英雄人物在他们所从事的巨大事业中所过的日常生活。然后，通过这些日常生活，表现出英雄人物思想和感情的深度和广度。这样，在它们，不仅一般的平常的事件，变成了生活中的事件；就是伟大的历史的事件，也溶解到生活中来，变成了生活中的事件。因为小说主要的不是要叙述历史的事实，而是要环绕某一历史的事件，来再现当时的生活。""英雄人物的生活，要比他们所从事的工作，所完成的光辉的业绩，宽广得多，深刻得多，复杂得多。我们只有发掘了英雄人物的日常生活，才能真正理解'英雄'这一光荣称号的真实的含义，以及它的深厚的内容。"当然，"日常生活无边的错综与散漫，我们自然不能全部照搬到作品中来；同时，也并不是所有的生活或生活的所有方面，都值得做小说创作的题材，都可以用来表现英雄人物。我们要有所选择！……我们应该就在我们的日常生活当中，掌握到决定生活进程的主要环节，选择最能够突出地表现英雄人物本质意义的主要矛盾和次要矛盾的诸方面，然后予以概括和集中，塑造足以表现英雄人物典型性格的典型的日常生活事件"。

十月

7日 索斯金作、蔡时济译的《谈短篇小说体裁的运用》发表于《人民文学》10月号。索斯金写道："'短篇——是一种富于战斗性的体裁……它可以使作家迅速地反映社会生活的一切现象。但同时这又是一种难以驾驭的体裁，'波列伏依在一篇论文里这样说。""可惜，我们的批评界对短篇及与发展这一体裁有关的一些问题，竟没有予以应有的注意。"他认为，有一种理论"它跟形式主义诗学的基本论点完全一模一样——形式决定内容。形式第一，内容次之"。"这种'理论'底第二个结论——说文学中存在着两种不同的'复制材料'的方法：'短篇小说的'方法和'长篇小说的'方法，这也是形式主义的。""'超典型化'——'集中化'，事实上就意味着使内容贫乏，糟践材料。"他还认为，短篇小说的材料需要事实，"不过只有事实还是不够的。要想作'本质上'的分析，那还必须对这些事实加以论证。要知道用可靠的事实可能作不出可靠的结论来"。"关于情节、材料以及冲突底'合理性'，必须在每一个不同的场合，按照对每一个具体的作者底关系，个别地予以解决。""一个作家不表现矛盾的冲突、不表现新旧的斗争，除了表面现象的描写之外，他便任何什么也描写不了。""当代的现实是宏壮而雄伟的，它不仅可以给短篇体裁的存在及发展以一切的可能，不仅可以使各种不同的作家按照其才华和艺术兴趣用这种体裁写作，而且也可以让'短篇'成为一种具有经常运用的可能的体裁。"

15日 茅盾的《新的现实和新的任务——在中国文学工作者第二次代表大会上的报告》发表于《文艺报》第19号。茅盾写道："新的社会生活赋予文学以新的内容与形式，改变了文学与群众的关系，培育了新的、生命力充沛的文学队伍。和过去相比，我国文学已同样发生了显著而巨大的变化。""这种变化和发展，首先表现在文学作品的内容上，在作品的题材和主题上，在新的人物形象的创造上。""我们作家从祖国丰富的、沸腾的人民生活和斗争中，吸取了各种各样的新的题材和新的主题，创造出各色各样新的人物的形象，通过他们反映了我们国家各方面新的面貌和其远景。这些题材和主题，在我国若干年以前的文学中是很少出现过，或完全没有出现过的。"

周扬的《为创造更多的优秀的文学艺术作品而奋斗——一九五三年九月二十四日在中国文学艺术工作者第二次代表大会上的报告》发表于同期《文艺报》。周扬在报告中说道："新的人民的文学艺术已在基本上代替了旧的、腐朽的、落后的封建阶级和资产阶级的文学艺术。它们在联系群众最广的领域内占领了阵地、并正在继续扩大阵地。""我们的作家们是比较更熟悉他们曾长期亲身经历的革命战争时期的生活和人物的。四年来所发表的作品，小说如柳青的《铜墙铁壁》，徐光耀的《平原烈火》，陈登科的《活人塘》，刘白羽的《火光在前》，马加的《开不败的花朵》……都比较真实地描写了国内革命战争和抗日战争时期的一些英雄人物，他们正是在那些艰苦年代里不可屈服的人民的斗争意志的化身。"在周扬看来，"当前文艺创作的最重要的、最中心的任务：表现新的人物和新的思想，同时反对人民的敌人，反对人民内部的一切落后的现象"。"作家要表现我们时代的先进人物，就必须站到这个时代的斗争的最前面。""我们要求文学艺术作品在内容上表现新的时代的人物和思想，在形式上表现民族的作风和气派。一切作家、艺术家都必须认真地学习自己民族的文学艺术遗产，把继承并发扬民族遗产的优良传统引为己任。""我们必须在继承和发扬民族固有风格的基础上进一步努力来创造适合于表现人民新生活的新的民族风格。"

21日 郑振铎的《为做好古典文学的普及工作而努力》发表于《人民日报》。郑振铎写道："一个伟大的古典作家或一部伟大的古典作品，必定是对当时的社会矛盾有极端锐敏的感觉并敢于揭露这些矛盾而加以生动的描写的。所谓现实主义的作品，不管它是用《西游记》《封神传》，或《镜花缘》的夸张而幻想的写法，或是用《三国志演义》《水浒》《红楼梦》《儒林外史》的写实的写法，其主要的一点就在敢于揭发、暴露乃至反抗、打击当时的统治阶级的黑暗与残酷，也就是描写当时的深刻的社会矛盾。是伟大的作家，就必定是充满了正义感的，同情于人民的疾苦的。"

30日 伊凡的《应当正确地解释鲁迅的作品》发表于《文艺报》第20号《读者中来》栏目。伊凡认为："鲁迅先生的小说，具有很大的政治的社会价值；为了达到深入理解的目的，发掘作品的精神实质是必要的。但是，如果企图从作品中每一个细节的安排，甚至从对景物的描写中，来推敲它的'政治意义'，无疑是不适当的。"

十一月

1日 周立波的《谈人物创造》发表于《文艺月报》第10—11期。周立波写道："创造人物是我们的文学的一个紧要的任务。""我们的先辈在人物创造上的成就，是很惊人的。一部《红楼梦》创造了几百个男女，《三国演义》也有几百个人物，《水浒》的主要人物也是一百多。这些人物不光是徒有其名，而是一提起他们，就能想起他们的行为和性格。""古典作家刻划人物的这一种本领，我们应该很好地继承和发展。"

他认为，首先，"写人物要写出人物的环境，和环境中所形成的他的个性，如果只写共性，那就创造不出人物来，相反地，倒要变成公式化或概念化的了"。"其次，我们要谈谈自然主义。我们的作家常常忘了毛主席：'组织起来，集中化，典型化'的指示，看了什么，就写什么。这就是对现实的照抄，是自然主义的，不是现实主义的手法。现实主义者处理人物，要求强调和夸张某些方面，而又省略和减轻某些方面。"

7日 何其芳的《更多的作品，更高的思想艺术水平》发表于《人民文学》11月号。何其芳认为："文学的任务绝不仅仅是某一种运动某一种工作的一般过程的报导，也绝不仅仅是某一些现成的概念和结论的解说，而还应该写出生活里面的深刻的动人的东西，写出有高度的教育意义的典型人物，写出有严重的思想性质的问题，对于既成的文学和真理都有所丰富，有所增加。"而"我们现在的某些简单地用现成的概念和结论来解释生活、解释生活中的矛盾和问题的作品，它们之令人不满还不仅仅在于它们没有反映出生活本身的丰富和复杂，而且在于这些概念和结论早已为人所熟知，早已不成问题，而且有时是教条主义地使用这些概念和结论，对于生活中的新的事物作了似是而非的说明"。

茅盾的《新的现实和新的任务（一九五三年九月二十五日在中国文学工作者第二次代表大会上的报告）》发表于同期《人民文学》。茅盾写道："文学的任务不仅要从作品中去真实地反映这些错综万状的变化，而尤其重要的，是要以艺术的力量推进社会主义改造工作。""我们的工作就是要以文学的真实描写去教导广大人民不仅正确地认识今天的现实，并且认识明天的现实，教导他们在这种复杂的阶级斗争中，改造自己克服障碍，担负起建设祖国，逐步过渡到社会主义社会的伟大历史任务。""每个作家就必须严格要求自己遵照社会主义现实主义的创作方法去进行工作，必须严格地要求自己更好地学习社会主义现实主义，要求自己成为马克思列宁主义的好学生。""必须把从表现生活矛盾中去创造人物，作为现实主义的重要课题。"

邵荃麟的《沿着社会主义现实主义的方向前进（在中国文学工作者第二次代表大会上的总结发言）》发表于同期《人民文学》。邵荃麟写道："在创造民族形式上，我们也同样应该向世界进步文学艺术吸收适合我们需要的东西。我们的文学形式应该是多样的，丰富的，不断创造和发展的，所以我们要求'百花齐放'。""尤其要求我们每一个作家，特别是在这方面接触较少的青年作家去认真地学习我国伟大的古典作品。应该把这种学习和研究看作是发展我们社会主义现实主义创作的重要条件之一。"

萧三的《谈谈创造新人物典型的问题》发表于同期《人民文学》。萧三写道："我们要写进步的新的人物，就必然会写无产阶级、共产党、共产党人和他们影响之下的各色各样的人。要写正面的、肯定的新人，我们就必然会写无产阶级和它的政党——共产党。""创造共产党的形象并不是仅只集中注意于共产党员的形象而已，而是表现人民生活中的人民和党的作用。"

15日 文心慧的《小说中的细节描写——读苏联文学作品笔记》发表于《文艺报》第21号。文心慧写道："我们阅读作品，往往会碰到这样两种情形。一种是：有些作品真正能紧紧地吸引住我们，给我们以高度的艺术享受，使我们感到真实、亲切，作品中的情景使我们像亲眼所见、亲耳所闻一般。""用真实的细节来反映社会生活的本质，与那些自然主义者所热中的为细节而细节是毫无共同之点的。俄国伟大的民主主义批评家车尔尼雪夫斯基说得好：'无论一个细节——场景、性格、情节多么奥妙美丽，假若它不是为了最完全地表现作品的主题，它对作品的艺术性就是有害的。'在他看来，凡是不能为主题服务的细节，就是多余的。一个作品中充满了多余的细节，其后果将是'画面的贫乏无力，场景的萎靡不振，整个作品的空洞乏味。'"

30日 《文艺报》第22号《新书刊》栏目推介《三国演义》（罗贯中著，作家出版社，一九五三年十一月初版）。文中写道："长篇历史小说《三国演义》是中国文学的古典杰作之一，几百年来在人民中间广泛流传，影响很大，成为妇孺皆知的作品。""最近，作家出版社根据毛本加以重印，对于整理和学习我们民族的文学遗产，都是很有意义的。"

十二月

15日 社论《国家在过渡时期的总路线和文学艺术的创造任务》发表于《文艺报》第23号。文章指出："文学艺术工作者的最根本的任务，是在于要使自己学习得更深刻、更全面，以求更澈底地理解总路线，从而深入到我国伟大的现实生活和斗争中去。""文艺工作者学习总路线，应该注意到文艺工作的'特殊性'。""我们的文艺创造事业，更是不能脱离人民的思想战线和人民自我改造的教育战线而孤立进行的。""我们如果要着手真正地描写我们人民的文艺创造，那么，深刻地学习总路线，从而深入到生活中去，实在是工作成功的关键。"

30日 冯雪峰的《英雄和群众及其它》发表于《文艺报》第24号。冯雪峰认为："创造正面的、新人物的艺术形象，现在是成为一个非常迫切的要求，十分尖锐地提在我们面前的。""我们要创造正面的、新人物的艺术形象，我想，我们当然可以拿某一实际存在的先进分子或英雄来做描写的根据，但更可以拿许多个实际存在的先进分子或英雄来做描写的根据，而尤其应该以广大的在斗争中前进的普通人民群众的精神和力量为描写的根据。""把现实的生活加以集中的、概括的表现，即所谓加以典型化，这是文艺创作的根本方法，也是文艺的任务。典型化的方法之一，是所谓扩张；扩张就是扩大、放大的意思，就是把小的东西放大，使人容易看见，或者把隐微的东西变成显露，以引起人们注意的意思。但我们不应该把人物和他的环境加以'理想化'。集中或概括，都不是'理想化'；扩张也不是'理想化'。集中、概括、扩张，都不是违背真实，而恰恰是为了显露真实；但'理想化'是违背真实的，结果是要使人看不见真实，以致脱离现实的。""创造正面人物的艺术形象，对于我们，是居着最重要的地位。这是我们今天的现实生活所决定的,也是我们的历史的战斗任务所要求的。但这样的要求,并不能了解为应该降低否定人物的艺术形象创造的重要性。不是的,创造种种否定人物的形象,不仅不应该被排斥到我们的创造工程之外去,而且和创造正面人物形象是同样重要的。"

李如的《关于语言问题的意见》发表于同期《文艺报》。李如认为:"文学的民族形式问题,其实,主要的就是语言问题。我们在民族形式的创造中,作家还负有把民族语言丰富化、优美化,加以提高的任务。"作者还提到:"在文学作品中如有必要采用方言,应该以全国读者都能了解的为原则。"

林诺卜尔作、洪模译的《语言和性格》发表于同期《文艺报》。林诺卜尔写道:"对于艺术家来说,人们语言的个性风格有着首要的意义","艺术形象不能完全归结于形象的字句形式。但形象(文学中的)是体现在字句中的,因此就需要了解,作家为了形象化地再造现实,是怎样运用语言的结构、语言的表现手法、语言的可能性的"。

朱子奇的《为和平而斗争的作家的荣誉》发表于同期《文艺报》。朱子奇认为,英国著名小说家、戏剧家阿尔德里奇的长篇小说《外交家》"以新现实主义的创作方法,正确地揭露了帝国主义的外交侵略政策和挑拨新战争阴谋的内幕"。

1954年

一月

1日 《长江文艺》1月号发表社论《学习总路线，认清我们的灯塔》。社论指出："中国的新的人物是什么？就是推动社会主义建设的人物。中国的新思想是什么？就是社会主义的思想。我们应当歌颂什么？一切具有社会主义因素的事物。我们应当反对什么？一切障碍社会主义发展的东西。这个社会主义思想，在我们文艺工作者的头脑里应该十分明确地建立起来，并且要贯彻在我们的工作和作品之中。""我们的创作方法，应当是社会主义的现实主义的。"

于黑丁的《从现实生活出发表现人物的真实形象——评〈不能走那一条路〉》发表于同期《长江文艺》。于黑丁认为："一个作品，对现实生活表现得越真实，越深刻，那么作者也越会深入到他所描写的主人公的心灵里，他对主人公的认识、理解和反映就会更鲜明了。现实主义的真实性，主要是通过艺术上的人物典型性格的创造和人物形象的雕塑，才能够充分的表现。人物的典型性格，是从复杂的现实生活斗争的发展中，是从广阔的典型环境中创造出来的。"

于黑丁还认为："作者的作品的基本特点，是运用了熟练的丰富的群众语言，描写了故事的发展，描写了复杂的矛盾斗争，描写了典型人物的思想变化。他的语言是群众生活的语言。不论在一般叙述的描写上，或人物的对话上，他尽量口语化。他的语言是生动的，漂亮的，富于表现力的。在表达人物的思想情绪，在反映生活的真实，他的语言充满着生命，发着光辉，非常有力的构成了鲜明的形象。"

詹安泰的《关于处理古典文学的一些意见》发表于同期《长江文艺》。詹安泰认为："古典文学中具有人民性和现实主义精神的作品，其进步意义，虽然在浓度上和深度上要受当时的历史条件所限制，不可能完全符合于现在的人民文学的标准；但它和现在的人民文学尚有其一定限度的历史性的联系，也是可以指出的。""过去的爱国主义思想虽不同于今日的爱国主义思想，但是抵抗敌人侵略，要求改良政治措施，同情劳动人民被压迫剥削的痛苦，表现劳动人民的创造的智慧，善良的性格，和塑造劳动人民为现实生活而斗争的勤劳、勇敢、坚强不屈的形象，这些地方，与今日的爱国主义的争取和平，热爱新制度，鼓舞人民为解放而斗争，歌颂劳动模范和战斗英雄，基本精神是不相违背的。这里面就存在着一脉相承的血缘的关系。"

同日，杨朔的《〈三千里江山〉写作漫谈》发表于《东北文学》1月号。杨朔写道："英雄是从平常人中成长起来的，这是我对英雄们的基本认识。也正是在这个认识的基础上，我在小说的处理的英雄都是十分平常的人物。"

杨朔提出："有许多人提出我这部作品结构散。是散，因为我在考虑结构时有一种想法。过去我写东西，总喜欢追求惊心动魄的故事，这是个毛病。现在我明白一个道理：故事性绝对不表现在热闹场面上，而表现在人物事件的矛盾上。没有矛盾，即使真刀真枪都上了场，也不吸引人；反之，如果你抓住了矛盾，故事就有了。而且矛盾越尖锐，故事性就越强。"

15日 社论《文学艺术创作应积极为国家总路线服务》发表于《文艺月报》第1期。社论指出，总路线"是社会主义现实主义的文学艺术发展的现实基础"。"文学艺术创作的任务，就在真实的反映现实"，描写先进人物的"高尚品质和共产主义的道德"，以"鼓舞、教育人民"，"推动历史前进"；进而要求作家"认真的积极地学习国家在过渡时期的总路线"，深入生活，学习和掌握社会主义现实主义的创作方法。

方光焘的《作家与语言》发表于同期《文艺月报》。方光焘写道："只要不是形式主义者谁都会承认没有离开内容而独立的技巧。技巧决定于内容，而且是为内容服务的。这是一面，但另一面，我们也必须指出，技巧同时也存在于'思想的直接现实'的语言中。克服语言的一般的倾向，而使之适合于个体、个别的表达，这是一个作家必须经过长期修炼才能获得的伟大技巧。""词的感情价值 语言不仅传达出一定的意识内容，而且也表现出说话的人或写文章的人对这内容的态度。换句话说,语言不仅传达了思想,同时也表现了感情。"

22日 杜黎均的《永远生活在斗争实践里——谈苏联小说〈钢与渣〉》发表于《光明日报》。杜黎均写道:"《钢与渣》对工人们撤退时难过沉痛心情的有力刻画,正表现了当时环境中人物所应有的心理状态,这是符合'典型环境中的典型性格'的。这样写,不仅没有对英雄人物带来任何危害,相反地却使英雄人物的精神面貌更为丰富和亲切。这里值得注意的是:作品对工人们撤退时的难过沉痛,并没有写成绝望,而是将这种难过沉痛的心情和对工厂、对祖国的热爱以及对敌人的憎恨三者交织地描绘出来,所以,我们能够从这种难过沉痛中获得爱国主义的巨大精神力量。"

25日 俞平伯的《我们怎样读〈红楼梦〉?》发表于《文汇报》。俞平伯认为,《红楼梦》的"伟大不仅仅在于它的结构的庞大严整,人物的典型生动,语言的流利传神等等艺术方面的成就上;更重要的,是在于它有着决定这些艺术性成功的高度思想性。它是以一个爱情悲剧为线索来写出一个封建大家庭的由盛而衰的经过的,从而真实的刻画了封建家庭、封建制度的黑暗和罪恶,成为反映封建社会的一面最忠实的镜子,成为中国古典文学中现实主义的巨著"。

30日 A·牟雅斯尼科夫作、李曼梅译的《列宁与文学艺术问题》(《文艺报》特约稿)发表于《文艺报》第2号。在"典型形象问题"上,A·牟雅斯尼科夫认为:"马克思列宁主义美学一向就认为艺术家世界观的作用有很大的意义。典型性问题是一个政治问题,而艺术家的党性则表现在他创作艺术形象的过程中。"在"文学艺术的党性问题"上,A·牟雅斯尼科夫写道:"社会主义国家的一切作家都力求在其作品里真实地表现革命发展中的生活,帮助用共产主义的精神教育全体苏联人民。"在"文化遗产问题"上,A·牟雅斯尼科夫认为列宁的观点是:"新的文化只能在掌握了人类在其长期发展中所创造的一切的基础上才能建立起来。"在"文学和艺术的人民性问题"上,A·牟雅斯尼科夫认为:"列宁谈到真正的艺术家在思想、感受、意志和审美的意向方面和人民的一致,艺术是为了人民而创作的。"

巴人的《读〈初雪〉——读书随笔之一》发表于同期《文艺报》。巴人写道:"在平凡的生活中去发现生活的最高真实,这就是诗人的责任。而生活的最高真实，就是诗。""《初雪》（见《人民文学》今年第一期）这一篇小说，因为它的描写是真实的，所以也有诗意。它的描写是生动的、细致的和具体的。"《初雪》"在共同命运与共同生活的土壤上生长出来的战斗的爱和友谊、战斗的希望，那才是表现了生活的最高真实；那应该说，就是诗"。

李琮的《〈不能走那一条路〉及其批评》发表于同期《文艺报》。李琮认为，李准"想在作品中反映当前现实生活中重大、尖锐的问题"，小说《不能走那一条路》"也使读者感受到作者对生活有比较真实的感受"，"整个作品写得也很朴素，语言也比较生动和简练，使读者读取来感到相当亲切"。同时，《不能走那一条路》"也像一般初学写作者的作品一样，有一些由于作者生活经验、思想水平和艺术能力的限制而产生的缺点"，"这一作品对于东山的描写是很概念化的，软弱的"。

唐挚的《评〈淮河边上的儿女〉》发表于同期《文艺报》。唐挚认为，相较于陈登科此前的小说《杜大嫂》《活人塘》等小说，《淮河边上的儿女》"企图在更广、更复杂的背景下，描写在解放战争中苏北敌后人民的斗争"。"在这部小说中，是有不少忠实的、生动的章节的。""在作品中，除了几个主要人物以外，作者还写了不少次要人物"，"其中，有些人物和个别插曲是动人的"。但这部小说的缺点在于："首先，作品看起来显得非常冗长、累赘，事件排列得很多，然而却缺乏内在的、有机的联系。""同时，我以为作者在领导干部形象塑造上的失败，也是使得整个作品不够有力的原因之一。""此外，作品所安排的场景、事件和个别人物的插曲不是充分特征的，不是经过作者很好提炼和集中的，这也是使结构松懈、拖沓的原因。""其次，我以为作品中几个主要人物没有能很好地塑造起来，是这部作品的主要的缺陷。""最后，《淮河边上的儿女》很多细节和具体描写，我以为作者还可以作更多的推敲和提炼。"

二月

1日 越明的《"怎样写短篇小说"——覆XX同志的一封信》发表于《东北文学》2月号。越明写道："短篇小说之所以和长篇小说不同，从形式上看，它的特点就在于它的'短'。因为它'短'，它不可能像《水浒传》那样，描写一个社会时代，像《暴风骤雨》《太阳照在桑干河上》那样，描写土地改革的'全部'面貌。它是从一个人物的一生中或巨幅的复杂的矛盾斗争事件中截取有代表性本质的一个片断，将它集中的表现出来，通过这一片断的描写，它概括的反映出一个社会、一个阶层、一个人的精神面貌。从而，集中地反映作者所要表现的思想，告诉人们一种生活的道理。""在一个短篇小说里仅仅对某些社会现象作了记录，对一个故事作了叙述，是不行的。因为在文学作品中，主要人物是创造人，创造人物形象。……一篇成功的作品所以写的成功，主要的是作者运用艺术形象在作品中表现了'人'。"

越明认为："在我们所接到的短篇小说来稿中，一般的，都缺少一个生动的、引人入胜的故事情节（生动的、引人入胜的故事情节，对于短篇小说，并不是绝对的条件，我是说'一般的'）。看戏，如果其中没有'戏'，观众会退场的；看小说，如果没有故事，读者也很难读下去（你读读中国古典的短篇小说，也可以领会故事性的意思）。但决不可硬编故事，生造矛盾和冲突。应该记住，故事情节是人物行动的结果，是从生活里来的。……现实生活中的事，之所以称为'事'，本身就意味着人的活动。同时，为了将人物的性格鲜明的体现出来，必须将他放在一定的事件与环境里，让他根据自己的思想、个性去行动。"

6日 金丁的《关于沙汀的短篇小说——〈沙汀短篇小说集〉（人民文学出版社出版）》发表于《光明日报》。金丁指出："作品中人物的概念化，不管其程度如何，往往总是因为作者不是以作品中的人物的思想感情去深切地理解生活和感受生活的。"

7日 张天翼的《〈西游记〉札记》发表于《人民文学》2月号。张天翼认为："这些神魔故事——不论作者自己有没有意识到——总会或多或少，或显或隐，或深或浅，或正确或歪曲地反映出某一时代社会生活的某些方面：而这，当然是通过当时某一阶级或阶层人的思想感情来反映的，因此这些故事里面同时也就表现了某一阶级或阶层的感情态度（爱什么，憎什么）和批评态度（肯定什么，否定什么），或是表现了他们的理想（例如一个好天堂之类）。""这就使我们联想到封建社会的统治阶级与人民——主要是农民——之间的矛盾和斗争。""那些作者是不是有意地明确地借天界佛神来描写地主，贵族和皇帝，借妖怪们的造反来描写农民起义呢？那可很难说。我们只是说，当时封建社会（鸦片战争以前）的主要阶级关系和矛盾，在这里多少是给反映了出来的。"

11日 林微的《群众喜爱反映真实生活的短篇小说——读者对艾芜的〈新的家〉的一些意见》发表于《光明日报》。林微认为艾芜"善于描写人物心理活动，首先表现在精确的掌握主人公的性格，和人物在特定环境中各种复杂的心情，那怕是一个矛盾的极其微妙的瞬间，在他的笔下也会得到艺术的再现"。"善于描写人物的心理活动，这就给艺术形象以更加丰满的血肉，从而加深了人物的真实性。这便是这篇小说成功的另一重要因素。"

15日 冯雪峰的《回答关于〈水浒〉的几个问题》发表于《文艺报》第3号。冯雪峰认为："文艺作品写人物，总要用'典型化'的方法。不论写出来的是普通人物的典型，或英雄人物的典型，这种典型总是反映了一种社会势力和属于这种社会势力的许多人的特点。《水浒》以描写百零八个英雄为主，实际上是以着力写其中的一部分英雄为主；这部分描写得非常突出的英雄人物，大都是人民性十足的人物，也是群众性十足的人物，包括不是农民阶级出身的人物在内。""在中国古典文学中，实在没有第二部书，像《水浒》这样包含有如此多的人民群众的英雄形象。"

同日，张禹的《一本反映江南土改的小说》发表于《文艺月报》。张禹指出："陈学昭同志的小说《土地》……主要的正面人物在故事的发展中没有得到充分的活动机会。""农民群众的翻身运动的过程，也被描写得极不充分。""作品并没有很好地反映出斗争着的典型环境。""作者在创作思想和创作方法上的缺点之一，是对典型人物特别是正面的典型人物的意义认识不足。"二是"在事实上，在这里（主要的地方）（即描写葛长林、周德才等正面人物的地方——编者注）作者离开了社会主义现实主义的特征的方法"。三是"作者对事物的内在矛盾往往处理得不正确"。张禹还指出："无产阶级作家对社会各种典型决不能采取中立的立场，他永远毋须掩饰自己的阶级爱憎……而无产阶级的党性不是削弱而是加强形象的力量，——这正是社会主义现实主义的特征和优点。"

16日 李准的《我怎样写〈不能走那一条路〉》发表于《河南文艺》第4本。李准写道："在创造人物时，我用了一些细节，并且力求赋予他们和自己身份相称的独特性格。在过去我曾写过一些小东西,把人物变成背政策的机器,他们说的那些话如果换成老年人也行,换成年轻人也行。总之,在作品里看不到'人'。过去写作是先找事,后找人。是由故事产生人,不是由人产生故事。当然不能把他们写成活生生的人了。我觉得我们写作主要是研究人,观察人。如果说创作也是一门学问的话,也可以说是'人学'。因为只有了解各种人的思想感情,把他们摸透,然后再通过形象把他们表现出来,才能够叫别人读后感到真实。"他还说道:"我这篇小说中用的是豫西'口头语'。我很喜欢这种语言,它是那样的精炼、生动而又能准确地表达思想情感,我也经过选择,并不敢把只有当地人才懂的方言搬上去。我觉得我用的这种语言,也是我平常所说的语言。有时我就用嘴先说说再写,看看是否顺嘴,我也不用长的句子,不用长的附加语。当然,在语言上我用的工夫还不够,这篇小说中有些语言还嫌'文'了一些,有些语言还不够准确、生动、有力。"

30日　巴人的《读〈浪涛中的人们〉——读书随笔之二》发表于《文艺报》第4号。巴人认为,小说《浪涛中的人们》"跳出了那种常见的讲述某一斗争的种种经过的'陈规'",它"从刻划人物的心理活动中来反映出斗争所遇到的矛盾和困难;因而也容易使读者了解到这个人物的工人阶级精神的成长过程"。巴人写道:"像这一篇描写工人阶级精神生活的成长的小说,值得我们关心和注意。"他进一步指出:"现实主义的作品,不仅需要'正确地表现出典型环境中的典型性格',还须注意'细节的真实'。"

三月

1日　杜埃的《描写人物的内心世界——与初学写作者谈谈写作》发表于《长江文艺》3月号。杜埃写道:"人物——是作品的灵魂。所以,文艺创作主要是描写人,描写人的'内心世界'。""文艺作品不能抽象地描写人,必须从人物的具体思想、生活去进行发掘和刻划,因为人的本身就有其各各不同的特点,否则,就很容易落到概念化和公式化。""概念化和公式化就是把人物从复杂而又具体的生活中笼统抽象描写的结果,这样就使人物简单化,表现不出内在的精神状态,缺乏生活气息,有外形而少血肉。"

15日　丁玲的《给陈登科的信》发表于《文艺报》第5号。丁玲在信中写道："这(《淮河边上的儿女》——编者注)是一部有内容的结实的作品。""有生活的作家，他一定按照他所看得见的东西去写，这里有生活细节，甚至是很细微的事，旁人都忽略了的一些细节，这些极细微的事却被作家一下抓住了它的特征，使得他把他要表现的人物和人物所处的环境与生活的气氛更为鲜明了。它的人物是在生活里面、按照生活的规律活动着、变化着的。他所表现的这些人物的内心世界，也一定是在非常真实的生活气息中的内心世界。他绝不离开真实生活，在无关主要思想的一些鸡毛蒜皮上去做文章，更不是只凭个人兴趣，凭空挖掘一些所谓精神世界、人的心理活动。"

冯雪峰的《回答关于〈水浒〉的几个问题(续)》发表于同期《文艺报》。冯雪峰写道："说到《水浒》，虽然它的前半部和后半部在现实主义精神上不一致，但并没有因为受招安问题而降低了它描写农民起义的成功。"

21日　《谈安东诺夫的短篇小说》发表于《光明日报》。吴组缃和萧乾在文中对苏联优秀短篇小说家安东诺夫的《在电车上》《舍格洛沃车站》和《雨》三篇短篇小说进行了讨论。萧乾认为："安东诺夫这三篇小说有一个共同点：它们都是通过普通人物日常生活中间的细节，写出人们意识领域中前进与落后力量的冲突，而且最后都是前进方面占了上风。人物的发展，也就是他们克服落后意识的历程。三篇的氛围，角度和境界虽然不同，但它们描绘的都是崭新的苏联人民的精神面貌。"

30日　冯雪峰的《回答关于〈水浒〉的几个问题(续)》发表于《文艺报》第6号。冯雪峰认为："像《水浒》这样深刻、突出地描写了封建社会中的阶级矛盾和斗争的作品，在它以前的中国古典文学中是还很少见的。"

四月

1日　陶铸的《关于创作上的一些问题——一九五四年一月二十日在广州文艺界学习会上的讲话》发表于《长江文艺》第4期。陶铸指出："作家要深入到生活里去。"他还提到了"关于创作上的批评与自我批评问题"。他认为："要加强党对文艺工作的领导"，作家要"下乡、下厂、下部队"，"多读一些好的作品,——尤其是苏联的作品"。

15日 康濯的《评〈《不能走那一条路》及其批评〉》发表于《文艺报》第7号。康濯认为,李琮"给予这篇小说的评价""与他自己介绍的小说的社会效果显得很不相称——不只是程度上的不相称,而是基本精神上的不相称",李琮"认为作品中社会主义的力量在斗争的开展与解决当中是描写得不好的,概念化的"。但康濯"不同意这个看法",康濯说道:"我并不只是从作品的社会效果来机械地讲斤论价,我的根据是李准同志的小说的本身。""我认为宋老定这个人物描写得比较真实、生动,不仅如李琮同志说的对于人物沿着旧道路走的方面是如此,即使在刻划人物经过痛苦的斗争以至抛开旧路迈上新路的过程也大体是如此。这是一个比较完整的人物,也可以说是在今天的农村中富有一定典型意义的人物。而这个人物的创造,也就是作品的主要成就之一。""我们感到这篇小说是从生活出发的,有着相当的真实性,刻划出了某些相当生动的艺术形象;因而这是一个现实主义的作品。正因为如此,这个作品对人民的政治教育意义就比较大,也就必然获得它的社会效果。这样的作品是值得鼓励和赞扬的。"

张家骥的《读小说〈初雪〉后的一点意见》发表于同期《文艺报》的《读者中来》栏目。张家骥认为:"巴人文章中特别强调提出的,所谓'诗意——生活的最高真实',并用这样的一种说法,来称誉这篇小说,这却很有讨论的必要。""我认为这篇小说在一些关键性问题上,恰恰是不很真实的。""我以为巴人对《初雪》的评价,虽然是笔记的形式,但对这样的作品,誉之为最高的真实,那完全是不恰当的。"

17日 陈翔鹤的《读〈艾芜短篇小说集〉》发表于《光明日报》。陈翔鹤写道:"艾芜同志的小说是健康的,朴素的,积极的,美丽的,是有着社会主义现实主义因素的。"

27日 中国作协编辑的文艺普及刊物《文艺学习》创刊。该刊的主要任务是"向广大青年群众进行文学教育,普及文学的基本知识,提高群众的文学欣赏和写作能力,并为我国的文学队伍培养后备力量"。

同日,宗瑞的《不要急于写长篇》发表于《文艺学习》(月刊)第1期。宗瑞写道:"我们不是一般地反对这些青年人写'大部头'的小说,问题是他们还没有积蓄足以写长篇小说的应有的生活经验和写作经验。从来信中看，虽然有些读者曾经做过几年的实际工作，但他们的文字表达能力，还非常差。还有一些写作者做过一两年工作，在他们的头脑里，只是堆积了一堆生活现象，他们还不善于发现现象背后的真理，或现象与现象之间的内在关系。要求他们艺术地概括生活形象，进而塑造人物形象来，是非常困难的。""在生活素养与创作素养还未具备之前，就急于写长篇，是不实际的。"

五月

1日　向锦江的《"五四"时代一个知识分子的面影——读叶圣陶的长篇小说〈倪焕之〉》发表于《光明日报》。向锦江认为："小说作者不是静止地在描画一个人的肖像，而是按照生活的逻辑，写出倪焕之性格的发展，思想认识的改变。"

4日　李何林的《五四时代文学作品中的社会主义现实主义的萌芽》发表于《光明日报》。李何林指出，五四时期的新文学有了社会主义现实主义的幼芽，其原因除了"我们有几千年的优秀的古典现实主义文学传统并继承了世界上优秀的现实主义文学（主要的是俄国十九世纪的现实主义文学）遗产以外，就是'十月革命一声炮响，给我们送来了马克思列宁主义'，使五四时代的先进分子，能够运用'无产阶级的宇宙观作为观察国家命运的工具，重新考虑自己的问题'"，并且指出不能说在鲁迅的"前期"作品，即1918—1927年这部分作品里，"完全"是进化论思想，应该说同时也有阶级论或社会主义思想的"萌芽""因素"或"成分"，也就是"社会主义现实主义的萌芽了"。

同日，周扬的《发扬"五四"文学革命的战斗传统》发表于《人民日报》。周扬写道："我们应当继承'五四'的战斗传统，从'五四'的优秀遗产中，学习我们的伟大的先驱者们对于旧中国的极其深刻的解剖和鞭挞以及他们对于阻碍中国进步的一切陈旧的、落后的事物的顽强战斗的精神。""我们文艺工作者的一个重要任务，就是严格遵从文艺为工农兵服务的方向，努力使文学更加接近广大工农群众的生活和语言，并逐步成为他们自己的文学。""我们的文艺工作者必须表现中国历史上空前未有的社会主义建设和社会主义改造的伟大事业，表现社会主义和民主主义阵营反对帝国主义反动集团的巨大斗争。文艺作品必须表现新的工人、新的农民、新的知识分子，批判和鞭挞一切阻碍人民前进的旧事物旧思想，引导人民积极参与建设社会主义和保卫社会主义的伟大斗争。这就是今天人民所要求于文艺工作者的最严重也最光荣的任务。"

同日，潭影的《注意语言的纯洁和健康》发表于《文艺月报》第5期。潭影写道："艺术的真实，是要表现生活的真实，而生活的真实，它的基本内容，就应当是斗争的真实，意识、思想、情感的真实。那些污秽的骂人的语句，与表现这些真实是无关的，也是无用的。因而在作品中，采用甚至滥用这一类不健康、不纯洁的语言，也是不必要的。"

15日 冯雪峰的《回答关于〈水浒〉的几个问题（续）》发表于《文艺报》第9号。冯雪峰写道："《水浒》有不小篇幅，是描写当时城市人民的生活和正义斗争的，这些描写在《水浒》的丰富内容中也是极重要和极精彩的部分。""所谓描写得好，就是它能够深刻地、有声有色地写出这种正义性和反抗精神，能够最真切地写出了这种社会内容。"

21日 知侠的《〈铁道游击队〉写作经过》发表于《文汇报》。知侠写道："《铁道游击队》是以一个真实故事作基础写出来的。""既然作为小说来写（这问题我和他们研究过,）对他们的斗争事迹，就不能不加以艺术上的选择和取舍，过于繁琐和重复的人物和战斗情节，有的我删去与合并了，这里当然也有所加强，有些地方我把它发展了，同时,我又结合当时的整个抗日游击战争的形势和规律，想尽可能地来丰富它。尽管如此，但我还是以他们真实的斗争发展过程为干骼，以他们的基本性格为基础来写的。"

27日 艾芜的《练习写小说先从哪里开始》发表于《文艺学习》第2期。艾芜写道："写素描，也还要加以练习，我所说的练习，并不只是在文字描写方面，而是还要练习我们的眼睛，善于观察人的动作、态度、和表情。练习我们的耳朵善于听取别人讲话的语句、声调和他的特殊用语。"

六月

15日 冯雪峰的《回答关于〈水浒〉的几个问题（续完）》发表于《文艺

报》第11号。冯雪峰写道："《水浒》的描写人物，大都是这样深刻的，不独描写武松如此。所谓深刻，就是它能够把斗争和在斗争中的武松真正描写出来，把武松的性格描写出来。""《水浒》这部书从这些英雄人物身上表现出来的一种最显著的精神，是中国人民性格中的那种坚硬的、倔强的、不屈不挠的气概。这些英雄们被压迫时，叫一声'报仇雪恨上梁山'，实行反抗，对于压迫者从来不表示求饶的可怜相。《水浒》的这种精神（《西游记》中的孙悟空和民间传说的白蛇娘娘的身上也有这种精神），是中国古典文学中最可宝贵的人民性之一。但这种精神必须经过工人阶级的共产主义的观点和精神的分析和批判，才能在新的社会条件之下，改造成为新的不屈不挠的精神，以适用于新的人民事业。"

21日 粟丰的《应正确认识〈红楼梦〉的写实性（读周汝昌君〈红楼梦新证〉的意见）》发表于《光明日报》。粟丰认为："《红楼梦》是反映当时整个封建社会的一面镜子，其刻划对象是整个的封建社会和封建贵族阶级，只不过是通过贾府及贾府中的人物来组织材料、塑造典型。我们今天说《红楼梦》是一部伟大的现实主义的古典文学作品，就是因为它的人物和故事具有典型性和代表性，并不是因为它是作者的'家谱'或'自传'。如果《红楼梦》的故事仅局限于作者个人的家庭范围和生活范围，它的代表性就会有限了。""曹雪芹不过通过《红楼梦》这一天才的著作，把同时代的张府李府以及所有封建贵族阶级一些类似的人物和故事，经过观察、分析、选择、综合、溶化、塑造的过程，简言之，经过高度的概括手法，把他们的本质特征抽出，综合再现到贾府中来，使读者从具体的事物了解一般的事物，从个别的现象明了普遍的现象。这就是《红楼梦》的现实主义性，也就是《红楼梦》的艺术性。因此，我们绝不能把《红楼梦》单纯地看成是曹家的家谱或曹雪芹的自传。如果定要说是'传'，那不仅是曹家的，而应该是当时封建贵族阶级所共同的。"

27日 杨晦的《〈三国演义〉〈西游记〉〈红楼梦〉等作品对我们有什么帮助呢？》发表于《文艺学习》第3期。杨晦认为："中国的现实主义的古典文学对于中国封建社会的阶级斗争，统治阶级内部的矛盾，封建社会中的不可避免的悲剧性，都写出过可歌可泣的斗争场面与动人的故事，表现了在那样社会里斗争着的人物的典型形象，这些人物，直到现在还活在人民的心里，还在人民群众中起着一定的教育作用。""就我们古典文学来说,是凡我们肯定的都是有着现实性和人民性的作品。"

30日 侯金镜的《评路翎的三篇小说》发表于《文艺报》第12号。侯金镜认为,路翎的小说《洼地上的"战役"》《战士的心》和《你的永远忠实的同志》"有着严重的缺点和错误,对部队的政治生活作了歪曲的描写"。"作者对人物的描写方法是:差不多每一个人物在完成一个艰巨的任务或是在紧张的情况下面,都做一次有关个人幸福和个人痛苦的回忆,然后这个回忆就产生了战斗的力量。""孤立地描写个人内心的世界,是不可能表现出志愿军的伟大理想和坚强的信念的。沉湎在个人意识里面,是产生不出集体主义和爱国主义思想来的。个人意识决不能成为集体主义和爱国主义的出发点"。

七月

3日 王利器的《〈水浒〉中所采用的话本资料》发表于《光明日报》。王利器写道:"〈水浒〉插入吴七郡王纳凉故事,也有所本,而不是〈水浒〉的自我作故。""〈水浒〉及其所据的话本把赵葵的故事加之于吴七郡王,这种张冠李戴把素材处理得不够严肃的态度,也是当时说书人常有的事情。"

王文琛的《〈聊斋志异〉及其作者蒲松龄》发表于同期《光明日报》。王文琛写道:"《聊斋志异》虽然是用古文写的,但由于它在一定程度上反映了人民的生活和希望,作者蒲松龄又吸取了民间传说的特点,以朴素流畅的文笔,写出充满人情味的委婉曲折的故事。""蒲松龄写这些故事,不是为了搜奇抉怪,供人们茶余酒后的谈资而已,他是有所寄托,有所发泄的。""我们在《聊斋志异》的四百三十一篇故事中,可以看出若干故事曾对当时社会施以猛烈的抨击,尽管它的抨击还不够彻底,但它确是具有一定的人民性的。""当我们阅读《聊斋志异》时,发觉其中有些故事,曾经同时代的人记录下来。这些故事,有的是实有其事,有的是实事加进了民间传说的色彩,有的则完全是当时民间流行的传说。"

12日 冯雪峰的《关于人物及其他——在中国人民解放军全军第二届创作会议上的讲话》发表于《解放军文艺》7月号。冯雪峰写道:"所谓真正写出人物来,就是真正写出人物的性格来的意思;更正确地说,就是真正写出真实的人来。""只有描写出性格,描写出具体的真实的人来,才能在人物的身上看见这个人物所生活的那个时代、社会和阶级。""根据实际生活,即根据实际生活中的具体的人的性格要求去描写人物,和根据政治任务的要求把人物加以突出化,是完全统一的,并且这样的统一恰好说明了我们创造典型人物的原则。"

此外,冯雪峰还谈道:"所谓反面人物的问题,我刚才谈到政治性问题时已经谈到过了。大胆地、尖锐地批判我们社会的缺点,不仅用不到什么顾虑,而且是我们重要的任务。问题是在我们批判得是否深刻和正确。对于人民自己的缺点和弊病的揭发和批判,是在批评和自我批评以内的事情,这和对付人民敌人的斗争是有不同的。"

冯雪峰还认为:"描写人物、描写性格,当然要研究人物的思想情绪以及在行动时的心理状态,也要描写思想、情绪或心理,否则就表达不出人物的思想和精神来。"

30日 冯雪峰的《论〈保卫延安〉的成就及其重要性》发表于《文艺报》第14号。冯雪峰认为,《保卫延安》"这部作品成为一部英雄史诗,成为一部有力地描写了党中央和毛主席对于革命战争的英明领导和指挥,描写了人民解放军和人民群众的战胜一切困难的革命英雄主义的书,是和作者掌握这次战争以及如此强有力地肯定它的伟大精神的这种方法和态度分不开的"。"由于作者掌握住现实的全面和核心,并且信心不移地集中精神去描写根本的、主要的东西,就使作品能够统一地、有中心地展开对于战争的全面的描写,能够在一条主干上布开丰盛繁茂的革命战争生活的枝叶,能够把许多动人的情景织在一块彩色鲜明强烈的、夺目而不乱目的织锦里。""最有关系的,是作者掌握了这次战争胜利的关键和全部力量,也就使他掌握了在战争中人们精神发展的关键和规律,掌握了典型创作的法则。我们看见,作者是从人物对于现实斗争的作用上去抓住人物精神发展的关键,以展开对于人物的灵魂及其全面性格的描写的,这样,就使他能够在集中的和广阔的基础上进行典型的创造。"值得注意的是,"作者描写人物,都根据这次战争的艰巨性、战争发展及其巨大胜利的要求,都使人物服从这样的要求。然而他所描写出来的人物的性格,都是深刻的、丰满的、生动的"。"作者掌握和描写人物的这种现实主义的精神和史诗的精神；而并不是说，这部作品中的人物都已经是高度的典型人物。""作品中有些人物显然还没有加以充分的典型化，但作者创造人物的这种精神是贯彻到每一个人物的描写的。"

八月

1日 刘大杰的《儒林外史与讽刺文学——如何父师训，专储制举材？（吴敬梓）》发表于《光明日报》。刘大杰认为："一个作家的世界观与创作态度，非常明确地表现在他们的作品里。作家的思想情感与作品的思想情感，发生了血肉的联系。……在语言的铸镕与人物描写的手法上，也呈现出他们特有的风格。""《儒林外史》的最大特色，是巧妙的运用了讽刺文学的手法，向封建社会的科举制度与吃人的礼教，作了无情的抨击与斗争。"

7日 《人民日报》发表苏联作家康·西蒙诺夫的《生活里主要的就是戏剧创作中主要的》一文，"编者按"写道："西蒙诺夫在这里批评了部分作家对于创造正面和反面人物形象所持的违反文学的党性原则的错误观点，即：怀疑艺术创造中的典型化方法，认为作家应该'按人的原样'来进行描写，认为把人物分为正面和反面就会产生公式主义。中国文艺界在关于创造正面人物典型形象的论争中，也曾经发生过一些类似的混乱思想，出现过所谓在生活中找不到英雄人物等论调。本文可供我国文艺工作者的参考。"

同日，吴组缃的《〈儒林外史〉的思想与艺术——纪念吴敬梓逝世二百周年》发表于《人民文学》8月号。吴组缃写道："吴敬梓的讽刺艺术，从对现实的处理方面看，是取传统的史家态度而加以发展；若从表现手法或技巧方面看，则可称为'史笔'。""《儒林外史》在表现上，就是用的这种'史笔'，或'皮里阳秋'的手法。"《儒林外史》"写出性格鲜明，令人不忘的人物近二百个，主要的人物有五六十个。每回以一个或多个人物作为中心，而以许多次要人物构成一个社会环境，从人与人的关系上，从种种日常生活活动中，来表现人的思想性格与内心世界"。"而各个以某一人物为中心的生活片段，又互相勾连着，在空间上，时间上，连续推进。""这种形式，显然受了'三言''二拍'之类话本小说和《三国》《水浒》之类长篇的影响；同时也有些像《史记》的'列传'或'五宗''外戚'诸篇形式的放大：总之，它综合了短篇与长篇的特点，创造为一种特殊的崭新形式。这种形式运用起来极其灵活自由，毫无拘束，恰好适合于表现书中这样的内容。""若要将它取个名目，可以叫做'连环短篇'。"

8日 张慧剑的《〈儒林外史〉及其作者》发表于《光明日报》。张慧剑写道："《儒林外史》之所以是现实主义的伟大作品，主要在于它根据了当时的政治制度和社会情况，历史地、具体地、典型地反映了生活中的真实。这里面也强烈地表示了作者的倾向。作者所刻意描绘的若干生活图画和加工塑造的若干故事人物，都具有充分的典型性。特别是在人物性格的创造上，作者表现了高度的概括能力。……这个形象通过典型性格的表现，就更显得丰富而鲜明。同时作者又十分注意表现人物生活的具体性和真实性，只有适当而无过分的夸张。"

15日 冯雪峰的《论〈保卫延安〉的成就及其重要性（续完）》发表于《文艺报》第15号。冯雪峰认为："关于延安，关于这个历史性的延安，作者在第一章第三节中曾作了一段最优美的描写"，"这一段诗的散文，是我们所看见过的描写延安的文字中最美丽、最动人的文字"。

在人物形象塑造上，冯雪峰认为，周大勇是"人民战士和英雄中的一个典型人物。……所有人物在作品中都作为这次战争的一个脉搏而跳动，同时都有自己生动的面目和个性。由这些人物和全部作品所反映出来的革命英雄主义精神，也是具体的，最富于实际精神的；它是普通人所不可企及然而却是普通人在革命斗争中所表现出来的，因而它也最能感动人和鼓舞人"。

冯雪峰还认为："作者的描写手腕也已经达到了高强的地步，全书大部分在描写上都是深刻有力的，有不少地方还描写得特别精彩。语言，总的说来，是能够适应所要表现的内容和全书的思想情绪以及气氛的要求的。因此，全书的语言也显得生动、有力、有深刻性、有节奏、有时富有诗意，使我们觉得这书中的语言已具有和作品所要表现的内容及精神相一致的性格。……作者描写英雄人物，完全深入人物的灵魂中去，和人物同跳着脉搏，并以自己的意识到或不意识到的全部热情去肯定和体现他所认为应该肯定的东西；这样就使作者能够把革命人物的灵魂和精神真正体现了出来。"

21日 杜黎均的《谈吴组缃的创作——〈吴组缃小说散文集〉读后》发表

于《光明日报》。杜黎均介绍了吴组缃的短篇小说《天下太平》《一千八百担》《樊家铺》《某日》《官官的补品》《差船》《泰山风光》《黄昏》《卍字金银花》等。作者评价吴组缃"善于从广阔的时代生活的场景上,尖锐地提出社会问题,是吴组缃创作的一个显著特点"。"吴组缃创作的第二个特点是:努力表现强烈的爱憎感情,将对旧事物的鞭笞和对人民美好生活的向往融合在一起。""用简练的、富有特征性的描写来刻画人物性格,是吴组缃创作的第三个特点。"

27日 《文艺工作者学习政治理论和古典文学的参考书目》发表于《文艺学习》第5期。提到古今中外小说书目节选如下:

"《三国志演义》 罗贯中著 (作家出版社)

"《水浒》 施耐庵著 (作家出版社)

"《西游记》 吴承恩著 (作家出版社)

"《儒林外史》 吴敬梓著 (作家出版社即将出版)

"《红楼梦》 曹雪芹著 (作家出版社)

"《古今小说》 (商务印书馆排印本)

"《警世通言》 冯梦龙辑 (刊本或世界文库本)

"《醒世恒言》 冯梦龙辑 (刊本或世界文库本)

"《聊斋志异》 蒲松龄著 (通行本。或《聊斋志异选》,人民文学出版社在编选中)

"《鲁迅小说集》 (人民文学出版社)",

"《克雷洛夫寓言》 梦海译 (时代出版社)",

"《欧根·奥涅金》 普希金著 吕荧译 (人民文学出版社即将出版)

"《上尉的女儿》 普希金著 孙用译 (文化生活出版社)

"《外套》 果戈里著 刘辽逸译 (人民文学出版社)

"《密尔格拉得》 果戈里著 (文化生活出版社)

"《钦差大臣》 果戈里著 芳信译 (作家出版社)

"《死魂灵》 果戈里著 鲁迅译 (人民文学出版社)

"《奥勃洛莫夫》 冈察洛夫著 齐蜀夫译 (三联书店)

"《当代英雄》 莱蒙托夫著 翟松年译 (平明出版社)

1954 年

"《猎人笔记》 屠格涅夫著 丰子恺译 （文化生活出版社）

"《前夜》 屠格涅夫著 丽尼译 （文化生活出版社）

"《父与子》屠格涅夫著 巴金译 （平明出版社）

"《大雷雨》 奥斯特罗夫斯基著 芳信译 （作家出版社）

"《萨尔蒂可夫寓言》 蒋天佐译 （新文艺出版社）

"《戈罗维略夫老爷们》 锡且特林著 陈原译 （三联书店）

"《怎么办？》 车尔尼雪夫斯基著 蒋路译 （人民文学出版社）

"《在俄罗斯谁生活得快乐而自由》 涅克拉索夫著 高寒译 （人民文"学出版社即将出版）

"《战争与和平》 托尔斯泰著 高植译 （文化生活出版社）

"《安娜·卡列尼娜》 托尔斯泰著 周扬译 （人民文学出版社即将出版）
　　　　　　　　　　高植译 （文化生活出版社）

"《复活》托尔斯泰著 汝龙译 （平明出版社）
　　　　　　　高植译 （文化生活出版社）

"《契诃夫小说选集》 汝龙译 （平明出版社）

"《樱桃园》 契诃夫著 满涛译 （人民文学出版社）

"《高尔基创作选集》 瞿秋白译 （人民文学出版社。或巴金、汝龙译高尔基短篇小说集，书名为《草原集》《同志集》《旅伴集》《秋夜集》等，平明出版社出版。）

"《下层》 高尔基著 陆风译 （人民文学出版社即将出版）

"《母》 高尔基著 夏衍译 （中国青年出版社）

"《童年》 高尔基著 刘辽逸译 （人民文学出版社即将出版）

"《人间》 高尔基著 楼适夷译 （中国青年出版社）

"《我的大学》 高尔基著 陆风译 （人民文学出版社即将出版）

"《阿托莫诺夫一家》 高尔基著 汝龙译 （文化生活出版社）"，

"《普罗米修斯》 ［希腊］埃斯库罗斯著 罗念生译 （人民文学出版社即将出版）

"《亚格曼农王》 ［希腊］埃斯库罗斯著 罗念生译 （人民文学出版

社即将出版）

"《俄狄浦斯王》　［希腊］索福克勒斯著　罗念生译　（人民文学出版社即将出版）",

"《一千零一夜》　阿拉伯故事　讷训译　（人民文学出版社即将出版）",

"《鲁滨孙漂流记》　［英国］笛福著　徐霞村译　（商务印书馆）

"《格列佛游记》　［英国］史惠夫特著　苏桥译　（上海书报杂志联合发行所）

"《汤姆·琼斯》　［英国］费尔丁著　李从弼译　（人民文学出版社即将出版）",

"《撒克逊劫后英雄略》　［英国］司各脱著

"《虚荣市》　［英国］萨克莱著　杨必译　（人民文学出版社）

"《匹克威克外传》　［英国］狄更斯著　蒋天佐译　（骆驼书店）

"《大卫·高柏菲尔》　狄更斯著　许天虹译　（文化生活出版社）
　　　　　　　　　　　董秋斯译　（骆驼书店）

"《苔丝》　［英国］哈代著　张谷若译　（文化工作社）

"《伪善者》　［法国］莫里哀著　陈古夫译　（商务印书馆）

"《党·璜》　［法国］莫里哀著　李健吾译　（开明书店）

"《吝啬鬼》　［法国］莫里哀著　李健吾译　（开明书店）",

"《忏悔录》　［法国］卢骚著

"《拉漠的侄儿》　［法国］狄德罗著

"《费加乐的结婚》　［法国］博马舍著

"《红与黑》　［法国］斯丹达尔　罗玉君译　（平明出版社）

"《欧也妮·葛朗台》　［法国］巴尔扎克著　傅雷译　（平明出版社）

"《高老头》　巴尔扎克著　傅雷译　（平明出版社）

"《贝姨》　巴尔扎克著　傅雷译　（平明出版社）

"《邦斯舅舅》　巴尔扎克著　傅雷译　（平明出版社）

"《农民》　巴尔扎克著

"《嘉尔曼》（附《高龙巴》）　［法国］梅里美著　傅雷译　（平明出版社）

1954年

"《巴黎圣母院》 [法国]雨果著 陈敬容译 （骆驼书店）

"《可怜的人》 [法国]雨果著 方于等译 （商务印书馆）",

"《包法利夫人》 [法国]福楼拜著 李健吾译 （文化生活出版社）

"《茶花女》 [法国]小仲马著 夏康农译

"《萌芽》 [法国]左拉著 林如稷译 （人民文学出版社即将出版）

"《企鹅岛》 [法国]法朗士著 （商务印书馆）

"《莫泊桑中短篇小说选》 [法国] 李青崖译 （文化工作社）

"《约翰·克利斯朵夫》 [法国]罗曼罗兰著 傅雷译 （平明出版社）

"《火线下》 [法国]巴比塞著

"《浮士德》 [德国]哥德著 郭沫若译 （新文艺出版社）
　　　　　　　　　　周学普译 （商务印书馆）

"《少年维特之烦恼》 歌德著 郭沫若译 （新文艺出版社）

"《强盗》 [德国]席勒著 杨丙辰译 （北新书局）",

"《德国——一个冬天的童话》 海涅著 艾思奇译 （人民文学出版社）",

"《汤姆·莎耶》 [美国]马克·吐温著 张友松译 （人民文学出版社即将出版）

"《赫克尔培莱·芬》 马克·吐温著 （人民文学出版社即将出版）

"《铁蹄》 [美国]杰克·伦敦著 吴劳、鹿金译 （平明出版社）

"《吉诃德先生传》 [西班牙]塞万提斯著 伍实译 （作家出版社即将出版）

"《易卜生选集》 [挪威] 潘家洵译 （文学出版社即将出版）

"《安徒生童话选》 [丹麦] 叶君健译 （各单行本。平明出版社出版）",

"《沙恭达罗》 [印度]迦利达莎著 王维克译 （人民文学出版社即将出版）",

"《源氏物语》 [日本]紫氏部著"。

《回答文艺学习编辑部的问题（一）》发表于同期《文艺学习》。编辑部问道："当你经过长期生活，积累了许多印象之后，你如何概括这些印象，创造人物的？"老舍答道："生活的经验多了，写作时即可从容选择，把类似的印象放在一处，加以调动，乃能塑造人物性格与形象。"

编辑部问道："你开始写作时，是不是根据真人真事？如果不是，又是怎样塑造人物的？"老舍答道："根据真人真事，但不完全倚赖真人真事；随时添减变动，给太简单的加上些东西，给太繁冗的减去些。"

编辑部问道："你作品中的人物是否都有模特儿？说明你如何根据模特儿塑造人物？"老舍答道："都有'模特儿'，但写出来的已与'模特儿'相离很远。'模特儿'只是个种子而已，我须使之开花结果。"

柳青的《回答文艺学习编辑部的问题（二）》发表于同期《文艺学习》。编辑部问道："你在深入生活时，是如何借助党的政策与马克思列宁主义理论的指导才深一步理解生活的？"柳青答道："据我看来，对党的政策更深刻的理解也靠对社会生活的更深刻的理解。这是一个问题的两方面，需要长期的锻炼。……我很难举出党的哪一条政策或我的马克思列宁主义理论知识的哪一条帮助我深一步理解了哪个社会生活的现象。它们每天随时都帮助着我理解事物。它们不是一条一条而是以一定的水平在我的头脑里起作用。"

编辑部问道："你作品中的人物是否都有模特儿？说明你如何根据模特儿塑造人物？"柳青答道："由模特儿变成作品里的人物，这就是创作的主要过程。我的工作就是把模特儿身上为作品所不需要的东西去掉，另增加一切为作品所需要的东西。从人物的描写上可以看作家生活的深浅和手法的高低，可惜我在这方面并不高明，没写出令人满意的作品。"

编辑部问道："你每次写作，感觉最困难的是在什么地方？"柳青答道："最困难的是结构，或者说组织矛盾。就是说，最困难的是开头到一半以前。这是非常困难的，许多原来毫无关系的人，被作家调动到一块工作和生活，性格各不相同，思想很不一致，多方面发生矛盾，要完成一个任务，这个任务在世界并不存在，只是作家的头脑想象出来的。组织这个矛盾，展开斗争，并不是没有限制。它在大的方面要合乎客观事物发展的规律，在小的地方要合乎实际生活的细节，就好像世界上有过这个事一模一样，就好像这些人本来都在一块一模一样，不能给人看出破绽。"

28日 郑国铨、林志浩的《谈〈保卫延安〉的人物描写》发表于《光明日报》。郑国铨、林志浩认为,《保卫延安》"对战争的艰苦性给了应有的表现,同时也在一定程度上注意到了艰苦的环境、运动战的战略思想的贯彻执行在各种不同的人的身上的反映和矛盾"。

九月

1日 李希凡、蓝翎的《关于〈红楼梦简论〉及其他》发表于《文史哲》第9期。李希凡、蓝翎认为:"要正确的评价《红楼梦》的现实意义,不能单纯的从书中所表现出的作者世界观的落后因素以及他对某些问题的态度来作片面的论断,而应该从作者所表现的艺术形象的真实性的深度来探讨这一问题。"李希凡、蓝翎还指出,俞平伯的研究"是以反现实主义的唯心论的观点分析和批评了《红楼梦》",赞扬《红楼梦》"怨而不怒"的风格,否认了《红楼梦》反封建的倾向性,"未能从现实主义的原则去探讨《红楼梦》鲜明的反封建的倾向,而迷惑于作品的个别章节和作者对某些问题的态度,所以只能得出模棱两可的结论"。李希凡、蓝翎认为俞平伯把《红楼梦》解释为"色""空"观念的表现,这就否认了其为现实主义的作品;他们认为,俞平伯提出的"钗黛合一"观点,是"对人物观念化的理解","抹煞了每个形象所体现的社会内容","是对现实主义文学形象的曲解"。李希凡、蓝翎还进一步指出,俞平伯的唯心论观点在对待《红楼梦》的传统性问题上表现得更为明显:"脱胎于金瓶""源本西厢"等说法混淆了文学修养和文学传统的区别,而忽视了文学的传统性在于现实主义创作方法和人民性传统的继承与发扬。李希凡、蓝翎认为这种种错误结论的得出,与俞平伯在研究《红楼梦》时单纯运用考证方法有关。

7日 王季思的《〈西厢记〉叙说》发表于《人民文学》9月号。王季思写道:"《莺莺传》的影响尤为突出。这除了它比较真实地暴露了封建社会的残酷,引起人们对莺莺的深切同情外;它在写作上的委婉、曲折,曲尽人情物态,也是一个原因。""唐代贞元、元和之间的小说,大都前面是一篇叙事的散文,后面是一首七言的歌咏,这正和当时变文、俗讲的体裁有些相似;而叙事的委宛曲折,描摹人情物态,生动周详,又正是一般通俗说唱家的长技。《莺莺传》及其他优秀的唐代传奇在写作上所以比较成功,很可能关键在于当时出身进士词科文人接受了这种通俗说唱文学的影响。"

27日 傅泊青的《应该重视语言学习》发表于《文艺学习》第6期。傅泊青写道:"文学——是语言的艺术。文学的特征就是形象性,而生动的形象又是必须靠生动的语言来表达的。""当你写人物的对话时,不用旁白式的介绍,读者也能从对话中知道人物的身份、个性、年龄、性别、人生观等等。"

黄药眠的《谈人物描写》发表于同期《文艺学习》。黄药眠认为:"文学之反映客观现实,是反映人的具体生活,是反映典型的真实的人。作者的思想感情,是通过他写什么人,怎样写这些人来表现;而它的教育作用就是在于它能通过具体的人物底描写来感染读者,而文学的思想性也就包涵在这艺术性之中。""故事是人的思想行动构成的,所以文学作品首先是注意人物的具体描写,用人物的行动去交织成故事。只有故事而没有生动的人物,这一定不会是好的作品。"

黄药眠还说道:"文学作品决不是履历表,或是抄某人的自传。文学作品决不要流水账般的平铺直叙。它必须一方面大胆地省略那些不重要的或与文本的主题无关的东西……另外一方面则又必须抓住事件的中心环节,强调地写出人物在这些事件中的行动。"黄药眠强调:"当然,我们要求作家把人物写得细致,但是这并不是说把人物生活中的一切事件,一切动作,一切思想都写进去。这在事实上是不可能,同时也不必要。如果你硬要这样细致去描写,那文章就一定会写得啰嗦,人物就一定会写得臃肿,故事的发展就必然拖沓无力。读者读不到几页,也就会感到乏味而伸腰呵欠了。所以作者必须学会剪裁。选择那些最足以表现出人物本质侧面的东西,最足以表现思想主题的东西去加以细致的描写,以便从这些细致的描写显出人物的本质。"

黄药眠注意到:"一提到写人物,有些朋友们立即就想到怎样来写出他的容貌举止,也就是说更多的注意到他的外表。当然描写出人物的外在特征也是人物描写的构成部分,但是写人物的外表,其意义不仅在于写出其外在特征,主要的还是在于通过这些外在的特征如容貌、动作、表情、姿态、语言等来揭露出人物的内在的特征,人的灵魂。"因此,黄药眠认为:"必须记住:作者所描写的人物,他们本身是有着独立的意志的,他们的行动也有着一定的客观的规律。作者绝没有权利把笔下的人物当作傀儡一样随意地加以驱使。"

孙犁的《写作漫谈——在暑期讲座上对同学们讲的话》发表于同期《文艺学习》。孙犁在文中写道："文学工作必须具备的基本条件是：文字技术和生活基础。""关于那一次的斗争（指《白洋淀边》中的情节——编者注）的描写，中间有很多想像。但也并非完全虚构，因为类似这样的斗争，这样的人物，我见过很多。这不能机械的理解，不能认为是真的，就伟大，是虚构的，就毫无价值。"

吴倩的《生活细节与生活琐事》发表于同期《文艺学习》。吴倩写道："在文学作品中（主要指小说）需要有细节的描写，是确定了的。""文学的任务，不是简单地'再现'生活，而是说明生活。要深刻地、真实地说明生活的面貌，必须通过支配生活的人的描写来实现。但塑造人物不能依靠概念，主要应当依靠富于性格特征的具体行动、表情、动作等的描写。同时，人生活在自然环境与社会环境中，要真实地反映人的生活，就不能不写到各种与人物有关的事物，以及人物周围的景物、气氛等等。""怎样的描写是生活琐事？怎样的才是作品中不可缺少的生活细节呢？""这里只有一个原则：凡是有助于真实生动地说明生活本质的具体描写，都是生活细节，不能帮助真实生动地说明作者所企图描写的生活，都是生活琐事。""所谓人物性格，是需要从生活描写中表现出来。因此，除了人与人的关系描写之外，人物所处的环境，人物所感受的对象等等，也必须加以具体描写。人物的感受对象如果与作者企图描写的生活有不可分割的关系，那么，人物的感受以及感受对象的描写（哪怕是很微小的事），也就成为作品血肉内容的一部分或血肉生活的细胞了。""所谓细节，不仅指那些直接描写人物、表现性格的具体描写，同时也包括那些影响人物思想感情的其它事物的描写。""是不是可以一般地规定，写那些事情叫细节描写，那些又叫生活琐事呢？实际不能这样做，离开具体作品的具体生活内容，是不能一般规定的。因为每篇作品各有不同的中心，各有其着重描写的生活内容与不同的思想内容。"

杨朔的《回答文艺学习编辑部的问题（四）》发表于同期《文艺学习》。杨朔写道："我们都写英雄，总是把英雄简单化了，写他们天不怕、地不怕，怎样在炮火当中冲锋陷阵。英雄也够英雄了，可惜把英雄弄得无血无肉，变成个没有灵魂的机器。英雄也是人，他的思想感情是复杂的。只有掌握了复杂的英雄思想，我们才能显示出英雄的美来。""在正式动笔以前，我总是企图拿我的主题做条主线，用这条线来贯穿各种纷乱的事件；围绕着这条线，再烘托以与主题有关的生活。这就是我概括生活的方法。""直到现在我还是常写真人真事。""我也在小说里塑造人物。每个人物，大概都有真人做骨架，然后把些性格类似的人物集中起来，都塑到那个骨架上。"

周立波的《回答文艺学习编辑部的问题（三）》发表于同期《文艺学习》。编辑部问道："当你经过长期生活，积累了许多印象之后，你如何概括这些印象，创造人物的？"周立波答道："从丰富的印象中，选择最能表现一个人的性格的许多点，加以充分的描写，构成形象，我认为这就是概括。"

编辑部问道："你开始写作时，是不是根据真人真事？如果不是，又是怎样塑造人物的？"周立波答道："有的根据真人真事，但大部分虚构的小说中的人物，是综合几个同阶级、同性格的人的特点加以描绘的。"

编辑部问道："你作品中的人物是否都有模特儿？说明你如何根据模特儿塑造人物？"周立波答道："每个人物都有一个或几个模特儿，有的人物往往性格是甲，外貌是乙。但是根据经验，用一个固定的模特写起来比较省力，也容易逼真。"

十月

1日　冯雪峰的《五年来我国文学创作的发展方向》发表于《人民日报》。冯雪峰写道：《保卫延安》"不仅是我们描写人民革命战争的作品的代表作，而且是可以代表我们这五年中所达到的现实主义的成就的一部出色的作品。从它的根本精神上说，也从它的有独创性的艺术描写上说，是一部具有英雄史诗的精神的作品"。

10日　李希凡、蓝翎的《评〈红楼梦研究〉》发表于《光明日报》。李希凡、蓝翎认为："贾宝玉不是畸形儿，他是当时将要转换着的社会中即将出现的新人的萌芽，在他的性格里反映着人的觉醒，他已经感受到封建社会的一切不合理性，他要求按照自己的理想生活下去。这种性格愈发展愈明显愈强烈，也就与封建官僚地主阶级所要求他的距离愈大，当时的社会也就会更加迫害他，贾宝玉的性格与社会的冲突也就愈来愈尖锐。""造成《红楼梦研究》这些错误的根本原因,是俞平伯先生对于〈红楼梦〉所持的自然主义的主观主义见解。"

16日 毛泽东给中共中央政治局的同志和其他有关同志写了《关于〈红楼梦〉研究问题的信》。信中写道:"这(指李希凡、蓝翎驳俞平伯的两篇文章——编者注)是三十多年以来向所谓〈红楼梦〉研究权威作家的错误观点的第一次认真的开火。""看样子,这个反对在古典文学领域毒害青年三十余年的胡适派资产阶级唯心论的斗争,也许可以开展起来了。事情是两个'小人物'做起来的,而'大人物'往往不注意,并往往加以阻拦,他们同资产阶级作家在唯心论方面讲统一战线,甘心作资产阶级的俘虏,这同影片《清宫秘史》和《武训传》放映时候的情形几乎是相同的。"

24日 中国作协古典文学部召开关于《红楼梦》研究的讨论会,目的是"通过学术上的自由讨论,对古典文学研究中一直未曾肃清资产阶级唯心主义观点进行批判,确立马克思列宁主义的对待古典文学遗产的态度和方法,从而把古典文学研究工作引导到正确的方向"。会议由郑振铎主持,茅盾、周扬、冯雪峰、邵荃麟、阿英、张天翼等60多人参加。俞平伯、王佩璋、吴组缃、冯至、舒芜、钟敬文、王昆仑、老舍、吴恩裕、黄药眠、范宁、郑振铎、聂绀弩、启功、杨晦、浦江清、何其芳、蓝翎、周扬等先后发言。

27日 李赋宁的《纪念英国现实主义作家亨利·菲尔丁——谈他的三部小说》发表于《光明日报》。李赋宁评价与介绍《汤姆·琼斯》"是现代英国小说中最早的一部伟大作品,它把'小说'这个文学形式提到高度的艺术水平,把它放在现实主义基础上,使它全面地、生动地反映了十八世纪英国社会的生活,成了现代资本主义时代的一部史诗"。

同日,艾芜的《回答文艺学习编辑部的问题(五)》发表于《文艺学习》第7期。艾芜认为:"构成小说和戏剧的细胞,就是人在某一时间某一地点的活动。谁不注意这个,谁就不能从事创作。……要经常争取机会,观察人的本行的活动,同时更要注意,社会主义的精神,在他的生活中,有没有萌芽出来。""因为文学作品,不是见到什么,就写什么,而是要写出具有充沛的社会主义教育精神的现实生活。概括的时候,就是首先从中选择具有社会主义精神的动人事件和人物作为自己所要表现的某一个主题的中心,然后再拿其他事件和其他人物的行为来补充,使这个要在作品中出现的人物和他所作的事情,更加突出。同时,社会主义的教育精神也就更充沛了。这里首先要自己对于社会主义有充份的认识和了解,才能分辨现实生活中哪些是具有社会主义精神。(关于这一点我还在努力学习马克思列宁主义,否则就没有概括现实生活的基础)。其次,同时,也是很重要的,要学习善于推测别人的心理活动,才能把一个人做过的事情,接生在另一个人身上。(关于这一点,是要有丰富的生活才能做到,因此我们文学工作者是不能脱离生活的)。"

文中,编辑部问道:"你作品中的人物是否有模特儿?说明你如何根据模特儿塑造人物?"艾芜答道:"有模特儿,但写的时候,都不是完全照原样写下来。有时根据的多,即是在现实生活中,他的思想和他的性格就表现得很完整,描写起来,能给我以很大的便利,用不着多作补充。有的又根据的少,因为人物的思想性格以及他所作的事情,还不够突出,甚至有些新的东西,只是一点萌芽,这就需要作多量的补充,甚至和原来的模特儿面目全非了。不过补充的时候,是用同一思想性格的人所做的事情来补充的,并非随便哪一类的人。"

黄药眠的《谈人物描写(续完)》发表于同期《文艺学习》。黄药眠写道:"常常听见大家说作者写人物要站稳立场,要有正确的观点,要熟悉生活,要讲求技巧,要学习群众的语言。我想这些都是对的。现在我在这里只想加上三点:第一,作者如果想生动地写出人物,他就必须研究人。不仅研究他的政治思想和行动,而且还应研究他的表情姿态,衣饰容貌,研究他的内心生活、习惯和趣味。第二,作者在坐在桌子前开始动手写作以前,必须更多的做好准备工作……第三,作者必须抓住创作工作的特点,即作者笔下的人物不应该是只有一般性的人物,而是要具有个性特征,而同时又能体现出社会本质的力量的人物。"

黄药眠指出:"作家的分析是带有着很强烈的阶级性。作家常常站在自己的立场,以昂奋的情绪去接触人物,分析人物,因此就是在作者所反映出来的形象当中,也具有强烈的党性。分析事物的方法,提出人物中的那些行动来加以描写,这不仅是观察力、分析力的问题,同时这也是立场问题,在长期教养下的阶级趣味问题。""人物性格的分析是和比较的方法分不开的。我们必须善于比较各个阶级各种类型的人物,看出他们之间的特点。而且也必须善于从同一类型人物中的同一品质之各种不同的表现加以比较。"

30日 禾子的《略谈〈红楼梦〉》发表于《文艺报》第20号。禾子认为:"《红楼梦》绝不是一部'客观'地记录事实的、'写生'的、自然主义的作品。它是真实地反映了当时的社会生活、深刻地揭示了封建社会的矛盾的一部伟大的现实主义的杰作。""现实主义文学作品的取材是现实社会的本身,人的感觉和形象的来源也是现实本身,作者的意识也反映着并认识着这个现实。所以,现实主义作家笔下的典型形象,是从现实生活中提炼出来的,通过他的高度的艺术技巧把它加以概括和集中。"

十一月

3日 李希凡、蓝翎的《论红楼梦的人民性》发表于《新建设》第11期。李希凡、蓝翎认为,一个作家具有什么样的倾向是分析批评作家作品的根本出发点,具体在现实主义文学批评中就是文学的"人民性"问题。李希凡、蓝翎进一步指出,《红楼梦》的"人民性"首先表现在它深刻的现实主义精神方面,"是中国三千年来的封建社会走向崩溃时期的历史性的记录与总结";在艺术形象上所反映的历史现实的真实性的深度,是它的人民性的另一面——正面人物形象(贾宝玉、林黛玉)反封建的彻底性。

7日 陈涌的《论鲁迅小说的现实主义——〈呐喊〉与〈彷徨〉研究之一》发表于《人民文学》11月号。陈涌写道:"鲁迅的小说常常带着极深的悲剧的性质,不仅是在于主人公所经历的悲惨的生活本身,而且还在于他们以及他们周围的人的不觉悟,在于他们对于共同利害的不认识,因此,往往同是在被压迫者中间,对于别人的不幸,对于别人的悲惨的命运,也并不理解,并不发生同情和共鸣。统治着鲁迅的小说周围的,往往是普遍的冷漠、麻木的空气,这便不但使被压迫者的悲惨的境遇带着更深的悲剧的性质,而且也无法避免这种被压迫的状况一时难以改变。"

14日 《中国作家协会古典文学部召开的红楼梦研究座谈会记录》发表于《光明日报》。文中,吴组缃说道:"俞先生考证本书八十回后的本来面目,总是割裂情节,割裂人物,割裂主题,把一部有生命的基本完整的作品,零肉细剐,脔割得零零碎碎;总是从'笔法','章法','穿插','伏脉'等去看,从一句诗一句话的暗示去猜;讲究什么文笔曲折,文情摇荡,文章变化。……而不从现实主义创作方法去看,不从人物性格和所处现实环境的关联与发展上去看。""由于孤立地,琐屑地看问题,使他愈钻愈迷惑,文章中的论点就总是三翻四覆,前后矛盾,混乱无比,无法自圆。""俞先生所持完全是主观唯心论的观点,受了胡适派引人钻牛角尖的考证方法的影响。"钟敬文说道:"《红楼梦》这部伟大的艺术作品,从出世以后,就受到广大读者的欢迎,同时也产生了对于它的各种不同的解释。有的以为它写的是清世祖和董小宛的故事,有的以为它写的是纳兰成德的事情,有的以为它是一部康熙时期的政治小说,又有的以为它是一部兼有政治小说、伦理小说、社会小说、哲学小说等性质的奇书。各种各样的说法,热闹地形成了所谓'红学'。……胡适等的'新红学',是用资产阶级的立场、观点和考据方法,去阉割掉《红楼梦》的历史的、社会的意义和它对当前现实的应有作用的。它把这部深刻地反映贵族地主阶级的没落以及这个阶级的叛徒的反抗悲剧的伟大作品,贬降为作者个人和他的家族的传记。这种'研究',一开始就是跟革命的文化运动严峻对立的。"

15 日 《文艺报》第 21 号的《新书刊》栏目推介吴敬梓的《儒林外史》。文中写道:"《儒林外史》是我国古典文学名著中第一部以高度讽刺艺术见称的长篇小说。……作者以严肃的笔触,刻画了当时士大夫阶层中形形色色的丑恶现象,并从而对封建统治下的政治和社会提出了有力的控诉和攻击。"

27 日 丁力的《不能作"俘虏"》发表于《光明日报》。丁力认为:"俞平伯先生以资产阶级唯心主义的立场、观点、方法来研究《红楼梦》。认为是作者曹雪芹'按迹寻踪,实录其事'的自传性的小说,内容没有反映什么社会问题,没有什么矛盾;把《红楼梦》这部伟大的现实主义的作品,降低为自然主义的作品。""同时,他对贾府荒淫无耻的生活进行掩饰、辩护;对贾府的没落、崩溃,感到惋惜和同情。"

同日,巴人的《〈青年近卫军〉的艺术构成及其人物形象》发表于《文艺学习》第 8 期。巴人写道:"《青年近卫军》非常鲜明地描写了苏联人民的年轻一代在他们热爱祖国和反对希特勒侵略的解放斗争中那种勇敢、机智和坚定的精神特质。""法捷耶夫的《青年近卫军》就是这样地将苏联人民中老年一代创造人类新历史、保卫社会主义祖国的战斗业绩，和青年一代继承前一代的精神力量而发展起来的共产主义的道德品质，完全结合起来而写成的。这是一部描写共产主义新人类的丰富而优美的精神生活的史诗。""小说所描写的，虽然仅仅限于一个地区和一个时期里的苏联人民的斗争，但就小说的整个精神来说，它却反映出苏联卫国战争的基本规律、基本特质，和全体苏联人民的无限丰富的精神力量。""小说以非常动人的场面的描写，和以深入、细腻的人物的精神面貌的刻划，而激励读者和吸引读者。"

十二月

2日　张白、汇川的《文学讲习所学员关于〈红楼梦〉研究的讨论》发表于《光明日报》。张白、汇川认为："大家在具体分析了俞平伯研究《红楼梦》的资产阶级的唯心主义思想以后指出：这种思想表现在文学研究上就必然是脱离社会历史条件、否认阶级斗争，而对作品作孤立的研究和烦琐的考证。大家认为，俞平伯所谓《红楼梦》是'作者的自传小说'，说它是'怨而不怒'的书，说书中写的只是'色''空'观念，这正是否认和降低了这部伟大作品的生动的社会意义。"

5日　吴组缃的《评俞平伯先生的〈红楼梦〉研究工作并略谈〈红楼梦〉》发表于《光明日报》。吴组缃写道，《红楼梦》中的"人物在矛盾斗争中的地位与关系是重叠错综的，因此所表现的形象的实质也是复杂多端的。但就总的精神说，作者在塑造这些人物形象时则寓有明确的褒贬，故而读者对这些人物形象的诸方面也就会产生黑白分明的爱憎"。

7日　老舍的《〈红楼梦〉并不是梦》发表于《人民文学》12月号。老舍写道："有生活才能有语言。文学作品中的语言必须是由生活里学习来的，提炼出来的。""若是他平日不深入地了解人生，不同情谁，也不憎恶谁，不辨好坏是非，而光仗着自己的一套语言，他便写不出人物和人物的语言，不管他自己的语言有多么漂亮。"

12 日　茅盾的《吴敬梓先生逝世二百周年纪念会开幕词》发表于《光明日报》。茅盾写道："《儒林外史》的影响之深远，其原因还不仅在于它是白话写的小说，而尤其重要的是在于它无情地暴露了当时的封建统治阶层的腐朽和愚昧，辛辣地讽刺了当时的在'八股制艺'下讨生活的文人，特别是它热情地赞美了来自社会底层的富于反抗精神和创造才能的'小人物'。"

19 日　胡念贻的《吴敬梓和他的时代（续）》发表于《光明日报》。胡念贻写道："我们评价吴敬梓，应该肯定他的民主主义的思想，肯定他的现实主义的作品，从这些方面深入地去研究，不应该无中生有，替他找出一个民族思想来。""《儒林外史》写成大约是在十八世纪的四十年代，吴敬梓的思想，可以说是代表当时出身地主阶级的知识分子的最进步的思想。吴敬梓虽然出身于官僚地主家庭，但他不屑于过那种庸俗的腐朽的地主生活，中年以前就把家产挥霍完了，迁到南京居住。这使他接触了下层的劳动人民，丰富了他的生活经验；同时亲眼看到了社会各方面的黑暗腐烂现象，加深了他对当时现实的憎恨，这是他的现实主义创作的源泉。"

30 日　冯至的《论〈儒林外史〉》发表于《文艺报》第 23、24 号（合刊）。冯至认为："作者的爱憎分明可以说是首尾一致的，由于特殊的内容所造成的结构上的困难是得到适当的处理的。"

《中国作家协会集会纪念吴敬梓逝世二百周年》发表于同期《文艺报》的《国内文讯》栏目。文中提到茅盾在开幕词中说道的，《儒林外史》"无情地暴露了当时封建统治阶级的腐朽和愚昧，辛辣地讽刺了当时的在'八股制艺'下讨生活的文人，特别是它热情地赞美了来自社会底层的富于反抗精神和创造才能的'小人物'"。

1955年

一月

7日 何干之的《"五四"以来胡适派怎样歪曲了中国古典文学》发表于《光明日报》。何干之写道:"文学是社会存在的反映,所以伟大的文学家也一定是清醒的现实主义者,中国古典文学作家施耐庵、吴敬梓、吴承恩、曹雪芹都是伟大的现实主义者。""我们不能从这些伟大的作品里面去找寻作者思想中的消极因素加以夸张,因为这些作品的思想的积极因素和现实主义是主导和主要的东西,应当对这些思想中的消极因素给以正确的说明和批判,吸取其精华,扬弃其糟粕。这是马克思主义文艺批评的基本任务。""胡适派对古典文学的另一种歪曲,就是根据资产阶级自然主义文艺观来否定古典文学的现实主义。""一切文学作品是通过形象来表现思想的,伟大的现实主义文学家的任务在于塑造形象,塑造典型的人物。中国古典文学的著名作品都塑造了典型的人物。""典型是艺术创作的最大特征之一。典型事物是某个社会阶级阶层所特有的本质。它不是个别人的特点,而是那些在一定历史时代中某个社会集团和社会环境所共有的本质的主导的东西。""胡适就在文学典型的问题上进行了极其有害的歪曲,他用自然主义来否定现实主义。"

16日 褚斌杰的《评〈红楼梦新证〉》发表于《光明日报》。褚斌杰认为:"曹雪芹笔下的《红楼梦》中的人物,并不是每一个都有其固定不变的模特儿的,曹雪芹靠着细心的观察、概括和丰富的想像,塑造了小说中的栩栩如生的典型形象。这些典型形象真实的表现出当时的社会本质。"

27日 《关于苏联冒险小说》发表于《光明日报》。文章写道,苏联冒险小说的"主要对象是青少年,所以它有着适合青少年的水平和需要的特点,即:

在语言和表现方法上比较浅显流畅，情节也比较曲折复杂。而更重要的是：它反映了苏维埃社会的丰富现实，它教导青年们热爱祖国，它引起青年们对新鲜事物的兴趣和未来生活的理想，它培养青年们的高尚的共产主义道德品质和进取精神"。

30日 王文琛的《保卫我们珍贵的文学遗产——批判胡适对我国古典小说戏曲的歪曲》发表于《光明日报》。王文琛写道："胡适一向是没落的西洋资产阶级文化的热心鼓吹者。他认为中国的东西毫无可取，主张一切都要完全模仿欧美资本主义国家，也就是说要'全盘西化'。他这种荒谬的说法，毛主席曾经批驳过说：'所谓"全盘西化"的主张，乃是一种错误的观点。形式主义地吸收外国的东西，在中国过去是吃过大亏的。'""胡适对于我国的古典文学，完全采取了抹煞和看不起的恶劣态度。……他抽不去作品里的时代意义和社会内容，就干脆避开不谈。我们看胡适每当谈到这些古典名著时，总是强调'文学技术''表情、达意''剪裁''意境'等等，就不难明白他的用意何在了。"

同日，常琳的《对〈洼地上的"战役"〉的几点意见》发表于《文艺报》第1、2号。"编者按"写道："自从路翎的小说《洼地上的"战役"》等发表后，本刊和其它刊物先后发表了一些批评文章，指出了小说中的不健康的倾向。最近本刊又收到不少读者对路翎小说的批评；路翎也寄来了不同意上述批评的反批评文章。本期先发表解放军战士常琳写的一篇批评，同时并分期发表路翎的约四万多字的反批评，以便展开讨论。"

常琳对路翎的小说《洼地上的"战役"》有如下几点意见："一、作者对宣扬什么，反对什么的思想观念不够明确"；"二、作者忽视了党的领导作用，政治工作者在他的笔下变成了软弱无能的人"；"三、歪曲了人民和英雄战士的形象"。同时，常琳还指出："由于作者立场观点上还存在着毛病，所以他的小说也还存在着很多缺点，就连刻划人物的思想、性格、特点的基本问题上，也还存在着问题，因而也就不得不歪曲了英雄的人民和战士的形象。"

二月

1日 李希凡、蓝翎的《胡风在文学传统问题上的反马克思主义观点》发表于《人民日报》。李希凡、蓝翎写道，胡风认为"'鲁迅底小说形式是从欧洲"移植"过来的，对于中国的旧小说，是全新的东西。鲁迅底杂文、散文、散文诗等，是多少改造了欧洲文学的同类形式而创造出来的，在中国是前无古人的东西'"，"但是，我们却和胡风看法相反。任何一个熟悉中国古典文学传统尤其是小说传统的人，读了鲁迅的小说，不仅会发现他曾受过欧洲文学的影响，更重要地是他继承并发扬了中国古典小说中的传统，在'表现的深切'和'格式底特别'上，更是发扬了中国古典小说民族形式的特色"。

8日 山东大学师生集体讨论的《我们对〈红楼梦〉的初步认识》发表于《人民文学》2月号。"二 关于曹雪芹的世界观、创作方法和红楼梦的倾向性、人民性"一段写道："由于曹雪芹有了丰富的生活基础并且运用的是现实主义创作方法，因此他创造了典型，并且通过典型反映了当时的封建大家庭和封建社会的本质。""曹雪芹在语言的运用上，尤其是运用语言的态度上是富有人民性的。""曹雪芹却是抛弃了统治阶级极力维护的古文，采用了为大多数人民较易理解的白话——并且是在当时已富有全民性的北京话，写出了他的杰作《红楼梦》的。作者这样做是符合社会发展的规律性以及语言发展的规律的，当然，就符合着大多数人民的愿望了。作者采用这种语言做工具，表现出统治者所喜欢的古文不可能有的成绩，写出了为大多数人所理解并为他们所喜爱的辞句。""《红楼梦》表现了曹雪芹学习人民语言的非凡努力，他大量的采用了人民口语中的语言，使他所描写的更富于形象性。""他不仅认识人民的语言是文学的语言的宝藏，而且有着与统治者所喜悦的'古文'宣战的意义的。""《红楼梦》向封建势力运用的工具作反抗的斗争，无疑的，该说是有人民性的。""三 几个人物形象——贾宝玉、林黛玉、刘老老——的分析"一段写道："在人物的塑造上，《红楼梦》的成就是惊人的。曹雪芹所以能够获得这样的成就，主要是因为他能从阶级出身和生活环境上，抓着人物应有的特点与可能有的特点来发挥。""曹雪芹是个现实主义者，他的现实主义的创作方法使他能够从本质上认识事物。"

15日 蔡仪的《批判胡风的资产阶级唯心论文艺思想》发表于《文艺报》第3号。蔡仪写道："胡风的《关于几个理论性问题的说明材料》，是资产阶级唯心论文艺思想在马克思主义词句的伪装下,对马克思主义的歪曲,对社会主义现实主义理论的窜改,对当前文艺运动的污蔑……我们必须接受《武训传》问题、《红楼梦》研究问题的教训,对它展开严肃的斗争。"胡风"否认现实主义的阶级性,这正好说明了胡风的资产阶级观点或者反马克思主义观点",还"否认社会主义现实主义和工人阶级立场——马克思主义世界观的关系","他歪曲了、乃至窜改了斯大林的社会主义现实主义的定义"。胡风"抽去'社会主义精神'思想根源的工人阶级立场与马克思主义观点,实际上也就是抽去社会主义精神,而代之以一般的人道主义精神,于是把社会主义现实主义和过去的现实主义的在思想根源上的区别抹煞,把它和过去的现实主义等同起来"。"胡风的窜改社会主义现实主义的基本理论,就是为了要反对我们文艺为工农兵服务的方向,首先就是反对知识分子出身的作家的思想改造。原来知识分子出身的作家的思想改造问题,是现阶段我们的文艺如何才能为工农兵服务的关键问题,而反对作家的思想改造,就是从根本上反对文艺的工农兵方向。"

蔡仪认为:"胡风文艺思想的根本性质是什么呢?就他的理论体系来说,是主观唯心论的,反人民、反现实主义的理论。""原来胡风认为现实主义的所以能够成为现实主义,不是由于'写真实',也不是由于反映现实生活,而是由于作者'对于现实生活的反应的情绪底饱满',对于现实生活的反应的'主观精神作用底燃烧'。这里的'情绪'和'主观精神作用',虽说是'对于现实生活的反应',不过'情绪'和'主观精神作用',当然不就是现实生活。如果说,'情绪底饱满'和"'主观精神作用底燃烧',是现实主义的所以能够成为现实主义,这种理论很显然是以'情绪底饱满'和'主观精神作用底燃烧',代替现实的真实,作为现实生活的本质的东西,也作为文艺的本质的东西;这就是一种主观唯心论。如果说,这种理论和现实主义有关系,那就只在于它是反现实主义的这一点上。""胡风的认为'主观精神'是现实主义文艺的生命,也正由于他对于'主观精神'的根本看法是错误的;即如他既主张现实主义没有阶级性,又认为现实主义或现实主义的文艺的生命是'主观精神',因此,他这种'主观精神'就变成了超阶级性的。""胡风有时也强调人民性,但是他把'人民性'的阶级内容抽掉,变成抽象的'仁爱的胸怀'或'人道主义'

了。"

田间的《箭头指向哪里？——评胡风的一种资产阶级论调》发表于同期《文艺报》。田间写道："形象的思维，人的刻划，这等等，对于一个作家来说，是很重要的，不懂得这些，自然算不得是作家。但是，作家在创作中，如何刻划人，如何进行典型化的工作，如何能真实地、按照历史观点具体地来反映现实生活革命性的发展，以及作家爱的是什么，恨的是什么，——如何能掌握社会主义现实主义的创作方法，毫无疑问，和作家的共产主义的世界观是不但不能分割，而且是紧密地联系着的。""胡风根本不想承认世界观对创作的重大作用，也不想承认作家要进行思想改造。"

三月

8日 荒煤的《学习发展苏联文学的伟大纲领》发表于《人民文学》第3期。荒煤写道："作家所要描绘的如此复杂的尖锐的斗争、广阔的现实，带给作家题材、风格、形式的多样性是无限丰富的。""作家在新旧斗争中所贡献的力量，他的战斗性、明确的世界观、阶级立场、对于新生力量的扶植与歌颂……首先是表现在对于我们光荣的当代人物的形象的创造工作方面。""创造同时代的光荣的劳动人民的真实、生动的形象，也即正面人物创造的问题，现在是、将来也是、永远是文学创作中的一个首要的问题。"

10日 茅盾的《关于人物描写的问题》发表于《电影创作通讯》第16期。茅盾指出："描写一个人物该从什么地方描写？当然把这人的举动、声音、笑貌写出来。如果没写这个人的举动，没写这个人的声音笑貌，就看不出这人的形象。小说方面尤其是这样，……一个人物的内心世界，一部分通过语言，通过脑子想，表达出来；……而另一部分就是通过举动声音笑貌来表达。从理论上讲，写人物的内心世界，就要这样用形象的办法来写，而不是写一长段心理描写。"

茅盾还写道："各位都看过《水浒》和《红楼梦》，我觉得《水浒》写每一个人物说话的神气始终都有分别。吴用说话的神气和李逵、鲁智深、武松完全不同；吴用和宋江又不同；鲁智深和李逵、武松又不同。因此，《水浒》作者绝对不介绍鲁智深是什么性格,决不来一大堆心理描写——写鲁智深怎么怎么想,但是通过简洁概括的描写,我们就明白鲁智深的性格是怎么样。一个人在做一桩事情时,他是有心理活动的,这心理活动一方面就表现在行动上。《水浒》作者就是把人物的心理活动在表现行动夹写出来,不是另外加一大堆心理活动的描写。有时用一两句简单的话表示这时的心理活动,可是接下去依旧是行动。从这简单的描写中间,可以看出心理变化,和行动配合得很好,而且形象非常鲜明。""再补充一句,长段心理描写不是很好的方法,最好少用,但也要看长段心理描写是用什么方法写。有时通过人物活动来写,譬如写一段回忆,这回忆中间充满许多事实,作品中写到这段充满事实的回忆还是必要的,这也是属于长段的心理描写。但因为是通过人物过去接触的具体活动来写,就和那种没有人物过去活动的长段描写不同。"

茅盾认为:"要使人物性格突出,形象鲜明,要写他在什么环境中活动。人不能在空中活动,一定有环境。一个是自然环境,一个是社会环境。环境描写不是写这地方有点什么摆设,它也是要服从人物性格的。……环境一方面服务于人物性格,但是并不能说,我们写自然环境社会环境,目的就是衬托人物性格。描写环境还有另外一个作用,这个作用有时比服务人物性格更重要,这就是要把作品的周围气氛写出来。……自然环境和社会环境的描写,可以同人物心理状况配合起来。怎么样配合没有一定的成规,要看各位的具体情况来讲。这是大的方面。还有小的方面,就是从这个人的心理状况的变化、情绪的变化来跟环境配合。环境不动,但这个人的情绪变化了,看环境就不同了。"

茅盾指出:"还有一个问题是人物的共性与个性。在理论上大家知道得很清楚,决没有一个人物只有共性,没有个性的。但我们常常看到写出来的人物只有共性,没有个性。一个作品中,人物的个性写得很好而没有共性,是不可能的。共性是一个阶级的共同性。知识分子,工人,农民都有他们的共性,但他们还有个性。决没有一个人物已经写出个性而却没有包括共性。……写了个性就包括共性了。"

黄谷柳的《关于处理小说中的矛盾冲突》发表于《广东文艺》3月号。"编者按"写道:"我们收到解放军某部何流同志询问关于处理小说中的矛盾冲突问题的信,特约请作家黄谷柳同志回答。"

文中节选了何流的来信,何流提问道:"有些小说是写矛盾斗争的,有些只是表现新英雄人物的。是不是后者不用写新人物和其他的矛盾呢?每篇小说是不是都有反、正面的人物的斗争呢(即表现新的批判旧的思想。)?单写一个新人物算不算小说呢?小说的结构是怎么的?都是有矛盾(进步与落后),还是如《文学初步读物》中的《射手》(寒风作)只写人物生长的过程?这样的作品,是否有提出矛盾。"

黄谷柳回答:"单单写一个新人,没有任何的冲突和矛盾是不能成为一篇小说的。""每篇小说,不一定都要有正、反两方面的人物在那里发生斗争,有些作品,全是表现正面人物或全是描写反面人物的,主要看内容,没有一定的公式。""矛盾和冲突是表现在各个方面的。人与人之间存在着矛盾,人与自然界之间也存在着矛盾。"

黄谷柳还认为:"写小说的目的是通过人物的行动和语言,通过行动和语言所构成的情节来表现人的思想感情,表现作品的主题的。人的内心世界是很复杂的,客观现实有斗争,就会反映进人的脑海里,你、我在这现实面前都不能回避当作看不见,或硬说没有什么斗争。""有不少人,把现实生活理想化,美化,不承认我们的社会主义革命事业的艰巨复杂和困难,无视了旧社会遗留下来的、还大量存在着的坏人坏事和各形各色的错误的思想意识,这种人不敢正视现实,结果就必然会回避斗争,放弃了斗争。他们喜爱一些没有冲突矛盾的粉饰太平的作品,客观上就成了替一切落后现象、思想、和人物作辩护士,希望作者笔下留情,网开一面。这种人,就是今天苏联文学界攻击得体无完肤的臭名远彰的《无冲突论》者,这种人,在中国也是存在的。"

15日 杨朔的《与路翎谈创作》发表于《文艺报》第5号。杨朔写道:"路翎让所有的人都用温情主义来对待铁的纪律",杨朔认为,路翎"要写英雄思想,就把自己对战争的歪曲看法,生拉硬扯地装进英雄的脑子里。他给硬装进去的有两种主要的思想:一是对家乡妻子儿女等的怀念;二是内心克服痛苦的斗争"。因此,"路翎创作方法是违反现实主义的,他的作品所表现的内容是非无产阶级的,感情是不健康的,他所写的却是无产阶级的革命战士"。"路翎总认为自己的创作是从现实斗争的复杂多样的具体矛盾出发。其实他是在关着门制造虚伪的矛盾：制造战士内心的痛苦，制造各种非政治的人与人的关系，看起来倒真复杂多样，只是可怜的很，他永远也制造不出现实生活中真正的矛盾——这就是新生的与腐烂的、进步的与落后的、光明的与黑暗的矛盾。"

同日，魏金枝的《先从报告特写入手——读稿随笔之一》发表于《文艺月报》3月号。魏金枝写道："写小说时，作者可以比写报告特写时有更多的自由，可以塑造人物，可以虚构故事，以及其他种种细节的移易等等。而报告、特写呢，那么虚构和想像的范围，就要更狭隘些。除开删节一些不必要的繁琐，以突出人物的性格和故事的主要情节以外，至多只能在细节上根据人物的性格，加些适当的想像而已。""小说和报告、特写之所以不同，主要在于报告特写是真人真事，而小说则不必胶着于固定的真人真事，却容许作者在真实这一原则的指导下，进行概括和综合。此外，两者在形成的程序自然也有所不同。后者往往由于作者在现实世界中，为某个人物事件所感动，以为在现实中具有典型性，就选它作为题材，然后从事写作。而后者则往往由于作者已积累了许多素材，在作者的头脑中酝酿，一旦因某一人物事件的诱发，因而完成其主题、人物和故事的构思工作，而达到作者所认为具有典型性的地步。自然也有先从现实世界中取得一个真人真事的比较典型的题材，再加以丰富、移易等加工手续，而最后完成的。""不过，所谓虚构或想像，并不是坐在写字台上脱离现实的幻想，倒是作者在实生活中有了丰富的经验的结果。"

27日 霍松林的《试论〈红楼梦〉的人民性》一文发表于《光明日报》。霍松林写道："曹雪芹的《红楼梦》，除胡适派资产阶级唯心论者把它看成'平淡无奇的自然主义小说'而外，谁都承认它是一部具有高度人民性和现实主义精神的文学巨著。"

30日 金丁的《不是典型的而是歪曲的形象——评路翎的〈洼地上的"战役"〉》发表于《文艺报》第6号。金丁认为："典型的性格是在典型的环境中形成和发展的，在朝鲜的战场上，像王应洪和金圣姬这样的人物，他们的性格、思想、感情和情绪所表现出来的，是和他们所生活的现实环境太不相称了。"路翎"不尊重生活真实，不了解生活真实，而是根据他的'主观的精神'动笔写作"。

林原的《关于〈一个女报务员的日记〉的批评和讨论》发表于同期《文艺报》。林原认为,《一个女报务员的日记》这部小说有"比较生动的艺术描写","不是概念化的、简单的说白。因此,作品具有一定的感染力和教育意义"。"这些批评文章不承认现实生活中的矛盾,不准主人公有任何个人情感的生活和内心的活动,对于任何一项活动都要用机械的教条来衡量——用的就是这样同一的、简单而又粗暴的方法。"

林原写道:"《一个女报务员的日记》的批评讨论中所暴露出来的问题,它的实质就是如此。它暴露了我们的创作和批评在反对'公式化''概念化'当中的资产阶级思想的影响;同时,它也严重地暴露了我们批评工作中的庸俗化的简单化的批评方法。这两种情况的任何一种对于我们文艺事业的发展都是不利的,因此对这两方面的偏差,我们都不应该放松斗争。我们必须在反对文艺创作中的资产阶级思想的同时,反对'公式化''概念化'的批评和创作。"

王瑶的《批判胡适的反动文学思想——形式主义与自然主义》发表于同期《文艺报》。王瑶写道:"他的反动思想体系即是为帝国主义服务的主观唯心论的'实验主义',而贯彻在他关于文学方面的文章中的思想,则是形式主义与自然主义,这同样也是他主观唯心论思想在文学方面的表现。""文学上内容与形式的关系,是在文艺思想上唯物论与唯心论的斗争表现得最尖锐的一个问题。因为这是文学创作与文学批评的重要问题,因此在这里最容易表现出唯物论与唯心论的根本对立来。揭穿主观唯心论在文学上的形式主义观点,对于保卫现实主义有着极重要的意义。形式主义者是否认客观现实及其规律性对于文学创作的巨大意义的,它只着眼于脱离内容而孤立的形式上的完美,而其真实意义却正是为了掩饰那在内容上的空虚与反动的性质的。胡适对于文学的观点,就是这样。""从自然主义的观点出发,胡适评价文学作品总是从作者个人的身世经历和主观的思想感情着眼的,这和我们从客观现实的反映来考察作品的态度根本相反;因此它不可能得到任何正确的结论,而必然是反动的和违背历史真实的。"

四月

5日　魏金枝的《谈〈故乡〉中的两个人物》发表于《文艺月报》第4期。

魏金枝说道:"根据上述种种,我必须在这里再次提出,鲁迅先生在闰土和杨二嫂这两个人物形象的塑造上,虽然他们同处在那么一个共同的时代和环境里,也并非只因为一个处在农村一个处在城市那些不同之处,他们却都是各有其独特的性格的。……不论形貌,不论思想,更不论言语和动作,都依照他们的性格而自成一种统一的格调,除开那种共同的命运的痕迹以外,那是什么都不能有一丝一毫的移易换置的。而凡是可以移易换置的,也就不能具有完整的典型性。但也并非就等于说,凡是不同性格的人物,必须具有绝然相反的性格,一如闰土之和杨二嫂那样。"

8日 陈涌的《〈财主底儿女们〉的思想倾向——兼评胡风的若干观点》发表于《人民文学》第4期。陈涌写道:"由于路翎往往违背了现实主义的方法,无限制地去追求人物心理的复杂性,以致反而模糊了对于人物心理的规律性的认识,使得读者感到暗晦,难解。"所以,"蒋纯祖,就算是当作一个个人主义知识分子来看,他的许多表现也是缺乏真实性的"。

沛翔的《在接受民族遗产问题上胡风怎样歪曲了鲁迅先生》发表于同期《人民文学》。沛翔写道:"胡风竭力企图证明鲁迅先生的杂文和小说都是'移植'过来的。""不错,鲁迅先生做小说确实接受了外国小说的很大影响,尤其是果戈里的影响,使他的小说从内容到形式都不同于中国的古小说。"但是,"林默涵在他的论文中曾指出:'在语言结构上,表现手法上,可以看出他是最好的继承并且发扬了民族文学特色的。'"

同日,李希凡的《〈水浒〉的细节描写与性格》发表于《文艺学习》第4期。李希凡写道:"中国农民战争的史诗《水浒》,以其白描的艺术手法,创造了众多的典型性格。这个表现的手法的最大特点,就是通过人物的内心体现于外形的动作和语言来创造形象,它没有繁琐的细节描写,也没有抽象的心理剖析,而是这种特征的艺术表现手法本身,决定了它自己的特征细节描写性格。《水浒》并非缺乏细节描写,相反的,水浒英雄们的生动、丰满的形象和性格,正是通过丰富的真实的细节描写,而达到典型化的。""和从行动中表现人物性格的白描手法相联系,《水浒》的细节描写经常是伴随着凸显人物性格的特征行动而出现,作者用丰富的细节描写垒成起伏峰峦,最后导向高峰,以突出的形式展开了行动，使得人物形象获得了饱满的生命力。""细节描写，在人物性格上虽然起着这样重大的作用，可是，极度趋于繁琐的细节描写，在艺术效果上也是非常沉闷的。真实的典型的细节并不在多，根本的是在于选择正确而富有表现力的细节。有才能的作家，很善于运用精练的细节描写，表现出丰富的生活内容。"

30日 叶如桐的《〈黎明的河边〉读后》发表于《文艺报》第8号。叶如桐写道："我们从作品中看到作者在努力于创造正面人物的形象。""在十三篇作品中，我认为《老交通》《党员登记表》《马石山上》等篇，写得较好，对人物的性格有着较深的刻划，因而作品也有着较为强烈的感染力量。""作者的这些作品，虽然大多是写的多年以前的战争时期的生活题材，我却感到这些作品具有着一种清新的色泽。原因是作者在以高亢的声音，带着强烈的感情，唱着他对英雄人物的赞歌，使得作品中有着浓郁的抒情的成分。"

五月

13日 胡风的《我的自我批判》发表于《人民日报》。"编者按"写道："胡风的这篇在今年一月写好、二月作了修改、三月又写了《附记》的《我的自我批判》，我们到现在才把它和舒芜的那篇《关于胡风反党集团的一些材料》一同发表，是有这样一个理由的，就是不让胡风利用我们的报纸继续欺骗读者。从舒芜文章所揭露的材料，读者可以看出，胡风和他所领导的反党反人民的文艺集团是怎样老早就敌对、仇视和痛恨中国共产党和非党的进步作家。读者从胡风写给舒芜的那些信上，难道可以嗅得出一丝一毫的革命气味来吗？从这些信上发散出来的气味，难道不是同我们曾经从国民党特务机关出版的《社会新闻》《新闻天地》一类刊物上嗅到过的一模一样吗？什么'小资产阶级的革命性和立场'，什么'在民主要求的观点上，和封建传统反抗的各种倾向的现实主义文艺'，什么'和人民共命运的立场'，什么'革命的人道主义精神'，什么'反帝反封建的人民解放的革命思想'，什么'符合党的政治纲领'，什么'如果不是革命和中国共产党，我个人二十多年来是找不到安身立命之地的'，这种种话，能够使人相信吗？如果不是打着假招牌，是一个真正有'小资产阶级的革命性和立场'的知识分子（这种人在中国成千成万，他们是和中国共产党合作并愿意受党领导的），会对党和进步作家采取那样敌对、仇视和痛恨的态度吗？假的就是假的，伪装应当剥去。胡风反党集团中像舒芜那样被欺骗而不愿永远跟着胡风跑的人，可能还有，他们应当向党提供更多的揭露胡风的材料。隐瞒是不能持久的，总有一天会暴露出来。从进攻转变为退却（即检讨）的策略，也是骗不过人的。检讨要像舒芜那样的检讨，假检讨是不行的。路翎应当得到胡风更多的密信，我们希望他交出来。一切和胡风混在一起而得有密信的人也应当交出来，交出比保存或销毁更好些。胡风应当做剥去假面的工作，而不是骗人的检讨。剥去假面，揭露真相，帮助党彻底弄清胡风及其反党集团的全部情况，从此做个真正的人，是胡风及胡风派每一个人的唯一出路。"

胡风在文中写道："作家必须有和人民共命运的立场，在现实斗争中对于敌、友、我的爱爱仇仇的态度，革命的人道主义精神。我认为，这种精神应该而且可能是从反帝反封建的人民解放的革命思想要求产生的，我把这叫做'主观精神'或'主观战斗精神'。在这一点上，我的错误是，在把这种精神当作实践态度来强调的时候，却模糊了一个根本问题，即作家当时的反帝反封建的要求是带着各种非无产阶级的东西的。一般地说，作家凭着一定的积极的实践态度，在实践过程中可以逐渐地克服自己的错误和变革自己，但同时必须提出，这一实践态度和实践要求，是需要争取正确的立场底保证的。"

六月

8日 柳·纪·波兹聂也娃的《论〈红楼梦〉》发表于《人民文学》6月号。柳·纪·波兹聂也娃写道："最伟大的艺术家——中国的文学家曹雪芹创造了一部伟大的现实主义的作品，真实地再现了他的时代的现实生活情况。""在《红楼梦》中所表现出来的作者的观点和他的作品的现实主义之间的矛盾，跟列宁所指出的托尔斯泰作品中所存在的矛盾是非常相似的。""作者在表现'下等人'反抗封建社会的压迫这一点上是站在民主主义的立场上的，他的民主主义立场还表现在作品的语言里，因为他的作品是面对人民，使用人民的语言的。"

同日，张侠生的《〈水浒传〉〈西游记〉和武侠神怪小说有什么区别》发表于《文艺学习》第6期。"编者按"写道:"自全国各报刊揭发黄色小说对青年的毒害以来,许多读者来信问:描写英雄行为的《水浒传》和武侠小说有什么不同呢?《西游记》和许多荒诞的神怪小说又有什么区别呢?也有些读者在来信中把《水浒》《西游记》等古典文学作品和《三侠剑》《七剑十八侠》之类的荒谬东西混同起来统称为'旧小说'。这说明他们不知道如何分辨两者的界限。我们请张侠生同志写了这篇短文,作为对这问题的简略答复。"

张侠生指出:"《水浒传》《西游记》和一般的所谓武侠神怪小说,从表面上看,虽然都是写绿林好汉,英雄侠义和神魔故事的,但在内容上却有着根本的不同。它们本质的区别就在于前者是反映社会现实生活的矛盾和斗争的优秀的现实主义作品,后者是掩饰社会的阶级矛盾,对现实生活采取虚伪态度的反现实主义作品。也就是说,前者是为广大人民服务的,后者是为反动的统治阶级服务的。两者主要的分歧就在这里。"

15日 《苏联文学界祝贺萧洛霍夫五十寿辰》发表于《文艺报》第11号。文中写道:"在作家萧洛霍夫的创作中,充分地体现了古典文学作品的优秀传统和社会主义文学的革新精神。""萧洛霍夫是一个把自己的生活、自己的心和人民的生活、人民的心溶合在一起的作家。他的作品献给人民生活中重大的历史事件,他的史诗般的作品《静静的顿河》《被开垦的处女地》和尚未全部写成的《他们为祖国而战》鲜明地刻画了整整两次世界大战、革命、国内战争的时代以及全国工业化和农业集体化的光辉年代。萧洛霍夫以全部的热情来写劳动人民。他创造了无数典型的形象,勇敢地揭露现实生活中的严重的矛盾和冲突,以共产主义必定胜利的信心来鼓舞读者。他数十年如一日地不断锤炼自己的技巧,达到了完全掌握了创作规律和要求的高峰。"

七月

3日 刘知渐的《从桃园结义故事看〈三国演义〉的人民性》发表于《光明日报》。刘知渐认为:"'桃园结义'故事,并不是三国时代的历史事实,而是《三国演义》作者从现实生活中概括出来的真实生活。它的艺术真实性,是无可怀疑的。""民间文学从现实生活中吸取创作泉源,以城市人民的面貌、性格、思想、感情来塑造刘关张,是完全可以令人理解的。""'桃园结义'故事成了明清两代农民起义者团结自己组织自己的唯一典范,这就是《三国演义》的'现实主义的伟大胜利之一',这就是《三国演义》的人民性之所在。""《三国演义》所歌颂的'义气',是有其阶级立场和民族立场的。"

15日 刘白羽的《必须清除自由主义》发表于《文艺报》第13号。刘白羽写道:"一个人民的作家,他的神圣的职责,是要用自己的文学作品以社会主义精神教育人民,引导人民,走向建设社会主义的道路。我们的文学作品,应当歌颂走在美好的建设生活、斗争生活最前列的人们,这些人,率领着长长的人民的行列,正向社会主义迈进。当读者被这些人和事所感染、所鼓舞之后,从他的内心发出前进的要求,人们的思想感情变得更奋发、更坚定、更前进。这就是文学的伟大作用。""保存个人主义——自由主义,在实质上是怎么一回事呢?实质上是没有遵守、或反对列宁的'党的文学'原则的人,而恰好是列宁在《党的组织与党的文学》一文中所指斥的那种'资产阶级个人主义者先生们',严重的没落阶级思想意识,可以带进坟墓,却不可能带进我们理想的、美好的共产主义世界中间去。在那到达共产主义去的路上,我们就要在斗争中消灭掉它,清除掉它。"

同日,老舍的《关于文学的语言问题》发表于《文艺月报》7月号。老舍认为:"运用语言不单纯地是语言问题。你要描写一个好人,就须热爱他,钻到他心里去,和他同感受,同呼吸,然后你就能够替他说话了。这样写出的语言,才能是真实的,生动的。普通的话,在适当的时间、地点、情景中说出来,就能变成有文艺性的话了。不要只在语言上打圈子,而忘了与语言血肉相关的东西——生活。""我们应向人民学习。人民的语言是那样简练、干脆。""语言须配合内容:我们要描写一个个性强的人,就用强烈的文字写,不是写什么都是那一套,没有一点变化,也就不能感动人。"

此外,老舍还认为:"对话很重要,是文学创作中最有艺术性的部分。对话不只是交代情节用的,而要看是什么人说的,为什么说的,在什么环境中说的,怎么说的。这样,对话才能表现人物的性格、思想、感情。""我们常常谈到民族风格。我认为民族风格主要表现在语言上。"

30日 王朝闻的《论艺术的技巧》发表于《文艺报》第14号。王朝闻认为："真正的技巧,是从深刻研究现实和正确理解现实从而正确地加以反映的要求开始的。艺术形象的多样性和多面性,永远是来源于生活的多样性和多面性。"

王朝闻还特别提到："内容丰富而单纯和形式活泼而严谨的结构,各别事物的主从关系安排得恰当而富于变化的结构(例如鲁迅的《药》、普希金的《驿站长》、契诃夫的《苦恼》等等短篇小说),以及不直接写出又能预示人物行动发展前途的结构(例如芬奇的《最后的晚餐》),不仅依靠艺术家的创造能力,也依靠艺术家对于客观事物的认识……例如果戈理的《巡按》,其所以能够正确地处理人物与人物的关系,人物与时代背景的关系,以至故事线索和高潮的组织与安排,不能以为作者在认识上是盲目的。"

王朝闻认为："对比和照应,作为一种艺术的'手法'来看,在技巧中占着重要地位。正是基于正确的认识,艺术家才能够充分发挥对比、照应等等'手法'的积极作用,才于借具体的形象强调和突出客观事物的本质特征。"

八月

15日 王朝闻的《论艺术的技巧(续完)》发表于《文艺报》第15号。王朝闻写道："不论文学或艺术,只要是现实主义的作品,都包含着关于塑造典型以及表达主题、结构故事和运用语言等等规律性的知识。这些知识,是历代智慧的人民在创作实践中不断积累和丰富起来的,作为一种知识来看,它有很大的适应性,它可以反过来作用于当前的现实的反映或体现新的创作意图。这种知识愈丰富,愈加有利于基于生活知识的想像力的发挥,以至加强艺术家对于现实事物的敏感。""由于技巧所处理的生活是统一的,所以关于技巧的知识,如果是合乎规律的,它的功能不以不同的对象为转移,它可以和不同的作家艺术家的个性、情绪、创作动机相适应,可以和表现各种不同的主题、题材、人物和场面的需要相适应。例如对照、照应、衬托、扩大、虚实、起伏和收放等等'手法',存在于《红楼梦》的抄检大观园、《西游记》的闹天宫、《水浒》的大名府比武或劫生辰纲中,也存在于其他艺术中……因而了解这些文学作品的各种'手法',不只是对于作家,而且对于一切艺术创作家都是有益的。""技巧的独创性，永远和艺术家反映生活的强烈愿望分不开，和艺术家热爱生活的态度分不开，和艺术家对于生活的深切感受与深入的理解分不开，和艺术家深知人民的欣赏要求和懂得艺术的中国作风中国气派的修养分不开。"

27日 尼古拉·托曼的《谈惊险小说的创作问题》发表于《光明日报》。托曼指出："惊险小说可以粗略地分做两类。""第一类作品写人类社会内部的斗争，写人与人的冲突。不过这一类，跟整个惊险小说一样，有一些跟戏剧共同的特点（尖锐的冲突、紧张和剧情紧凑）。""第二类作品写人和自然界的冲突。这类作品包括科学文艺小说和科学幻想小说（这类小说必须具有科学的真实性、准确性和进取精神）。""没有令人难忘的人物形象，是不可能有生动的惊险小说的。不过，惊险小说中人物内心世界的描写方法，譬如说吧，是跟心理小说或社会小说不同的：在惊险小说里，主要是在事件发展当中和情节变化当中描绘人物的性格。""惊险小说，于是根据这一点决定的，在这种体裁的小说里，人物的典型特点是在特殊情况下表现出来的。惊险小说作家就要善于突然转变作品中人物的命运，善于把人物安放在能够充分表现出他的一切性格特点的环境里。"

万弓的《需要更多更好的惊险小说》发表于同期《光明日报》。万弓提到："苏联的惊险小说，可以培养人们的政治警惕性，培养人们跟敌人斗争的坚韧精神，教会人们识别暗藏的反革命分子的本领。大家热中阅读这种小说，对当前的政治斗争，也是有好处的。我们应该支持人们的这种阅读兴趣。"

子超的《从苏联惊险小说中学习些什么》发表于同期《光明日报》。子超认为："苏联的惊险小说，和旧的侦探小说是有着本质的不同。……苏联惊险小说……的内容很广泛，而大部都是描写对祖国怀着无限忠诚热爱的苏联人民和公安人员，怎样勇敢地和特务间谍进行斗争。……它宣传的是勇敢、大胆、机智、不怕困难和自我牺牲等人类最高贵的品质，使我们看了产生高尚的感情。……苏联的惊险小说，则是苏联伟大的社会主义现实主义文学的一部分，虽然是比较年轻的一部分。它不仅是以社会主义精神去教育人们，而且是忠实地反映了防奸反特的尖锐的现实斗争。"

30日 李希凡、蓝翎的《关于曹雪芹的世界观与现实主义创作》发表于《文艺报》第 16 号。李希凡、蓝翎写道："从总的艺术形象范围来考察，曹雪芹在《红楼梦》中非常完整地描写了两种对立的关系——封建官僚地主阶级和它的叛逆的青年一代的关系以及透过它的折光所反映出的更为广泛的封建官僚地主阶级与人民群众的矛盾。这两种对立的关系，构成了《红楼梦》现实主义的悲剧结构。""确认在《红楼梦》艺术形象所显示出的曹雪芹的世界观的主导趋向具有着新的人道主义的启蒙色彩，绝不等于说，在曹雪芹的时代，已经产生了什么新兴阶级的完整的世界观，也绝不等于说，曹雪芹已经是完全自觉地站在新兴市民阶级立场来观察一切事物"。"曹雪芹世界观中的消极成分，在《红楼梦》的艺术描写上，明显地留下了不可抹掉的痕迹。仔细地分析这个问题，是完全必要的，它绝不会减低《红楼梦》的价值，反而更加显示出它的时代的历史的特色。""《红楼梦》中现实主义的形象与作者某些主观的虚伪的解释，正是作者世界观中的矛盾在创作中的反映，这虽然是非常复杂的东西，但却是统一在一个作家身上的东西，它是历史的真实的产物。"

本月

知侠的《我怎样写〈铁道游击队〉的》发表于《文艺书刊》第 8 期。知侠写道："《铁道游击队》是以真人真事为基础写出来的。""原先，我想把他们所从事的斗争用传记或报告文学的形式来写的，以后改写小说来写了。既然作为小说来写，对他们的斗争事迹，就不能不加以艺术的选择和取舍，过于繁琐的重复的人物和战斗情节，有的我删去与合并了，这里当然也有所加强。结合整个抗日游击战争的实际情况，有些地方我把它丰富和发展了，尽管如此，但我还是以他们真实的斗争发展过程为骨骼，以他们的基本性格为基础来写的。老实说，书中所有的战争场面都是实有其事的。"

九月

8 日 胡冰的《谈叶圣陶的短篇小说》发表于《文艺学习》第 9 期。胡冰写道："叶圣陶先生的短篇小说在艺术上的优异成就，也很值得我们学习。作者并不刻意追求作品形式的新奇或故事情节的动人（例如《隔膜》《晓行》《春联儿》等篇，就其情节、结构来讲，与其说是小说，勿宁说是更近于散文的），却致力于揭示人物的内心世界、精神状态。正因为在这一主要方面得到了成功，尽管所写的多是'平凡的人生故事'，也能给读者留下深刻的印象，启示他们在思索一些社会人生的问题。但这绝不是说，叶先生对于他的作品的艺术构成是忽视的，恰恰相反，作者善于根据表现特定的主题思想的要求，来考虑作品的布局，选择人物，发展故事，构成篇幅，使作品的内容与形式达到适当的结合，创造出完整和谐的艺术品。短篇《夜》就是一个很好的例子，它通过少数的人物和简单的故事，在狭小的篇幅中展示出广阔的现实生活的图画，情节单纯而不呆板，结构严密而富于变化，充分说明了作者的艺术造诣。"

周立波的《谈〈三国志演义〉（上）》发表于同期《文艺学习》。周立波认为，《三国志演义》"是一部引人入胜的大规模描写封建皇朝的各种矛盾的小说。它反映了魏蜀吴三国的里里外外的，错综复杂的情况，描写了九十七年间的接连不断的战争。它用变化无穷的手法描绘了一连串战役，包括历史上极为著名的官渡和赤壁的战役，这些频繁的大大小小的战争，在作者的灵活的笔锋之下，没有一个相同的。指挥作战的人们的精妙的战略，至今还有值得学习的地方"。

15日 余冠英的《胡适对中国文学史"公例"的歪曲捏造及其影响》发表于《文艺报》第17号。余冠英写道："胡适诬蔑歪曲我国古代文学的事实……归纳起来，……约有下列几种"，"一是割截历史……二是抹煞事实……三是隐蔽精华……四是搬运糟粕……五是捏造或歪曲'公例'"。"最有影响的几条'公例'"如下："'公例'之一是文言和白话长期对立不断斗争说"，"'公例'之二是'文体进化论'，也就是文体不断'革命'不断'解放'论"，"胡适所强调的另一条'公例'——'一切新文学的来源都在民间'，和前两条也是分不开的"。

同日，王愚的《谈〈三里湾〉中的人物描写》发表于《文艺月报》9月号。王愚写道："赵树理同志描写我们当前农村生活的小说《三里湾》，特别引人注意的是全面地描绘了农村新旧势力斗争的场景，表现了新生力量的伟大气魄。通过这一切，让人们看到和感觉到在过渡时期农村的两条道路的斗争中，美好的新生的社会主义因素已经在喧叫着来到了。""作者把自己的任务放在发掘农村中的青年一代的普遍新特征上,因而出现了不少新人的形象。他们共同的特色是坦率、纯朴、勇于进步、敢于同一切落后现象斗争,并且都有着远大的理想。这些品质以各自不同的方式表现在小说的具体人物上。"

24日 王一夫的《怎样读苏联惊险小说》发表于《读书月报》第3期。王一夫认为:"第一、这些小说(苏联惊险小说——编者注)以艺术形象生动地说明了马克思列宁主义的一条最基本的原理——阶级斗争的原理。……第二、这些小说就从而对我们进行了提高革命警惕性的教育。……第三、我们可以从这些小说中所描绘的英雄人物和平凡人物的行动中,学习苏联人民在对敌斗争中的高贵品质。"

王一夫写道:"怎样阅读苏联惊险小说?……紧张的情节(尖锐的冲突,紧张和剧情紧凑)正是这种小说的特点,我们的读者为这种特点所吸引是很自然的。重要的问题在于:应该知道'惊险小说的情节并不是作品的目的,它仅仅帮助把主人公安置在能够最充分地表现出他的精神实质的环境里'(引自本刊上期刊载的《评几本惊险小说》),因此我们在阅读时,应当从紧张的情节中,细细体味透过这些情节所表现的主人公的精神实质。……其次,有些书情节或不怎样紧张,或者书中某一部分情节并不怎样紧张,如果从单纯从追求紧张情节出发,也往往会得不到应有的好处。""当然,紧张情节常常反映了最尖锐的矛盾和斗争,注意研究这些情节,从而发现和掌握对敌斗争的规律性,也是必要的。"

25日 艾尔的《试评〈红楼梦〉后四十回》发表于《光明日报》。艾尔认为:"后四十回的最大贡献,我认为首先在于续作者掌握了原作的批判现实主义精神,发展了宝黛爱情悲剧"。

30日 鲍群的《〈被开垦的处女地〉的新的篇章》发表于《文艺报》第18号。鲍群写道:"作者以深刻的心理描写,以生活的真实性和艺术的说服力证明主人公的成长是经过克服困难的道路的,证明达维多夫虽然处在困难的境遇中,但是比隐藏的敌人强大得不可比拟。""《新世界》的评论文章认为,《被开垦的处女地》新的几章内容深刻,富有风趣和高度的艺术性,真正地反映了农村集体化的革命的变革时代。"

谢云的《读〈双铃马蹄表〉和〈一个笔记本〉》发表于同期《文艺报》。谢云写道:"《双铃马蹄表》和《一个笔记本》不但通过具体的情节,真实地反映了现实生活中敌我斗争的尖锐复杂的形势,暴露了敌人丑恶阴狠的本质,指出了麻木不仁、缺乏警惕性,对于革命事业所造成的巨大危害,而且它们还各自在不同程度上创造了人民群众和革命干部的真实形象,揭示了他们的精神世界和高贵品质,使读者找到了学习的榜样。""任何小说都需要有合理的故事情节,但是对于惊险小说来说,情节的合理性、情节发展的内在逻辑性却特别显得重要。因为现实生活中敌我斗争的曲折复杂、瞬息万变的情景,要求惊险小说的故事情节也必须是相当曲折复杂的,过分简单的情节不能构成惊险小说。但是作者在构思惊险小说的情节的时候,往往容易过分追求情节的曲折,而忽视了情节发展的逻辑性,于是就留下了漏洞,损害了作品的真实。读者读着小说,随着作者的笔走进了敌我斗争的迷圈。但是读者不是消极地跟着作者走的,他一面听着作者的故事,一面自己也思考着、设想着,当作者的故事情节的发展有着内在逻辑力量的时候,哪怕你的情节的变化一百次地使读者出乎意外,读者仍将相信你所说的一切。但是只要你的情节发展一旦失去了内在逻辑性,出现了漏洞,读者就会发生怀疑,作品的说服性和教育作用也就降低了。"

十月

8日 王朝闻的《语言艺术的肖像》发表于《人民文学》第10期。王朝闻写道:"小说、叙事诗或其他语言艺术所描写的人物的外貌,如同人物与人物的关系,人物的行动、心理和其他特点一样,可能很引人注意,给读者留下难忘的印象。""描写人物的肖像,不是小说的目的。但只有人物的外形是富于特点的,才能够把人物的阶级的、生理的、职业的、年龄的、习惯的和风度的特点表现得更充分,使人物的性格表现得更鲜明,使作者的思想感情表现得更明确。"小说"随着情节的逐步发展,结合情节的描写,循序渐进地刻画人物性格,在人物的行动的继续中塑造肖像"。"小说描写人物的面貌、身姿和服饰……不受瞬间这一条件的限制。……小说可以在不同的场合之下,分别描写人物外形的这些特点和那些特点;不只是可以在不同的场合之下着重描写对象的各别的特点，而且可以在各种场合之下，反覆描写曾经描写过的特点；可以借作品中其他人物的说话、记忆和感受间接描写某些人物的特点，也可以借助于和某些人物有关的东西的比喻与照应，从而加强其肖像性；可以使说话时的习惯性的动作以至声音的描写，构成肖像的多面性；等等。""除了上述方式之外，小说可以用论断式的、综合性的以至隐喻的写法来写肖像。……成功的小说的肖像，能够分明显示作者对于人物的态度，使艺术的党性表现得鲜明。""党性，倾向性，是从作品的整体来表现的。""党性，倾向性不能脱离生活的真实的反映；只有首先服从生活，形象的肖像性才是真正能够体现党性和倾向性的。"

同日，周立波的《读〈三国志演义〉（下）》发表于《文艺学习》第10期。周立波写道："罗贯中描写人物，充分地利用了丰富的史料。而且，他不只是正面地刻划人物本身，还从人物的行动、环境，以及他和社会的关联来描绘。他使他的人物生活在错综复杂的社会关系里，把他们安置在各种处境中和一定地位上。他的人物不是简单的，没有生气的肖像，而是活生生的行动的人。"

15日 赵树理的《〈三里湾〉写作前后》发表于《文艺报》第19号。在谈到"写法问题"时，赵树理写道："中国过去就有两套文艺，一套为知识分子所享受，另一套为人民大众所享受。""既然有这个差别存在，写作品的人在动手写每一个作品之前，就先得想到写给哪些人读，然后再确定写法。我写的东西，大部分是想写给农村中的识字人读，并且想通过他们介绍给不识字人听的，所以在写法上对传统的那一套照顾得多一些。但是照顾传统的目的仍是为了使我所希望的读者层乐于读我写的东西。并非要继承传统上哪一种形式。……我在文艺方面所学习和继承的也还有非中国民间传统而属于世界进步文学影响的一面，而且使我能够成为职业写作者的条件主要还得自这一面——中国民间传统文艺的缺陷是要靠这一面来补充的。"

赵树理指出："中国民间文艺传统的写法究竟有些什么特点呢？""一、叙述和描写的关系。任何小说都要有故事。我们通常所见的小说，是把叙述故事融化在描写情景中的，而中国评书式的小说则是把描写情景融化在叙述故事中的。……给农村人写，为什么不可以用这种办法呢？因为按农村人们听书的习惯，一开始便想知道什么人在做什么事，要用那种办法写，他们要读到一两页以后才能接触到他们的要求,而在读这一两页的时候,往往就没有耐心读下去。他们也爱听描写,不过最好是把描写放在展开故事以后的叙述中——写风景往往要从故事中人物眼中看出,描写一个人物的细部往往要从另一些人物的眼中看出。""二、从头说起,接上去说。……我们通常读的小说,下一章的开头,总可以不管上一章提过没有,重新开辟一个场面,只要等把全书读完,其印象是完整的就行,而农村读者的习惯则是要求故事连贯到底,中间不要跳得接不上气。我在布局上虽然也爱用大家通常惯用的办法,但是为了照顾农村读者,总想设法在这种办法上再加上点衔接。""三、用保留故事中的种种关节来吸引读者。评书的作者和艺人,常用说到紧要关头停下来的办法来挽留他们的听众(如说到一个要自杀的人用衣衫遮了面望着大江一跳的时候便停下来之类),叫做'扣子',是根据听书人以听故事为主要目的的心理生出来的办法。这种办法不一定用在每章章末,而有许多是用在中间甚而用在开始的。……这种办法的作用很大,但有个毛病是容易破坏章节的完整。""四、粗细问题。细致的作用在于给人以真实感,越细致越容易使人觉着像真的,从而使看了以后的印象更深刻。……前边谈到叙述和描写的关系中,曾提到中国评话式的小说是把描写情景融化于叙述故事中的,但为了少割裂故事的进展,为了使读者于尽可能短的时间内读完,在通常小说写得细致一点也不算过多的地方,在这种形式的小说中可以简到很少甚而不写。""究竟什么地方应粗、什么地方应细呢?我以为在故事进展方面,直接与主题有关的应细,仅仅起补充或连接作用的不妨粗一点;在景物和人物的描写中,除和以上相同外,凡是直接的读者层最熟悉的可以不必细写(只要提及几点特殊的东西,读者就用他们的回忆把未写到的给补充起来了),而他们较生疏的就须多写一点。我一向是这样做的,只是在应细的地方而材料不足的情况下则作得不够。"

赵树理认为:"此外还有语言问题。我对运用语言方面的看法,一向不包括在写法中。我以为这只是个说话的习惯,而每一个国家或民族,在说话时候都有他们的特种习惯,但每一种特殊习惯中也有艺术的部分,也有不艺术的部分。写文艺作品应该要求语言艺术化,是在每一种不同语言的习惯下的共同要求,而我只是想在能达到这个共同要求的条件下又不违背中国劳动人民特有的习惯,结果在'艺术化'方面知识能化多少化了多少力气（根据我的能力），而在保持习惯方面做得多一点而已。"

30日 彭海的《〈西游记〉中对佛教的批判态度》发表于《光明日报》。彭海写道："《西游记》通过孙悟空的形象，反映了人们对封建统治，对佛法统治的不满和攻击；具有着突破保守的传统观点的新的前进的民主思想，具有着对于保守的宗教传统观点的批判态度。这也正是《西游记》最可贵的地方。""《西游记》这一现实主义著作又是浪漫主义的神话小说，帮助当时代的人们考虑现实世界、宗教世界的意义，帮助激起对于现实的革命态度，对宗教的批判态度。《西游记》中的主要人物是现实世界中人群的概括，是一些典型性格的塑造、再现。不管是孙悟空，不管是猪八戒，都是活龙活现有血有肉的有人性味的人物。这些人物事迹有着巨大的社会意义，有着强烈的'政治性'。……孙悟空这一英雄人物的刻划也更是浪漫主义的。他是人们的理想，人们的愿望的化身；是当时代人民自己的'齐天大圣''斗战胜佛'。"

同日，康濯的《读赵树理的〈三里湾〉》发表于《文艺报》第20号。康濯写道："创造人物的典型形象，这是文学艺术的主要任务之一。《三里湾》正是由于在上述先进人物和落后人物的创造上，以及在形成这些人物形象的错综关系、事件和斗争中，获得了令人喜悦的成就，这才在一个重要的方面奠定了作品的坚实基础，使作品所描写的农村社会主义改造初期的革命风暴，给广大读者带来了社会主义革命的信心和力量。""《三里湾》的另一个成就，是它在斗争当中所展开的生活风俗画的色彩，和为广大读者喜闻乐见的、在我国文学的优秀传统基础上发展与提高了的朴素、独特的风格。这种为赵树理所固有的色彩和风格，正如同作者过去作品中所一贯具有的那样，无论在人物的刻划、故事的展开、环境的描写以及结构、语言等方面，都在《三里湾》中显露着引人注目的光辉。""由于赵树理在艺术上往往采用着刻画人物和展开故事统一进行的传统手法，这就使他的作品更能适应读者的习惯而赢得广泛的喜爱，和获得更大的力量。他有时采用类似《水浒》中对武松和鲁智深的连续特写的手法，如像满喜出场以后的几段特写；有时采用类似施耐庵对于李逵的时断时续然而前后紧相呼应着描写的手法，如像一有机会就抓住介绍玉生；有时采用类似《红楼梦》中从琐细生活的闲谈而逐步引人入胜的手法,如像金生的出场和村中许多情况的介绍就是从打铁,看小孩等等细小平凡的生活细节开始,满喜和惹不起吵架也是从两个孩子抢着玩香袋开始的。此外,结构上的开门见山和故事发展中的紧相连结,以及评书上的所谓'扣子'与'扣子'后面的倒叙、插叙,这都是作者尊重人民习惯而运用着与严格遵守着的手法。至于作者语言的精练和大众化,以及环境描写的性格化,这已是大家熟知了的。""关于艺术技巧,我们知道,赵树理始终实践着评书小说式的把描写情景融化于叙述故事当中的通常写法,而不采用把叙述故事融化于描写情景中的写法,这的确更能为我国广大人民所接受。但不论上述哪一种写法,关键还在于形象的描写,而不在一般的叙述——这是古今中外毫无例外的法则。叙述不过是贯串故事的脉络,而不是成功地创造形象的根据。创造人物形象这个文学的主要任务,离开了深入的描写是根本不可能成功的。赵树理艺术的成功也正在这里。"

吴晓玲的《文艺工作者应该重视语言和汉语规范化的工作》发表于同期《文艺报》。吴晓玲写道:"语言的规范必须寄托在有形的东西上,首先是寄托在一切文字作品、特别是文学作品上。文学语言的规范主要是通过作品的文字形式和口头形式的传播来完成的。因此,文艺工作者一定要重视语言和汉语规范化的工作。我们的社会主义建设事业有这样的需要,广大的人民群众有这样的要求。""我们喜欢阅读优秀的古典文学作品。我们不单是要求古典文学研究者们所整理、所介绍的作品的思想性和艺术性强,而且要求那些作品的语言也是纯洁、健康、值得学习和吸收的。我们要从古人的语言中去吸收还有生气的东西。""我们要求作家们和翻译家们的语言能够充分地发挥祖国语言的优美、丰富、精炼、明确的特点;在语音、语法和词汇的规范原则的指导之下推动祖国语言发展到更加适应社会发展的需要。至少,我们要求看得懂、听得懂、合乎全国广大人民的语言习惯和语言规律的文学作品和译本。生疏的语法结构、生硬的造词、仅仅极少数的人或某一地区的人才能够懂得的话,都给我们带来了理解作品,欣赏作品和学习作品上的困难;同时,也就很难达到作者的愿望和意图。"

十一月

1日 陈炜谟遗著《论红楼梦的倾向性与人物描写》发表于《西南文艺》11月号。陈炜谟写道："文学的倾向性是一个阶级立场的问题。""第一，作品的倾向性是与作家的世界观密切联系着的。""第二，文学作品的倾向性是和它的深刻思想性不可分的。""第三，作品的倾向性即是作家的党性的表现。""一切的爱憎之情与人物评价，都是从人物的情况和行动中自然流露出来的。""可是，这不等于说，在文学作品中，在适当的场合，作者一点也不能鲜明地说出他的态度。""第四，我们应该说，倾向性是艺术的特性之一。""一部真正的艺术作品，是具有深刻的思想内容与高度的艺术技巧的，因而它是具有感染力与说服力的。""艺术家的技巧，主要体现在他描写人物的性格上面。"

12日 李家兴的《娜斯嘉，激动人心的形象——读尼古拉耶娃的小说〈拖拉机站站长和总农艺师〉》发表于《光明日报》。李家兴认为："娜斯嘉，正如小说中所写的，具有典型的俄罗斯妇女优美的性格。那是一种在素朴文静的外表中蕴藏着一颗高尚勇敢的心灵，在感情上忠心耿耿，在工作中奋不顾身，对自己要求非常严格的性格。这种性格在很多俄罗斯的古典作品中，尤其在屠格涅夫的小说中，我们已经很熟悉了。但是，娜斯嘉是在苏维埃社会制度下成长的女青年，存在于她身上的传统的俄罗斯优美性格，已经大大发展了一步。娜斯嘉和那些有诗意和幻想却缺乏明确目标的少女迥然不同，她有着坚定不移的共产主义的生活目标，和为着实现理想而进行斗争的不屈不挠的精神。"

15日 陈洪的《可喜的收获——读方之的小说》发表于《文艺报》第21号。陈洪写道：方之"陆续发表了四个短篇，数量不算多，却都是结实的、有分量的、应该引起大家注意的作品"。这四部小说分别是《组长和女婿》《乡长卖笔》《在泉边》和《曹松山》，陈洪在文中着重介绍了后三部小说。对于《乡长卖笔》，陈洪认为，作者在这篇小说里"不仅是看到事件发展的过程，而且能在事件的发展中看出人们是怎样被改造、被提高；他不是简单地描写人的思想变化，而是去把捉人物的丰富而复杂的精神状态，使他所创造出来的人物具有强烈的现实意义；他也不是孤立地去描写人物性格的外貌，而是努力去挖掘人物性格的社会意义,并且通过人物之间的性格冲突把这种社会意义鲜明地表现出来"。

陈洪写道:"把以上的三篇作品(指《乡长卖笔》《在泉边》《曹松山》三部小说——编者注)与《组长和女婿》联系起来看,可以发现方之在创作上的一个特点,就是引起他的创作冲动的正是他在农村中心工作中的各个时期所遇到的各种问题……他的作品的题材虽然都是生活的一个侧面,和阶级斗争浪潮中的一个小漩涡,而他所创造的人物形象,和透过形象所体现的作者的思想,却闪烁着并不是一纵即逝的诱人的光采。""除此之外,我们还不能不称道方之在艺术描写方面的特点,和他的简练朴素和饶有风趣的风格。"

陈洪认为:"作者特有的本领是对人物采用白描的手法。他很少孤立地、长篇累牍地去描写人物的心理活动,也很少把故事停下来而由作者自己出面说明他的人物,而是让人物在行动中和人与人的关系中去显露他们的性格。……作者对场景和人物心理几乎没作什么介绍和交代,也没有直接描写人物的声音笑貌,甚至有些话是哪个人嘴里说出来的都没注明;可是一点也不沉闷不紊乱,而且十分明晰地表现了斗争的发展,可以使读者感觉到各种人物之间的感情冲击和会场中逐渐紧张或是逐渐缓和的空气。""作者的这种手法,当然是继承了中国古典小说的传统手法。但是,最主要的原因,还在于他不但熟悉和理解他的人物,而且他也能够胸有成竹地从他们的身上截取出最富有性格特征的细节和语言,概括地、形象地表现了他的人物,并且避免了冗长和烦琐的描写。"方之的这些小说展现的是一种"朴实"。最后,"我再说一点关于语言方面的意见。大众化表现在语言方面并不意味着精萃与渣滓兼收并蓄,并不意味着可以不对语言进行艺术的提炼,或者说语言可以不给读者以优美的享受。方之的作品在这方面有优点同时也有缺点。"小说有的地方"运用方言不得当,而且表达的意思也含混不清,失去了文学语言的那种明快性和准确性"。

林希翎的《试论巴尔扎克和托尔斯泰的世界观和创作》发表于同期《文艺报》。林希翎写道:"马克思主义认为现实主义是文艺创作中的客观规律,它要求真实地反映不随人们意志为转移的客观现实及其过程,这种真实不仅是'细节的真实',更重要的是'还要正确地表现出典型环境中的典型性格'。典型既不是照像式地摹写事物现象外在的、偶然的、非本质的东西,也不是要求统计的平均数，而是要求通过栩栩如生的艺术形象，反映出客观现实的本质和内在的规律性。"

于晴的《农村社会主义高潮到来的图景——读中篇小说〈冰化雪消〉》发表于同期《文艺报》。于晴认为："李准的中篇小说《冰化雪消》（《长江文艺》今年七、八月号）是一篇好作品。作者用饱满的激情，为我们画出了农村社会主义高潮到来以后的欣欣向荣的图景。""由于作者对于他所描写的对象的深入体会，由于作者遵循了正确的创作方法，他善于把他的人物放在交错着的斗争的尖端，放在最足已显示他的性格特征的行动里来加以刻划，这样，无论是对于人物的歌颂或批判，就并不是矫饰的和缺乏血肉的，而是以它的全部的真实使人信服和得到由衷的感染。"

同日，王朝闻的《谈人物的心理描写》发表于《文艺月报》11月号。王朝闻写道："革命的新文艺，从来不回避这一关于塑造人物形象、表现性格和表达主题的重要问题。""不论是语言艺术家或造形艺术家，了解前人和同时代人怎样表现人物的观念、记忆、想像和思维，怎样表现人物的同情、忿怒、感激、怜恤、疑惑、羞愧和恐惧，怎样表现人物自觉地提出来的行动目标，对于自己当前的创作任务很有好处。""反覆提到梦与生活、性格、环境和心理的关系，并不意味着在小说中只有描写梦才能够表现人的心理。人的心理可以有多种多样的表现方式。""景色描写也可以是描写心理的方式。""对话，在小说中如同在戏剧中一样，当然是表现人物心理的重要方面。""作为技巧中的一个问题，内心状态的表现，如同肖像描写、环境描写、结构和对话等等问题一样，不是可不可以强调的问题，而是站在什么立场来对待它、在什么前提之下来运用它的问题，特别是怎样体验先进人物的心理的问题。"

19日 黄秋云的《试谈〈铁水奔流〉的人物形象》发表于《光明日报》。黄秋云认为："小说从头到尾，都以精确的场面描写，和深刻、细致的对人物精神面貌的刻划，表现出深透肺腑的艺术感染力量，来吸引着、激励着、教育着读者。""书中许多刻划人物和写景状物的技巧，都可以看得出来是得力于向古典文学学习。如写人物，多用白描，少加装饰，主要是通过人物的语言行动来表现他们的性格，而极少采用冗长沉闷的叙述和描写，俨然是《三国》《水浒》的笔法。小说一开头就简洁明快，有声有色，整个小说的情节也非常紧凑，高潮紧接着高潮，矛盾孕育着矛盾，大营包小营，后浪推前浪，故事性很强，这种手法，在我国古典小说中是常见的。周立波同志汲取了这些艺术技巧，加以融会贯通，而形成了一种独特的、为我国人民群众所特别喜见乐闻的风格。"

30日　儒朔的《一首战斗和友谊的赞歌——读〈枫〉（和谷岩作，《人民文学》一九五五年五月号）》发表于《文艺报》第22期。儒朔认为，作者的"注意力没有停留在英雄事迹的表面过程上，也没有打算借用英雄事迹向读者去印证革命英雄主义的观念，而是努力发掘那些英雄人物精神上的美好的东西，发掘那些英雄人物精神上的美好的东西，发掘那些英雄人物身上所体现的时代的脉搏，然后选取生活中能够激动人心的东西去表现他们，用作者自己的充沛的热情去歌颂他们"。

十二月

3日　李希凡、蓝翎的《正确估价〈红楼梦〉中"脂砚斋评"的意义》发表于《人民日报》。李希凡、蓝翎写道："'脂评'中占篇幅较多的是对红楼梦的艺术创造的形式主义的见解"，"依照评者的理解，红楼梦的艺术结构不是作者按照生活的逻辑规律进行加工创造的结果，而是出于主观的人工的穿插安排。抽去了现实生活的基础，把艺术形式悬到空中去，因而作者的天才也就成为不可理解的神秘的玩艺了"。

8日　王冬青的《读〈检验工叶英〉》发表于《人民文学》12月号。王冬青写道："艺术是反映现实生活的。艺术家必须走在生活的前列，洞察现实的本质，以高度的政治热情来歌颂社会主义革命斗争中的新英雄，歌颂他们在同旧势力斗争中所获得的胜利，和新的思想品质成长过程，借以教育广大人民积极的为建设社会主义社会而努力。""现实主义艺术，要求在描写新人物的时候，不能脱离开人物同旧事物的尖锐斗争，而必须把他在同旧事物斗争中的具体行动和他对于一切事物的感受、认识和态度真实的展现出来。"

15日　舒谨的《"品质坏的'作家'能写出好作品吗？"》发表于《文艺报》第23号。舒谨认为："赵化虽然也曾肯定《新儿女英雄传》是受到读者欢迎的，但他认为这部作品'不过是搜集了一些故事，用两三个人物把它串连起来，再加上他的文字技巧'而已；说到故事，那又是'群众自己创造的'。这样，就把作为文学作品的《新儿女英雄传》几乎作了全部的否定。这种论断，我以为是过于笼统和简单化了的。""我们不能因为孔厥品质恶劣就轻率地否定《新儿女英雄传》这部小说"，"这部小说以相当通俗的艺术形式，比较生动地反映了抗日战争时期冀中地区人民的对敌斗争生活；作品虽然还有这一些不足之处乃至某些重要缺点，但它的主要方面的成就吸引了读者，在一定程度上得到了读者群众的欢迎"。

袁静的《深刻的教训》发表于同期《文艺报》。袁静写道："《新儿女英雄传》里用了秦兆阳同志的一点原始材料，作为故事的穿插部分，没有写一个后记声明一下，是个很大的疏忽，是对秦兆阳同志的劳动尊重不够。""至于说《新儿女英雄传》来自孙犁同志的短篇小说《荷花淀》，也不合乎事实。因为在写作的时候，并没有参考过它，甚至我在当时也不曾看到过它。"

魏金枝的《谈短篇小说中的痞块——读稿随笔》发表于《文艺月报》第12月号。魏金枝写道："一般地说来，短篇小说的任务，依照它的篇幅的范围，决不能表现人物的一生或几代，也无法详尽地表现人物的思想情感的详细历史，更无法表现多种人物各别的详细活动；这些，都应该属于长篇或中篇的范围以内。而短篇小说所负担的任务，只能限于有代表性的有限人物，只能截取最能表现人物的精神面貌的某些情节，自然也只能选定最典型也最具有冲突的高潮性的某一时间。""所以在短篇小说中，无论在人物、情节、时间等等各方面，往往因为限于篇幅，除开由于主题的要求，和艺术的现实性的要求以外，不能不作极端搏节的约束，而以更具有代表性的方法表现出来。""从情节方面说，选择一个主要的故事情节作为短篇的支柱，那是无须说得的。除此以外，自然有时还可以附丽着其他有关的情节。然而把这些情节自然地贯串起来，却是一件很不容易的事情。因为在短篇中，篇幅不容许我们一个个地自成段落地去描写，这就必须把某些个别的故事情节变成简略的交待。""在短篇小说中，因为篇幅的关系，更应该应用提炼的手段，使作品更加纯净、自然，仿佛一个有机的结合体；而同时又保持了风格的统一，和结构的匀称。"

30日　草婴的《〈被开垦的处女地〉的新篇章》发表于《文艺报》第24号。草婴认为："在小说的新篇章里，又增加了几个典型，其中最突出的是华丽雅和莎利（莎利在第一部里虽已提到过，但没有被详细描写）。这样，在《被开垦的处女地》里，人民群众的形象就更加完备，而这部作品的史诗性也就有了更进一步的发挥。"

何直的《和人民在一起——评〈柳金刀和他的妻子〉》发表于同期《文艺报》。何直认为："从写作方法上来说，作者自己在一定程度上作为生活的见证人、参与者和评论者直接地在作品里出现，固然可以由'我'来作为结构的线索，便于将一些零散的情节串成一体，但这并不比第三人称写起来更加容易。第三人称（或者是那种不直接代表作者的思想感情的第一人称），也是作者在那里叙述故事，也是作者在表现自己的人生观和世界观，但是，在这样的作品里作者自己并不直接出面，他可以不在作品里直接地对于所描写的对象发表意见，也可以不直接出面地用自己的思想感情去说服读者和感染读者；但用生活的见证人和参加者——用这种特定的第一人称、特定的'我'去叙述小说的故事，情形却有些不同，这是要在作品里直接地真实地袒露出作者对于生活的态度的。也就是说，作者自己的思想感情在作品里很难有所隐蔽，读者最初所看到的人物就是他。作者的思想感情如果有半点虚假，有半点不与生活合拍，那么，作品中的'我'——作者自己思想感情的化身，就会更加显著地成为开展情节和刻划人物的绊脚石，这个'我'首先就不能引起读者的同情，作者也就不能收到好的效果。"

沙鸥的《费礼文小说的几个特点》发表于同期《文艺报》。沙鸥认为："在费礼文的小说中，鲜明地表现了新人物的成长。""在费礼文的小说中，作者比较善于描写人物复杂的精神世界，作者善于通过细节的真实来刻划人物的性格。"

1956年

一月

1日 淦之的《略谈〈碾玉观音〉的人物描写》发表于《光明日报》。淦之写道："艺术文学的主要任务是通过具体形象来反映现实，我们觉得《碾玉观音》在人物描写的深刻性、生动性方面比之六朝志怪，唐人传奇又跨进了一步。""在情节结构方面，《碾玉观音》体现了中国民族形式中那种有头有尾地发展故事的方式，但又有它自己的生动的变化。"

5日 李希凡的《〈水浒〉的作者与〈水浒〉的长篇结构》发表于《文艺月报》1月号。李希凡认为："中国长篇古典小说形式历来有它的传统特色，那就是章回形式。一谈到章回小说，人们总喜欢和它的源起'说话'联系起来看。至于在它形成中国特有的章回形式的长篇小说后所起的结构作用，就时常被人忽略了。似乎章回只是作为'说话'的遗迹留在长篇小说里，没有什么结构意义。但是，文学发展的历史启示我们，民间艺术形式当其已进入文字形态阶段，为作家所掌握，其结构形式往往失去了原来意义，而构成文学形态上的特点。""一部现实主义作品的长篇结构，它首先必须具备着形象地反映现实规律性的特点，它是现实生活典型化概括化的结果。长篇结构本身，所反映的事件的形成、发展和终结，就要求通过全篇的组织构成定型，构成一个复杂的统一体，因此，它也就要求有机的结构。所谓'有机的结构'，这绝不只是形式上的问题。任何一部文学作品，它都有一定的结构，都有对于作品内容的一定的安排。确定如何安排作品的结构，是依据作品所反映的实际生活的复杂性，依照作家对于他所要反映的社会生活现象的理解而组织起来的。没有抽象的一般的作品结构，只有具体的现实的作品结构。"

李希凡认为:"现实主义文学的艺术结构,首先就在于作家必须替他所塑造的个性,描写的人物,构成一个真实的典型的活动范围。其次,现实主义的艺术结构,不仅要适合于人物个性的要求,它还必须能生动地真实地反映现实生活的客观规律性过程。最后,现实主义文学的艺术结构,不管作家安排的如何错综复杂,却都必须服务于作品的主题思想——这是作家从现实生活和人民美好的理想中选取出来,并借艺术形象提示给读者的作品的灵魂,从而保持艺术的完整性。"李希凡还写道:"《水浒》的长篇章回结构,尽管还残留着说话时朴素的章回形式,若干章节还是有着个别英雄传记的特色。但是,就长篇结构来讲,它仍是有机结构的统一体。"

8日 劳洪的《刘鹗及其〈老残游记〉》发表于《光明日报》。劳洪认为:"《老残游记》用了主要篇幅写了两个酷吏的非人道的罪恶行为,因此它的一定的暴露性和批判性,应当被肯定下来。而它在艺术形式方面,在语言的简炼明畅和描写的生动方面,也还有可以为我们借鉴的地方。当然,这本书对于封建制度批判的不彻底性,以及保留在'楔子'和第十一回中的某些反动的观点和言论,是应当予以批判的。"

同日,巴人的《读〈农村散记〉》发表于《人民文学》1月号。巴人写道:"《农村散记》的成就还在于作者的艺术的方向:描写人,描写人的精神境界。它不同于我国有些作品,偏重于事件的报导和故事的演述,但忽略了人物的创造。我们并不轻视那种报道事件的特写,和演述生活的故事。……但为了使我们的作品有更深远的艺术教育力,就应该通过人物的创造、通过人物的精神境界的刻划,来反映出社会现象的本质。各种事件、各种生活本来就是人创造的。忽视人物的创造就使事件和生活失去了'基本核心'。文学毕竟是人的科学啊!……作者只就各个人物的生活的侧面,来刻划出他们的精神境界的变化。或者,只就巨大变化的生活中的片断,来反映出生活现象的本质。这就使作品有一种启发人深思而浸沉到他所刻划的人物或生活的优美境界里去的艺术魅力。"此外,巴人认为:"《农村散记》的作者是富有诗人气质的。"

李希凡的《农村社会主义新人物的颂歌——读康濯的〈春种秋收〉》发表于同期《人民文学》。李希凡认为,康濯"在艺术上的探索,首先是着重于语言上的朴素、单纯和明朗,这是继承着民间和传统文学的特色。这个特色在《春种秋收》里,表现得尤为突出。整个地说来,无论是叙事描写和人物对话,作者都很少采用矫揉造作的形容词。像赵树理一样,作者很善于运用经过提炼的人民的简炼的形象的语言,来表达人民的思想感情,描写他所要描写的事物"。"在人物性格刻划上,作者也继承了中国小说传统的特色。鲁迅先生曾经强调过中国小说'画龙点睛'的写法,他说:'要极省俭地画出一个人物的特点,最好是画他的眼睛。'这也就是说,要突出地刻划性格特征。《春种秋收》里的许多人物,都由于作者运用了这种描写人物的特色,显得鲜明而生动。"不过,"肯定作者继承了我国文学传统的特色,绝不等于说,他就排斥外国文学的表现方法。康濯在他的短篇中,对于人物心理变化的描写,就融合着外国文学表现方法的优点,有力地帮助了他对于人物性格的塑造"。"作者对于这种心理描写的运用,并不是生硬地模仿,而是把它融合在自己文学传统表现特色上的。他的心理描写,没有某些外国作品那种冗长沉闷的缺点,而是和展开人物行动紧密联系在一起的,这就给他的艺术风格,带来了清新明朗的特色。"

李希凡还认为:"康濯的短篇小说,在艺术结构上,也还有着一个特色。他的许多短篇,都是以作者在小说中的出现而展开故事,在《我的两家房东》里,'老康'这个人物,还在作品所反映的矛盾冲突中起过决定性的作用,这曾经引起过读者的不满,认为'老康'的作用太大,贬低了农民在斗争中的主动性。而在《春种秋收》《牲畜专家》《往来的路上》《在白沟村》这几个短篇里,老康依然是故事的参加者。不过,他已经从作品内容上退出来了,只是在故事情节的发展里,他还是一个不可缺少的人物,因为他是作为一个事件的目睹者和叙述者而出现的。有了老康在结构上这种作用,对于作者灵活地描绘人物和场面,安排插叙和倒叙,都有着很大的方便。康濯运用这种说故事的结构形式,创作自己的短篇,这也是由于激动作家的现实内容所决定的。一个作家对于结构形式的选择,总是以确切地反映自己所要描写的事物为出发点的。读过《春种秋收》这几个短篇的人,都会觉察到,康濯所描写的人物和事件,虽不一定都是真人真事,但是,作为它们素材的现实生活,却是作者曾经身历目睹的,只是有了艺术上的集中和概括而已,农村新人物在各方面表现出来的新的品质,是康濯这几个短篇内容的基础。因此,为了具有说服力地描绘激动自己的事物,作者也就以自己参与的形式出现在作品中了。鲁迅的《呐喊》和《彷徨》中的大部分短篇,都是采用的这种形式。在这样的短篇中间,作家的鲜明倾向和激动的感情,总是构成作品艺术风格的基调的。"

12日 李大春的《读〈西游记〉的几点心得》发表于《解放军文艺》1月号。李大春写道:"神话小说,写的是神佛、妖魔,但都含有人性,具有和人同样的语言、行动、声音笑貌;写的是神佛、妖魔的矛盾,但却是现实中存在的矛盾。而且在矛盾的描写过程中便流露出作者的阶级思想、感情和爱憎。因此,神话小说,能间接地、曲折地、在某种程度上反映现实。""直接反映现实生活的现实主义作品,在采取现实生活中的矛盾为题材,经过典型化之后,作品中展开的矛盾仍然像现实生活中的矛盾那样根据一定的条件而发展。因此,我们读这些现实主义的作品时,它给予我们强烈的现实生活的真实感;由于它摒弃了生活中的偶然现象,夸张了本质的事物,作品中所展开的矛盾比现实生活中的矛盾看来更为明显、突出。"

14日 高丽生的《萧洛霍夫谈农村生活的创作经验》发表于《光明日报》。高丽生认为:"作品要反映真实,首先要作家能看见真实。"

21日 李长明的《一个农村女共产党员的英雄形象——读王愿坚的短篇小说〈党费〉》发表于《光明日报》。李长明写道:"作者给我们塑造了一个有血有肉的英雄形象,一个对党的事业万分忠诚的女共产党员。他用朴素的语言,描写了第二次国内战争时期的老苏区——闽粤赣边区的人民,在蒋介石匪帮的白色恐怖的压力下,坚强不屈地坚持了对敌斗争。""在《党费》这个作品中,我很喜欢作者以主要的篇幅,以党员交纳党费这一个角度,细致地突出地刻划了黄新对党深刻的无限的爱。这些描写,使黄新这个英雄形象更加光辉夺目。"

许倾、高风的《生活就沿着这样的道路前进——评刘克的短篇小说〈新苗〉》发表于同期《光明日报》。许倾、高风写道:"这篇作品所表现出来的特点是:作者对生活的认识是比较深刻的,对于人物的内心世界的发掘也有一定的深度,同时作者对生活对新事物的热情充溢在字里行间,感染着读者,使读者和作品中的人物一道去感受那充满斗争的战斗生活,去爱那为作者所热爱的人物。""表现先进的英雄形象的同时,作品也揭露了生活中的落后思想,并给予严正的批判。"

24日 胡念贻的《〈西游记〉是怎样的一部小说?》发表于《读书月报》第1期。胡念贻认为:"《西游记》是一部带有神话色彩的小说,它是通过一些幻想出来的形象来反映现实生活。它的现实意义是通过那些它所描写的人物表现出来的。"

30日 K·费定作、乌蓝汗译的《文学创作座谈的片段》发表于《文艺报》第2号。K·费定写道:"时代的主要现象是人的心理世界所表现的。但是这种种现象永远不会是完整的,——它也是矛盾的,充满着斗争的。有些矛盾是深刻的,持久的,有些矛盾是表面的,不持久的。但是人的心理中的这种或那种内心的矛盾的斗争都有着共同的特征——艺术家应当发现它。""现实主义艺术作品里的所谓'提炼'形象的幻想工作就是这样:艺术家以观察到的、研究过的现实为基础,把它描写成典型,把这些典型合乎逻辑地发展到那样极端鲜明的程度,就是,虽然是'幻想的',但依然是真实的。"

鲁达的《缺乏爱情的爱情描写——谈〈三里湾〉中三对青年的婚姻问题》发表于同期《文艺报》。鲁达认为:"作者在《三里湾》里,在许多情节和事件的描写上有生活,也有诗,所创造的人物在别的方面也是有血有肉的,但是一接触到爱情,就变得干枯了,成了会说话的棋子,由作者摆来摆去了。尽管作者也作了许多说服解释的工作,但爱情不能依靠作者主观的意愿,它应该生长在人物的内心中,和人物的性格、人物的发展紧密相联系。而作者的那种描写,却不能使读者从心底去接受,去相信。""作家们应当明确:在自己的作品中,当写到这一问题的时候,要批判什么,鼓励什么。应当写得合乎现实生活本身发展的逻辑,给青年们树立真正能效仿的、而且值得效仿的榜样。"

二月

1日 林焕平的《小说、特写、报告的特点和区别》发表于《长江文艺》2月号。林焕平写道:"小说的一般特征,是人物性格的刻划,故事情节的描绘,环境的描写。""在小说里,社会生活中的新旧矛盾,阶级斗争,透过所刻划的人物性格的发展,构成曲折紧凑的故事情节,配以恰当的环境描写,烘托气氛,增强力量,使它能表现出代表社会阶级本质的典型,表现出人民的精神面貌,今天来说就是要表现出鼓舞人民为社会主义事业建立功勋的精神力量,以教育读者。"

林焕平认为:"社会生活中的矛盾斗争,错综复杂,尖锐紧张,要求一种最广泛、最自由、容量最大的叙述形式,使作者能从各方面去掌握生活……这样的形式,就是长篇小说。它是大型的散文叙事诗性的作品。""概括长篇小说的特点,可有三个:(一)内容的复杂性——它写的事件庞杂,人物众多,人与人之间的阶级斗争、矛盾冲突的关系,错综复杂。(二)情节的曲折性——它把矛盾斗争的复杂事件和矛盾斗争的许多人物组织在一个庞大而统一的结构中,使情节的发展交错曲折。(三)表现的多样性——它可以用直接描写和间接描写的方法;可以用叙述、抒情的笔调;可以用对话、独白、直述、插述等笔法;分部分章分节,有较大的发挥的自由。"

林焕平还注意到:"中篇小说仍具有小说的一般特征,但它只具中等规模,插话比长篇小说少,所表现的生活范围比较窄,比较不是那样地错综复杂,人物一般也不像长篇小说那样多。"而"短篇小说,是一种富于战斗性的体裁。作家可以运用它比长篇和中篇都远为迅速地反映社会生活中的问题"。"短篇小说讲究结构的严谨,语言的精炼,表现的深刻;它的对话应当简短而明朗;它是用最经济而有效的艺术方法阐明主要的思想。"

9日 戈宝权的《伟大的俄国作家陀思妥耶夫斯基　纪念陀思妥耶夫斯基逝世七十五周年》发表于《人民日报》。戈宝权写道:"我们要发扬他作品当中肯定的和进步的东西,那就是对现实的真实的艺术描写,对自己的人民的热爱,希望人们都能从沉重的社会压迫的枷锁下获得解放而成为最有教育和最幸福的人。"

15日 《文艺报》第3号上的《勇敢地揭露生活中的矛盾和冲突——作家协会创作委员会小说组对三个作品的讨论》一文,发表了郭小川、康濯、刘白羽、马烽四位作家在作家协会创作委员会小说组1956年1月21日下午作品讨论会上的发言。

1956年

郭小川的《通过人的性格来揭示冲突》认为，小说《拖拉机站站长和总农艺师》"结构很新鲜，很巧妙"，但"作者没有正面去描写更为复杂的斗争，没有进一步展开斗争"，"领导和群众结合的问题在小说中解决得不好"。在郭小川看来，"把矛盾和冲突解决得太轻易，或回避生活中的矛盾和冲突，这在我们的文学现象中，也是一个最主要的问题。我们现在已经比较注意描写人了，但是，这个描写人的任务，决不是仅仅写一下某人的小的趣味，如好说俏皮话等，也决不是仅仅写一下某人的独特的性格，例如好发脾气、或者很温和等等，就可以完成的。人的描写，只能放在尖锐的矛盾冲突上去展开……在作品中揭露矛盾和冲突，必须是通过人的性格的冲突，必须按照文学艺术的特殊的方法去表现"。

康濯的《不要粉饰生活，回避斗争》认为，奥维奇金"通过他所创造的马尔登诺夫，表现了一个作家的党性，成为了作家们勇敢干预生活的一个榜样"。"我们创作中存在的严重的问题之一，正是粉饰生活和回避斗争。这种情形甚至在优秀的作品中也在所难免。在描写当前农村生活的小说里，《三里湾》就没有能像作者在他的《李有才板话》中那样尖锐地展开冲突。《迎春曲》接触了一个十分尖锐的问题，但对生活中的矛盾的提出、展开和解决也都处理得比较轻易。刘澍德的中篇《桥》和李古北的《农村奇事》中的几个短篇，对农民小私有者的灵魂是接触得比较深刻的，但作品的结局也仍有仓促收场的毛病。我自己近年来写的几个不好的短篇，更表现了这方面的问题。"

刘白羽的《在斗争中表现英雄性格》认为："我们不多方面地写斗争，当然就缺乏尽情地展开人物性格的根据，也就写不出英雄性格。""写日常的、现实的生活，要使作品看起来自然而近人情，但是不能离开生活的主流来写日常生活，因为，要知道作家的力量，恰巧是使读者从日常的普通生活中，看出深刻、动人的本质的社会现象。""我不是说从表面现象来写斗争，而是说必须艺术地表现斗争中的人物的内心、人物的精神状态、人物的性格。"

马烽的《不能绕开矛盾走小路》认为，小说《拖拉机站站长和总农艺师》"塑造了娜斯嘉这样一个朝气勃勃的具有鲜明性格的人物，歌颂了那种敢于向旧的落后思想进行战斗的新生力量"。"我觉得这篇小说和奥维奇金的特写，给我们树立了很好的榜样。他们大胆地揭露了生活中的矛盾，从尖锐的斗争中描写新的人物，而且采用特写、短篇小说的形式及时地反映现实生活。这些特点，都是值得我们很好学习的。"

唐挚的《高正国的命运——评刘澍德的〈桥〉》发表于同期《文艺报》。唐挚认为："小说的全部内容，都是通过一个18岁的农村姑娘二珠的口说出来的。也就是说，通篇小说刻划的是一个年青姑娘纯洁而天真的眼睛中所看见的世界。这使得小说具有了一种独特的抒情的色彩，但是，这也并不妨碍作者尖锐地、深刻地去展开卖余粮这一个斗争在农村中所激起的巨大波澜。"

苏联《共产党人》杂志的专论《关于文学艺术中的典型问题》（周予若译，曹葆华校）发表于同期《文艺报》。文章首先批评了当时苏联文艺界关于典型问题的观点，即"典型被归结为一定社会历史现象的本质，被确定为党性在现实主义艺术中表现的基本范围，因而断定，典型性问题任何时候都是政治问题，而且只有对艺术形象作有意识的夸张，才能更充分地展示和强调它的典型性"。对于党性和典型性之间的关系问题，作者分析道："社会主义现实主义的方法要求：在艺术创作中要从生动的现实中的事实和现象出发，而不要从主观的设想和意愿出发。真正的共产主义的党性是同主观主义的一切表现格格不入的，是同把人物变成思想的简单传声筒，把不适合人物性格的思想和感情强加在人物身上的这种作法格格不入的。"对于认为典型化的手段就是夸张的观点，作者分析道："社会主义现实主义是以艺术创作的风格和形式的多样化，以典型化方法的多样化为前提的。""把典型化的艺术方法的全部多样性仅仅归结为夸张，这是无论如何不行的"，"事实上，如果从必须有意识地夸张现实中的正面现象这一点出发，并且认为只有这样才能最充分地表现一定社会力量的本质，那末结果就会抹杀真实的现实，就会跳过我们建设的困难，甚至会跳过我们建设的必经阶段。这样地表现生活，是把读者引到错误的方向，是对他们进行错误的教育"。最后作者总结道："必须把典型问题同其他一些问题，同艺术的生动实践联系起来加以最深刻的考察。"

26日 鲁地的《我对〈三国演义〉人民性的几点理解》发表于《光明日报》。鲁地写道："《三国演义》出色地为中国文学提供了一系列罪恶的统治人物的典型（曹操、董卓、袁绍、孙皓、曹丕等），并通过对这些典型的批判，肯定了'朝政日非，人心思乱'（第一回）、'民力疲困，怨声不绝'（第一〇五回）的事实，反映了'人民相食''饿莩遍野'的社会面貌，从而控诉了所有'罪恶贯盈'的统治者，激发了人民仇恨阶级敌人和民族敌人的感情：这就是这一小说的高度批判现实主义精神，也就是它的人民性的第一个基本特征。""作家在选择刘备这一形象作为他作品中的主导典型这一点上，暴露了他的世界观的局限性，但另一面，他却也仍然在一定程度上和人民取得了共同的意向，反映了当时人民的爱憎，透露了这一个典型时代的典型的社会气氛。这就是《三国演义》现实主义精神，也就是它的人民性的第二个基本特征。""《三国演义》的现实主义精神，它的人民性的第三个基本特征，就在于作家用高度的现实主义艺术力量，塑造了关羽、张飞、赵云、诸葛亮等一系列栩栩如生的接近人民而为人民所肯定所喜爱的英雄形象，并通过这些形象揭示了我国人民的伟大的精神面貌。这些英雄才是小说的真正的主角。"

29日 李希凡、蓝翎的《关于文学研究中的庸俗社会学倾向——从〈红楼梦〉人物刘老老的讨论谈起》发表于《人民日报》。李希凡、蓝翎写道："人们的生活现象有多么丰富和复杂，文学的内容也就可以有多么丰富和复杂。""文学着重描写具体的社会生活，描写人的内心世界和人的性格。""《红楼梦》重要的特色之一是作者所创造的人物都有独特的栩栩如生的性格。""在刘老老性格的塑造上，也表现出作者的这种巨大的艺术力量。刘老老有丰富的内心世界和复杂的精神状态。她既是世故的，圆滑的，善于适应环境和博人欢心的，又是善良的，朴实的和幽默的，这正反映着她的丰富的生活经验和复杂的社会关系。""作者在这样的普通老百姓身上寄着同情，——而寄着同情，当然并不要求作者违反现实主义的原则，把她捏造成为土地改革中的积极分子，或者农业生产合作社中的女干部。经过刘老老的眼睛，作者揭露了贫富贵贱的悬殊，揭露了封建贵族阶级奢华糜费的生活面貌，揭露了封建的人间关系的不合理。"

同日，林默涵的《两年来的短篇小说——〈短篇小说选〉序言》发表于《文艺报》第4号。林默涵写道："许多作家已经重视了对于人物性格的刻划，他们塑造了一些如在这个选集中也可看到的，足以在读者心中留下印象的男女形象。但是，整个地说，在刻划人物方面仍然存在着缺点。许多作品中的人物缺乏丰富的性格特征，他们的活动被限制在作者所要表现的问题里面，好像这些人生来只是为着作者表现这种或那种问题而服务的。如果这篇小说是表现农民入社的问题，那末，小说中的人物，自始至终，谈的想的都是入社的问题，除此以外，他们对任何问题都没有兴趣。他们的精神世界被人为地压缩了。这样，就使人物丧失了丰满的生命，而变成了专为作者服苦役的没有血肉的傀儡。""当然，在一个短篇小说里需要更集中地刻划人物，但是'集中'绝不是'片面'和'贫乏'的同义语，绝不是抛弃细节；所谓'集中'，是把复杂的生活现象加以高度的综合概括，然后通过富有特征性的生活细节把人物勾画出来。鲁迅的短篇小说，就是用极简洁的富有特征性的描写，刻划出了许多人物的曲折的灵魂和复杂而完整的性格的。"

颜默的《谈〈三国演义〉》发表于同期《文艺报》。颜默认为："英雄人物和英雄事业显然是《三国演义》的中心主题。而且这个主题的现实基础是在于通过这些历史上英雄人物的描写来'赞美新的斗争'，而不是'仿效旧的斗争'。""作者在描写的时候，显然是抱着'英雄造时势'的观点的，但是由于他深入了历史事件的内部，在尖锐的斗争中表现了这一代人物的活动，把他们从无声无息的存在中提高起来，从平常事件中突出出来，显示了他们的光辉，因此，也就在一定程度上反映了'时势造英雄'的历史规律。"

三月

8日 李蕤的《试谈刘真的创作》发表于《人民文学》3月号。李蕤写道："文字语言的朴素简洁，是刘真同志作品中的特色之一。这篇作品同样保持着这个特色，孤立的自然景色的描写，静止的人物内心的活动，冗长的人物对话，在她的作品里是很难找到的。"

叶圣陶的《关于使用语言》发表于同期《人民文学》。叶圣陶认为："咱们写个作品，在语言的使用上也该遵守节约的原则。……一句话回答：这些个跟中心思想有关系，适应中心思想的要求，这就叫履行节约。""语言要求节约跟思维要求节约是分不开的。在思维过程中，必须把那些啰啰嗦嗦的不必要的东西去掉，同时非把那些必要的东西抓住不可，这是思维的节约。""语言是社会的产物，是大家公用的东西，使用的时候不能不要求彼此一致。""决不可能有个人的语言。"要"敏感地辨别普通话和方言土语，要依照普通话的语法，使用普通话的词，不要依照方言土语的语法，使用方言土语的词。""还可以这么考虑，方言土语的成分也不是绝对不用，只是限制在特定的情况下使用。"

24日 郑文光的《谈谈科学幻想小说》发表于《读书月报》第3期。郑文光认为："如果说，过去人们只能够借神话、民间传说来表达自己对未来的憧憬的话，今天，人们就可以在现代科学成果的坚实基础上去幻想明天。科学幻想小说就是描写人类在将来如何对自然作斗争的文学样式。"

郑文光强调："科学幻想小说不同于教科书，也不同于科学文艺读物。它固然也能给我们丰富的科学知识，但是更重要的是，它作为一种文学作品，通过艺术文字的感染力量和美丽动人的故事情节，形象地描绘出现代科学技术无比的威力，指出人类光辉灿烂的远景。科学幻想小说表现了成为自然界主人的真正的人的面貌，讴歌了在人类跟大自然作斗争中英勇地站在前线的科学家的卓越的思想和大无畏的意志；科学幻想小说以美妙的想象力启发和培养读者对于科学技术的爱好，号召人们在征服大自然的事业中建立功勋。在今天的中国，科学幻想小说将鼓舞着千万青年为社会主义建设和共产主义事业的胜利英勇地向科学进军。"

25日 康濯的《关于两年来反映当前农村生活的小说——在中国作家协会第二次理事会议（扩大）上的补充报告》发表于《文艺报》第5、6号。康濯写道："我们还不能大胆地正视现实中的矛盾和尖锐地揭示生活中的冲突。""我们所接触到的冲突也往往只停留在生活的表面,各式各样粉饰现实和'无冲突论'的现象，已经成为阻挡我们前进的一个重要问题。""更好地创造典型人物的真实形象，尖锐地揭示生活的冲突和矛盾，这是当前小说创作中必须特别努力的方面。但这并不是两件事情，而是紧紧互相关联的一件事。不通过生活的冲突就无从塑造人物的灵魂，而没有人物形象的活动也就无从展示生活的冲突。我们的工作就是要通过生活的剧烈冲突创造出多样的典型人物，也就是要掌握社会主义现实主义的创作方法，塑造我们时代的典型环境中的典型性格。"

茅盾的《开幕词——在中国作家协会第二次理事会会议（扩大）上》发表于同期《文艺报》。茅盾写道："我们的文学，和飞速发展的现实斗争比较起来，和人民的需要比较起来，就应该说还是非常落后的。迅速地多方面地反映社会主义革命的发展和社会主义建设的伟大成绩，迅速地以更多、更好的文学作品来满足人民的需要，就是我们的作家和作家协会所面临的重大任务，也正是我们这次会议要讨论的中心问题。"

唐挚的《勇敢地干预生活的激情——从叶英和刘莲英所想到的》发表于同期《文艺报》。唐挚写道："我们常说要写性格，要写英雄人物，但什么是性格呢？性格并不是那种喜欢说俏皮话或吹胡瞪眼之类，真正的性格，具有深刻的社会内容和具有广泛概括意义的性格，总是不能不和我们生活中的千百种斗争（尽管这种斗争会有各种各样的形式）联系在一起。""当然，说作为我们生活的主人的性格，并不意味着说要离开具体个性的内在真实和性格的多面性。""能不能刻划出一个正面形象，这首先要看作者自己在生活中能不能透过错综复杂的斗争看清作为一个新人物的最为根本的核心是什么，能不能理解、能不能掌握这种性格的特征。新人物也是多种多样，各有各的个性的，但如果一个作者掌握而且理解了这种性格的核心，那么他就不必害怕把新人物放到一个错综复杂的环境里去，不必担忧描写新人物的丰富多样的感情和思想，是不是会损伤人物的性格，更不必去用许多并非性格所固有的、附加的、空洞的、抽象的言词贴到人物的身上，恐怕人物不够'正面化'。"

周扬的《建设社会主义文学的任务——在中国作家协会第二次理事会会议（扩大）上的报告》发表于同期《文艺报》。周扬写道："我国生活中正发生着从基础到上层建筑的一连串的变化，其中最深刻的最根本的一个变化，是人的变化。""在人民中的先进分子身上，可以看出新的社会主义个性形成的过程。这是千千万万人民群众灵魂改造的过程。而我们的文学艺术的使命，就正是要反映人民改造社会的斗争和建设新生活的热情，培养新的社会主义的个性。"

在周扬看来，当前的文艺创作"在反映生活的广度和深度上都有了值得注目的进展"，"农村的生活和斗争仍是作家写得最多的一个方面。……我们的作家除了继续表现土地改革的题材外已经开始给我们描绘了不少关于农村中社会主义变革的新的图画"。在创作方法上，周扬指出："无论是公式主义或自然主义，都是违反'典型环境中典型性格的描写'这一根本的创作原则的，都是主观主义地描写生活的方法。"

四月

1日 刘绶松的《为什么要学习文学史》发表于《长江文艺》4月号。刘绶松写道："社会主义现实主义的文学是人类文学艺术发展历史上的一个崭新的阶段。这种文学，不是抛弃或割断以前的现实主义文学的传统所能够凭空产生的；相反地，它正是继承和发扬了古典现实主义的优良传统，在无产阶级领导的，以马克思列宁主义为指导方针的、为共产主义事业而进行的剧烈的阶级斗争中发生和发展起来的。这种文学，它不能不继承古典现实主义文学的一切优秀的成绩，——如高度的现实主义、人民性、民主主义和人道主义，还有为了表现这一切而运用的高度的艺术技巧和精炼优美的语言。因此，社会主义现实主义就向作家们或打算成为作家的文学青年们提出了这样一个重要的要求：向过去一切时代的现实主义大师们学习，把他们创作中所有的卓越的成就吸收过来，而且给以创造性的发展。"

3日 李蕤的《谈吉学霈的创作》发表于《人民日报》。李蕤写道，吉学霈的"作品的优点，是从生活出发，努力真实地具体地描写生活，从日常生活现象的集中概括中反映具有社会本质意义的主题思想。他避开了追求故事外壳，以及把主题思想外加进去的那些创作倾向"。

8日 李希凡、蓝翎的《论〈红楼梦〉的艺术形象的创造》发表于《人民文学》第4期。李希凡、蓝翎写道："现实主义的艺术表现方法并不是孤立自在的东西，而是与整个作品思想内容的现实主义精神一致的；同时，现实主义的艺术方法是溶解在全部艺术形象中的有机的统一的整体。""《红楼梦》在人物形象创造上的成功，也像其他伟大的古典名著一样，都以创作实践表明了深刻的思想内容决定着作者的艺术表现技巧，而深刻的思想内容又必须通过高度的艺术表现技巧体现出来。二者的和谐和统一正是现实主义的基本要求，而这也正是《红楼梦》在人物形象创造上所以获得成功的最根本的特征。"

同日，茅盾的《关于艺术的技巧——在全国青年文学创作者会议上的讲演》发表于《文艺学习》第4期。茅盾写道："技巧问题不能同作者的人生观的深度和他的生活经验的广度割裂开来求得解决；既不能单独从作者的艺术实践所积累的经验中求得解决（虽然作者的艺术实践所积累的经验是解决技巧问题的一个重要的构成部分），也不能单独从学习古典文学来求得解决（虽然学习古典文学也是必要的），更不能把技巧当作一个技术问题来求得解决。""在长篇作品中，除了主要故事，还有许多小故事或插曲；这些都是为了表现次要人物的性格而安排的。次要人物和他们的故事，正同主要人物和他的故事一样，是为作品的主题思想服务的。不能为主题思想服务的次要人物便是可有可无的多余人物，在作品中不起作用。""夸张地描写人物外形的特征，也是惯用的手法，但过度的夸张会使得人物漫画化；夸张得不适当，会流于庸俗。""作品中的环境描写，不论是社会环境或自然环境，都不是可有可无的装饰品，而是密切地联系着人物的思想和行动。"

茅盾还提出："我们过去对于语言的纯洁和健康是注意得不够的，我们的有些作品还在散播'语言庞杂化'的影响。这就是滥用方言、俗语（包括职业语、市井语），制造一些只有作者自己懂得的怪词。""也有些作者是为了某种理由而有意多用方言、俗语的。理由之一是使得作品富有地方色彩。我们不反对作品有地方色彩，尤其不反对特殊题材的作品不可避免地需要浓厚的地方色彩；但是地方色彩的获得不能简单地依靠方言、俗语，而要通过典型的风土人情的描写，来创造特殊气氛。"

15日 肖玟、东小折的《缺乏文艺特征的文艺作品——评〈红花才放红〉》发表于《文艺报》第7号。肖玟、东小折认为："小说中的情节展开，本来是为表现人物性格的发展的，它要随着人物性格的变化而转移，而人物性格变化的紧严的逻辑性，又把复杂的情节紧密地吸聚在一起，贯穿成一个完整的结构。"

同期《文艺报》刊出《在中国作家协会第二次理事会会议（扩大）上的发言》一文，发表了吴组缃的发言。吴组缃说道："我们觉得中国古代小说的特点之一，好像是特别讲究写情节、故事。我们的古代小说的内容，总是可以津津有味地谈出来。因为情节精彩，故事有趣，就好记，就好谈；谈出了情节故事，人物的性格也就跟着谈出来，思想主题也跟着介绍了出来。"它们"总是通过精彩的情节，有趣的故事，把人物性格非常深刻、非常生动地写出来。外国小说，一般不是这样，往往长篇大论地写场景，长篇大论地刻划心理"。

24日 傅璇琮的《谈〈儒林外史〉》发表于《读书月报》第4期。傅璇琮认为："吴敬梓的高度现实主义精神，使他没有把当时读书人的堕落无耻归罪于个人的品性上，而是通过人物与环境的连系和发展，人物与人物之间的相互关系，揭示出社会和政治制度的罪恶。""《儒林外史》，对'下层'社会的人民充满着诗意的描绘和热情的颂扬。""《儒林外史》的内容是非常丰富的，它的艺术成就也是非常出色的。我们在阅读的时候，应该仔细的咀嚼，那才可以有较多的体会。我们今天阅读《儒林外史》，纪念吴敬梓，要学习'他的暴露矛盾、鞭挞腐化的和落后的、赞美人民的高贵品质''它的卓越的艺术成就，包括创造典型和文学语言的洗炼优美以及独特的风格'（茅盾：吴敬梓先生逝世二百周年纪念会开幕词）。"

30日 肖殷的《要更多地和更深地理解生活——评刘绍棠的小说》发表于《文艺报》第8号。肖殷写道："作者放弃了对人物性格主要特征的深入发掘，只企图以私生活（爱情）的描写来润色人物。""刘绍棠已经意识到需要塑造人物的形象，但是他在创造形象的时候，却选择了一条抵抗力最小的道路，即是企图以一种较轻便的'写作技巧'来达到目的；而避开了认真地研究生活和研究人物的正确途径。"

同期《文艺报》开设《关于典型问题的讨论》栏目。"编者按"写道："典型问题，是马克思主义美学的中心问题，包含着极其丰富的实际内容，涉及文学艺术的创作、理论研究、批评各个方面的重要问题。""在最近举行的中国作家协会第二次理事会会议（扩大）上，强调提出了要克服创作中的公式化、概念化和自然主义倾向，和文艺理论、批评、研究中的庸俗社会学倾向。这种种倾向的来源，当然有其多方面的、复杂的原因；不过，对典型问题的简单化的、片面的、错误的理解，对马克思列宁主义美学缺少认真的、系统的研究，应该说是主要原因之一。因此，联系我国文学艺术创作和理论批评的实际展开对于典型问题的讨论和研究，是摆在我们面前的刻不容缓的任务之一。""为了进一步地展开对于典型问题的讨论和研究，现将中国作家协会创作委员会理论批评组就这一问题所举行的座谈会上部分同志的发言发表在这里。"

该栏目中，张光年的《艺术典型与社会本质》认为："文学作品应当通过典型性格的创造，揭示一定的社会历史现象的规律性。强调描写社会现象的本质，要求作家在创作典型的时候，通过典型的人物的活动表现出某种社会现象的发展规律，这无疑地是正确的。但是只强调描写社会现象共同的规律性，不强调从生活出发，通过精心选择的个别现象，从各个方面各个角度表现生活的真理，这也会鼓励公式化的描写。"

该栏目中，林默涵的《关于典型问题的初步理解》认为："简单地把文学艺术中的典型看成是和社会现象本质相一致的东西，就会取消了艺术的特点，就会取消了文学艺术反映现实并从而帮助人认识现实的特殊手段。"

五月

1日 寒江的《对"侦察小说"的一点意见》发表于《文学月刊》5月号。寒江写道："从我读过的'侦察小说'来看，有些作品感染力不大，唤不起读者内心的共鸣。这主要是因为作者忽视对典型人物的刻划，缺乏深入地对人物的精神面貌的发掘。甚至个别作品在人物刻划上还有不够妥当的地方。这可能是与作者只重视情节的编制，不重视概括地而又突出地创造典型性格分不开的。""虽然'侦察小说'数量还不多，但有些作品已经出现了公式化的现象。作者对侦察人员活动的描写是'千篇一律'的……对人物性格的刻划又未能很好地通过情节的展开和发展逐步深入地去揭示人物性格的发展。""缺乏真实性也是一个很大的问题。"寒江认为："我们也应当注意刻画反面人物形象。……更充分地表现出他们的阴险、毒辣、狡猾奸诈、穷凶极恶的狰狞面目，就显得十分必要。"

2日 毛泽东在最高国务会议第七次会议上的总结讲话中，再次提出了"百花齐放、百家争鸣"的方针："在艺术方面的百花齐放的方针，学术方面的百家争鸣的方针，是有必要的"，"只有反革命议论不让发表，这是人民民主专政"，

"在中华人民共和国宪法范围之内，各种学术思想，正确的、错误的，让他们去说，不去干涉他们。李森科、非李森科，我们也搞不清，有那么多的学说，那么多的自然科学学派。就是社会科学，也有这一派、那一派，让他们去谈。在刊物上、报纸上可以说各种意见"。

8日　《人民文学》从5月号开始设置《创作谈》栏目。"编者按"说明了设置这一栏目的意图："《创作谈》是为了让大家都在这里来专门谈创作当中各种各样的问题。创作问题是需要谈的，不谈，问题就不能被提出来，就不能互相交换经验和意见，就不能使得理论联系实际，就不能活跃我们的思想。……因此我们提倡随便谈，问题可大可小，文章可长可短，不拘形式，不一定每一期刊物上都'谈'，但必须尽可能地'谈'下去。"

15日　《文艺报》第9号《关于典型问题的讨论》栏目发表陈涌的《关于文学艺术特征的一些问题》和巴人的《典型问题随感》。

陈涌在《关于文学艺术特征的一些问题》中写道："庸俗社会学的一个显著的特征，就是否认文学艺术的特殊的性质和任务，否认文学艺术有它自己不同于其它意识形态的特殊的规律，而用一般社会学的公式生吞活剥地代替对于文艺的具体生动的实践的研究。"对于文学艺术的作用问题，陈涌认为："文学艺术并不是一般地教给我们生活的知识，而是通过具体感性的、唤起美感的典型的形象来教给我们以生活的知识。""文学艺术为政治服务，主要地表现在它为国家的根本政策服务。国家有许多具体工作项目，作家和艺术家自然是会表现到的，但它的作品未必是直接为这项工作服务的。"

巴人的《典型问题随感》认为："不要把文学艺术看作是单纯的时代精神的号筒。要莎士比亚化，要艺术地来认识和反映生活的真实。""创造典型必须有艺术概括的过程。""在艺术家创造过程中：一般和特殊，典型化和个性化是辩证地相互贯彻着的。""其实，讲得通俗一点，典型性是什么呢？就是代表性。典型形象是什么呢？就是代表人物。人物既然是代表，那就有他所代表的社会力量；而代表既然是人物，那就有属于他自己个人的东西，即个人的运命与个性。""作为典型形象的'人'来说，也不是仅仅具有阶级性而已。从整个人类社会来看人，那么，人有他人类的共同性，还有他阶级的特殊性。

从阶级社会来看人，那么，人有他阶级的共同性，还有他个人的特殊性。""这样，无产阶级的党性乃是作家共产主义的世界观，是作为对待现实的看法，作为研究现实的方法而使用的武器，而不是作为艺术典型的直接表现的东西。"

28日 黄贤俊的《陀思妥也夫斯基和他的作品》发表于《光明日报》。黄贤俊写道，长篇小说《罪与罚》的"最大优点在于揭示了资本主义社会的严酷的现实，暴露了资产阶级的丧失人性的特点。这种真实的图景却出乎作者本意地激起了读者对贪婪无耻的资本主义社会制度的仇恨和抗议"。

30日 社论《百花齐放，百家争鸣》发表于《文艺报》第10号。文中写道："我们是提倡作家描写当前的重大题材，提倡描写社会主义新人的光辉形象的；我们并不动摇，而且要继续提倡和宣传。但是这种提倡和宣传，决不排斥题材和内容的多样性；而且，对当前重大题材和社会主义新人的艺术描写，也应当是多种多样，而不是千篇一律的。在为工农兵和劳动知识分子服务的共同目标下，作家艺术家对题材、主题和艺术形式的选择，有充分的个人的自由。作家在描写他真正了解、真正心爱的题材和主题的时候，他的才能和创造力能够得到最充分的施展。"

同期《文艺报》的《关于典型问题的讨论》栏目发表王愚的《艺术形象的个性化》和李幼苏的《艺术中的个别和一般》。

在《艺术形象的个性化》一文中，王愚认为："作家的职责是要在千百万人中间，像淘金砂一样，挑选出鲜明的、体现生活本质的活生生的完整的个性，这种个性表现得越深刻、越丰满，作品的思想性也越高。""艺术中的典型不同于科学中所揭示的社会典型，不同于抽象的道德标准，或者心理学对于人们心理过程的一般的研究。艺术中的典型永远都是具体感性的、合乎特定内容的完整个性。""形象的个性，完全符合于特定人物的思想、生活经历、教养、气质和才能，归根结蒂，依存于他的生活环境。作者看到了某些个性，在分析的过程中，洞察他们和生活本质发展过程的联系。然后凭借艺术想像把它们按照各自不同的内容构成完整的形象。这就是典型。""我以为，所谓'艺术概括'，就是要看：作者选择的个性，是不是生活发展中的固定特征，是否从社会关系上揭示了个性的意义，是否在生活中有着广阔的发展前途，或者按当时的社会条件必须走向灭亡。这些意义表现得越充分,个性的概括意义就越大。""个人生活上的独特作风、习尚与兴趣,往往就是社会心理的表现形式。只有从这种独特的东西出发,突出某些特征,删掉那些足以掩蔽主导特征的细节,补充为这个完整形象所必不可缺的重要特征,才能构成典型。"

李幼苏在《艺术中的个别和一般》一文中写道:"现实意义作家必须具有把合乎社会发展规律的本质现象的概括,高度集中地体现在有个性的人物身上的本领,他才能够创造出富有艺术魅力的典型形象。""典型乃是概括性与个性的有机融合;同时,概括性、一般性是通过个性、特殊性来表现的。在艺术中一定阶级或集团的同一类特征,不可能脱离个性人物的特殊的命运而单独存在。""对于艺术作品的典型性来说,不仅要看它是否反映了一定社会历史现象的本质,更重要的是如何通过鲜明的具体的感性形式更充分更动人地表现出来,而这正是艺术法则本身所要求的。"

Д·塔马尔钦科的《个性和典型》发表于《文艺报》同期同栏目。塔马尔钦科认为:"典型的性格不仅仅是普通的、常见的性格;它也可能是不平常的,甚至是特殊的性格;要使任何一个性格成为典型的性格,它就必须符合一个必备条件,这个条件就是:性格必须表现一定的生活现象的本质。"

六月

3日　熊起渭的《〈三侠五义〉的思想和艺术》发表于《光明日报》。熊起渭认为:"作为《三侠五义》全书的基本情节的,就是描写并肯定了清官和侠士们的除暴安良的斗争,这不但在客观上符合于人民的利益,而且在作者主观上也是倾向于人民的;这些除暴安良的故事的产生的基础,在于封建社会中的人民受着无法忍受的压抑和冤屈,激起了有良心的作者的不平,因而理想着有人来为冤屈的人民主持公道和正义。这就是全书的主要思想。""《三侠五义》在艺术上的成就首先应当指出它刻划人物性格的生动和多样。""从白玉堂的形象塑造中,我们可以看到作者并不孤立静止地来刻划人物,而善于从人物的相互关系和人物的具体行动中来描画他的性格,这就产生了两个显著的效果:(1)往往通过一个场面而同时显示了几个人的不同个性,这样就用极经济的笔墨而收到了多方面的艺术成果；(2)由于着重描写了人物的复杂关系和人物的行动性，就使具体感性的人物形象和曲折动人的故事情节结合到一起。"此外《三侠五义》在应用语言方面极有语本的特色，即用说评话的口气来写小说；因此叙事生动，词汇丰富，描写往往淋漓尽致。"

8日 蒋和森的《贾宝玉论》发表于《人民文学》6月号。蒋和森写道："所有这一切巨大的成就，是由于曹雪芹紧紧追随生活真实的结果，是由于曹雪芹像他的主人公一样不断地突破自己阶级限制的结果。总之，是现实主义的伟大胜利。"

10日 璇琮的《略论〈今古奇观〉》发表于《光明日报》。璇琮认为："通俗话本小说在中国小说史上是一种新的文学形式。这些话本小说最初是以说书的方式，通过职业'说话人'的讲述，在城市坊镇中流传着的。它们的对象是一般的城市平民。……通俗话本小说的对象既然是这般城市平民，因此也就表现了他们的思想感情。""《今古奇观》中的四十篇小说，有的直接描写了当时一般城市平民的生活，反映了他们的思想感情；有的虽然取材于古代的故事，描写了上层统治阶级的生活，但也是从城市平民的眼光与角度去看、去理解的，因此写的虽然不是他们，也一样反映了他们的思想意识。这是这些小说的一个主要特征，在中国文学史上是从来没有过的，它们表明，随着社会经济、社会生活的新的发展与变化，新的人物走到文学中来了。"

15日 巴金的《燃烧的心——我从高尔基的短篇中所得到的》发表于《文艺报》第11号。巴金写道："高尔基的每一篇作品里都贯串着作者的人格。他写了不少用第一人称叙述故事的这种体裁的小说。小说中的'我'并不一定是他自己。可是我每读完他的一篇作品，我就好像看见作者本人站在我的面前。他的人物喜欢发议论，可是他本人并不说教。他让你感染到他的强烈的爱和恨，他让你看见血淋淋的现实生活，最后他用他人格的力量逼着你思考，逼着你正视现实。"

苏雨河的《〈在田野上，前进！〉》发表于同期《文艺报》。苏雨河认为，秦兆阳的长篇小说《在田野上，前进！》的"成功方面，就在于作者不是简单地描写了农村社会生活的变化，而是按照生活的复杂性和斗争的尖锐性，表现了今天急遽发展着的农村现实,它不是一幅风俗画,而是一幅散发着阶级斗争气息的生动图景;在某些篇章中,有着真实的、没有被缓和的冲突,有着人们为摆脱私有观念而进行的灵魂上的斗争,有着对于敌对势力的嚣张、贪婪和面临崩溃时的惊惶的逼真写照。从这方面的成就来看,应该说它是我们当前文学创作中一部值得重视的优秀作品"。

苏雨河还认为:"一部长篇小说的结构比较复杂,故事曲折,线索也是多头的,不能只循着一条单线发展。但既然是组成作品的不可分割的各个部分,它们之间就应该有内在的联系;这各个部分应该在互相影响、互相牵制下面合乎自身规律地发展。"

于晴的《给读者一些什么——从〈风雪之夜〉和〈在前进的道路上〉所想到的》发表于同期《文艺报》。于晴写道:"一个艺术品之所以具有其他的思想形式所不能代替的功用,正是因为它能够在生活的复杂的现象中,用艺术的手段概括生活里最特征的东西——那些具有深刻的社会意义和美学价值的事物。"

30日 朱光潜的《我的文艺思想的反动性》发表于《文艺报》第12号。"编者按"写道:"我们在这里发表了朱光潜先生的《我的文艺思想的反动性》一文,这是作者对他过去的美学观点的一个自我批判。大家知道,朱光潜先生的美学思想是唯心主义的。他在全国解放以前,曾多年致力于美学的研究,先后出版了他的《文艺心理学》《谈美》《诗论》等著作,系统地宣传了唯心主义的美学思想,在知识青年中曾有过相当的影响。近几年来,特别是去年全国知识界展开对胡适、胡风思想批判以来,朱先生对于自己过去的文艺思想已开始有所批判,现在的这篇文章,进一步表示了他抛弃旧观点,获取新观点的努力。我们觉得,作者的态度是诚恳的,他的这种努力是应当欢迎的。""为了展开学术思想的自由讨论,我们将在本刊继续发表关于美学问题的文章,其中包括批评朱光潜先生的美学观点及其它讨论美学问题的文章。我们认为,只有充分的、自由的、认真的互相探讨和批判,真正科学的、根据马克思列宁主义原则的美学才能逐步地建设起来。"

朱光潜在正文中写道:"解放前我发表的一些关于美学和文艺理论方面的著作,在青年读者中发生过广泛的毒害影响。""我的文艺思想是从根本上错起的,因为它完全建筑在主观唯心论的基础上。主观唯心论根本否认物质世界，把物质世界说成意识和思想活动的产品，夸大'自我'，并且维护宗教的神权信仰，所以表现在文艺方面，它必然是反现实主义的，也必然是反社会，反人民的。"

七月

5日 傅雷的《评〈三里湾〉》发表于《文艺月报》7月号。傅雷认为，《三里湾》把"农民的日常生活和家庭琐事写得那么生动、真切；他们的劳动热情写得那么朴素而富有诗意；不但先进人物的蓬勃的朝气和敦厚的性格特别可爱，便是落后分子的面貌也由于他们的喜剧性而加强了现实感：这都是同类作品中少有的成就。表面上，作者好像竭力用紧凑热闹的情节抓住读者，骨子里却处处反映着三里湾农业的演变，把新事物与旧事物的交替织成一幅现实与理想交融的图画"。"赵树理同志深切地体会到，农民是喜欢听有头有尾的故事的；其实不但农民，我国大多数读者都是如此。但赵树理同志把'从头讲起'的办法处理得极尽迂回曲折，避免了平铺直叙的单调的弊病"。"不是为吸引读者，但同样能扩大故事幅度的是旧小说中所谓的'伏笔'。顾名思义，伏笔正与保留关节相反，是闲处落墨，有心在读者不经意的地方轻轻打个埋伏。有了埋伏，故事就显得源远流长，气势足，规模大，加强了它在书中的比重。"

8日 冯雪峰的《鲁迅的文学道路——英文译本〈鲁迅选集〉序》发表于《人民文学》7月号。冯雪峰写道："鲁迅在艺术风格和艺术表现方法上的最鲜明的他自己的特点和民族的特色，也都是由它的战斗精神，由他为被压迫人民而进行现实主义的文学创造的精神所决定的。""鲁迅是在民族文化的基础之上和为着革新的目的，去吸收外国文学的广泛的和深刻的影响的。""'精炼'和'简括'也是鲁迅文学语言上的最主要的特点，同时这是中国汉族语言的特点之一，而在中国古典文学中这特点尤为显著。""鲁迅的讽刺，就正是在他的深而广的发掘和博而精的观察的基础上，他对于社会的阴暗面的一种最'简括'的描写和批判。""鲁迅作为一个世界作家的最鲜明的特点之一，也就是他的创作同他祖国的劳动人民有最深切的联系，他的艺术具有深厚的中国民族特色。"

洛阳的《关于素材、题材、主题》发表于同期《人民文学》。洛阳写道："作者去努力追求新鲜的主题和尽量避免去表现那些被别人表现过的东西，这本来是完全应该的。""主题和题材对于一篇作品是具有重大意义的。古今中外的现实主义大师们都曾经以他们的实践经验告诉我们一篇作品的社会价值和艺术价值在极大的程度上是由主题的意义和题材内容所决定的。"

秋耘的《谈"爱情"》发表于同期《人民文学》。秋耘写道："文学作品不应该脱离社会生活去孤立地描写爱情。恋爱和婚姻本来是和别的社会生活紧密地联系在一起的，社会生活中的一切矛盾必然也要集中地投射在爱情生活上面……爱情的悲剧往往孕育于时代的大悲剧当中，它不可避免地会给打上了时代的烙印和阶级的烙印，因而在文学作品中对爱情生活的真实描写，是有助于显示时代的风貌和社会生活的本质的。""但也不能说，一切文学作品里的爱情描写，都必须直接联系到社会的主要矛盾和斗争。"

同日，萧也牧的《谈谈惊险小说》发表于《文艺学习》第7期。萧也牧写道："一般惊险小说，大都是有极强烈的故事性，有紧张的场面，有着有意布设的种种迷阵，还有出乎意外而文意在其中的情节。大都没有冗长的风景描写和心理描写。"

15日 卞易的《动人心弦引人深思的一个短篇》发表于《文艺报》第13号。卞易写道："作者在作品里没有说教，没有急于向我们解释什么，也没有把故事讲到力竭声嘶的地步。而是用他的诗情的笔，平稳自然地把我们引导到生活中去，让生活自己来讲话，让那三个幼小者的不幸向我们来做证。作者自己的感情蕴蓄在对生活的描写里面，因而也给读者留下了想像和思考的余地。"

彭慧的《一个农民的艺术典型——谈梅谭尼可夫》发表于同期《文艺报》。彭慧写道："梅谭尼可夫的形象在人类历史上有着永久的认识价值，他是一个体现了从消灭私有财产转变到社会主义社会去的这个重要的历史阶段中农民们排除私有观念的思想斗争的、有纪念碑意义的生动的典型。他是一个能使现代人和未来的人认识在一定的历史时代农民的两重性格的艺术典型。"

29日 傅正谷的《评〈西游记试论〉》发表于《光明日报》。傅正谷写道："从吴承恩的主观创作意图来看，他是没有、也不可能把妖魔作为恶霸地主的典型来创造的。人们对于妖魔的憎恨，绝不是因为它是恶霸地主的典型，而是主要由于同情唐僧的遭遇，敬佩孙悟空的英雄行为，才希望妖魔败而行者胜的。另一方面，《西游记》中的妖魔形象，毕竟是活生生的人物性格，而不是阶级本质的抽象概念……《西游记》在人物塑造上的惊人的艺术成就，是不容抹煞的。"

八月

8日 李凤的《从〈结婚〉说起》发表于《人民文学》8月号。李凤写道："这篇小说（指马烽小说《结婚》——编者注）在描写新人新事方面所作的创造性的努力，应该受到鼓励和重视。"

同日，阳湖的《为什么要重新出版这些古代小说？》发表于《文艺学习》第8期。阳湖写道："上海古典文学出版社最近陆续出版了一批古代小说，如《隋唐演义》《平妖传》《四游记》，以及《照世杯》《醉醒石》《西湖佳话》等。""这一些书，虽然它们的价值要次于《三国演义》《西游记》《水浒传》等著名小说，但仍旧算得上是中国古代小说中的较为优秀的作品，基本上是一些可以肯定的书，是可以阅读的。""这些小说，也都是鲁迅在《中国小说史略》中叙述到了的。""这对今天的青年写作者来说，也还是值得学习与借鉴的。"

10日 周扬在中国作协文学讲习所发表讲话，题为《关于当前文艺创作上的几个问题——在中国作协文学讲习所的讲话》（原载《周扬文集》（二），人民文学出版社1985年版——编者注）。周扬说道："我们应该把社会主义现实主义了解为一种新的方向，而不能把它当作教条，或者当作创作上的一种公式。"作家"写得真实不真实，艺术造诣高不高，可以根据社会反应来判断，可以由人民群众来判断，把社会主义现实主义定为很固定的创作方法，那没有什么好处。事实上，一个有才能的作家，决不会按照创作的定义或规律去从事创作，只有低能的没有生活的人，才会按照教条去写，而这种作家也确是有的，他觉得如果不按照教条写，而是按照生活写，按照特殊的感受和特殊的经验写的话，就好象不合创造的公式，就会被人批评。我们认为社会主义现实主义只是指示人们一个方向，引导艺术朝社会主义的方向走。至于具体的方法，决不是立一个定义所能规定得了的。作家不是按照创作的定义去进行创作的，而是按照生活的逻辑去进行创作的"。"现在一般作品中写的人物，大体上都是工人、农民以及比较下级的干部（高级干部写得比较少），写这样一些人应当说是正确的。我们现在写的方面还不够广泛，还应当写学生，写商人，应该在今后克服这种现象；但我们写群众，写劳动人民，还是我们今后的主要方向。""艺术世界和现实世界一样。应该有各种不同的人物，我们可以强调写新的个性、新的人物，但不等于只要写新的个性、新的人物，更不等于写新的个性就是没有个性，好象新的人物一切都是好的。所以现在最主要的是写出新的个性来，这是我们时代的任务，但是我们的作品没有完成这个任务。"

周扬认为："我们过去强调集体主义、爱国主义，强调纪律性，反对个人主义，于是许多英雄人物出来了。如黄继光、罗盛教……等，这对人民有教育作用。是它积极的一面。但是也有它阴暗的消极的一面：因为反对个人主义连个性也反对掉了，因为强调集体主义把个人的事情忽略掉了，只承认党性，不承认个性，这可以说是我们这几年来实际上的倾向，这种倾向多多少少地反映到文学作品中来，于是就有些公式化。""我们在创作上应当去观察个别事物，把个别事物看透了，然后再从个别的事物中找出一般性的根本性的东西来。有时要观察的不只是一个个别事物，而是应该在观察许多的个别事物中，找出带有根本性的东西来。所以一个作者最重要的是去观察个别事物，而不是去找共同的特征。""'典型'表现一个时代的特征，不能够离开阶级，也不能离开阶级，也不能离开时代，这是对的。但是我们不能抽象地了解典型就是阶级性，就是阶级的特征，这是不对的。典型是表现在一定的阶级基础上的东西，但不只是这个阶级有，别的阶级也有。"

周扬指出："中国艺术的发展规律有自己的特点。许多地方如果按照外国的说法就讲不通……我们必须找出自己的规律和自己的特点来，西洋的东西也要，自己的东西也要，我们自己民族的东西吸收了外来的经验和技术后，应该是使得它更丰富，而不是变形和消灭。""除了艺术的规律和特点外，还有一个方法问题。我们承认他们表现的方法是科学的，但这是根据他们国家的经验，他们的经验可以参考，但不一定完全适合于中国的情况。……一定要学西洋吗？简直太不上进了！我们要在一切学外国的影响下解放出来，把这当做一个方向：你们如果写成《水浒》那样的东西，就是你们的成功，如果写成苏联的小说那样，就是你们的失败，因为那样写就不能表现中国的现实。尤其艺术和别的东西不一样，它要保持自己民族的特点和风格，对于传统问题过去也提过，但提得不够有力，大家好象都忘记了似的。现在我们要很有力量的提一下，号召大家起来反对洋教条！"

15日 李真的《能用这样的量文的绳子么——关于小说〈姻缘〉的讨论》发表于《文艺报》第15号。李真写道："整个作品虽然很短，生活气息却比较浓厚，作者在描写中，努力通过比较形象的细节和人物的行动来表现生活的面貌，避免简单的说理和枯燥的叙述，因而，作品显得活泼生动，特别是在语言的运用上，作品也有一些特点，简练、有风趣，因此使人们在读作品时感到十分亲切。"

30日 董晓天的《独特和"奇特"——读〈青年拖拉机手〉所想起的》发表于《文艺报》第16号。董晓天认为："艺术的创造忌讳有模子，然而也不能离开了性格的真实基础和它的内在意义的探求而任意驰骋。"

刘大杰的《中国文学史中的现实主义问题》发表于同期《文艺报》。刘大杰写道："近几年来，在古典文学研究的领域里，流行着一种非常普遍的见解：一部中国文学史，就是一部现实主义与反现实主义的斗争的历史。""我们的文学遗产是十分丰富的，我们文学遗产中的优良传统也是多方面的。我们如果在文学史上只理解为现实主义与反现实主义的两条路线的斗争，那就会把文学史上各种创作流派的复杂而又矛盾的发展过程，看得过于简单。……应当采取实事求是的态度，进行研究和分析，反对在过去曾经一度流行的庸俗观点和简单化的公式。"

罗荪的《从"典型公式"谈起》发表于同期《文艺报》。罗荪认为："性格是典型塑造的生命；同一个时代，同一个阶级，同一个家族，即使是同在一起成长的双胞兄弟，也不可能有完全同一的个性。作家如果按照鉴定表上的阶级成分来刻划人物，那是不会有生命的；任何一般的东西都不能代替个别的东西，任何一个活的人物身上也都不可能把个别和一般分割开来。它们不可能是各自孤立的，而应该是互相渗透，互相影响的。……更重要的是典型不等于某一特定的社会本质。""说'典型不仅是最常见的事物'，并不等于说典型只能表现少见的、稀有的和特殊的事物。因为作家创造人物是不是能够成为典型，并不在于他所表现的事物是常见的还是不常见的，是普遍的还是特殊的；而在于是否正确的表现出典型环境中的典型性格。""'典型的环境'不一定是'普遍的环境'；它可以是'普遍的环境'，也可以是'特殊的环境'。如果从字义上来看，'典型的'这个概念可以解释为'有代表性的'，比较确切一些，应该是'特定的环境'。性格的特征是和特定的环境有着密切关系的。典型创造是不能离开特定的环境而孤立起来的。"

罗荪认为："现实主义要求表现生活的真实，应该是十分严格的，作家在塑造人物典型的同时，必须密切地联系到和人物共呼吸的那个特定的典型环境。作品中的主角可以从自己的阶级中分裂出来，但是典型性格却不能从特定的典型环境中分裂出来。"

九月

8日 何直的《现实主义——广阔的道路——对于现实主义的再认识》发表于《人民文学》9月号。何直写道："文学的现实主义，不是任何人所定的法律，它是在文学艺术实践中所形成、所遵循的一种法则。它以严格地忠实于现实，艺术地真实地反映现实，并反转来影响现实为自己的任务。它是指人们在文学艺术实践中对于客观现实和对于艺术本身的根本的态度和方法。这所谓根本的态度和方法，不是指人们的世界观（虽然它被世界观所影响所制约），而是指：人们在文学艺术创作的整个活动中，是以无限广阔的客观现实为对象，为依据，为源泉，并以影响现实为目的；而它的反映现实，又不是对于现实作机械的翻版，而是追求生活的真实和艺术的真实。"

何直认为："现实主义文学既是以整个现实生活以及整个文学艺术的特征为其耕耘的园地，那么，现实生活有多么广阔，它所提供的源泉有多么丰富，人们认识现实的能力和艺术描写的能力能够达到什么样的程度，现实主义文学的视野，道路，内容，风格，就可能达到多么广阔，多么丰富。它给了作家们多么广阔的发挥创造性的天地啊！如果说现实主义文学有什么局限性的话，如果说它对于作家们有什么限制的话，那就是现实本身、艺术本身和作家们的才能所允许达到的程度。"

何直写道:"当然,现实主义文学也有它自身的衡量标准。不过,我们在寻求这种标准的时候,同样地也不应该忘记了前面所说的,现实主义的那个基本的大前提。正因为是在这样的前提下来掌握它的评判标准,所以现实主义文学必须首先有一个标准,那就是当它反映客观现实的时候,它所达到的艺术性和真实性,以及在此基础上所表现的思想性的高度。现实主义文学的思想性和倾向性,是生存于它的真实性和艺术性的血肉之中的。"

同日,杜维沫的《对马烽作品〈结婚〉的意见》发表于《文艺学习》第9期。杜维沫写道:"文学作品的成功与否,主要就看它是否塑造出了人物,是否塑造出了与多方面的复杂的社会生活有机联系着的、具有鲜明个性的、同时又体现着某一类人的共同特征的典型人物。"另外,杜维沫认为:"文学作品不能原样不动地反映生活,它是需要进行高度的艺术的概括的。何况,在复杂而多变的生活中原是有许许多多的巧事的,这些巧事乍看起来似乎是偶然发生的,但仔细推研一下,大都可以找出它们形成的许多有关的必然的因素。"

孟明的《通讯、报告、速写、特写、短篇小说有什么区别》发表于同期《文艺学习》。孟明写道:"'特写'并不限于报道真人真事,它也允许作者以想象、虚构来概括生活,提出生活中的问题,帮助人民发现和解决生活中的矛盾与冲突。这类特写和短篇小说就非常类似了,它所以不同于短篇小说者,恐怕就在于它不必象小说那样有引人入胜的情节,有开端、高潮、结尾和完整的结构。它的概括生活、塑造典型的方法是小说的方法,在表现形式方面又不受小说形式的限制。"

26日 《人民日报》刊登《在中共第八次全国代表大会上 让文学艺术在建设社会主义伟大事业中发挥巨大的作用 宣传部副部长周扬同志的发言》。周扬在发言中说:"社会主义革命为一切创造性的劳动开辟了道路。但是在我们中间,经常发生的文艺上的教条主义、宗派主义,以及对待文艺工作的简单化、粗暴的态度,却严重地束缚了作家、艺术家的创作自由,成为了实现'百家争鸣,百花齐放'的主要障碍。""要求文艺服从政治,不是机械地规定作家写什么和怎样写,作家在作品的取材和形式上,应当有广泛的自由。离开内容去追求形式,固然是不对的,但是忽视艺术风格的优美和多样性,也会使作品的内容变得单调贫乏起来。作品的政治性应当力求和艺术性相一致。""社会主义现实主义是一种最进步的创作方法,我们提倡这种方法。……我们有充分的可能从世界各种艺术流派吸取于自己有用的东西。我们应当尊重别人在探求新的表现方法上的成就,研究他的成功或失败的经验,而不应把任何对于形式的追求一律看成形式主义而加以唾弃。"

十月

1日　老舍的《关于文学创作中的语言问题　鞍山业余文学报告会上的讲演记录》发表于《文学月刊》10月号。老舍写道:"汉族的语言,有它的特色。在世界语言中,汉语是简练有力的。这种简练的语言,有时候,在说理的文章里或者不够灵活,我们用一点欧化语法,也未为不可;不过,万不能过火,写出来的人家看不懂,那就劳而无功了。"关于怎样使用语言,老舍说道,"第一,要写得明白,把要说的有条有理地写下来,句句立得住。那些高深莫测、故弄玄虚、装腔作势的文章,不是好文章,人家看不懂也听不懂。我们要的是清楚明白,在清楚明白中,表现文字的美"。"第二,用字要经济。写东西不等于说话。说话时,眼睛手势都能帮助你。写东西无此便利,故须想了再想,力求简而明。""最后,我再谈一点,要写出一个风格来。""好的作家都有自己的风格。"

7日　邵骥的《〈说唐〉简说》发表于《光明日报》。邵骥写道:"《说唐》这部古代小说,它反映了第六世纪末到第七世纪初这一动乱年代的以农民运动为基础的群雄分争局面;描绘了一些接近人民或竟是出自民间的有正义性格的英雄人物形象;写了若干紧张、热闹的场面。"

8日　杜黎均的《谈肖像》发表于《人民文学》10月号。杜黎均写道:"肖像是人物形象创造的一部分。富有特征的肖像能够帮助读者认识人物性格,使人物能够留下更加鲜明的印象。""在我们目前的文学创作中,反对一般化公式化的肖像描写,强调富有特征的肖像描写,是很有现实意义的。"创造肖像应"达到肖像描写与性格描写的谐和的统一",并且"选取最能够显示人物性格的、最富有特征的素材来作为肖像创造的基础"。

立云的《说长道短》发表于同期《人民文学》。立云写道:"由于不重视短篇,一味追求长的，其结果，就出现了各种不应有的现象。""我建议我们的作家要反复研究鲁迅短篇小说的艺术宝库，把这笔可贵的遗产继承下来，并加以发扬。我们需要短篇小说家！我们需要精采动人的短篇小说！读者对短篇小说的要求应该逐渐得到满足！"

唐祈的《短篇为什么不短》发表于同期《人民文学》。唐祈写道："短篇的特点就在于在精短的篇幅中尽可能表现出更多的东西。至于它的场面要一目了然，情节的发展要清晰单纯，以及勾勒几笔一下子把人物写活，等等，又都是短篇所必须具备的条件。真正的短篇小说，应该是像一团火焰，一下子能把一切照亮。"

文迅的《关于"矛盾冲突"》发表于同期《人民文学》。文迅写道："一切真正揭示了生活真实的作品，塑造出了成功的人物形象的作品，它都必然展现了此种或彼种的'冲突'，但有'冲突'的作品，却未必写出了真实，创造了人物。我们反对'无冲突论'正是因为它无视生活真实，违犯现实主义创作原则之故，而不是简简单单的向作品伸手要一个'冲突'的躯壳。而向一切作品要'主要矛盾'，那不仅会妨害文学题材、体裁多样性的发展，在效果上也不能不导致创作走一般化和公式主义的道路。按着冲突的公式所产生的作品，得到的可能是一个会被某些人拍手的'冲突躯壳'，而失掉的则是艺术特性。"

同日，雷奔的《小说中有抽象议论，是否就是概念化？》发表于《文艺学习》第10期。雷奔写道："文学是以艺术形象来反映现实生活的，但，这一特征，并不绝对排斥作品中抽象议论的存在。因为，有些抽象议论，正是服务于以艺术形象反映现实生活的这一目的，而不是和形象对立，不是对艺术形象有所破坏。"

15日 巴人的《鲁迅小说的艺术特点》发表于《文艺报》第19号（鲁迅纪念专号）。巴人写道："鲁迅在一篇《怎么写》的杂文里，谈到郁达夫对艺术的真实的看法。郁达夫认为：在作品中叙述第三人称的主人公的心理状态过于详细时，读者就会疑心这别人的心思，作者何以会晓得这样的精细呢？如果读者起了这种幻灭之感，就使文艺消失了真实性。所以，郁达夫认为作品中最便当的体裁是日记体，其次是书简体，容易以第一人称来抒写心理状态。""鲁迅认为这种说法未必尽然。如果读者本来知道：艺术作品'大抵是作者借别人以叙自己，或以自己推测别人的东西，便不至于感到幻灭，即使有时不合事实，然而还是真实。'""艺术的真实是以广泛的社会事实为基础的。从广泛的社会事实中提炼出艺术的题材，构成一个自行独立的艺术境界——高出于社会事实的情节、场面和人物相互交融一体的生活画面，并借此来显出生活的真实性的，这才是我们所谓艺术的真实。也只有在这里，艺术家才有他创造的任务。"

王瑶的《论鲁迅作品与中国古典文学的历史联系》发表于同期《文艺报》。王瑶写道："鲁迅从开始创作起就接受了外国文学的影响，他的文学活动又是和中国人民的民主革命保持着血肉联系的，因此无论就文艺思想或作品的某些形式特点说，都与中国古典作家带有很大的不同；但这只是问题的一方面，如果我们加以细致的考察，则在他的作品中又无不带有我们民族的优秀传统的光辉。""在这种对于'旧文学'的'承传'和'择取'中，不只指那些作品中所表现的思想内容，而且也是很注意于表现方法和艺术技巧的。""鲁迅杂文的简约严明的风格特点与魏晋文学的联系，这其实也是包括他的小说在内的。不仅如此，即在某些艺术构思和人物形象的塑造上，也可以看出这种影响的地方。""鲁迅从章太炎那里也学习了从古人古事中找出'爱国心思'的方法，他的钞古碑、校辑古籍等活动都与此有关，而更重要的，他也在阮籍嵇康等人身上找到了反礼教、反周孔的'思想新颖'的精神。""我们这里并不想论证阮籍等人与魏连殳之间在思想上的相似之点，但至少鲁迅对待他们的态度是有其类似之处的；而在写作时的一些情节的构思和性格的描写上，就不能不受到为鲁迅所熟悉并有所共鸣的阮籍嵇康等人的行为和文章的影响了。……鲁迅对这些人（指魏连殳、吕纬甫等人物形象——编者注）的悲愤心情也是充分理解并赋予了同情的，因此在塑造他们的性格时，在构思上也就有受到古代叛逆者的事迹的影响了。吕纬甫的性格当然比较更颓唐和消沉一些，那种嗜酒和随遇而安的心情是更有一点类似刘伶的。""在鲁迅小说中作者给予极大同情的一类人物是受旧的社会制度的传统习惯所凌辱歧视的妇女和儿童。"

16日 何其芳的《论阿Q》发表于《人民日报》。何其芳提出了人物塑造的最高标志："一个虚构的人物，不仅活在书本上，而且流行在生活中，成为人们用来称呼某些人的共名，成为人们愿意仿效或者不愿意仿效的榜样，这是作品中的人物所能达到的最高的成功的标志。"何其芳还说："阿Q就不是中国人精神方面的各种毛病的综合，不是一种精神的性格化和典型化，不是一个集合体，而是一个具体的活生生的人物，而是一个独特的存在，而是一个个性非常鲜明的典型了"，"阿Q是一个农民，但阿Q精神却是一种消极的可耻的形象，而且不是一个阶级所特有的现象"。

20日 林志浩的《学习鲁迅小说精炼的艺术语言》发表于《光明日报》。林志浩写道："鲁迅小说语言的精炼，是和他所塑造的艺术形象的深刻的社会内容分不开的。""鲁迅语言的精炼，表现在塑造各种人物上，不只是着笔较多的主要人物，也包括只用了三笔两画的陪衬人物。即使只说了一两句话，或只有一两个动作，人物的面貌、性格也十分清晰地突现出来。""鲁迅小说语言的精炼，也表现在描写自然景物上。""他经常把写景和叙事揉在一起，使人们分不清是写景还是叙事。而且这些描写，往往是通过作家心灵的体验和感情的渲染来着笔的，所以它又富有抒情气氛。把写景、叙事和抒情结合在简短的几句话里，使读者得到丰富而深切的感受，而不只是限于景物的欣赏，这是一种多么经济的手法；从语言方面说，又是一种多么精炼的语言。"

30日 王瑶的《论鲁迅作品与中国古典文学的历史联系（续完）》发表于《文艺报》第20号（鲁迅先生逝世二十周年纪念特辑）。王瑶认为："除上节所谈者以外，与他的小说创作最有直接联系的当然是那些古典的白话小说，其中对他影响最大的是吴敬梓的《儒林外史》。""《儒林外史》的讽刺艺术也是使鲁迅喜爱的重要原因。""鲁迅小说的一个重要特色是讽刺；特别在对一些否定的人物形象，他是常常给以无情的狙击的。……是可以在《儒林外史》中找出类似的表现手法来的。""在形式和结构上，《儒林外史》也是最近于鲁迅小说的。唐宋传奇名虽短篇，但在有头有尾，故事性很强等特点上，其实是很近于《三国演义》《水浒传》等长篇的；而《儒林外史》则正如鲁迅所指出，是'事与其来俱起，亦与其去俱讫，虽云长篇，颇同短制'的。"鲁迅"自述他用的语言是'采说书而去其油滑，听闲谈而去其散漫，博取民众的口语而存其比较的大家能懂的字句，成为四不像的白话。'……他还说过他写完一篇之后，总要求'读得顺口'；'没有相宜的白话，宁可引古语，希望总有人会懂，只有自己懂得或连自己也不懂的生造出来的字句，是不大用的。'与有些作家的习于用过分'欧化'的语言不同，他要求合乎我们祖国语言的规律和习惯，要求'顺口'；这在文学语言的继承性上就自然会在以前的白话小说和可用的古语中去采取了。这是构成鲁迅作品的风格特点的重要因素之一，而这正是和我国的古典文学相联系的"。"那些特别能激动我们心弦的带有浓厚的抒情气氛的作品，我以为是与中国古典诗歌的联系更其密切的。""像古典诗歌一样，这种'抒情'常常是通过自然景物、通过心情感受而形成一种统一的情调和气氛的。当然，在小说中，写景色、写气氛，实际也是在写人物的；但这样就能使作品形成一种独特的艺术风格，增强作品的感染力。""'五四'以来这种正确对待古典文学的态度和精神是给了现代文学创作以积极影响的；当作'中国文化革命的主将'，鲁迅自己的作品就代表着现代文学的主流；它与中国古典文学保有着血肉的联系，并标志着中国文学历史的新的发展。三十多年来，现代文学创作中的比较成功的作品，总是在艺术风格上带有一定的民族特色的，从这里正可以看出文学历史的继承关系。""如何向古典文学的优良传统学习，到今天仍然是我们繁荣创作的重要问题之一。鲁迅的作品与古典文学的联系不只给我们说明了承继民族优良传统的重要性，而且由于这些作品在思想和艺术上的不朽价值，它本身已经成为我们民族传统的一个组成部分，成为我们应该首先向之学习的重要遗产。"

十一月

7日　苏鸿昌的《关于吴敬梓的世界观和创作方法——试论目前在〈儒林外史〉研究中的一些问题之一》发表于《红岩》第11期。苏鸿昌写道："《儒林外史》是我国最杰出的现实主义的巨著之一，是我国的第一部真正称得上的讽刺文学的作品，它以高度的人民性和卓越的讽刺艺术与世界上最优秀的古典现实主义作品并列而无愧。"

8日　杜黎均的《谈反面人物的性格描写》发表于《人民文学》11月号。杜黎均指出："反面人物也是人。作家应该努力刻画反面人物灵魂上的丑恶，并应该描绘出具体环境中的性格的复杂性。这种复杂性不但不会减弱对于反面人物的鞭打，相反地，倒是加强了这种鞭打。""许多作品中的反面人物，往往是没有任何内心生活的人。有的是只会说些落后话，有的是只会打人、骂人或杀人。他们没有从心灵里产生的真正的喜怒哀乐，也没有什么希望和期求。他们只是为了反对正面人物而存在着，只不过是一个穿着反面衣裳的影子，只可以说是有'反面'而无'人物'。"

15日 巴人的《重读〈毁灭〉随笔》发表于《文艺报》第21号。巴人认为："法捷耶夫在创造这些人物形象时，没有一个不赋予以复杂的思想和感情的。这是一种以某种的基本的阶级特征为主线而与其他阶级的杂质相搀和着的复杂的思想感情。但也只有在这种复杂的思想和感情的雕塑中贯彻着一种基本的东西，来显出他们的阶级特征的时候，这样，人物也就在我们面前活生生地整个地站起来了。"

唐祈的《〈六十年的变迁〉的创作——记一个关于〈六十年的变迁〉的座谈会》发表于同期《文艺报》。在座谈会上，严文井认为："作品所采取的是民族传统的形式，不但容易懂，而且明快，这个特点是明显的。"刘白羽也谈了自己的意见，他说："作品不仅在内容上，而且在写法上也给文学创作增加了新的东西。文井同志谈的民族传统问题，我觉得作品解决得很好。例如语言、人物刻划、写景，都还是恰如其分的。很多环境描写得很好，有民族风格、中国气派，读起来很亲切，一般读者还是喜欢这样的写法的。"

姚雪垠的《现实主义问题讨论中的一点质疑》发表于同期《文艺报》。姚雪垠认为："现实主义是历史发展的结果，而非作家个人遭遇的产物。现实主义的产生是同资本主义的出现分不开的。它的社会基础是资本主义。由于中国的资本主义在中国发展不充分，因而中国的现实主义发展道路有其自身特点。"

30日 艾芜的《我与苏联文艺》发表于《文艺报》第22号。艾芜认为："今天要在作品里面描写新的人、新的群众、新的现实，并不意味着只是歌颂、赞美。事实上，新的人、新的群众，为了创造新的现实，为了建设社会主义社会，还在同旧社会遗留下来的旧思想、旧生活、旧习惯以及代表这些东西的人们，作着艰辛的斗争。一个感觉敏锐的作家，他绝不会对此熟视无睹的。"

刘大杰的《中国古典文学现实主义的形成问题》发表于同期《文艺报》。刘大杰认为："欧洲有资本主义社会，他们的现实主义作家产生在那一个社会里，他们的作品自然是与资本主义社会有血肉的联系。在他们的作品里，反映出他们社会里的政治哲学思想、科学水平、经济情况和社会生活面貌，他们的艺术有他们自己的独特色彩。中国的现实主义产生在封建社会里，有我们自己的进步思想，也有我们自己的独特色彩。"

十二月

1日 周勃的《论现实主义及其在社会主义时代的发展》发表于《长江文艺》第12期。周勃写道："由于现实主义创作方法，乃是一种艺术创作丰富的经验积累的结晶，因而无论发展到怎样的高度，它的创作条件怎样变化，但从艺术创作方法本身来说，是不应该有什么改变，从这个意义上讲，前社会主义时代的现实主义与社会主义时代的现实主义在创作方法上，是没有、也不可能有什么区别的。因此，社会主义时代的现实主义即令是时代如何变化，艺术创作的某些条件如何改变，但作为创作方法，是不必摒弃过去的足以概括现实主义创作的特殊规律的原则，而去另外制订别样的原则的。"

8日 方本炎的《"长亭送别"》发表于《人民文学》12月号。方本炎认为："一本文学作品，不管你选词练句是如何的仔细推敲斟酌，词句也尽管华丽，但如果没有丰富的生活经验为基础，你的文章就一定不能感动人。人物的性格，也就会像浮萍一样，漂漂不定，在现实上生不下根，立不稳脚。"

高瞻的《试谈〈伤逝〉》发表于同期《人民文学》。高瞻写道："日记式的体裁，有它特殊的长处，它是生活和真理的直接的讲述者、评论者、宣扬者、控诉者。它能够更亲切更直接地给读者以印象。它能给作者以充分地自由发挥其思想感情的余地。"

沙林的《闰土的孙子及其他》发表于同期《人民文学》。沙林写道："在小说中，用第一人称不能和作者划全等号……因为作者可以从各色各样人物的角度去开展他的作品的情节。""人物的言行，情节的进展，都渗透着作者的心血，染上了作者各种色采的感情。但是，作者及其经历决不能和他所描绘的人物、事件等同。……否则，就要把许多事情搞糊涂了。""有些小说里的人物是有模特儿的。……'闰土'是用章运水做模特儿的。但二者有许多区别。这说明鲁迅是怎样把生活中的人物提炼、升华到艺术典型的高度上去。这里，可以看到鲁迅艰辛的劳动，深沉的艺术思惟。"闰土"是鲁迅塑造出来的旧中国的感人的农民典型之一"。

朱绛、洪迪的《眼睛和头发》发表于同期《人民文学》。朱绛、洪迪写道："简炼，是鲁迅小说公认的特点。""鲁迅是善于通过一句话、一幅肖像、一个行动、一个心理活动片段，使得一个带有自己独特的声音、面貌、性格的人物凸现的大师。"鲁迅"深刻地解剖了人物的灵魂，抓住了他们性格中最突出的特征，并从大量的素材中提炼出最鲜明的表现性格特征的细节而加以表现"。"向鲁迅学习，让我们少描几根'头发'，多着力于点出人物的'眼睛'。"

9日 刘世德的《〈封神演义〉的思想内容和艺术描写》发表于《光明日报》。刘世德写道："《封神演义》通过对封建暴君的暴政所作的抨击，对封建伦理观念所作的批判，表现了一定的反封建的思想。""《封神演义》的艺术描写的主要成就表现在展开情节、铺叙故事、抒写幻想、刻划人物方面。"

12日 陈辽的《〈三国演义〉怎样描写战争》发表于《解放军文艺》12月号。陈辽写道："着重写参加战争的人，不着重写战争过程，这是《三国演义》战争描写的最显著的艺术特点。""在战争中，人是战争的主宰。只有写好了在战争中活动的人，也才能更好地表现战争。""但是，如果说《三国演义》的作者完全不注意写战争的过程，也是不恰当的。事实上，《三国演义》上的大小战争，莫不写得有声有色，给人印象很深。""试以众所周知的赤壁之战为例。""整个赤壁之战的过程，不仅写得很清晰，而且也写得很热闹，很紧张。罗贯中成功的秘密何在呢？据我看来，就在于他巧妙地处理了人物和故事之间的关系：从人物性格的冲突中导出故事；又从故事情节的发展中渲染人物；人物在故事中一面解决旧冲突，一面又产生新冲突，于是又导出新故事；新故事在其发展中，一方面发展人物的原有性格特征，另一方面又给人物赋予某些新的性格特征；如此循环往复，就不仅着重写好了人物，而且也同时写好了战争的过程。"

15日 李希凡的《典型新论质疑　关于阿Q典型问题的商榷》发表于《新港》第12期。李希凡认为："阿Q精神的巨大的概括性和思想意义，首先就是中国近百年来被压迫的民族的历史在人的精神上所形成的时代的社会的烙印，它是在精神上阻碍人民走上革命道路的最大的绊脚石。如果忽略了这个典型性格——连最突出的性格特点也在内——的时代的社会意义，把它抽象成某种人类精神的普遍弱点，这不仅模糊了人们对于阿Q典型性格的正确认识，把现实主义的典型导向抽象的人性论的陷阱，而且也模糊了伟大鲁迅的创作的战斗的现实意义。"

16日 许杰的《关于〈小巷深处〉》发表于《萌芽》第12期。许杰认为："能够从一个被遗忘、被忽略的小人物身上，看出一个人的向上的灵魂，歌颂我们这个伟大的时代，这就是值得我们重视的一点。"

24日 龙世辉的《更诗意些，要干预生活——从五本描写工人生活的短篇选集所想到的》发表于《读书月报》第12期。龙世辉认为："我们常常看到这样一些作品：它们的题材和内容是有意义的，主题是明确的，结构安排大体是得法的，文字是通顺的，甚至有的还有一定的人物形象和生活气息，可就是不怎么吸引人，叫人不爱读，拿起来就想睡觉。即使下决心看完了，从作品中我们也知道，在什么时间、什么地点、什么人做了什么事，可是丢开书本就又忘得一干二净，不能留下较深的印象，使人回味再三。这样的作品你说它不真实，或者说完全是公式化概念化，那是有点过火和冤枉的，但事实上它又这么枯燥乏味，这又是怎么回事呢？其所以产生这种效果，当然原因很多，而原因之一，我以为是缺少诗意。""我所说的诗意，不仅指某一段抒情的描写，或是某一个镜头和某一个场面的诗化，而是指整个作品是否统一在诗的旋律中。"

26日 王永生的《谈人物的阶级成分》发表于《解放日报》。王永生认为："作为一个成功的艺术典型，它的概括性与个性始终是水乳交融在一起的……但是人们在理解概括时往往把它理解成，概括属于某一特定的阶级或社会集团方面，而没有想到作家在典型化工作时面对着的是千千万万个生活在阶级社会里的人，它们虽各属于某一特定的阶级或社会集团，然而他们却是互相交往，共同生活在一个社会里的人"，"作家进行了典型化的工作，选择并概括了具有鲜明个性的人物形象,虽然并非没有可能属于一定的阶级或社会集团,然而无论如何不能把它简单地划入一定的阶级或社会集团"。

30日 本刊记者的《中国古典文学中现实主义问题的讨论》发表于《文艺报》第24号。文中写道:"李长之在师大的讨论会上认为:'现实主义包括三个部分:细节描写的真实,典型性格的真实,典型环境的真实;而充分的现实主义是应该三者有机地合一的。但如果只满足了这三要素的一部分,却仍可以称为现实主义,不过不是充分的现实主义罢了。……'"

卞易的《〈党费〉——一个短而好的短篇——〈党费〉短篇集中的一篇,王愿坚作,工人出版社出版》发表于同期《文艺报》。卞易提到:"王愿坚在《党费》和他的其它几篇短篇小说里(《粮食的故事》《小游击队员》)表现了他的说故事的本领。他不在短篇里展开宏大的场面,不去铺排许多琐碎的细节。他的笔触集中在一个人物身上,人物的行动性也很强;他不去描写人物间的错综复杂的关系,也不去交代人物性格的来龙去脉,他只是抓住人物性格历史的一段,抓住人物性格闪出耀眼的光辉的一刹那。这里也就显示了他驾驭短篇小说的才能,他常常用几个富有性格特征的情节,几笔就把人物的轮廓勾画出来。"

张光年的《社会主义现实主义存在着、发展着》发表于同期《文艺报》。张光年反对何直的《现实主义——广阔的道路》一文和周勃《论现实主义及其在社会主义时代的发展》一文中"取消社会主义现实主义"的结论,认为这是"取消当代进步人类的一个最先进的文艺思潮,取消工人阶级手中的一个重要的思想武器"。同时作者不赞同何直文章中关于作家世界观和创作方法关系的问题的看法,认为:"工人阶级的鲜红的世界观的血液,独独不能浸透在现实主义美学原则或创作方法中而使其发生推陈出新的变化;这真是奇怪的事!"

张光年认为:"如果正确地把社会主义现实主义看成是浸透着社会主义精神的现实主义,浸透着共产主义党性的现实主义,如果不把现实主义的典型化看成是制造某种工艺品的手艺、技法之类的东西,那么,这样的问题本来是可以不成为问题的。在二十世纪的地平线上,随着社会主义革命运动的胜利发展,出现了一个社会主义现实主义的艺术思潮,它如今已经成为一个全世界规模的活生生的强大的运动。"

1957年

一月

1日 萧殷的《更真实地反映生活》发表于《奔流》1月号。萧殷写道:"在文学作品中的人物,是否典型,不是由它是否符合社会科学的规律或本质来决定的,而是(应当说主要是)作者所描写的具体社会环境(假如描写的是典型环境)所形成的性格是否真实来决定的,就是说这个作品中的这个性格,它典型与否,主要看这个具体环境能否产生这样的性格。""许多伟大的作品,都给我们作出了榜样,如《红楼梦》《水浒》等等,都画出了丰富的深刻的人生图画。在这些作品里,我们不仅看到了主要的矛盾,也看见了次要的矛盾;不仅看见了人物性格的主要特征,也看见了人物性格的次要特征;我们固然从重大矛盾中看见了人物的活动,也看见了一些与重大矛盾关系不大的生活场景和生活细节。"

同日,弘文、舒叶的《这样的描写人物应当改变》发表于《长春》1月号。弘文、舒叶写道:"被一个作家所创造的一系列典型在性格上是有着内在联系的。""我们把作家所创造的一系列的作品比较起来看的话,便会觉得作家在创造人物形象的描写人物手法上有些重复了。""所以产生这些现象,是因为作家在描绘人物时只注意表现典型人物性格的共性,而忽略了特殊的描写,也许更主要的是作家没有向读者打开主人公的精神世界,更深入发掘人物灵魂的深处。"

同日,杨扬的《试谈典型问题的复杂性》发表于《处女地》1月号。杨扬认为:"典型性格只能在典型环境中才能被揭示出来。在实际生活中,典型环境也只是存在于个别环境之中,也只能通过个别环境表现出来。"因而"不仅每一个真正的典型性格是充分地个性化的,是活生生的这一个,而且每一个典型环境也是完全不可代替的这一个；不仅同样的社会历史现象本质只能反映在千差万别的典型性格中，而且同样的社会历史背景的本质也只能反映在千差万别的典型环境中。""艺术的内容不是单纯的现实，而是艺术家眼睛中的现实，被艺术家所认识、反映、评价的现实；历代现实主义文艺画廊里的典型，其中没有一个不熔铸着作者的主观感受和评价在里面。""决定典型形象永生不朽的因素是在于它是某一特定时代生活真实的艺术概括，作家倾注在形象中的主观感受和激情只能在不违背真实的范围内发生作用，越出这个范围，形象就会变得虚假。""典型形象的内容的两个方面——它所反映的客观现实的本质、它所蕴涵的作家对现实的主观感受和评价，并不是机械地并存的，而是水乳交融、互相渗透、作为一个整体而存在的。"

同日，林焕平的《关于典型问题的初步体会》发表于《漓江》第1本。林焕平写道："现实主义的艺术形象应该是典型，同时又应该是鲜明的个性；是个性，又应该是典型。"

同日，方光焘的《鲁迅先生在小说〈弟兄〉中所表现的现实主义精神》发表于《雨花》1月号。方光焘写道："改造生活素材的过程，是和具有巨大思想意义、社会意义的作家的构思分不开的。《弟兄》中的小说情节，和原来的生活素材有原则上的差别，那已经是鲁迅先生对现实的了解，鲁迅先生对现实的思想评价了。从《弟兄》的小说情节中，我们可以清楚地认识到鲁迅先生的伟大现实主义的精神。"

5日 徐之梦的《评〈一个姑娘的日记〉》发表于《北方杂志》第1期。徐之梦认为："作者（指《一个姑娘的日记》的作者——编者注）在性格之间的组织、照应和补充中，刻画了每一个人物。人物性格不是拿出来作冗长的介绍，而是在行动中，在事件发展中，在错杂的关系中，在矛盾益发尖锐中充实和展开。这使我们从一个人物性格特征上，更深刻的体会了另一个人物的性格特征。对照的描写，在表现性格的发展和增添不同性格的新色上，往往给人以深刻的印象。"

同日，王永的《论〈红楼梦〉的语言艺术》发表于《延河》1月号。王永写道："《红楼梦》的语言的独特风格，在于：文字简洁、朴素、生动、优美、恰到好处。同时，作者曹雪芹善于继承我国古典文学的优秀传统，保持和发扬了我们民族语言的气派和风格。""这里所说的民族语言的气派和风格，是指语言在结构上的民族特点。……首先，他充分掌握了祖国语言的精练性，他能够运用最简短的语言来概括复杂的生活现象；特别表现在作者对于长久形成的书面语言和成语典故的运用方面。作者把那些浅显易懂的书面语言和当时人民的口头语言结合起来，巧妙而准确地描绘了各种事物的形象。""《红楼梦》的作者，在运用民间的方言谚语方面，也非常巧妙高明。这些方言谚语的运用，给作品增添了无限的地方色彩，使人读起来感到活泼亲切，意味深长。它们本身虽然只是简短的一两句话，但却能从侧面揭示出许多复杂现象的本质，包含着无限丰富的内容。""作者还特别注重从当时普通的口头语言中，提炼出来非常精炼的文学语言，这些语言直接从现实生活中提炼出来，带着较浓厚的生活气息，更带着自己所有的独特的表现形式。"因此，王永认为，"曹雪芹……的叙述方法……往往是按照广大人民的口语习惯来提炼和概括，这些语言深入浅出，有血有肉"。

文章还注意到《红楼梦》语言的抒情性，王永写道："文学作品的感人力量，主要是靠语言的形象性，靠语言的音响、色彩、节奏来激起读者对作品内容的更深体会。伟大的作家曹雪芹结合自己对生活和人生的体验，创造了大量的抒情的语言。这些语言在表现现实生活的丰富性和生动性上具有强烈的感染力。""这种抒情式的语言最大的特色就是具有鲜明的形象性，他能够把许多事物形容得具体而有真实感。""还有些章节的语言，经过作者提炼加工后，文字铿锵，音节响亮，读起来富有节奏感。这种语言的音节、旋律，直接传达了生活的节奏，加强了文字的表现力。"

此外，对于《红楼梦》的"浮雕性"，王永也格外注意："《红楼梦》里所写的不论是人物、景物或场面，都能给人以立体的感觉。由于他善于把形象、描写、叙述、抒情和分析交错在一起，善于从人物的上下左右，四面八方来描写它，因而便形成人物形象的浮雕性。即是描写一个场面，他也是通过每个人物的谈吐笑貌，内心活动和他们之间的关系，来烘托一个活动的整体。他善于利用一切活动的因素来表现生活的复杂性和真实性。"《红楼梦》的"浮雕性"

还体现在"外形描写"与刻画"内心感受"的统一上,"作者不仅重视从外形上描绘一个整体的动态,而且也善于深入的探索这个整体的内在活动的脉博。用非常含蓄而又容量极大的语言,表达人们内心的感受"。

7日 江昊的《试评长篇小说〈水向东流〉》发表于《蜜蜂》第1期。江昊写道,《水向东流》"在语言方面,作者吸收了许多群众的语汇,有的运用的很好。但也有许多语言,在作者笔下还不是那么流畅,有时甚至还比较明显的留有生硬和造作的痕迹。另外,作者所采用的类似我国传统小说中所常有的那种'画龙点睛'般的在紧要处用几句诗来比喻、来暗示和启发的做法,除了有几处用的恰如其分之外,其他的地方却大都与内容缺乏有机的联系,似乎有无皆可,尤其是从整个风格来看,它并没有成为整个小说的血肉组成部分,而好像只是一种附加的东西"。

同日,陈其通、陈亚丁、马寒冰、鲁勒的《我们对目前文艺工作的几点意见》发表于《人民日报》。陈其通、陈亚丁、马寒冰、鲁勒认为:"过去的一年中一直在大张旗鼓地反对'公式化、概念化',并且也有一定的成绩,这是应该肯定的;'公式化、概念化'应该反对,因为它给我们文艺工作者造成思想的僵化和艺术的衰退,这也是对的。但在反对的中间却有些界线不清的地方,因此,使反对'公式化、概念化'的斗争,被一些人误认为或者利用来反对艺术应为政治服务、艺术要有高度思想性、艺术应作为教育广大人民的武器的借口,有意无意地把'公式化、概念化'与政治斗争对立起来了。……真正反映当前重大政治斗争的主题有些作家不敢写了,也很少有人再提倡了,大量的家务事、儿女情、惊险故事等等,代替了描写翻天复地的社会变革、惊天动地的解放斗争、令人尊敬和效法的英雄人物的足以教育人民和鼓舞人心的小说、戏剧、诗歌,因此,使文学艺术的战斗性减弱了,时代的面貌模糊了,时代的声音低沉了,社会主义建设的光辉在文学艺术这面镜子里光彩暗淡了。"

同日,芳群的《说繁简》发表于《文汇报》。芳群写道:"朴素、简炼和纯净是写作者永远追求的目标,这并不妨害繁复的美,它的涵义终究和'简单'或'简陋'不同。在简洁的风格中也有光彩错综,枝叶婆娑,有如锦绣的图案,或如壮丽宏伟的诗篇,像我国古典名著《红楼梦》《水浒》那样的篇章都具有这种特征。"

8日 刘绍棠、从维熙的《写真实——社会主义现实主义的生命核心》发表于《文艺学习》第1期。刘绍棠、从维熙认为:"王蒙同志的小说《组织部新来的青年人》,由于作者严酷地、认真地忠实于生活,已经在广大读者(包括文艺界人士)中引起了巨大的反应。它激励了那些想要改造我们生活中那种衰退的、不良现象的人们,也刺疼了那些正在衰退和已经衰退的人们,以及那些对生活熟视无睹和善意地粉饰太平的人们。""王蒙同志没有一点歪曲这个作为典型环境的党组织,他逼真地、准确地写出了这里所发生的一切。我们不能要求他根据对我们党的整个概念来写这个党组织,因为这只能流于公式化。然而只有真实,才能有艺术的生命力和感染力。"

刘绍棠、从维熙认为:"社会主义现实主义之所以具有强大的生命力,就在于它忠诚地写真实。而这种写真实,又是在高度的思想情感指导下的写真实。这几年来,公式化概念化的流毒,使作家不敢干涉生活,而往往是唱一些粉饰太平的颂歌,然而这种颂歌既然是不真实的、虚假的,所以也就歌颂得毫无力量。我们需要真正的歌颂生活的作品,但它必须有一个前提:写真实,它必须有百分之百的可信性,写真实——乃是社会主义现实主义的生命核心。"

10日 王克华的《情节散论》发表于《草地》1月号。王克华写道:"情节是结构的一个重要的组成部分,但就其性质和意义来说,又是一个有相当完整和独立性的部分。""在创作中,艺术家……要善于把握矛盾发展的高潮。……高潮……就是在它的发展过程中,决定人物命运或事件成败的关键性的阶段,也就是斗争最激烈最紧张的关头。矛盾的高潮,是事件的正义性与非正义性得到最后划定的时候,是事物的本质特征得到最深刻发掘的时候,是人物性格表露得最充分最明显的时候。人物的性格要在这里受到更深刻的锻炼,人物的品质要在这里受到更严重的考验。""情节反映着现实中相当完整的一个生活片段,它的各个基本部分(交代、开端、发展、高潮、终结),都是互相牵涉、紧密联系着的。如果没有事物及其矛盾冲突的发生发展,当然也就不会有它的高潮和结局。这是事物本身的规律性所决定的。……高潮以前的各个部分,甚至可以说是一个准备阶段,它们为高潮到来服务,而结局和收场,更是直接受高潮的支配和影响的。"

王克华认为:"作家对待情节的态度不是中立的。作家对于情节的布置与安排,即是说把自己的人物放在什么样的事件、环境与矛盾斗争之中,他们与作品的主题思想如何联系等等,都反映着作家对待生活的态度,反映着作家的爱憎。一句话,反映着作家的世界观。""情节既是为刻划性格、展示生活而存在,所以它本身没有独立的意义。那些以情节本身为目的的作家,那些专门玩弄技巧的作家,必然放弃性格、背离生活。但是,作者把自己的人物放在什么场合中来描写,或者说作者如何把情节的处理与人物性格联系起来,与主题思想联系起来,这也是决定作品艺术性与思想性的重要问题。""情节的意义取决于思想的意义。"

王克华还认为:"要展示人物性格,就必须要在生活中揭露人物活动及其社会关系的复杂性。……作家的任务,还就是要在纷乱的生活现象中,来发掘和提炼那些对人物性格来说是紧密相关的、有决定意义的事件、环境和场合,并让人物按照自己的性格特征、按照生活本身的形式,在这些事件和环境中来展开他的活动。"从这个意义来讲,"情节是为展示个性而出现的,因此,什么样的个性即需要在与它相适应的情节中表现出来。……情节也是个性化的。它为某个个性而出现,它便著有某个个性的色彩。"因此,"情节的个性化,是一切伟大艺术的重要标志。"

同日,姚雪垠的《创作问题杂谈》发表于《文汇报》。姚雪垠写道:"这些年来,因为我们知道了性格刻划在现实主义美学中的重要意义,于是处处拿是否创造出典型人物去衡量作品,对短篇小说和对长篇巨著作同样要求,如果在一篇小说中看不见完美突出的人物形象,就认为它是篇失败的作品。其实近代许多优秀的和伟大的小说作家,他们所写的短篇小说实在是多种多样的:有的刻划了鲜明的人物性格;有的人物性格不突出,但故事很动人;有的既没有鲜明的人物形象,也没有动人的故事情节,然而反映了现实的侧面。如果单拿写出人物典型一个尺度去衡量,契可夫和莫泊桑都有很多短篇要落选,而欧·亨利和法郎士的短篇更要落选。"

12日 秦瘦鸥的《所谓"荒诞不经"》发表于《文汇报》。秦瘦鸥写道:"一部文学作品既不同于政治论文，也有别于科学报告。这样说既然没有人能够反对，那么评定一部文学作品里某些描写是不是荒诞不经的时候，态度自然应该和对待政治论文或科学报告不同，也就用不到再争辩了。何况艺术的真实不同于生活的真实；在文艺作品里，容许夸大、渲染、想像、演化、集中、归纳等等，也是大家早就公认的法则。在这些前提之下，其实我们已经可以心安理得地肯定：在许多长时期来为广大人民爱好的古典文学作品里面，有大部分接近神话式的描写，都不必过于紧张地把'荒诞不经'的帽子套上去；至于稍微看到一些影子就不肯放过，定要提起红笔来一删为快，那更是多此一举。"

15日 巴人的《论人情》发表于《新港》1月号。巴人写道："我们当前文艺作品中缺乏人情味，那就是说，缺乏人人所能共同感应的东西，即缺乏出于人类本性的人道主义。"巴人又说："文艺必须为阶级斗争服务，但其终极目的则为解放全人类，解放人类本性"，"描写阶级斗争为的叫人明白阶级存在之可恶，不仅要唤起同阶级的人去斗争，也应该让敌对阶级的人，看了发抖或愧死，瓦解他们的精神。这就必须有人人相通的东西做基础。而这个基础就是人情，也就是出于人类本性的人道主义"。巴人最后呼唤："魂兮归来，我们文艺作品中的人情呵！"

17日 王知伊的《欢迎新编历史小说的出版——读〈中国上古史演义〉》发表于《文汇报》。王知伊写道："我们欢迎这样一部把我国历史加以通俗化，运用小说体裁编写的书。因为把我国的历史编写成人们喜爱的演义形式，让人们丰富起历史知识，记住先人的光荣业迹，从而努力于当前的社会主义事业，显然，这是一件极有意义的工作。"

30日 王瑶的《关于学习和研究中国文学的一些问题》发表于《山西盟讯》。王瑶写道："我们中国的长篇小说有个特点，故事性强，也能看，也能讲；外国有些小说就只能看，不能讲；这正是因为中国的长篇小说是由讲唱文学发展下来的缘故。""现在我们的一个严重缺点是对于我们文化艺术的民族传统还研究得很不够，我们应该对几千年传下来的文化遗产进行系统的总结。"

同日，辛未艾的《鲁智深与李逵》发表于《文汇报》。辛未艾写道："一个现实主义艺术家，倘使不能透过典型人物传达或者反映出这种情势来，这就一定会削弱他所创造的人物底真实性。艺术家不仅要描写出包围这个人物的一般情势，而且还要描写出和他的个人命运有特别关系的独特情势。""每个人物身上，尽管都有和一般人相同的东西，但同时必然也有他的独特的、一望就知道这是专属于他的一面，人物的处境，他的命运，也是如此的。"

二月

1日　波蓝的《文学语言的深度》发表于《奔流》第2期。波蓝认为："一些青年作者的创作……在语言上的优点是：采取了活生生的、人民的口头语言，过去那种别别扭扭的知识分子腔调，那种被瞿秋白同志嘲笑为'新鲜活死人'体的语言，是渐渐地少起来了；特别是不少直接描写工农兵的作品，一般说来，都是用的生动的、和实际生活中非常接近的语言。""这自然是好的，但是我依然感到不够满足。""优秀的文学作品中的语言，常常不仅仅做到了'象'，——即不仅仅符合于作品中人物的性格、职业、身份、习惯等，——而且还是有着异常的深度。那种语言是如此地耐人寻味，你愈加咀嚼，便能从中得到更多的滋味。""自然，文学语言的深度还不仅表现在它所蕴藏的深远的思想境界与意义上，而且也常常表现在它的生动、确切和隽永……"

同日，高型的《学习〈红楼梦〉刻画人物的艺术手法》发表于《江淮文学》2月号。高型认为："我国许多古典文学名著，在塑造人物形象、刻划人物性格方面，都有着登峰造极的技能，值得我们好好的研究和探索。最近，我又重读了一遍《红楼梦》，深深感到在这部浩瀚如海的巨著中，差不多每一回，每一段，都可作为我们学习刻划人物的典范。""从曹雪芹在这段情节里对黛玉的描写中，我们至少可以领会到，当我们安排一场戏，或描写一个事件时，作为一个文学作品，首先要注意的，是必须在这事件中通过对人物的外形，神态，动作，对话的描写，来突出人物的性格，而不是去说明事件的过程。但是要做到对人物外形、动作、神态、对话的描写都能突出人物的性格，就必须要求这些描写都能准确地把握人物的性格特征，明确人物与人物之间的关系。""当我们要创作一部小说或一个剧本时，首先我们必须充分地了解我们所要描写的人物的性格，以及这些人物之间的复杂的关系。然后，才从这些人物的性格，人物与人物之间的关系出发，去安排情节和事件，而在这事件和情节中，根据人物已有的性格与关系，准确地性格化地使他们行动起来，通过他们的外形、神态、动作和对话的描写，更进一步地来展示他们的性格，来鲜明他们之间的关系，来推动情节的展开。只有这样做，我们作品中所描写的人物形象，才能栩栩如生的树立起来。这应该说是写作小说或剧本中的一个基本的规律。"

同日，鲍钧的《散文、小说中的写景》发表于《萌芽》第3期。鲍钧写道："写景，只是创作的艺术技巧之一，讲到技巧的探讨，很容易被人讥之为'形式主义'，所以一般年轻的散文家、小说家常常撇开技巧的磨炼，很不讲究写景，久而成风。其实，古今中外的大师们为了真实地艺术地反映生活，哪一个不是苦心追求过高度的技巧，为了刹那间的景物描写而呕心沥血，付出极大的劳动。且不说外国，我们中国散文、小说中的写景，很早以来就有着优良的传统。使我不能忘记的是大散文家柳宗元和他的《永州八记》。他在写景的技巧上的最大特点是：描写简炼而正确，具有极其丰富而开阔的想像力，然而又不失之于奢华和浮夸，处处给人以真实的感觉。""这种简炼而正确，同时又具有诗的意境的写景的传统，在鲁迅的散文和小说中是很常见的。而在他的小说中，写景又常常是为了加强人物的思想感情，所谓'触景生情'，写景和写人是融会贯通的。"

同日，曾敏之的《文艺二谈》发表于《作品》2月号。曾敏之认为："在作品中，没有人情味也就没有生活味。""文学是写人的，作家写作研究的对象也是人，是生活，因此不能忽略人情。出色的作品、诗篇，都能出色地描绘了人与人之间的各种各样的复杂关系和人物内心世界的活动的。""谈人情，不是市侩式的世故人情，而是可以供我们吸取知识，丰富见闻，加强观察能力的世故人情，也就是为了培养我们具有善于对各种事象的感受力。这种感受力是要从生活阅历中得来的，是要从人情世态中学习而来的。"

5日 方本炎的《谈谈文学作品中的对话》发表于《北方》2月号。方本炎认为："在我们很多文学作品中，人物的对话或独白，真是冗长得吓人……对于这一类'口若悬河'的文学作品，即使最有耐心的读者阅读起来也是不大愉快的。"作者认为："一篇作品之动人与否，人物的简练对话，也是有很大关系的。"

同日，温松生的《一篇朝气蓬勃的小说》发表于《边疆文艺》2月号。温松生写道，彭荆风的《金色的盈江岸》"不论是塑造人物、描写场景、开展故事情节等等，都是有比较深切感受的，作品充满了浓厚的生活气息"。

同日，王愚的《让我们感受到时代的精神——评〈组织部新来的青年人〉》发表于《延河》2月号。王愚认为："一篇作品，究竟写出了生活中的一些什么样的人物，通过这些人物的命运对时代精神的把握来说，究竟能起一些什么作用，这是整个作品生命力的所在。""《组织部新来的青年人》是反映了我们时代精神的某些方面的。至少，象刘世吾和林震这样的人，可以让人通过他们窥见这个时代里前进的或停滞的生活道路。但仅仅窥见，毕竟是不行的，作为一个现实主义作家来说，他应该把人物放在巨大的跳动着的时代精神的背景上展开人物各自不同的感受和行动。"

辛毅的《没有浪花的"激流"》发表于同期《延河》。辛毅写道："一个作品的倾向如何，基调如何，给人的感受和教育如何，不只是看它描写了什么，还要看他怎样描写。一个作品所以能给人留下深刻的印象，并不依靠那些附加上去的概念、过场戏、和作者愿望的图解。这是要看那些部份是作者创造了生动的艺术形象和真正的艺术构思，并在其中体现了作者的全部热情和信念的。""应该说，这篇小说（指《组织部新来的青年人》——编者注）是有生活气息的，有感人的力量的；创造出几个令人思索、生动的人物形象，相当深刻地挖掘了生活中的某些方面的。作者是有才华的、敏锐的。有着鞭打丑恶现象和支持新生力量的热情，但因为作者站的不高，对生活理解的不深不准，对时代精神把握的不够，对人物有着不正确不符合生活真实的偏爱与偏憎，就使得作品产生了以上的问题。"

8日 杜黎均的《作品中的真实问题》发表于《文艺学习》第2期。杜黎均认为："文学作品又是特殊的镜子，因为，普通的镜子只能反映出人物的外貌，这个特殊的镜子却能够活生生地照出人物灵魂和内心的无声的声音！""从这个意义上看来，王蒙同志笔下的刘世吾形象，是有着一些艺术的光彩的。""形象的创造需要深化。人物的心灵必须探索。作者没有把刘世吾只单纯地放在工作上来表现，而是比较多方面地刻画了他。刘世吾是官僚主义者，但不仅是官僚主义者，作者揭露了复盖在人物身上的比官僚主义更可怕的灵魂上的灰尘。"

秋耘的《一部用生命写出来的书——读〈小城春秋〉》发表于同期《文艺学习》。秋耘认为:"作者似乎很善于看出一般人所忽略的而对于创造人物性格很有帮助的事实细节,而且很善于利用这些细节。书中有些细节描写是达到精雕细琢的程度的,作者尽了很大努力来显示出人物的内心世界。作者很爱读《红楼梦》,在表现手法方面,他的确从《红楼梦》中学到了不少'窍门'。通过人物一两个细微的动作、一两句似乎是无关要紧的话,来显示出他们底灵魂深处最隐蔽的东西,是《红楼梦》作者的拿手好戏,也是本书作者的拿手好戏。"

王培萱的《一篇有特色的小说》发表于同期《文艺学习》。王培萱指出:"王蒙同志的《组织部新来的青年人》,是篇好作品,是表现了作者对生活深邃的观察和深刻的解剖的作品。作者接触了一些人的灵魂和精神世界,提出了现实的一些问题,以自己的党性干涉了生活。"

以群的《文学的语言》发表于同期《文艺学习》。以群写道:"鲁迅运用文学语言的特点,即他能以最简练的语言表现最丰富的内容。用他自己的话来说,那就是'有真意,去粉饰,少做作,勿卖弄'。每一句话都有真实的内容,而用简炼,朴素的方式将它表现出来,使读者能够明白、清楚地了解它的内容,而不必多费皱着去猜度,忖测它的含义,这就是鲁迅的作品能够写得那样简短而丰富的重要关键之一。"

以群还认为:"丰富文学语言的最主要的源泉就是人民群众的语言。""从群众的日常语言当中吸收新鲜的养料,是丰富文学语言必不可少的步骤。""作家从人民群众的口语中吸收语言的营养,也决不是单纯记录或全盘照搬,而必须加以认真的选择和提炼,剔除那些粗糙的、罗嗦的、混乱的或表现不明确的糟粕,而吸收那些生动的、富有表现力的精华,并且予以加工和提炼,这才能成为精炼的文学语言。"他还注意到:"人民群众的口语里必然包含大量的方言土语,这可以说是语言中极可宝贵的矿石。""在文学创作上,对于群众的口语——包括方言土语,既不能排斥,也不应滥用,而是必须把它当作丰富文学语言的主要源泉,认真地加以选择和提炼。""文学语言的另一个主要源泉就是民间文学。在民间文学——民歌、民间传说、民间戏曲以及谚语、俚语等当中,往往存在着大量精粹的语言,这些语言都是长期间经过无数群众的加工和提炼，然后逐渐固定下来的。因此，民间文学的语言最能够集中地表现群众的智慧和才能，它们往往是最精炼、最简约、最富形象性的。"

此外，以群还提出了"美好的文学语言"的标准："美好的文学语言首先要求表现的精确和鲜明，即恰如其分地表达出作家的思想和意图，同时又能够使读者明确地了解。""美好的语言的第二个条件就是要求富有形象性，避免空洞抽象的词句。""美好的语言的第三个条件是富有音乐性，简单地说来，就是要求语言有节奏、读得流畅、念得响亮，听得明白。中国传统文学讲求平仄声的安排，讲求对仗，讲求声韵，实际上就是音乐性的要求，而且这些要求也原是符合于语言的自然规律的。""美好的语言的第四个条件是要求语言的新鲜和纯洁。"

9日 李希凡的《评〈组织部新来的青年人〉》发表于《文汇报》。李希凡写道："'在打破公式化概念化风气的作用上，在作家干预生活的勇敢和热情上'，《组织部新来的青年人》，无疑的，是显露了它的锋芒的。同时，作者的清新洗炼的文字，巧妙的构思，以及在个别人物——像刘世吾的塑造上，确实是'在作为一个新作家而展开将有更大的成就的可贵的里程上'，闪耀着他的独特风格的光辉。""应该承认，作者在这些方面，不是浮光掠影地而是富有生活意味地反映了我们党的工作中的某些消极现象，然而，如果作为一篇完整的作品来要求，人们要看到的，不仅是人物性格某些侧面的真实感人，而且要追溯产生这些性格的根源。只有正确地表现出人物性格产生的典型环境，对于读者才能更加具有说服的力量。很可惜，作者只完成了艺术创造的一半工程，在典型环境的描写上，由于作者过分的'偏激'，竟至漫不经心地以我们现实中某些落后现象，堆积成影响这些人物性格的典型环境，而歪曲了社会现实的真实。"

李希凡认为："对于革命工作中的落后现象，需要尖锐的批评和讽刺，需要用批评和讽刺的烈火烧掉它们，但是，即使运用讽刺的艺术手法，也不能离开真实。"作者"醉心于夸大现实生活阴暗面的描写，以致形成了客观现实的歪曲"。

12日 袁玉伯的《脱离生活的故事情节——读惊险小说随感》发表于《解放军文艺》第2期。袁玉伯认为："惊险小说往往具有极其强烈的故事性，有着回转曲折变化多端的情节,有充满智慧和生命相搏的惊险紧张的斗争场面,有人们最喜爱的富有传奇色彩的保卫战线上的英雄人物,也有人们最憎恶的敌人间谍、特务、反革命分子的丑恶形象。它可以生动地对人们进行革命英雄主义思想教育,启发人们的智慧,培养人们勇敢坚毅的性格,丰富人们的生活经验和斗争知识。因此它极受广大读者的欢迎。"

袁玉伯表示:"生活是一切文学作品的源泉。惊险小说也是反映生活因而绝对离不开生活的。只有掌握了雄厚的生活资本,才能够创作出典型人物的形象和描绘出真实美丽的生活图景。作者的想像能力只有在坚实的生活基础之上才能发挥作用;脱离了生活基础,作者的想像便成为没有任何用处的东西。"

15日 黄成文的《如此的"爱"!》发表于《文汇报》。黄成文认为,陈登科的小说《爱》"或许企图通过一个工厂团干部的私生活的描写,来揭露和鞭挞今天社会上某些人的卑污、糜烂的灵魂。可是,作者并没有认真去展开主人公的精神世界;没有用真实、丰富、具有艺术价值的细节去刻划人物的性格特征,却抓住了一些低级、庸俗的情节来大事渲染"。

16日 萧殷的《论思想性、真实性及其他——在上海青年宫与青年作者们谈话》发表于《萌芽》第2期。萧殷认为:"凡是优秀的作品,它的思想意义都是饱含在人生真实图画里面,饱含在栩栩如生的艺术形象里面的。它让读者直接感受到的是生活的真实,是真实的人的思想感情以及人们之间的真实的关系、矛盾或斗争。""要真实地反映生活,要揭示生活的本质及其规律性……应当是从社会主义的利益出发,认真地去观察生活和研究生活,尤其应当经常地对一些突出的人物进行个别的深入的观察。"

18日 魏金枝的《"反客为主"》发表于《文汇报》。魏金枝认为:"说到文学作品小说,风景的描写,历史的叙述,情节的交代,面貌的刻划,自然都是我们作者所应该着意用力的地方。然而我们决不能说,缺少了其中之一,就不能构成一篇好作品。与此相反,也决不能说,具备了这些条件以后,就能够成为一个好作品。这就因为构成一篇好作品的主要条件,乃是一个典型的故事,而在这个典型的故事中,就包含着典型的性格和典型的情节。虽在这个典型的故事里已经包含着作者的思想性,和社会的现实性,却必须作者从各方面加以描写、叙述、交代和刻划；这就是为了使这个典型的故事更形象化，发挥它的潜在力，而使之更鲜明，更生动，也更接近于真实，完满地表现出这篇作品的主题思想。"

23日 周培桐、杨田村、张葆莘的《评陈登科的两篇小说》发表于《光明日报》。周培桐、杨田村、张葆莘写道："在这两篇小说（指《爱》与《第一次恋爱》——编者注）中，作家着力描写的所谓'爱情生活'是十分令人不能满意的，甚至是很不健康的。""这两篇小说中的事件，都被安排在新时代新社会中；作品中的人物，也都被命名为新青年，甚至于是青年团的工作者。但是，我们在通篇的描写中，嗅不到任何时代的气息，看不见任何的社会力量，尤其使人惊讶的是，作品中的所谓人物形象，在他们的行为中，起决定作用的竟不是人的思想和性格，而是一种狰狞的兽性和丑恶的淫欲。"

同日，萧殷的《读〈青春万岁〉》发表于《文汇报》。萧殷写道："在这部小说里，我们不仅仅看见了中学生的生活与斗争以及他们单纯而又丰富的精神世界，同时也由于她们来自不同的环境以及各不相同的出身，作者还引导我们走进了许许多多的家庭，让我们看见了多种多样的生活与人物：有阴森森的天主教堂，有没落的、弥漫着伤感情调的有产者的庭院；有充满了民主气氛的教师家庭，也有普通劳动人民的家庭……。总之，作品不仅引导我们接触了多种多样的生活，而且有时候，还引导我们走得很深，一直走进他们的心灵深处。"

25日 唐挚的《什么是典型环境？——与李希凡同志商榷》发表于《文汇报》。唐挚写道："把产生某种落后性格的现实原因加以探索，一概斥之为'歪曲''夸大'，这不仅违背了社会主义现实主义的原则，而且也是不顾或根本不想去研究现实生活中错综复杂的矛盾，不想或根本不愿承认我们之所以强有力，正在于我们敢于面对真实，并且深信我们有克服各种各样矛盾的不可战胜的力量。"唐挚还认为："作者的描写只要是从生活中所概括出来的，有助于我们更深刻地去认识这种性格产生的原因，就决不应该遭到武断的非难，而是应该引起我们的深思。"

27日 毛泽东在最高国务会议第十一次（扩大）会议上作《关于正确处理人民内部矛盾的问题》的报告，后载于《人民日报》。6月19日，《人民日报》

刊发《关于正确处理人民内部矛盾的问题（之三）》，毛泽东指出："百花齐放、百家争鸣的方针，是促进艺术发展和科学进步的方针，是促进我国的社会主义文化繁荣的方针。艺术上不同的形式和风格可以自由发展，科学上不同的学派可以自由争论。利用行政力量，强制推行一种风格，一种学派，禁止另一种风格，另一种学派，我们认为会有害于艺术和科学的发展。艺术和科学中的是非问题，应当通过艺术界科学界的自由讨论去解决，通过艺术和科学的实践去解决，而不应当采取简单的方法去解决。"

本月

魏金枝的《再谈〈故乡〉中的两个人物》发表于《东海》2月号。魏金枝写道："一般地说，作者的成份和思想，都会从作者对待作品中人物的态度上表现出来，但也要看作者对客观现实所取的态度是否忠实，而有所差异，这就是我们一般所说的世界观和他的出身阶级有时会分裂的问题。""作者的所以如此安排人物（我以为假使闰土这个人物，于真有其人以外，又真有其事，那么，杨二嫂这个人物就可能是作为对称而增添上去的），不但在他的实生活中有这种拉不近推不开的无可奈何的实感，而在艺术构思上，也是经过仔细斟酌的，决不如梁聘唐所说那样，只是单纯的前后对比而已。"

三月

1日 杨扬的《论结构在塑造典型性格中的作用》发表于《处女地》3月号。杨扬写道："现实主义作家在创作中需要解决的中心问题，是塑造典型性格。他运用的一切艺术技巧，都是为塑造典型性格服务的。"

同日，桑泉的《把我们读者们的文学欣赏能力提高一步》发表于《火花》3月号。桑泉写道："有些读者们要求在作品里能看到鲜明的有教育意义的可以作为我们学习模范的正面人物和引人警惕的反面人物，这种要求当然是正当的，合理的，但现实生活中的正面人物和反面人物并不都常常是那样黑白分明的，也有许多黑白夹杂或像蜥蜴一样变色的人，如果能将这些人物的复杂而矛盾的精神面貌揭示出来，也还是有很大的教育意义的。"

同日，水北的《也谈文艺特征（文艺书简之一）》发表于《漓江》第 3 本。水北写道："文学作品所表现的对象，乃是一定的社会，一定的社会里的人，以及这些人的思想，行动，以及他们错综复杂的关系——这社会的人生。这许许多多东西交汇起来就是一幅社会的生活画面。"水北认为，《水浒》和《不能走那条路》的作者"为了表现这些东西，并不是见什么就写什么的，或者仅只是从社会生活中孤立地剥取一件事来写，他必然观察大量的生活现象，选择了最足以表现这个社会复杂关系的事件来描写，这样的事件集中地反映了当时社会各式各样的矛盾"。

同日，陈瘦竹的《论鲁迅小说的体裁——读〈狂人日记〉〈孔乙己〉〈药〉》发表于《雨花》第 3 期。陈瘦竹认为："鲁迅的小说，不仅有新的内容而且有新的形式（体裁、结构和语言）。就体裁来说，例如《狂人日记》就是一篇日记体裁的小说……《孔乙己》是回忆体的小说……《药》可以说是一篇戏剧体的小说。"

陈瘦竹认为："鲁迅在塑造狂人这个形象时，必须着重描写狂人自己对旧社会的感觉和认识，而无法象戏剧一样通过极其丰富的动作和极其尖锐而复杂的斗争来表现人物性格。在这种情形之下，日记体就最为合宜。因为日记是最机密的文件，轻易不给人看，一个人可以将最真实的思想情感写在上面，不必有所顾忌。此外，日记可长可短，可详可略，在题材的处理上，也很自由方便。"不过，陈瘦竹也注意到，"日记体小说也有一定的限制，如果一个作家要表现众多的人物及其独特的性格，复杂的情节及其曲折的发展，那他宁可采用其他体裁"。"日记体小说的小说能最鲜明最细腻的表现出主人公的心理特征，所以小说家在采用日记体时，必须深刻体会主人公的思想情感。日记体小说中的主人公不一定是作者自己，但一定要有作者自己在内。"

陈瘦竹还认为："鲁迅在这篇小说（指《药》——编者注）中所描绘的人物和生活的方面要比《狂人日记》和《孔乙己》中更多更广，因此他就突破了以前曾经采用的日记和回忆的体裁，而试用了类乎戏剧的体裁，不用作者自己的叙述和说明，而将人物放在一定的画面和场面中，'使他的所有人物，活动在我们面前。'……我们说这是一篇戏剧体小说，是指作者采用连续而有变化的场面通过人物自己的语言和动作来表现他们的生活。"

5日 唐弢的《对题材问题的一点感想》发表于《文艺月报》3月号。唐弢写道:"用题材来限制作家是没有理由的,作家有责任自觉地牢记他自己的任务。文艺的教育意义不能硬插,不能外加,不能依据作家的主观意图去修改生活,因此,作家的世界观和立场在选择和组织题材时就起着积极的作用。生活的各方面都有生动的、具有教育意义的题材,必须以多样的形式来表现我们时代的整个面貌,尤其是生活的主流和基调。"

同日,李幼苏的《如何理解文学艺术中的典型——兼谈贾宝玉的典型形象》发表于《延河》3月号。李幼苏写道:"生活现象是万分复杂的,人物性格也是丰富多采的,那末,反映以人为主体的社会生活现象的本质的艺术典型也必然是多种多样、万分复杂和丰富多采的,绝非一个阶级本质的公式所能代替。"

姚虹的《漫谈人物的转变和作者的态度问题——读〈卖菜者〉所想起的》发表于同期《延河》。姚虹写道:"故事是从生活里产生的,叙述故事,也就是反映生活。生活本来是丰富多采的,就看你有没有抓取它那动人的一瞬间的材料,再把那些材料巧妙地叙述出来的能耐。""在有些人菲薄故事的价值的今天,幸亏很多作家并没有点头称是,他们继承了前代小说家的优秀传统,给大家写出了一些有意义而且也有趣的故事。《卖菜者》就是这样的小说。"

7日 王若望的《谈恋爱的题材兼评陈登科的〈爱〉》发表于《文汇报》。王若望写道:"最近在各个文艺刊物上出现的创作之中,描写爱情的场面多起来了,有的是把'爱情'作为其中的插曲;有的就是把整个的篇幅来描写以前很少接触过的'爱情'题材。""首先应该肯定,这一种'风气'决不是坏的。事实上已经出现了许多称得上是优秀的作品……这些作品共同的特点是,能够从各个角度反映出新社会中的新人对于恋爱婚姻所采取的态度,表现了这一时代建立在新的道德基础上的男女之情和伦理观念,同时也鞭挞着对待恋爱婚姻的各种败坏道德的腐朽思想。"陈登科的《黑姑娘》"流露出不健康的倾向,简言之,那就是大量的搬用过分粗俗和不堪入耳的语言,无选择的堆砌一些烦琐的情节,为了强调黑姑娘的坚强,结果却写成了一个野蛮的使读者烦厌的女人"。"在他所写的《爱》中,上述这种倾向得到了发展。""读了这篇《爱》,

使人觉得仿佛是二十年前时事新报之类刊载的描写桃色惨案的'特写'。"

8日 杜黎均的《作家的思想武装》发表于《人民文学》3月号。杜黎均写道："作家应该是一位善于解剖自己的人物的精神世界的能手。但，他们究竟不是旁观的解剖家和内科医生。或者通过人物形象本身的力量，或者插入政论性的旁白和作者自己的抒情，小说对人物进行着各种各样的评价。这种评价流露着作家一定的思想、观点和政治见解。作家在评价人物时所站的立场和思想高度，是决定作品的思想性的重要关键之一。"

杜黎均还认为："作家有责任对阻碍生活前进的落后事物和落后思想进行艺术的批判。……只是罗列生活中的落后现象而不通过形象的力量予以正确的批判，或者以作家自己的偏激的片面的思想观点来评价作品中的生活和人物，那就必然会给作品的思想性带来重大的缺陷。"

何直的《关于"写真实"》发表于同期《人民文学》。何直认为："自古以来的现实主义作品中，决没有单纯写爱情而不与其他事物和社会观念发生关系的作品。即或是写一首爱情诗，也是对于诗人的感情气质的一种考验，也应该有引人向上的情愫。更何况我们是生活在这样的时代！更何况我们有责任要为伟大的社会主义建设事业服务！"

唐挚的《说"巧"》发表于同期《人民文学》。唐挚写道："所谓'巧'的情节，是做为彻底地揭露生活的矛盾，人物性格的内在的核心，用最独特的结构来表现作家的艺术构思而出现的。这是非常复杂、精致的工作。它需要作者善于从广泛的生活现象中去提炼出一个既是意外的，又是必然的情节，从而最尖锐、最正确地体现出生活的最根本的特征，并且真正具有艺术的感染力量，以扣打人们的心灵。""'巧'的情节……可以成为表现人物性格的有力手段，问题在于这些'巧'，是否是建筑在真实的生活、真实的社会关系和真实的生活矛盾的基础上。""'巧'的情节决定于艺术构思本身的需要，而不是胡编乱凑，不是'出奇制胜'。"

吴戈的《论〈铸剑〉中的两个人物》发表于同期《人民文学》。吴戈写道："实际上，这故事的轮廓……已加上了很多想象——幻想的成分……而故事中的这种瑰丽、奇幻的神话色彩，也早就说明它已不是什么严格的'历史小说'了。"

这是因为,"一方面,作者在很大的程度上忠实于原来的传说,不作主观任意性的'改动'……另方面,作者并没有局限在现实主义的制作方法里,他还在这里面注入了'温暖的抒情主义'(罗曼罗兰)的成分……从当代革命斗争的角度来观察,来塑造"。总体看来,"鲁迅先生的早期小说,特别是历史小说中,浪漫主义的成份是占着一定比重,它构成了作品的艺术特色和独特风格",但"并不等于把鲁迅先生说成浪漫主义的作家。鲁迅先生的整个创作倾向和大部分作品,都属于现实主义的范畴"。鲁迅"受了俄国现实主义传统的影响……又是生根于我国古典现实主义的土壤之中"。"在这两个人物造型手法上,鲁迅先生提供了一个浪漫主义和现实主义相结合的范例。"

朱彤的《鲁迅的语言艺术》发表于同期《人民文学》。朱彤认为:"艺术语言不能离开真实的思想感情,是我们古代哲人和作家公认的原则。在这个意义上,可以说,鲁迅继承了古典文学的传统,但他并不停留在这里。作为一个革命家,一个探索中国人民出路的思想家,从他投身文艺活动的开始,他就赋予语言的真实性以十分明确的社会意义。""艺术语言的真实感人,永远包含着具体的历史内容。"这是因为"贴切的语言永远不能离开它的物质基础——客观事物的真实性"。因此,"鲁迅创造贴切的文学语言,……是为了反映生活,为了表达他自己对生活真实的感受"。

9日 周培桐、杨田村、张葆莘的《"典型环境"质疑——与李希凡同志商榷》发表于《光明日报》。周培桐、杨田村、张葆莘认为:"李希凡同志的《评〈组织部新来的青年人〉》……读过之后,我们不无遗憾地发现,李希凡同志在对'典型环境'的理解上,竟也用社会学的一般法则,代替了文学艺术的独特规律。……当他在承认其中所描写的几个人物性格和'这个党区委的工作上的灰尘……是具有一定的真实性'的同时,却又认为'王蒙同志歪曲了我们时代的典型环境的描写',其理论根据是'不能为它的人物性格找到和现实环境的真正的有机关系'。这里,李希凡同志的逻辑真把我们闹糊涂了。按照这种逻辑,仿佛对于典型环境的歪曲描写,居然也可以产生具有'一定的真实性'的典型性格;仿佛艺术所追求的真实,不再是生活的真实,而是一种别的什么了。"

12日 枫野的《略谈〈三国演义〉里的几个人物》发表于《解放军文艺》

3月号。枫野认为:"《三国演义》这部作品在艺术上最主要的成就之一,便是它成功地创造出一系列活生生的典型人物。"其中,"像作品中所创造的刘备这人形象,显然是已经超过了历史生活的真实,但是我们从刘备这个形象中,仍可以看到在封建统治阶级残暴的压迫下的广大人民对'仁政'的幻想,对美满的生活的渴望以及对当时黑暗的政治无比仇视的态度。"

谢云的《漫谈反特惊险小说》发表于同期《解放军文艺》。谢云写道:"我国的以反特斗争为内容的惊险小说,还是不久以前才出现的。从一开始起,它就受到了群众的热烈欢迎,赢得了广泛的读者。""但是近来却出现了一种新的情况:不少读者对反特惊险小说渐渐失去了热情,不大愿意看了;有些人虽然还在热心地读着,也表示了明显的不满足。读者反映:反特惊险小说写来写去就是那末回事,才读一篇两篇还怪有味,多读就没意思了。""我以为主要的原因在于人物的塑造方面。不少反特惊险小说写出了一些比较生动的人物……但是更多作品中的人物的面貌是比较模糊的,人们往往只能看到他们的某些一般的社会特征,而很少看到他们各自不同的个性……这样的作品虽然也能在一定程度上帮助人们认识生活,提高思想,但是它的感染力和生命力毕竟是有限的,而且读者的水平和要求是日益提高的,老是让他们读这样的东西,自然会感到没有意思了。"因此,"不注意写人物、没有写好人物,这实在是目前的反特惊险小说的一个带根本性的缺陷"。

此外,谢云注意到:"反特惊险小说一般都有比较曲折复杂的情节,有较强的故事性。本来这对塑造人物是有利的,通过尖锐复杂的矛盾和斗争,有助于揭示人物的思想性格。可是另一方面,它也可能把我们引向另一条道路:只听说故事,只注意追求情节的曲折离奇,而忽视了人物的刻划,忽视了把故事和人物有机地结合起来。我们有些作品正是犯了这个毛病。""总之,作者在处理惊险小说的情节的时候,必须也完全有可能根据创造人物的需要来作适当的取舍和安排。"

谢云还认为:"在有些作品中,作者不大注意表现人物的心理状态和心理活动。我们往往只看到人们在怎样行动,他们在做什么,却看不出或很少看出他们是在什么一种思想感情状态下采取某种行动的,也很少看到复杂的事变在他们的精神上所产生的影响。有时写到人物的内心世界，也常常是很表面、很肤浅。有些作品在写到人物内心活动的时候，也往往只表现他们如何用理智去思考、分析、估计、判断，而很少表现他们感情上、心灵上的感受和颤动。""在反特惊险小说中还比较普遍地存在这样一种情况，即人物活动的面都很狭窄。"但是，谢云认为："生活是一个整体，是不能完全加以割裂的，同时通过对人物多方面的生活的描写，能够有助于刻画人物的性格，使人物的形象更加丰满、突出起来。……只要这种对人物多方面生活的描写，不是和主题、和故事的基本情节完全游离，而是紧密结合在一起的，不是分裂人物的性格，而且能够丰富人物的统一的性格的，那末就不会妨碍故事的连贯性和情节的紧张。"同时，"在不少作品中，人们之间的关系也往往被简单化了"。谢云强调，"我不是要求所有的反特惊险小说在表现敌我斗争的同时都一定表现出公安人员性格之间的矛盾和斗争，那样的要求是不合理的。问题是现在的作品中差不多完全没有接触到这个问题，似乎有一条无形的清规戒律束缚住了作者的手足"。

谢云进而总结道："创造出生动活泼的有独特性格和鲜明形象的典型人物来，也应该成为创作反特惊险小说的中心问题。这些在一般文学作品创作中本来已经解决了的问题，在反特惊险小说这个领域内，似乎还有特别加以明确的必要。"

另外，谢云在文末"附记"中对"惊险小说"进行了简要说明："惊险小说并不是什么新的文学形式或体裁，我国的《水浒》《三国演义》《西游记》，都未尝不可以称之为惊险小说，因为它们既有很强的故事性，又有曲折的情节、惊险的场面。我觉得注意从这些优秀作品中学习安排情节、处理人物和情节的关系、通过故事刻画人物，是会有很大好处的。"

12日 林默涵的《一篇引起争论的小说》发表于《人民日报》。林默涵认为："生活中永远存在着新旧事物的斗争。作家不仅要善于发现生活中的新事物，用满腔热情来促使它的成长；还要善于揭发一切旧事物，号召人们向它们进行斗争。粉饰现实、掩盖生活中的阴暗面，只会引人离开落后现象消极现象的斗争，因而妨碍新事物的胜利和成长。可以看出，王蒙是怀着同旧事物斗争的热情来写这篇小说的。……这篇小说在揭发生活中的消极事物，在描绘各种样子的官僚主义者和政治衰退分子方面是比较成功的，是具有一定的深度的。……

但是，揭发和打击阴暗的东西，正是为了巩固我们的光明的新社会。因此，这种作品，必须给读者带来鼓舞和信心，使读者相信：不论经过多少困难、挫折，有时甚至可能遭到局部的失败，光明的新事物最后总是要战胜阴暗的旧事物。《组织部新来的青年人》却给人一种感伤、忧郁的情调，使人觉得好像有一种什么硕大而无形的暗影压在人们的头上，叫人喘不过气。"

15日 王西彦的《论〈故事新编〉》发表于《新港》3月号。王西彦写道，《故事新编》论争双方的观点分别是："一方说，《故事新编》虽然取材于古人古事，但鲁迅的本意，并不是为了再现历史的现实，不是在认真写历史小说，只不过是假借'历史小说'的形式，在当时反动统治阶级的压迫下，向社会黑暗势力进行战斗，燃烧在作品中的那种强烈的讽刺的火焰，是针对着现实中一切腐朽、丑恶、虚伪和倒退的事物的，作者所采用的，就是所谓'借他人酒杯，浇自己块垒'的办法。""另一方说，鲁迅在《故事新编》里所采用的基本创作方法，是典型化的方法，所以，我们如果以作品的艺术形象为中心去进行分析，就可以发现《故事新编》是中国现代文学史上最先出现的一部杰出的历史小说集。"

王西彦认为："即使是这样的历史小说，在作者选择题材和进行描写的过程中，也仍然有他现实的感触和启发，更不用说和作者的性格，作者的生活经历的密切关系了。""我们即使不完全相信所谓'作品都是作者的自叙传'的主张，但在作品中的人物身上容纳作者自己的影子，寄托作者自己的情绪，却完全是创造工作的份内的事情，在文学历史上也是不乏先例的，不过，如果穿凿得过了分，把作品中的人物和作者之间划上了等号，那就不仅徒劳，而且可笑了。"

王西彦写道："什么叫做历史小说呢？我想，既然叫做历史小说，是采取古人古事作题材的作品，那么，首先便是写出古人的真实面貌，也就是鲁迅所说的不要'将古人写得更死'；其次是写出古事的真实面貌，不要把历史歪曲了。这两者事实上不可分，因为事是人做出来的，不能设想，丢开人物的真实面貌，却能写出事件的真实面貌。一个历史小说的作者，根据他对历史人物和历史事件的理解，歌颂他所认为应该歌颂的，批判他所认为应该批判的。这种歌颂和批判，虽然是对于历史的，但目的却是为了现在，为了现在的读者。他发掘历史优秀的传统，歌颂我们优秀的祖先，就是为了使我们能承继和发扬那优秀传统，能以我们优秀的祖先作榜样，鼓舞和策励自己，增加我们的自尊心和自信心；他揭发历史的隐秘，暴露我们祖先的弱点，也就是为了使我们面对历史的镜子，警惕和鞭挞自己。……历史小说的作者的任务，就是要使中国的灵魂显现得更明白清楚，同时也就指出了将来的命运。我以为，拿这样的标准来要求《故事新编》，不仅是合格的，而且是出色的。我们没有理由取消它历史小说的资格。"

王西彦强调："历史小说并不就是历史，作家也究竟不同于历史学者；即使是历史学者吧，他的最高任务也总不仅仅限于琐碎细节的考据，虽然论断总是建筑在史料考据上。尤其重要的是，每一个作家都有他们所处的不同的时代，不同的社会环境，他们所担负的不同的战斗任务，而且，还有他们不同的气质和性格，我们也无法强求一律。"

张学新的《"人情论"还是人性论？——评巴人的〈论人情〉》发表于同期《新港》。张学新写道："或许巴人同志并不是有意的提倡'人性论'，而只是为了反对公式化、概念化，要求文学作品多写些'人情'，多加点'水份'。是的，公式化、概念化是必须坚决克服的，多写些人情也是应该的。但为了真正克服公式化、概念化，我以为，首先是要作家提高阶级觉悟，长期深入生活，与群众同甘苦、共命运，深刻的理解群众的生活、斗争、思想、感情，从而在作品中正确的表现人民的要求、喜爱、希望和人情。而绝不是依靠什么超阶级的'人情论'，和让'人性论'借尸还魂。我觉得当前文艺问题的'关键'就在这里，'人情味太少'的根源也在这里。现在我们许多作家（包括理论家）距离人民、距离生活确实太远了！"

18日 魏金枝的《不要走到另一条岔路上去》发表于《文汇报》。魏金枝认为："我们必须回过头来，面对现实，从描写生活的真实出发，从有利于生活的原则出发，从能够为读者所乐于接受的原则出发，这才能改变我们文艺界的空气，写出真正有价值的作品来。"

20日 萧殷的《动机与效果为什么发生了矛盾？——与一位青年朋友讨论〈组织部新来的青年人〉》发表于《北京文艺》第3期。萧殷说道："《组织部新来的青年人》这篇小说，它留给我的印象，是比较复杂的，不是像它留给你的印象那末简单。一方面,我觉得它有好地方,另一方面,又觉得它有不好的地方。首先,我认为这篇小说是从生活出发的,题材是从生活土壤中选取出来的,尤其是其中揭示官僚主义的若干现象和细节,是具有特征的。""作品中的主要人物,既然反映了现实生活中的某些特征现象,而人物也有一定程度的真实性与典型意义;但为什么这篇小说在客观效果上,又引起广大读者的不满呢?为什么许多读者认为小说没有正确地反映出生活的真实状态,并认为小说给读者带来了不健康的情绪呢?""很显然,一篇作品是否能产生积极的效果,不完全决定于个别人物写得真实;更重要的,是取决于人物互相关系及其结果所形成的总的趋势或总的观念。在《组织部新来的青年人》这篇作品里,这方面,显然是存在着重大的缺陷。"

四月

1日　徐士年的《唐人小说的近代现实主义特征》发表于《奔流》第4期。徐士年认为:"唐人小说都是短篇的,在优秀作品中,最长的也不过一万字左右,短的只有几百字。然而它'决不是一幅画的一角,或者一个断片,它本身就是一幅画。'这些凝炼、精致、完整的艺术品,到今天都还能撼动我们的心灵。这除了唐人小说所表现的健康、执着的人生态度和深邃、积极的情绪而外,它的深入地刻划人物、表现生活的艺术造诣,也是感染我们的一个重要原因。"

徐士年指出:"唐人小说尽管那末短,但它一点也不潦草。它像中国传统的水墨画一样,用笔尽管不多,但并没有把丰富的生活简单化。唐人小说里的许多令人难忘的形象,性格都是异常丰满复杂的。这种艺术成就的重要原因之一,在于传神的细节刻划。我们不能不惊叹于唐人小说的作者们选择细节的精到,一个细节,寥寥几句话,但恰恰最充分地展开了人物的内心世界,表现了人物复杂的性格特征。这种细节描写的真实,是近代现实主义的一个重要特征。"

同日,邹酆的《文学作品中的背景描写》发表于《长春》4月号。邹酆认为:"人物活动是离不开环境的。背景描写的首要意义,就是要给作品中的人物展开一个活动的境界,使人物栩栩如生地活跃在经过作家细致地描写过的具体环境中。不仅如此,背景描写的作用,还在于烘托人物的性格与心理状态。在文艺作品中细致地描写了背景,就可以使人物活动的环境更具体、更富于生活气息,从而也就侧面地反映了人物的风貌,给突出地刻划人物形象创造了必要的条件。"

邹酆讲道:"背景描写通常包括自然风景与社会环境两部分。这两部分是有机联系地作为人物活动的具体环境存在于文艺作品之中的。""自然风景的描写,一般是包括山谷河流、树木花草、日月星辰、季节气候以及飞禽走兽等方面。通过这些方面的描绘,就可以在作品中编织成一幅瑰丽、动人的'风景画'。""文艺作品是完全有必要来描写自然风景的。只有描写风景,才能在作品中细腻而深入地刻划出这种影响,才能发掘人的生活美的无限丰富性。作家通过风景描写,来抒发热爱祖国大好河山、美妙风光的爱国主义情感,充分表现出了一副积极进取的乐观主义的英雄气概。"

邹酆说:"现实主义文艺作品应如何写风景呢?""描写自然风景,首先必须和人物活动、事件发生发展的时间空间联系起来。通过风景描写,来显示人物、事件进展的地点、环境、季节和年代,从而有助于揭示特定的历史背景。""但文学作品中的风景描写不是孤立存在的,不是与作品主人公无关的,而恰是从人物特定条件下的特定心理状态的反映。描写风景,还应该和人物的心情联系起来。风景描写不但应与人物心情相一致,有时还要求通过这种描写细致地表达出人物情绪状态(心理)的发展过程。""风景描写还可以用与人物心情完全对立的景色来反衬人物的心情。""有时在某些体裁的作品中,风景描写又是作家本人心情的直接表白。""如果把风景描写同人物心情脱离开来,就会使得风景描写成为作品中的累赘和游离部分。这样的'写风景',不但无助于形象的刻划,反而会削弱作品的生活真实性,破坏作品情节的完整,从而严重地损害了作品的思想意义。""描写风景,有时还可以表现一个地方的地理情势、自然环境的特点与地方色彩,显示出某一民族的风格与特色。这样的描写,对于突出地刻划人物的民族性格有帮助。""借描写风景来造成一种与人物活动相适应的必要的气氛,也是风景描写的任务之一。这种描写,是以加强作品的效果也就是加强作品的感染力量的。""自然风景的描写,不仅能造成一种必要的气氛,烘托人物的心理状态与性格,同时也可以当作文艺作品中情节向前跃进的推动因素。有些优秀的作品,在故事进展过程中分寸恰当地插入一段风景描写,这段风景就有机地融化在作品的完整情节中,成为了发生某一事件(或人物的某一活动)必不可免的原因。这样的描写,在作品故事发展中起的是桥梁作用。""文艺作品中有关生活环境、生活方式、风俗习惯、风土人情以及地方色调的描写,通称为社会环境的描写。社会环境的描写,在现实主义作品中是十分重要的,它是背景描写的重要的一面。""社会生活环境的描写,首先必须和人物的身分与性格相适应。只有这样,它才能给突出地烘托人物性格创造有利的条件。""社会环境的描写,更重要的在于:显示出社会情势、地方风俗、人情习惯,进而深刻地揭示特定的历史背景与社会发展的规律性,这就是为什么高尔基一再强调'风俗画'描写的重要意义的所在。""自然风景与社会环境的描写,在文学作品中是一个不可分割的整体;是构成作品背景的有机联系的两部分。这两种描写永远无法绝然分开,而是水乳交融地交织在一起,并且相依为命地彼此烘托,相互依赖。优秀的文艺作品,总是把这两种描写,融合无间地揉和起来的。"

邹酆还认为:"文艺作品中人物形象的塑造是否成功,固然主要是取决于作家对人物性格的深刻把捉,以及从各方面来细致地刻划人物性格,但却也在一定程度上有赖于作品中合乎逻辑的、生动而精彩的背景描写。现实主义创作的历史经验证明:优秀的背景描写,总是能够加强作品的真实性与典型性,从而给作品增添几分光彩与感人力量的。因此,我们不应该简单地把背景描写看作是一种细小的文学手法而加以轻视,而要把它当作是刻划人物形象的必不可缺的手段。"

同日,陈枂的《谈作品的"主题"》发表于《长江文艺》第4期。陈枂指出:"文艺作品里,作家的观点是应该隐蔽起来,隐蔽到那里去?隐蔽到你所塑造的人物形象里去,隐蔽到故事的场景和情节里去,决不是隐蔽到作品以外去。"

陈枂指出:"说到'让生活本身说话',如果我们正确的理解它,恐怕也是这个意思,让生活说话,就是说作家感到有话要说,但不是站在台上讲演,也不是用一般政治论文去宣传,而是通过他特有的手段,通过艺术的形象去描写生活的真实,以收'潜移默化'之效。这又和那种盲目的生活照象,截然不同。"

同日,贝加的《谈讽刺与诽谤》发表于《东海》4月号。贝加写道:"我们所需要的是，热情歌颂一切为共产主义建设，为和平事业而忘我地进行劳动和斗争的英雄人物，但也要无情地抨击一切阻碍我们社会发展的陈旧的、停滞的、有害的东西，来促进新事物的迅速成长和取得胜利。而讽刺，就是鞭挞落后、陈腐的东西的锐利武器。因此，在我们今天的文学中，不是要减弱、而是要加强讽刺的火力，来提高我们文学的战斗性。""如果说，在旧社会里，我们的讽刺是为了要反抗和否定当时整个社会制度，号召人民去追求我们理想的实现；那么，在新社会中，我们的讽刺却是充满热情地维护自己的理想，从肯定我们社会制度的优越性和不可战胜的力量出发，来讽刺与我们社会制度格格不入、背道而驰的现象。尽管作品中没有出现正面人物，没有正面的宣传革命道理，但这样的讽刺，不会给人们带来了悲观和失望，消沉和不满，而会坚定人们的信念，和鼓舞人们的力量。这种能促进和巩固我们的社会主义事业的讽刺，怎能与那种只能破坏社会主义建设的诽谤，等量齐观、混为一谈呢？"

同日，周初的《关于鲁智深》发表于《火花》4月号。周初写道，鲁智深"仗义勇为的品德，实是古代英雄重义气，重友谊的最高典型，作者通过鲁智深这一人物的塑造，把他再现于广大读者面前了"。

同日，杜若英的《在复杂的问题面前——〈组织部新来的青年人〉讨论有感》发表于《漓江》第4本。杜若英认为："生活是前进着的。生活发展的过程，就是新事物不断战胜旧事物的过程。作家要写真实，就必须通过艺术形象深刻地反映矛盾的两个方面。……我绝不同意上述那些企图给讽刺题材划定范围的论点——它只能使作家不敢正视生活中的反面典型和反面现象，而导致创作违背生活真实。"

4日 刘绍棠的《现实主义在社会主义时代的发展》发表于《北京文艺》4月号。刘绍棠认为："苏联作家协会章程，对社会主义现实主义的定义做出了规定，给作家制定了一个统一的创作方法。""令人啼笑皆非的是，在这种定义和戒律的检验下，伟大作家的经典名著竟无法及格，而那些粉饰生活的公式化概念化的作品，则最合标准。无论是'从现实底革命发展'的描写，或是高度的教育意义亦即是高度的思想性，抑或是正面人物，反面人物和更上一层楼的理想人物，应有皆有，五味俱全。所没有的，却是最起码的艺术感染力，而它的寿命的短暂,并不比一则新闻通讯来得长。"

5日 蒋孔阳的《关于社会主义现实主义》发表于《文艺月报》4月号。蒋孔阳认为:"并没有抽象的一成不变的现实主义,而只有在一定的具体历史条件下,结合具体的时代和具体的作家,表现为具有具体的艺术内容和艺术形式的现实主义。""社会主义是社会主义现实主义这一概念中的主导的东西……社会主义现实主义是……以社会主义思想为指导并渗透了社会主义精神的现实主义"。

王汉元的《我对现实主义的一点理解》发表于同期《文艺月报》。王汉元认为:"小说,尤其是长篇小说,它的篇幅大,容量也大,因此它可以描写巨量的现实生活,甚至可以按编年史的方式来表现现实。其它的文学样式未必能够这样。"

以群的《"题材无差别论"探索》发表于同期《文艺月报》。以群认为:"从整个文学艺术的方向来说,要求题材的广阔、多样,是完全正确的。不如此,就不能改进作品的单调,带来创作的繁荣。但从一个作家的创作实践来说,那么,创作无论如何总是作家思想意识的反映,作品总会带着作家的思想意识的色彩。作家究竟不同于摇彩器,也不同于照相机,而创作势必反映着作家的主观认识和主观评价。作家要写某种题材这件事本身,已经说明他选某一种题材,并且爱某一种题材,而决不是由'碰'来决定的。那么,在一个有立场、有观点、有是非、有爱憎的作家心目中,题材又怎么可能是无差别的呢?在他选取题材的过程中,不是必不可免地会和主题的酝酿发生联系吗?"

7日 萧殷的《谈作者的爱憎》发表于《蜜蜂》第4期。萧殷写道:"作者在选择题材时,是不能与作者的爱憎游离开来的;他不仅可以强调一些什么和突出一些什么;也可以忘却一些什么和删除一些什么。……经过这样选择融化和概括之后的典型现象,不仅能真实地反映了生活面貌,同时也体现了作者的爱憎。""在一个先进人物身上夹杂着某些缺点,或在一个落后人物身上夹杂着某些好的东西,都是不足为奇的;主要的问题在于作者是否对某个性格加以确定。……只有明确了这一点,写作者的态度,才有可能鲜明地表现出来。""所谓理想人物,与凭空想象出来的括弧里的'理想人物'是截然不同的。它应当是现实生活中典型现象的高度概括,这种典型现象,也许是现实生活中大量存在的,也许是刚刚萌芽、现在还占少数的,但不管怎样,它们总是现实生活中存在着,发展着的。"

8日 高瞻的《几篇描写爱情的好小说》发表于《人民文学》4月号。高瞻认为,小说《爱情》《妻子》和《春节前后》"都存在着这样一个共同的艺术特点:它们的作者在描绘爱情生活的时候,并没有把注意力仅仅局限在爱情生活本身,它使得爱情生活和时代有着紧密联系,爱情,是体现了这一具体时代条件下的爱情,小说在它们的情节里,紧紧地渗透着我们的时代的精神"。同时,文章强调:"不应当狭窄的来理解文学作品里的时代面貌,它应当是多种多样的,它可以是具体的形象的描绘,也可以包含在人物的性格里,也应当体现在作品的思想的高度上,总之,越是真实的作品,它的时代面貌也越清晰、越充分。"

周和的《我们将怎样理解"阿K"?》发表于同期《人民文学》。周和写道:"作者(指小说《阿K经历记》的作者——编者注)必须对自己所表现的生活斗争有深刻理解和评价,必须把作品中站在被讽刺地位的人物的丑恶本质揭示出来,让读者所看到的不只是客观的恶行展览会,而是通过具体形象能认识这是什么样的坏蛋,这个坏蛋是怎么产生的,他对于我们的社会现实有什么危害性。这样,作品给人的印象就不会是困惑或对现实失望,而将是激起人们的生活热情——为扫荡生活中的残渣而斗争的热情。"

同日,乐黛云的《茅盾的短篇小说〈林家铺子〉》发表于《文艺学习》第4期。乐黛云认为:"《林家铺子》是一个优秀的短篇,它最基本的成功之点在于它的内容与短篇的形式是相称的、恰当的。……《林家铺子》决不是任何意义上的'缩影'或'简编'。短篇小说和长篇小说的关系决不在于前者是后者的'集中'或'压缩'。因为作者采取什么形式来处理自己的材料首先取决于材料内容的需要而不是取决于作家主观上愿意用长篇或短篇;并且任何作家也没有权利把只能写短篇的材料任意敷衍、扩展为长篇。""正是这样,《林家铺子》的全部内容并不是描写这个小商店的创办,发展,兴盛,衰亡;而只是写了这全部历史的一个篇页——破产。短篇的形式对这一个篇页的描写来说是恰当的。""《林家铺子》充分显示了茅盾在短篇创作方面的这一特色。……短篇的体裁使这幅侧影更为精炼,突出,清晰,而不是使它显得简陋,肤浅和不充分。这正是《林家铺子》成为一篇优秀短篇小说的重要原因之一。"

乐黛云写道："为什么《林家铺子》能在简短的篇幅内如此鲜明突出地刻划出那一时代的正确侧影呢？除了作者丰富的生活经验，社会知识使他有可能'在繁复的社会现象中''选取出最有代表性，典型性'的事物来'作为短篇小说的题材'外，最重要的是作者有力地抓住了短篇小说这一艺术形式的某些显著特点，而且善于利用这些特点。"

乐黛云认为："首先，短篇小说与长篇小说不同，它不可能那样详尽地描述人物性格的形成，发展过程，它必须尽可能迅速、明确地让读者熟悉主人公的主要性格，因此，必须有效地把人物'配置'在让他有可能最充分、最明朗地显露出自己典型特点的情境中，也就是特别需要把他'配置'在'内心的各方面都暴露无余的情境中'（俄国十九世纪艺术家克拉姆斯科依语）……在茅盾的小说中，这种情境经常被表现为极其复杂、尖锐的多种矛盾的焦点；而这些矛盾又常常使人物落入与自己的正常性格'相反'的境况。""其次，《林家铺子》的作者显然不但善于选取那深刻的，在一瞬间集中了那么多生活的事件，而且善于选取构成这一整个事件的各个情节。和一切优秀的短篇小说一样，这些情节不但适于揭示人物性格，寄托着深刻的思想而且又是下一情节发展的依据和原因，构成了整个作品情节的连锁。""这种情节的多方面的作用对短篇小说说来特别重要。……《林家铺子》……能够在简短的篇幅内深刻地刻划出社会生活的一个鲜明侧影。"

另外，乐黛云指出："《林家铺子》正如许多优秀的短篇小说一样，作者在描写任何属于细节的现象或情景时，往往已经不再是某些分割的，偶然落在作家视野中的场面或情景的随笔，而往往是广阔的社会生活的综合，尽管从外观上看去，这还只是一种粗略的草图或片断的叙述，但确常常包含着作者的思想情绪和对这些现象或情景的评价和解释。这种思想情绪、评价和解释与作品的主题思想密切交织着而增强了作品的深度。"

最后，乐黛云总结道："人们是把《林家铺子》作为短篇来阅读而不是作为'缩紧'了的中篇来阅读，它不仅在形式上是一个短篇，而且从内容来说，从题材来说，从写作技巧来说，它都具有许多短篇的特色和优点。"

欧阳文彬的《〈雾海孤帆〉中的细节描写》发表于同期《文艺学习》。欧阳文彬认为："在塑造人物形象和展开基本情节的过程中，选择和运用细节是必不可少的步骤。没有细节，就没有文学的具体性。细节不真实，会招致作品的干瘪和人物的苍白。反过来，细节又必须有助于人物形象的突出，才能不流于琐碎，才能成为作品的有机构成。""有时候，生动的细节可以给某些场面增添情趣。""有时候，优美的细节还可以起伴奏的作用，丰富主题的旋律，把它烘托得深入人心，余音绕梁。"

10日 田原的《是干预生活，还是歪曲生活？——兼评〈给团省委的一封信〉》发表于《草地》4月号。田原认为："《给团省委的一封信》是一篇歪曲生活的作品。""《给团省委的一封信》夸大了生活中的阴暗面，歪曲了今天的现实生活，宣扬了资产阶级、小资产阶级的个人主义思想和偏激情绪。""所谓干预生活，按照我个人的理解，就是说，我们的文学要真实地反映生活，大胆地揭示生活中的矛盾和冲突，用鲜明动人的艺术形象，歌颂生活中的英雄人物和先进思想，鞭笞生活中的落后现象和消极因素，这样来从思想上、感情上教育和提高人民群众，从而使他们更加自觉而积极地进行劳动和斗争，把生活推向前进。这就是说，干预生活的目的是为了给生活以积极的影响，推动生活前进。它有两个不可分割的方面，一方面是表扬和歌颂，一方面是揭露和批判，而以前者为主。"

同日，《继续放手，贯彻"百花齐放、百家争鸣"的方针》发表于《人民日报》。文中写道："'百花齐放、百家争鸣'并不是什么一时的、权宜的手段，而是为发展文化和科学所必要的长时期的方针。"

11日《就"百花齐放、百家争鸣"问题 周扬同志答文汇报记者问》发表于《人民日报》。关于问题："自从去年党中央提出'百花齐放、百家争鸣'的政策以来，在学术界、文艺界有什么重要收获？"周扬回答："文艺创作的取材范围比以前广阔得多了，体裁和风格也更多样化了。尖锐地揭露和批评生活中的消极现象的作品，愈来愈引起了人们的注目。……不少科学家和文艺工作者经过几年来的思想改造，开始摆脱了资产阶级唯心主义世界观的束缚，却又多多少少受到了教条主义的束缚。只有当我们的学术界摆脱了这两种束缚之后，他们的积极性才能在一个新的基础上得到发挥。"

12日 翦伯赞的《评〈六十年的变迁〉》发表于《读书月报》第4期。翦伯赞认为："用小说体裁写历史，古已有之，演义是也。但演义只是把真实的历史作为底布随便绣出自己所喜爱的花文，因此，如果说演义也有一定的史料价值，那不是它所演的历史故事而是掺入这些演义中的作者的意识和反映在演义中的作者的时代精神和客观存在。《六十年的变迁》和过去的历史演义不同，它是一部写实主义的文学作品，在这部作品中，作者忠实地记录了近代史上许多重要的史实。"

14日 社论《争取社会主义文学艺术的高度繁荣》发表于《文艺报》第1号。文中写道："我们认为，一部文学艺术作品的真价值，主要决定于这部作品的思想性和艺术性，而不单纯决定于作者选取的题材。党从来没有在创作的题材上提出任何限制，并且不止一次地批评了那种认为我们的文学只能描写现代题材，只能描写工农兵的错误说法。在题材的问题上，我们不赞成那种把文艺的工农兵方向和文艺题材的广泛性对立起来、把工农兵生活和'儿女情、家务事'对立起来的说法。这种说法显然是教条主义的。我们不赞成把工农兵题材和工农兵方向混为一谈，也反对那种认为'尽量地描写工农兵'反而违反了工农兵方向的说法和把概念化公式化的倾向归咎于'工农兵方向'的说法，这显然是错误的右倾机会主义观点。事实上，为工农兵服务的方向，是我国一切爱国主义作家、一切流派的作家的共同方向，工农兵群众占我国人口的绝对多数，如果文艺不是为他们服务，又是为谁服务呢？坚持工农兵方向和提倡题材的广泛性是一致的，要求题材的广泛性和强调描写群众的火热斗争也并不矛盾。我们不能规定作家必须写什么题材，但是，如果一个作家立志要'尽量地描写工农兵'，这是光荣的，如果写得好，更有重大的意义。因此，这是值得提倡，值得鼓励的。"

枫林摘译自《高尔基全集》的《谈短篇小说》发表于同期《文艺报》。文中写道："情节——这是'联系，矛盾，同情，反感，和一般的人与人之间的相互关系——这个或那个性格、典型的形成，成长的历史'。"文章还注意到，"小说——短篇的小说要求对事件的进展作严谨的，循序渐进的阐述"。"无论什么时候都不要用'对白'——谈话来开始写短篇故事。这是古老的，不成功的手法……

应该使读者在一开始时就看到在什么地方说话和谁在说话,也就是说,应该把对环境的简略的素描,即对谈话人物,他们的形态的刻划放在谈话、语调之前。"

侯金镜的《激情和艺术特色——1956年〈短篇小说选〉序言》发表于同期《文艺报》。侯金镜写道:"研究人民在革命战争中走过的艰苦道路,探索人民新英雄主义性格形成的光辉历程,始终是吸引作家注意的一个重要方面。"反映这些生活的"短篇小说已经不是平铺直叙地对于动人史实的记录,吸引了作家注意的是人物的命运,作家的激情和深印着历史痕迹的人物性格、跳动着的时代脉搏紧紧地融合在一起。作品里那些人物的生活和斗争,汇集成为不可阻挡的人民英雄主义的洪流"。

侯金镜写道:"如果把《三月雪》当做叙事诗来读的话,那么《小姐妹们》(傅泽作,《解放军文艺》六月号)就是一首晶莹动人的抒情诗——这是我们目前短篇小说所缺乏的一种体裁。作品的结构是那么浑然一体的完整,看不出刀斧雕琢的痕迹,而且在那短短的篇幅里,又容纳了那么丰富的爱和恨的感情。""这几篇作品,所以给我们留下了深刻的印象,不只是因为它们叙述了使人惊叹的故事,描绘了动人心魄的场面,更重要而且更可宝贵的是表达了时代的激情——在今天我们的许多作品里还显得很不够的激情。不论作者把他的人物放在斗争的漩涡中心也好(如《三月雪》《粮食的故事》),或是只选择生活的一个侧面,让斗争的浪花波及到他们的人物身上也好(如《小姐妹们》《妻子》),那些主人公们的感情波澜都是壮阔的。"

侯金镜认为:"陆文夫的《小巷深处》,用力在吃重的心里描写上,情节的变化,在作者的笔下不过是探索人物的复杂心里活动的一种触媒。那个过去做过妓女的女工,她对爱情追求的意义,作者不只说明了由于她对幸福的向往,而且分明地显示了新社会人道主义的力量,这一力量不只帮助她拔除了内心深处的屈辱观念,还唤醒了她,起来为人的尊严而斗争。"

侯金镜称:"我们也有几个作家很会讲故事。像《粮食的故事》的作者王愿坚,《妻子》的作者李准,他们在两篇作品里,对人物都不做侧面的描写,而且只截取人物性格历史中发出耀眼光辉的一刹那,人物的心里活动、精神面貌都通过行动饱满地表现出来。故事——也就是人物的连续动作——发展到高潮，人物性格的悲壮性的美，也就突然发出光采来了。他们的故事结构单纯明快而意味深长，更接近中国古典小说的传统。""语言有着浓厚的农村泥土气息的是张志民的《老朱和房东》（《北京文艺》七月号）、韩文洲的《四年不改》（《火花》十一月号）。它们在追求中国古典小说的传统特点这方面，和李准、王愿坚有某些近似。不同的是他们不完全借重于故事，但他们也不像林斤澜和崔左夫那样大段大段地发抒对人物的态度和感情，而是透过情节，让人物自己去说明、去显示。这两位作家在朴实无华的语言中，还播散着农民达观的幽默感。"

黄沫的《读〈明镜台〉》发表于同期《文艺报》。黄沫认为："《明镜台》（耿龙祥作《人民文学》1957年1月号）是一篇短到只有两千六、七百字的作品，然而它的内容却是丰富和深刻的。人们说，有那样一些短篇小说，很难讲出来，因为它几乎没有故事，只有一个给人以深刻印象的画面和从这个画面中流露出来的情绪或者思想，如象契诃夫的《苦恼》，鲁迅的《示众》《一件小事》等。我想，《明镜台》大概也可以算做这一类短篇小说的。"

另外，黄沫认为，《明镜台》是"一篇让人去思索生活的作品，我觉得应是一篇好作品。生活里的许多现象，看起来也许平淡无奇，然而通过作家的概括，却引起了人们的注意。作家在概括生活时，同时也就说出了他对生活的看法，说出了他所发现的生活的真理。这样的概括愈高，它所包含的哲学思想就愈深刻，它的意义也就愈大。我想，这就是这类作品的教育意义"。"《明镜台》是一篇这样的作品。作者用十分明快的艺术手法，把一个似乎是很平常的生活现象突现出来，借它向我们揭示一个生活的真理。"

《茅盾同志谈：关于创作规划及其它（在中国作家协会创作规划座谈会上的结束语）》发表于同期《文艺报》。文中写道："下去生活最好是在已有的基础上继续深入，但因为我们的生活发展的很快，变动得很快，是日新月异的，因而依然发生了抓新的呢还是写旧的问题。我同意老舍同志的意见：写旧的，抓新的。"

唐弢的《小题大做》发表于同期《文艺报》。唐弢写道："根据文艺作品必须表现典型事物，必须从个别到一般这点看来，这是可能的。但是，并不是一粒砂就等于一个世界，而是一粒砂可以反映一个世界；也不是每个作者都能从砂里看出世界,而是某些作者心胸中经常存在着一个世界,这才能够看到那粒砂而不至于让它滑过去。我们要求的是作者眼光大,胸襟大,涉及问题的内涵意义大,而不是文章的排场大,吓人的口气大。"

谢云的《一个激动人心的短篇——读李准同志的〈妻子〉》发表于同期《文艺报》。谢云写道:"由于李准同志的正确的思想观点和健康的感情紧密结合,水乳交溶在一起,作者的主观意图和作品的客观实际才能获得有机的统一,从而产生了积极的、强大的艺术力量。"

月华根据苏联《真理报》《文学报》有关文章内容编写的《关于短篇小说特点的一个争论》发表于同期《文艺报》。月华写道:"苏联作家波列伏依去年十二月七日在《真理报》上发表了一篇关于短篇小说的文章,题目是《文学的一种重要体裁》。他说,短篇小说是进步的俄罗斯作家们每当要迅速、有力地对当时社会上一切最重要的事件发言的时候所采取的富于战斗性的文学样式,也是不同时期的苏联作家们手中的强有力的武器。如果把各种文学样式比作部队中不同的兵种,那么短篇小说就是作战的侦察兵。""这篇文章发表后,苏联短篇小说作家纳吉宾也在《文学报》(今年二月十六日)上,发表了《谈谈短篇小说》。他以为,常常有人把短篇小说贬低到报纸特写和通讯之间的这样一个地位。波列伏依就是这样。纳吉宾很不同意把短篇小说称为'作战的侦察兵''侦察兵的作战情报'。他以为,短篇小说的主题必须有现实意义,但是只要是真正的艺术作品都是这样,这是毋庸争论的。'可是,照波列伏依的说法,短篇小说家就只是探一探题目,写一个情报,而真正的占领生活中重大的题材这一个仗,却将由长篇小说家、中篇小说家去打;这样地把短篇小说归结为"作战情报",短篇小说家便被剥夺了深刻地理解生活、深入生活的复杂过程的权利。客观上这是鼓励了短篇小说家们浮于生活的表面,把所见的拍摄下来,并回避深刻的思索、体验、孕育和语句的苦苦推敲。'""纳吉宾最后说,短篇小说作家应该和长篇小说家,和所有其他'巨大'的文学样式的同行们一样充实地生活、深刻地认识生活,不因为任何理由对自己降低要求:有战斗性啊,短小的体裁啊,或者,写的是新的或是重大的事啊……"

15日　吴烟的《谈情节——读书随笔》发表于《新港》4月号。吴烟写道:

"文学上的大厦，它的典型人物也不可能凭空地出现和存在。作家心中有了创作的冲动，这还只是结构作品的开始，要把作者的意图变为具体的、可感知的艺术形象，也必须借助于一定的条件和手段。情节，正是实现他的目的的重要的、必不可少的手段之一。作者借助于典型的情节表现典型，读者借助于对于人物性格的形成有着特征意义的情节认识典型。"

吴烟认为："典型的性格必须借助于典型的情节才能得到表现和才能被欣赏，乃是因为，在现实生活中，人，总是生活在一定的人与人之间构成的错综复杂的关系中，生活在这样那样的冲突和事件中，一个现实的人的思想和行为，是只有在社会和阶级斗争的实践中才能得到表现和检验，也才能够被人们所理解的；以现实斗争为依据的现实主义文学，它的典型的创造，当然不是简单地撷取一些生活的原型，但是，作者要使他所创造的典型形象具有现实的意义，真实地揭露性格的内容，它的形成的社会的、历史的原因，作者就不能不把他放在一定的社会历史环境中，并通过一定的事件的运动、冲突和发展——也就是说，通过作者所选择的一定的典型情节的安排和发展——来表现他。"吴烟注意到："但这还并不是它的意义的全部。文学上的典型创造并不仅仅是目的本身。它是通过具体的典型的创造来概括社会一般的。因此，情节除了是表现性格的手段外，同时，它又是表现人物与人物之间的复杂的相互关联的纽带和体系。在人与人的冲突和联结的真实的关系背后，我们便看到了社会各个阶级，阶层和集团之间的矛盾，或一定的社会斗争。""但是，说性格必须通过一定的情节才能得到表现，这并不是说，性格只是简单地、被动地被情节所决定，而不创造和发展情节。事实上，在文学作品中，情节和性格是辩证的、互为因果的关系。性格借情节而得到表现，情节因性格而得到发展。""因此，在结构情节时，我们就必须具有明确的目的性，时时考虑到自己所选择的情节是否最能充份地表现人物性格。……而且，不仅要在安排大的事件和情节时要严加注意和选择，即使对待细节描写也不应该放松锤炼的功夫。"

20日 从维熙的《对社会主义现实主义的几点质疑》发表于《北京文艺》4月号。从维熙写道："我认为说政治标准第一，是指文学艺术这个上层建筑永远为基础服务，文学有着倾向性（阶级性）的。而不是孤立地从一篇作品里去抽象地谈论它的政治标准,做为文学艺术来讲,艺术性是政治标准的大前提,文学作品里的思想高度首先取决于作品里的艺术形象的高低。这里所说的艺术形象,我认为它已经包括了作家马列主义水平的高低,已经包括了作家各方面的素质和修养,作家的世界观已经渗透在作品人物命运里及所塑造的艺术境界和气氛当中,因此,我认为在评断一部文学作品和一篇小说的质量,只要是这篇小说不是反党的,反革命的,反政策的,政治标准是吻合我们党的事业的,那么首先就要从它所完成的艺术生命上去考究。"

邓友梅的《简单的想法》发表于同期《北京文艺》。邓友梅写道:"文艺创作,应该是形象思维到形象思维,逻辑思维是溶在形象思维中,无形的,有机的起着作用的。它帮助你感受好的,憎恶坏的,帮助你识别好的、坏的。帮助你把有用的东西留下来,并以自己的生活去丰富它,补充它,而去掉琐碎的、平庸的枝节。但绝不是用来先进行抽象,然后,去图解,因为生活现象本身,就包含着所谓'本质''规律',就体现着'本质''规律',作家的责任就在于善于识别它,发现它,把它连血带肉移植到纸上来。文艺作品,是用形象来感染人的。"而"所谓'社会主义现实主义'……就是作家在生活中,在创作实践中,努力把自己锻炼成一个具有社会主义思想感情的人,努力作到自己所爱的,正是社会主义所认为善的;自己所憎的,也正是社会主义认为恶的。并且,不断的学习科学的马列主义理论,取得马列主义的思想方法,在这种思想方法指导下去认识人,认识社会。"

王蒙的《关于写人物——札记数则》发表于同期《北京文艺》。王蒙写道:"作品中的人物,对于作者,就像生活中的人物一样,是不依赖作者的主观意志而活动的'客观存在',人物有自己的思想,自己的喜怒哀乐,自己的行为逻辑。当人物写出来了,写'活'了,作者就发现自己是无能为力的,他不能任意改变或改善自己的人物的命运,对生活的丝毫不忠实就会把艺术埋葬。""作者在表现自己的人物的同时也评价着他们,任何'纯客观'的、无倾向性的写作是没有的。这种评价的手段是多种多样的,有时通过人物自己的内省,有时通过别的人物对他的评论,有时通过事变的进程,有时仅仅通过作者所选择的词汇所流露的语气和声调。"

王蒙认为:"为了把自己的人物写'活',必须钻到自己的人物的心里去,化身为自己的人物,用他的观点看世界,用他的姿态走路,必须深深地浸沉在自己的人物所构成的环境,气氛里,夜晚要和他们谈话,早起要向他们问好,梦中要会见他们,离别他们久了(搁笔久了),要想念他们。此之谓'入乎其内'。"

同日,郭煌的《怎样看待讽刺与爱情?——对〈谈目前创作中的讽刺与爱情〉一文的商榷》发表于《辽宁文艺》第4期。郭煌指出:"我们从讽刺作品的艺术特性上说。我们不是自然主义者,不是象征派,我们不是西欧中世纪繁琐哲学的奉行者,而是辩证唯物主义的实践人,对艺术的看法,是觉得它应该有所概括和夸张的。一切艺术如此,讽刺作品也不能例外。要求作品夸张得合情合理、令人信服是对的,但这并不排斥讽刺作品夸张的必要性。"

21日 陈涌的《关于社会主义的现实主义》发表于《文艺报》第2号。陈涌写道:"由于理论上的简单化,由于在创作上公式主义的广泛存在而引起人们的厌恶情绪,就有可能引起对真正的马克思主义文艺思想的动摇。何直在他的文章里攻击教条主义的时候却连社会主义的现实主义也加以放逐,这不但引起周勃的响应,而且还得到不少人的共鸣,看来正是这种情况的一种表现。"对于艺术的真实性和思想性问题,陈涌认为:"只是提出艺术的真实,只是提出真实地历史具体地反映现实,只能说是提出了社会主义现实主义的最基本的和过去一切伟大的现实主义文学艺术的共同的要求,它还不能包括社会主义现实主义的全部特点和全部要求","认为社会主义应该自觉地体现出社会主义思想,并不是要求作者在作品里宣讲抽象的议论……而不过是要求作品的思想的鲜明性,要求作者不但真实地反映出生活,而且还坚决地站在社会的进步力量方面,站在工人阶级和共产党方面,并且积极地为社会主义的事业而奋斗"。陈涌总结道:"提出用社会主义时代的现实主义来代替社会主义的现实主义……这样的做法只能降低文学艺术的思想要求,模糊文学艺术的思想斗争……这实际上就是我们的文艺运动后退一步,使人们不再注意各种不同的思想观点的文学艺术的思想界线。"

光年的《〈文艺杂谈〉读后》发表于同期《文艺报》。光年写道:"我也是爱读现代题材的作品的。我希望文艺界通过各种方式提倡和吸引作家更多地描写现代人的生活和斗争。可是，采取甚么题材，这究竟是作家的自由，怎么能说不写现代题材就是没有良心呢？"

烟波的《消除题材上的清规戒律》发表于同期《文艺报》。烟波写道："文学艺术应该充分地反映时代，密切地联系人民群众。因此，在文艺作品中努力地反映当代最重大的问题，表现工农兵的生活，现在是，将来也是我们应该努力的一个主要的方面。而且，还应该充分地估计到创造前人所没有表现过的工农兵形象的困难性，因此，对于这一方面的任何尝试和努力，都应该给以最大的关心和支持。……描写工农兵，取材也应当力求广泛，从各个方面、各个角度来表现劳动人民精神上的变化，而不应局守某种固定的格式。""当然，我们应该鼓励作家努力熟悉和表现工农兵，但是，采取的方式只能是诱导、吸引和鼓励，而不能采取粗暴的行政命令的方式；同时，我们不应该、也没有必要要求所有的作家都抛弃他所最为熟悉的生活（优秀的作品正是诞生在这样的生活基础上），勉强地去表现他所不熟悉的（这样也就必然要产生公式化和概念化）。"

24日 李长之的《现实主义和中国现实主义的形成》发表于《文艺报》第3号。李长之写道："所谓狭义的现实主义，是区别于广义的、一般的现实主义，它不是指作品中对现实的一般关系说，也不是指现实主义作品的共同点说，而是指特定的历史阶段的产物。具体地说，是带有鲜明的、近代的，亦即具有在资本主义社会中才可能产生的观察方法和描写方法的产物，并且指作为一个流派看，它能够鲜明地区别于浪漫主义流派的作品。""它也区别于社会主义现实主义，它虽然可能真实地、具体地，历史地反映现实，但是它不可能根据正确的科学世界观，用社会主义精神来教育人民。"李长之认为："《红楼梦》是浪漫主义与现实主义结合的巨著。就浪漫主义精神说，它是《牡丹亭》的继承；就现实主义精神说，它是《金瓶梅》的发展。"

林志浩的《读〈隔膜〉》发表于同期《文艺报》。林志浩认为："经济利益上的矛盾，种下了人与人之间隔膜的根源，这，在阶级对抗的社会里，我们是熟知的，不意在对抗消灭、矛盾还存在的制度下，它仍然会以特殊的形式（不是对抗的形式）表现出来。这就是艺术家的新发现，就是作品所以新颖、动人之所在。"

28日 严绍端的《只因脱离了生活——印地进步文学"停滞"问题的探讨》发表于《文艺报》第4号。严绍端写道:"亚什帕尔的长篇小说《达达同志》描写了他亲身参加过的反抗英国统治者的恐怖运动。纳加米纳的长篇小说《巴尔谦玛》通过一个贫农孩子的成长反映了印度自由斗争的一个侧影。现在批评家们都认为,纳加米纳的这部小说不惟继承了普列姆·昌德的传统,而且发扬光大了这种传统。"

于晴的《文艺批评的歧路》发表于同期《文艺报》。于晴写道:"关于文艺创作的题材,我们已经有过许多争论。否认在文艺作品里反映人民群众的巨大的斗争的重要性,或者反对我们在这方面的提倡,那就要落入所谓'到处有生活'的泥坑。但反过来,简单地认为文艺作品只能写'重大题材'那也已经被认为是不智的了。"

张恨水的《章回小说为何遭遇轻视?》发表于同期《文艺报》。张恨水写道:"章回小说,有些是专门弄些'黄色'的材料,那是要不得的。但章回小说是一事,'黄色'又为一事,难道因为有了'黄色',就连章回小说都不要了吗?为了有了'黄色',就连谈也谈不得了吗?"

五月

1日 云展的《题材、真实和情感——关于小说〈猴子〉的讨论及其他》发表于《处女地》第5期。云展认为:"关于题材,在'百花齐放'中,一切社会现实生活(包括工农兵生活、地主资本家的生活等)、民间故事、传说、神话,历史的、外国的社会生活,人物、故事等,都可以用来作为创作的素材。甚至于自然现象中的山川河流,花鸟虫鱼都可以用来作为艺术创作的题材。这样主张题材应当广泛,突破过去作品题材狭窄的框子,对于繁荣创作,是有积极意义的。"

同日,上官艾明的《生活·思想·艺术技巧》发表于《雨花》第5期。上官艾明写道:"艺术内容与艺术形式,是一个作家必须同时注意的。……一篇作品的生命,离开了生活的真实描写,离开了深刻的思想,单是企图在技巧上下功夫，充其量不过是一种文字游戏，而不是什么艺术品。'死亡'的根本缺点，正是作者单纯的追求艺术技巧，而忽视了深入生活深入斗争，忽视了对于复杂的生活现象进行正确的分析和提出自己的对于这一组生活现象的正确评价。在艺术构思过程中抓住艺术形式而丢弃艺术内容，这是一种本末倒置的办法。"

同日，秦牧的《读青年工人作者苏世光的三篇小说》发表于《作品》5月号。秦牧写道："文学作品是写人的，如果仅仅能写出故事的历程，而不能刻划人物的内心世界，不能'以情移人'，仍然不成其为文学作品。在这方面，作者显然也相当地注意到了。""在一些场合，作者甚至跳进了作品里抒写他自己的思想感情。"

3日 光天的《蒙古民族的古典文学》发表于《光明日报》。光天写道："19世纪中叶，尹湛拉希的作品：《青史》《一层楼》和《泣红亭》是在蒙古文学创作几乎干枯的清代出现的。《青史》是根据蒙古历史材料，用文学形式写成的历史小说。……《一层楼》是以19世纪末内蒙古封建贵族家庭'忠信府'的青年男女的恋爱悲剧为主题，深刻地反映了当时的社会面貌和人情风尚，控诉了封建制度的罪恶。《泣红亭》是其续篇。作者自称：这三部章回小说受《三国演义》和《红楼梦》的影响很大。""19世纪后半期，到20世纪开始，蒙古人民要求独立解放的起义层出不穷，在人民之中不断地产生出带有革命性的作品。蒙古文学出现了新的方向。""短篇小说家桑达格自己，就是一个很有风趣、爱说笑的人物，他所写的短篇小说，在蒙古人之中流传较广。他的著作有：《跌进铗子的黄羊》《羊羔》《被猎捕的野狼》《融化的春雪》《褪去了的颜色》《风吹的沙蒿》等篇。"

5日 鲁地的《关于〈三国演义〉的悲剧结局》发表于《光明日报》。鲁地写道："《三国演义》的悲剧结局是符合历史真实的。作为一部历史小说，它不能不在基本结构上受到历史事实的约束。然而，我们的作家既不是自然主义地摹临历史，因而在处理这样一个悲剧结局的时候，又不可能不加上自己的主观感受。正好比《水浒》的悲剧结局是符合历史真实的，但作家对那样一个悲剧结局所持的观点和态度，却不由得不从字里行间鲜明地流露出来一样。尽管是同样的结局，可是由于作家在描写这个结局时表达了不同的感受，也就会产生不同的或不完全相同的艺术效果。""《三国演义》的悲剧结局到底能引起一种什么样的艺术效果呢？我想最主要的就是使人发生一种感慨和惋惜的心情，使人们永远纪念着刘备、关羽、张飞、诸葛亮等等'出师未捷身先死'的'失败的英雄'。"

同日，端木蕻良的《"短"和"深"》发表于《文艺报》第5号。端木蕻良认为："短篇恐怕不该止于是一粒沙，而应该是个小世界，倘若小而称得起世界，那就必得深不可。""短篇把好多东西摆在后面。长篇的后面当然也还有好多东西，但它触及生活的广度要比短篇宽多了。但短篇也正由于它的短，也更应该注意到意味深长才是。过去说短篇必须隽永，隽是甘美，永是深长，也是说短篇必得有深度，才能引人入胜。总之，短篇应该有和长篇同样的深度，像孔乙己和阿Q同样给人不可磨灭的形象，不可能以长短定它们的深浅，就是一例。"

林斤澜的《闲话小说》发表于同期《文艺报》。林斤澜写道："有一种短篇，几个闪光的镜头，描绘了一个人的一生。一件一针见血的事情，刻划了一个典型。"

茅盾的《杂谈短篇小说》发表于同期《文艺报》。茅盾写道："我打算谈三个问题。第一，短篇小说的篇幅有没有定规？换言之，超过了多少字就不算短篇？这就难以取得一致的意见了。……从篇幅的长短，即字数的多少，亦即作品的外形，来确定它是短篇小说或是其他，毕竟有困难。""第二，就发生了短篇小说的性质的问题。也就是，短篇小说的写法其所以异于长篇或中篇者何在？""短篇小说取材于生活的片段，而这一片段不但提出了一个普遍性的问题，并且使读者由此一片段联想到其他的生活问题，引起了反复的深思。""所谓生活的片段，并不能死板板地解释为时间空间应有一定的限制。从大师们的作品看来，时间可以是一个上午的一个小时，也可以长得多，空间可以在一个屋子里，也可以广阔得多。也不能死扣一个'短'字，就以为不需要细节的描写了，要看情况，应当一笔带过时就一笔带过，应当大力来详细描写时就应该写得淋漓尽致。""所谓生活的片段，是你在所熟悉而且理解得透澈的生活海洋里，拣取这么很有意义的一片段。""第三个问题我想谈一谈的，就是短篇小说何以到十九世纪后半这才盛行起来？"短篇小说"这种文学体裁，自古有之，各国的民间故事，就有许多是这样'写'的。我国的唐、宋传奇，算不算短篇小说，姑不下结论，可是《战国策》里就有不少篇是富于短篇小说的形式和实质的……《聊斋志异》中可以算是短篇小说的，那更多了——倒并不是因为它们很短。""这样看来，短篇小说之所以盛行于较后的年代，其原因还在于文学体裁的自身的发展。短篇小说，应当说是源远流长的。"

姚虹的《从写人的技巧看王汶石的短篇》发表于同期《文艺报》。姚虹认为："向古典作家学习人道主义精神和现实主义的创作方法，学习表现人物的卓越技巧，这样地嚷了好些年，有些人的作品却仍然象是技术教科书、工作总结和思想检查报告。没有认真地向古人学习，应当说是重要原因之一。从这个角度来看，王汶石同志在1956年写成的特写《风雪之夜》，短篇小说《少年突击手》《卖菜者》《土屋里的生活》和《春节前后》，是值得我们注意和关切的。在这些短篇里，出现了渭河平原美丽如画的风景，出现了农业合作化运动热火朝天的生活；更重要的，是出现了许多活生生的个性。……作者的这种才能，据我看来，在很大程度上，是学习和继承我国古典作家写作经验的结果。""技巧来源于生活，又以充分地表现生活为其任务；这也正是古代作家艺术经验的结晶。离开生活的真实，随意摭拾某些手法，任意点染，那终究是要碰钉子的。"

姚虹注意到："我国古代作家也经常运用细致的心理描写的手段，打开人物的心屏，让读者观察；但更多的是直接通过人物的行动和动作的描绘，让读者去揣摩，去体会。这样，读时不感到冗长乏味，读后又能余味盎然。在现代作家中，赵树理同志是最能掌握这个窍门的，因此，他的小说很多阶层的人都爱看。""王汶石同志表现人物，能使人看出他接受了这个民族文学的艺术传统。像短篇小说《春节前后》（《延河》1957年1月号），对人物的刻划就有很好的成就。""王汶石同志既然喜欢运用从动作中看出心理活动的写人的方法，在他的作品中，就可以使人感到在很多地方，承袭了'白描'这一传统技巧。"

另外，姚虹还注意到："用白描的技法写人物，可以不必象又臭又长的缠脚布那样铺张辞藻，不但简练，而且传神。同时，白描的手法，往往会带来'含蓄'的效果，寥寥几笔，余味无穷。靠白描的方法写人，不能粉饰雕琢，当然要写人物的主要之点，譬如说，不必画头发的总数有多少根，却要画出眼睛的流动顾盼。然而这决不是说，必须排除生活的细节描写。正是通过生活的最突出的（以及一系列有联系的）细节描写，人物的主要之点才会显现在读者眼前。……

短篇小说也是要描绘人生的，虽然它的画幅比较小，它主要是摄取生活的一瞬间的镜头来表现它所要表现的东西；但就是这样，它也不能避开生活大海上山立的浪头。而且它所摄取的一瞬间，往往是最紧张的一瞬间，以此来打动人心，以此来和长篇巨制争胜。把短篇小说和静物写生等同起来的看法是不适当的，这会缩小短篇小说反映生活时自由驰骋的天地，减轻作者的责任。"

姚虹认为："写人物的冲突，当然不是说就要写两个人或者两组人真刀真枪地干仗，而是要写出富于特征性的、具有巨大思想意义的人物性格的冲突。这种冲突可以通过外在的形式表现出来，也能够从人物的内心斗争得到揭露。""很多人在研究：为什么古代的大师们所写的人物，那样地震撼人心呢？因为大师们写出了人物的不平凡的、或者平凡的但却具有不平凡的意义的命运。对了，写人的命运，这是主要的一点。作家写出了人物的命运，他就同时写出了人物所生存的时代、社会，如果人物、人物的命运是典型的，同时，这样的人物，也就会获得永生。"

俞林的《关于短篇小说的特点》发表于同期《文艺报》。俞林认为："有人说短篇小说是生活的横断面，和长篇小说或中篇小说不同，它不必描写人物性格的形成过程，也不必有周密的情节和完整的故事。这意见对不对呢？我认为也对，也不对。说它对，是因为确实有很多这样的短篇小说。""但是它又不对，不完全对，因为并不是所有的短篇小说都具有这样的特点。事实上，有的短篇小说并不是生活的一个横断面，而是一个连续发展的故事，有头有尾，人物性格也有着发展。有时简直是一个人物的传记。这样的小说往往提出矛盾，然后再把矛盾解决。"

俞林认为："短篇小说的结构和风格虽然是多式多样的，但是，它毕竟有着共同的特点。我想首先指出形式上的一个特点，这个特点就是短。因为短，它就要求用精炼的语言和精炼的手法，去表现单纯的主题。说短，当然是和长篇小说或中篇小说比较而言；虽然有的短篇小说长一些，但是和长篇小说、中篇小说比较起来，究竟是短的，不承认短篇小说短是没有理由的，只有承认了这个特点，才能了解'精炼'对短篇小说的重要意义。说短篇小说'精炼'并不意味着长篇小说就不精炼，或是废话连篇的。""像上面提到的，有些短篇小说只描写生活的一个横断面,这就非常符合精炼的要求。那些有故事,有人物性格发展的短篇小说虽然不只写出生活的一个横断面,但是它仍然比长篇小说精炼得多,不像长篇小说铺得那样开,而只抓住人物发展过程中不同时期的某些细节,把主题深刻地表现出来。""短篇小说的主题也是单纯的,当然这也是比较而言。长篇小说总带有史诗的性质。它是一个时代的多方面的概括。"

宗璞的《朋友的话——记外国专家座谈当代中国作品》发表于同期《文艺报》。宗璞写道:"精通中国语言的《新儿女英雄传》《春蚕集》等小说的译者美国朋友沙博理说:'中国古典文学的一个传统特色就是精炼,可是现在的作品却这样啰嗦,我真奇怪这是从哪儿来的?'""当代的文学创作应该继承,发扬古典文学的优秀传统,应该向古典文学学习。"

同日,钱谷融的《论文学是人学》发表于《文艺月报》5月号。钱谷融写道:"文艺的对象,文学的题材,应该是人,应该是时时在行动中的人,应该是处在各种各样复杂的社会关系中的人,这已经成了常识,无须再加说明了。但一般人往往把描写人仅仅看做是文学的一种手段,一种工具……这就是说,艺术家的目的,艺术家的任务,是在反映'整体现实',他之所以要描写人,不过是为了达到他要反映'整体现实'的目的,完成他要反映'整体现实'的任务罢了。这样,人在作品中,就只居于从属的地位,作家对人本身并无兴趣,他的笔下在描画着人,但心目中所想的,所注意的,却是所谓'整体现实',那么这个人又怎么能成为活生生的、有血有肉的、有着自己的真正的个性的人呢?而且,所谓'整体现实',这又是何等空洞,何等抽象的一个概念!假使一个作家给自己规定的任务是'反映整体的现实',假使他是从这样一个抽象空洞的原则出发来进行创作的,那么,为了使他的人物能够适合这一原则,能够充分体现这一原则,他就只能使他的人物成为他心目中的现实现象的图解,他就只能抽去这个人物的思想感情,抽去这个人物的灵魂,把他写成一个十足的傀儡了。"

钱谷融认为:"一切艺术,当然也包括文学在内,它的最最基本的推动力,就是改善人生、把人类生活提高到至善至美的境界的那种热切的向往和崇高的理想。伟大的诗人,都是本着这样的理想来从事写作的。要改善人的生活,必须先改善人自己,必须清除人身上的弱点和邪恶,培养和提高人的坚毅、勇敢的战斗精神。""作者就用他的这种热烈分明的爱憎，给了他的人物以生命；又通过他的人物来感染读者，影响读者。使得读者和他一起来爱那些好人，恨那些坏人。并进而鼓舞读者积极地在现实生活中帮助好人去和邪恶战斗，去扑灭邪恶，肃清邪恶。"

钱谷融讲道："人是不能脱离的一定的时代、社会和一定的社会阶级关系而存在的；离开了这些，就没有所谓'人'，没有人的性格。我们从每一个具体的人身上，都可以看到时代、社会和阶级的烙印。这些烙印，是谁也无法给他除去的。……人和人的生活，本来是无法加以割裂的，但是，这中间有主从之分。人是生活主人，是社会现实的主人，抓住了人，也就抓住了生活，抓住了社会现实。……所以，文学要达到教育人、改善人的目的，固然必须从人出发，必须以人为注意的中心；就是要达到反映生活、揭示现实本质的目的，也还必须从人出发，必须以人为注意的中心。说文学的目的任务是在于揭示生活本质，在于反映生活发展的规律，这种说法，恰恰是抽掉了文学的核心，取消了文学与其他社会科学的区别，因而也就必然要扼杀文学的生命。"

同日，吴戈的《从"太虚幻境"看曹雪芹的创作思想——〈红楼梦〉札记》发表于《延河》5月号。吴戈写道："从'太虚幻境'中，我们可以看出曹雪芹的思想性格中的矛盾状态：一方面，他真挚、深切地同情着被压迫的女子，替她们创造了一片神话中宫殿似的'清净女儿之境'。……另方面，他又只能用宿命的观点来解释她们的遭遇和苦难，仅能用无可奈何的情调为她们作哀歌。""这些，不仅由于作者的现实主义的创作方法战胜了思想意识中落后因素造成的；更重要的是他从敏锐的生活感受中，看出了社会不平和人生缺陷，从而形成一种和现实及其传统观念相抗衡的叛逆精神。"

8日 王蒙的《关于〈组织部新来的青年人〉》发表于《人民日报》。王蒙写道："作者过分地相信自己的艺术感觉，他以为，靠这种艺术感觉，忠实地、大胆地再现生活当中的形形色色的人物和矛盾，就是为读者作了最好的事情。"

周立波的《读〈六十年的变迁〉》发表于同期《人民日报》。周立波认为，在"文体方面，《六十年的变迁》比较地接近我国古典小说的传统。《亡命走钦州》一章，容易使人想起《官场现形记》"。

同日，刘绍棠的《我对当前文艺问题的一些浅见》发表于《文艺学习》第5期。刘绍棠写道："必须研究、学习和继承现实主义传统，研究、学习和继承古典作家的艺术技巧。""继承现实主义传统，就必须清除教条主义宗派主义的理论和影响。""继承现实主义的传统，就必须真正地忠实于生活真实。"此外，刘绍棠提出："学习古典艺术大师的艺术技巧，锤炼个人的艺术技巧，就必须考究语言的精炼、生动和音响；就必须注意反映生活的色彩和风貌；就必须注意巧妙地安排故事情节和精选最富有形象性的细节；就必须注意引人入胜的布局。总而言之，也就是必须具有'语不惊人死不休'的那种追求艺术技巧的刻苦精神。"

12日 碧野的《略谈短篇小说的"长""短"》发表于《文艺报》第6号。碧野认为："短篇小说应该是从生活中吸取到的有意义的片段，来给予精炼的刻划，应该是着重最突出的一点，而不应该过于要求全面。""不要用任何形式来束缚短篇小说，而短篇小说的长短，主要应该决定于内容。"

冰心的《试谈短篇小说》发表于同期《文艺报》。冰心认为："短篇小说，就它的命名来说，既然是'短篇'，当然就不长，既然称'小说'，就应该有故事。""我觉得短篇小说应该是在比较短小的篇幅中，用最经济的手法，极其精炼地写出故事中最精采最突出最生动的一个场面，如同慧星在长空中划过，我们所看到的最灿烂活跃的一段。""一篇好的短篇小说，最能显出作者对于生活的熟悉，对于事物的敏感，对于材料的剪裁。""短篇小说写起来不一定比长篇容易，因为主题的选择，情节的剪裁，文字的推敲，要用去许多工夫。"

陈伯吹的《我这样地看短篇小说》发表于同期《文艺报》。陈伯吹认为："我说短篇小说是像一把锋利无比的匕首。它被锻炼为纯钢的，密度和硬度都达到了最高点，虽然短小，却是精悍，在一定的或特定的对象上使用起来，效果（当然是教育的效果）决不比大关刀差点儿。然而短篇小说决不是单纯地写得尽量短一些就算数。""我说短篇小说也像是个精雕细琢的塑像。尽管短篇小说是以最大容量的生活素材，通过最高标尺的剪裁提炼而压缩表达出来：一个正面或者一个侧面，一个横断面或者一个纵剖面；尽管在手法上有的是开门见山，有的是单刀直入，有的是迂回曲折耐人寻味，有的是画龙点睛最后分晓，总是完满地表达出一个中心思想,它有鲜明的人物形象,有相当曲折的故事情节。我国有句谚语:'麻雀虽小,五脏俱全。'对于短篇小说来说,可以说是个恰当的譬喻。短篇小说不论它短到什么程度,它是一定有人物的,不论这个人物的造像是个全身人像也好,半身胸像也好,甚至于侧面的头像也好,都能够从全身或仅从脸部的外形充分地表现出人物内在的精神世界来,表现出性格的力量来,让读者看到了,并且理解了这个人是处在一个什么样的时代,一个什么样的社会,从而产生强烈的爱和憎,拥护和反对,永远紧扣着、震撼着人的心弦。"

陈伯吹又说道:"我再说短篇小说又像是个枣果,只是它没有那开始的一段苦涩的味道。读完每一篇好的短篇小说以后,老是感觉到像吃枣果一样的有余不尽的回味。这个余味来自作品所留下的思想的余地,叫人去想这,想那。"

萧乾的《礼赞短短篇》发表于同期《文艺报》。萧乾写道:"过去一年间,文学上许多固有的体裁在我们的报刊上复活了,但是有一种文章似乎是个比较新的品种,我指的是一些画面小而结构完整的文章,象菡子的《小牛秧子》,何为的《第二次考试》和哲中的《一棵梧桐树》(都见《人民日报》第八版。)这是在去年我们创作界的收获中,很值得注意的。我不赞成把这种文章笼统地归入散文小品里去,它们在结构轮廓上,比散文完整,在艺术表现上,要高出'生活小故事'。它们有人物,有情节,是五脏俱全的小麻雀。就题材论,它们也可以塑成丈八金身,但是它们的作者好象很谦逊,也很吝惜笔墨,他们把每个字都摸索来摸索去,才写成那样精致的作品。放在货架子上,的确小得可怜,然而在精明的主妇眼里,它们才是物美价廉的货色。为了提倡这个新品种,让我们姑且叫它们作'短短篇'吧,因为它们实在是短篇小说的雏形。""这种短短篇的语言得格外洗练,在结构上,也非单刀直入,出奇制胜不可。它需要一个磁石般的焦点,自始至终不容读者松口气,更不允许他左顾右盼。"

19日 刘白羽的《文学的幻想与现实——摘自四月八日的日记》发表于《文艺报》第7号。刘白羽写道:"现在开头时讲到文学的幻想,当然,我并非提倡人们作空头的幻想家,不,我指的是真正伟大的远见。有丰富的幻想力的人,他从现实生活得到号召,得到启示,他总会想着这号召,这启示将在自己身上发生什么作用,变成什么行动,于是进行各种从生活到艺术的追求与探索。我们绝对地赞成创作上的广阔的道路,广泛的题材,多种多样的风格,多种多样的试探。"

20日 李希凡的《从生活的真实出发——读高延昌的四个短篇》发表于《北京文艺》5月号。李希凡认为:"用小说的体裁来反映生活,在高延昌还仅仅是一个开始。但是,从这四个短篇里,可以看出,作者很善于巧妙地运用自己的艺术表现能力。这些短篇在故事线索上都是比较单纯的。故事线索赖以发展的人物,又都是矛盾的双方。在这样的概括的形式里,作者集中地采用了性格鲜明对照的手法……性格的对照,是以所反映的生活内容的真实为基础,不是为了对照而对照,但是,在性格对立的情势中,人物性格的特点是易于突出的,只可惜作者对于自己的人物,还缺乏丰富的个性的描绘。""作者在艺术表现方法上的另一个特点,就是采取第一人称或作者本人作为事件的介绍者在作品中出现。这虽然是一般初学写作者通常采用的形式,但能够充分运用这种形式的优点,也不是一件简单事,因为它是以个人的叙述为主,如果在叙述中不能适当地运用形象的描写,就很容易弄得枯燥、呆板、缺乏艺术感染力。"

26日 蔡田的《现实主义,还是公式主义?》发表于《文艺报》第8号。蔡田写道:"我们要求创造新人物,并不是认为必须按照抽象的公式来制造脱离现实生活的超凡的人物,同时,我们要求创造新人物,也不是把这当作唯一的题材,作家要创造新人物,并且要在新旧的冲突中来表现新人物。"

征农的《也谈"百花齐放、百家争鸣"》发表于同期《文艺报》。征农写道:"社会主义社会是光明的,但也不会没有阴暗的一面,现在官僚主义很多,这就是社会主义的阴暗面。只准歌颂,不准揭露,是不对的……应该歌颂的就要歌颂,应该揭露的就要揭露,不懂得要歌颂什么,也就不会懂得要揭露什么。"

六月

1日 桑泉的《试谈我们目前创作上存在的问题》发表于《火花》6月号。桑泉写道:"人的性格、心理、行为的动机,都潜在着一定的社会原因的,自然主义的文学因为过分强调了人的生物性质和遗传性,削弱和抹杀了作品中人物性格的社会原因,因而受着我们的谴责和反对。""至于人物的心理、性格的特质,作品中的环境和气氛,我们的许多作品中都是不大估计到的。自然风景的描写是有的,但写好的却很少很少。"

同日,和穆熙的《如何正确地表现人民内部矛盾》发表于《漓江》第6本。和穆熙认为:"揭露人民内部的阴暗面并不在于该不该揭露,也不在于在揭露时一定要拉出一个正面人物;一定要正面人物获得胜利。问题的关键仍然在于作者的立场。""写人民内部的矛盾有很多是需要彻底揭露矛盾的一方的阴暗面的。揭露得愈彻底,读者对它们的认识才能愈深刻。"

2日 蔡田的《现实主义,还是公式主义?(续完)》发表于《文艺报》第9号。蔡田认为:"反对要求写'理想人物'的公式主义,也反对给正面人物规定出优秀品质加缺点的各种比例,或者优秀品质加'苦恼'等等的公式主义。""作为一个社会主义现实主义的作家,决不能是没有理想的,他必须是有远大美好的理想的人。我们所说的理想,就是无产阶级世界观照耀之下的社会主义现实主义的美的理想。这就是说,作家不是盲目地摹写现实,看不见现实的发展规律和方向,对现实作客观主义的或自然主义的描写;但也并不是说,要作家对现实作人为的粉饰或'美化',主观地规定出不能写这样,必须写那样的规格,照这来制造'理想'的人。"

8日 贺葵的《关于"典型环境下的典型性格"——和以群同志商榷》发表于《文艺学习》第6期。贺葵认为:"'典型环境'的涵义是极其广阔的。而典型的情节却是指具体作品中的具体事件。典型环境是环绕人物的各种关系和条件,它促成人物的活动,影响甚至决定人物性格的形成;典型的人物赖这种环境而生存、而活动、而表现出一定的性格特征,同时人物也给环境以有力的影响。现实主义作家在按自己的世界观观察历史的进程,观察社会生活时,明确地看到这两方面的辩证关系,并用鲜明的感性的形象和经过提炼的情节把这种认识表现在作品当中。这样才真正做到了'真实地再现典型环境下的典型性格'。"

9日 常静文的《工人对文艺的渴望——从几个图书馆看群众阅读文艺作品的情况和他们对作品的意见》发表于《文艺报》第10号。常静文写道:"据国棉二厂李家凯同志说:工人们对中国古典作品是普遍感觉兴趣的,因为情节曲折，引人入胜，即使已经看过一遍，再看也不厌烦。但是，对中国现代作品，看一遍就算了，很少再能引起他们看第二遍的兴趣。"常静文注意到："很多工人读者反映，最近的一些文艺作品，写历史题材的比较多，《死水微澜》《暴风雨前》《小城春秋》《六十年的变迁》，以至将要出版的《红旗谱》都是。当然我们不能割断革命的历史，但也不能把现实的东西放手不管。韩亿萍说，像朝鲜战争那样伟大的斗争，除通讯、特写外就仅有一本《三千里江山》，在文学作品中再找不到更深刻细致的反映了。就是《在桥梁工地上》这样时代气息较浓的作品也很少出现了。范以本也说：'抓旧的固然重要，但也不能忽视写新的！'"

木呆的《通俗文艺作家的呼声》发表于同期《文艺报》。木呆说："最近，通俗文艺出版社邀请通俗文艺作家举行座谈会，到会的有陈慎言、张友鸾、张恨水、李红（即还珠楼主——编者注）、王亚平、苗培时、金受申、金寄水等二十人。"木呆写道："座谈会上，大家谈起通俗文艺和通俗文艺作家在社会上受人轻视，在文学领域内，没有一席之地，一提起章回小说、单弦、鼓词，就好像是未入流的作品，搞这一行的作家，似乎低人一格。"木呆注意到："张友鸾老先生激动地说：章回小说为人民所喜爱，但章回小说家却不被重视，往往被看作旧文人。现代文学史上就没有提到过章回小说。《啼笑因缘》印得那么多，作者张恨水到底好不好？在文学史上只字不提，这不是虚无主义？不是取消主义？"木呆总结道："大家指出，近年来文艺批评界对通俗文艺是采取一概抹杀的态度，对一些作品则是一棍子打死的。"

唐挚的《烦琐公式可以指导创作吗？——与周扬同志商榷几个关于创造英雄人物的论点》发表于同期《文艺报》。唐挚写道："对于作家来说，如果他要创造一个真实的、典型的英雄形象，他就应该根据自己的深刻感受，根据自己对于某些性格和生活所熟悉的程度，以及自己所想表现的艺术任务来选择和概括这种或那种英雄性格，通过这种或那种独特的性格以达到典型的概括。""离开生活真实的基础，只是主观地、人为地给人物加上许多'神光''高底靴'，这就意味着从根本上破坏了艺术的真实，失去读者对于艺术形象的真实性的信任。"

杨朔的《写在〈六十年的变迁〉后》发表于同期《文艺报》。杨朔写道："《六十年的变迁》的好处，就在于有人情味，又有丰富的历史事实，看了，教人对生活和未来都有信心。""这不是一部自传小说。小说里的主人公季交恕自然有作者的影子，却又揉合进去一些别的材料，捏成这个人物。作者李六如同志的一生就不是平静的。有欢乐，有苦恼；有成功，也有失败。从大风大浪里走出来的人，最懂得风浪。他把自己的生活经历，自己尝过的人生滋味，自己的眼泪，自己的喜笑，都渗透到小说里，小说的许多章节便刻画出生动的人情世态。""这也不是一部历史小说。不错，小说里有历史上的真实人物，也有历史上的真实事件，但也不乏虚构的人物和情节。作者只是想通过一个叫季交恕的主要人物做线索，用几十年的中国历史作背景，展开一幅中国近代社会生活的侧面。""我以为，恰恰是这种深厚的人情味和历史味，构成这部小说主要的特色。"

虞棘的《教条主义的文艺批评束缚了部队的文艺创作》发表于同期《文艺报》。虞棘写道："我坚决拥护写英雄人物，写优良品质，但是，我也坚决反对用条条框框来约制文艺创作。'本质论'对英雄人物的理解，存在着绝对化的、脱离实际的教条主义观点，按照这种论点来指导创作和进行创作，其结果就是导致'无冲突论'，助长文艺创作的公式化、概念化。其危害性就在这里。"

郑文光的《夜话新疆文学》发表于同期《文艺报》。郑文光写道："过去二十多年来，一直坚持写作小说，并且以作品中的鲜明的人物形象和富于感染力的语言博得广大读者喜爱的祖农·哈迪尔，是现代新疆民族文学的最有成就的作家。他的描写旧社会农民悲惨生活的小说《筋疲力尽的时候》、描写在农业合作化以后集体劳动怎样改变了人的品质和精神状态的《锻炼》和反映三区革命的小说《慈爱的护士》都已译成汉文了。"郑文光认为："小说和剧本在民族文学中的出现，意味着民族文学形式更其丰富多样，而富有文学传统的新疆各民族，今后会愈来愈纯熟地驾驭各种文学形式，给语言艺术的宝库添进更多珍贵的珠玉的。"

12日 高风的《论陈登科的创作》发表于《解放军文艺》6月号。高风认为，陈登科"作品朴素的风格，形式的大众化，也是相当引人喜爱的。在作品中，我们看不见有任何浮夸和过分渲染的地方，一切都以生活本来的朴素面貌出现。

作品的故事充满了行动性，作者善于把人物安排在激烈的斗争中加以表现，从人物自己的行动中来刻划人物的性格，这就加强了人物的主动性，使读者不是从叙述中，而是从人物自己的行动中具体的认识了他们，对于人物精神面貌与思想活动，也不是孤立静止的描写，而同样是从活动着、变化着的事情中表现出来。在这些方面，我们感到作者显然是受到中国古典小说传统表现手法的影响，是学习了这种手法的结果"。"作者又是熟悉群众的语言的，在语言的运用方面，除个别提炼不够的微疵外，一般都具有朴素生动的特点。"

高风认为，"《黑姑娘》保持了作者明朗、朴素的艺术风格，富有生活气息。在这篇作品中，作者热情的歌颂了那些为祖国建设事业而忘我劳动的人们"。"在这篇小说中，我们感到作者在对人物性格的刻划方法是有不小的进步的……作者抓住了一些富有特征性的情节，刻划了她……的性格特点。"高风注意到，小说《离乡》"是一篇在风格上与以前有显著不同的作品。从作品中可以看出，作者是在试探着突破一些什么，想开拓一片新的创作天地。作者自己曾经表示，这篇作品从情感上和笔调上都是抱着尝试的目的写的。他试图在这篇作品中克服过去作品中刻划人物内心活动不够的缺点，尝试着用另一种方法加强对人物内心活动的刻划"。"但是，他使人觉得，作者并没有很好的抓住人物在特定时间、环境内的思想感情的状态，没有有选择的抓住一些最具有特征性的环节，而是平铺直叙的排列了一些关于人物内心活动的描写，而且有时还给人以硬塞进去的感觉。"

同日，蔡仪的《再论现实主义问题》发表于《文学研究》第2期。蔡仪写道："所谓艺术反映现实，主要是指艺术的最后根源是现实，却不能认为各种流派的艺术都是以现实为对象的描写，各种流派的艺术创作方法也都是规定对现实描写的原则。"虽然"各种流派的艺术创作方法，并不都是描写现实的原则，其中显然就有的是否定描写现实的原则"，"但是依然不能不说它是现实的反映，它有现实的根源"。"考察艺术对现实的关系，决不能只是一般地承认艺术反映现实这点，而忽视各种流派的艺术的反映现实的特点；考察艺术创作方法，决不能笼统地认为创作方法是描写现实的原则，而忽视各种流派的创作方法所规定的艺术反映现实的特点。"

蔡仪认为："现实主义是一种文艺思想，它的基本原则表现为创作原则时，就是现实主义的创作方法。作为创作方法的现实主义，有客观的艺术法则的根源，但不就是客观法则而和主观思想无关。如果认为它就是客观法则，必然要认为现实主义创作无关于作者的文艺思想，而掌握现实主义创作方法也无须改造他的非现实主义的文艺思想，这就不免要造成文艺研究上的混乱，并带来文艺创作上的损害的。""文艺思想决不仅仅是对于文艺本身的看法，同时也是对于现实生活的看法的一种表现。没有什么人生观不可能影响到文艺思想上去，也没有什么文艺思想不是有它的人生观、世界观的根源，只是或直接或间接、或显著或隐蔽的表现形式往往不同而已。""创作方法、文艺思想和世界观显然是有一致的关系的。自然这不是说创作方法和世界观是同一的，决不是的，创作方法和世界观不是同一的，却也不能否认一种创作方法和相应的世界观是有一致性的。""现实主义作品中所描写的现实生活的意义和作者的主观思想，我们也认为可能是不一致的。因为作者可能观察到某些现实现象的本质特征而在作品中描写了它，却未必真正理解了它，未必完全理解了它。……然而决不能因此就论证创作方法和世界观也可能是矛盾的。"

蔡仪写道："我们认为作者的能够真实地描写现实，就是表现了他对于现实的真实的感受、认识或理解，而描写现实真实的作品，也一定表现作者的思想、感情、理想或美的理想。文艺如果不能表现作者的思想、感情、理想或美的理想，就不可能有文艺，这是一定的。""艺术的真实地描写现实，并不是排斥文艺的表现作者的思想、感情、理想，也并不是轻视文艺表现作者的思想、感情、理想的重要性；完全不是的，只是排斥文艺的不按照文艺的特性来表现作者的思想、感情、理想，排斥文艺所表现的作者的思想、感情、理想是脱离现实而不符合于现实的；而要求文艺表现作者的思想、感情、理想要是根源于现实而和现实一致的，要求文艺按照自己的特性表现作者的思想、感情、理想。"

13日 以群的《谈文艺的政治性和艺术性》发表于《文汇报》。以群写道："正确地解决政治和艺术的关系问题，一方面要反对文艺脱离政治，另一方面又要克服文艺生硬地'结合'政治。这不仅仅是关系于作家的政治思想的问题，而且还是关系于文艺的方向、道路以及提高创作水平和艺术质量的文艺上的根本问题。这问题值得每一个文艺工作者根据毛主席所指出的原则,在实践中作创造性的探索和解决。"

16日 田其的《略谈〈西游补〉》发表于《光明日报》。田其写道:"董说的《西游补》十六回,是一部富有神奇离异色彩的中篇小说。""整个作品,笼罩在佛教的空幻思想的外壳中。""作品出现的人物不算少,但个性鲜明的却不多。我以为孙悟空算比较写得成功,富有智慧、勇敢,也有一定的乐观精神。""作品的语言比较生动、流畅和富于情趣,也具有一些讽刺文学的特色。……同时作者还能在作品中吸收一些民间口头创作,使作品更加活泼。可是作品在组织结构上是不够谨严的,笔之所至,随意加添一些与主题毫无关联的情节。"

同日,徐光耀的《海阔凭鱼跃——向部队文艺工作的领导献上我的几点浅见》发表于《文艺报》第11号。徐光耀写道:"社会主义现实主义要求大胆的肯定和支持新生的先进的事物,要鼓舞和帮助那些虽不普遍存在但却有远大前途处于萌芽状态的东西,总之,应该歌颂新事物,促进它的生长。这是对的,而且是我们搞创作的人应关心和注意的主要方面。然而,把这一条孤立起来并加以无限夸张,只准'新事物''新英雄人物''理想人物''一片光明'存在,不许触及落后的、阴暗的、不健康的东西,而且拿前者来排斥后者,取消揭露它的需要,甚至连写英雄也只能写完美无疵,一尘不染的英雄,英雄不许哭,不许叹气,不许想家,不许恋爱,行军一百二十里不许道声疲劳,那么,不但文艺要没有了,便连英雄也要没有了。""歌颂新事物是有价值的,光荣的,应该大力提倡。但,写揭露性的东西却不应被认为是理短的,可耻的;同样应该承认它是有价值的,光荣的。"

20日 杜黎均的《论新人形象的创造》发表于《北京文艺》6月号。杜黎均写道:"新人之所以称为新人就是因为'新'。'新'在哪里?我觉得主要的是:新的心灵、美好的心灵!我们的某些作者往往忽视了这一点,经常把新人物写成只是拍肩膀训群众而无任何实际行动的人,或者写成虽有实际行动而不过是闪现在工作过程中的影子的人。"

杜黎均认为:"作家描写新人,必须进行对人物的美好心灵的探索。杜鹏程的小说《记一个年青的朋友》……在美好心灵的探索上显现了清新明朗的色彩。

作者细致地观察发掘着人物的美好的心灵。"未央的小说《春迟》"在短篇体裁上的探索是成功的","作者选取了鲜明的艺术细节,来衬托人物美好心灵的描绘"。"人物的优美的品格并不是作者附加到小说中的,品格的形成和丰满起来,是和人物所走过的具体的道路密切不可分的。"吴晨笳的小说《拓荒者》"仍然保持着作者一贯的创作特色:朴素地写人物……同时,作者也没有像某些公式化概念化作品那样,把新人物写成只会对困难机械地表示态度而无思想无行动的人。作者把主人公放在平常人容易灰心的意外困难之中,极力描绘出人物战胜困难时所流露的真实的心情"。

杜黎均写道:"任何人都不是在真空中存在和成长的。在具体的性格发展的道路上,每个人都会具有自己的特殊的风貌。新人也正是这样。他们在生活、战斗、学习、休息……,他们在欢笑、愤怒、忧虑、悲哀……。新人不是神,也不是木偶。用一个模子,像做中秋月饼那样把新人烙制出来,必然会断送作品的艺术生命。"作者认为:"努力表现性格的复杂性,在新人形象的创造上是极为重要的。"王若望的小说《掩不住的光芒》"对新人性格复杂性的刻划是比较成功的"。"作者没有回避描写新人身上的缺点和错误。根据人物自己性格的历史,合情合理地描绘出人物的性格的复杂性、性格的真实。"

杜黎均还认为:"新人物的喜剧性问题,新人物是否可以写得可笑的问题,以及是否可以描写新人物的缺点问题,归根结蒂,是如何表现人物性格的复杂性、如何表现人物的性格的真实的问题。还是让人物按照着自己性格真实发展的规律,怀着'活的人'的活的思想感情去走路吧。"

萧殷的《为什么不能发掘得更深些?——与苏玉林同志讨论小说〈杨春林〉的一封信》发表于同期《北京文艺》。萧殷认为:"因为在小说里面的所谓生活意义或社会内容,并不是作者描绘了一些社会现象就能获得的;更重要的,要看作者如何通过性格与环境的关系的描写来解释这些社会现象。换句话说,那就是:只有当你概括了生活中具有特征的现象,塑造出真实的具有个性的性格,这性格才可能饱含着较深厚的社会内容;只有当你从人物所赖以活动的社会环境中发掘出性格形成与发展的基础(如果这环境又具有特征的),那末,这样的性格才会带出较深刻的社会内容。""小说中的思想内容或社会意义,不是在人物事件之外附加上去的，而应当是深刻地体现在血肉生活——人物、事件——的里面。愈能深刻地反映生活，生活本身所包藏的意义就能愈充分地体现出来。而所谓'深刻'，并不是指旁的什么，主要是指人物性格。现实生活中具有特征的典型现象被作者概括得越充分越深刻，和越个性化，人物性格就越真实，由它所带出来的社会意义或生活意义就越高。""其次，在小说里，主人公的性格，在通常的情况下，总是要发展的。"

23日 陈瘦竹的《文艺放谈》发表于《文艺报》第12号。陈瘦竹写道："人的生活是很复杂的，其中有时代的特征也有历史的联系；在人的性格中、有特定阶级的烙印也有人类本性的因素。作为人及其生活的形象反映的文艺，不仅应该表现人的生产斗争和阶级斗争，而且也应描写其它方面的生活，以满足人民的审美要求。"

敏泽的《从几篇作品谈艺术的真实性问题》发表于同期《文艺报》。敏泽写道："《雨花》9月号上发表了一篇黄清江同志的小说《死亡》……有它的长处和特点，作者的艺术才能在对于胡老相的凝练、扼要的描写中，显出了锋芒。""但是，这作品也有严重的不足和弱点。它不仅表现在作者对于胡老相的描写上，没有在某些方面加以更有意识的强调和烘托，使作品达到更高的水平；更主要的，是作者对于另一主要人物胡文素的描写缺乏一种爱憎鲜明的态度。""感性是形象思维自始至终所具备的特点之一，没有感性就不可能创造出具体的、优美的、感性的艺术形象来。在过去，我们常常是过于不信赖自己的感性，只是凭着几条抽象的概念的框框去套生活，合则留，不合则去。""现在，我们抛开了那种框框，睁眼去看世界，重视自己实际的感受，这是一种进步，但是，重视感性，决不能也不应该排斥理性。否则就是一种倒退。"

敏泽写道："和排斥理性相类似的又一种主张是，排斥艺术概括，认为生活是怎样的，就怎样摹写，这其实是放弃作家的责任，把艺术家的任务看作仿佛只是捡贝壳似地集纳一些生活现象。生活是怎样的，就怎样写，这本来是前几年苏联文艺界反对无冲突论对于生活的粉饰而提出的，要求文学面向生活和干预生活，对生活作真正的现实主义的反映。但是，这说法在我们某些人中间被曲解了。把它理解为对生活的无选择的自然主义的描写，生活是怎样，就不加改造，不经提炼、不加选择地加以反映。这看起来好像是抵抗了粉饰生活、并把艺术引上绝路的无冲突论，但事实上，照像式地摹写生活同样会以另一种方式，以繁琐地描写掩盖起生活中真正巨大的冲突，并把艺术引上另一条绝路。"

谢云的《〈海的故事〉》发表于同期《文艺报》。谢云写道："作品通过这两个故事巧妙的对比，有力地谴责、控诉了旧社会，热情地歌颂了新的时代，新的社会，以及在这个新时代里成长起来，由这个社会培育起来的新的人，新的精神风貌。"

30日 常静文的《向文艺家们呼吁——群众文化工作者的意见》发表于《文艺报》第13号。常静文写道："群众喜欢短小精悍故事性强的东西，目前非常少见。"

杜烽的《清规戒律从何来》发表于同期《文艺报》。杜烽认为："生活是异常复杂的，生活里的人是多种多样的。既然文艺创作是反映生活的，那么生活里的任何人、任何事，都可以作为作家的写作题材，根本不存在这个可以写那个不可以写的问题。作家所以写这个不写那个，或是写那个不写这个，这是因为作家在选择题材上是有局限性的。这种局限性就是作家自己的生活经历、创作经验、艺术风格和爱好，以及所擅长的表现形式等等。"

林庚的《关于"大闹天宫"的故事情节》发表于同期《文艺报》。林庚写道："人民的想像力是丰富的，在阶级对抗的社会中，'反了'的思想感情是随时可以点燃的，何况中国历史上老早就有那么多'反了'的故事在人间流传呢？当然这并不等于说历代农民起义的出现对于这一故事的形成就毫无帮助。《西游记》既产生在明代，它不可能完全等同于原始的神话故事；它的时代意义，则仍有待于更进一步的分析和探讨。"

予的《苏联作家用创造性的劳动迎接十月革命四十周年》发表于同期《文艺报》。文中写道："爱伦堡在谈到自己的创作情况时说：'……根据各人不同的气质和艺术上的可能性，这个作者揭示好的一面，那个作者揭示坏的一面，而揭示坏的一面是为了更便于克服它。主题、主人公，基调的不同并不是由于世界观不同，因为所有的苏联作家都忠于我们的人民并且了解他们的使命，而是由于艺术才能的不同，就是由于创作道路的多样性。'"

本月

侯金镜在中国作家协会编《短篇小说选》（人民文学出版社1957年版）的序言中认为，《小巷深处》的"情节的变化，在作者的笔下不过是探索人物复杂心理活动的一种触媒。那个过去做过妓女的女工，她对爱情追求的意义，作者不只说明了由于她对幸福的向往，而且分明地显示了新社会人道主义的力量。这一力量不只帮助她拔除了内心深处的屈辱观念，还唤醒了她，起来为人的尊严而斗争。陆文夫创作手法的特点，恰恰有力地帮助了作品主题的表现"。

七月

1日　江波的《关于小说中的抒情》发表于《长春》7月号。江波认为："小说的作者常常使用抒情这一手法来剖析人物心理，创造生活气氛，激发读者情感，突现作品的思想……有的是通过人物的感受，有的则是作者直接出面。那些抒情与叙事结合得很好的小说，常常发生强烈的感染力量，如鲁迅的《故乡》和契诃夫的《苦恼》，这两个短篇杰作，抒情与叙事就达到了水乳交溶的地步。""但是，叙事，是小说最基本的特征。因此，抒情成分在一篇小说中，只能为了刻划人物、展开故事，完成主题而存在，却不可叫它占据很多的地盘，而排斥了主要的生活内容。如果为了增加所谓'艺术水分'，而胡乱的抒起情来，就会冲淡和削弱了生活内容的真实描绘。"

江波强调："不要把抒情当作小说创作的一宗万应灵方。如果不在生活分量上下功夫，而专心致意找'情'抒，那必然是妄费心机的。"

庐湘的《谈丁仁堂的小说创作——兼谈〈猎雁记〉及其批评》发表于同期《长春》。庐湘写道："从作者发表较早的一些小说如《春夜》《一畦菜花》，（《文学月刊》，1956年8、10月号），可以看出作品里带着浓厚的生活气息，放散着东北农村泥土的香气，给人以朴素、踏实的生活实感。""但是，从《猎雁记》《两棵歪脖子树》等较后发表的作品来看，却呈现出一种相反的趋势；生活气息的浑厚朴素一般的说不如从前了，但技巧上则比较成熟，洗练了。"

同日，灵秀的《也谈"肖象"》发表于《处女地》7月号。灵秀写道："用语言塑造肖象，不能作用于视觉，而是作用于想象，因而它比造型艺术更广泛、更灵活。有人一谈到肖象，就想到面貌，固然描写人物的面貌很重要，但它还包括着极其广泛的方面：体型、服饰、姿态、表情，以及声调、习惯动作等等。""艺术作品最主要的是创造具有独特个性的典型人物，而肖象的一切方面，正是能够构成个性的因素。所以肖象越是鲜明，个性就越突出，典型人物也就塑造的越成功。""习惯的动作，也可以作为肖象来描写。""肖象描写在语言艺术中确实是十分广泛的，不仅是上面所谈的，还有没谈到的那些，甚至还可以用人物的行动，给我们留下肖象般的印象。"

灵秀认为："每个人物有每个人物的特征，而每个人物的特征必定成为构成典型性格的要素。我们也应该多方面地去寻找那些足以表现我们作品中人物肖象的特征，去塑造人物，不要使读者看到的都是一个模子制造出来、分辨不清、留不下任何印象的人物。"

同日，苏从林的《小说〈死亡〉给我们创作上的启示》发表于《雨花》第7期。苏从林认为："作者对于环境、情节、行动、人物的描写，都尽量采取散文的、抒情的描述，如有的同志所说的'诗一样的笔调'……同时，因为作者意图强烈的象征地主阶级的死亡，作者特别强调死亡气氛的渲染，那死亡前后所能找到的孤独、凄凉、悲哀、可怕的气氛，都被作者运用富有音响、感官刺激的词汇、语言描写出来。作者甚至过于偏爱和单纯追求这种描写了。"

钟山秀的《我对〈死亡〉的看法》发表于同期《雨花》。钟山秀写道："满足于故事情节构思的奇特，忽视人物形象和性格的创造，是小说《死亡》失败的主要原因所在。""小说的另一个缺点，是作者醉心于死亡的环境和气氛的描写。"

同日，秦牧的《描写现实、剖析现实——对于小说〈老油条〉评价的一些意见》发表于《作品》7月号。秦牧认为："我同意这基本上是一篇现实主义作品的看法。这篇小说描写和剖析了现实，虽然这种描写的艺术水平不是很高的，这种剖析不是很全面和很深刻的。但小说毕竟是从现实出发，揭发了某种生活现象所含有的意义。"

7日 若予的《保卫社会主义现实主义——苏联作家协会理事会第三次全

会综述》发表于《文艺报》第14号。文中写道："有些作家片面地描绘现实，在暴露生活的阴暗面时，没有揭示人民群众的积极性，没有描绘苏联社会制度所获得的实际成长。例如，杜金采夫的小说《不单是为了面包》、格拉宁的小说《个人的意见》、基尔萨诺夫的诗《一周七日》、什科里尼克的《人寻找幸福》、普罗特金的《罗果金的事业》都被认为属于这类作品。"

8日 扬风的《巴金论》发表于《人民文学》第7期。扬风认为："对社会生活的美学评价，是全部文学构思中的'轴心'，是全部典型化过程中的'轴心'。""小说中故事的结局与原型生活事件也不同。""在典型化的全部过程中巴金对原型的生活事件进行了这么深刻的美学评价，赋予了原型生活事件表现得不明确的新的社会内容。""巴金对社会生活的美学评价是有明显的生活倾向，有明显的独特的生活色彩的。"

同日，翟奎曾的《关于〈理水〉中禹的形象的意义》发表于《文艺学习》第7期。翟奎曾认为："禹这位神话传说中的人物，在中国人民心目中享有极高的威望，是被神奇化了的。《理水》的取材本身，就表明了它和人民深切的联系。而且鲁迅先生所塑造的禹的形象，是比传说中的禹体现了更多的人民的力量，因而意义也是更大了。"

12日 金人的《关于〈静静的顿河〉》发表于《读书月报》第7期。金人谈道："我认为作者在这本书里最成功的地方就是人物的塑造。我们在读这部书的时候，觉得书里的主要人物就像活生生地站在我们面前一样。每个人物都有独自的性格，独自的生活，独自的语言，使我们能闻其声如见其人。对于人物的心理刻画，尤为曲折复杂。如葛利高里那种思想变化的复杂，使人觉得非常可惊，最重要的还是使人觉得非常真实，一点矫揉造作的痕迹都没有。作者在这方面的成就实在是惊人的。""除了上述各点以外，作者在描写自然景物的时候，与内容结合的密切，以及语言使用的高度技巧，也都是本书的艺术特点，不能详细叙述了。"

14日 剑奇的《略论〈二十年目睹之怪现状〉》发表于《光明日报》。剑奇写道："《二十年目睹之怪现状》与其说是一部长篇小说，倒不如说是一部短篇笔记的结集更切合实际一些。全书以九死一生的活动为主线，而若干重要人物反复出现，通过他们的互相活动，把许多单个的故事联结起来，组成一部比起其它谴责小说较有结构的结集。吴趼人在作品中使用的语言是明白流畅的，某些地方还具有性格化的优点，在描写人物时，某些细节和场面也是颇为真实的，能吸引人的。""但是作品这些优点，并不能掩饰它严重存在的缺点。""首先是作品缺乏对典型人物的塑造。作品中虽然不少人物有着一定的性格特征，但却没有能达到典型化的程度。""产生上述缺点的原因，一方面是作者对所接触到的生活体验和理解不深，而偏重在许多传说的搜罗……另一方面是作者忽略了文学创作的特点，晚清时期不少人强调文学的社会斗争任务，但却很少人注意文学创作的艺术性质，这样一种理论上的缺憾，反映在创作中，就是作家们忽略了对自己的生活素材的艺术加工。"

同日，周和的《反对对社会主义文学的虚无主义态度——与刘绍棠同志商榷》发表于《文艺报》第15号。周和写道："从1942年到现在，除了刘绍棠同志举出的'根据某一宣传意图'所写出的代表作《兄妹开荒》而外，请问《白毛女》、赵树理的小说、丁玲的《太阳照在桑干河上》、周立波的《暴风骤雨》、李季的《王贵与李香香》、柯仲平的《边区自卫军》、阮章竞的《漳河水》、欧阳山的《高干大》、康濯的早期短篇、孙犁的小说、刘白羽的特写和小说等等，都是'经不起时间考验'的公式化、概念化的作品吗？如果是的话，为什么现今的读者还要看它们呢？再请问，上述这些作品又是解说哪条具体政策条文的呢？解放后出现的许许多多优秀的小说、诗歌、话剧、电影、特写，难道也都是'艺术性很差，思想性也有很大局限性'的作品吗？我想任何一个实事求是的读者，都会根据历史事实，得出与刘绍棠同志相反的结论来。"

15日 王淑明的《论人情与人性》发表于《新港》7月号。王淑明写道："人情并不是什么特殊的事物，它原来就存在于生活本身中，只要作者能按照生活原有的样子去描写，作品就自然会富于人情味，也就会有很强的政治性。而政治，在作品中的地位，并不是外加的，而是在情节和人物的形成、发展中有机的结合着的。""将人性与阶级性对立起来，将作品的政治性与人情味割裂开来；说教为人性既带有阶级性，就不应有相对的普遍性，作品要政治性，就可以不要人情味，这些庸俗社会学的论调，客观上自然也助长了作品的公式化概念化的发展,我以为这些都是要不得的。"

20日 杨启明的《茅盾写热闹场面的经验》发表于《春雷》7月号。杨启明写道:"热闹的大场面,作者为什么能应付自如而且写得那么出色呢?这一个经验,茅盾早在〈读《新事新办》等三篇小说〉这篇短文中,就带总结性地告诉了我们。他说:'大凡写这种热闹场面,既要写得错综,又要条理分明;既要有全场的鸟瞰图,又要有个别角落及人物的"特写"。……写热闹的场面要做到比较完善的地步,并不顶难,只要作者在下笔以前眼光四射,先有一番布置就得了。'"

八月

1日 张啸虎的《谈〈红楼梦〉里的服装描写——读书偶得》发表于《长春》8月号。张啸虎写道:"小说主要是写各种各样的人的,而任何人都是要穿衣服的。因此,在描写各种各样的人的时候,就不免要描写到各种各样的服装。我们从服装上,往往可以看出各个人物所处的时代和社会,当时当地的风俗习惯,以及本人的性格和特征,身份和职业,兴趣和审美观点等。作者对人物的服装写得恰如其份和轮廓分明,和其他方面互相衬托,彼此呼应,就能给读者以更加真实的感觉,有助于形象的塑造。""我国古典小说很注意描写人物的服装。……在这方面,伟大的现实主义小说《红楼梦》,正如其他方面一样,值得我们学习。"

张啸虎谈道:"我们知道,《红楼梦》最大的成功,是在于作品中塑造了不朽的形象,作者生动而真实地刻画出了许多人物的性格,真可以说是维妙维肖、栩栩如生。值得注意的是,作者很善于借助于服装的描写,以突出人物的性格。""这部作品的作者,在很多地方,都极其巧妙地结合对服装的描写,以渲染地描写出人物的面貌和性格。"

张啸虎认为:"小说中的人物,心情不一样。作者也善于从侧面着笔,从服装上写出人物各种各样的心情,以形成一种特殊的气氛。"此外,"在《红楼梦》里,从服装上,也可以看出不同人物的不同身份"。"在不同的季节和场合,小说里的人物也以各种不同的服装和我们见面,使我们仿如身临其境,而环境和气氛也更加充满着真实感。"从另一个层面看,"从这部小说所描写的人物服装上,我们还可以看出当时的时代风尚、社会习俗、经济条件和生产水平等"。

同日,陈辽的《中国古典小说家编织故事的艺术技巧》发表于《雨花》第8期。陈辽认为:"中国的古典小说,有一个共同的特点,这就是故事性强。""中国古典小说的开头,通常也就是故事的开头。这种开头,古典小说家的用笔是极其经济的,常常是几句话就交待了故事的主角,他的主要的性格特征,以及故事发生的时间、地点等。这在短篇小说中尤其明显。""中国的古典小说家喜欢在故事的开头只作概括的介绍,而对于故事中的人物的具体的性格特征,人物活动环境的具体的细枝末节,则往往留到故事展开以后才去描写,这种写法,是符合大多数读者的心理的。""故事开头后,古典小说家就马上迅速地使主角(或几个主角中的一个)行动起来,和故事中的其它人物发生关系(联系、冲突),从而导引故事情节的进展,同时也就在故事情节的进展中,具体细致地刻划各个人物的性格特征。这里,中国古典小说的特点是,人物的行动特别强烈,而这些行动所造成的后果或者所产生的影响是重大、深远的。中国古典小说家也正是通过这些人物的强烈的行动来震撼读者的心灵,而使故事深入人心。""单就人物行动的强烈性来说,我认为,中国古典小说在世界小说林中可以够得上是第一位的。"

陈辽谈道:"中国古典小说家编织故事的艺术技巧,还表现在他们不仅能够有条不紊地安排主线和副线、'经线'和'纬线',而且还能使主副相配、经纬交错;从而使整个故事象一幅精彩的图案画,各个读者从各个不同角度看去可以得到各不相同的印象。""在故事情节的展开中,中国古典小说家通常是不采取直线式的展开方式,而是按照生活发展的逻辑,曲线式的或是螺旋式的展开,节奏有强有弱,速度有快有慢,密度有大有小,波云诡谲,变化莫测,确能动人心弦,叫人为古人担心。这种故事情节开展的方式,其妙处是能够使读者和书中人物打成一片,随着书中人或动或静,或喜或悲,或怒或笑,或惊或惧,自然而然地就接受了故事的思想。……中国古典小说的长处也就在于它的思想性是随着情节的曲折进展自然流露出来的,自然灌输进读者的心灵的。"

陈辽认为,中国古典小说"编织故事的艺术技巧"的第三个方面是情节的"巧"安排。"'无巧不成书',这是一句俗话,它可以被认为这是中国人民对古典小说艺术评价的一个标准。情节的'巧',的确是中国古典小说的又一个特点。古典小说家善于从生活的真实出发,找到情节发展的必然性和偶然性的交叉点,于是就产生了情节的'巧'。这里,古典小说家的艺术才能表现在他们能够洞察生活发展的辩证规律,预先察知生活(在故事中则表现为人物的行动)将往何处发展,而且将采取何种形式向前发展。在这一基础上他们进行充分地艺术构思,安排好推动生活发展和阻碍生活发展的各个具体条件,并让这些条件发生矛盾冲突。就在这冲突最尖锐的一刹那,发出了电光石火般的闪亮,这闪亮我们通常就称之为'巧'。因此,这种巧,不仅合情合理,而且还能够引起读者的联想和深思,产生探索生活的渴望。""建立在生活真实基础上的情节的巧,并不破坏作品的真实性,相反,却更能艺术地表现生活中的真实。""在我研究了许多类似的这样的小说以后,我发现这些小说是以出'奇'制胜的。他们之所以仍然能够吸引人,乃是因为其中作者的幻想气息特别浓厚,人物或人物活动的环境是神奇的,整篇小说的色彩是绚丽多彩的,这样,也就会给读者以深刻的印象。"

陈辽总结:"最后,中国古典小说家编织故事的艺术技巧还表现在他们巧妙地安排故事的结局上面。谁都知道,中国小说中的故事都是有头有尾的,来龙去脉交代得十分清楚,但到故事结局时,优秀的古典小说家却并不给你一个猜得到的结局,作品的结局往往是出其不意或则是耐人寻味的。""中国古典小说中的有些结局则有余音绕梁之妙。"文章写道:"写好故事的结局是很不容易的。它既要独具匠心,使故事的结局不落窠臼,又要不违背全部情节发展的必然趋势,显得合理自然,没有人为的痕迹,而好的故事结局又是必然能够有助于突出主题思想的。"

陈辽还指出:"编织故事,只是小说创作工作中的一部分。如果单就这一点向中国古典小说家学习当然是不够的。我们还必须联系着中国古典小说家塑造典型人物、运用语言文字、描写自然风景等其它方面的艺术技巧,才能更好地体会他们在编织故事方面的艺术才能。"

5日 编辑部的《提倡写生活小故事》发表于《工人文艺》8月号。文章写道:"本刊这一期,集中发表了几篇生活小故事。这些作品的特点是:短小活泼,生活气息浓厚。作为一个为工人服务的通俗文艺刊物，我们欢迎和支持这种短小形式的作品。我们特别提出：提倡大家写这类作品。""生活小故事的题材很广泛，在生活中的一个人、一件事、一个场面，只要有意义，可以写。它的构思和情节，也不像其它文学形式要求的那样严格、复杂。"

7日　蹇先艾的《我也来谈谈短篇小说》发表于《红岩》8月号。蹇先艾写道，短篇小说"必须精选主题，控制材料，把过多的人物以及与主题思想、人物性格无关的细节描写放进故事里去是不容许的"。"短篇小说有它自己的独特的艺术形式，它同中篇小说、长篇小说必须有所分工，短篇自然更适宜于反映今天沸腾生活中片断的、新鲜事情（历史上存在过的东西当然也可以写），不可能负担与长篇或中篇同样的工作；但这也不是绝对的，譬如莫泊桑、契诃夫、高尔基和鲁迅的短篇小说的题材就很广阔，他们对当时社会的病根揭露得相当彻底，批判得极为尖锐，观察和发掘生活的本质又深又透，特别在典型人物的创造上显示出了高度的艺术技巧。"

九月

1日　邹酆的《谈人物性格的描写（上）》发表于《长春》9月号。邹酆写道："形形色色的人物性格，都是在客观生活矛盾发展的过程中逐渐成长起来的。一个作家，只有当他真正地深入了生活，接触、感受与分析了各个具体的人，他才有可能把握住属于一定社会阶级范畴的人物丰富多采的个性；才能洞察人物性格的具体历史内容及其产生的社会根源。但是，当作家真正认识与把捉了复杂的人物性格之后，还需要在作品中展开对性格各式各样的艺术描写……在生活感受的前提下来谈性格描写的技巧问题，也实在是很有必要的。"

邹酆认为："肖象描写，就是要写出某一人物的外貌特征。人物的外貌特征，通常是指面孔、身材、服装、姿态、语调等方面特征的总和。这些特征，虽还不就是人物性格的本身，但却与人物内在性格和心理活动息息相关。同时，人物的外貌，也正是人物在一定生活环境与历史条件下的产物。……作品中描写了人物肖象，就能够表现出人物的内在性格，从而侧面地衬托出人物生存的时代面貌。""在运用这一描写手法时，还应当注意，必须把人物的外貌特征同人物性格、心理状态紧密地联系起来，也就是说，肖象描写应严格地服从于性格发展规律。只有如此，肖象描写才能真实地揭示人物性格的特点，丰富人物形象的风貌。"

邹鄂强调："描写人物肖象决不是给生活中的人物肖象作机械的翻版。"而肖象描写"一般来说，有三种方式"："一种是静态的肖象描写。由于作者对人物外貌特征作冷静、细腻的描绘的肖象描写，我们把它称之为静态的肖象描写。……作品中的人物肖象，永远处于立体的运动发展的状态之中。""静态肖象描写，经常放在主人公开始行动、故事尚待开展之先。""肖象描写的另一种方式，就是动态的肖象描写。在使用这一手法时，作者不是冷静地介绍人物外貌特征，而是随着人物动作与性格的展开把人物肖象从人物动作中显现出来。概括说来，就是要在人物性格矛盾进展过程中来描绘人物肖象。""还有一种肖象描写，姑且叫它做间接的肖象描写。间接的肖象描写，就是要从作品中其他人物对某一人物外貌的观察、赞赏中烘托出某一人物的肖象。如果说上两种描写是正面、直接的肖象实写，那末，间接肖象描写就可算是一种虚写肖象的手法了。"

邹鄂还注意到："肖象描写是人物性格描写的有机一部分，也是性格描写的一种基本手法。可是，人物性格、思想情感是在经常不断地变化着，发展着的。因此，反映在人物肖象上也不可能没有与之相适应的变化。性格的变化必须会在肖象上得到敏锐的反映，留下它发展的痕迹。"

邹鄂谈道："把人物内在性格的特点作一番概括的分析、叙述和说明的描写手法，就是'性格的概括描述'。这种手法，要求作家以一个说书者的身分，客观地，直接而正面地描述人物，将人物的性格特点、心里活动、脾习、爱好、身世等等，冷静地概括地介绍出来。这种手法，不仅可以叙述人物性格的特征，而且还能够追叙人物性格的发展及其形成过程，把与某一人物性格发展有关的事件与历史背景直接而详尽地介绍给读者。性格概括描述这一手法，对人物性格的刻划是非常自由、详细的，是人物内在性格的公开解剖。从这个意义上来看，这种手法可称为'内部的肖像描写'。""我国古典章回小说是比较普遍地使用这种手法的……在我国近代小说，如《太阳照在桑干河上》中，也是常采用的。"

此外，"性格的概括描写，还容许把两个人物性格特点放在一起，作对比性的概括叙述与解剖。在彼此对比的情况下，使两个人物的不同性格相互有力地突现出来，因而也就加深读者的印象"。"概括的性格描述，在作品中运用，一般采取两种方式：一种是，作品一开头，就概括叙述主要人物的身世性格，为读者继续读完这部作品扫除障碍。""另一种概括的性格描述的形式是：有些作品并不是一开头给所有主人公作性格特征的概括介绍，而只是当某个人物上场时，便把故事停顿下来，从中插入一段对这一人物的概括叙述。如果主人公是中途上场，那末对他的概括分析也就在他上场时进行。这种方式，往往适用于故事情节复杂、人物众多的长篇小说中。"总的来说，"这种描写手法是包涵有极其浓厚的抒情气味的"。

7日 钟尚钧的《简谈描写人物》发表于《蜜蜂》第9期。钟尚钧认为："作家所描写的人物，不是对某一人物的'写真'和翻版，但他又是使人感到真实的，通过这个人物的特殊性显示出一般性，通过个性反映共性。……在作品中，就是叙述人物的历史、习惯、生活作风等等，也必须是为了使读者更明了人物的性格特征。"

此外，钟尚钧认为："对人物的外貌作细致的描写，从外貌上表现出人物的特征，是人物描写的重要手段之一。……生活的变化，生活的运动和发展，故事情节的产生，场面的推移，人物的行动起着极为重要的作用，因此，从行动中表现人物，是极为重要的。"

钟尚钧表示，值得注意的是，"写人物的行动，虽然极其重要，但人物绝不会脱离客观存在而孤零零地出现，他总是在一定的典型环境中行动。因而，环境描写也同样具有极重要的意义，它可以烘托、陪衬、渲染人物的性格，使人物的心理、思想感情的发展变化能得到更深刻细致的表现"。总之，"描写人物的方法是多种多样的，而且各种方法绝不是孤立的、互不相涉的。人物性格必须在复杂多样的生活中显示出来，必须在真实而尖锐的矛盾中得到充分的表现"。

16日 苏小星的《试谈〈两妯娌〉的写作特点》发表于《山花》9月号。苏小星认为："一篇短篇小说……不管是要表现什么样的主题（即告诉人什么事情），除了具体的描写人物外，是难以达到目的的。所谓具体的描写人，是指真实的确切的去阐述人和人与人之间的关系、人与社会之间的关系，而且，不是只把一切无声无息地静静地反映出来就算完事，而是要把这些关系的发生、发展和趋向明快有力地剖析出来。""文学作品艺术性的一个方面，就是要善于抓住那些很平凡的但又是最能表现人和人与人之间的关系的事件，事件明快有力了人物才会更突出。"

22日　希真编写的《苏联作家拥护赫鲁晓夫关于文艺问题的讲话》发表于《文艺报》第24号。希真写道："赫鲁晓夫同志说：'主要的发展路线就是：要使文学艺术永远同人民生活不可分割地联系着，真实地反映我们的丰富多采的社会主义现实，鲜明而且确凿地揭示苏联人民的伟大的改造活动、他们的高尚的意愿和目标以及高尚的道德品质。文学艺术的最崇高的社会使命，就是鼓舞人民为争取共产主义建设的新成就而奋斗。'"

27日　《文艺界对丁陈反党集团的斗争获得巨大胜利　陆定一、郭沫若、茅盾、周扬等在总结大会上作了讲话　文艺家必须和工农群众结合彻底改造思想　努力建立社会主义文艺和工人阶级的文艺队伍》发表于《人民日报》。在创作方法上，陆定一说："我们主张'百花齐放，百家争鸣'，让各种创作方法、各种题材、各种风格的作品自由竞赛。"同时他认为："社会主义现实主义不是唯一的创作方法，但是我们同时认为，社会主义现实主义是最好的一种创作方法"，"要写出社会主义现实主义的作品，首先必须'长期地无条件地全心全意地到工农兵群众中去'"。关于"真实"的问题，周扬认为："艺术作品，当然要真实。我们同右派的分歧是：写真实的目的是什么？资产阶级右派和修正主义者认为文学一有目的，就不真实了，其实，主张文学创作无目的，也就是一种目的。他们的目的，就是要使文学不为社会主义革命服务。他们认为只有写我们社会的所谓黑暗面，才是写'真实'，写我们社会的光明事物，就是'说假话'。显然，站在不同立场的人，对于什么是'真实'的看法也是不同的。我们文学创作的目的，是为了鼓舞人们献身于伟大的社会主义革命事业，不是叫人悲观、失望，对革命丧失信心。"在创作自由的问题上，周扬指出："为反党反社会主义而写作的人是不自由的。为人民的利益而写作，在我们的社会，有最大的自由。我们的作家在选材、在表现方法、在艺术风格上都有充分的自由。"

十月

1日 邹酆的《谈人物性格的描写（下）》发表于《长春》10月号。邹酆写道："人物性格……只有通过人物本身的谈话与动作，才能更直接的、鲜明地揭示出来。要使人物性格突出、明朗，重要的还在于作品里展开对人物谈话、人物动作的描写。""人物的谈话，总是与人物的性格、心理状态、思想情感、脾习爱好等方面相联系的……人物的不同的谈话，还体现出形形色色的人物丰富的、独特的个性。""谈话描写，首先就是要用某一人物的谈话来揭示他的性格特征。""人物谈话的描写，还容许借两个人物的对话，来同时对比地表现双方不同的内在性格。""另一种人物谈话描写的方式，就在于透过对同样事物的不同看法，来剖露人物不同的性格。"此外，"谈话描写，还可以从第三者的谈话中，亦即第三者对某一人物的看法、评价中，侧面地衬现某一人物的性格"。"人物的独白往往就是人物真实心情的流露，内在性格与心理活动的写真。通过人物独白的方式，也可以表现人物的性格特点。""人物谈话的描写是描写人物的一种重要的手法，可是，这种手法不能孤立地使用，人物谈话的描写还必须与人物动作的描写紧密地，有机地配合起来。"

邹酆认为："人物动作正是人物思想、心理的直接体现，也是人物性格的具体化。所以，描写了人物带有特征性的行动，就可以有力地表现人物的性格。……人物动作描写是描写人物性格最直接的一种手法。""描写人物的动作，主要是指描写能突出人物性格特征的代表性的动作。""人物动作的描写，还容许同时描写两个人物的行动，借此把两人的不同性格特征一起表现出来。""描写人物细小的、带习惯性的动作，借以显示人物的性格特点，这不能算是人物动作描写的另外一种方式。这些动作虽然不是代表性的重要的动作，但却仍是与人物性格密切联系的。在文艺作品中，描写了这些经常性的，属于脾习爱好、生活小节范畴的细小动作，就有助于人物内在性格的精细的，洞察入微的刻划。"

邹酆谈道："人物心理描写，是文艺创作中描写人物性格的一个重要的手法。""心理描写之所以很重要，就是由于它能有力地揭示人物的内在性格。""所谓心理描写,就是要写出支配着人物言行举止的特定阶段的心理过程或情绪状态。由于这种描写是关于人物内部情绪活动的描写,因此我们又称它为'体验描写'。"

最后,邹酆总结道:"人物性格的描写手法是多种多样的。除了上述外,还有背景描写、细节描写等等。……所有各种各样的性格描写的手法,在文学作品中都应配合起来运用。它们都是人物描写的一个个的有机组成部分。"

6日 艾芜的《谈所谓写真实》发表于《文艺报》第26号。艾芜认为:"作者在对真实人物的研究以及根据他的性格言语行动来推测可能产生的言语行动,是要严格地遵循现实生活中的真实的,一点也违背不得。""一个文艺工作者要写真实,要在社会主义里面写真实,也得有马克思主义的思想,有无产阶级的世界观,有无产阶级的立场观点。"

舒霈的《〈记游桃花坪〉和〈粮秣主任〉——丁玲的自我颂歌》发表于同期《文艺报》。舒霈写道:"丁玲在《莎菲女士日记》《我在霞村的时候》这些作品中,还只是通过对女主人公性格的刻画,透露出自己那种以自我为中心的阴暗心理和对在敌人面前失了节的女人的满怀同情。"

魏金枝的《大纽结和小纽结——短篇小说漫谈之一》发表于同期《文艺报》。魏金枝写道:"小说的题材,往往就以矛盾的范围为范围,而矛盾的发生直到矛盾的解决为止,细细看来,必然有起有讫,在万千关系中,也有一个分隔的界限。作者对作品题材的摄取,对于时空间的分割,也往往以这样的界限为界限。那就是说,无论短篇短到怎样,但是从矛盾的起讫来讲,它还是无限广大的时空中的一个细胞或单位。这就决不能说,短篇只是一个横断面,而长篇才是一个完整的个体。""现实生活中的关系是非常复杂的,而且往往夹缠在一起,其中有大的矛盾,有小的矛盾,有这方面和那方面的矛盾,也有内部和外部的矛盾,然而仔细加以观察,也往往自成为一个纽结。而这个纽结,也就是一个单位或个体。对作者来说,取用那个大的纽结,就是一部长篇;取用那个小的纽结,就成为一个短篇,这里并没有什么横断面和整株树干等等的分别存在。""我们固然允许作者在某一个小纽结上下笔,或者只能在某一个小纽结上下笔,然而正如我在上面说过的,这些小纽结还是紧密地和大纽结有不可分隔的关系,假使作者在生活中，能够看清无限大的现实生活中的各种复杂关系，而且看出正确的规律来，那么，对于透彻了解这个小纽结在大纽结中的地位，有着十分重要的影响。"

魏金枝认为："短篇小说的取材，就不能不更加谨慎而精炼一些。这就因为短篇小说的体制较小，主题集中而较单纯，偶一不慎，或者弄得枝大于干，或者臂大于股，甚或拖沓散漫，便会失去整篇的效用。而在长篇则不然，偶或放肆一点，拖沓一些，还不致影响全篇的精神。"所以，"短篇小说的作者，对于题材的选择，必须比长篇题材的选择，更加谨慎而精炼一些"。

魏金枝指出，短篇小说的主题也有其特点，"长篇是长篇巨著，篇幅较宽，因此在不妨碍主题的表达，结构的匀称的原则下，作者尽可以让许多头角，从半腰里插入进去，一如我们画长江水道图一样，引导许多别的小河流，和长江合流。因此我们一般的习惯，往往说长篇可以有主题和副主题，这在短篇里都是要竭力避免的。在短篇里，主题决然只能是单一的，甚至连到了末尾才出现的人物，也是不允许的；除非作品的上半就已经暗示过的人物，或是等待他出现的人物"。

13日 魏金枝的《剪裁和描写——短篇小说漫谈之二》发表于《文艺报》第27号。魏金枝认为："我们通常的说法，总以为文章的有头有尾，乃是我们的传统，根据这种说法，似乎我们的各种文艺作品，都应该把它拖得很长，交待得越明白越好。我以为这种说法，不但庸俗，而且并不正确的。""我以为所要考虑到的，主要是如何的捕捉住故事的现实性，和人物的典型性，作者只有通过这些，才能很容易地唤起读者自己的所见所闻所体验的生活，以与作品的内容呼应起来。所以这是主要的。至于所谓有头有尾，那是很次要的问题，有的可以用几句说明，一如我们现在的剧情说明书那样的办法，就可以解决的。"虽然"在我们的传统习惯中，是有有头有尾的作品的，可是据我的猜想，那是从我们传统的传记文学中继承下来的'记人'的一派。因为是传记的体裁，必须以人的生卒为起讫，真正的事实为根据，当然必须有头有尾，那是无须说得的。但在我们的古典文学中，也还有'记事'的一派，这记事的一派，他们的任务就在于记事，而不大注意于人的生卒。但也并非不注意记人，因为事就是人干出来的。这也是我们的传统，它的祖宗应该是《左传》和后来的《记事本末》等等，所以也并非是外来的"。

魏金枝写道："在描写方法上，自然也有短篇的特点。譬如历史叙述，风景描写，面貌刻划，情节交待，心里摹绘等等，固然不能没有，却也难以全有，特别不能像长篇在这几方面那样应有全有、而且占居很大的部分。""从短篇要短来说，在描写方法上，似乎也有两个原则可以遵循。其一是最低的原则，就是必须做到：从整个格调上来说，没有不必要的多余的累赘，也没有不统一或不调和的疙瘩。而另一个则是最高的原则，那就是简洁而又鲜明活泼地透露出人物的性格和作品的主题。"

20日 李影心的《刘绍棠所探索和追求的——评〈田野落霞〉》发表于《文艺报》第28号。李影心认为："从他在《田野落霞》里对人物、情节以及结构布局所做的安排和刻划都可以看出，他并不是忠于生活真实，相反地，倒是割裂了生活真实，歪曲并丑化了生活的本来面目。""他所刻意描划的，他所力求表现的，只不过是区委书记和副书记之间的倾轧、暗斗、以及从生活到工作关系上的一天天的恶化；他要把冲突表面化，来'揭示生活中的落后面'。""从刘秋果和高金海一次再次的冲突中，我们所看到的只是在拼凑、捏造的情节支配下的一些偶然事件和人为穿插的描写，它既不符合事物发展必然的因果联系，也不符合生活的实际情况。""这些主要情节和人物形象的分析当中，我们可以清楚地看出，《田野落霞》的确反映出刘绍棠在创作上的一种'新的探求'，这种探求是：对热火朝天的农业合作化运动后的农村生活，在'忠于当前的生活真实''写实性'的标榜下作了恶毒的歪曲，把农村描写成黑暗统治，又借口'揭示生活中的落后面'，热中于捏造渲染党的领导者之间的倾轧、暗斗，把党员领导干部描写成淫棍、恶霸、小资产阶级味道十足；他臆造情节，制造人为的矛盾和冲突，单纯追逐所谓'最富有形象性的细节'，脱离了生活的真实，而通过艺术形式的锤炼和追求，又散布了没落的、猥亵的资产阶级的情调。实际上，他的探求已经违反了艺术必须忠实于生活真实的原则，而是在追求艺术形式的借口下，歪曲了生活的本来面目，进行了对现实生活的攻击，反对党反对社会主义。他和他的最近的作品就这样走上了一条脱离生活真实背离人民的反动道路。"

魏金枝的《两种趋势——短篇小说漫谈之三》发表于同期《文艺报》。魏金枝认为:"我们短篇作者的任务,只能在像舞台那么狭小的一块地方活动,连时间也有限制,而更大的限制,就是还必须叫读者理会作者所表达的意思,而不许直接地演讲和教训读者。这就非得我们的作者,尽量删除不必要的东西,而更鲜明地表达出主题来。""在一般的原理上讲,人物的环境和性格,两者有着不可分隔的关系,所以有'典型环境中的典型性格'的话。也就是说,环境譬如机件的模子,在机件上固然可以看到模子的形状,在模子上,也同样可以看到机件的形状。"

十一月

3日 老舍的《新的文学传统》发表于《文艺报》第30号。老舍写道:"苏联的作品给世界文学开辟了一个新的传统。这个传统影响了中国的革命文学。这个影响是健康的。"

8日 李希凡的《所谓"干预生活""写真实"的实质是甚么?》发表于《人民文学》第11期。李希凡认为:"无论是现实主义作品或者是社会主义现实主义作品,都要求真实地反映生活,真实地描写现实,但是,对于一个社会主义现实主义作家来说,'写什么样的真实'和'为什么要写',则是更主要的问题。""在这些所谓'干预生活'的作品里,还有两个最大的特征:第一,在这些作品里,几乎所有的被批判的领导者,都是精神衰退、腐朽到毫无可取的老干部。……第二,是完全相反的一面,即在他们笔触下的一些'正面的人物'。……他们的精神状态和生活方式,都充满了小资产阶级的情调。"

同日,马烽的《一点体会》发表于《文艺学习》第11期。马烽写道:"我这近年来所写的一些作品中,究竟缺少点什么呢?我觉得主要是缺少一种饱满的真实的情感;缺少一种浓厚的生活气息。这样一种'体验生活'的方式,和这样一种对待生活的态度,必然要产生这样一种结果。"

10日 彝族作家李乔的《苏联文学引导我走向革命》发表于《文艺报》第31号。李乔写道:"由苏联少数民族的作品,我才知道社会主义的民族文艺。

那些作品不仅给我看到各个时期苏联少数民族的生活和斗争,也给我看到我们民族的未来,我感到亲切、有趣。解放后,在党的教导下,我学习写了一些表现我们民族新生活的作品,就是受到这些苏联作品的影响。"李乔认为:"苏联文学不单在题材上给我以影响,在创作方法上也给我以影响,由于嗜好他们那些具有高度思想性和艺术性的作品,我从他们的作品里接受了社会主义现实主义的创作方法。"总体看来,"我从祖国文化接受了民族传统,从苏联文学接受了社会主义现实主义"。

林淡秋的《波列伏依笔下的真人实事》发表于同期《文艺报》。林淡秋认为:"波列伏依是有长期记者工作经验的作家,有高度政治热情和政治敏感的文艺战士。他总是紧紧跟在事件后边,进行深入的观察、采访和研究,通过对真人实事的'艺术性描述',将苏维埃人民的高尚品质和模范事迹表现给读者看。他用现实生活中的活榜样来教育和鼓舞同时代人,激发他们对于人的尊严感和自豪感,号召他们不断创造新的生活,建立新的功勋。在他的作品里,我们看到真实的艺术表现,也听到有力的政治鼓动。""波列伏依在《论特写》一文中说:'苏维埃人的生活是这样鲜明和丰富,是充满了这么多极有意味的事件,苏维埃人——战士、共产主义建设者——在对祖国的服务方面,是上升到了这样的高度,有时连真实的传记也提供了足够大幅画面之用的材料。''用具体材料来写作,描述具体的人——共产主义建设者的生活和斗争的记者和作家,有时碰到这样的事迹,这样的人物,对于他们的生活的真实性和艺术性的描述:竟越出特写的界限而变成短篇小说,中篇小说,乃至长篇小说。'这正是对波列伏依自己作品的最好注解。""无数真人实事本身就是最富有政治、思想内容的小说,最富有诗意的诗,应该引起一切为人民服务的作家的重视,应该成为文艺园地上的香花。我们需要概括一代生活和思想的纪念碑式的巨著,同样需要迅速反映光辉现实的特写式作品。"

12日 世辉的《略谈〈林海雪原〉》发表于《读书月报》第11期。世辉认为:"与一般概念中所谓的'惊险小说'截然不同的是,作者不是在编造一些离奇的故事,更不是用猎奇的方法来掩盖自己对生活的空虚,这里真正吸引、激动、鼓舞读者的,还是书中所描写的机智、勇敢、坚强的战士们的英雄形象。书中十多个主要人物,都具有鲜明的性格。"

17日 巴人的《从〈毁灭〉到〈青年近卫军〉》发表于《文艺报》第32号。巴人认为:"我觉得《毁灭》的艺术是精深的,但《青年近卫军》的艺术是丰富多采的;《毁灭》的艺术结构是单纯而简炼的,但《青年近卫军》的艺术结构是宏伟浩瀚,气象万千的;《毁灭》的人物刻划,是非常精致的,个性也都很突出,但《青年近卫军》的人物刻划,非常生动,在具有共同的社会主义思想品质的基础上,又显出不同的独特的个性。我以为两者都是杰作,都描写了那些人物所处的时代生活的真实。""《青年近卫军》的艺术是丰富多采的,这主要是从两方面来看的。第一,从它们之间的艺术结构来看,第二,从它们之间通过各种不同的人物的刻划和它所反映的生活的深度和广度来看。""从人物刻划与其所反映的生活面貌来说,《毁灭》和《青年近卫军》是同样真实的。但生活本身与由生活本身所哺育长大的人物性格及其思想感情,则后者较前者是更为广阔,更为壮丽,也更富有社会主义的精神。前者,绝大部分的人物是从阶级本能的要求而走上革命的道路的,后者则已成为自觉的阶级战士,是新型的人类,是具有崇高的共产主义的理想的人物。"

刘辽逸的《列昂诺夫和他的〈俄罗斯森林〉》发表于同期《文艺报》。刘辽逸写道:"苏维埃知识分子的形象是列昂诺夫许多作品中的主要形象。《俄罗斯森林》就是写苏联高级知识分子中新旧思想的斗争的。林学家维赫罗夫老教授对森林的合理采伐的主张,和格拉齐安斯基的保守思想发生了激烈的冲突。""《俄罗斯森林》是一部人物众多的小说。作者也表现了苏维埃时代年青的一代。""这部小说的情节曲折,充满了矛盾和冲突,体裁和结构也是错综复杂的。列昂诺夫在这部小说中也和在其它作品中一样,对于人物的心理作了极细致而深刻的描写。他善于从哲学的高度揭露人物心灵深处的活动。在这方面,我们看得出作者是继承了俄国伟大现实主义作家杜思妥耶夫斯基的传统。同时,在列昂诺夫的作品中,读者有时体味到一种讽刺的语调,这种讽刺是含蓄的,然而却很辛辣。深刻的心理分析和尖锐的讽刺的巧妙配合,构成了列昂诺夫的风格特点。苏联批评家认为,不论在思想、主题、形象以及语言上,《俄罗斯森林》都是列昂诺夫的前期创作的总结。尤其是《俄罗斯森林》的语言闪耀着格言式的警句和隽永的比喻,是这个大艺术家35年来在创作劳动中锤炼出来的。这些艺术的技巧,也是列昂诺夫有意识地、顽强地向俄国古典作家学习的结果。"

杨朔的《开天辟地的文学》发表于同期《文艺报》。杨朔写道:"我是个从事文学工作的人,苏联作品对我的创作活动自然也有影响。影响最深的要算戈尔巴托夫的小说《宁死不屈》。""有些热心的朋友曾经指出中国古典小说对我那本《三千里江山》的影响,殊不知我写这本书时,桌子上摆着《旅伴》。……我非常喜欢《旅伴》里的许多人物。""在描写上,潘诺瓦也有个特色,惯用抒情的笔调,描绘人物内心的活动。看起来笔墨很淡,却有一种强烈的感染力,打动读者的心灵。每逢读到这类章节,我觉得好像在读诗,不知不觉便沉到人物的感情里去。这是我极想学习的另一点。"

24日 罗仲成的《批判冯雪峰对中国古典文学的错误观点》发表于《光明日报》。罗仲成写道:"冯雪峰规定了这样一个标准:只有现实主义的作品才是好的,才能流传下来。于是,他就把中国文学史的传统简单地归结为一条现实主义的单流。我们完全承认,中国文学的主流是现实主义,而现实主义的作品也应该是首先加以肯定的;然而中国文学也和其他民族的文学一样,除了现实主义以外还有浪漫主义的作品,这同样也是不容否认的事实。""我们所指的中国文学的现实主义不是冯雪峰那种撇开了文学特征的空洞、抽象的'精神',也不是指西欧文学史上出现过的文学流派;我们所谓的现实主义或浪漫主义是文学艺术反映生活的两种基本方法。浪漫主义和现实主义随着时代的发展而有不同的特点,而且现实主义作品中带有浪漫主义色彩和浪漫主义作品中具有现实性,同样也是文学艺术中的普遍现象,然而决不能因此就抹杀了某一作家或作品的基本倾向。据此,我们再考察冯雪峰的凡是好的作品都是现实主义的这一论断,就发现他既歪曲了高尔基的原意,又违背了世界文学史的事实,是没有根据的。"

同日,康濯的《记忆中的闪光》发表于《文艺报》第33号。康濯写道:"'我们文学创作的主要的中心的目标,'费定对我们说,'就是描写先进人物的形象和美好事物的形象。这也就是社会主义现实主义的基本方法。'""'我们从思想上学习古典作家的人道主义,他们对人民的忠诚和对祖国的爱;在艺术上,学习他们的现实主义,他们深刻地了解和研究生活,勇敢地揭露阶级矛盾的精神。还学习他们从多方面而并不只从单方面描写人物,和揭示人物内心世界的技巧。他们的语言更是极值得学习的,我国古典作家的作品就是伟大的俄罗斯语言的宝库。'"费定接着谈了许多古典作家的技巧方面的问题。但他在结束谈话的时候,却再三着重地指出:古典作家不管多么伟大,他们主要的特点也只在于批评当时的社会。我们虽然要学习他们揭露社会的矛盾和秘密的精神,但我们的文学却决不是他们的重复,而是他们的发展。我们的生活不是停顿的而是日新月异地发展的,而推动生活发展的是人民,这就规定了我们的任务,首先是要以全部力量肯定我们人民的新的好的东西,因为这是人民身上普遍地大量地存在的东西。"

以群的《苏联文学为思想的纯洁性而斗争》发表于同期《文艺报》。以群写道:"列昂诺夫也曾经说:'我们继承着俄罗斯文学和各民族文学、还有世界古典文学的伟大传统,汲取着我们外国优秀的同时代人的经验,踏踏实实地深入生活,站在光明的一面去反对黑暗,我们改进和深入那在过去20年间证明是正确的社会主义现实主义方法。''社会主义现实主义方法使文学家有了全面的可能性来发展创作的主动性——它给丰富而多样的艺术手法和风格提供了前提条件,它支持任何一种大胆的革新,只要它是力求用经济合理的手法来达到最高的目的,以潜在的技巧的后备力量来加强艺术影响,追求和新内容相适应的新形式,以及始终如一的——要求容纳更广大的思想。'"

张光年的《劳动的赞美诗——小说〈茹尔宾一家〉述评》发表于同期《文艺报》。张光年认为:"劳动——社会主义的劳动,这还是文学史上从来没有出现过的新主题。新人类的文学正在从这个无限丰富的沃土上开拓它的新领域。伟大的苏联文学已经在这个方面创造了许多优秀的范例。""在这个意义上,我们来谈谈柯切托夫的小说《茹尔宾一家》,是特别感到亲切的。……小说《茹尔宾一家》,这是劳动的赞美诗,新社会的劳动者的赞美诗,共产主义劳动精神的赞美诗。"

本月

《废名小说选》由人民文学出版社出版。在序言中,废名对于自己的风格有如此评论:"就表现的手法说,我分明地受了中国诗词的影响,我写小说同唐人写绝句一样,绝句二十个字,或二十八个字,成功一首诗,我的一篇小说,篇幅当然长得多,实是用写绝句的方法写的,不肯浪费语言。这有没有可取的地方呢?我认为有。运用语言不是轻易的劳动,我当时付的劳动实在是顽强。读者看我的《浣衣母》,那是最早期写的,一枝笔简直就拿不动,吃力的痕迹可以看得出来了。到了《桃园》,就写得熟些了。到了《菱荡》,真有唐人绝句的特点,虽然它是五四以后的小说。""我记得我当时很爱契诃夫的短篇小说,我的这些小说,尤其是《毛儿的爸爸》,是读了契诃夫写的俄国的生活因而写我对中国生活的观察。我重读这些小说,在读了几遍之后,觉得能够选出这几篇来,自己才算是有些高兴,多少年来我确实不高兴。《桥》里选了十九篇,《莫须有先生传》选了三篇,都很经过选择,取其有反映生活的,取其有青春朝气的,取其内容不太沓杂的,取其语言方面有可供借鉴的。当时有人笑我十年造《桥》,同时又有《莫须有先生传》的副产物,其实《桥》写了一半还不足,《莫须有先生传》计划很长也忽然搁笔,这都表示我的苦闷,我的思想的波动。我当时确实不知道我是处在大时代里,自己是一个落伍者,现在我知道了。在艺术上我吸收了外国文学的一些长处,又变化了中国古典文学的诗,那是很显然的。就《桥》与《莫须有先生传》说,英国的哈代,艾略特,尤其是莎士比亚,都是我的老师,西班牙的伟大小说《吉诃德先生》我也呼吸了它的空气。总括一句,我从外国文学学会了写小说,我爱好美丽的祖国的语言,这算是我的经验。"

十二月

1日 罗仲成的《批判冯雪峰对中国古典文学的错误观点(续)》发表于《光明日报》。罗仲成写道:"把古代文学一概看作文言文学,再把它和封建主义正统文学等同起来,加以彻底否定,这种做法也并非冯雪峰的独创,买办资产阶级如胡适之流早就这样做的。……冯雪峰正是继承了这种形式主义观点,无视于古典文学中的人民性和现实内容,首先从形式上评定文学的优劣,借此对民族文化传统加以全盘否定和肆意诋毁。其实,文言文学中尽有在思想实质上倾向人民的,富有民主性的。例如冯雪峰在前面曾经肯定过的宋以前的重要作品,而且一直到清代,仍然有民主性非常强烈的文言小说《聊斋志异》。反之,白话文学中也有封建性的糟粕,例如胡适曾加欣赏的王褒《僮约》中就充满了压迫者的恶趣,明清传奇和白话小说中也有许多宣传封建伦理、因果报应以及淫猥低级的作品,甚至还出现了极其反动的《荡寇志》。""近代文学是在古代文学的基础上发展起来的,后世的伟大作家总是充分吸收了前代文学的优秀成果,才能超越前人。……《三国演义》《水浒传》的演进过程充分说明了这一点。中国小说到了《儒林外史》《红楼梦》的阶段,也就是中国文学中古典现实主义发展到最成熟的阶段,伟大的作家吴敬梓、曹雪芹如果没有广泛地学习古典文学一切优秀的成果,就不可能写出这样高度现实主义的作品。"

同日,姚虹的《发掘生活的矿藏——读骆宾基的小说集〈年假〉》发表于《文艺报》第 34 号。姚虹认为:"人,时代,这其实是文学内容的不可割裂的两个方面。一部现实主义作品,如果不通过对于时代、社会的如实描绘(这也就是'反映现实'),它就不可能写出一个具体的人来;光去写什么赤裸裸的人性,那是要闹笑话的,而且也根本不可能。反过来,时代、社会,也只有通过对于人的描写,才可能得到艺术的反映;否则,这种作品就会被谥之为'概念的图解'。人们常爱说,人是'社会关系的总和',既然如此,文学作品的反映现实和写人的问题,就是水乳交融地溶为一体的。在人物身上,就有时代、社会的投影。把人作为'社会关系的总和'来理解、来表现,这就是说,人物是生活在特定时代特定社会里的,并非孤立的、神秘的、抽象的存在物;这也就是说,作家对于某一具体的人的观察,是和他对于整个现实生活的观察有机地联系着的,而对于具体人物的观察,又加深了、扩展了他对于整个现实生活或现实生活的某一方面的观察和理解;这也就是说,作家的任务是写人,改善人的生活,同时也就是反映现实,推动现实的前进。""发掘现实生活中对于人说来是新的东西,重要的东西,不但需要作者具有一付敏锐的眼光,尤其要求作者用自己心灵的全部力量为这新的、重要的东西'催生',使它迅速地不可抵御地萌蘖、生发。"

同日，白煤的《我对写正面人物的看法》发表于《星火》11、12月合刊号。白煤认为："一切好的优秀的艺术作品必须是通过活生生的艺术形象，来反映生活的真实，反映现实斗争的。必须使读者能从作品中，从作者所描绘的生动的生活情景中，从有血有肉的人物的思想和行为中，受到作品的感染，引起强烈的爱憎、同情或者仇恨……""怎样理解正面人物，怎样才能写好正面人物，首先是决定于作者对生活的态度，他爱什么，他恨什么，归根结底作者是否具有马克思列宁主义的世界观，他是否能用马克思列宁主义的观点到群众中去，观察、体验、研究、分析。""我们并不是否认技巧的作用，技巧和创作有着很重要的联系，技巧是为生活和创作服务的。但若过份强调了技巧，贬低了思想，把技巧放在第一位，思想放在第二位；这样的结果就势必容易走上'为艺术而艺术'的歧途，剥弱与模糊文艺为政治服务的作用，削弱正面人物的作用。甚至完全脱离政治，完全脱离创作的根本目的。""我认为写正面人物，必须注意到人物的思想和形象，如有反面人物出场还必须注意到他和反面人物之间的关系和斗争。而作者的人生观及和生活的关系，又是起先决作用的。"

赖淮靖的《写真实与写英雄人物》发表于同期《星火》。赖淮靖认为："写真实是现实主义的一个基本要求，任何不真实的作品都是不为人民所欢迎的。但是，写真实不能没有目的，不能为写真实而写真实，更不能仅仅把'揭露阴暗面'当作写真实。在社会主义现实主义文学中，真实的描写必须与用社会主义思想去改造和教育劳动人民的任务相结合。""我们暴露和批评，不是为了别的，是为了社会的发展和进步。揭露生活中坏的现象固然必要，但更重要的，是表现我们社会生活中主要的一面，即对那新生的、美好的、向前发展的东西的描写。我们要记住：暴露坏东西，必须指出它的必然被消灭，因为这是我们新社会的本质。""我认为一个真正的英雄人物，应该是一个具有强烈的斗争性的人物，他之所以成为英雄，是与他为广大人民的利益而坚持斗争分不开的，因而在他身上就不会存在与他的品质不相容的原则错误。""即使在他身上有某种个别的缺点，这也是在他的发展过程中经过自我斗争不断克服的缺点。这缺点并不能代表他的本质，而能代表他的本质的应该是那种英雄的品质。这是不是说英雄的某种个别缺点不可以写呢？当然不是。好的作品写英雄的缺点，也写他如何对待和克服自己的缺点。这样的描写，也正是为了表现他的英雄性格。"

8日 欧阳文彬的《读〈收获〉》发表于《文艺学习》第12期。欧阳文彬写道："高尔基说：'在无产阶级的社会主义社会产生的条件下，文学的"永恒的"题材，一部分正在消逝，另一部分正在改变它们原来的意义。''永恒的'题材，根据过去一般的说法，常常是指爱情与死亡而言。华西里和阿芙多蒂亚的爱情在枯萎之后重获生机，这不都是因为它们的命运和集体事业紧相联系、他们的人格又在劳动中越来越光彩焕发的原故么？社会主义现实主义正使爱情题材日益得到新鲜的丰富的含义。就连死亡这一'永恒的'题材也不例外。"此外，"劳动，这个题材在这里是带着诱人的诗意被描绘出来的"。

15日 伟良的《马尔兹和他的〈短促生命中漫长的一天〉》发表于《文艺报》第36号。伟良写道："《短促生命中漫长的一天》描写美国监狱里犯人一天的生活。""小说的人物很多，各有各的身世、案情、思想、性格和活动。作者通过他们，为我们刻画了无数来自美国当代社会各阶层不同人物的形象。他用纯熟的技巧，把故事发展的时间压缩在一天之内，使全书的情节紧紧地围绕着几个主要人物的案情和活动而展开。因此，尽管狱中和狱外，过去和现在的事件羼杂在一起，尽管一个故事套着一个故事，我们读起来并不觉得零乱，反而还有一种'浑然一体，一气呵成'之感。而且，因为作者具有深刻和敏锐的观察力，我们透过他的描述，不只看到人物的外形，同时也看到了他们的内心世界。透过作者绘出的一幅幅画面，我们不仅看到了美国社会的形形色色，同时也看到了这个社会的整体。""这部作品鲜明地反映了现代美国残暴可怖的现实，揭发了法律和监狱在美国只是资产阶级压迫劳动人民的工具，使人深刻理解到整个资本主义制度的惨无人道。作者善于找出生活中的本质的特征，令人信服地证明美国人民的品质比统治者要高贵得多。"

温莎的《高尔基——社会主义现实主义道路的灯塔》发表于同期《文艺报》。温莎认为："作为艺术方法的现实主义不是没有阶级性的。它之所以有阶级性，由于它是服务于一定的意识形态——为一定的意识形态所支配，所渗透着的创作方法。……'现实主义'或'现实主义成份',是在阶级斗争历史的一定阶段上,那仅为先进阶级、新生产力以及进步的意识观念的利益而服务的,忠于历史的一种艺术表现方法或表现程度。""社会主义现实主义的文学,就不仅以其反映的内容系社会主义社会生活的风貌、典型为限,还在于这种创作方法,典型化方法系受着社会主义精神所支配、所渗透着的;同时,又透过它的艺术表现的魅力给与广大劳动人民的读者以社会主义的教育,鼓舞他们为把大地改造成'人类美妙的住宅'而斗争。""社会主义现实主义的创作方法给予题材的采用开拓出无限广阔的天地。但是,这并不是说,作为描写的对象,反映的生活,就可以毫无区别地兼收兼蓄。……我们固然一定要继承过去一切遗产中的现实主义传统,我们也要无情地鞭挞现实生活中一切妨碍我们前进的腐朽和丑恶事物;但这也必须取得正确的观点立场——工人阶级的观点立场,才有可能运用有如高尔基所运用过的那样艺术的'鞭子'。"

15日 王西彦的《论〈子夜〉》发表于《新港》12月号。王西彦认为:"如果完全从结构的完整性来看,在全部用城市生活的背景展开故事情节的作品里,保留着那么一个描写农村生活的章节,看起来也的确是一种缺陷,会给人不统一的感觉;作者明知是缺陷,却仍'不忍割舍',自然是为了即使'不能表现出整个的革命形势',但只要保留着一部分农村革命力量蓬勃发展的面貌,也是好的——和表现革命形势的任务相比较,结构上不够完整究竟是次要的事情。但我以为,在这企图表现农村革命力量的第四章上,问题不仅在它的'在全书中成为游离的部分',更在它对自己的目的所完成的程度上。""我们看到,作者在第四章里写双桥镇附近农民的暴动,并不是完全采取正面描绘的方法,主要的是通过地主曾沧海的遭遇来反映的,因此,武装农民出现的场面很少,出现时也只是一种从曾沧海父子两人眼前经过的景象。""在这些描写里,作者的意图是很明显的:既想表现武装农民的有组织、有领导和他们的勇敢,也想揭发出真正杀人行凶的究竟是什么人。这样的意图当然是好的。不过,在作品中表现出作者太明显的意图,同时也就减少了生活本身的逻辑力量。"

19日 王知伊的《从新刊〈拍案惊奇〉说起》发表于《文汇报》。王知伊认为,《初刻拍案惊奇》《二刻拍案惊奇》中"故事的情节和人物形象,在不同程度上反映了当时社会生活和人民的愿望。特别对于宋、明城市工商业发达以后的市民生活,有所描绘和反映。这些作品具有一定的艺术感染力,布局、结构以及形象的刻划,虽不及'三言',但对文学工作者来说,还是有参考价值的。问题是:市民阶层的情感和意识本身,同时具有庸俗的、封建的一面;在明代'承平日久,民佚志淫'的情况下,'两刻中的猥亵描写,较之三言,更加利害',编选者和出版者如何去加以对待,是值得大家注意的"。

29日 李希凡的《〈水浒〉和〈金瓶梅〉在我国现实主义文学发展中的地位》发表于《文艺报》第38号。李希凡认为:"现实主义人物创造问题……反映时代的范围问题……是衡量一部现实主义作品的中心问题。"李希凡认为:"文学作品究竟不是真正的'社会生活的百科全书',真实的生动的艺术情节,并不能直接和琐细的生活细节相等,它是和典型性格的概括分不开的。有些作品虽然把生活细节写得逼真,却缺乏艺术内容,也写不出令人不忘的人物来。"

李希凡还认为:"小说,尤其是长篇小说形式的出现,自然是和城市经济的发展、社会生活的复杂化有密切联系。正是由于新的生产方式的诞生,打开了广阔的生活天地,促使人们从各个方面努力冲破封建关系,要求了解现实,要求了解更多复杂的人生问题,而这是田园牧歌式的文艺所不能满足的。于是,描写现实生活的小说出现了,在中国是从城市中的'说话'开始的,说话的人的底本的丰富和发展,就成了文学形式的'平话'和'章回小说'。""小说是文艺中能真实深刻表现复杂人生的最完整的艺术形式。""《金瓶梅》在反映现实生活的逼真描写和情节的细腻上,确实是我国当时长篇小说的一种独创性的发展,在作品所表现出来的作者的整个意图里,也包含着暴露和否定腐烂的封建社会的趋向。但是,从作品的客观效果来看,与其说它'是暴露封建社会的罪恶整体',不如说,它的艺术形象的表现,却反映出作者是有意无意地在欣赏那些腐化、堕落和丑恶的事物。""他没有'从生活的散文中抽出生活的诗',有的只是由琐屑、重叠的生活细节连锁起来的庸俗和丑恶的现象。"

李希凡也注意到:"在我国长篇小说中伟大的文学杰作《红楼梦》,虽然受了《金瓶梅》的深刻影响,但却在现实主义成就上,无比优越地高于《金瓶梅》,也恰恰是在这种意义上。《红楼梦》同样以一个家庭的故事为中心,同样暴露了这个家庭的腐朽和衰败，同样写了许多龌龊的人物、龌龊的事件，尽管曹雪芹也存在着一定的虚无主义思想，他为他所出身的阶级唱着悲凉的挽歌。但是，人们不难从这个庞大的社会悲剧里，看到作家曹雪芹对于关心人生的执着的追求和热烈的希望。——在对丑恶人生的憎恨中，透露着对于美好人生的追求，在对美好事物的歌颂中，透露着对丑恶事物的反抗。""《金瓶梅》尽管写得这样真实，却因为恰恰缺少了这艺术生命的核心，对于美和丑丧失了艺术家的敏锐的嗅觉，明确的判断，从而，在艺术表现上，也就不可能不失去激动人心的力量。"

1958年

一月

1日 金人的《论〈静静的顿河〉的思想性和艺术性》发表于《长江文艺》1月号。金人写道:"悲剧的氛围是小说的主要艺术特点之一。……小说还描写了许多大大小小的悲剧,每个悲剧都很动人,这些悲剧使小说的艺术力量达到了空前的高峰。""反面衬托的叙述方法,是小说的第二个艺术特点。……作者用这种反面衬托的方法,使我们并不觉得革命力量小,相反的却觉得革命力量很大,觉得社会主义革命的胜利乃是必然的,一点儿也没有牵强的地方,这实在是作者艺术手法非常高明的地方。""深刻的心理描写和塑造人物的高度技巧是小说的第三个艺术特点。……作者在人物的心理的描写上,主要的是真实和深入,对人物的心理体现得非常细密。在人物的塑造上,主要是性格分明,每个主要人物都有其不同的性格,甚至在声音笑貌上也各不相同的,使人一看就能获得深刻的印象。"另外,"作者使用的艺术语言和描写自然风景的手法,也是具有高度艺术性的"。

8日 杜鹏程的《感想与感受——略谈"写真实"》发表于《人民文学》1月号。杜鹏程写道:"作家必须写真实,文学作品必须反映真实,或者说必须反映客观现实。""文艺作者,他们研究人和人生,他们面对着整个社会,为了不至于把偶然现象当作普遍存在的事物,为了不把局部代替全体,为了正确地深入地发掘生活的真理,就必须具有科学的世界观。这种科学的先进的世界观是人们的力量和思想的根本的源泉之一。"

李六如的《关于〈六十年的变迁〉答读者问》发表于同期《人民文学》。李六如写道:"关于故事情节,不免有虚构、想像、夸大或缩小的地方。人物当中,有些是真姓名,有些是假姓名,也有少数是概括或塑造的。""这个时代,所见所闻的故事很多,当然不能够像写流水账一样,把柴米油盐酱醋茶,毫无选择的一起写上去。反之,如果像写其他小说一样,专选择几个典型人物故事和大场面作背景,那又无法反映这漫长时期而又是最复杂错综的社会政治演变与革命因果的历史现实性。更无法将前后正反对比,显出没有共产党就不会有一九四九年的全国解放和今天的社会主义建设。这就是本书的主题思想。我就是围绕着这个主题思想去取舍素材的。"

龙世辉的《〈林海雪原〉的人物刻划及其他》发表于同期《人民文学》。龙世辉认为,《林海雪原》"最根本的也是最成功的地方,还是作品中所刻划的英雄人物的鲜明形象"。《林海雪原》的作者"并没有从理论上去琢磨,应该如何才能刻划好人物,他从现实生活出发,事实上总是把人物放在矛盾冲突中来加以刻划"。"《林海雪原》中所表现的矛盾冲突,是与人物性格和故事的发展紧紧相联,不可分割的。……由于作者是这样在故事发展的必然趋势下,在真实的矛盾冲突的尖端来刻划人物,所以他的人物才是真实感人的。"

王西彦的《真实与真理》发表于同期《人民文学》。王西彦认为:"同一种生活现象,在不同人的眼睛里,就会有不同的'真实'","要保证自己能写出真正的真实,重要的是要站在一个正确的立场上,要有辨别生活现象的真情和假象的能力"。"文学的真实,当然就是生活的真实的反映。但文学的反映生活,是一种对生活的提炼,所以文学所反映的生活,比实际生活更集中,更精纯。"

11日 茅盾的《夜读偶记——关于社会主义现实主义及其它》发表于《文艺报》第1期。茅盾认为:"'新浪漫主义'这个术语,20年代后不见再有人用它了,但实质上,它的阴魂是不散的。现在我们总称为'现代派'的半打多的'主义',就是这个东西。这半打多的主义中间,有一个名为'超现实主义'。'超'现实,事实上是逃避现实,歪曲现实,亦即是反现实。因此,我以为'超现实主义'这个术语,倒可以大体上概括了'现代派'的精神实质的。也是在这个意义上,'现代派'和50多年前人们曾一度使用过的'新浪漫主义',稍稍有点区别,当时使用'新浪漫主义'这个术语的人们把初期象征派和罗曼·罗兰的早期作品都作为'新浪漫主义'来看待的。""'古典主义——浪漫主义——现实主义——新浪漫主义或现代派'这个公式，表面上好像说明了文艺思潮怎样地后浪推前浪，步步进展，实质上却是用一件美丽的尸衣掩盖了还魂的僵尸而已。这个僵尸就是作为假古典主义的本质的形式主义。表面上看，而且也正是他们自己所大言不惭地标榜的，'现代派'诸家（主义），反对任何一成不变的表现方法，高叫独创，不拘成规，反对描画事物的外形，而自诩他们是能够揭露事物的精神而'翘然不群'的；但是实质上，他们（现代派诸家）的所谓'揭露事物的精神'只是在歪曲（极端歪曲）事物外形的方式下发泄了作者个人的幻想或幻觉，只是在反对陈旧的表现方法的幌子下，摒弃了艺术创作的优秀传统，只是在反对'形式的貌似'的掩饰下，造作了另一种形式主义。因此，我们有理由把'现代派'诸家概括地称之为'抽象的形式主义'，以别于假古典主义的形式主义。"

普鲁德柯夫作、蒋洪举译、鲍群校的《美国的文学买卖》发表于同期《文艺报》。普鲁德柯夫认为，美国《作家》杂志的小说家"利用'魔术构题法'或'裁缝的'方法，就可以创作出几百篇小说，使读者相信'美国捷运公司'的最高速度。用'阴暗而深远的峡谷'使人神经紧张，用通奸的故事迎合小市民的口味。用'裁缝的'方法，可以裁剪出大肆叫嚣'冷战'和'实力政策'的故事"。

舒需的《感情深处的浪花——读张有德的〈晨〉》发表于同期《文艺报》。舒需认为："张有德的一篇题为《晨》（长江文艺1957年10月号）的短篇小说，好像是早晨的田野上散发出来的一股清新的气息，它启发人们重新去思考庄严的人生。"

15日 张福深的《鲁迅小说的物件描写》发表于《文学青年》第1期。张福深认为："人跟他所备用的物件有极密切的联系；当然，人的周围的设备和所使用的物件是非常繁多而且各式各样，并非任何一种物件都跟人有直接联系。但是，其中某些物件不能不多少染上人的一定色彩。""一个现实主义的作家，每当写到这些地方时，总是能够把握住对人物来说是具有特征的物件，从而帮助刻划人物的性格。""物件能够表现人物的性格和心理。"另外，"还可以根据'人亡物在'，'触景生情'的常情，通过物件描写，激起读者产生追念逝去了的人物的情感"。总之，"物件描写在作品中的作用是多种多样的，但不管怎样，它是构成典型环境的因素，绝不能认为是不足道的末枝小节；忽略了它，作品也会苍白无力的"。

26日 江长远的《1958年的书——人民文学出版社出版计划一瞥》发表于《文艺报》第2期。江长远写道，人民文学出版社"计划出版长篇小说17部，其中包括李劼人的《大波》、艾芜的《百炼成钢》、雷加的《蓝色的青枫林》和兄弟民族作家玛拉沁夫的《在茫茫的草原上》（下部）、李乔的《欢笑的金沙江》（第2部）。优秀的中短篇小说、诗歌、特写、散文等，及时反映当前人民斗争生活的作品，将继续大量出版，主体范围也将尽力扩大，其中描写工农业建设的作品，在计划中已给予特别重视"。

二月

8日 巴人的《略论"英雄人物"》发表于《人民文学》2月号。巴人写道："我们要求的先进的英雄形象，是劳动人民，或工人阶级中先进分子的英雄形象。""英雄从群众中产生，也从斗争中产生……英雄在艺术形象里也就不能不高出于群众，而不能沉浸在一般群众的形象里……因为只有这样，……才有我们文艺服务于政治的最高的积极意义。"

骆宾基的《从王府井大街所见而想起的》发表于同期《人民文学》。骆宾基写道："有两种真实的：一种是社会主义现实主义所要求的真实，那就是要求'典型环境，典型人物'，这是真正的'真实'；一种是把诸般典型环境的色素排拒在外，把人物的典型性格排拒在外的'真实'，这种'真实'如果不是根据自己的立场和要求，伪造骗人，那么也是如车尔尼雪夫斯基所说，是'局部的误解'，与已经存在的普遍的真实，及将要普遍存在的萌芽状态的真实，全然无关的。"

茅盾的《关于所谓写真实》发表于同期《人民文学》。茅盾写道："文艺之必须具有真实性，是不成问题的。从古到今，伟大的经得起时间考验的文艺作品，一定具有真实性。""右派分子叫嚣的'写真实'，其实是'暴露社会生活的阴暗面'的代名词。右派分子的作品就是证据。""问题不在阴暗面应不应当写，问题在于你用怎样的态度、站在什么立场去写那些阴暗面。""叫着'写真实'的右派分子却用反对公式化、概念化的幌子,诬蔑那些以社会重大事件(表现了阶级斗争和生产斗争的新人新事的)为题材的作品是不真实的,而提出了他们的'写真实'的样本,——片面地描写社会生活阴暗面的作品,一些辨别力薄弱的青年又哄然盲从;这便是造成近来的青年中间文艺思想混乱的主要原因。"

韶华的《真实和歪曲》发表于同期《人民文学》。韶华认为:"在我们观察、分析、认识生活的时候,在选择题材和结构故事的时候,并不能认为只要描写了细节的真实,只要实有其人其事,作品就真实了。如果你写的是暂时的和个别的现象,如果它不能表现出事物的本质,即使写真人真事,那么它也不能就说是真实的。因为作者不是写的某一件事,作者应该站在更高的角度,以作品使读者从这一件事中透察出事物的实质和根本面貌,是'社会的镜子'。我们需要的是:时代的真实;历史的真实!"

石棱中的《新的世界新的人物——冬日杂抄之二》发表于同期《人民文学》。石棱中写道:"'文学应当是反映把我们的土地的面貌剧烈地改变了的新的景色。'""这新的时代从根本上打破了旧的人剥削人的制度,从根本上批判了所谓'英雄'与'庸众'的观点。这个时代的英雄是劳动人民,再不是资产阶级的'个人''超人',而且他们变成了被批判的对象。……那些右派分子和修正主义者……既不了解也不熟悉、更不喜爱这新的时代,新的人。他们就'不免地把自己丧失生存意义的感想强加在整个世界上……'"

11日 陈伯吹的《扣人心弦的一页——读〈骨肉〉》发表于《文艺报》第3期。陈伯吹认为:"胡万春同志写的《骨肉》可以说是一篇自传体的短篇小说。""作者写《骨肉》采用了第一人称的艺术手法,这就便于把自己的阶级思想,渗透了从实际生活中所产生的阶级感情,直接地感染给读者,成功地达到了真情自然流露、真实感人的境地。在文坛上有过一句久已有之的老话,叫做'文情并茂',《骨肉》就是其中的一个实例吧。"

侯金镜的《一部引人入胜的长篇小说——读〈林海雪原〉》发表于同期《文艺报》。侯金镜认为:"在描写新英雄人物的作品中,有一部分虽然思想性的深刻程度尚不足、人物的性格有些单薄、不成熟,但是因为它们具有民族风格的某些特点,故事性强并且有吸引力,语言通俗、群众化,极少有知识分子或翻译作品式的洋腔调,又能生动准确地描绘出人民斗争生活的风貌(如《铁道游击队》《新儿女英雄传》等等),它们的普及性也很大,读者面更广,能够深入到许多文学作品不能深入到的读者层去。""《林海雪原》和前面提到的后一种作品相类似。这本书有着浓厚的传统色采。"这部小说有"充沛的革命英雄主义的感情;接近民族风格并富有传奇色采的特色"。"《林海雪原》的环境描写……不仅从侧面烘托了小分队英雄战士们的革命气魄,而且给这本书平添了不少传奇色彩。"小说"自然而不生拗地安排故事情节,在人物和故事胶合得很紧的时候,作者就能够使人物活脱脱地表现出来,牢牢吸引住读者"。

"文学语言和表现方法上的欧化,在我们当前的作品中并不是个别现象。这样的作品不但妨碍自己在群众中普及,不能准确深刻地表现人民群众的感情状态和心理状态,创造刚健清新的形式,追求新的风格,也就更无从谈起了。这正是不熟悉人民的语言,对我国古典小说的优秀传统、对民间口头文学作品不做认真研究和学习,不考虑文学作品的普及性的结果。有些青年作者的作品,不但语言欧化,而且对于人物心理的描写,对于人物性格的某些特征,也和翻译过来的外国小说相类似。这不是正常的现象。""表现方法上接近民族风格,是《林海雪原》的一个重要特色。""曲波很注意口语化,很注意语言在表现人物的性格身份时的确切性,所以《林海雪原》的语言能够表达人物的神情。""在描写人物的行动中来显示人物的性格,这种运用语言的方法,曲波是得力于我国的古典小说的。""故事的枝节铺排得很多,伸展得很远,而又互相错杂,作者写来既能提得起又可以放得下,那么从容不迫。各色各样的人物就在这种故事布局下面突然而又自然的出现,作品所描写的生活幅度,也借着大小故事的串连在一起而伸展得很广。""'无巧不成书',不回避偶然性的情节,并且利用它们突出人物的性格,吸引读者的兴趣,也是我国古典小说里所习用的手法。曲波在《林海雪原》里,也运用得很好。""在紧张的故事进程中,作者常常舍弃了琐细的生活,而把人物放在重大的冲突、惊险的行动中去描写。这时候,在一些节骨眼上,再插入偶然性的情节,既突出了人物,又能引人入胜;既使故事情节多变化而不呆滞,又把现实性和传奇性的两种不同的调子巧妙地融合在一起,这就使《林海雪原》的故事产生了很大的魅力。"

15日 思基的《谈赵树理的短篇小说》发表于《文学青年》第2期。思基认为:"作为赵树理创作风格上的艺术的独特性,在这些短篇创作中所显示出来的则是:第一,在结构形式和描写方法上,基本上是继承我国的评书、章回小说的传统而加以改造的,因而,作品非常注意故事的头尾衔接,人物出场下场的交代,以及叙述故事过程中通过书中人物的视线、感觉,描写情景,刻划人物,从不脱离故事的叙述,单独的去进行景物气氛的渲染和冗长的人物描写。""第二,在语言的选择、运用上,赵树理同志是以群众的口头语言为基础加以精炼的。他对于词汇选择,句子结构都以群众听得懂、听得惯为标准,因而,他既避开了知识分子所使用的冗长的句法,又避开了口头语言中一些不科学的方言土语,而使他的语言十分朴素、坚实而又有丰富的表现力。这种语言,不但普遍的表现在小说的人物对话中,而且也普遍的表现在故事的叙述描写中。因而,他的创作中,人物的语言和叙述人的语言,是完全统一的。作品也就因此而格外富有感染力。""第三,人物性格的刻划,作者总是把它放置在矛盾的两端并通过他们自己的行动和语言表现他们的思想情绪,性格特征。"

26日 田仲济的《旧时代的悲歌——读〈王统照短篇小说选集〉》发表于《文艺报》第4期。田仲济写道:"是现实主义的精神使我们的诗人由幻想进入了现实,而且逐渐认识了现实的各个方面,都是和美与爱的理想相违背的,充满了黑暗与痛苦的。他所闻、所见、所感、所想像到的,就不能不是痛苦与忧郁。"

王朝闻的《欣赏,"再创造"——文艺欣赏随笔》发表于同期《文艺报》。王朝闻写道:"任何艺术,都有它的特长和局限性;小说里的人物的外形不是可视的,是小说的缺点也是小说的优点。正因为形象是不十分定型的,欣赏者便于把自己在实际生活里所见所闻的印象,作为在自己头脑中再创造人物外形的根据(这好比小说家构成小说里的人物心里状况的根据一样)。因为读者各人有各人不同的生活经验,当他们进行想像和联想的时候,虽然不脱离小说所描写的基本特征,在某些方面却可能有很大的出入。"

《反对八股腔,文风要解放!——本刊举行文风座谈会,大家起来声讨八股腔。》发表于同期《文艺报》。发言者有老舍、臧克家、赵树理、叶圣陶、谢冰心、方令孺、宗白华、林庚、吴组缃、陈白塵、朱光潜、张光年等人。赵树理说道："现在有好多小说是和口语逐渐接近了。"朱光潜说道："作家语言问题并不是单纯的语言问题，而是思想问题……根本的解决是在生活上站到工农群众队伍里去，在思想情感上站到工农群众队伍里去。有了工农群众的生活，有了工农群众的思想情感，工农群众的语言，也就是日常生活中活的语言，自然就会跟着来。这是起码的要求，做到了这起码的要求以后，作家进一步的任务就是把人民大众的日常语言加以丰富化和简炼化。"

《新文艺出版社今年的新书》一文发表于同期《文艺报》。文中提到："中国现代文学方面，今年仍以出版新创作为主。预计可以出版和发排的中、长篇小说有王安友的《战斗的渔村》，刘知侠的反映解放战争中山东人民英勇斗争的新作，沙汀、黑丁的中篇，以及青年作家史超的反映大别山区革命斗争的《五更寒》，费文礼的中篇等。短篇小说方面，有周立波、康濯、方纪、吉学霈、李准、高延昌等的短篇集。"

28日 周扬的《文艺战线上的一场大辩论》发表于《人民日报》。周扬写道："在作品的取材上，在表现手法和艺术风格上，作家应当有完全的自由。我们提倡写工农兵，决不是排斥作家按照不同的经验、特长和兴趣写各种其他的题材。我们认为社会主义现实主义是最好的创作方法，但这只能向作家提倡，鼓励作家提高马克思列宁主义的思想修养，密切和劳动人民的联系，使社会主义思想真正成为作家的血肉和灵魂，而不是向作家下一道强制执行的命令。社会主义现实主义是只能从每个作家具体创作实践的结果中体现出来的，而不能主观地强求。在艺术风格上，我们鼓励多样性和个人独创性。"

三月

1日 洪迅的《〈林海雪原〉琐谈——读书札记》发表于《处女地》3月号。洪迅写道："简单地说，可以说《林海雪原》是一部描写剿匪斗争的小说。""《林海雪原》的作者正是从上述的角度出发，组织了基本上是作者亲身经历的剿匪斗争的题材。所以它具有当时和后来描写东北地区剿匪斗争作品所缺乏的长处。"

洪迅认为："首先，作者不仅是给我们描绘了一个个凶恶残暴的匪徒面孔，而且对这些匪徒的社会根源作了较深入的挖掘。""其次是在结构上的特点：第一，就是结构的紧凑集中富于故事性。正如有的人通俗地说的《林海雪原》的一个特点是'大故事里有小故事，故事里套故事，故事外面有故事'。而这些一个一个的故事不是各自独立的，而是象连环套一样，链环在一起，形成一个不能分离的有机体。他不象某些书，读者一旦登上故事的高峰，其余部分便一览无余，再没有诱惑人的魅力。《林海雪原》故事情节的吸引力直到最后一个字。另方面，它也不象某些流行的故事性极强的惊险小说，虽也使一些读者迷惑到底，但最后象看穿了魔术的秘密一样，最后追捕到的不过是一场作者故弄的玄虚。《林海雪原》的每一故事情节的进展都把读者引进一片臆想不到的天地。"

洪迅写道："第二点是结构上概括的广度。""作者刻画人物的时候，没有让人物长时间静立住，象模特儿一样，对之作着冷静、细腻的描绘。也没有让人物去经历所谓显示人物性格'复杂''丰富'的思想活动的艰难途程。这些人物都是在一个一个行动过程中显示出来自己的个性和外貌的特征。往往一开始就个性显著的跃现在我们面前。人物内心复杂的感情常是表现在简炼的人物一刹那的思念和迅速行动中。""人物行动的明快，与小说结构的故事性强是分不开的。除了中国小说，特别是《水浒》给予作者的优良艺术手法的影响外，而更主要的是作者对人物的熟悉，只有对自己最熟悉的人物才能一下子抓住其特征，表达得最简要、清楚、生动。"

洪迅表示："《林海雪原》反映的生活斗争的内容是火辣、新奇的，人物也是独特的。总括来说，它在艺术上的一个最显著的特点，就是具有中国传统小说的风格：结构的故事性强、人物行动性强、语言明快。除了小说具有吸引人的惊心动魄的生活内容以外，这种艺术上的民族风格，是使这本书很快的进入广大读者群众中，特别是普通的读者群众中的一个主要原因。艺术上的民族风格，是不可等闲视之的次要问题。这是一个群众性的问题。关系着一部书能否在广大群众中产生直接影响的问题。"

同日，老舍的《多写小小说》发表于《新港》2、3月合刊。老舍认为："现有的短篇作品中还有些不够精炼的，本来可以只用两千字，而用了三千。我们希望作家以后执笔，能够加工再加工，写得更短更精一些。我们更希望把小小说当作一个新体裁看待，别出心裁，只用一二千字就能写出一篇美好而新颖的小说。""小小说是小说，不是随感或报导。它短小，可是还有人物。这可就不简单了。写这种小说，作者需要极其深入地了解问题与人物，并能够极其概括地叙述事实，用三言五语便刻画出人物。这是很高的本领。"

2日 言永的《试谈先秦小说》发表于《光明日报》。言永认为："我们把散见在各种先秦书籍里的小说摘录出来，归纳在一起，则先秦时期的小说作品也不能说少。现在试把这些小说提出来略谈一下。""第一类是笑话。先秦有些笑话是被当作寓言来看的。""第二类是杂说。先秦有一些作品，故事、人物都是虚拟的。也在一定程度上写出了人物的性格，情节也相当生动。文章也具有思想意义。这一类作品不是神话、传说，又非寓言、笑话，更不是史传、志怪，因此暂且称为杂说。""第三类是志怪。先秦有一些文章，写了一些神怪奇异的故事，但它又不能作为神话看待。因为这类故事的主题是表现阶级社会里邪恶和不义的矛盾斗争，或则责恶褒善，而不是像神话那样反映人和自然的矛盾。因此，这类作品应该与神话区别开来。暂称为'志怪'。""第四类是诸子故事。这一类作品是写先秦诸子的故事，但又不是诸子的真实事迹。可以说是后人的虚构而作的。作品对人物的思想性格有相当程度的刻画。情节也颇生动。""第五类是野史。这一类作品是写史实人物的故事，但不涉及神怪事件，可是又非史实事件，故事的虚构性很明显。其次，这类作品对人物的性格也有生动的描写。因此我觉得也应该把它们列入小说的范围里。"

3日 《〈苦菜花〉》一文发表于《人民日报》。文中写道："长篇小说《苦菜花》用生动的笔触，极其真实地展示了昆嵛山地区的人民，在党的领导下同日寇、汉奸走狗以及封建势力的斗争，反映了人民的胜利，也反映了人民军队发展壮大的过程和军民亲如骨肉的关系。贯穿全书的是一个平凡而又伟大的母亲。作者非常细腻地刻划了她善良的、坚贞不屈的英雄性格，在读者心目中留下了极为深刻的印象。书中穿插的青年们的爱情故事，也是生动有趣的。"

8日 黄树则的《写给为罗林喊冤的一位青年——评蓝珊的小说〈棱角〉》发表于《人民文学》3月号。黄树则写道："没有个性，就没有党性，每一个无产阶级战士都有他的个性。然而，《棱角》的作者所赞美的并不是我们所说的个性，而是资产阶级知识分子'只看到他自己'的那种'个性'。资产阶级的'个性'当然是不容于无产阶级的党性原则的。……作者所表达的是对于无产阶级党性的极端的歪曲!《棱角》这篇小说对于青年读者的毒害也就在这里。"

11日 方明的《壮阔的农民革命的历史图画——读小说〈红旗谱〉》发表于《文艺报》第5期。方明认为:"小说的简练笔法,在写景方面像水墨画那样的苍劲有力,都显示着作者得力地运用了传统手法。我们的古典作品,都善于通过人物自己的语言,表现人物的性格,人物的思想感情和心理状态。《红旗谱》的作者很好地学习了这一点。当然,小说在语言上主要的成功,还在于作者从生活里提炼了文学的语言。"

马铁丁的《我们要做革新派——读〈文艺战线上的一场大辩论〉后记》发表于同期《文艺报》。马铁丁认为:"'继承传统',决不是是古非今,死抱住传统不放,睡在传统上固步自封,而是动员古人为社会主义服务。""要成为艺术上的革新派就必须和封建主义、资本主义、个人主义的旧思想彻底决裂,建立起社会主义,集体主义的新思想来";"要成为文艺上的革新派就必须使自己的思想情感、使自己的作品无限深广地和劳动人民结合";"要成为文艺上的革新派就必须在思想上为革命的乐观主义所武装,并以革命的乐观主义精神去迎接困难、克服困难,鼓舞群众的斗志,推动社会主义建设的日新、又日新、日日新!"

《老战士话当年——本刊举行〈红旗谱〉座谈会记录摘要》发表于同期《文艺报》。出席人有梁斌、曹承宗、张金锡、常明、臧伯平、侯金镜。常明说道:"会抓典型,会选择典型,是这部小说根本性的优点。"臧伯平认为:"这本书的阶级性明确,主题鲜明,线索清楚……感染力强……通俗。虽然书中有很多土话,但基本上还是普通话,这种话是群众喜爱的。"

20日 老舍的《写通俗一些》发表于《北京文艺》3月号。老舍写道:"一切文艺作品,不管用什么形式,都须注意通俗化,由普及而提高。""怎样通俗:(一)文章要写短一些,有什么说什么,有多少说多少,不要以'大块文章'吓人。拖泥带水,东拉西扯,都不能成为好文章。""(二)不写官样文章。所谓官样文章,即文章有个臭架子。""(三)不要以为用'的吗啊啦'代替'之乎者也',即是通俗。……文章通俗,态度严肃,才是正理。通俗不等于庸俗。""(四)要从生活中学习语言,提炼语言。"

田家的《林斤澜小说的艺术倾向》发表于同期《北京文艺》。田家写道:"抒情式的和传奇似的'基调'……'统领'了他这些小说的'全局'。""这种艺术气质,由于'基调'的变化和偏重,可以分为两类:一类基本上是抒情式的但又略带传奇的色彩;一类则是传奇似的基调较重,而渗透着抒情式的'格局'的。""从结构方面讲,虽然有时多变化,但是还是比较单纯而质朴的。""显示斤澜小说的艺术特色的,还有突出事物特征的象征手法和个性化的语言艺术。""对人物心理的刻画,是所有的小说都有的,而在斤澜的小说里,形成它的艺术特色的,是作者采取充满诗意的抒情。在他所采用第一人称的体裁中,尽情地描摹和抒发自己的心情和对事情的感情。即使第三人称的小说里,也是屡见不鲜的。有时,甚至只为了写一时的感触,或烘托一下环境,作者也采用了这种告白式的抒情的描写。"林斤澜小说的艺术特色"主要是艺术描写和故事情节上的既有传奇色彩又有抒情诗意。而在表现方法的新颖生动和变化多样,以及文字的朴素、简洁,确实引起人的注意和喜爱"。

26 日　《文艺报》编辑部的《向读者提出三点要求》一文发表于《文艺报》第6期。其中第一点意见是:"我们需要关于新创作的短评或读后感。近来出版了一批优秀的或比较优秀的长篇小说如《红旗谱》《红日》《林海雪原》《百炼成钢》《苦菜花》《欢笑的金沙江》《在茫茫的草原上》《我们播种爱情》……我们希望读者对这些新作品发表意见。"

四月

1 日　郭沫若的《郭沫若谈文风问题》发表于《人民日报》。郭沫若认为:"思想和语言有一定的关联,这是内容和形式的关系。内容决定形式。""我们可以从无产阶级的有生命的语言中,找到能够准确地表达我们思想的工具。""文章不在长短,要看内容如何。""简短,又有内容,就可以多、快、好、省。"

5 日　力陵的《多写生活中美好的事物——评短篇小说〈负疚的心〉》发表于《草地》4月号。力陵写道:"短篇小说,除了内容的丰富与深刻而外,文字上应该力求简练，故事要一目了然，所以情节简单、线索单纯是必要的。"

8日 荃麟的《杂谈文艺工作大跃进（四则）》发表于《人民文学》4月号。荃麟写道："为了繁荣创作，我们提倡题材的多样性和生活的广阔性，同时又特别强调要用短小形式的作品迅速地反映当前的主要斗争。""从整个文学发展的情况来看，我们必须把文学反映当前斗争的任务，放在首先的地位。"

张光年的《好一个"改进计划"！》发表于同期《人民文学》。张光年写道："提倡多样性，好。但'题材不分新旧'，却不强调描写当前斗争；样式五花八门，却排除了政论、政治诗；使人不无疑虑。""在秦兆阳看来，作家们表现当前革命运动的作品和文章，都是'勉强的、一般化的、枯燥无味的反映'；只有'干预生活''批判现实'的作品才是例外。""重视短篇作品，我们是举起双手赞成的。可是他（指秦兆阳——编者注）认为他以何又化的笔名所写的那个短篇小说《沉默》（的确很短）是'新颖精致'的东西；在我们看来，那是一篇毒草，充满着反党的臭味，所以也就谈不上新颖不新颖的问题了。关于中、长篇，情况也大体如此。"

11日 巴人的《漫谈〈百炼成钢〉》发表于《文艺报》第7期。巴人写道："忽略生活细节的真实描写，那就会使作品成为有骨没有肉的了，这就是说，缺乏丰富多姿的生活面貌了。这样，就不容易使读者从他自己所熟稔的生活经验而深入于作品所具有的巨大的生活内容，作品就会缺乏说服力。""生活细节的描写也加强了作品的思想性和典型性。"

冯牧的《艾芜创作路程上的新跃进》发表于同期《文艺报》。冯牧写道："无论是作为英雄人物或者先进阶级的工人们，他们生活中间的主要内容正是劳动生产，因而，只有通过对于劳动过程的正面的表现和描绘，才可能真正体现出工人阶级真实的精神面貌和英雄品质。""我认为工人秦德贵的形象的塑造是近几年来社会主义文学中的收获之一。作者通过这个人物突出地显示了他的艺术才华。他并不采取有些作家常用的手法：利用一切机会向读者正面地叙述他的种种英雄的'性格特点'；也不居高临下地用各种喧嚣的形容词来给他的人物围上神奇的光圈；而是聪明地让他的英雄置身于各种行动里，置身于不断的劳动实践和复杂的生活冲突里。"

严文井的《赞美劳动的书》发表于同期《文艺报》。严文井认为:"为故事性而硬编故事,为情节性而强设情节,当然不行,但是这不等于说,我们对于小说里的故事情节,特别是长篇小说里的故事情节,就应该加以忽视,《百炼成钢》里的故事情节安排得很好,作者很注意结构。""作品的文风是朴素的(但这不妨碍它的幽默和抒情),文字是清丽的,尽管不同的人物嘴里四川话和四川腔调都不少,有的人嘴里又冒出了几句不很调和的东北土话,给读者不完美的印象,但大体说来这些话用得还不晦涩,还是能使读者看懂的。"

26日 金人的《谈谈〈熔铁炉〉》发表于《文艺报》第8期。金人认为:《熔铁炉》和"长篇小说《土敏土》……采取的是相同的题材,都描写了工人阶级在恢复建设中的热情劳动"。"作者在人物的描写上,很少用什么抽象的说明。他把人物完全放在日常行动中,通过这些行动来表现他们的性格。"

茅盾的《夜读偶记(三)——关于社会主义现实主义及其它》发表于同期《文艺报》。茅盾认为:"'现代派'诸家产生于资产阶级没落期,它们自称是极端憎恨资产阶级的社会秩序,以及由此而来的现代文明,它们抛弃一切文艺传统,要以绝对的精神自由来创造适合于新时代的新文艺。结果如何?结果是:它们的'新文艺'虽然很'新',甚至怪诞,却完全不适合于新时代的精神,简直是背道而驰。属于'现代派'的作家和艺术家都是小资产阶级知识分子,他们一方面憎恨资产阶级,一方面却又看不起人民大众;他们主观上以为他们的作品起了破坏资产阶级庸俗而腐朽的生活方式的作用,可是实际上,却起了消解人民的革命意志的作用。""我们说'现代派'诸家是彻头彻尾的形式主义,是抽象艺术(这在他们的造型艺术上,尤其显而易见),这是就他们的坚决不要思想内容而全力追求形式而言;'只问怎样表现,不管表现什么',这句话正说明了'现代派'的这个特点。然而,他们的不要思想内容的形式主义的作品,依然表示了他们对于现实的看法,对于生活的态度。而这一种看法和态度是像雅片一样有毒的。""我们说'现代派'是抽象的形式主义的文艺,是指它的创作方法;而说它是颓废文艺,则指它的对现实的看法和对生活的态度,亦即它的没有思想内容的作品之思想内容。""如果说它的始祖(在文学是象征主义,在造型艺术是印象主义)虽然不要思想性,可还注重形式的美(象征主义注重神秘美,只能意会不可言传的美等等,印象主义在技法上的特点,上文已经提到),因而在艺术的表现手法(即所谓技巧)方面有些新的前人未经探索过的成就,那么,它的末代的子孙就只能以不近人情的怪诞的'表现手法'来吓唬观众,实际上它们是没有形式主义(这里是照向来的涵义,意即仅有形式美而无思想内容的作品)的形式主义。这是现代派的思想方法、创作方法必然要走到的绝境。""同时,我们也不应当否认,象征主义、印象主义,乃至未来主义在技巧上的新成就可以为现实主义作家或艺术家所吸收,而丰富了现实主义作品的技巧。""任何表现手法(包括纯技术性的技法,如格律,结构、章法、句法等等)都是服从于思想方法的。""毒草还可以肥田,形式主义文艺的有些技巧,也还是有用的,问题在于我们怎样处理。"

五月

3日 林默涵的《现实主义还是修正主义?》发表于《人民日报》。林默涵认为:"文学作品中的典型,常常不仅是反映了本阶级的特征,而且在他身上体现出那个时代的某种积极的或消极的社会精神和倾向。……但是,这种精神和倾向,是通过人物的阶级特征表现出来的。"林默涵认为秦兆阳"极力模糊生活中的先进人物和落后人物的界线,认为把人'分成先进人物与落后人物'是'机械的',是'混乱思想'。因此他也就反对在文学上的正面人物和反面人物的划分,认为'现实生活里并不是只有正面和反面两种人,而是复杂得很'"。"既然不承认生活中有先进人物和落后人物、正面人物和反面人物的差别和矛盾,那末,作家对于生活中的人物当然也就可以一视同仁而无所爱憎了。所以,秦兆阳主张作家对于自己的人物不要有所评价,不要表示自己的态度,也不要对人物进行艺术的概括和加工。"

林默涵强调:"伟大作品中的典型形象,都是经过匠心的艺术创造,鲁迅在《狂人日记》中所写的'狂人',是用他的一个发狂的表兄弟做模特儿的。……通过这个形象,就集中、突出地表现了深受封建社会旧礼教迫害的青年人的精神特征,并且尖锐地揭露了封建制度的吃人实质。这里充满了鲁迅的强烈的同情和憎恨。假如鲁迅只是淡漠地纯客观地把他的表兄弟的疯狂状态记录下来,那样的作品就不会有多大意义了。"

同日，梁斌的《我怎样创作了〈红旗谱〉》发表于《文艺月报》第5期。梁斌写道："开始长篇创作的时候，我熟读了毛主席的《在延安文艺座谈会上的讲话》，仔细研究了几部中国的古典文学，重新读了苏联古典小说，时时刻刻在想念着，怎样才能遵照毛主席的指示，把那些伟大的品质写出来。为此，才想到要写故乡人民的风貌，写故乡的民俗、故乡的地方风光。为了把故乡的人物性格、风貌、民俗及地方风光，活跃于纸上，不得不从这一方人民生活中选择和提炼典型性的语言。我也曾想过避开它们，但字行之间缺少了它们，总觉得不够味。""我时常在想着，怎样才能使这部小说成为"喜见乐闻"的艺术创作。我选择了古典文学中的传统手法，在章法结构上，不脱离民族形式。语法结构上不脱离现实，尽可能写得通俗易懂。我是以有文化的农民及村级干部为对象写的。使有文化的农民看得懂，没有文化的农民听得懂。"

王瑶的《说"十五年间"的文学》发表于同期《文艺月报》。王瑶认为："我们常常有这样的印象：当作家的笔触描绘到那些令人厌恶的上层统治者的生活和罪恶时，由于作家对那种生活耳濡目染、非常熟悉，又深刻地表现了他自己的憎恶情绪，因此一般的就写得比较深厚，能够打动读者的心弦；当作家把他的同情赋予那些无辜的受践踏的不幸的微贱人物时，也同样能够引起我们的沉思和愤慨。但不只读者希望从作品中得到鼓舞，看到希望的火花，而不完全是令人窒息的'重压之感'；同时一个进步作家也是希望通过他的作品能给人以启示和教育的，他绝不愿轻易放弃了在作品中体现自己美学理想的可能。""十五年来许多作品的成就高下各有不同……总的看来，在这些作品中可以说工农兵及其干部的形象已经占据了主要地位，人民的生活和斗争得到了鲜明的反映，语言形式上也带有了比较显著的民族特色，而且在思想感情上具有明显的社会主义精神。这些新的特点当然并不是说在每一部作品中都具备的，但在比较优秀的作品中，在文学和群众的关系这样一个根本问题上，的确是比以前有了很大的变化，这远不是前一个'十五年间'所能想象的。这里生动地说明了人民生活是现实主义文学产生的源泉，只有作家真正和群众结合，才可能彻底改造自己，并在创作上有所成就。我们近十五年来的这些成绩正是遵循着这样的道路才取得的，它标志着毛泽东文艺路线的胜利。"

8日 艾芜的《评〈沉默〉》发表于《人民文学》5月号。艾芜写道："文学作品，一向是带有概括的性质，不是指个别的事情。""我们是工人阶级的文学工作者，要用文学作品，通过各种复杂的现实生活生动地宣传工人阶级的思想。新社会里有缺点，渣滓一样的人物，正如大建筑旁边有渣滓堆一样，我们要写成文学作品，就得使读者群众认识这些缺点和渣滓一样的人物，一定要被去掉，这样才合乎事实，而且这样才能增加群众对于工人阶级领导的信心。可是《沉默》里面哪里找得出这点思想呢？相反，是在起这样的作用：动摇人们对工人阶级领导国家的信心。"

吴伯箫的《写作杂谈》发表于同期《人民文学》。吴伯箫写道："作家的喜怒哀乐是以客观现实当中广大人民群众的喜怒哀乐为转移的。……为什么《水浒传》和《荡寇志》同样写梁山一百单八条好汉，《水浒传》那样脍炙人口，而《荡寇志》却被人弃若敝屣呢？道理很简单，就在于广大群众所喜爱的《水浒传》里的梁山泊英雄，到了《荡寇志》里一个一个被统治者打垮，或者强迫被招安，完全违反了读者喜怒哀乐的感情的缘故。"

赵树理的《和工人习作者谈写作》发表于同期《人民文学》。赵树理写道："要想使你写出来的东西能够感动人，这不在你写了几个人物，写了多长时间，写了多少字，而是要你对所表现的那个生活由表及里全部都已感受过了，是你自己心里的话。""我们要写作，就要从多方面去接触生活，你只注意一部分，其余的看到了也不管，这样写出来的东西就会是干巴巴的不能感动人。我们应该把生活当做大海，成天在生活的海洋中泡，把海面、海底、岸边每个角落都摸得清清楚楚：什么地方深，什么地方浅，什么地方有鱼，什么地方险要……只有这样，在写作的时候才能左右逢源，才能想写什么就写出什么来，非常自由。"

11日 曹道衡的《评〈中国短篇白话小说的发展与艺术上的特点〉》发表于《光明日报》。曹道衡认为："唐传奇和话本尽管文体不同，但同样是短篇小说。其中渊源的关系是不能抹煞的。同时，在题材方面很多唐传奇和话本小说是相同或相似的。不应该把话本算小说而唐传奇又算史传。……从作品的思想性和艺术性来说，唐人传奇至少不比话本小说低。而且以我个人眼光来看，话本中迷信、色情等落后成分都较唐传奇为多。我个人也认为某些唐代传奇比某些话本小说的艺术价值更高一些。……话本小说和唐人传奇虽有文言、白话之分，但继承性的关系还是不可抹煞。"

同日，胡苏的《革命英雄的谱系——〈红旗谱〉读后记》发表于《文艺报》第9期。胡苏写道："《红旗谱》继承了我国民族古典文学的传统，运用了地方口语（虽然使用某些过于偏僻的谐音口语还值得商榷），洋溢着浓郁的乡土气息，而在这一土壤上生长出来的人物，也继承了我国民族传统的战斗精神和深挚的阶级情感。因而，《红旗谱》显示着亲切朴素的民族色彩。"《红旗谱》"继承了'燕赵多慷慨悲歌之士'的民族传统精神下所表现出来的新时代田野英雄的性格"。"朱老忠身上继承了许多民族传统的优良精神；他不惜为同一阶级的朋友'两肋插刀'，他要求穷人们'抱在一块'，他肯资助穷朋友的儿子，为了替大伙、替自己报那受剥削受压迫的旧仇新恨，他不怕上刀山……。但是，他不是一个旧日的'草莽英雄'，他是横跨新旧两个时代逐渐找到了新方向的劳动农民中的豪杰。"

茅盾的《夜读偶记（四）——关于社会主义现实主义及其它》发表于同期《文艺报》。茅盾认为："和古典主义和浪漫主义不同，现实主义把人物放在社会环境中，考察人物在环境中的感受以及环境对人物的思想意识的影响；可是古典主义却把环境仅仅作为人物活动的场所，而浪漫主义却为了要使得它的英雄和不相容的环境发生一场你死我活的搏斗，这才在作品中写到环境和人物的关系。古典主义和浪漫主义都没有从人物性格发展的角度上写环境和人物两者之间的关系，现实主义却不但写出了古典主义和浪漫主义所没有写的东西，而且着重指出，人的性格是由环境以及人的社会关系来决定的。""现实主义作家给我们看到的人物不但是和我们同时代的某种人的典型，而且还表现出这个人物的性格是怎样地在他特有的环境之中形成的（这就是说，这个人物还应当有他自己的个性）。"

严家炎的《两条黑线——厚古薄今从何而来》发表于同期《文艺报》。严家炎认为："在形形色色的厚古薄今现象中，分明贯穿着两条黑线。""其一，从感情深处欣赏和留恋着古代作品中那些颓废享乐、个人反抗以及庸俗、低级的情趣，舍不得抛弃。""贯穿在'厚古薄今'中的第二条黑线，是名利思想，把古典文学研究当作个人名利的最保险的进身阶。"

12日 魏金枝的《怎样看待阿Q》发表于《文汇报》第12期。魏金枝认为，阿Q的"可笑之处，也就是叫人痛哭的地方"。"我们还可以在阿Q的失败之中，看到从古以来所有农民起义运动所以失败的痕迹。"

26日 茅盾的《夜读偶记（续完）——关于社会主义现实主义及其它》发表于《文艺报》第10期。茅盾认为："现实主义者的思想方法是注重认识的感觉阶段而亦不忽视理性阶段的重要性，但逻辑的概括能够达到的客观真理虽然和艺术的概括所能达到的相一致，可是艺术的概括究竟有它的特殊性；这表现在作家的创作活动，我们有一句大家都熟悉的术语，叫做'形象思维'。""社会主义现实主义所要求塑造的英雄人物既是抱有伟大理想的舍己为人的英雄，同时又是现实的人；他们不是个人主义的英雄而是集体主义的英雄；是从群众中间产生、而仍然是群众中一员的英雄，而不是从半空掉下来的超人式的英雄。"

30日 关雨的《两本科学幻想小说》发表于《人民日报》。关雨认为，《失踪的哥哥》和《割掉鼻子的大象》两篇儿童科幻小说"所提供的科学幻想，是基于提高人类的物质文化生活、提高工农业生产，富于启发性和现实意义"。"这是两本好儿童读物：故事新颖有趣，能吸引人，使读者看了前面，急于要接着读下去。文字、对话生动活泼。"

本月

巴人的《广阔的生活　集中的描绘——略评〈百炼成钢〉》发表于《读书》第5期。巴人认为："这作品描写工业建设之所以这样动人，我以为首先在于作者的湛深的构思和浑然一体的布局。我以为，艺术的真实，不同于生活的事实。生活的事实是错综复杂、头绪纷繁的。各种的生活现象相互交织，纷至踏来，一齐呈现在我们面前，我们往往很难一时看出它的主流，它的本质。而艺术的真实，则着重于抓住生活现象的本质和主流，再重新来结构生活现象，创造出自成境界的生活画面和性格鲜明的人物形象。在这里，就有作家的本领，就有作家的独创精神。"

六月

1日　常三的《欢迎这样的小说——读〈"躲灯"记〉和〈母女俩〉》发表于《奔流》6月号。常三认为："迫切需要在文学作品中表现出来。《奔流》1958年第5期上登的《"躲灯"记》和《母女俩》，就是这样的小说。这两篇小说，分别给我们讲了在大跃进中的两个小故事，从侧面反映了群众大跃进的豪迈气派，对人物的描写也亲切生动，是值得欢迎的。""我们欢迎这两篇小说，还因为作品中充满了乐观主义精神，富于我们时代的喜剧色彩。"

同日，赵树理的《当前创作中的几个问题》发表于《火花》6月号。赵树理就"关于表现新英雄人物问题""如何表现人民内部矛盾问题""普及与提高的关系问题"以及"关于写作技巧问题"发表了自己的见解。赵树理认为表现英雄人物"要着重写他们的英雄品质……就要先了解他们，就要跟他们生活在一起。……平常咱们写的英雄人物往往概念化、公式化，就是因为没有跟群众生活在一起，对英雄人物的品质、生活、形象，不熟不懂。上级有什么号召，就去找什么材料，这种赶任务的办法，往往是写作不出好作品的。……如果自己生活在群众中间，自己也出过一份力量，那你只要把自己亲身感受到的新鲜事物写出来，就会和上级的号召相吻合，不致感到突然，也不致感到在赶任务"。赵树理还说："决定作品的好坏，首先是内容问题，其次才是写作技巧问题。……我们还要虚心学习群众创作。"

8日　巴金的《谈我的短篇小说》发表于《人民文学》6月号。巴金写道："我的早期作品大半是写感情，讲故事。有些通过故事写出我的感情，有些就直接向读者倾吐我的奔放的热情。……但是我并没有通过细致的分析和无情的暴露，也没有多摆事实，更没有明明白白地给读者指路。我只是用自己的感情去打动读者的心。在我早期的短篇里我写的生活面广，但是生活并不多。我后期的短篇跟我早期的作品不同。在后期的作品里我不再让我的感情毫无节制地奔放了。我也不再像从前那样唠唠叨叨地讲故事了。我写了一点生活，让那种生活来暗示或者说明我的思想感情，让读者自己去作结论。""我喜欢用第一人称写小说，倒是因为自己知道的实在有限。我知道的就提，不知道的就避开，这样写起来，的确更方便。""说到'传统',我想起了我们的短篇小说。我们也有同样的优秀的传统：朴素、简单、亲切、生动、明白、干净、不拖沓、不罗嗦。……可见我们的传统深厚：我们拥有着取之不尽的宝山，只等我们虚心地去开发。"

刘厚明的《读〈小黑马的故事〉》发表于同期《人民文学》。刘厚明认为："小说的语言是生动的，有风趣的，有些地方孩子读了一定要快活地笑起来。小说情节的发展也是明快、紧凑的，一连串富有喜剧性的情节，会牢牢抓住小读者的兴趣。"

茅盾的《谈最近的短篇小说》发表于同期《人民文学》。茅盾认为："在短小的篇幅内用'第三人称'的方式来表现生活，就需要更高度的艺术概括的努力。我这推论，并不意味着，凡是用'第一人称'方式的短篇小说都不及用'第三人称'的。……关键不在于'第一人称'这个方式，而在于作者的艺术概括能力如何。""大多数短篇小说的环境描写还不能和人物的行动（包括内心活动）作密切的配合，成为小说的有机部分；而人物的描写也还不能繁简适当、浓淡合度。""环境描写应当不是摆样的——不是镜框子。（这里得补一句，装画的框子也应当起配合作用，此处说摆样的镜框子指一般的说）。环境描写应当既是'写景'，又是'抒情'。""短篇小说如果有节奏感（中国向来叫做'波澜'的）……还在故事本身，即在故事发展中表现出合乎生活逻辑的'波澜'……如果离开这个范围，在这样一篇步步紧凑的短小作品中另外制造什么'波澜'，那就会成为多余的笔墨，只能破坏全篇的气氛。"茅盾还认为："善于用前后呼应的手法布置作品的细节描写，其效果是通篇一气贯串，首尾灵活。"

11日 巴人的《略谈赵树理同志的创作》发表于《文艺报》第11期。巴人写道："在人物的塑造上，赵树理同志本来是善于创造正面的积极的人物的，而且总是把这些正面的积极人物的运命，同中国人民革命斗争的步调相结合，以取得胜利为结局的。这就使他的笔下的英雄大都是敢于反抗邪恶，心地纯良正直，富有机智、韧性和乐观主义的精神。""文学作品的语言，必须首先是人民群众的语言。""在他的作品中，没有生造的形容词，也没有旧小说那种陈词滥调。他善于摄取群众的语言，但总避免使用土语的方言。他的作品的语言，大都是可以朗朗上口诵读的，具有民族语言的普遍性的特点。""民族形式决不仅仅是语言问题。除语言外,每一个民族的文学都有它们自成特色的文体或体裁,包涵在作品中的民族人民所共有的生活基调和精神气质等等因素。""以中国的小说的民族传统形式来说,总是以故事和情节的生动性见长,总是通过人物自己的行动和语言来表现人物的性格和思想感情。有时,故事在人物的相互对话的连续中发展,有时,人物形象,又在故事的叙述和情节的进展中显现出来。繁重的外形描写和细致的内心刻划,一般是并不多见的。""赵树理小说的体裁和风格,是承继了和发展了中国小说的这一民族形式的特色。赵树理的作品大都有完整的故事和生动的情节,不注重场面的描写、外形的刻划和内心的雕镂。""民族形式的特色,还表现在作品的生活基调和人物的精神气质方面。中国民族是勤劳勇敢的,他们在艰苦和悲惨的生活面前,永远不会低头,永远抱着希望。乐观主义和幽默的风趣是他们生活的基调。这种精神反映到文学作品里,即使是事实的发展已至绝境或死亡,但还以未来的美妙想象,添加了人生的光彩。赵树理同志的作品几乎都充满这种特色。"

陈志铭的《读〈长院奶奶〉》发表于同期《文艺报》。陈志铭写道:"作者在这一场富有戏剧性的情节里,把人物置身于各种行动和各种生活的冲突里的描绘,使唐丙辰这个淳朴善良的青年农民形象跃然纸上,应该说,作者较好地创造了一个正面人物的形象。"

冯至的《略论欧洲资产阶级文学里的人道主义和个人主义》发表于同期《文艺报》。冯至写道:"个人主义首先体现在孤军奋斗和个人反抗上。""其次,个人的孤立无援和脆弱无力是个人主义另一方面的表现。""第三,个人主义在文学里的又一种表现是鼓励欺诈,玩世不恭。""欧洲资产阶级文艺批评家常说,文学史里从古到今贯串着一些'永恒的'主题,不管人类历史怎样演变,这些主题是不变的,例如'爱情'和'死亡'。诚然,围绕着这类的主题在过去的文学里产生过不少的名著,一个人或一类人的爱和死也引起过读者的同情和关怀。……但是在我们社会主义革命和社会主义建设中,大家有了更崇高的共同的问题,个人的遭遇或者是仅仅代表少数人的命运事件,是不会引起人们的普遍注意的。当然这并不是说维特和嘉尔曼在历史上没有积极的典型意义,也不是说我们社会主义现实主义文学里从此不再谈到爱情和死亡,这只是说,时代变了,对于这些主题的看法也变了。"

沐阳整理的《民族的艺术风格,浓郁的生活气息——座谈〈火花〉上的短篇小说》发表于同期《文艺报》。文中写道:"郑笃也特别强调……就是:'结构顺当、紧凑,文字简练、朴素,情节曲折、生动,但却层次分明,不支不蔓,不拖泥带水。这不但在马烽、西戎、孙谦、束为等的作品中可以看得很明显,即在一般作者的作品中,也可看得比较明显。'""《火花》上的大部分作品的语言是比较口语化、群众化的。""《火花》上的好小说,一般的特点是按照事件发生和发展的先后次序,从容不迫、有条有理地展开,犹如江河之水,滔滔而下,避免那种奇峰突起、不知所云的结构。故事开始,多采取开门见山、单刀直入的方法,这样适合群众的胃口,易于吸引读者进入到所描写的人物和事件中去。但又不按照件件有交代、事事有着落的老办法来安排。""读《火花》上的短篇小说,那种农民式的朴实而健康的情趣和幽默的格调特别诱人。这种情趣和格调是从生活中来的,是从山西农民的身上择取来的。""以上这些风格特色构成了浓厚的乡土味。"

阎纲的《一篇幽默生动的好小说——读马烽的小说〈三年早知道〉》发表于同期《文艺报》。阎纲认为,马烽的小说《三年早知道》里"几乎通篇都是这种朴实明快、轻松幽默的描写,它把读者一步一步兴致勃勃地引入作品的深宅大院中去"。"作品中的另一个显著的特点,那就是民族传统和民族形式问题。""《三年早知道》在继承民族传统上,有显著的成绩。作者在人物描写上,采用了说话讲故事的方式。整个小说,用了大大小小饶有风趣的故事串连起来,前因后果、来龙去脉,交代得一清二楚,正适合中国人的口味,所以人们喜欢读它。""《三年早知道》在语言的运用上,非常大众化,它的语言在很大程度上,是大众话的加工和提炼,因而通俗活泼、生动有力。""短篇小说能写得如此之生动而深厚,结构得如此之严密而活泼;内容深刻而不流于艰涩,主题思想显豁而不流于浮浅,是很难得的。"

郑笃的《〈姑娘的秘密〉读后》发表于同期《文艺报》。郑笃认为:"看完之后,我的印象,约有以下几点","一,这篇小说的内容,主要是描绘一个农村姑娘的恋爱故事"。"他所用的方法是:把女方放在一个极其突出的地位，集中力量细致的来描写女方的内心活动，使故事更加生动，使人们对人物的印象更加深刻。""二，这篇小说，对人物的内心活动的描写，是十分细致的，但人们看了感到十分生动逼真，并不觉得厌烦啰嗦。""三，这篇小说，对玉花的内心活动，描写得甚为细致。"

同期《文艺报》推介周立波的《山乡巨变》："这部小说，从反映的历史情况和典型意义看，可以说是《暴风骤雨》的续篇；虽然一个写的是东北地区的土改，一个写的却是湖南山乡的农业合作化运动。它们是中国农村的两次暴风骤雨。""作者用细腻的笔，带着亲切的乡土气息，刻划了几个革命干部和农民的形象，其中邓秀梅、李月辉、陈大春、盛佑亭等，各有自己显明的性格和特征，给人的印象是深刻的。"

12日　《文学研究》第2期《笔谈〈林海雪原〉〈苦菜花〉〈红日〉》栏目发表何其芳、何家槐、路坎、王燎荧、王淑明、平凡、王积贤的文章。

何其芳在《我看到了我们的文艺水平的提高》中写道："作者一定很得力于我国的古典小说，因为从其中许多地方都可以看到他学习古典小说的写法的痕迹。学习而还有过于明显的痕迹，或许也可以说是缺点；然而我国的古典小说的这种突出的艺术特点，情节和人物给读者的印象非常深，读后就不能忘记，却是十分值得学习和发扬的宝贵传统。""这部小说（指《林海雪原》——编者注）的情节很吸引人，当然并不仅仅是由于它继承了我国古典小说的传统，还在于它有新的内容，还在于它的内容和这种民族形式结合得好。""虽说在我国的古典小说中，战争常常是正面地去描写的，而且写得能够吸引人，但很多描写现代战争的小说却常有这样的情况，关于战争的描写总比不上关于战争以外的和平生活的描写。《红日》写得一点也不沉闷。"

何家槐在《略谈〈林海雪原〉》中写道："曲波同志的长篇小说《林海雪原》，确实是一部富于传奇色彩和民族风格、相当真实地反映了人民军队的英雄气概和崇高品质、激动人心、引人入胜的革命浪漫主义作品。不论在人物的刻划上，在语言的运用上，在情节故事的安排上，在自然景色的描写和环境气氛的渲染上，这部小说都有不少特点和优点。"

路坎在《〈林海雪原〉的民族风格》中写道："《林海雪原》是一枝奇花，

奇在它的传奇式的战斗内容，结合了传统的艺术形式而形成的特有的民族风格。这是一本革命现实主义和革命浪漫主义结合的小说。""作者在恰当的时机使用传统的表现方法，除使杨子荣的性格更加突出以外，同时也使本书更加丰富多彩。作者获得这些成就，除思想方面与丰富的战斗生活等主要原因以外，在表现方法上传统的古典小说是起了直接的作用的。""在结构方面，全书是通过人物用几个主要故事联结起来的，每个故事可以单独成立，但又和全书比较紧密的结合着……这样分章的重点描写人物，和旧小说特别是《水浒》的表现方法，是有相同之处的。""在构成此书的民族风格另一方面，语言也起了相当大的作用。作者使用的语言基本上达到了明白、爽朗。这样的语言和全书的情调是相吻合的。此外，书中还穿插了一些清新、朴素，诗意葱茏的民歌……甚至就连那些匪寇的姓名（绰号自然更明显）也都不例外的沾染着古典小说的色彩。"

王燎荧在《我的印象和感想》中写道："我觉得《林海雪原》可以说是这样一种特殊类型的小说，我把它称之为'革命英雄传奇'。……它比普通的革命英雄传奇故事要有更多的现实性，直接来源于现实的革命斗争；其次，它又比一般的反映革命斗争的小说更富于传奇性，使革命英雄行为更理想地富于英雄色彩。"《林海雪原》的"某些人物在某些方面确也近于神话，自然环境也有时如仙境"。

王燎荧认为："我说这种类型的小说还有发展的余地，并不是要提倡追求离奇。追求离奇在文学创作上总是一种不好的倾向。我的意思是，作者能够写出这样的小说，第一、作者是写他自己经历过的事情，他熟悉一切，在他的头脑里他曾反复的不知思考过多少遍，他的想象不能够脱离现实的基础；第二、他描写的对象提供了他这样去想像的可能，并不是所有对象都可以用这种方式去表现，都能得到同样的效果；第三，才是作者编造故事的才能。我们看到作者似乎曾多量的读过侠义小说和古典小说。"

王燎荧还认为："《苦菜花》里面也夹杂得有一些游击战争中常有的带着传奇色彩的故事，对这些故事也有夸大之处，但它着重的是现实生活的如实描写。"《红日》"可说并没有任何传奇色彩，它的各个战斗英雄，各个大规模的战斗，都是像我们生活中看到过的"。

王淑明在《我喜爱这三部作品》中写道："凡是惊险性的小说，多半都能'引人入胜'，但却不一定具有很高的思想性。有些惊险小说的情节虽然也能吸引人，但并不能算作现实主义的作品。""就艺术的完整性看……《红日》比较匀称完整，《林海雪原》富于民族风格，《苦菜花》在内容上也有它的特点。"

蒋和森的《曹雪芹的〈红楼梦〉》发表于同期《文学研究》。文中写道："曹雪芹天才的特色之处，是他善于在那些看来是平常的生活现象后面，展示出它的不平常的意义。同时，这个作家又善于在事物外表的直接描写中，展示出它的其实内在含义，有时甚至是与表面现象完全相反的含义。""在他的笔下，一切是显得这样的血肉饱满和生气淋漓；一切是显得这样的纷繁多姿，然而又是这样的单纯明朗。生活，在《红楼梦》的再现，好像并没有经过作家辛苦的提炼和精心的刻划，只不过是按照它原有的样子任其自然地流到了纸上；就像一幅天长地阔的自然风光，不加修饰地呈现在我们的窗子面前一样。它是有界限的，然而又是这样的没有界限。""严格的现实主义作风，使我们在《红楼梦》里看不见夸张，或者说，感不到夸张。这是曹雪芹首先使我们看到的一个很大的天才特色。""这样的特色，在中国古典小说的创作艺术上，还是很少见的现象。《水浒传》往往是通过强烈的行动和紧张的情节来表现人物。它虽然表现得非常出色，但有时不免露出夸饰的痕迹。至于《三国演义》则是用十分夸张的手法来塑造人物形象，同时这也是它的一个非常显著的艺术特色。《三国演义》用这种手法，虽然十分生动地凸出了人物的个性，而且创造了很高的典型，但不免在很多细节上脱离了生活的真实，常有生硬、牵合之处。不少地方，似乎还经不住细细的咀嚼。""而《红楼梦》则没有让我们产生这样的感觉。曹雪芹的现实主义已经发展到具有西欧后期现实主义的成熟水平。在他的笔下，一切都是这样平实地、细密地紧抱住生活。""《红楼梦》就是这样逼真和看不见人工的痕迹。""我们觉得这不仅是一个艺术结构的问题，而且也是一个有关生活本身的美学问题。在曹雪芹的笔下，生活就像它实际的情形那样，本来就是一个互相联系、不可分割的整体。所以我们在《红楼梦》中，从不感到作家只是把一张张片断的图画拿给我们看，而给我们看的乃是一个富有立体感的、具有不同的角度和棱面的生活整体。""中国古典小说发展到《红楼梦》，已经完全摆脱了说书人对小说创作的影响，也完全摆脱了中国古典小说题材因袭的顽固现象。曹雪芹已经不是用力去创造故事，更不是去把一些故事连贯起来，而是去表现完整的生活、去表现性格复杂的人。"

蒋和森认为："曹雪芹在那种细致入微的描写中，还隐藏着一个更为重要的艺术特色——简洁。""在真正的艺术作品里，是不能容许有多余的废话的。""曹雪芹不像《金瓶梅》的作者那样地去堆砌许多缺乏意义的生活细节，用那些繁琐的描写来使我们感到疲劳。曹雪芹也不像有些外国作家那样地把情节、事件的进程停顿下来，而去进行那种冗长的而又抽象的所谓'心理描写'。但是，人们心理感情上那种复杂、细致而又快迅的活动，曹雪芹却又决不放过。他是用一种十分含蓄、十分简洁的笔触把它表现出来；并且表现得非常充分，非常完满。""与简洁联系在一起，《红楼梦》还具有'朴素'的艺术特点。……它朴素得几乎不作任何的修饰，无论是状人或写事，都是用极普通的、极省简的、然而又是极传神的几个字或三两句话，便生动地表现出来。在这里形容语是很少的，或者几乎是没有的。""在《红楼梦》中，曹雪芹有时也用了许多华丽的辞藻，但因为这些辞藻都切合描写的需要，所以华丽的辞藻在这里没有成为僵死的文字堆砌，而是有着鲜活的艺术魅力。因此，它并没有破坏整个《红楼梦》所具有的朴素的美。"

蒋和森注意到："《金瓶梅》的作者，也是圆熟地掌握了方言和俗语，可惜没有对语言加以艺术的洗炼，而是常常保留着语言的自然形态，因此它常常使我们感到琐细和芜杂。而人物的对话，更常常显得拖沓和冗长。《水浒传》的语言，是富有天才特色的语言，可惜它还间杂着较多的方言土语，因此有时显得不够洗炼并有生涩之感。而在《红楼梦》的语言中，虽然还留有一些文言文的残屑，但却并不妨碍它的清澈和纯净的美。并且从它的声调和气质中，常常使我们感到流动着一种音乐性的旋律。""依靠人物的语言和行动来表现人物的性格而且把它构成一部具有复杂结构的长篇小说，这必须是一个不仅具有才能而且具有非常丰富的生活经验的作家。"

26日 张风的《文艺红旗插遍街头——上海文艺工作者宣传总路线活动巡

礼》发表于《文艺报》第12期。张风认为："在这些文艺墙报上，最引人注目的，是作家们写的'小小说'。巴金、孔罗荪、胡万春等许多作家，都写了'小小说'。这种'小小说'最短的只有二百多字，但生动地反映了大跃进中的新人新事，很受群众欢迎。"

同期《文艺报》的《读者讨论会》栏目讨论的主题是"《辛俊地》到底好不好？"，当期发表周承珞的《创作的歧路》、剑锋的《时代，英雄和集体》等文章。

周承珞在《创作的歧路》中写道："《辛俊地》的题材是新颖的，你想通过对主人翁辛俊地个人英雄主义思想、行动的揭露，来证明个人英雄主义将会导向毁灭，这样的题材是青年读者非常需要和欢迎的，可是，你并没有站在无产阶级的立场上，来揭露和批判个人英雄主义；而是以欣赏、同情的态度，来对待个人英雄主义的恶劣作风。最突出的表现是，在辛俊地被俘变节问题上和对地主女儿桂香的爱情关系上的处理，你就完全丧失了党的正确立场。"

剑锋在《时代，英雄和集体》中写道："管桦同志的《辛俊地》，有其独特之处。全篇不落俗套；容纳了较多的人物和事件，但这些人物和事件安排得井然有序，头绪毫不紊乱，足见剪裁和结构的匠心；人物事件也写得生动，能够吸引读者。""辛俊地的悲剧，带有极大的偶然性，不足以使人信服。与其说这是人物性格发展的必然结局，不如说是作者自己理智上所批判和感情上所欣赏的，两者之间的矛盾无法摆脱的表现。"

28日 洁泯的《谈〈百炼成钢〉中的秦德贵》发表于《光明日报》。洁泯认为："在秦德贵身上有生活的真实，有典型化了的品质，而两者又是统一的。""创造奇迹是我们千千万万工人群众的共同本色，小说是形像地、集中地、具体化地表现在秦德贵的身上了。"

七月

8日 冯牧的《一本具有革命风格的作品——读〈在和平的日子里〉》发表于《人民文学》7月号。冯牧认为，小说中的"人物形象所以能够比一般文学作品中的人物更激动人心，更具有教育作用，还因为作者写的并不是一些缺乏时代特征的普通人物，而是一些具有社会主义时代特征，具有共产主义精神和风格的真正的英雄"。

沈澄的《新时代、新人物、新作品——读几个短篇小说有感》发表于同期《人民文学》。沈澄认为，从《周文宝过年》《老青年》《大木匠》《三年早知道》四篇短篇小说里，"我感受到了浓郁的新的时代气息，看见了前所未见的新人物形象"。这些小说"都不算长，可是它们从生活各个方面表现了我们这个时代，歌颂了史无前例的新人、新事和新气象"。

王西彦的《读〈山乡巨变〉》发表于同期《人民文学》。王西彦写道："作者（指周立波——编者注）描写人物的最大特点，就是采用比较集中的手法，把人物放在斗争里面，随着形势的发展，使他们通过行动来表现自己，很少枯燥的叙述"，"作者善于抓牢发生在运动发展中的矛盾冲突，来突出人物的性格面貌"。"作者给我们写出了各种人物的性格面貌，他们对待这场革命运动不同的立场和态度"。此外，王西彦还认为："作者的风格，在《山乡巨变》里，仍然保持着原有的那种明朗、朴素、自然的特点。""作者所使用的大量的方言土语……要求作者得深入群众生活"，"立波同志在方言土语的运用上，是相当成功的"。但在作品中也存在"使用群众语言和夹杂近于欧化的知识分子腔调所产生的不够调和统一的地方"。

11日 李希凡的《英雄的花，革命的花——读冯德英的〈苦菜花〉》发表于《文艺报》第13期。李希凡认为，《苦菜花》"提炼了不少生动的富有特征的情节，创造了不少惊心动魄的场面和可歌可泣的人物，在相当深广的程度上反映了抗日斗争生活的真实，刻划了根据地军民的高贵品质"。作者"善于描绘这种紧张的情节，善于透过这种紧张的情节概括地、突出地表现普通劳动人民的崇高品质，这是《苦菜花》作者显露出来的艺术才能的主要特点。而《苦菜花》的史诗性的主题思想，也正是通过这种尖锐的激动人心的情节丰满地体现出来！'苦菜的根虽苦，但开出的花儿，却是香的'"。"处于《苦菜花》情节中心的主要人物，是冯仁义的一家，尤其是仁义嫂——这个以母亲的光荣称号出现在小说里的妇女形象，更是作者尽全力歌颂的一位革命的母亲。""《苦菜花》的作者，真实地描画了这位革命母亲在发展过程中的多方面的矛盾心理，使读者看到了：一个平常的妇女怎样变成了灵魂崇高的人。""从《苦菜花》

的情节构造和人物刻划来看,作者很善于从重大的生活冲突中描绘人物,细致入微地刻划人物的心理,因此,《苦菜花》里的主要人物,都能像浮雕一样给读者留下深刻的印象。"

罗祖惠的《应该批判得更深刻些——也谈小说〈辛俊地〉》发表于同期《文艺报》。罗祖惠写道:"作者也并没有真正地、深刻地理解自己笔下的人物,作者把辛俊地当作一个忠于革命的同志来批判他的个人英雄主义,而没有把辛俊地当作一个农村中的流氓无产者化的人物来批判,这就不能不对自己的主人翁抱着深深惋惜的心情,缺乏阶级分析,无原则地去赞扬主人翁的某些性格特点,如勇敢、大胆等,从而也就不能不影响到对辛俊地批判的深刻程度。"

《英雄的母亲教育着我们——部队读者座谈〈苦菜花〉》发表于同期《文艺报》。文中写道:"马达说:《苦菜花》的母亲的形象,很像高尔基的《母亲》中的彼拉盖雅·尼洛夫娜,在某些表现方法上,也有一致的地方,但《苦菜花》的母亲,却是中国的典型的母亲。"

20日 晓东的《英雄气概,民族风格——读小说〈林海雪原〉》发表于《北京文艺》7月号。晓东认为:"《林海雪原》是一部优秀的小说",小说成功的第一个原因是"从这里我们看到了战士群众的无穷无尽的智慧,集中了群众的智慧,就获得了战胜敌人的巨大力量","注意吸收我国古典小说的优点,在表现方法上具有民族风格,这是《林海雪原》获得群众喜爱的另一个主要原因"。"《林海雪原》学习中国古典小说的表现手法,通过行动和对话来描写人物,因而,人物具有鲜明的形象,容易为广大群众所了解。"

26日 胡奇的《列兵车如平和他的两篇小说》发表于《文艺报》第14期。胡奇认为:"《李素梅》和《不受欢迎的列兵》所以受到欢迎,我们所以感到可贵,首先是因为作者以自己的行动作示范,并根据亲身感受,及时地反映了当前的现实生活,写出了社会主义建设时期的先进人物的精神面貌,推动了生活前进。"

同期《文艺报》的《读者讨论会》栏目讨论的主题是"《辛俊地》到底好不好?",发表风人的《〈辛俊地〉是一篇好小说》、鸿仁的《成就大,缺点小》等文章。

风人的《〈辛俊地〉是一篇好小说》认为:"在我所接触到的一些文学作品里,《辛俊地》是一篇值得令人深思的文学作品,《辛俊地》的人物性格是新颖的,主人公一生的许多事件在今天有深刻的现实意义。""作者对辛俊地这个人物性格的刻划是成功的,作品无论在思想性和艺术性来说,都达到了相当高度,辛俊地虽然是一个有严重缺点的人,但他也有'使人怀念'的一面。"

鸿仁的《成就大,缺点小》认为:"辛俊地这个人物的刻划基本上是成功的,写得有血肉,有心灵,有独特的个性。作品的思想内容和强烈的感染力,正是从这个成功的形象体现出来的。"

八月

11日 李希凡的《上海工人阶级的创作之花——读7月号〈文艺月报〉工人创作专号》发表于《文艺报》第15期。李希凡认为:"我们可以清楚地看出,《专号》里的作品显示了强烈的现实性。""另一个显著的特点,是这些作品以带有小说特点的速写占据主要地位。这种速写过去有把它叫做'生活速写'的,最近提倡的'小小说'也就是它,它的特点是能迅速地反映现实生活中的新事物,写起来文体的束缚也较少。……就是从形式上看,工人作者的作品也反映出来强烈的现实性,他们把握了迅速、及时地反映现实的艺术形式,为社会主义文艺树立了多快好省的光辉范例。"

宋垒的《喜读〈人民文学〉8月号》发表于同期《文艺报》。宋垒写道:"像《凌江蝶》那样几笔就刻划出一个人物的性格,像黄声孝快板那样往往七言四句就传达出工人阶级的昂扬感情。"

王世德的《崇高壮丽的社会主义爱情——评长篇小说〈我们播种爱情〉》发表于同期《文艺报》。王世德写道:"叶海和秋枝深夜情话这一节,是能给人鲜明印象的画幅。这画幅,很有吸引人的艺术魅力,色彩艳丽泼辣,而且,境界高,思想意义也强。叶海和秋枝明亮纯洁的爱情,能深深感染读者。那情景,描绘得象水墨画,也象油画。"

王世德认为,《我们播种爱情》"这部小说在情节结构上也有着艺术特色。它的情节,和建基于主人公个人生活事件的传统情节不同(例如《红楼梦》《阿Q正传》等),它把整个情节建立在筹建农业站和农场的历史上,也就是建立在社会生活事件上。也可以说,这是社会主义现实主义方法的一个特征"。"人物在小说里,由于表现社会生活的需要而出现、发展或消失(当然,这不是说写人物只是为了表现生活而不必去注意把他刻划成有鲜明个性的典型形象)。也由于这方面的需要,作品就往往不能限于专写一人一地,而必须写到很多方面的社会力量的代表。也因此,要求在情节安排上采用独特有效的方法。这个小说很多地方采用了类似电影中蒙太奇手法的织接技巧,和中国古典小说中常用的'卖关子'手法。这样既有利于迅速转换人物场面,表现广阔的社会生活与众多的典型人物,又有利于用'关子'吸引读者,而且还能给全书构成一个变化灵活、曲折多姿、节奏谐和的调子。""作者就有必要进一步学习中国古典小说的写法,既抓住'卖关子'的机会,利用'话分几头'的打开场面的写法,又能注意学习广大工农群众喜闻乐见的民族形式,努力写得通俗一些,把线索交代清楚,使读者不因场景人物繁多,变换迅速而摸不着头脑。"

15日 茅盾的《试谈短篇小说》发表于《文学青年》第8期。茅盾指出:"今日称之为长篇小说这一类的作品是否就是长的短篇小说?换言之,'长篇'和'短篇'的区别是否在于篇幅的长或短、故事的简单和复杂,以及人物的多或寡呢?""可以说,区别就在于这些方面,但是,这还是表面的区别。除此而外,还有实质上的区别。……短篇小说的人物不一定有性格的发展,长篇小说的人物却大都有性格的发展。""短篇小说的这个特点,也就决定了它的篇幅不可能长,它的故事不可能发生于长年累月(有些短篇小说的故事只发生于几天或几小时之内),它的人物不可能太多,而人物也不可能一定要有性格的发展。""如果我们把短篇小说的这个特点作为不可违反的规格,并用它衡量一切向来被称为短篇小说的作品,那么'五四'以前的,很大一部分作品(从宋到清)将被认为不合规格。……但规格这东西,本是人所创制的,自己造了框子来限制自己,就不合于一切事物都在发展的规律。""未能遵守这个原则,以致臃肿拖沓,欲短不能。"

26日 珠江的《土语方言——读书偶感》发表于《文艺报》第16期。珠江认为:"文学作品,应该有浓厚的地方色彩,馥郁的泥土气息,生动活泼的群众语言。"

九月

1日 冯放的《关于小小说》发表于《长江文艺》第9期。冯放写道:"我们不能是为了短而短,短不是目的,而只是达到某一目的的手段。作品的体现于形象之中的思想内容,才是目的。从文艺运动来说,今天特别提倡短篇,乃是为把短,作为达到作者可以迅速反映现实,读者容易很快读完这一目的的手段来看的。迅速反映现实,不是反映现实的任何一个细节,而是反映现实的本质问题。""我们应该这样的短:用精炼的文字来表达精炼的思想,形式既要短小,内容又要精悍。"

胡青坡的《我们提倡写小小说》发表于同期《长江文艺》。胡青坡认为:"现在的许多短篇小说,其实并不'短'。从它表现的人物事件来看,往往是长篇和中篇的压缩;就其篇幅看来,往往非万把字就盛不下他描写的对象,甚至有的膨胀到三几万字。""小说这种体裁,不受音韵的束缚,不受格律的限制,对于表达思想感情,表现人物与事件,更自然一些。也是广大的人民群众喜爱的一种体裁。""我们提倡写小小说,还是因为它能迅速的反映现实生活。它是犀利的战斗武器。""我们提倡写小小说,另外一个重要原因:是鼓励工人农民群众大家都来写小说,使小说从知识份子圈子里走出来,为工农所能掌握。""现在仍有许多小说只能看,不能读出口的,表现手法还不是群众所熟悉的,因此接近群众的程度也是很差的。""这种形式既不是西洋手法也不是旧小说的章回形式,而是一种崭新的民族形式社会主义内容的新文学。"

朱红的《新的文学样式——小小说》发表于同期《长江文艺》。朱红认为:"写小小说当然很难,它是那样的短小,不能容忍一点渣滓;它需要那样的精纯,不能有一点不必要的虚饰。""它可以只描写生活的一个侧面,反映奔腾生活中的一个片段,因此就无需详细的表现生活全貌,充分的刻划人物形象,只要抓住那动人的一点,读者便可深受感动。""小小说的特点不仅在短小,而是在它的精悍的战斗作用。""人物形象的塑造,语言的结构等问题,在小小说创作中,是一些重要的问题,但我以为在短小的篇幅中,从本质上去捕捉生活中的新鲜事物,是小小说有别于其它文学的样式的一个特别重要的特点。"

同日，艾明的《关于通讯、报告、特写、速写、小说、散文的区别》发表于《雨花》第10期。艾明认为："特写着重于真人真事的报导，比较严格的要求真实性，不允许作者进行虚构……而小说则不然，只要在生活中存在或可能存在的生活现象，充分容许作者进行艺术概括与艺术加工。小说着重人物形象的刻划，而且小说在描写生活中的矛盾冲突时，往往按照它的艺术结构的特殊规律（开端、发展、高潮与结局）来展开的，因此它必须有故事情节，有环境背景的描写，甚至有人物心理的描写。而特写它虽也注重人物描写，却不一定有情节，不必十分重视细节的描写，在结构上可以同于小说，也可以不同于小说。"

同日，本刊辑的《对小小说的反应》发表于《作品》9月号。此文中，贺光鑫说道："这十一篇小小说中……它们一般没有简单化的毛病，人物形象鲜明，结构紧凑，语言简练。"杨柳青写道："我衷心地希望在《作品》里能够经常看到这样的小小说，并希望作家和广大业余作者们都来更多地反映大跃进中的小故事，使今后的《作品》内容更充实，更生动活泼、通俗易懂，让它能够真正深入到劳动群众中去，在大跃进中成为一面有力的战鼓！"明久说道："里边的人物新鲜活泼，活灵活现，栩栩如生，如实的反映出跃进中祖国劳动人民的新面貌，给人以向上的巨大鼓舞。假若让读者今后更加多读到这样短小、生动、新鲜的小小说，那该多好哇！"

5日 曲波的《关于〈林海雪原〉——略以此文敬献给亲爱的读者们》发表于《边疆文艺》9月号。曲波写道："在写作的时候，我曾力求在结构上、语言上、人物的表现手法上、情与景的结合上、都能接近于民族风格，我这样作，目的是要使更多的工农兵群众看到小分队的事迹。……叫我讲《三国》《水浒》《说岳全传》，我可以像说评词一样的讲出来，甚至最好的章节我可以背诵。这些作品，在民间一些不识字的群众也能口传；看起来工农兵群众还是习惯于这种民族风格的。"

5日 纪言的《小小说漫谈》发表于《文学青年》第9期。纪言认为："小小说是由大跃进的形式'逼'出来的。是在生活激流中产生的，又写的是新鲜感受，新鲜见闻，新鲜的人和事，所以读起来，就有一股新鲜味儿，惹人喜爱。有不少写的耐人寻味。风趣横生。""这期发表的《过岗》《打赌》《两个南瓜》

《雨》《跃进欢送会》等都以浓郁扑鼻的生活芳香，新鲜活泼的语言，崭新的生活场景，鲜明的人物性格为其特点。""短篇小说的特点是短而精，小小说更是这样。如果说短篇小说是截取生活中的一个片段，来表现生活中的本质方面，使人透过这片段看到更深更广的东西，那么，小小说只是选取生活中的一些小插曲，几个小场景，小镜头，使人听到生活前进的步伐声。""人们喜欢小小说，我想除了小小说有种新鲜味儿外与小小说本身的趣味盎然，生动活泼的艺术构思，一针见血的性格描写有很大的关系。""选择细小的情节，并且善于巧妙的安排情节，发掘情节中的幽默喜剧因素，对于更好的发挥小小说的艺术作用，提高小小说的思想水平都有很重要的作用。""即使在篇幅不长的小小说中，为了突现主题，描写人物，适当的描写人物的内心生活，不仅是可能的，而且是必要的。""小小说除了情节生动有风趣、有波澜外，富于幽默感的、生活气息很浓和富于地方色彩的语言是很重要的。"

8日 车少仑的《〈除夕〉讨论和肖平的创作》发表于《人民文学》9月号。车少仑认为："《除夕》在作为人物活动的环境描写上有两个特点。一个是把生活中的消极现象集合在一起……另一个是这许多消极暗淡的画面，都是通过一个孩子的眼睛映现出来的。""《除夕》所以给读者留下困难重重、穷苦不堪的印象……在于作者反映这些穷苦困难的立场观点上有问题。"

11日 沐阳的《进一步贯彻作家与劳动群众结合的方针　充分反映大跃进中的人民英雄主义——作家深入生活座谈会报道》发表于《文艺报》第17期。邵荃麟发言说："革命浪漫主义是从生活中来的。群众并不赞成自然主义的写法，他们要求有大胆的幻想，有艺术的夸张，最主要的是要求文学上表现出劳动的英雄主义。所以写真人真事、新人新事和革命浪漫主义并不是相排斥的。任何一个中国农民都讲得出一大串我国文学中的人民英雄形象，如武松、李逵、张飞、诸葛亮、黄忠、孙悟空、罗成、穆桂英……在人民群众中广泛流行的作品，大都创造了人民英雄的典型，尤其是妇女典型，花木兰、穆桂英、白娘子、樊梨花、梁红玉等。这样形象在西欧作品中是少见的。旧中国本来是妇女受压迫最深重的国家，但是文学上偏偏创造了许多光辉灿烂的妇女形象，这是说明中国人民一向喜爱敢于斗争的人物。这些形象都充分表现了现实主义与浪漫主义相结合。

这是我国文学上的优秀传统,比欧洲资产阶级时代的文学更加突出。我们应该重视自己民族这个传统。""当代作品中,如《王贵与李香香》《白毛女》《暴风骤雨》《保卫延安》《把一切献给党》《红旗谱》《林海雪原》等等,外国作品如《钢铁是怎样炼成的》《夏伯阳》等等,之所以受到广大读者欢迎,我想就是因为这些作品不但真实地反映了生活,并且表现了人民英雄主义,创造了敢想敢说敢作的人民英雄形象。在这大跃进时代中,我们无产阶级作家,尤其要描写具有共产主义风格的新时代的英雄,用以鼓舞斗志、教育人民。"

同期《文艺报》附赠1958年9月的《新书月报》,推介于胜白的小说《王大成翻身记》:"全书以王大成的经历为主线,写出了一个中国农民翻身的侧面。故事和情节一气呵成。人物的性格鲜明。""这部作品,作者用章回小说的笔法和词句来叙写。文风朴素、明畅,可以上口诵读。"

26日 李芒的《德永直的〈静静的群山〉》发表于《文艺报》第18期。李芒写道:"德永直善于运用通俗易懂,简练紧凑,明快生动的笔法,写出许许多多令人难忘的事件和场面。"

沈思的《人老雄心在》发表于同期《文艺报》。沈思写道:"通篇小说不过两千多字,可是,当你读完之后,觉得有着那么厚实的生活内容:人物、环境、气氛的描写,虽只淡淡几笔,就相当生动地呈现出来了。可以看出,作者对于他所描写的人物极为熟悉,他所选择的细节,大都是富有特征性的。"

张白的《读〈山乡巨变〉》发表于同期《文艺报》。张白写道:"《山乡巨变》在内容上的一个最重要的特点就是,它把我国农村的这一具有历史意义的变革比较完整地反映出来了。""总的说来,《山乡巨变》的语言是出色的,也许比《暴风骤雨》的语言还要纯熟一些。在人物对话上,作者几乎全部使用了湖南的方言土语,这些语言基本上是从群众生活中间经过选择和磨练出来的,它们是那样的生动、响亮、新鲜、活泼,这是真正活在人民口头上的语言。假使作者没有生活在农村,也不曾注意吸收群众的语汇、下苦功学习群众的语言,是很难写出这样成功的语言的。如果作品在语言上还有使我们不满足的地方,那就恰好在于作者不能始终如一地保持自己的语言的基调,在那些充满泥土气息的人民的口语里不时出现一些干燥生硬的知识分子语言和洋腔洋调。这些走了'调'的语言。就如同一块光滑的锦缎上面织缀了一些杂色的补钉，使得作品语言的完整与艺术效果受到了伤害。这是不能不令人惋惜的。"

十月

6日 邵荃麟的《我们的文学进入了新的时期》发表于《人民日报》。邵荃麟写道："这一年来，文学上这种人民英雄主义的鲜明色彩更加突出了，这一年间，中国产生了比过去几年更多的优秀作品，像《红旗谱》《林海雪原》《红日》《苦菜花》《青春之歌》《百炼成钢》《山乡巨变》《在和平的日子里》《红色风暴》等等，都受到广大读者的热烈喜爱，这不仅因为这些作品描写了人民斗争的生活，更主要的是表现出中国人民那种革命英雄主义的精神，具有革命浪漫主义的色彩。像《红旗谱》《林海雪原》这两部作品，是这些作品中尤其为群众所喜爱的，其主要原因就在这里。《红旗谱》描写了三十多年来中国农村中的革命斗争，通过祖孙三代前仆后继地和地主恶霸顽强搏斗，终于在共产党的领导下，掀起了革命的大风暴。作者从血泪斑斑的故事中，写出了我国农民那种坚韧不屈的性格，也就是毛泽东同志所说的中国人民最宝贵的性格。《林海雪原》描写人民解放军一个小分队在人烟稀少、地势险要的林海雪原上和敌人战斗。作者着重地刻划了人民战士的机智和勇敢。作品具有一种强烈的传奇色彩和民族风格，虽然在生活描写上不如《红旗谱》深刻，但却具有一种特殊的明朗色调和豪放气概，因而引起读者的更普遍的爱好。"

8日 杜埃《惊涛骇浪里的英雄形象——谈陆俊超的几篇小说特写》发表于《人民文学》10月号。杜埃认为："作者是注意掌握艺术技巧的。作者比较善于选择突出的动人的事件和富有惊险色彩的片断，加以集中的描绘。用词朴实，段落分明，前后也还衔接，没有过于冗长的繁琐描写，也注意情节发展的联系。另一方面，故事中伏笔的安排、疑点的提出和解决，也较自然，合乎人物内在思想感情变化和事件发展的规律。""作者能够紧紧扣住事件发展的每一个环节，把事件引向更高的发展阶段，在这种紧要情节关头使用追击似的笔法，投枪似的向前贯射，产生了动人心魄的效果。也增强了作品的战斗性、思想性、给人带来鼓舞的力量。"

赵树理的《从曲艺中吸取养料》发表于同期《人民文学》。赵树理认为："评书（以及曲艺中的其他曲种）直接和群众在一起，是和群众没有脱离关系的文学形式，我们小看它就会犯错误。""他们的作品值得学习，他们的技术值得学习，首先是学习他们怎样直接为工农大众服务。"

11日 茅盾的《为民族独立和人类进步事业而斗争的中国文学——在亚非作家会议上的报告》发表于《文艺报》第19期。茅盾认为，毛泽东的《在延安文艺座谈会上的讲话》的"最基本的精神，就是作家必须与劳动人民相结合，文学必须为劳动人民服务。这是'五四'以来新文学的进一步发展。1942年以来许多作家和劳动群众同生活，共呼吸，达到了休戚相关、欢乐与共的关系。这样就产生了赵树理的小说《李有才板话》和《小二黑结婚》，周立波的小说《暴风骤雨》，李季的长诗《王贵与李香香》，贺敬之、丁毅的歌剧《白毛女》等等。1949年中华人民共和国成立后，又产生了小说《三里湾》（赵树理）、《火光在前》（刘白羽）、《保卫延安》（杜鹏程），报告文学《把一切献给党》（吴运铎），剧本《万水千山》（陈其通）、《龙须沟》（老舍）、《明朗的天》（曹禺）等等"。"上述这些作品，是一种崭新的社会主义的文学，它以人民群众的语言和感情，歌颂了人民的斗争和胜利、勇敢和机智、艰苦的奋斗和创造，反映了新中国在创造中和建立后大变革面貌的全景。"

宋爽的《真假赵树理》发表于同期《文艺报》。宋爽认为："《东海》9月号上又出现了真假赵树理……小说《友谊之花》，除去署名赵树理及篇后注明……之外，不论从这篇小说那一方面看，也找不到一丝赵树理的痕迹。""它的内容是描写一个落后的带有流氓习气的学生，如何被进步同学的'友谊'感化成一个新人。这是一篇小资产阶级情调比较浓的作品，他宣扬知识分子的思想改造，可以用小资产阶级的温情主义代替又团结又斗争的原则来完成。""《友谊之花》和赵树理的作品又如水火不相似。"

吴强的《写作〈红日〉的几点感受》发表于同期《文艺报》。吴强写道："我以为一个作者没有权利按照自己的意图去随意支配人物，作者的意图必须和人物的内心愿望相一致。我这样觉得，当我的自由权利和人物的性格要求统一的时候，我的笔触和我的心情才顺畅如流。如果与这种情况相反，不是由作者按照生活规律赋给人物以性格,而又根据人物的性格的规律去表现人物,就是说,让作者的自由限制了、侵犯了人物的自由,随意地支配了人物的思想行动。那就必然使客观的存在为作者的主观意念所代替。"

26日 蔡正黄的《牧场雪莲花》发表于《文艺报》第20期。蔡正黄认为,权宽浮的小说《牧场雪莲花》"洋溢着颇为浓厚的抒情气氛,文字热情活泼,作者是怀着敬爱的心情来歌颂新人物的,称得起是优秀之作。今年来,短篇作品的重要特点之一,是一反前两年所谓'干预生活'的黑风浊浪,作品中出现了大批新人形象。作为新社会主人的共产主义新人,夺回了文学作品中主人公的地位"。

同期《文艺报》的《小评论》栏目发表宋爽的《一个闪着共产主义火花的人》。宋爽认为:"费文礼的短篇《黄浦江的浪潮》(《萌芽》1958年第9期),在刻画先进人物方面,显露了它的光彩。"像"样样管""这样的人物,在现实生活中不少,在文学作品中也常见,都是以当家作主的思想和行动感人。但在有些作品中,这种思想和行动的基础常常被作者归结到主人公对新社会、共产党的感恩报德上,强调个人的痛苦和幸福,渲染个人的命运和愿望。《黄浦江的浪潮》跳出了这种巢臼。作者从共产主义思想的高度,观察和发掘了这样的人物性格的本质:个人命运和共产主义事业融为一体,横扫一切私有制度遗留下来的个人私念;集体主义精神和劳动英雄主义,成为支配他们整个思想感情、生活、行动的依据。'样样管'正是这样一个人物,而且写得生动活泼,跃然纸上"。

阎纲的《鞍钢工人谈创作》发表于同期《文艺报》。阎纲写道:"开国九年来,工人阶级的文学事业,也和工人阶级其它事业一样,取得了辉煌的成就。……象《原动力》《铁水奔流》和《百炼成钢》这样的长篇小说,已不下二十多部,短篇作品的创作,更远超过这个数字。""大家认为《原动力》是一部较好的作品。……《原动力》的语言是大众化的,是工人的口头语,读起来亲切、通俗,这是很可贵的。"

28日 刘白羽的《文学必须与劳动人民结合》发表于《人民日报》。刘白羽认为:"小说家从民间传说中得到丰富的营养,作家与丰富的人民群众创作源泉结合,作家才能创造出为人民所接受、为人民所喜爱的形式,这样才能够真正解决文学创作中的民族风格这一重大问题。既深入群众生活,又向群众学习,才能够创造出真正是革命现实主义与革命浪漫主义相结合的文学作品。"

十一月

8日 周立波的《回答青年写作者——在〈中国青年报〉青年写作者学习会上谈话的一部分》发表于《文学知识》第2期。周立波写道:"我们描写人,除开摹拟他横眼睛、直鼻子的一般形象以外,应当着重刻划他们由于阶级环境和教养的不同而形成的各别的性格的特征。概念化就是只写人物的一般形象,不写个性。……没有亲身体验、观察和分析一位英雄的勇敢无私的事件的细节,及其发生的环境,决不可能生动地再现一位活龙活现的真正的英雄。"

周立波认为:"我国的古典小说作者大都善于写人物。……《水浒》《红楼梦》是长篇小说,描写人物比短篇小说少受限制;但短篇小说也是能够生动地写出人物来的,鲁迅的许多作品就是顶好的例证。""有些先进人物难免有缺点。……但是,在他们身上,缺点往往不是本质的、主要的东西。……写正面人物的缺点要站稳立场,掌握分寸,满怀善意,并且要写出他们压倒缺点的本质的优点,及其克服缺点的过程,这样才有教育的意义。""语言要新颖生动,对话要切合人物的口吻。曹雪芹和鲁迅都是运用语言的能手,我们从他们的作品的对话中,可以看出人物的身份和性格。""文学是语言的艺术。我们应该细心地研究祖国的语言,特别是劳动人民的口语;要尽可能的少用缺乏活力的学生腔。描写人物的对话,要根据他们的阶级特征和个人性格,设身处地,摹拟他们在一定的条件下可能倾吐的语言,不能单凭臆测,不宜尽搬书上陈言。"

周立波还认为:"作家应当首先着重人物的创造,故事是人物行动的连续,有了活动着的男女,就一定会形成故事。""在纸上描绘真人真事的时候,必须把真人的风貌和他生活的环境,真事发生的详情实况,具体、集中、而又扼要地用白描的手法反映出来,要具体到能够刺激读者的官能的程度;粗枝大叶地只讲一个轮廓,一个概略,是决不能够打动人心的;要是只顾照抄事实,把细节堆砌起来,不能使人通过简洁的文字,迅速地把握真人的特性,真事的特点,也不能动人。"

11日 陈默的《朵朵红云直向东——读革命妈妈陶承同志的自传体小说〈我的一家〉》发表于《文艺报》第21期。陈默认为："书里的文笔朴素、简练，而又富于形象性。从整个作品中，看得出作者对生活观察的细致、深刻。善于抓住事物最本质的特征。对环境和人物内心活动描写都非常准确、鲜明和生动。""这本书对环境的描写也相当成功。作者善于用非常精炼的几句话就生动而准确地表现出某一个时期和地点的特征。"

冯牧的《革命的战歌，英雄的颂歌——略论〈红日〉的成就及其弱点》发表于同期《文艺报》。冯牧认为："《红日》和《保卫延安》一样，是近几年来出现的在比较广阔范围和巨大规模内正面反映我国革命军队生活和革命战争史迹的少数成功作品之一。不同于过去某些表现军事题材的作品，《红日》最引人瞩目的特色，是它没有停留在对于战争的表面和局部的观察和反映上；它跨上了一个更高的水平。作为一部文学作品，它的中心内容不是由一些富有情趣和色彩的虚构情节所组成；它的内容就是历史事件本身。作者所力图完成的任务不是仅仅叙说一些引人入胜的故事，而是把一段值得大书特书的可歌可泣的革命战争历史通过艺术构思体现在有血有肉的文学形象里。""除了极少部分的例外，《红日》中的艺术形象都使我感觉到，它所反映出来的生活，是那样逼似我所曾经历过的那一段生活。对于这种重现生活的高度的真实性，我认为，如果没有对于部队生活的长久而深入的观察和熟习，如果没有对于人民军队的深挚的感情，是不可能做到的。""作者非常善于运用不同的手法表现那些表面上看来大同小异的战斗场面，在他的笔下，这些战斗被描绘得各有特色，互不相同。""作者真实地、比较完整地反映了革命战争。这种真实性和完整性，无论在表现战争规律和军事思想上，在表现解放军广大指战员上下一体的集体英雄主义精神上，在表现我军和人民间的血肉相连、休戚与共的关系上，抑或是在表现革命人民革命军队和敌人之间那种尖锐对立的阶级仇恨上，都有着生动有力的反映。"

冯牧发现："在《红日》中间一共描写了不下五六十个人物。由于人物众多，场景浩大，因此，作者对这些人物的刻划和塑造当然只能在服从整个主题和结构的前提下而有繁有简。"作者"并没有过多地介绍这两个人物（沈振新和梁波——编者注)的思想和心灵的成长历史,而是经常把他们置身在具有典型性的生活环境和不断扩展着的矛盾和冲突之中,正像前面所着重介绍过的,作者经常让他们在高度的阶级意识和阶级感情中间表现自己的思想和行动"。

冯牧认为:"一部作品中的人物塑造的成功,是离不开整个作品的艺术结构的成功的。所谓艺术结构,当然不是仅仅指的作品中的故事情节的组成和发展;更重要的,是表现作品所反映的生活场景和人物形象的紧密的有机的联系。这种紧密的联系,可以使作品中的生活比现实生活更加集中、更加鲜明有力。《红日》的结构是严密的,作者在思想上能够站得比较高,能够把明确的主题思想和他们创造的具有时代特性的人物和生活环境,简明而匀称地交织在一起。整个作品的情节发展是有节奏的,不论是描写战斗生活或是后方生活,部队或是人民,我军或是敌人,处处都出现了构思得巧妙的穿插手法,有疾有徐,有劳有逸,有张有弛,因此,使整个作品毫不沉闷和单调,具有一种朴素的魅人的力量。"

23 日　吴强的《关于写小说》发表于《文汇报》。吴强写道:"写小说第一要先把人物想好:小说写的是什么人?是正面人物还是反面人物?是好人还是坏人?人物的性格是什么?人物的品质又是什么?这个人身上有什么特色(包括外形、容貌、言行、习惯等)?""人物除了有他们共同的东西以外,还有他个人的东西,所以,把人物的共性确定下来后,对于人物的个性、特征、身分、言语美貌,在事件当中所处的地位、所起的作用以及他跟各方面的关系,也都要想好。""写小说的时候,里头有一个人物或者几个人物,这些人物可以是真的人,也可以不是真的人。但是,真的人也好,不是真的人也好,我们总要作一些加工。""典型化,是使多数人所共有的特点在这个人身上得到反映。""人物想好之后,第二步就要想故事。故事从头到尾大概是怎么一个过程,要想妥当。""想故事的过程大体是这样的:第一,想象故事的开头和人物的行动。第二,在故事发展中,有很多事件,最中心的事件是什么?第三,高潮在什么地方,也就是斗争最尖锐的地方,怎样表达,也要想好。第四,小说的中心思想是什么?故事情节是否围绕着这个中心思想?这也要想好。""要注意语言问题。语言要合乎人物的性格。什么样的性格的人,什么阶级的人,什么身份的人,就说什么话。"

26日　冯牧的《崇高的主题,光辉的形象——推荐〈普通劳动者〉》发表于《文艺报》第22期。冯牧认为:"《普通劳动者》之所以感人,就是因为它并没有借助于任何曲折离奇的故事情节,而是按照生活的真实面貌(每天都在改变着的面貌),非常简洁地、富有说服力地表现出了共产主义者和革命战士的这种极其可贵、极其重要的品质。"

马少波的《我国文艺创作传统的新发展》发表于同期《文艺报》。马少波认为:"鲁迅在当时的历史条件和社会环境中对于革命的现实主义和革命的浪漫主义的结合有他自己的独特的形式,鲁迅的小说,特别是杂文的深刻性、战斗性正是这种'相结合'的具体体现。例如大家所熟知的《故乡》这篇小说难道不是以马克思列宁主义观点来认识和反映社会现实的吗?难道不是通过闰土这个农民形象和作者自己的形象极其鲜明地反映和批判了资产阶级的法权思想吗?在作品中,闰土所说的小时候不懂而现在懂了的'规矩',正是阶级社会所造成的人与人之间等级隔阂的真实内容。作者对社会本质和人物形象的刻划如此真实而生动,深刻而鲜明,正是由于在真实地反映生活现实的基础上,加以高度的集中概括,飞起了艺术的想像的结果。""革命的现实主义与革命的浪漫主义的结合是文学艺术的创作方法,但也反映了作家的世界观,后者乃是前者的基础,这一点是不能含糊的。……即使像《林海雪原》这部公认是革命的现实主义与革命的浪漫主义结合得较好的作品,由于作家思想感情上的某些弱点,自觉或不自觉地反映在人物的精神生活中间,在客观上也造成人物的某种病态,不管主观上是否要把它'理想化',而往往事与愿违。"

同期《文艺报》的《讨论革命的现实主义和革命的浪漫主义相结合》栏目发表臧克家的《新的形势,新的口号》。臧克家认为:"强调革命浪漫主义,在今天的意义上是强调什么东西呢?我认为应该是强调今天的共产主义思想。革命的浪漫主义要写我们的愿望、理想和未来,而我们的愿望、理想和未来就是共产主义。""我觉得革命浪漫主义主要是写理想,愿望和未来,因而就比较富有激情,在表现方法上,则较多的采用神话故事和夸大的手法。当然,单有激情,采用夸大的手法不等于革命浪漫主义,只是革命浪漫主义较多的采用这些手法,革命浪漫主义更重要的特点是写理想、愿望和未来。没有远大的理想,没有共产主义思想，光有激情和夸张是不成其为革命浪漫主义的。"

同期《文艺报》的《小评论》栏目，发表颜默、严家炎、纪耕等人的文章。

该栏目中，颜默的《有共产主义风格的妇女形象"闯将张腊月"》认为，王汶石的短篇小说《新结识的伙伴》"是值得大力推荐的好作品"，塑造了"两个活生生的、有共产主义风格的妇女形象"。

该栏目中，严家炎的《〈新结识的伙伴〉人物刻划的特点》写道："我很喜欢《新结识的伙伴》，因为它塑造出了共产主义风格的妇女形象。""这篇小说人物形象的刻划方面有很大成就。……这主要由于作者对生活的熟悉和观察的细致，同时也由于作者熟练地运用了这样三种方法：第一、互相对照，互相映衬地描写人物。……第二、人物性格逐步展现，逐步铺开。……第三、充分运用性格化的对话。这是小说在艺术上最成功的地方。""应该说，王汶石同志这个短篇小说在向共产主义过渡的文学画廊上抹了光彩的一笔。"

该栏目中，纪耕的《评〈小技术员战服神仙手〉 一篇出色的评书》写道："在艺术上，这篇作品很好地运用和发展了传统评书的技巧。它能巧妙地组织情节，集中地揭示矛盾，突出人物性格，因此，这样一个并不离奇的故事，也说得波澜层层，有声有色。故事的发展自然，来龙去脉，都很清楚。在语言上，也非常生动、形象，都是活在群众口头上的语言。而且动作性很强，使演员有发挥的余地。无论写人写景，都能恰到好处。"

十二月

1日 张天翼的《关于人物性格与典型问题》发表于《文艺研究》第4期。张天翼认为："关于人物性格……最主要的，还是要表现人物的本质，——他在社会生活中处于什么地位，起什么作用，他与人的关系如何，也就是人的社会性，他的阶级立场和世界观。""一个人的性格有相对的稳定性，有好，有坏，但是它的表现形式是多种多样的。我们在处理人物的时候，要具体地观察、分析。……在文学作品中写一个人物的性格，不要搞成脸谱化，……如果在小说、剧本中，把人物都搞成脸谱化，那就太简单了，读者就不爱看。"

张天翼谈道："对于正面人物也不能简单化。……作家必须善于观察，注意人物在思想、感情、性格等方面连他自己都未意识到的东西，这样才能把人的复杂性写出来。……鲁迅就是这样告诉我们的，要多看看，看得深一些，看到连人物自己都没意识到的问题。"

5日 吴强的《漫谈写小说》发表于《文艺月报》第12期。吴强认为，小说"有它的特点。第一，小说所要表现的，可以不受时间与空间的限制，特别是长篇小说，可以包含更多的更复杂的更丰富的内容。第二，小说是以人物为中心的，是写人的，包括写人的行动，人与人的关系、人的思想感情等等"。"第三，小说还必须通过事件来写人，要有一个故事从头到尾联结起来。当然，故事可以是长故事，也可以是短故事。""一般地说，长篇小说写的故事比较复杂，能够比较全面地反映一个时代的社会特征。它所写的是比较复杂的阶级斗争、社会斗争。长篇小说的人物比较多，虽然当中有主要、次要的，但总不是一、两个或三、五个，而是比较多的。""中篇小说是写一、两个人物，故事比较曲折一些，复杂一些，不是一件事情，而是多少件事情，在篇幅上不如长篇小说那么大。""短篇小说，只写一人一事。写一件事，也不是完整的，而是写一个横断面，或一个侧面。这个人身上有许多故事，但只写它的一段、一点，通过这一段故事也可以看出这个人是什么人，自然，不是创造出一个人的完整的形象。"

吴强写道："写小说跟写其他文艺作品一样，需要几个先决条件。……第一个先决条件就是政治挂帅。在我们的社会主义社会里，一个作家在创作之前要有正确的立场、思想、观点。""第二个先决条件是必须要有生活经验，熟悉所要写的人物和事件，也就是要有作品所要包含的那些素材。""所谓熟悉，不但是熟悉人物的外貌，还要熟悉人物的心理。要晓得这个人是怎样的一个人，是怎样好的一个人还是怎样坏的一个人，他的特点是什么，最可贵的是什么，不好的又是一些什么。所谓熟悉，就是要能够把生活里许多具体的人的活动及那些大大小小的细节都掌握在自己的手里。""第三个先决条件是在创作之前对这种文学形式的性能要有一个把握，至少也要有大致的了解，创作的时候才能够掌握它的特点。"

7日 金丁的《评价巴金作品的一个原则问题》发表于《光明日报》。金丁认为:"从《灭亡》到'爱情三部曲',巴金几部影响较大的长篇,几乎都是以青年做书中主要人物的。""巴金作品中的青年形象,主要都是一些英雄人物,这应当是作者也不必否认的。他们都是'充满着信仰''拯救人类'的'解放者'。独往独来,这里暗杀,那里行刺,当然也都是目无群众,而且都是蔑视群众的。个人的作用,在这些'英雄'人物身上,被强调、夸大到无以复加的程度。所以表现在这些人物身上的极端强烈的个人英雄主义也就和革命的英雄主义毫无共同之点。""巴金的作品是远没有把小资产阶级知识分子青年引导到与工农相结合的道路上的,相反的,他甚至引导了那些坚持资产阶级立场的知识分子青年,反对以至仇视无产阶级的革命运动。""当然,在巴金的个别的作品中,如'激流三部曲'中的《家》,对封建家庭的黑暗腐败的揭露,以及启发青年反对封建旧礼教的压迫,在一定程度上是有其积极的作用的。但巴金作品的整个的思想倾向的危害性并不因此而有所减少。"

8日 龙国炳的《短篇小说的收获——谈〈人民文学〉一九五八年的十几个短篇》发表于《人民文学》12月号。龙国炳认为:"我们的最好的短篇作品不但及时反映了现实生活,而且走在现实的前面,真正起到了指导现实生活发展的作用。""好的作品总是对群众有用的。""先进人物是我们作家注目的中心,这是我们今年短篇小说一个显著的特点。""除了写先进人物,短篇小说也写了人民内部一些受批判的人物形象。"

依而的《小说的民族形式、评书和〈烈火金钢〉》发表于同期《人民文学》。依而认为:"在农村,有几位热心阅读长篇小说的读者告诉我,看了中国古典小说能记住故事,人物的脾气禀性也能有板有眼地说得出来。可是看了外国小说和我们当代的许多小说以后记不住,不能讲给别人听。""他们更喜欢也更希望作家们多用后几部小说(指《水浒》《三里湾》《林海雪原》——编者注)的形式和方法来写书。……他们提出来的是小说的民族形式问题。""对于长篇小说的结构方法和描写方法,他们也提出了几个希望。第一、有头有尾、有始有终,分章节、成段落。不要半截腰开始和戛然而止。不一定有回目,而是希望采用这种结构方法,让人物有来龙去脉,故事有源头和归宿。第二、描写人物、叙述故事的时候,人物的关系要重叠错综,故事发展跌宕交叉,不喜欢简单化、平淡。但是，总希望一波未平、一波又起，眉目分明，脉络清楚（他们并举出《红楼梦》的结构方法的例子，这里不引了）。第三、着力在用行动来描写人物——要求强烈的行动和人物冲突的戏剧性。即使有大段的心理描写，也不要突如其来的和孤立地出现，而希望把心理描写当做人物行动的说明或补充。侧面的烘托人物是需要的，但不要完全代替了正面的对人物强烈的行动的描写。第四、语言生动、明快、通俗。在描写行动、心理和环境的时候，更能符合人物的身分。使小说不只为了读，而且还可以有声有色、加上表情动作的讲说。第五、到了节骨眼上，环境和人物关系比较复杂的时候，一件突然事变来了，读者的脑子跟不上、转不过弯来的时候，只用描写叙述还不够劲的时候，要求作者从作品里站出来，向读者做交代，做鼓动性的发言。"

依而认为，几位热心阅读长篇小说的读者所说的，"差不多正是我国古典小说手法上的一些重要特点"，他们"甚至还提出了这样的看法，写当代的具有共产主义风格的英雄人物，如果不从中国古代的英雄说部中学习一些传统的方法，产生不了正对他们口味的好作品"。

依而认为："《烈火金钢》的作者在运用评书体裁方面，取得了很大的成绩。""主要是为了讲说的评书和其它为了阅读的小说在结构上是不同的。……全书虽然人物多，头绪多，但是仍然能够分成若干个大段子，使故事以及几个故事之间的层次起伏都干净俐落。……即使把这些大段子独立起来也未尝不可以，它也能给听众以比较完整的印象。作者还有另一个本领，这就是在前一大段子结束之前，就给后一段故事紧紧地挽上一个扣子，使听众欲罢不能。而且，前一大段与后一大段故事之间的关系成为一个波浪逐一个波浪，在此起彼伏的故事发展当中，就把那一时期的历史面貌和发展在听众的脑子里铺开了。"此外，"夹叙夹评的方法作者也运用得很好……作者出面解说、阐明以至向听众做鼓动、进行教育，使讲说者和听者之间的思想感情交流，这是中国古典小说中习用的方法。刘流同志对这手法的运用很自然，很有力量"。

依而还认为："新评书体小说的出现和存在，不会是暂时的过渡的现象，它应该成为新小说的一种重要体裁。""新评书，又是英雄的说部，那么，怎样吸收旧评书的长处，而又能创造性地表现新的生活，表现人民英雄的新性格，就是一个很重要的问题。刘流同志在写作《烈火金钢》的时候，注意吸收旧评书在表现形式方面的某些长处和现场讲说效果，这是好的。但是由于过分追求故事性，惊险的情节，新英雄的传奇色彩以及草莽英雄的那种气质，因此多少影响了作品的思想意义。不能使听众受到更深刻的教育。"

郑伯奇的《农业合作化的万花镜——介绍王汶石同志的小说集〈风雪之夜〉》发表于同期《人民文学》。郑伯奇认为："作者在艺术上的成就，有以下几点，值得特别注意。""第一，在创造人物的性格方面，作者善于将个性和阶级的共性有机地结合起来"；"其次，作者善于把人物放在特定环境和具体斗争中，使人物的性格在斗争中开展起来"；"通过细节描写来表现人物的性格，也是作者惯用的艺术手法"；"作者还善于用对比来陪衬、烘托人物的性格"。

11日 第23期《文艺报》的《讨论革命的现实主义和革命的浪漫主义相结合》栏目发表胡经之的《关于革命的现实主义和革命的浪漫主义相结合》。胡经之认为："毛主席早在延安的年代就这样说明了文艺的目的、作用和性质……从这里，我觉得至少可以了解这二点：第一，文学艺术不只是在反映世界，而且是要改造世界，这是马克思主义对文艺的根本看法。……第二，文学艺术中反映的现实，应该比实际生活更高，更理想。"

胡经之说道："我觉得，革命现实主义与革命浪漫主义相结合的提出，它的实质是强调了两个方面：第一、突出强调了文学艺术的共产主义思想性。""第二、突出强调了正面形象的塑造。""既然说是革命现实主义与革命浪漫主义的结合是一种有自己的特点的创作方法，它不同于其他的创作方法，它尽管吸收了历史上的现实主义与积极浪漫主义的特点，但不是二者简单的混合，因此，在谈这一创作方法的特点时，不应该将革命现实主义和革命浪漫主义分裂开来谈。""革命的现实主义和革命的浪漫主义相结合的创作方法就吸收了这二者（指现实主义、积极浪漫主义——编者注）的优点。第一，就思想方法说，两者都奠基在现实基础上，但注意的重点有所不同，现实主义着重注意生活中的现实方面，而积极浪漫主义注重生活中的理想方面。……第二，具体体现在人物的塑造、典型化方法上，积极浪漫主义写出的人物，已不是生活中原有的人物，而是作者所改造过的，强烈地赋予了作者理想、希望的人物。……积极的浪漫主义是这样创造人物的：作家在把真实的形象、性格、思想等作为自己的作品的基础后，却不一定按原样塑造，而是突出了自己的理想、希望，他不再进一步去刻划这现实中的人的具体的方面，而是抓住这人身上与自己的理想、希望合拍之点，然后更加理想化，加以突出的刻划，因此，这人物已是理想化的人物，就其思想感情、精神的主要本质方面来说，是现实中的典型，但是作为一个整个的人物，却已不是现实中的人。我们在神话，以及在《西游记》中可以感觉到这一点。……在《红楼梦》中也可以感到这一点。"

胡经之认为："我认为这一方法（指革命现实主义与革命浪漫主义相结合的创作方法——编者注）本身的特点是：第一，从思想方法上说，革命现实主义与革命浪漫主义相结合的创作方法把理想与现实统一在作品中，这种统一，不是说革命现实主义写现实的题材，革命浪漫主义写理想的题材。而是说，它在反映生活时，既能在远大理想的指导下深刻地反映现实，又能在深刻分析现实的基础上，看到未来。这种理想贯穿在整个作品的形象、人物、情节、结构中，并不一定非得在作品中写生活中还没有的题材。""第二、从人物塑造方面说，不一定非得写'超人'、现实中不存在的人物，才算是革命现实主义与革命浪漫主义相结合的特色。……这种人物当然要比生活中常见的人更加理想，更高一些，他必须成为群众的榜样，成为自己希望达到的人物。""第三、从表现手法上，不一定必须像归浪漫主义那样用特殊的夸张（当然也可以用，这不决定于手法本身，只从表现手法上看是不能决定创作方法的性质的）。只要作品中洋溢着理想与现实的统一，人物从现实出发又高于现实，不管有无夸张，都是革命的现实主义与革命浪漫主义相结合的创作方法。"

土厂的《〈工人阶级的财宝〉读后》发表于同期《文艺报》。土厂认为："作者掌握了十分简练的表现手法，作者的艺术概括能力也达到了一定的高度。我们提倡文学艺术用共产主义思想教育人民，但共产主义思想必须通过较为完美的艺术形式和艺术形象表达出来。在这方面，这个短篇小说为我们提供了一个成功的范例。"

15日 吴鳌耿的《读小说〈诗〉》发表于《作品》第15期。吴鳌耿认为："郁茹同志的小说《诗》……是一篇短小精悍的小说，称得上是一篇激动心弦的赞美诗。作者以抒情的笔调，生动的文字，在读者面前展现了一幅逼真的人生图画。""郁茹同志能从壮丽的现实生活中，抓住具有重大意义的题材，加以提炼；并通过对人物的淋漓尽致的描绘，反映出在我们时代里，人的精神面貌所起的深刻而巨大的变化。这是小说《诗》的主要成功之处。""作者善于对性格的细腻刻画。""小说里的对话也比较生动，全篇的结构，层次分明，没有拖泥带水的赘笔。""《诗》的题材比较新颖，目前全国'人民公社化'已到了高潮，小说更有它的现实意义。近来，用小说体裁来反映有关人民公社优越性方面的作品，还不多见，应该说《诗》是更值得一读的。"

26日 李希凡的《运用评书形式反映伟大斗争的好作品——读〈烈火金刚〉》发表于《文艺报》第24期。李希凡认为："反映新生活的小说，如果能在形式和表现方法上把握传统的和民间的艺术风格，它就能拥有更广大的读者。赵树理同志的小说，所以受到广大读者的热烈欢迎，除去它们的深刻的生活思想内容以外，其形式和表现方法的富有传统的、民间的（赵树理同志自己就很擅长于说唱艺术）艺术风格特点，也是使读者喜爱的重要因素之一。曲波同志的《林海雪原》所以是今年的长篇小说中最受欢迎的一部，也有一部分原因是由于他运用传统形式描绘了他的英雄传奇的故事。但是，真正运用评书形式反映新时代的英雄传奇，我以为，最近出版的刘流的《烈火金刚》，是一次完整的尝试。"

李希凡认为："《烈火金刚》的作者熟练地运用了评书艺术传统风格中的那种对于英雄及其斗争环境的传奇性的表现方法，写得惊心动魄，引人入胜，而又不失其真实感。可是，这个特色，并不是一般评书都具有的，只有在那些杰作和优秀的评书艺术家中间才表现得突出。实际上这就是一种浪漫主义和现实主义相结合的表现方法，在许多'讲史'的评书中间，对于它们的英雄人物的传奇性的描写，大都带有浪漫主义的特色，使它的英雄形象，能在广大的读者中间，唤起敬爱的激情。像《水浒》里的鲁智深、武松，《三国演义》里的关羽、张飞、赵云、马超等形象。都是采用这种表现方法，突现了他们的性格，但对于生活环境的描绘，又不失其真实性。"

李希凡认为："《烈火金刚》所以强烈地激动人心，首先是由于作者对于他的英雄的传奇性的描写，是生根在现实生活的真实反映上。它深刻地描绘了抗日战争的残酷的生活场景，而且并没有把敌人的力量和当时那种艰苦的斗争生活简单化，这就给它的新时代的英雄们准备好了一个传奇性的真实的斗争环境。""同样的，在英雄人物的传奇性的描写上，《烈火金刚》在运用评书艺术上，也有独创的特色。运用评书形式来表现现代的英雄传奇，一个最大的困难是对于战斗生活的描写。大家都知道，《水浒》里的武松的英雄形象所以创造得成功，除去从尖锐的阶级冲突里表现了他的性格，还因为作者善于从战斗的行动上（象"打虎""醉打蒋门神"等情节）去描绘他。而古代英雄的战斗，即使在千军万马的战场上，也只是个人对个人的枪来刀往，作家的艺术夸张和渲染，也就限于这个范围，因此比较容易突现人物的英雄行动。而且表现这种战斗生活，在口头艺术和戏剧舞蹈艺术里，已经有了悠久的传统，战斗行动有了固定的'程式'。现代化的战争场面却完全不同了，人们往往并不互相见面，就被置于死地。用口头艺术的评书表现形式来描写这样的战斗生活，完全是新的尝试。不熟悉战争规律，没有亲身经历战斗考验的人，就很难把它写得真实动人。而《烈火金刚》的作者在这方面却表现了突出的成功，他非常善于用评书艺术描写现代化的战斗场面。"

　　李希凡认为："用紧张的富有戏剧性的情节，来描绘'五一'反扫荡的斗争生活，是《烈火金刚》成功地运用评书艺术的第二个特点。""《烈火金刚》运用评书形式相当成功的地方，还有夹叙夹评的表现手法。……在《烈火金刚》里，作者给评书艺术家的这种表现方法找到了更为丰富的表现内容。作者不仅用它来评述人物和行动，交代情节的关键，而且把它广泛地运用成为精炼故事、说明背景、分析敌我斗争的形势、陈述党的政策、军事斗争上的战略和策略这些不容易用艺术形象描绘出来的事物的一种表现手段。"

　　李希凡总结道："无论从内容和形式上看，《烈火金刚》都是探索用评书形式表现现代斗争生活比较成功的作品，它为评书艺术家提供了一本优秀的长篇说部，它的经验也是值得探索和研究的。"

　　田新的《草原上的春天》发表于同期《文艺报》。田新认为，回族作者米双耀的短篇小说《投资》"给我们展开了一幅富有地方色彩和草原气息的图画。从自然风光的抒写、民族特点的描绘，到富有诗意的比喻和优美的对话的运用，都是吸引人的"。"更可贵的是，作者不只把我们带进了草原生活氛围中去，同时也给我们描画了草原上的人们可爱的性格。"

同期《文艺报》的《讨论革命的现实主义和革命的浪漫主义相结合》栏目发表杨晦的《革命的现实主义和革命的浪漫主义相结合与时代的关系》。杨晦认为："强调现实主义的，认为李白、杜甫都是现实主义作家；反过来，强调浪漫主义的，认为李白、杜甫都是浪漫主义作家。这种说法，对作家也有影响。比如艾芜同志最早的一本小说《南行记》，是写他在缅甸的流浪生活的，我很喜欢这本书，但在他后来的作品这样的调子没有了。我曾写信问过他，他说有人批评那样的写法是非现实主义的。""无产阶级革命本身所具有的浪漫主义，是最革命的浪漫主义，是真正的革命浪漫主义，这种浪漫主义不会破坏无产阶级革命，而是使无产阶级革命更往前进一步。"

同期《文艺报》的《小评论》栏目发表周凌的《一幅动人的画》。周凌认为，《画丰收》（载《边疆文艺》10月号）"展现在我们面前的是一幅喜气洋洋的云南兄弟民族彝家的丰收图"，"作者在不到三千字的作品里，为我们塑造了这样一个生动的形象，通过感情深处，细致地表现出兄弟民族对于党和毛主席真挚的心情，表现出对于劳动和丰收无法抑制的喜悦，给人以强烈的感染。这也说明一个问题：二、三千字的小小说，是能够表现深刻的思想内容的；它需要的是作者对生活中的典型事物的敏感，以及选择好题材的能力"。

31日 苏方的《读〈王大成翻身记〉》发表于《人民日报》。苏方写道："《王大成翻身记》这本书在表现手法上和语言的运用上，都受到我国传统的章回小说的影响；但是，作者并没有为这种固有的形式所束缚，而是相当自如地运用这种形式的"，"小说事件发展清清楚楚，有头有尾，不蔓不枝；章节的起承转合简洁严密，却又没有人为的雕琢痕迹；语言是通俗易懂、平易近人的，念得上口，但是并没有陈词滥调，朴素自然而又流利，使人能够一口气读到底"。

1959年

一月

5日 杨沫的《谈谈〈青春之歌〉里的人物和创作》发表于《文学青年》第1期。杨沫认为："社会主义现实主义的创作方法告诉我们文艺作品要写人：尤其要写正面的英雄人物。要用社会主义——共产主义的精神教育人；要大胆地描写人的思想、感情和内心深处的东西……我遵循了这样的方法，所以《青春之歌》中正面人物较多，也描述了许多人的内心情感。"

8日 艾芜的《就作品中的人物来谈革命现实主义和革命浪漫主义相结合的问题》发表于《人民文学》1月号。艾芜认为："用积极的浪漫主义来写作品中主要的人物就是要从被压迫的人民里面或是从人民的传说里面甚至神话里面，选出可敬可爱的崇高的人物，按照我们的理想，创造出可敬可爱的理想人物，描写他富于英勇斗争的性格和事迹，赞美他们敢于反抗现实社会，轻视地主阶级资产阶级的法权，轻视金钱财富。"

萧殷的《既忠于生活，又高于生活》发表于同期《人民文学》。萧殷认为："社会主义现实主义的作家，一方面要遵循现实主义的原则，严格地按照现实中既有的事实特征去反映现实的典型状态；一方面又不为既定的事实所束缚，能从错综复杂的社会关系中看到事物发展的趋向，透视出发展的前景，并以'发展前景'做为立足点，来评价和概括现实中既存的事实。"

11日 巴人的《略谈短篇小说六篇》发表于《文艺报》第1期。巴人认为："作家必须从现实的革命发展中来描写现实，善于写出人民'所愿望的'和现实发展中'所可能的'。而作家要做到这点，就得有共产主义的世界观，善于在现实中发掘它本质的东西，发掘它现在还处于萌芽状态但具有无限生命力和远大前途的东西;并从而予以形象化和典型化。这里,就有我们的革命现实主义和革命浪漫主义相结合。这里,文艺作品就不仅是现实生活的反映,而且是先行于现实生活的了。""要把'处于萌芽状态的东西'予以形象化和典型化","不仅仅要用夸张的手法,使这'处于萌芽状态的东西'有所扩大,有所提高;而且还在于作家能够通过人物形象的性格刻划和描绘,把人物的精神境界推得更广,推得更远"。"我们的作家,近年来的确写出了不少反映农村生活的好作品,长篇的和短篇的,我们也在那些作品里看到了农民群众的阶级本能是敏锐的,自觉的阶级立场是坚定的,他们确是经得起生活和斗争的考验的英雄人物;但我们也在那些英雄人物中感到似乎还缺少一些什么。这就是缺少一分阶级的抱负、阶级理想的光辉。怎样创造出有坚定的自觉的阶级立场并还渗透着阶级理想的光辉的英雄人物,那该是我们作家的重大任务吧!在这六个短篇里,我特别喜爱《新结识的伙伴》,就是因为它在描写人物性格和人与人相互的关系中,已透露出了共产主义理想的曙光了。"

陈白尘的《舞台上的理想人物及其它》发表于同期《文艺报》。陈白尘认为:"幻想和想像也罢,夸张也罢,其它什么手法也罢,其本身并不能成为浪漫主义。它们是和某些具体的东西结合后才形成浪漫主义。这个具体东西便是作者所企图肯定,也是广大人民业已肯定的正面人物,以及他们的英雄行为和斗争。反言之,作者和人民所企图歌颂的斗争中的正面人物、英雄人物,是经过浪漫主义的幻想、想像、夸张等等,才得以成为理想人物的。我们是否可以这样理解:浪漫主义的主要手段是创造作者心目中的理想人物,而浪漫主义的目的,是通过理想人物及其斗争,写出作者的,也是当代人民的理想。"

陈亚丁的《满怀期望话"结合"》发表于同期《文艺报》。陈亚丁认为:"目前,好像有这么一种情形,就是把想象、畅想未来、无止境的夸张、各种神仙、象征、比喻等等艺术的表现手法,都当做新的创作方法的本质,积极地去追求,只要在作品中发现有这些手法的运用,就说是革命的现实主义和革命的浪漫主义相结合的表现,好像不如此,而是真实地去描写人就不可能是真正的革命的现实主义和革命的浪漫主义相结合似的。这是一件危险的事情,会引导人们脱离现实。我认为创作方法是形象思维的根本方法,它是以世界观作为基础的。

而艺术的表现手法，它本身并不带有什么性质，它是艺术表现的工具，是为一定的创作方法服务的。"

方明的《野火烧不尽，春风吹又生——读〈野火春风斗古城〉》发表于同期《文艺报》。方明认为："李英儒同志写的反映地下斗争的长篇小说《野火春风斗古城》……成功地运用了文学上的惊险样式。结构紧凑，一环扣着一环，一环比一环更具有吸引人的魅力。"至于"小说在表现方法上的缺点，主要是偶然性的情节过多，'短打'式的场面也过于频繁。'无巧不成书'，但太多的巧合，就在一定程度上影响了小说的真实感。这巧合的安排，不一定都是人物和情节发展的需要。惊险的情节也是必要的，许多这样的描写也很吸引人，但过多的紧张就容易使读者感到疲劳。而且有些情节也有雷同之感，人物在这些情节中不能得到进一步丰富和发展"。

冯牧的《有声有色的共产党员形象——略谈王愿坚短篇小说的若干艺术特色》发表于同期《文艺报》。冯牧认为："在这两本集子里的作品，多数都有着一个引人瞩目的特点：它们大都具有动人的故事和情节，它们的内容大都不是反映人们的平凡的日常生活；但是，决定了这些作品的动人的深度和艺术水平的，却并不和那些故事情节的繁复与否成为正比。相反地，我们看到，在这些作品中间写得最好的一些作品，像《普通劳动者》和《三人行》，却往往并不是具有多么强烈的故事性的；而另一方面，在其中少数写得比较平庸的作品，像《后代》和《老妈妈》，却有着更为完整的故事性。""在他的作品中的人物，绝大部分都不是从政治思想演练而成、而是从现实生活中提炼而成的活生生的艺术形象。他们是坚强的共产党员，但他们又都是生气蓬勃、有声有色的人们。作者并不是简单化地从一个方面来刻划他的人物的高贵品质，也并不满足于只是描绘出英雄人物的精神面貌中的主要方面……他们都是一些具有极其丰富和深邃的思想生活和精神生活的人。"

老舍的《我的几点体会》发表于同期《文艺报》。老舍写道："要使作品中有些积极的浪漫主义，我们自己必须成为革命的人。这样，浪漫主义才会有革命的热情，才会有明确的方向，鼓动大家向共产主义跃进。我们的浪漫主义不是浮夸的滥调，而是充满了革命的思想和热情的。"

16日 郭开的《略谈对林道静的描写中的缺点——评杨沫的小说〈青春之歌〉》发表于《中国青年》第2期。"编者按"写道："这两年，在我们文艺战线上，出现了不少反映现代生活的长篇小说，这些作品在青年读者中引起了广泛的影响。这是十分可喜的现象。""《青春之歌》就是这些比较优秀的长篇小说中的一部，它和其他作品一样，受到了广大青年的热烈欢迎。看了《青春之歌》后，很多青年同志向本刊编辑部来信反映，认为这是一部好书，它塑造了卢嘉川、林红、林道静、江华这些光辉的共产党员形象，给每一个读者留下深刻的印象。但也有些同志提出了不同的看法，认为这本书的缺点严重，宣扬了小资产阶级感情，并已经在读者中产生了极为不良的影响。下面发表的郭开同志的意见，就代表这种看法。"

郭开在文章中写道："杨沫同志的小说《青春之歌》是一本受欢迎的书，它有其成功的地方，关于这一方面许多同志都已谈过，这里就不重复了。但是这本书也存在着较为严重的缺点，特别是关于林道静的描写。现在我就分以下几个方面，谈谈自己的意见，与作者和读者同志们商榷。""一、书里充满了小资产阶级情调，作者是站在小资产阶级立场上，把自己的作品当做小资产阶级的自我表现来进行创作的。这个缺点突出地表现在对林道静的描写上。""二、没有很好地描写工农群众，没有描写知识分子和工农的结合，书中所写的知识分子，特别林道静自始至终没有认真地实行与工农大众相结合。在《青春之歌》这本书中，劳动人民是没有地位的。""三、没有认真地实际地描写知识分子改造的过程，没有揭示人物灵魂深处的变化。尤其是林道静，从未进行过深刻的思想斗争，她的思想感情没有经历从一个阶级到另一个阶级的转变，到书的最末她也还只是一个较进步的小资产阶级知识分子，可是作者给她冠以共产党员的光荣称号，结果严重地歪曲了共产党员的形象。""最后，我们还要再次说明一点，我们并不否定这本书，《青春之歌》有许多优点，它不失为是一本优秀的长篇，如关于林红、卢嘉川等英雄形象，都是写得很成功的，我们只是想指出它的缺点的严重性，因为，第一不这样，这本书就会在青年中留下一条不正确的红专道路，好像不与工农结合，不实行认真的思想改造，也可以达到红专，现在已经有人说了：'林道静不就是这样吗？'第二不这样，就会使人以为小资产阶级情调,在今天是合法的;第三不这样,就会使人以为林道静这样的人就是标准的共产党员,去盲目地效仿。现在已经有这种苗头了。这一些都是极有害的,所以必须指出来。"

26日 《文艺报》第2期的《读者讨论会》栏目主题是"讨论《青春之歌》"。"编者按"写道:"长篇小说《青春之歌》出版以来,受到广大读者的欢迎,发行数达到百万册以上。好些读者认为这是一本好书,他们深深地喜爱它,并且从中汲取到精神力量和思想教益。但也有些同志提出相反的看法,认为这本书有着浓厚的小资产阶级情调,不恰当地美化了小资产阶级知识分子的精神面貌,并已经在读者当中产生了极其不良的效果。例如《中国青年》1959年第2期所发表的郭开同志的文章,就代表后一种意见。对于这么一部有广泛影响的作品,既然有分歧的意见,就有必要展开充分的讨论。在这一期里,我们发表了两编文章,作为讨论的一个开端。我们欢迎广大读者都来发表意见,参加讨论;也欢迎读者把自己周围的同志对这部作品的看法及时告诉我们。"

成欣的《也谈关于林道静的描写》刊于该栏目。成欣认为:"《青春之歌》是一部有显著成就的作品,但也有较突出的缺点,而且在艺术表现上还有些粗糙。""我们认为杨沫同志在林道静这个形象的塑造上作了相当的努力,也取得了一定的成就;但也应该指出,这还是很不够的,主要表现在两个方面。""首先是作者没有紧紧地抓住有关林道静的思想成长的极其重要的线索或情节,予以着重和突出的描写。""其次,作者虽然也不止一次地写到林道静细致复杂的思想活动和思想斗争(如当她和余永泽分开后,有时对旧居的怀恋,以及与卢嘉川对话中所表现的一些思想情况等),但写得都较浮泛和零碎,不够集中,以致没能更明确、有力地表达出作者的创作意图。这就在一定程度上损伤了这个人物形象的现实性和立体感,使人对她的思想成长过程有些直线发展以及过于简单的感觉。"成欣指出:"小说《青春之歌》虽然有着上述的缺点,但就其思想性和艺术表现来说,仍不失为一本优秀的作品。它所反映的那一时代的历史真实,所塑造的形形色色小资产阶级知识分子走过的各种不同的道路,对于今天的读者,应该说是具有丰富的教育意义的。"

群力的《〈青春之歌〉的不足之处》同发表于该栏目。群力认为:"杨沫同志以热情洋溢的笔触生动地写出了30年代我国知识青年的生活和斗争,歌颂了他们的觉醒和成长,也鞭挞了他们的动摇和沉沦,从他们的不同命运中证明了一条重要的真理:是党使青春发出光辉,知识分子只有投向无产阶级革命才是唯一的光明道路。对于生活在社会主义时代的青年,这本书是有很大教育意义的。我们喜爱《青春之歌》,又感到很不满足,我们认为,主人公林道静这一形象的典型意义是不够充分的。"作者指出:"使作品产生缺陷的根本原因,是由于作者没有比现实站得更高,明确地表现出知识分子必须与工农结合才能彻底革命化这一真理。""由于作者没有深刻地发掘出促使林道静觉醒和成长的时代因素,因此也不能把林道静刻划得更好,从而削弱了这一形象的典型性。林道静的转变是由一个阶级到另一个阶级的转变,从旧的个人主义、英雄主义、人道主义而走向共产主义,这是一个极其艰辛的思想斗争过程,是一场新与旧的生死搏斗。全书写林道静复杂尖锐的思想斗争不多,没有充分地展示人物的内心活动。林道静怎样由个人主义的盲目奋战到革命者的集体战斗,她的阶级感情是怎样得到根本改造的,作者没有能作深入的刻划,更多的是以抽象的叙述代替了具体的描写。作者对林道静的小资产阶级感情的描绘可说是惟妙惟肖的,但等到林道静已走上革命道路,成为一个共产党员时,作者的笔力就显得很单薄了。作品后半部对林道静的刻划显然缺乏力量。"

冯牧的《谈〈欢笑的金沙江〉》发表于同期《文艺报》。冯牧认为:"《欢笑的金沙江》……为我们成功地塑造了一系列的兄弟民族人物形象。……作者在描写这些人物的时候,充分地显示了他对于彝族人民独特的生活习惯、他们的性格和心理特征的广博而深刻的理解;在一切叙述和描写中,他根本不需要借助于任何所谓'民族色彩'的过分的渲染和装饰,而只是用厚朴无华的笔调,对读者如数家珍般地娓娓而谈,谈得那样朴素和单纯,那样准确和逼真,以致不能不给你造成这样的印象:这些人物完全不像过去某些作者所描述的那样神秘和怪诞;但是,他们确确实实又都是有着自己的独特生活色彩和民族特点的人物。""《欢笑的金沙江》的另一个值得称道的优点是:作品在表现党的民族政策这方面写得很成功。……我觉得《欢笑的金沙江》……作者并没有让他的人物发出太多的议论,但是,通过错综复杂的故事情节和人物的行动,通过各种人物的思想发展和心理活动，作者在他的作品中，把党在民族地区的各项具体政策表现得十分细致、明确和生动。"

郭汉城的《对一些争论的意见》发表于同期《文艺报》。郭汉城认为："拿文艺理论的研究工作来说，过去有过一些教条主义的倾向，有些人惯于人云亦云，乱拿人家的东西搁在自己的头上，如套用'现实主义产生于资本主义'的公式，断定我国的现实主义是从《金瓶梅》开始，把现实主义精神很强的《水浒》《三国演义》等这些巨著，都排斥于现实主义之外；至于对在《水浒》《三国》中与现实主义紧密结合着的浪漫主义精神，则更不敢去进行研究了；原因是：西洋的文艺理论说现实主义与浪漫主义是两种互相排斥的倾向。"

阎纲的《佧佤人光荣的一页——谈谈〈在昂美纳部落里〉》发表于同期《文艺报》。阎纲认为："斗争往往要经历一个艰苦、曲折、复杂的过程——兄弟民族从观察、认识、理解，到信赖、拥护和爱戴的过程，这是历史的真实，没有它是不行的，不然胜利无法巩固。因而，要真实地反映这一重大的革命事件，要真实地刻划出这一时期兄弟民族各阶层人民的精神状态、思想成长和感情的变化，要塑造出兄弟民族的英雄人物形象，这个过程就往往成为作者笔下描绘的中心。在李乔同志的《欢笑的金沙江》里我们看到了这个过程，在徐怀中同志的《我们播种爱情》里看到了这个过程，现在，在《在昂美纳部落里》里也看到了这个过程。问题还不在于只写了这个过程。而在于作者不是旁敲侧击、而是正面接触；不是简单化的，而是真实地、入情入理地反映了它的复杂性和统一性，读后，既令人信服，又引人入胜。"

昭彦的《一束土生土长的鲜花——读〈中国民间故事选〉》发表于同期《文艺报》。昭彦认为："贾芝、孙剑冰两位同志最近合编的《中国民间故事选》（中国科学院文学研究所中国各民族民间文学丛刊之一），收集了我国三十个民族的一百二十四篇作品，共四十五万余言，除有四十七篇是属于汉族的以外，其余都是出自蒙、回、藏、维吾尔、苗、黎、彝、壮……等二十九个兄弟民族的。就题材来说，从开天辟地、赶月亮、射太阳到歌颂共产党、毛主席和其他革命领袖；就地区来说，从长白山到海南岛，从内蒙古到云南边疆；就体裁来说，从神话、寓言到有完整结构、近似短篇小说的故事（如《托塔李天王》），真是浩如烟海，多姿多采，美不胜收。""别看轻了这一百多篇'不识字的小说家的作品'（鲁迅语），如果我们仔细地、认真地分析它们，研究它们，观摩它们，玩味它们，那么，我们将会发现，无论在创作方法上，表现手法上，以至语言和文风上，都有许多值得我们学习的东西。适当地运用这些传承了许多世代、为老百姓所喜闻乐见的艺术形式来表现新的人物、事件和思想，把新的题材跟固有的民族形式有机地结合起来，难道不正是创造真正的大众的、民族的新文艺的一条切实可行的途径么？""总的来说，绝大多数的民间故事传说，都是现实主义和浪漫主义相结合的产物。凭辛勤的劳动养活自己的劳动人民，在绝大多数情况下，总是能够创造出现实主义的作品；同时，他们为了现实劳动的需要——减轻痛苦疲劳和提高工作信心等，又非常喜爱浪漫主义的东西。"

周来祥的《马克思关于艺术生产与物质生产发展的不平衡规律是否适用于社会主义文学》发表于同期《文艺报》。周来祥认为："真正伟大的艺术是诞生在阶级斗争最尖锐的地方，是植根在最先进最革命的阶级土壤里的，是与最先进最革命的思想相联系的。"

二月

1日 艾彤的《〈山乡巨变〉的人物刻划和语言的运用》发表于《湖南文艺》2月号。艾彤认为，周立波"注意了从多方面来描写人物。除了描写他们的面貌和内心活动以外，还描写他们的穿戴装束，描写他们的住宅环境，介绍他们的历史"。作者指出，周立波刻划人物的方法"是多种多样的。有时对人物内心活动入微的描绘，有时是人物一连串的活动，也有时是作者的叙述。写人物的外貌、装束和生活环境，多半是用人物的活动来描写"。

艾彤指出，周立波在"描写中的另一个特点：细腻。不管是运用什么方法来写，只要是能表现人物的性格的，作者总是认真细致、一笔不苟的描写了又描写；有一些不易被人们注意到的细小事情，在作者的笔下，却变得那么有声有色，情趣洋溢"。

艾彤还认为："这部小说很注意风景的描写，在故事中，在人物的谈话中，往往插入一段风景描写，饶有风味。风景描写的语言和一般叙述的语言有些不同，美丽的词藻比较多，显得文雅一些，诗意浓厚一些，因此和群众的口头语言有着一定的距离。不过，可以看出，作者是努力做到不用生僻的词句，句子尽量短一些，使它更好懂一些。"

艾彤写道："描写人物，一定要写人物的谈话，因为人是活的，总有个时候他是要说话的。有些小说的人物谈话写得很多，有些却写得很少。写得少的必定是作者叙述得太多，本来是人物要说的话，却被作者抢着说了。这部小说不是这样，人物的谈话不但写得很多，而且写得很精彩。"

关于小说的语言，艾彤认为："谚语、歇后语在群众语言中占有极重要的地位，它是几千年来被劳动人民创造的具有文学特点的口头语言，在广大的群众中广泛地运用。"

李束为的《关于小说创作中的几个问题》发表于《火花》2月号。李束为认为，在"剪裁与结构"上，"一部好的作品，其故事情节的发展要有头有尾，有低有高，有紧有松"。"关于写人物：文学作品写的是人，人物在小说中是个头等重要问题。""文学作品应该注意创造典型，应该创造出活生生的、有生命的具有社会主义——共产主义思想的先进人物。不仅要写出人物的表面活动，还要写出其心理变化，不仅写出人物现在做什么，还要写出他的发展，使人有立体的感觉。"

李束为指出："先进人物也许有缺点，但优点是最主要的是本质的，我们应该宣传优点，写他的先进面。至于缺点，如果要写，一定要分清主次，要写出在斗争中克服缺点的过程，不能损害正面人物的形象，不能强调小毛病。"作者认为，在刻画人物形象时，"人物在作品中的地位，应分主次，如写个先进人物，他的对立面便是落后人物，人物的位置应该摆端正。着重写正面人物，但也不能把反面人物当成活道具，写反面人物也应该写得有血有肉"。

在"小说的语言"上，李束为认为："语言本身没有阶级性，它为每一个阶级服务。但是使用语言的人是有阶级性的。什么阶级的人说什么话，什么身份的人说什么话，都各有不同。……从人物的语言中，能看出他的身份性格，也就是说，要写得象。"李束为还指出："小说的语言，一般的分为两类，一是描写环境的，一是人物对话，这两者应该统一。"对于方言，作者也有自己的见解，认为"地方语言有一定的局限性，应该尽量避免一般人看不懂的生僻词眼，用人人能懂的话来代替"。

同日，《世界文学》的《世界文艺动态》栏目发表《苏联文学界进行热烈讨论　迎接第三次作家代表大会》一文。文中写道："作家们都认为文学作品应该反映现代生活中最迫切的重大问题，既不能不加取舍地列举现代生活中的琐事，也不能事先规定作品应该反映生活中的哪些题材。……其实，问题的关键不在于写什么题材，而在于赫鲁晓夫同志所指示的'文学艺术要和人民保持密切的联系'。"文章提到："产生目前忽视艺术技巧问题的原因很多，除了作家缺乏对新事物的敏感以外，还在于不够重视语言的精炼和体裁的特点。"

5日　马仲夏的《关于小说的结尾》发表于《北方文学》2月号。马仲夏认为："就文学创作而论，没有结尾就不能称其为完整的作品。……拿短篇小说来说，虽然结尾不能完全决定它的成就，但至少对它的好坏，是有很大影响的。""有的时候，在小说的结尾，作者是喜欢直接的，正面的表露自己的观点和态度的，在第一人称的小说里，多半是'我'来担负这个任务的。"有的结尾"有时带着一些哲理味道。……这哲理不是作者强硬的添加上去的，而是作品思想的概括和升华，是把小说中所呈现的形象用逻辑思维的形式作了简炼注解"。"顾名思义，结尾一定都在后头。这不错：但不是没有例外。根据小说特定内容的需要和作家的意图，可以把结尾放在其他地方（几乎都是在前面）。……这样作，不只是使文章有了波澜，同时也就起了一种引人入胜的悬念的作用。"

同日，韶华的《关于小说创作问题》发表于《文学青年》第2期。韶华认为："中国小说有一个优良传统，就是：故事性很强，而且故事都是生动有趣、引人入胜的；只要你读一遍，你总是被小说的故事深深吸引着，感动着，长久不能忘怀。……那么，写小说的故事哪里来呢？我们说：故事是人物行动的结果。人物行动的基础何在呢？人物行动的基础是现实生活的发展、矛盾、斗争。在现实生活的发展中，时时刻刻都充满了矛盾、斗争；不管是阶级斗争、生产斗争、先进与落后的内部斗争。在这些斗争中，由于矛盾冲突的发展，和矛盾冲突的解决，就产生各种各样生动感人的故事。这些故事，表现在小说的创造中，它就象一条红线一样，把人物、思想有机的贯串起来。""故事是写作小说的基本要素之一,故事是构成小说的血肉和脉搏。要写小说,就应该有故事。现实生活发展的本身,就充满了故事性,就是取之不尽用之不竭的故事的源泉。但是,选择什么样的故事呢?应该选择典型的故事,选择具有特征的故事,选择足以表现你所描写的思想的故事。……同时,有些生活中的真实故事,并不是很完整的,因此,在写小说的时候,在故事结构方面,就允许集中、加工,就允许提炼、想象、虚构。当然虚构必须符合生活真实;经过集中和加工,经过在生活真实的基础上想象提炼虚构的故事,不仅不影响社会真实,相反地更能充分的反映出社会真实;因为作者不在于写这一个人,这一件事,而在于通过它,反映一个社会和一种思想面貌!"

赵克胜的《漫谈人物性格的描写——我在学习写作中的体会》发表于同期《文学青年》。赵克胜认为:"在短篇小说中,应该怎样描写人物,怎样才能使人物形象突出呢?""我认为在短篇小说中,要刻划出典型环境中的典型性格使人物性格鲜明,首先必须注重人物出场时的描写。由于短篇小说篇幅的限制,对人物的描写不能费更多的笔墨,如果在人物出场的时候,不能抓住他的性格特征,造成深刻的印象,人物就不容易树立起来。为了使人物一出场,就能表现出与众不同的个性,首要的当然要提炼情节——用足以表现人物性格特征的典型情节来表现,但更主要的还是从人物本身出发,不是按着情节去安排人物,而是根据人物性格发展的需要来展开情节。"

8日 茅盾的《短篇小说的丰收和创作上的几个问题》发表于《人民文学》2月号。茅盾认为:"'小小说'得名,不是偶然的。不仅因为它们短小精悍,而且也因为它们结合了特写……和短篇小说……的特点而成为自有个性的新品种。""它是群众文艺运动中最适宜于群众业余的文学体裁之一。"

11日 杜鹏程的《读〈风雪之夜〉——给王汶石同志的一封信》发表于《文艺报》第3期。杜鹏程认为:"有人似乎觉得长篇巨著才是重要的,短篇小说和及时反映我们生活的短小精悍的东西是'小作品',是在写'大作品'之余稍带着办的事情。《风雪之夜》和许多同志写的作品却告诉人们:……一组好的、集中反映生活某些方面的短篇小说,分别看来是独具艺术价值的单张画幅,连续看来便是相当可观的长幅画卷。从这个意义上说,长篇小说难道敢对短篇小说侧目而视吗？""我们有些作品，你可以把它写的地点随便换成别的地点，别人也看不出来。可是你的作品中的那种地方特色，那种乡土风味，那独特的自然风光以及风俗习惯语言特点等，常常唤起我许多回忆（回忆起童年，回忆起一个夜行军的场面，回忆起工地生活诗一样的片段，回忆起我最初接受党的教导的一些细节……），另外我羡慕你的作品中的幽默的风趣，虽然在这方面还有待发展。"

风楼的《妇女英雄赞歌——读王汶石的几篇短篇小说有感》发表于同期《文艺报》。风楼认为："在王汶石同志的笔下，有许多自然景色的描写，那蜿蜒如带的渭河，宽广的关中平原，翻腾的麦浪，银白色的棉花，早晨的烟雾，傍晚的夕阳，……所有这些都和作者的心血搅成一团。……作者笔下的山水云雾，田野林木也是作者心灵的一部分。"

李希凡的《文学作品中的英雄形象——革命现实和革命理想的结晶》发表于同期《文艺报》。李希凡认为："革命浪漫主义，很显然，绝不是指的某些艺术表现方法的特点，而是革命浪漫主义的基本精神——革命的理想主义。而革命的现实主义和革命的浪漫主义的结合，也恰恰主要是在这种基本精神的表现上。""我们的文学要求革命的现实内容和革命的理想相结合。在革命的现实生活的真实反映里，融合着革命的理想，而革命的理想又不是空虚的幻想，而是从革命的现实发展里升华出来的必然会实现的伟大理想。""这些情况表现着一个历史性的特点，那就是任何伟大作品，现实生活的真实反映和人民的理想总是交融在艺术形象里。即使是神话英雄的创造，也不过是反映着人类社会不同阶级的英雄理想，它们和生活总有着千丝万缕的联系。而且社会愈益发展，现实和理想的交融就愈加密切，愈加从矛盾里要求统一——现实是要求斗争理想发展的现实，理想是现实斗争生活里升华出来的理想。尤其是《西游记》和《水浒》的英雄形象，虽然一个是浪漫主义气息很浓，一个是现实主义地反映斗争生活很深刻，可是，它们却都是从同一的社会阶级斗争的土壤里，萌芽长大起来的，反映着农民斗争生活的现实，反映着农民斗争生活的英雄理想，都渗透着革命现实主义和革命浪漫主义的鲜明特征。""在我们的新文学作品里，也出现了这样的英雄人物。像《保卫延安》里的周大勇，《红旗谱》里的朱老忠，

《林海雪原》里的杨子荣,《苦菜花》里的母亲,《在和平的日子里》的阎兴。尤其是朱老忠,对于我们探讨当代的英雄形象的创造,有着特殊的意义,因为朱老忠是个和历史有着紧密衔接的人物。""他的出现,不仅具有强烈的现实意义,而且富有深刻的历史意义,他把历史和现实的人民理想英雄的画廊在文学上紧密地联接起来了。在朱老忠的性格里,概括了富有斗争传统的中国农民的历史和现实的性格……表现在他身上的深刻的生活概括和丰富的理想色彩,都说明了这个交流着历史和现实斗争的英雄人物,是革命的现实主义和革命的浪漫主义的结合的典型产物。"

宁干的《评〈敌后武工队〉》发表于同期《文艺报》。宁干认为:"如何把这种惊险传奇的战斗生活,经过艺术概括变成一部完整的文艺作品,却不是容易的事情。建国以来,曾经出现了不少部描写这种生活题材的各种不同文艺形式的作品。其中有些作品(像《铁道游击队》《平原游击队》以及最近出版的《烈火金钢》等)是比较成功的。受到了广大读者的喜爱与好评。有些作品,则在读者中反响不大,印象不深。其所以反响不大,印象不深,原因不尽相同。有的,为了追求故事情节的惊险传奇而流于失真,破绽百出。有的虽不如此,但只注意了作品的故事性,忽视了对英雄人物的刻划。……也有的作品,对我军的英勇机智写的很好,但在写敌人时,不适当地渲染了敌人的愚蠢无能、不堪一击……,这样,既不符合生活的真实,也损害了作品的感染力量,降低了作品的教育作用。《敌后武工队》在描写这些惊险传奇的战斗生活方面,有着它自己的成功之处,同时,也存在着一些不足的地方。""小说没有把武工队的活动神秘化。一方面是由于作者在描写这些惊险传奇战斗之前,较为精细地安排了伏线,清楚地交代了进行这些战斗的客观条件。另方面,也可以说是更重要的一个方面,是作者在描写这些战斗时着重地表现了党的领导和群众的支持。""小说的另一个成就是,在描写敌人的时候,没有采取简单化、面谱化的手法。"此外,"在群众语言的采用上,也嫌芜杂,其中固然有些生动的、富有地方色彩的群众语言,如讽喻闲得没事干,就是'上京绕获鹿'等等之类,但生僻的、难懂的方言土语却嫌太多一些,如把'怕'都写作'怵',这就完全没有必要了"。

吴平的《花开两朵》发表于同期《文艺报》。吴平认为："把敢想、敢干，'我为人人，人人为我'的时代精神和鲜明的个性特征有机地统一起来，创造具有共产主义风格的新英雄人物的典型性格，这已经是文学创作迫在眉睫的问题了。从这点出发，我想谈谈艾明之同志在《文艺月报》去年9月号发表的短篇小说《性格的喜剧》。""作者塑造了王来发和朱阿四两个鲜明的工人形象，在大跃进的激流里，他们都是推动着生活高速度前进的人。他们并立在时代的尖端，正是在这个尖端上，人物的精神面貌才闪射出那样动人的光采。作者在较短的篇幅里，三笔两笔即勾勒出人物的面貌，这绝不只是一个技巧的问题，它表明着作者对他的人物有着较深的了解和深切的热爱；同时也能感到，作者是相当的注意到了性格描写，并有意识地由此来展现人物的新的思想感情。"

13日 《"小小说"中有佳作》发表于《人民日报》。文中写道："去年，全国不少报纸和文艺杂志，发表了许多以'小小说'为名的短篇创作……有一些优秀的作品，它们及时地反映了大跃进中劳动人民的冲天干劲，勾画出了新人物的风貌。"

17日 茅盾的《怎样评价〈青春之歌〉？》发表于《光明日报》。茅盾认为："《青春之歌》有没有缺点？""我以为《青春之歌》的主要缺点表现在下列三个方面：一、人物描写，二、结构，三、文学语言。但是这些缺点并不严重到掩盖了这本书的优点。""在人物描写方面，林道静这个主要人物写得比较细致，虽然有些地方还可以写得简洁些……我却以为作者只把林道静作为万千青年走上革命道路的一个典型来写，并不把她作为一个理想的英雄人物来写的。但是因为其他人物没有写好（一方面这也和本书的结构有关），所以林道静就特别突出，尤其在知识青年中间，她好像是唯一的先知先觉者和冲锋陷阵者。""关于结构，作者的手法有点凌乱。全书的主要结构是沿着林道静的遭遇一线发展的。然而中间又插进了一些没有林道静在场的在全书是主要的情节。""《青春之歌》的文学语言不能说它不鲜明，但色采单调；不能说它不流利，但很少锋利、泼辣的味儿，也缺少节奏感；不能说它不能应付不同场合的情调，但有时是气魄不够，有时是文采不足。全书的文学语言缺乏个性，也就是说，作者还没有形成她个人的风格。"

24日 茅盾的《漫谈文学的民族形式》发表于《人民日报》。茅盾认为："文学的民族形式包含两个因素，一是语言（文学语言，按'文学语言'一词，就其广义而言，指哲学、文学、科学、政治、经济等著作所用的语言，专指文学作品所用的语言，有'艺术语言'一名，但是通常谈文学形式时常用的'文学语言'即指'艺术语言'而不指广义的'文学语言'，此从之。），这是主要的，起决定作用的。二是表现方式（即体裁），这是次要的，只起辅助作用。"茅盾不同意"仅仅使用民族语言而不能表现民族生活内容（地方色彩、风俗习惯、民族思想情感）的作品"具有民族形式。

茅盾认为："在小说方面常常会引起错觉，把民族生活内容的反映认为即是民族形式的表现。"他继而指出："在我国古典小说的表现方法中找民族形式……应当撇开章回体、笔记体、有头有尾、顺序展开的故事等等可以称为体裁的技术性东西，另外在小说的结构和人物形象的塑造这两方面去寻找。""自宋人话本（更不用说《太平广记》之所收辑）到《孽海花》，其结构的变化发展，显然可见：由简到繁，由平面到立体，由平行到交错。……在这发展过程中，我们的长篇小说却完成了民族形式的结构。这可以用十二个字来概括：可分可合，疏密相间，似断实联。"

至于"人物形象塑造的民族形式"，茅盾称："我以为可用下面一句话来概括：粗线条的勾勒和工笔的细描相结合。前者常用以刻画人物的性格，就是使得人物通过一连串的事故，从而表现人物的性格，而这一连串的事故通常都是用简洁有力的叙述笔调（粗线条的勾勒），很少用冗长细致的抒情笔调来表达。后者常用以描绘人物的声音笑貌，即通过对话和小动作来渲染人物的风度。"茅盾认为："总起来说，我以为文学的民族形式的主要因素是文学语言，但也不能忽视民族文学在长期发展过程中所创造的表现方法。"

25日 王燎荧的《〈太阳照在桑干河上〉究竟是什么样的作品？》发表于《文学评论》第1期。王燎荧认为："《桑干河上》的一些主要人物，不仅不是典型，就是是否'根据现实的人'也很值得怀疑。""'史诗'必须具有巨大的艺术概括性，和深刻的历史内容。……她把地主写成土改中实际的主角，把地主的'威势'写得压倒了农民，就在这里也能看出她和'史诗'距离之远。在我们这样的国度里，未有不认识农民伟大的革命力量而能写出'史诗'的。"

26日 黄昭彦的《乘风破浪显英雄——略谈陆俊超的短篇小说和散文特写》发表于《文艺报》第4期。黄昭彦认为："陆俊超……相当机智聪明，有艺术的敏感，他很善于抓住一般人所忽略的而对于突出人物的性格特征很有帮助的生活细节，着力加以描写，往往通过人物一两个细微的动作，一两句似乎是无关要紧的语言，就显示出他们底精神面貌。"总体看来，"作者的笔调相当清新明快，作品中的某些章节，颇有点绘画和音乐般的艺术魅力"。

王亚凡的《读〈踏平东海万顷浪〉》发表于同期《文艺报》。王亚凡认为："为了塑造人物，夸张是被允许的，作者在这本书中有一些夸张的描写，也是成功的；但是夸张得过分了，就使人产生了不真实的感觉。这种过分的夸张，小说中不只一个地方表现了出来。"

三月

8日 巴人的《有关短篇小说创作的几个问题》发表于《人民文学》3月号。巴人认为："短篇小说这个体裁，在它得以迅速而又集中地反映现实生活的职能方面说，则又具有长篇小说和中篇小说所没有的特点。""是不是有些作家不敢写日常生活或身边看到的一些有意义的生活，因而短篇小说之类的作品就少了呢？""日常的生活和现象，往往是具有最大普遍性的，应该说是短篇小说最好的题材，问题是在你对它有怎样的看法，怎样进行集中和典型化。……从日常生活的脉膊就可以征得大事件的心脏的跳动。""为迅速反映我国人民群众的斗争生活，为培养我们剪裁、提炼生活和集中生活的艺术概括能力，为使当前从群众中涌现出来的大量新生力量获得更多更好的艺术技巧，并由此而为今后出现更多更好的有'雄伟气概'、史诗式的长篇巨著准备必要的条件，必须提倡多写些短篇小说。而短篇小说本身，正也是永远不会消失的一种独立的艺术体裁。"

冯志的《我写的〈敌后武工队〉里的人物和故事》发表于《文学知识》3月号。冯志认为："虽说《敌后武工队》里的人物和故事大部分是真实的，但却又与真实有着一定的距离。""如果说它与真实还有一定的距离，那就是经过了一道加工过程所致。"

路葵的《谈〈敌后武工队〉的几个惊险情节》发表于同期《文学知识》。路葵认为:"一部小说,总要告诉我们一些事件。而介绍事件,假如没有深刻的意义,没有鲜明的人物,固然也可能讲得生动。但是如果它又有意义,又结合了有鲜明性格的人物,那这个故事,就更会深深地刻在我们心里。""《敌后武工队》很成功地描写了各不相同、色彩缤纷的惊险故事,这还是应该肯定的主要成就。"

吕林的《重读〈黎明的河边〉》发表于同期《文学知识》。吕林认为:"人民文学出版社选拔新版的《黎明的河边》","作者……总是把笔下的人物放在斗争的尖端,在最能显示人物性格与品质的光辉的地方和时候,去着重描写他们"。"作者还用了各种手法进行多面烘染,层层衬托。"

马烽的《〈三年早知道〉的写作经过》发表于同期《文学知识》。马烽认为:"这篇小说,基本上是按真人真事写的,或者说是在真人真事的基础上加工写成的。""经过几次的考虑,觉得应该着重去写人的变化,着重去写人们思想意识上的变化。我所以产生了这么一个念头,也不是凭空想出来的,而是从我熟悉的那些人身上引起的。从他们的谈话里;从他们对农业社的关系上;从他们处人处事的过程中,都使人感到一种新的思想在逐渐形成,集体主义精神在不断增长。后来我就确定通过一个具体的人来写这一巨大的变化。我选择了一个中农作为主人翁,这种变化在中农身上表现的特别显著。""最后再说一说这篇小说的形式和结构:我为什么要采取这样一种形式和结构呢?因为篇幅很短,事件很多,时间又很长——前后达五、六年之久,如果正面来描写,很难写短。另外,因为对这个人物了解的并不十分透彻,正面描写也有很多困难。我所以把自己作为一个见证人参加到作品里,除为了给人一种真实感之外,就是为了便于把这些零七碎八的事情组织在一起。小说中插了几段快板,为的是避免那些枯燥而冗长的叙述。"

茅盾的《创作问题漫谈——在一个座谈会上的发言》发表于同期《文学知识》。茅盾认为:"我们还要学习古典作品的高超艺术。……拿艺术的表现方法即技巧来说,古人经过长期的经验积累,达到技巧的高峰;这些技巧中间,有很大一部分是艺术表现的基本法则,是应该继承和吸收的。至于那些更多地带着技术性的技巧,即形式主义者视为珍贵的美妙的东西,也不是完全无用,只看我们怎样运用它。形式主义是我们所反对的,因为这是一种不要思想内容、只追求形式的完整和美丽的文艺思想。但是形式主义者在技巧方面,也有它的一套东西;这套东西如果我们运用得好,就象鸦片也可以治病一样,可以化无用为有用。"茅盾写道:"一提起人物描写,常常会想到两个术语:典型人物和英雄人物。这两个术语,常常混为一谈。据我看来,典型人物和英雄人物应该有所不同。我们日常生活中的典型,有正面的典型,也有反面的典型,还可能有一种中间状态的典型。典型人物也有正面的和反面的(即好人的典型或坏人的典型),英雄人物可不同。英雄人物没有反面人物。但英雄人物同时又一定是典型人物,典型人物却不一定是英雄人物;混淆了这两者,把要求于英雄人物者要求于典型人物,于是责备作者歪曲了英雄人物,这样的事不是没有的。其次,英雄人物是发展的,也就是说,英雄人物的思想品质有发展;英雄人物也可以有缺点,不过他在斗争中最后还是克服了缺点。写一个英雄人物从一开始就是全智全能全德,不但从不犯错误,而且政治上、思想上都高度成熟,那也很好;可是这就象个超人了,超人是很少的,会引起不真实之感。"

9日 《中国青年报》开始连载樊酉人的《略论小小说》(连载至13日——编者注)。樊酉人认为:"文学是反映现实生活的。现实生活(人民群众的生产斗争和阶级斗争的实践)是创作的源泉,是作品的内容。内容决定形式。新的现实生活就构成了新的创作内容,因之也就要求与之相适应的新的形式产生,于是小小说这种形式便适应于内容的需要应运而生了。……形势变化急遽,新事物层出不穷,因之也就要求有一种最能迅速的反映大跃进现实的艺术形式,小小说就具有这种长处。……小小说是适应于大跃进的现实要求而产生的一种反映生活最迅速最及时的战斗性极强的艺术形式。"

那么小小说有哪些特征呢?樊酉人指出:"小小说是截取生活的一两个片段,一两个人物,若干个场景,几个插曲。""小小说篇幅短,容量有限,反映生活的广度就要受到一定的限制,但是却要求它在反映生活时更注意深度——揭示事物的本质,发掘其深刻的思想意义。"另外,"精更是它的特点。既短小又精炼这是小小说所要求的。欲达此目的，剪裁极为重要，要善于取舍。在艺术描写的时候，不能平均地使用笔墨，要依据主题思想和刻划人物的需要有浓有淡、有粗有细、有简有繁、来不得平分秋色"。

樊酉人还对小小说创作提出了一些要求：其一，"在小小说里最忌讳大段落的景物描写，冗长的人物内心独白（心理剖析）和叙述者的长篇议论……这一切都要求以简洁的手法来处理"；其二，"在小小说里，人物外形描写要用人物肖象的写法，抓住特点几笔勾出个轮廓来。而内心活动的描写要与外部动作的描写紧紧结合起来。不适于孤立的内心独白……要用话剧介绍人物的写法：一些动作，几句话，把人物写出来"；其三，"小小说虽短，也要有头有尾，事件的展开和结束切忌平铺直叙，没有波澜"；其四，"要善于充分利用和发掘情节中具有的幽默戏剧性因素（但不是人为的噱头），增强引人入胜的艺术魅力"；其五，"小小说不仅要求语言朴素优美，富有表现力和色彩，而且还要洗炼干净"。

26日 刘剑青的《风起云涌，虎啸龙吟的历史画卷——谈二十多篇〈义和团的故事〉的特色》发表于《文艺报》第6期。刘剑青认为："现实主义和浪漫主义相结合的色彩，在几篇《义和团的故事》里面也很浓烈。可以明显地看出，有些民族英雄人物的事迹、人物性格和环境描写，是在严格地依据现实生活发展的前提下，经过人民口头上的磨炼——剪裁、分析、综合、调配，才创造出来的，绝不是真人真事的简单机械地翻版和自然主义式的摹拟。人民群众口头上说不出来一套完整的艺术理论，而他们的口头创作却是最深刻的艺术理论的活生生的证明和体现。""我认为《义和团的故事》的浪漫主义色彩，最突出地表现在人民能够站在比现实生活更高的角度上来看现实，依据自己最高最美的理想、满腔热情地讴歌民族英雄人物，并通过想像、夸张和传奇性的方法美化英雄人物，美化自己的理想。"

四月

1日 魏金枝的《漫谈技巧——在中国作家协会上海分会会员大会上的发言》发表于《萌芽》第7期。魏金枝在谈到"技巧的性质"时说道："说到文学技巧，语言修辞,组织结构,以及诸如此类用以表达情意的东西,这些东西的本身就存在有自己的规律,自己的法则,所以你不能笼统随便地说资产阶级写的文学作品不通,也不能说我们无产阶级写的文学作品就通,因为它们本身都有自己的规律和法则。但这些东西一旦被人掌握以后,尽管它们本身的性能还是存在,却总是变了样,甚至会变了质。""在掌握技巧这件事情上,也是有阶级性和政治性的。就为了这个原故,技巧往往会大大地改变它自己的性能。"在谈到"怎样学技巧"的问题时,作者写道:"我特别喜欢中国古代的戏曲,觉得结构非常短小精密。我觉得写短篇小说的人,应该多多看一些中国古代的戏剧。试想,一个小小的舞台,它上面可以演出许多戏,有时竟可以使千军万马在台上活动。任你怎样大的范围,尽管千变万化,都可以在这小小的舞台上表现出来。"

5日 支援的《略谈在短篇小说中描写新人物问题》发表于《北方文学》4月号。支援认为:"在短篇小说中塑造新人物的形象,最好是从现实生活中选择和提炼典型性的故事情节,通过人物特征性的活动,来表现新人物的性格。""因为任何人物性格,总是要通过行动表现出来的,对一个新的时代的新人物。自然也不例外。要求对新人物描写的有血有肉,生动活泼,同样必须要借助新人物的行动、语言,来表现他的品质和性格的。这样就需要从现实生活中选择和提炼典型性的故事情节。""典型性的故事情节首先是要有浓厚的时代气息,属于共产主义萌芽的事物,起码它应该新颖、不落套;其次是要很概括、集中,它虽然是一个生活片段,但分量很重,并且渗透着多方面的意义;再一点就是要紧密的结合人物、故事的发展亦即人物性格的发展。"

同日,庐湘的《真人真事与想象夸张》发表于《文学青年》第4期。庐湘认为:"以真人真事为基础可以写出各种体裁、篇幅大小不同的作品如长、短小说、戏剧、电影等等。但,就狭窄的意义说真人真事往往又具体指的是'特写'文学。这二者的共同点是什么呢?都要以真实的人物,基本事件是真实的为写作基础。另方面因为是文学作品,就要比生活更高、更典型、更理想的反映现实,就离不开合理的想象与夸张。但是,以真人真事为基础的大型创作和新闻性文艺性结合的'特写',在想象夸张运用的程度上幅度上又有不同,这又有它们的各自特点。把这些问题搞清楚,真人真事是否应有夸张、想象,以及在不同样式的真人真事作品中，如何运用夸张、想象，就可以基本解决了。这里我把夸张，想象当做一种性质：即从生活基础出发的补助、发挥，丰富有一定虚构成分的艺术加工。这里的'夸张'，不当漫画似的夸大理解。"

庐湘写道："首先是那种以真人真事为基础的大型创作（如小说《夏伯阳》《真正的人》，戏剧《刘胡兰》、电影《董存瑞》等），它们在人物性格、主要事件及情节方面、都严格的遵守真人真事。但，这决不排斥艺术创作的想象与加工。艺术的想象，不是使艺术不真实了，这是为求得人物更真实、更完美和动人。一般虚构的创作如此，真人真事也如此。"

庐湘强调："真人真事作品应该有想象、夸张是可以肯定无疑的。但它应遵循的原则是什么呢？这主要是在遵守性格事件基本如实的基础上，来合乎逻辑的、合情合理的运用形象、夸张。首先是删除一些非本质的、偶然的东西；对某些事件形成发展过程，加以发展、推想，使其光采焕发；甚至可以适当补助一些本人虽未做但按其性格本质完全可以做的事情。"

师田手的《怎样写人物》发表于同期《文学青年》。师田手认为："写人物还有一个中心明确的要求，就是不要照象式地去写，而要绘画式的雕塑式的去写，要作到'画龙点睛'活灵活现，栩栩如生，这才达到了最后的目的。这里所说的'画龙点睛'当然不是专指的眼睛，写人物的外貌写好眼睛是最重要的，但这里所指的是能表达人物性格的最中心的思想行动或事件，或最明确的特征。"

8日 李叔华的《"硬干饭"和"稀米汤"》发表于《人民文学》4月号。李叔华认为："如一个看来明明可以写成中篇或长篇的题材，作者却把它压缩在一个短篇之内（这里仅就篇幅而言，不是就文字的样式如小说、特写、剧本等而言）。又如一个看来适合于写成三四千字的东西的题材，作者却又把它不适当的拉长一两倍，搞得淡而无味。有人给它们各起了个形象化的名字，管前者叫'硬干饭'，言其虽有内容，但没有展开来写，正如煮饭时添少了水，搞得米都没煮烂，硬得难吃；管后者叫'稀米汤'，言其内容少，篇幅却不适当的拉长，正如作饭时添多了水，把饭作成了稀米汤。"

李叔华还认为："一、短篇（就篇幅而言，不是就文学的样式而言）也可以一定程度地表现生活的纵断面；二、作品是要有所强调和集中的，这样它表现出来的形象和意义才能很鲜明。而要做到这两点,作者若首先对自己的工作对象——生活,没有清楚的认识是不可能的(当然形象鲜明,也借助于艺术的表现。这里说的是首先要对生活有清楚的认识,从而使艺术表现有了真实的基础)。"

11日 《文艺报》第7期《读者讨论会》栏目的主题是"文艺作品如何反映人民内部矛盾"。"编者按"写道:"赵树理同志的短篇小说《锻炼锻炼》在去年8月号的《火花》上发表后,去年9月号的《人民文学》曾予以转载。这篇小说在读者中引起了很不相同的反应:有些读者热烈地欢迎这篇小说,认为小说真实地反映了1957年整风运动中农村生活的一个片断,具有典型意义,并且已经产生了推动生活前进的积极作用;有些读者却认为这篇小说歪曲了现实生活。我们认为对这篇小说的估价和分析,涉及到文艺创作如何反映人民内部矛盾、如何描写生活中的落后现象、如何运用讽刺等问题。这些是目前文艺创作中、文艺作品的阅读和欣赏中普遍存在的问题,我们企图通过《锻炼锻炼》以及其他类似作品的讨论,对这一问题作进一步探讨。"

该栏目发表湖北浠水县农民张庆和的《读小说〈锻炼锻炼〉》,姜星耀的《喜读〈锻炼锻炼〉》,武养的《一篇歪曲现实的小说——〈锻炼锻炼〉读后感》。姜星耀的《喜读〈锻炼锻炼〉》写道:"作者在这篇作品中继续发挥了他的特长,恰当地运用了通俗活泼的群众口语,描绘出富有生活气息的画面,并以幽默有力的笔触,善意地讽刺了落后人物,写出了这些人物被改造的过程,也以极大的热情写出群众中先进人物的迅速成长。"

补拙的《三十而取一》发表于同期《文艺报》。补拙认为:"要把短篇小说写得精炼,固然有赖于艺术技巧,例如表现手法的概括、集中,行文造句的简约、凝炼等等;但更主要的,恐怕还是有赖于作者的生活底子厚,本钱多。只有作者积累了丰富深厚的生活体验,才能把千千万万、形形色色的生活现象加以精工提炼,选择其中最有特征的细节,揭示出最有深刻思想意义的内在本质。"

丁细水的《短篇也可以献礼》发表于同期《文艺报》。丁细水认为:"向十周年国庆献礼的文学作品,应该是内容丰富,样式多种,形式风格百花齐放,固然要有长篇巨制,但也要有更多的短篇。如果只有长篇,没有短篇,那就不符合百花齐放的精神，也不符合群众的需要。"

黄昭彦的《向〈聊斋〉取点经——读书札记之一》发表于同期《文艺报》。黄昭彦认为："我们'五四'时代的老作家，在试笔之初，也有不少人写过一些《聊斋》体的短篇小说。""我们今天说要向《聊斋》取点经，当然不是提倡写《聊斋》体的小说。《聊斋》固然是一部具有一定进步思想内容的作品，但毕竟是寄托于说狐谈鬼，以反映世态人情，借'幽冥'之录，以抒发不平孤愤，就其现实性来说，似乎稍逊于《二拍》《三言》，就其思想性来说，亦不及《红楼》《水浒》，而且其中还有一些宣扬道家、佛家出世思想的消极作品。但《聊斋》的艺术技巧，却有不少值得我们观摩和借鉴的地方。假如说，《聊斋》这部经有可'取'之处，恐怕主要还是在于艺术技巧方面罢。"

黄昭彦说道："《聊斋》给予我们以很有益的启发。行文简洁、结构精炼，是《聊斋》的一个主要艺术特色。……作者在每篇作品中，大抵只着重刻画一两个（至多是两三个）人物，凡是有助于表现主要人物的性格特征的事迹，就写得详细些，否则就写得非常简略，决不节外生枝，在一些与主题没有直接关系的插曲上面浪费太多的笔墨。甚至对人物的外表、服饰，大自然景物，他也描写得不多，除非这样的描写有助于揭示主人公的精神面貌。……同时，作者很注意到'含蓄'在艺术表现技巧中的作用，所谓'言有尽而意无穷'，才是艺术上较高的境界。因此，他尽量让读者有回味寻思的余地，可以想象更多的东西，用自己的想象来补充原作，甚至发展原作；而不是把什么话都说尽。"

至于《聊斋》在结构上"精炼"的特点，黄昭彦认为："读《聊斋》，使我联想起我国古代的一些小幅绘画。越是小幅的美术作品，就越要注重布局，何处着墨，何处着色，何处留出空白，都可以看出作者惨淡经营的匠心。有时一幅小画，着墨不多，寥寥几笔，留出一大块空白，而正是这空白之处，却烘托出异常优美的意境。大抵长篇巨著，有如千年古树，虬根盘错，枝叶婆娑，偶而有一二败叶枯枝，也瑕不掩瑜，无伤大体。但短篇作品则有如盆栽清供，必须高矮有致、前后呼应，有章法，有格局，才能称为佳构，如果布局剪裁稍不得当，杂乱无章，那就不堪玩赏了。《聊斋》的布局结构是相当高明的，如上所述，应繁的地方它不简，应简的地方它不繁，应细的地方它不粗，应粗的地方它不细，就全篇看，格局精奇，灿然可观。"

黄昭彦认为，《聊斋》在表现人物的精神状态上也颇有特色。"短篇小说不利于以冗长的描写来揭示人物的内心生活的所有细节，无论是哈姆雷特式的大发牢骚的独白，或者是于连·索黑尔（《红与黑》的主人公）式的自我解剖的独白，对于短篇小说都不是十分适用的。因此，短篇小说往往只能借助于一些小动作或者对话中的三言两语来表现人物的精神状态。《聊斋》的作者在这一点上的功夫十分到家。特别是在一些恋爱小故事中，写小儿女初恋时缠绵缱绻的心情神态，无一不淋漓尽致。"

黄昭彦还注意到《聊斋》所表现的生活知识上的广博性："《聊斋》不仅长于'写人'，也善于'状物'。王渔洋说《聊斋》状小物非常'瑰异'，我们读后也有同感。如《鸽异》里写鸽子的姿态，《晚霞》里写歌舞的技巧，《口技》里写口技的鹊突变化，《王成》里写斗鹌鹑，《促织》里写斗蟋蟀，……都非经过细心观察者所不能道。读书至此，我们不能不钦佩古典作家生活知识的广博，观察事物的细致耐心。"

另外，黄昭彦写道："也许有人要问，《聊斋》这种形式，是寓言？还是小说？我看绝大多数篇章是小说，也有些篇章近似寓言（如《黑兽》《劳山道士》《画皮》等），有些篇章则只是简短的随笔，但不管是小说也罢，寓言也罢，随笔也罢，作者所要写的大都是人事，而不是鬼事。（周作人、胡适之流说《聊斋》是'非人的文学'，那完全是胡说！）作者对于贪官污吏、土豪劣绅的凶残和丑恶，科举制度的黑暗和流弊，封建婚姻制度的不合理，都有极强烈的愤懑。"

刘金的《两点感想》发表于同期《文艺报》。刘金写道："我觉得，郭开同志的确懂得不少原则，可是却不会实际地运用这些原则。现实生活是千差万别的，光抓住几条原则，往一切生活现象上去套，合则留，不合则去，是不行的。如果要这样去套，那么宇宙间可以获得郭开同志承认的东西大概不会很多。就说小说里的共产党员形象吧，《红日》里的华静、黎青、潘文藻、石东根，自然不被承认；《小城春秋》里的剑平和四敏，也未必百分之百的合乎郭开同志的原则，他们身上还多少有着一点小资产阶级的气味；《被开垦的处女地》里的拉古尔洛夫，荣幸地得到了郭开同志的承认，可是据我看来，这个拉古尔洛夫，无论如何也没有完全符合郭开同志在一开始就规定下来的那些'共产党员必须集中地完美地具备无产阶级的一切优良特性与美德'的标准。郭开同志给共产党员规定了若干'必须体现'的品质。可是他不了解，原则上每个共产党员都应该'体现'这样的品质，却不等于在实际上每个党员都已经具有了这样的品质。"

沐阳的《劳动英雄颂——读胡万春同志的〈谁是奇迹的创造者〉》发表于同期《文艺报》。沐阳认为："胡万春同志的作品巧妙地摔开了技术问题的沉闷叙述，善于选择和安排引人入胜的情节，一下子就突入到人物的精神世界，揭示人物的心灵的美，使性格和思想在行动中显现出来；即使描写技术问题，也是为了刻划性格的需要而精心安插在故事中的。这里，不仅不沉闷枯燥，而是有机的不可缺少的了。"

宋爽的《浅论"小小说"》发表于同期《文艺报》。宋爽认为："最初，我觉得'小小说'这种名称，也许只是为了区别近年来某些有名无实的'短篇小说'而言（它们常常是中篇或长篇的缩短和节略，常常是一个中篇或长篇的片断和构成部分，并不是一种独立的文学形式），意在提倡短，还'短篇小说'以本来面目，其实质，仍然是'短篇小说'，并无大变。后来看了一批'小小说'，经过仔细推敲，觉得它又确实不是'短篇小说'的翻版，恰如茅盾同志所说：'这些作品以"小小说"得名，不是偶然的。不仅因为它们短小精悍，而且也因为它们结合了特写（如果我们承认这是主要以真人真事为描写对象）和短篇小说（如果我们不否认它以概括为基本方法）的特点而成为自有个性的新品种'。这种'自有个性的新品种'，也是在'一天等于二十年'的时代背景下应运而生的。它的形式不但与'一日千里、瞬息万变'的现实生活相适应（能够迅速地反映出现实生活中的闪光断片，而这些也许在其它文艺形式来不及摄取的时候，便形消迹匿了），就其内容来看，也最富有现实性和战斗性。由于它短小精悍，生动活泼，一般又都是最新最美的生活、思想和感情的结晶品，因此即便在露天的紧张的劳动过程中，也能为劳动人民所欣赏，并直接地迅速地化为宣传鼓动力量。可以毫不夸张地说，它是伴随劳动的'自有个性的新品种'。""这种短小精悍的形式和最新最美的思想内容，为千百万群众敞开了文学的大门，他们通过这种便于掌握的形式，可以由简入繁，由浅入深，循序渐进，到最后能够熟练地运用复杂的文艺形式来反映多面而繁复的生活,从而将诞生出一批属于劳动人民自己所创作的伟大作品。"

宋爽说道:"看得出来,有些'小小说',是根据真人真事的材料写成的,是多半出于业余作者的手笔,但这并不能掩盖它艺术的光芒。有些'小小说'也写得风趣横生,才华毕露,像泉源一样喷吐着时代的浪花,娱人眼目,沁人肺腑;有些'小小说'看来仅是一个个新颖动人的故事,人物的影子比较模糊,情节简单,构思平平无奇,但它所反映的生活,给你的感受却有'寂然凝虑,思接千载'的气势;有些'小小说'使你感到篇幅虽小,但也有'英雄用武之地':不论刻划人物形象,不论展现重大的主题思想(不像有些同志主观想像的那样,'小小说'只能从侧面反映生活,都是些身边琐事),都有它维肖维妙的表现方法;有些'小小说'看来描写的是日常生活中的小事情,甚至不怎么新鲜,但这里面跳动着时代的脉膊,散发着劳动的芳香,吐露着劳动人民的心声,闪烁着共产主义的思想光芒,给你的感受仍然是深刻的;有些'小小说'又像抒情诗,又像一篇散文,感情细腻,语言优美,虽无动人的故事引人入胜,却有耐人寻思的富于美的幻想的意境和余地。……所有这些,我想和我们的时代是息息相关的。"

王愿坚的《结结实实的英雄形象——学习杜鹏程短篇小说的几则笔记》发表于同期《文艺报》。王愿坚认为:"塑造我们时代的英雄人物的形象,是文学创作的首要任务。对于这,我们(我指的是象我一样的初学写作者,下同)也不是没有这个愿望,可是写出来的人物总是那么单薄,而杜鹏程同志笔下的人物却是个个都那么美丽崇高;而且都那么厚,那么结实,劈胸三捶也砸不倒。""这使我想到军队里的一个用语:'纵深配备'。如果这个用语可以用来说明文学形象创造上的特点的话,我觉得,杜鹏程同志短篇小说中的人物形象的鲜明的特色,正是因为它有着雄厚的'纵深配备'。""从纵的深处发掘和揭示人物的精神的美,和从人物生活成长的道路上了解并表现人物的思想经历,我觉得是杜鹏程同志人物创造的特点。这使得他笔下的英雄人物厚实、饱满、深刻。……杜鹏程同志的短篇……没有在这一星半点的感受上停留,他发掘出了人物精神的美的光辉,还要继续掘进——观察、思索,从这些自己深深体察了的和在感情上深深感动过的东西上,看出它本身的思想意义来。"

颜默的《两个新的农民形象——读马烽的短篇小说集〈三年早知道〉随感》发表于同期《文艺报》。颜默写道:"从艺术水平来说,马烽同志这两篇小说进一步突出了自己的特点。这就是更善于抓住富有思想性格特征的生活细节来表现人物了。"

吟钢的《话说结尾》发表于同期《文艺报》。吟钢认为:"短篇小说要求短而精而深。""对于短篇小说说来,不但概括、构思、剪裁要力求精巧,它的结尾,也有细加推敲的必要。""短篇小说的结尾,往往用来申明寓意,突出重心。""我们现代短篇小说作家中,也不缺乏突出的例子,如王愿坚等人的作品的结尾,我以为就很好。看来,作者很注意在作品的最后重重地点那么几笔,以拨动读者的心弦。""好的结尾,能够画龙点睛;好的结尾,能够余音绕梁。"

钟灵的《农业合作化的赞歌——简评浩然的短篇小说集〈喜鹊登枝〉》发表于同期《文艺报》。钟灵认为:"短篇小说,顾名思义,篇幅是比较短的,不能拿长篇小说的规律和要求,强加于短篇小说身上。不过一篇优秀的短篇小说,虽然所反映的生活幅度比较有限制,同样也可能体现出有巨大社会意义的深刻的思想。"钟灵认为,短篇小说"应该像树木的横断面一样,由这一个片断,可以认出是什么木头和树木的年龄,也可以测出树的高矮。而这一片断,应该是最精彩的,最典型的,最具有概括性的。短篇小说不应是长篇小说的提要,但是,短篇小说应该使读者通过一个比较狭小的镜框,看到极为辽阔的世界。浩然的作品,就没有完全达到我们所理想的这个水平"。"如果拿其他艺术形式来比拟,浩然的小说有点像纪录片或纪录性艺术片,还不是比较完美的故事片。这样说并不意味着我们不欢迎或不需要好的纪录片,也不是认为纪录片形式是比较低级的,但小说毕竟是小说,和一般的通讯报道应该有所区别。"

20日 冯健男的《论〈红旗谱〉》发表于《蜜蜂》第8号。冯健男认为:"梁斌同志的长篇小说《红旗谱》(第一部)的出版,是我国文学创作上的一个重大收获。这是一部史诗式的作品。""这个故事和故事中的英雄人物——朱老巩的典型意义在于:他直接继承了、发挥了并且总结了中国历代农民进行阶级斗争的革命精神，表现了中国农民的疾恶如仇、见义勇为的深沉而又象烈火一般的战斗意志和豪侠气概，并且指出了没有共产党领导的农民革命的结局，只能是一幕可歌可泣的悲剧。"因此，"《红旗谱》的重大成就，首先就是它深刻地表现了中华民族的这种民族精神"。

冯健男认为："从来伟大的、不朽的、受群众热烈欢迎的文学作品，都是体现了现实主义和积极的浪漫主义的结合的。《离骚》是如此，《水浒传》也是如此，《奥赛罗》是如此，《唐·吉诃德》也是如此，就我们这一代的作家所写的最好的作品来说，诸如《白毛女》《保卫延安》《三里湾》是如此，《红旗谱》也是如此。""朱老忠是巨大的雕象，是中国农民英雄性格的概括和提高。作者在塑造这个人物的时候，用了更多的浪漫主义的色调。但这不是空想的浪漫主义，而是作者长期深入生活进行观察和提炼的结果。"

冯健男认为："小说中关于人物生活的环境的描写，关于生产和生活方式的描写，关于时代背景和风俗习尚的描写，也都是有特色的。它们都富有生活气息和民族感情。它们又都不是孤立的、静止的，而是和故事情节、人物思想行动密切地联系着的。……在艺术表现上，《红旗谱》的独创性也是值得我们重视的。例如在语言运用和人物描写上，它是有显著的民族风格的，而在故事的叙述和情节的安排上，它又是'土''洋'并举的——既有民族风格又参考了外国文学作品的写法。"

同日，冯至的《继承和发扬"五四"以来翻译界的优良传统》发表于《世界文学》第4期。冯至写道："有目的地介绍现实主义、尤其是俄国现实主义文学，以及被压迫、被损害的民族的文学，可以说是'五四'以来翻译界优良的传统。"

26日 《文艺报》第8期开设《文学革命与文学传统笔谈》栏目。"编者按"写道："为了纪念五四运动四十周年，最近本刊举行了一次座谈会，就'五四'新文学与民族文学传统的关系问题进行了漫谈，并访问了几位同志。现在将林默涵、夏衍、唐弢、巴人、矛尘、杨晦等六位同志的发言发表出来，以供读者参考。"

该栏目发表林默涵的《继承和否定》、夏衍的《关于继承传统》、唐弢的《"五四"谈传统》、巴人的《鲁迅对待民族文化遗产的态度》、矛尘的《新文化·古典文学·外国文学》、杨晦的《新与旧，今与古》。

林默涵的《继承和否定》写道："传统是历史形成的。每个民族都有自己的历史，因此也都有自己民族的传统。历史不能割断，文化传统也不能割断。我们对待传统，要有辩证的看法。一方面传统必须继承，因为传统固然是在过去的历史条件下的产物，但是，每一个历史时代都会有在当时是进步的、反映人民的要求的东西，因此在传统里面也就必然会有合理的因素，包括长期所积累的丰富的艺术经验，这些东西对于我们今天是很有用的，必须继承下来，以丰富我们的新的文化。另一方面，传统既然是在过去历史条件下的产物，也就不可能完全适合今天的需要，而且其中有许多是反映反动势力的利益的东西。这些东西就不应该继承。""所以，对于传统，我觉得应该是既有所继承又有所否定。继承它的合理的因素，否定它的落后的因素。"例如，五四以来的新小说比较成功，"其中很重要的一点，是因为新小说虽然接受了外国小说的影响，但也继承了古典小说的传统"。

唐弢的《"五四"谈传统》写道："谈到承继传统，我觉得，民族形式是中心问题之一，但是，究竟什么是民族形式，有哪些好的民族形式需要继承，值得继承？……单就表现方法上说几点意见，我以为从这方面来研究一下'五四'以来小说所承继的民族传统，对于今天的创作来说，是有很大好处的。"作者认为，民族形式在表现方法上有如下几点："第一，正如茅盾同志所说，在人物形象的塑造上，'粗线条的勾勒和工笔的细描相结合'，是传统表现方法中一个重要的形式，特别是粗线条笔触，古典作家曾广泛地加以采用。笔记小说、《三国演义》《水浒》等，在塑造人物形象的时候，通过寥寥几笔，把人物的特征抓住，使形象鲜明、突出，留给读者以非常深刻的印象。外国作品里很少采用这样的笔法，托尔斯泰、狄更斯等古典作家，在刻划人物时多半是细针密缕，写得淋漓尽致。""第二，中国古典小说在刻划人物的时候，往往采取从表到里的手法，本来，小说不同于戏剧等表演艺术，它有着直接描写人物心理活动的种种有利条件。在这点上，作家比演员更多方便之处，但在我们古典小说中却总是通过人物的外形、动作、各种活动，人与人之间的关系，来展示人物精神世界里的秘密，很少直接去描写人物的内心活动，这恐怕也是一个特点吧！

在鲁迅的作品里,直接描写人物心理活动的就很少,我看和古典文学的传统手法有关系。人物的性格,他的精神状态,通过外在活动,通过人与人之间的关系逐步地加以展示,往往比直接抒写心灵更有力,更使人不易于忘怀,这一点,我以为也是很值得重视的。""第三,古典作品中还有这样的一个特点,就是不大注意背景的描写,有时甚至不要背景,而只着重于写人物。"

五月

5日 谢挺飞的《灯下漫笔话〈后代〉》发表于《文学青年》第5期("五四"青年专号)。谢挺飞指出:"王愿坚同志已经相当成功地掌握了短篇小说这一艺术武器。他深刻理解短篇小说的特征与要求,只截取生活中最有意义的片断,最能显示事件的本质、人物的心灵世界的场景。我们看到,在这些短篇中,他所写的事件都不是特别巨大的,但作品却有着一股猛烈的、震慑人心的强大力量。"

谢挺飞认为:"在心理描写方面,最细致入微的须推'亲人'。王愿坚同志在描写人物的心理活动时,往往通过行动来表现,这自然比较简洁含蓄,读者也可由此联想许多,但是,有时读者也希望能了解得更多一些。在'亲人'中,作者洞察了人物最隐秘的心底深处,细致地、详尽地写出了曾司令员的极其复杂的思想变化过程,从而表现出了我们无产阶级革命战士具有的深沉、高尚、美好的感情。"

8日 王燎荧的《从情节说起——漫谈王愿坚的小说》发表于《人民文学》5月号。王燎荧认为,王愿坚的"某些较好的作品在情节上有着戏剧性的因素,这也是为着主题的需要和更好地写人"。"作者的这些作品的情节,是服从着主题的需要,从人物之间的关系上产生,而又在它的开展中充分展示了人物的精神世界。""作者对于情节的艺术虚构也正是从生活所提供的素材基础上沿着上述的方向进行的,并非先有了一个抽象的主题或互不相干的几个人物然后才去结构故事。"

9日 郑伯奇的《郭沫若和郁达夫》发表于《光明日报》。郑伯奇写道:"他们(指郭沫若和郁达夫——编者注)的作品同样具有爱国主义思想、感情和反帝反封建的倾向；他们的创作方法也同样具有浪漫主义的特色；但是他们的文学风格却迥不相同。郭沫若……描写他身边琐事的小说和抒情的散文，也吐露出真挚的苦闷感情，并对现实生活给予辛辣的讽刺。除了极少数的例外，他的作品中绝少有感伤的调子。……达夫则不然，他的作品比较富于感伤主义，调子也较为低沉。他小说中的主人公同样对现实生活感到不满，同样抱着强烈的反抗情绪，但是他们的不满和反抗情绪往往表现为苦闷、讥笑、咒骂，甚至是自嘲。他的作品具有吸引力和感染力，对于当时动荡不安时代的青年，发生了广泛的影响。"

11日 老舍的《衷心祝贺》发表于《文艺报》第9期。老舍认为："在创作技巧上，我们有自己的民族传统。但是，这并无碍于学习和吸收苏联作家的经验。在我们的全民大跃进中，文艺创作活动也在跃进。工农商学兵都活动起来。正因为如此，大家才更注意文艺技巧，以使内容与形式统一起来，有所提高。苏联作家的高超技巧也会像他们的丰富的革命理想那样，影响着千千万万的学习写作的中国人民，中国作家也非例外。"

同期《文艺报》的《读者讨论会》栏目主题是"文艺作品如何反映人民内部矛盾"。该栏目发表甘肃师范大学汪道伦的《歪曲了现实吗？》、《激流》编辑部李惠池的《帮助"争先社"进行整风摸底》、中共兰州市委宣传部正祥的《反对框框！》、朱鸾卿的《怎样写落后现象》、刘金的《也谈〈锻炼锻炼〉》、安杨的《这是什么工作方法？》、海淀新华书店文秀的《武养同志的批评脱离了作品的具体内容》、福建师范学院李联明的《略谈〈锻炼锻炼〉的典型性问题》。

李联明的《略谈〈锻炼锻炼〉的典型性问题》写道："《锻炼锻炼》也有严重的缺点，这主要是表现在环境描写上面。我们尊重讽刺作品本身的特点，同时也必须要求它正确地反映现实。反面人物应该成为讽刺作品描写的重点，但是正面力量也必须得到有力的表现。问题的焦点就在这里。而要解决这个矛盾，环境的描写就显得十分重要。作者必须正确地描绘出我们强大的社会环境与讽刺对象之间的冲突，这样才表现出整个社会的光明面跟落后现象之间不过是九个指头与一个指头的关系，才能告诉读者，这些落后现象，在'六亿神州尽舜尧'的社会里，只不过是个别的，次要的。也只有这样，才不致于使读者满眼灰暗，对现实失去信心。"《锻炼锻炼》中的环境不是典型的,因而人物也不是典型的。当然这不是说作者有意歪曲现实,而是说作者不能站得更高,进行艺术概括。作者所着力描绘的是一些奇特的事件(如杨小四捉弄人),而不是典型的情节,是人物性格的个别色彩(如关于'吃不饱'的一些细节),而不能把人物的共性、个性高度地统一起来。因而虽也写得生动,但并不深刻。作品只是向读者展览了几个落后人物,而不能给读者以更深刻的思想,尤其是正面的理想。这就是作品的病根所在。"

16日 刘立人的《漫谈运用文学语言的技巧》发表于《雨花》第10期。刘立人认为:"好多作品照抄生活中的语言,口语化是做到了;然而不精炼,不象经过加工的'文学语言',往往四平八稳,句式少变化,绝无警句,缺乏鲜明的形象,个别的民歌里,还有硬凑字数的现象。不少小说、戏剧里,缺乏个性化的人物语言。先进人物(或落后分子)讲话总是一个调调儿,将他们的语言调换一下,绝不显得'张冠李戴'。"

孙殊青的《创造性的学习技巧》发表于同期《雨花》。孙殊青认为:"艺术技巧不是来自艺术作品,而是来自生活。道理很简单,艺术作品中的技巧是反映现实生活的一种艺术手段,离开生活,也就谈不上技巧。因此,要提高艺术技巧,不能抛开现实生活。"

20日 刘流的《〈烈火金钢〉写作中的几点情况和问题》发表于《蜜蜂》第10号。刘流认为:"和人物相连着的是故事性的问题。评书既然要说给人听,就需要有和人物统一的故事性,并且需要有强烈的富有戏剧性的故事性。因为评书的听众和戏剧的观众特别是和话剧的观众有相同的要求:许多群众都注视和倾听着一个演员,除了一个演员和桌子凳子之外,什么也没有,如果再没有戏剧性的故事,就很难把观众吸住。不过这种戏剧性的故事应该合情合理,并且需要把斗争推向矛盾的尖端,还需要一环紧扣一环、一浪更高一浪地连续地发展,这样就能很自然地形成一个一个的'扣子',把听众吸住。这和平铺直叙是不同的,和故弄玄虚也是不同的。要达到这种要求的目的不是别的,而是为了使听众多听到点东西,以发挥文学作品的教育作用。因此在这方面我也作了追求,并且学了些戏剧的创作方法;虽然学得不够,但是给了我不小的帮助。

不过也是因为过于追求这种戏剧性的故事,也在另一方面出了毛病,也正象有的批评那样:有些地方枝节横生而缺乏有机的联系。""最后一个问题是夹叙夹评。我觉得,既然是评书就应该有'评',不过这种'评'不是一般的'书评',而是作者用自己的话,来评述自己所写的人物和事件。要把评述语言,灵活穿插在所需要的地方,或者因此可以叫作夹叙夹评。这种评述的目的,是要直接地向读者和听众进行讲解和宣传鼓动,以打破一般小说写法的局限性,从多方面表现作者的创作意图。我是因为感到自己的创作水平低,缺乏文字技巧,可是又想把自己的感情发挥出来,怎么办呢?所以就以作者的身份站出来,直接地向读者说话。我觉得这样可以比较自由,而充分地发挥作者的感情:爱什么,恨什么,赞扬什么,讽刺什么,歌颂什么,打击什么,用不着转弯抹角,就可以把自己的态度直截了当地表现出来。不过这样写法,不仅要求作者的爱憎分明,还要求对人对事拿出明确的见解来。这就需要认真地学习政策,较多地掌握生活素材,否则评言断语是不好下的。为了达到这一点,还需要把学习面放宽。这些要求,真是把各方面都很幼稚的我,难得够呛。为此,我曾经注意学习了一些报刊的政策论文。因为政论文章对世事的评论很恰当,很多评言断语,是那样有理、有力,真是明确而生动。另外,我注意得比较多的,还是向曲艺演员和劳动群众学习。我觉得他们有许多生动、活泼、形象而有力的评语。我记得,还是在抗日战争时期,我在一个驻村里帮助训练民兵,当我和他们讲起白刃战斗队形时说:'敌人要是两个为一组,我们就三个为一组……'有一个民兵插了话:'这叫三棱队,锥子兵,什么样的物件儿也能把它锥豁!'这话就象刻在我的脑子里一样,我觉得很适合评书的要求,于是我把它发展了一下,就写进书里了。"

同日,叶费姆·多宾的《情节结构和作品思想(续完)》发表于《世界文学》第5期。叶费姆·多宾认为:"情节结构不仅仅是把故事建筑起来。作品结构的'公式'本身也可以含有思想,同事物的意义相呼应起来。""这些联系的统一,就是艺术家的真正的艺术技巧的果实"。

26日 徐明的《谈小小说》发表于《人民日报》。徐明认为:"由于小小说篇幅短小,故事情节一般都不复杂,而且多半是依据真人真事的材料写成,只要作者有一定的生活感受,具有一定的文化水平和写作能力,是比较容易掌握的。""从报刊上已经发表的小小说来看,大部分是以真人真事为基础的。一般只有几百字乃至一两千字,篇幅短小精悍。故事情节一般都不复杂。它应该兼有小说、散文、特写的优点。""小小说应该以概括力见长,要求具有更鲜明的战斗性。正因为篇幅短小,就应该多留一些余味让读者去咀嚼、体会,以加深其含蓄力量。这点,我以为正是某些小小说所缺少的。"

同日,丁子人的《〈两个小青年〉的艺术构思》发表于《文艺报》第10期。丁子人认为:"发表在《人民文学》4月号上的小说《两个小青年》(魏金枝作)是一篇精炼又耐人寻味的儿童文学作品。""在短篇小说的创作中,作者刻划人物形象,应该把宝贵的笔墨都用在节骨眼上,其余的情节不必着墨太多,留给读者一些想象的余地。《两个小青年》就是这样。"

杜者的《〈山鹰〉颂》发表于同期《文艺报》。杜者认为:"峻青同志的一些激动人心的短篇,往往是描写人物的可歌可泣的遭遇或牺牲,让人物经受极严酷的考验。中国人民的激昂壮烈的精神在作者的笔下被提到了共产主义的高度。这是他创作上的一个特色。人物牺牲了,精神却是永生的;人物残废了,精神却并不残废,而是在放射着光芒。"

呆向真的《点滴体会》发表于同期《文艺报》。呆向真认为:"小说创作总是有故事情节的。而且,作者所写的故事情节,他所选取的题材,同一篇作品所起的教育作用又往往有密切的联系。对于儿童文学小说创作来说,故事情节更加重要,因为儿童总是喜欢听故事的。冒险性的故事,对于培养儿童勇敢机智的品质,也是有益的。但是作为文学作品,更重要的还是创造人物,不管作品中的主人公是儿童还是成人,都必须是有血有肉的人物形象。这些在作品里出现的人物,要以他们的言行举止、声音笑貌来吸引读者,使读者受到他们的感染。也就是说,要让作者笔下的人物,在读者心里活起来,这样才能真正起到教育作用。在一篇小说中,故事情节的安排和人物塑造应当是有机的结合。为着写一个故事,而随便安插上几个剪影式的人物,这不能算是真正的文学作品,至少不能算是一件好作品。我觉得故事的情节,应该随着人物性格的发展而展开,情节的描写,是为了刻划人物的形象。"

同期《文艺报》的《文艺作品如何反映人民内部矛盾》栏目发表王西彦的《〈锻炼锻炼〉和反映人民内部矛盾——在一个座谈会上的发言》。王西彦认为："赵树理同志不愧是描写农村生活的能手，他在这篇作品里，一点也不利用叫喊和说教，却运用他那一贯的朴素的白描手法，通过生活形象的描绘和情节的巧妙安排，揭露出农村前进的生活中所产生的矛盾，给了社主任王聚海那样的人物严峻的批判和讽刺。""我这样粗略的看法，也许还不能说服武养同志以及跟他抱着同样见解的同志们，因为并没有正面讨论他所举出的那三大罪状。那么，现在我们就来谈谈那几个问题吧。"

王西彦写道："首先，是多数和少数的问题。这是一种相当流行的论调，认为作家只能描写实际生活里占大多数的人物。""在一九五七年那个时期，农村群众中间特别落后的分子，和特别先进的分子（作品里是以高秀兰为代表的）一样，只占少数；占多数的是中间分子，他们可以跟着先进分子跑，也可以受到落后分子的影响。这里就显示出领导思想和领导作风的重要性。这一点，正是赵树理同志所要证明的。这是指描写消极现象说。至于描写先进人物，描写生活里面萌芽状态的新事物、新因素，那自然更不能要求大多数了。"

王西彦接着写道："其次，是描写领导干部的问题。""就关系到作家应该怎样描写人物的问题：按照党章或团章的各项要求去编造理想人物即'党的化身'呢，还是按照生活实际去刻画有个性的活人呢？依我看来，赵树理同志一直是走后一条道路的。""一篇小说和一篇工作方法介绍是不同的。作家所写的人物，是可以有优点也可以有缺点的人物，是有血有肉有个性的人物。""对一篇作品，读者的实际感受和作者的主观意图可能有距离，甚至适相反对。而且，不同的读者，看法也不同，正如我在一开始时所说的，撇开文学修养上的原因，恐怕就在于对作品所描写的生活熟悉程度不同，尤其是理解程度不同。在这一点上，我要说，就《锻炼锻炼》所反映的人民内部矛盾而论，赵树理同志对生活的熟悉和理解，是远较我们深刻的，至少我个人的情况是这样。"

六月

1日　冯牧的《环境描写琐谈》发表于《长江文艺》6月号。冯牧认为："我们这里所说的环境描写是狭义的，只是指对自然现象、与环绕着人物的生活事物的描写而言。从这个角度来看，环境描写的作用，粗略的来说，就有这样三个：第一，烘托气氛；第二，映衬人物的情绪、性格、精神状态；第三，辅足情节的发展。""文学作品中的环境描写，若打个比喻来说，就好比舞台上的布景，布幕拉开，或是春夏秋冬、或是城市乡村、或是室内室外、或是贫富小康，情与景，一下子就涌现在观众的眼前，把观众带进所要扮演的故事环境中，攫住了观众的心绪；文学作品的环境描写也是一样；只有这样一种鲜活的气氛，才能把读者引进故事的情节之中。""在写法上，中国的文学传统和外国的不同。外国的作家们，特别是用第三人称所写的作品，往往用几百字甚至几千字来勾勒画面……而我们中国的文学传统在这方面则行文极其俭约，鲁迅先生的作品可以做代表。当然，在现代的中国作家中，由于各国文学经验的相互影响，也有喜爱勾勒广阔的画面的。"

冯牧认为："环境描写既然可以烘托气氛，映衬人物的情绪、性格、精神状态，辅助发展情节；那末，也就是说，作家总是为了如上所述这样或那样的目的来进行环境描写的，而且，又是在深刻的观察、研究、分析了生活现象的基础上进行的，反之，离开这一切，单纯的玩弄技巧，那是不会产生任何真正的文学效果的。"

同日，马星初的《人物语言的性格化》发表于《东海》第11期。马星初写道："文学作品的语言，一般分为叙述人（作者）的语言和人物（主人公）的语言二类。所谓叙述人的语言，是指作品中除了人物语言之外，描述人物、事件、环境以及作者的议论所用的语言；它主要是在叙事作品（小说、特写、叙事诗等）中存在。作者通过这种语言，把故事情节和人物语言组织起来。人物的语言可分为对话和独白两种：对话是指作品中两个以上人物的谈话，独白则是一个人的自语。""这里我想谈的，是人物语言的个性和风格，即人物语言的性格化问题。"

马星初提出："我们知道，文学的中心任务在于创造人物的典型，刻划出人物的鲜明的性格。刻划人物性格的方法是多种多样的，而其中一种重要的和有效的方法，便是人物语言的性格化。""语言是表达思想的工具。但性格化的人物语言，不仅要求正确地表达出人物所要表达的思想内容，而且要求进一步表现出人物之间的关系、人物在当时当地的微妙复杂的情感和心境，从而生动活泼地突现出人物的典型性格来。""从一般意义上来说，人物语言的性格化，首先要求反映出人物所依存的特定时代、阶级和社会环境的特色。它们都是形成人物性格的重要因素。""但是，对于人物语言的性格化，不能止于一般意义上的理解；更重要的，还在于除了表现人物的共性之外，还得体现出人物的特殊的个性来，并且通过个性去体现共性。人物由于社会关系（地位）、职业、教育（文化程度）、年龄，以及生理上和个人气质上的不同，形成了不同的个性、语言。同是工人阶级，同是共产党员，同是战斗英雄，他们的个性和语言却是千差万别的。"

马星初进而说道："怎样表现人物语言的个性特征呢？""首先要依据人物的性格来写。它并不是由作家任意安排的，而是由人物的个性和他们所处的特定环境所决定的。所以作家在从生活中分析、研究人物个性的同时，也分析、研究了人物的语言，从而在确定人物的个性时也确定了主人公的语言的个性特征。""其次，是要随着人物性格的发展变化而发展变化。同一个人，在青年时和老年时所用的语言是有不同特色的，在这一阶段与另一阶段也会有某些不同。""关于人物语言必须以性格为依据。""出现在作品中的人物语言，必须是经过选择的：应该去掉那些无意义的、与主题无关的、不能表现人物性格的句子，而使用具有典型意义的语言。明确这一点是很重要的。""人物语言根据人物的性格发展变化，通常通过不同的语气、措辞、特定的词句、组织方法等形式表现出来。""语气：每个人，在各个不同的场合下讲话的语气是不同的。""措辞：由于主人公的阶级出生、修养、爱好不同等等，他们的措辞是有很大区别的。从措辞的不同，可以看出主人公的性格来。""特定的用词：许多人常常有自己的特定用词或习惯语。这也体现着他的身分、阅历和个性"。"组织方法：我们有的人说话有条有理，有的则很凌乱；有的精辟简练，有的重复累赘；有的直率，有的婉转。这便是语言的组织方法。这都与主人公的涵养、当时的心境、他的个性紧密相关。"

同日，老舍的《人物、语言及其他》发表于《解放军文艺》6月号。老舍认为：

"短篇小说很容易同通讯报道混淆。写短篇小说时,就像画画一样,要色彩鲜明,要刻划出人物形象。所谓刻划,并非指花红柳绿地作冗长的描写,而是说,要三言两语勾画出人物的性格,树立起鲜明的人物形象来。""一般的说,作品最容易犯的毛病是:人物太多,故事性不强。《林海雪原》之所以吸引人,就是故事性极强烈。当然,短篇小说不可能有许多故事情节,因此,必须选择了又选择,选出最激动人心的事件,把精华写出来。写人更要这样,作者可以虚构、想象,把很多人物事件集中写到一两个人物身上,塑造典型的人物。短篇中的人物一定要集中,集中力量写好一两个主要人物,以一当十,其他人物是围绕主人公的配角,适当描画几笔就行了。无论人物和事件都要集中,因为短篇短,容量小。"

老舍强调:"我们写作时,首先要想到人物,然后再安排故事,想想让主人公代表什么,反映什么,用谁来陪衬,以便突出这个人物。这里,首先遇到的问题:是写人呢?还是写事?我觉得,应该是表现足以代表时代精神的人物,而不是为了别的。一定要根据人物的需要来安排事件,事随着人走;不要叫事件控制着人物。""写作时一定要多想人物,常想人物。选定一个特点去描画人物,如说话结巴,这是最肤浅的表现方法,主要的是应赋予人物性格特征。先想他会干出什么来,怎么个干法,有什么样胆识,而后用突出的事件来表现人物,展示人物性格。要始终看定一两个主要人物,不要使他们写着写着走了样子。贪多,往往会叫人物跑样的。《三国演义》看上去情节很多,但事事都从人物出发。……不必要的、不熟悉的就不写,不足以表现人物性格的不写。贪图表现自己知识丰富,力求故事多,那就容易坏事。"

老舍还说道:"写小说和写戏一样,要善于支配人物,支配环境(写出典型环境、典型人物)。""刻划人物要注意从多方面来写人物性格。""当你写到戏剧性强的地方,最好不要写他的心理活动,而叫他用行动说话,来表现他的精神面貌。"同时,"艺术的夸张,是有助于塑造英雄人物的形象的!我们写新英雄人物,要大胆些,对英雄人物的行动,为什么不可以作适当的艺术夸张呢?"

在语言问题上,老舍认为:"语言的运用对文学是非常重要的。有的作品文字色彩不浓,首先是逻辑性的问题。……我们不能为了文字简炼而简略。简炼不是简略、意思含糊,而是看逻辑性强不强,准确不准确。只有逻辑性强而又简单的语言才是真正的简炼。""运用文字,首先是准确,然后才是出奇。文字修辞、比喻、联想假如并不出奇,用了反而使人感到庸俗。讲究修辞并不是滥用形容词,而是要求语言准确而生动。文字鲜明不鲜明,不在于用一些有颜色的字句。""文学是语言的艺术,我们是语言的运用者,要想办法把'话'说好,不光是要注意'说什么',而且要注意'怎么说'。注意'怎么说'才能表现出自己的语言风格。""用什么语言好呢?过去我很喜欢用方言……用一些富有表现力的方言,加强乡土气息,不是不可以,但不要贪多;没多少意义的,不易看懂的方言,干脆去掉为是。""小说中人物对话很重要。对话是人物性格的索隐,也就是什么样的人说什么样的话。一个人物的性格掌握住了,再看他在什么时间、什么地点,就可以琢磨出他将会说什么与怎么说。写对话的目的是为了使人物性格更鲜明,而不只是为了交代情节。《红楼梦》的对话写得很好,通过对话可以使人看见活生生的人物。"

老舍还指出:"小说的'底',在写之前你就要找到。有些作者还没想好了'底'就写,往往写到一半就写不下去,结果只好放弃了。光想开头,不想结尾,不知道'底'落在哪里,是很难写好的。'底'往往在结尾时才表现出来,'底'也可以说是你写这小说的目的。如果你一上来就把什么都讲了,那就是漏了'底'。"

邵荃麟的《谈短篇小说》发表于同期《解放军文艺》。邵荃麟认为:"小说的情节也是个重要的问题,情节是为了表现人物性格和故事的发展过程,也即是毛泽东同志所说的把日常现象中的矛盾和斗争集中起来,加以典型化。所以不要庸俗地去理解情节的意义。现在有些作品孤立地去追求情节,或者借情节的惊险或巧合来取悦读者,这种倾向是不好的。"

王愿坚的《在革命前辈精神光辉的照耀下——谈几个短篇小说的写作经过》发表于同期《解放军文艺》。王愿坚认为:"第一道难关是:我从来没有写过小说,我不知道怎样写才能把这个故事记述得象个样子。就在找些短篇小说来阅读、学习的时候,凑巧听到编辑部一个同志调查读者意见回来之后的汇报,他谈到部队一个干部对《解放军文艺》刊登小说的要求。他的要求是：第一、要有教育意义，'使我读了之后学到东西'；第二、要有点故事性，'使我读了之后还能讲给别人听'；第三、要短，'最好使我在睡觉以前几十分钟能看完一篇，否则，第二天一忙，我也许顾不上再看了'。这给了我很大启发。我想：这意见大概大体上能代表广大读者对短篇小说的要求。"

王愿坚写道："比起来，第一关还算好过些，可第二关就难了……摆在我面前的就这么个孤零零的故事，可怎么能写得不失实、不歪曲，把故事所表露的动人的美表现出来？苦恼了好久，我想到这么个问题：这时期的斗争，虽然和以后的抗日战争、解放战争有区别，但斗争形式、生活情景、人的精神状态等主要方面，还是有相通之处的。"

王愿坚认为："《党费》能够写成，使我认识到：第一，短篇小说这种形式固然有它自己的许多特点，但主要的是那位读者所要求的那三条（当然如果要补充的话，还应该加上一条：塑造出活生生的人物形象来；可是不加上，这一条也还是包括在里面的）。退一步说，即使写出来不大象短篇小说，只要读者喜欢也就行了。第二，对于听来的真人真事，如果自己有着大体相同的生活体验和感受，是可以从自己的感受中找到一条相通的路，去理解它，使它变成自己的东西，把它表现出来的。自然，这种认识是很肤浅的。"

王愿坚还认为："《党费》这一组短篇发表和出版之后，使我获得了信心和勇气，但是，回头看看这些东西却又不安起来：这些英雄人物用生命、用鲜血创造的故事是那么崇高、壮美，我却反映得这么粗糙、肤浅，觉得很对不住这些故事的创造者，也对不住给我讲故事的人。找找毛病，毛病多得很；其中最使我不安的是这么三点。""首先，就是对这些前辈革命者知道得太少了。""第二个毛病是只是就故事讲故事，就人物写人物，虽然也觉到了点意思，但是，对故事所蕴蓄的思想意义体察得不深、思索得不透，只能平平淡淡地复述个故事，不能给读者以新的东西。""第三个不满足处是表现形式方面的。已经写的几篇都是第一人称的写法，开头几篇这样写倒也能表达意思，抒发感情，用起来也方便些，但是再写下去就不得劲了。于是便想在表现形式方面学点新的东西。……这情况使我产生了这样一个想法：在许多革命前辈的斗争生活中，有的片断可以完整、充分地表现出人物性格的特征，可是在有的片断里，人物精神的美却只是一闪即过；这一闪虽然短，却光辉得耀眼，令人心惊目眩，蕴蓄着无限激情和使人深思的思想力量。我想如果捕捉住这么一道光华，或把从生活中感受到的这种美集中到一个比较短暂但有表现力的环境里，用尽可能省俭的篇幅描写下来，岂不可以精炼些？"

同日，嘉舫的《试谈三个短篇的表现技巧》发表于《星火》1959年5、6月号。嘉舫认为："读了《星火》四月号吕振海的《看错了秤吧》、李松贤的《全家福》、吴庆福的《洗衣姑娘》等三篇小说，引起了一些想法，提出来和作者以及读者同志们共同研究，希望得到指正。""三篇作品反映的题材都是有意义的，主题也是积极的。但是对于题材均缺乏精深的提练，因而主题的思想性还没有达到应有的高度。在艺术表现上，取得了不同程度的成就，但是从更高的要求来衡量，作品的艺术性却是很不够的。"

同日，方凡人的《描写人物技巧点滴》发表于《雨花》第11期。方凡人认为："长篇小说中作者经常通过一连串小故事来突出作品中人物性格。这些故事的安排都是为了烘托人物……作者在写作过程中应该有目的挑选生活中最集中、最有代表性的人物言行，精简地来描绘所表现的人物。""从行动上来描写人物，这是我国古典小说中刻划人物的传统手法。""人物行动细节描写在短篇小说里更显得重要。因为长篇小说篇幅长，作者还可以用心理描写、语言特色等等艺术手法来补救某些不足之处（同时，长篇小说中人物多次出现，也会有助于人物形象的完整性）。在短篇小说中，就缺乏这些条件。因此，大量地描绘人物典型的行动细节，给读者深刻的印象，是短篇小说中艺术表现主要特点之一。当然，严密的结构，正确的语言也不可缺少。"

8日 梁斌的《漫谈〈红旗谱〉的创作》发表于《人民文学》6月号。梁斌写道："我写《红旗谱》时有一点是明确的，就是人物必须扎根于现实，然后大胆的尽可能用理想和联想去加强和提高。""我写这部长篇时，主要人物在脑子里都已酝酿成熟，比如朱老忠写出后和我当初设想的并无多大出入。当然，对人物和故事情节的安排是有变化和发展的。比如原来准备写一家牺牲一个儿子（大贵、运涛），后来都没有让他们牺牲。又如原来计划把朱老忠作为普通党员写，高蠡暴动后回家潜伏。运涛、江涛出狱回家后他再出来工作。后来,为了使这个形象更提高一步,加强他的声色气魄,同时使人物性格能够进一步发展,就把他改写是红军大队长,这样,朱老忠就不再是一个普通党员了。"梁斌还说:"想要完成一部有民族气魄的小说,我首先想到的是要做到深入地反映一个地区的人民的生活。地方色彩浓厚,就会透露民族气魄。为了加强地方色彩,我曾特别注意一个地区的民俗。我认为民俗是最能透露广大人民的历史生活的。""在创作中,我曾考虑过,怎样摸索一种形式,它比西洋小说写法略粗一些,但中国的一般小说要细一些;实践的结果,写成目前的形式。"

同日,姚虹的《略谈鲁迅描写人物的技巧》发表于《文学知识》6月号。姚虹写道:"在短篇小说中深刻地写出人物的一生,或人物命运的重大转折,或反映出革命的重大问题,也就是说,用最短的篇幅写出最广最深的人生,这是鲁迅小说的一个极显著的特点。要做到这一点,自然必须要有很强的艺术概括能力。""这篇小说(指《狂人日记》——编者注)结构谨严,心理逻辑真实合理,极有层次。解剖的深入和描写的简洁,是这个短篇、也是鲁迅所有小说的共同的特点。""同样是描绘人物的心理活动,在《伤逝》里,作者却采用了另一种办法。'狂人'的心理是作者单刀直入地解剖开来的,这是因为作者实际上是在无情地锐利地解剖着社会。涓生的内心活动,他的思想感情的发展,则是通过他的生活遭遇的变迁而逐渐显露出来的。手法的不同决定于主题和创造人物的需要。""这两篇小说是采用'日记'或'手记'的形式来描写人物的,人物在向读者作'自我介绍',大多是所谓'内心独白',内心活动多于行动,作者不妨'畅所欲言'。《孔乙己》就完全不一样了。它不是明白的呐喊,也并不婉转陈词,而是沉默的控诉。作者让形象本身向读者示意。"

姚虹认为:"也是写一个小人物,《阿Q正传》的手法又自不同。这是更为重大的主题,人物性格的内容也更为复杂,如果象《孔乙己》那样把社会生活和人物的经历凝聚在一个画面里,就不能担负预定的任务。作者因而安排了一个又一个各自独立而又互相联系的'电影镜头',来表现社会生活的重大变革在一个特定环境中所引起的各种反映,来表现典型人物性格的各个侧面,来表现人物思想性格的发展道路。作者用的是截取片断缀成整体的方法,在结构章法上和形象塑造上并没有东拼西凑的现象,相反地,人物性格的描写,经过无数镜头的缀合,是越来越丰富和完整了。这是因为作者用一根线把许多珍珠串连了起来,这根主线便是阿Q的精神胜利法和他的革命要求。"

姚虹提到:"我们还要注意的是,鲁迅作品在艺术描写上的集中和凝炼。鲁迅所以能在最短的篇幅里写出最广最深的人生,在艺术描写上有赖于这种高度的凝练。寥寥几笔,含意无穷,这是中国传统文学的艺术特色之一,鲁迅继承和发展了它,使它成功地为作者对现实生活的深刻的观察服务,达到思想性和艺术性完美结合的境地。于是,在鲁迅作品里,就经常出现用几句话以至几个字表现人物的典型性格及其命运的妙笔。""最后,简单地谈谈鲁迅短篇小说的形象化的描写。鲁迅擅长白描,不加藻饰,而情态逼真。""鲁迅描写人物,总根据人物性格本身的特点,和作者自己对人物的爱或憎的情感,选择最精确最生动的形象来表现。"

11日 冯牧的《谈〈战斗的青春〉的成败得失》发表于《文艺报》第11期。冯牧指出:"作品里的某些显然是经过了作者着意安排和结构的惊险情节,在有的时候确实是增强了作品的艺术魅力。但我认为,构成了这部作品的最重要的感人力量的,并不仅是这种'惊险样式'的特色。相反地,值得我们注意的是,这种惊险手法,在这部作品中并不是时常都获得了作者所期望的有力的效果的。我们甚至可以很明显地感觉到,在不少的场合下,这种单纯求得读者的精神紧张的惊险情节的安排,不但常常并不能获得正常的艺术效果,而且反而是丝毫无助于作品的主题思想和人物性格的发展的。""作者固然很重视作品的故事情节和具有民族特点的传奇色彩,但看来他也十分懂得任何曲折动听的故事情节本身并不是创作的最高目的,懂得一切故事情节的安排都是为了展示人物的精神面貌;为了反映人与人之间的联系和矛盾,为了体现出整个作品的鲜明的主题思想而服务的。离开这些,一切出于主观臆想和远离主旨的、片面追求所谓戏剧效果的情节都是毫无意义的。应该承认,作者在他的作品中间看来是有意识地注意了这一点的。他在自己的作品中所努力追求的,并不像有些读者所论断的,仅仅是一些惊险情节,而是为了达到一个较高的目标:他不仅要讲故事,而且要写人物;不仅要反映伟大人民的一些可歌可泣的斗争事迹,而且要在一个广阔的生活场景里再现出一个特定的历史时期的时代精神和时代风貌来。"

思蒙的《漫谈短篇小说的剪裁》发表于同期《文艺报》。思蒙认为:"不论创作什么作品;长篇也好,短篇也好,作者对于自己所感兴趣的题材,一定要有所取舍。对作品的艺术技巧进行研究时,考察作者如何剪裁,是一个重要方面。有人说,没有剪裁就没有艺术。这句话的意思,我想,只应当理解为,艺术作品都不应该是生活现象的翻版;作品所反映的生活,必须是经过作者观察分析,加以艺术概括和剪裁的。作者要善于概括和剪裁,才能写出精湛的作品。短篇小说作为短小精悍的叙事形式,更要求艺术上的精心剪裁。""剪裁,是为了更好地表达作品的内容。按照所要塑造的人物性格和所要表达的主题思想,最经济地安排情节;选择最鲜明简洁的语言,准确而又生动地表达出最充分的内容;这是作家们在艺术实践中,长期努力追求的目标。"

王淑耘的《一个农民作者的丰收——读冯金堂同志的几篇小说》发表于同期《文艺报》。王淑耘认为,冯金堂"首先是把人物放在生活的矛盾中间,通过人物思想性格的冲突来展示生活的。如《挖塘》《沙荒变良田》就是通过先进思想与生活中的落后面展开的斗争中,来表现出先进力量和英雄人物""其次,因为作者写的都是生活在他周围的人物,他对他们的生活劳动、爱憎感情不仅非常熟悉,而且有深刻的理解。因此他的人物大多是性格生动鲜明,思想情感也是真实深厚的。他的英雄人物不仅有质朴高尚的品质,而且有鲜明的思想性格,使阶级的共性和鲜明的个性得到统一。因此读来栩栩如生,能给人留下比较鲜明的印象。有的地方读来就使人感到有一股像由生活中冲击出来的力量。""另外,善于抓住某些典型的生活细节,加以细致描写来突出刻划人物;生动朴素富于性格化的语言,都是冯金堂作品可贵的特色。他的作品没有什么冗长平板的心理描写,人物的思想感情却能鲜明的表达出来。作品的生活气息扑鼻,有些生活细节的描写,甚至使我们感到人物的声音笑貌似乎都跃然纸上。"

昭彦的《碧血千年热,红花此日春——〈红花冈畔〉读后感》发表于同期《文艺报》。昭彦认为:"写以革命历史事件为题材的文学作品,往往因为受到真人真事的局限,而不能随心所欲地进行艺术构思,只侧重于叙事的详尽,人物形象反而很难写得鲜明突出,这的确是一大困难。……作者在不违反历史事实的真实性的原则下,还是在着力写人;为了把人物写得活一些,他也使用了文学的虚构,在某些细节方面加以若干补充。……当事人都已不在人间,别人又怎能了解得这样详细,只能由作者根据史料想像出来。我想,这样的想像和虚构是应该被允许的,否则作者就只能写历史,而无法写文学作品了。"

20日 苏尔科夫的《苏联文学在共产主义建设中的任务——在第三次全苏作家代表大会上的报告》发表于《世界文学》。苏尔科夫指出:"短篇小说和特写要为当前战斗性的主题服务。"

26日 蔡葵的《关于〈在和平的日子里〉的一些问题》发表于《文艺报》第12期。蔡葵认为,《在和平的日子里》"大胆地、满怀激情地揭露了生活中的矛盾,描写了一个相当负责的老干部梁建的变化。这在目前我们文艺创作中反映人民内部矛盾不够的情况下,是有积极意义的。同时作品反映矛盾的程度,应该说是深刻的。它不仅写了人物的理性活动,而且刻画了他们丰富的内心世界和感情生活,充分揭示了人物性格的复杂性,特别是小说中阎兴形象的创造,还是相当深刻的。此外,我们看到了作者对祖国社会主义建设的歌颂"。"但是读完小说的感受也不是单一的。同时也感到有的人物性格的发展缺乏说服力,用力刻画的一些正面人物看来也不尽妥善,小说中积极、正面的力量还有些单薄,克服矛盾的信心也不十分充足,作品的调子比较低沉,所以,读后总觉得心情有些沉重。而有些评论却完全肯定和赞美它,甚至称它是'社会主义的英雄史诗',我想这样的评价是不太切合实际的。"

列·诺维钦科的《关于浪漫精神和现实主义——在第三次全苏作家代表大会上的发言(摘要)》(华胥译自今年5月30日苏联《文学报》)发表于同期《文艺报》。列·诺维钦科认为:"现代艺术的重要任务之一是要把深刻的社会心理分析的艺术加以发展和深刻化,是要高度善于表现今天人们感情的辩证关系。可是没有任何别种风格的形式和手法,包括用浪漫主义的手法来夸张地改变生活的面貌在内,没有任何别种程式化的手法,比那为艺术家的远大的思想和崇高的精神上的激情所鼓舞起来的对于生活的具体的现实主义的描写,更能够配合成功地为这个目的服务了。"

潘旭澜和曾华鹏的《评〈在和平的日子里〉》发表于同期《文艺报》。潘旭澜和曾华鹏认为:"作品中的风景描写也是有特色的。作家善于描绘一幅幅色彩鲜浓的风景画,而且画中有诗。特别是对劳动场景的描写,作家更全力赋予浓郁的诗意;作家的风景描写又往往包含着深厚的感情色彩,我们只要看一看小刘牺牲以后的那一大段风景描写,就会感觉到那不是单纯的写景,它已达到高度的情景交融。这一切,又进一步加强了作品的诗情特征。"

朱容的《读〈我的第一个上级〉》发表于同期《文艺报》。朱容写道:"《我的第一个上级》是马烽同志的新作,发表在《人民文学》今年6月号上。在这个短篇里,作者描写了'一个普普通通的领导干部'。""在描写新英雄人物时用这种先抑后扬或欲扬先抑的手法,在我们的短篇小说创作中还是比较少见的,而在这篇小说里,马烽同志运用得很成功,取得了比较强烈的感人的力量。"

七月

1日 陈登科的《创作札记》发表于《安徽文学》第13期。陈登科写道:"在《移山记》中,我写了几十个人物,着重写的也不过十多个人。这些人物,都有它的模特儿,但这些模特儿,并不是以某一个人为根据的,而是根据我生活中所熟悉的人,也比较了解的人概括起来的。""我认为任何一个英雄,都是从平凡的人成长起来的,既然是个人,就应该有各种不同的人,有的人是没有缺点的,有的人则有缺点,甚至有错误,他如果能认识缺点和错误,他同样能成为英雄。"

同日,唐弢的《谈艺术概括》发表于《萌芽》第13期。唐弢认为:"任何一件艺术作品,如果不能够超越生活的个别的真实,那就很难说是一件真正的艺术品。因为就我们日常接触的生活来说,往往混杂着许多偶然的因素,而不是所有现象,都充分地反映了生活的本质,作家的任务在于:把偶然的和次要的现象抛弃,把本质的和特殊的现象综合起来。""在生活细节的描写上:需要选择有'代表性的细节',在人物形象的塑造上,也需要选择有代表性的性格。"

唐弢认为:"艺术概括是一个艰巨而严肃的工作。当我们学习这些伟大作家的时候,一方面,应该懂得他们怎样综合,另一方面,也需要了解他们如何抛弃。通过对'很多''一系列''二十个左右'人物的观察,创造出来的仅仅是一个典型,这就意味着他们从每个对象的身上,综合得很少,却抛弃了许多。我们目前的情况怎样呢？我认为恰恰相反，我们是综合了很多，却抛弃得太少。""我们大家都看到过画家速写时的动作，他们往往闭上一只眼睛，还把另一只也眯起来，向对象作凝神的注视。这样做，为的是要集中视线，实际上也就是在抛弃，他必须把一切偶然的、次要的现象放开，首先去捕捉主要的特征。中国画家着重写意，古典小说里采取粗细条的刻划方法，我看是深刻地体现了艺术概括的意义的。""艺术概括必须有抛弃，才能够有综合，抛弃正是为了便于综合。"

5日 龙世辉的《读〈普通劳动者〉》发表于《北方文学》7月号。龙世辉认为："常常有一些很不坏的作品，它们的人物的性格思想面貌都写得不错，但是我们往往只看到人物此时此地的面貌，他和自己历史上的联系就没有了，或者很少。当然，不是任何作品中的任何人物，都要联系他的历史才能刻划得好，但也不能否认，有的人物，是需要联系到他的历史才能刻划得深刻有力。"

同日，关沫南的《怎样进行作品的结构》发表于《文学青年》第7期。关沫南指出："结构……也是在于安排作品里要写的各部分情节和场面的关系，使它成为一个有联系的发展顺序，用来服务于性格之间矛盾冲突的揭示、发展和解决，从而达到明确一定的主题思想的目的。""首先第一步就是要对这些材料进行一番反复的分析和深思熟虑。看看通过这些材料要表达一个什么样的主题思想，为了要表达这样一个主题思想，有多少材料需要用上去，大致要写多少个人物，通过多少个场面。……第二步在进入具体安排人物、情节和场面时，一定要紧紧抓住主要矛盾。……例如象反映国内革命斗争和抗日战争的作品《红旗谱》《野火春风斗古城》和《烈火金钢》等都是。……第三步就是要突出主要人物和场面。……突出主要人物，分清轻重主从，突出地描写主要人物，这是结构作品的要点之一。主要人物主要又是指正面人物，能够把正面物放在斗争的尖端来表现，这往往决定作品反映生活的深度。"

关沫南认为："有的作品内容杂乱无章，很多情节与场面互不相连贯，东一笔西一笔，写的又散又乱；也有的内容拥挤不堪，堆了很多人物、事件和场面，象是把中篇或长篇小说硬塞到短篇里去似的。""这种情况是怎样产生的，又该如何解决呢？第一、一个作者对他作品里的人物、情节和场面能否很好的组织与安排，这就是作者对复杂的生活斗争能否加以概括和通过典型来加以反映的问题。作者要想对复杂的生活现象能够进行概括和典型化工作,首先他必须明确透过这些生活现象将要反映出一个什么样的主要问题,也就是将要提出一个怎样的主题,并且对这个主题又该如何给予解决。……第三、在结构中还有个密度的分布问题,也要加以注意。凡是把人物、情节和场面写的很紧密,并且加工细作的地方,就叫做密度大的部分;凡是写的比较坦淡,而又用的是粗线条大笔体,很雄浑的几笔带过的地方,就叫做密度小的部分。结构作品时,应该不要一个劲老是紧密和精雕细刻,也不要老是坦淡和粗略。应该让密度的大小交错起来,前后照应和疏密相间。象《水浒》《红楼》《三国》的结构,都具有这种风格。密度大小交错,前后疏密相间。……第四、为了避免作品内容的杂乱拥挤,最好在作品结构之后再进行一番细致的推敲,看结构的目的达到没有。结构一般要达到的目的是:不管内容怎样复杂的作品,都要使表现主题意图的各部分——包括人物关系、情节的矛盾冲突、场面的设定安排,从开端、发展到高潮和结尾,都能按照一个匀称配合的比例,首尾呼应地象一条线那样有逻辑地发展下来,形成一个严谨而统一的整体,并且这个整体是为了塑造人物性格和表达思想服务的。"

关沫南指出:"本来是短篇小说,但硬拉成中篇。结果在很多章节中只有些描情写景和几句空洞的对话,靠这个拼凑成篇。""为了解决这类问题,……象下面三点也是值得注意的:第一、在思想上必须明确有什么样的内容,作品才能有什么样的体裁。而结构又是体裁的组织形式,不同体裁的作品有不同的样式和方法。……短篇小说要求迅速明确性格与主题,不需要过多的过程,它的结构也比中篇和长篇不复杂;而中篇和长篇作品的容量大,需要的过程也多,因此具有较复杂的结构……第二、作品的内容和体裁决定结构的样式和方法,结构也反过来对作品的内容起辩证作用。作品的内容紧凑和体裁得当,往往决定结构是否严谨;而结构的严谨,也会影响到作品的内容能否紧凑深刻。所以我们在创作时,就要很好地运用结构的这种性能,把作品结构好。……第三、要避免作品的空洞冗长,在结构时还必须注意作品的开头和结尾。作品在什么问题上开头,什么问题上收尾,早了晚了都不好。"

关沫南指出:"有的作者经常爱用落后、对比到转变这样三段法来结构作品；也有的人总是用平铺直叙的办法。这种结构都给作品带来损害，值得引起注意。""对于这种情况，第一、必须在认识上明确，用对比的手法不是不可以结构作品的……结构是为了通过安排情节和场面，为创造性格服务的。人物性格的发展和形成，既不能靠说教的办法，也不能靠某种公式，它是靠了合情合理的一系列必要过程来实现的。……第二、结构应该打破老一套手法，特别是应该力避平铺直叙。平铺直叙可以说不是艺术方法，提高作品的艺术技巧水平，我觉得首先需要从打破结构的平铺直叙做起。……第三、创造结构的多样性手法是可能的，需要根据作品的内容加以探讨。例如写短篇小说，有的可以从介绍主人公写起；有的可以先写事件的经过和场面；有的可以从事情的开始着手；有的也可以倒插笔；有的先写主要场面；有的也可以把次要事件放在前面。手法应该是错综多样的，形态应该是波澜起伏的。开端最好为后来的发展造成悬念和有利的局面，结尾除了承接全书又需给人留下隽永的余味。这样的结构才多半会是成功的。"

8日 唐弢的《风格一例——试谈〈山那面人家〉》发表于《人民文学》7月号。唐弢认为："我在这里特别强调感情，因为由我看来，一个作者不仅要有正确的思想，还要进一步让这种思想渗透到感情里去，作者灌注在作品里的感情，爱什么，恨什么，往往不只是依靠单一的正确的思想，而是根源于他的整个世界观——从思想到感情的全盘的变化。从这点上说来，尽管组成风格的因素很多，然而，首先离不开在正确的世界观指导下，作者感情的真实与生活的真实的统一。""作者风格的形成，另一方面，也由于他适当地运用了农民的语言，描画了农村的风习，使整个小说洋溢着朴素的乡土的气息。"

杨沫的《谈谈林道静的形象》发表于同期《人民文学》。杨沫提出："我塑造林道静这个人物形象，目的和动机不是为的颂扬小资产阶级的革命性、浪漫蒂克式的情感或是小资产阶级的自我欣赏，而是想通过她——林道静这个人物，从一个个人主义知识分子变为无产阶级战士的过程，来表现党的伟大、党的深入人心、党对于中国革命的领导作用。""我的主要的意图是想表明：一个小资产阶级知识分子变成无产阶级的先锋战士，不是一朝一夕可以做到，必须经过长期的改造和艰苦的自我斗争。""她不是一个完美无缺的榜样"，"……

小资产阶级思想感情的表现形式……表现在以下两个方面：一是对于爱情的软弱、缠绵；一是对革命不实际的幻想、狂热和个人英雄主义的思想意识"。"我确实有意写了林道静的一些小资阶级思想感情，同时也写了她在党的教育、生活教育下和革命斗争锻炼中怎样逐渐批判克服了这些缺点。""有些同志提出现在的小说结束时，林道静还是一个正在发展中的人物，而不是一个理想人物。我想这是有道理的。"

11日　巴人的《闲话〈夜归〉》发表于《文艺报》第13期。巴人认为："截取生活的一个侧面，来反映出生活的本质力量，这据说是短篇小说的一种写作方法，有人名之曰'横断面'描写。《夜归》作者艾芜同志似乎是老于此行的。可是尽管如此，我个人觉得：这样的写法应当是把全部笔力集中于生活的本质力量或正面人物的刻划上。这里所谓'全部笔力'并不一定要为这个生活的本质力量或正面人物写得更多些，给以更多的篇幅，而是说要把它的性格和力量刻划得更为鲜明和突出。""本来有各种各样的短篇小说的写法，也有各种各样的成就；我们是不能一概而论的。如果让我就自己所接触到的来分类一下，大致有那么几种。有的事实上是一大段生活的压缩。生活是全面地展开的。而这全面地展开的生活，却又随着作者一个主题思想而进行的。其中有一个主要人物，却更多的是为了表现这主题思想而像珠花一样穿起来的次要人物。生活的事实成为小说最重要的骨架。茅盾的短篇小说就是这样的。例如《春蚕》与《林家铺子》。……有的则善于截取生活的一个片断，来反映一件大事变或大变动，即所谓'横断面'的写法。其中往往以一个小人物的经历为线索，贯穿全篇，也刻划一些这个人物的心理状态。但作者着目点是在给这大事件或大变动以批评或讽刺。……但这一类谋篇的方法，往往更多是为了那件大事件和大变动所影响于小人物的生活的外形的描写。这方面外形描写过多了，有时会影响人物性格的深入；这也是自然的。还有的一种是一开始就从剖解人物的性格入手。生活片断的展开，故事交织的进行，全以剖解人物的性格为目的。而在人物的性格揭示中，于是我们看出了社会上精神世界的'西洋镜'——矛盾和斗争，美好和丑恶，伪善与率直……等等一切。""写人物，写人物的性格，是文学作品的'要诀'。而短篇怕更须如此，但也更难。可是在我们的文学遗产中这方面成就是非常伟大的,有不少值得我们学习的作品。"

荒煤的《说"戏"——杂感二则》发表于同期《文艺报》。荒煤认为:"一个作家创造人物的时候,一旦等到人物性格鲜明起来,常常会违背作家原来主观的愿望,而不得不按照人物自己性格的发展,合乎他自己行为的逻辑来行动,就是这个道理。法捷耶夫在《毁灭》中创造的美迭里扎和美蒂克是一个例子。""法捷耶夫讲:'照我原来的构思,美蒂克应当以自杀结局。但后来他并没有这样作,他并没有自杀而是以叛变结局的。美迭里扎原先只是小说中一个第十等的人物,但在写作过程中事情变得非常清楚,他在小说的发展过程中应当占有非常重要的地位。当这一点发生的时候,起先会使你觉得奇怪,甚至使人抗拒它,直到你自己明白:这是人物去纠正我。'"此外,"情节,无论是对于小说、戏剧、电影来讲,都是来揭露人与人之间的相互关系和纠纷的。而生活中的冲突与矛盾,则无非是人与人之间的相互关系和纠纷而形成的。因此,不论多么复杂、尖锐的冲突,不依赖情节,就无法展开,或者说,展开得没有力量,不充分"。

王西彦的《读〈上海的早晨〉》发表于同期《文艺报》。王西彦认为:"作家的任务,就在于创造有血有肉的活生生的人物,在于创造鲜明的性格,当然不是为了写人物而写人物,只是作家所要反映的社会现实,不能离开人物的刻划,因为社会现实就是人的活动和斗争,而人物性格又是社会环境的产物,所以,我们在评价一部作品——特别是长篇小说时,就要看作者在人物创造上所达到的成就怎样。"

闻谊的《〈在和平的日子里〉的几个问题》发表于同期《文艺报》。闻谊认为:"《在和平的日子里》的确是一部独具风格的作品。作者对生活发出的热烈的议论,饱和着战斗精神和革命激情,反映了我们的时代精神。有的同志把作品的这种风格称之为'哲理性和诗情的结合',这个术语概括这种风格也许不一定十分确切,但是,我以为还是表明了这部小说在风格上的主要的特色的。""这种风格特色,体现在对于人物的描写上,作者常常是热情奔放的,并且往往是迫不及待地抒发着自己对人物的评价。……这种议论的抒发,不但没有妨碍了作者去真实、客观地刻划人物,而且由于作者能够把自己的充沛的政治热情灌注在人物形象的描写上,从而加强了作品的风格特色。"

同日，白得易的《〈在斗争的路上〉读后》发表于《雨花》第 14 期。白得易说道："在读这小说（指《在斗争的路上》——编者注）时，觉得很顺畅，人物虽多，头绪不乱；故事很能抓住人，刚一看就被它吸引了。我觉得在表现手法上作者在某些方面是继承了中国古典小说的优良传统的，例如，叙事层次分清，条理清晰，各章联系紧凑，交待清楚，没有跳来跳去，追求所谓回忆倒叙之类的手法。"

26 日 何其芳的《文学史讨论中的几个问题——1959 年 6 月 17 日在中国作家协会和中国科学院文学研究所召开的文学史问题讨论会上的发言》发表于《光明日报》。何其芳认为："我们曾经解释过，大闹天宫是曲折地反映了中国封建社会的人民的反抗，取经故事主要含有人要完成一种重大的事业一定会遇到许多困难而且必须战胜这些困难的思想。至于七十二般变化，那是表现人对于自己的能力的大为加强的愿望……从本质上说，这些幻想和虚构都是含有高度的真实性，深刻的思想内容的。"

同日，冯牧的《〈风雨的黎明〉的成就及其弱点》发表于《文艺报》第 14 期。冯牧认为："大约正是由于所反映的生活内容的繁复性和独特性吧，这部作品在表现手法和艺术结构上也采用了一种比较特殊的形式。作者并不在他的作品里追求一个完整的、引人入胜的曲折的故事，也不在任何情节的发展中追求那种戏剧性的效果；他所努力追求的，似乎只是在再现历史生活和塑造人物的总的目标下，力求达到对于生活本质、生活细节和时代背景的描写的恰如其分的真实性和准确性。这样，我们在整个作品里所看到的，主要的就不是那些经过巧妙构思而成的曲折动听的故事情节，而更多的是那些能够有力地反映斗争生活和人物特点的重要方面的朴素的速写和插曲。这些速写和插曲有时甚至不大受主要情节发展的制约：它们时而追忆着昨天的悲惨岁月，时而描述着今天的激烈的斗争，时而又向往着明天的美好的生活。这些速写和插曲虽然有时看来似乎是和结构的主线不相贯联的，但从整个作品来看，它们不管在显示人物的精神特点方面，或是在再现广阔的现实生活方面，都是起到了重要的作用的，它们都是作品当中不可缺少的血肉般的有机组成部分。"

冯牧写道："对于性格的刻画，作者采用的是多方入手、反复着墨的办法。

有简洁的历史回叙,也有生动的生活速写;有明快的肖像勾勒,也有细致的心理描写,而这种种,又都是和复杂万端的斗争生活交织在一起,错综地反复地进行着的。在这里,有一个特点是非常显著的,这就是:对于人物,作者往往更多地是通过他们的日常的和平凡的生活和行动来凸现他们的思想性格特征。"

李希凡的《历史人物的曹操和文学形象的曹操——再谈〈三国演义〉和为曹操翻案》发表于同期《文艺报》。李希凡认为:"作为一本杰出的现实主义的小说,它所起的'教科书'的作用,决不仅仅限于认识三国时代的历史,而是通过它对于历史生活的活生生的描绘,通过它的典型人物的创造,认识了封建社会的政治斗争和历史变动,封建统治者的狰狞凶残的真实面目。……文学和历史虽然有相互联系的密切关系,却又不是一回事。历史是以确凿的历史材料作为研究的对象,而文学却需要再现真实的生活和真实的性格生命,而且允许艺术上的夸张。即使是反映历史生活的作品,也需要有作家艺术想像中的活的生命形象的补充,它不能像历史家所要求的那样,只从历史作用上来描写他的人物。而这所谓历史的真实,又并非只是指的历史事实的内容,它是更为广泛地包括着作者本人生活时代的历史内容。""所谓的生活和艺术形象的真实,并不是抽象的空洞的名词,它虽然不一定和那历史事实的真实相一致,却通过这个特定的形象反映出了历史本质的真实。""《三国演义》里的曹操所以成为不朽的否定典型,并不仅仅由于罗贯中夸张地表现了他的打败仗,而是由于渗透在这个形象里的多方面的品质,集中突出地表现了一个封建利己主义者的性格。""在《三国演义》里,曹操的形象,也并不只是那个历史人物的一个片面,更不是一个简单的漫画化了的白脸,一个'奸邪诈伪阴险凶残'的概念的化身。作为一个不朽的否定典型,《三国演义》里的曹操,是一个非常复杂的艺术形象。""如果曹操形象的意义仅仅在于通过它揭露了某些封建统治者的恶劣品质,那它也不会成为中国文学史上的不朽的否定典型,它之所以如此深刻感人和富有历史意义,是因为它的多面的复杂的性格特征都尖锐地反映在他的政治斗争的生命里。"

龙国炳的《一篇引人沉思的小说》发表于同期《文艺报》。龙国炳认为:"杜鹏程在作品里往往热情地向读者讲述一些人生的哲理,我想这是好的,是需要的。

作者向我们宣扬的人生哲学是他对生活的深刻思索（这种思索是生活提供给他的），他对生活的真知灼见，而这一切又通过艺术形象体现在作品之中，也就是'事出乎沉思，义归于翰藻'（《昭明文选》序）。本来一个好的作品总是需要反映作者对生活的真知灼见，总是要给读者一点好的思想，一点新鲜的启发，使读者被作者在艺术中创造的有限世界所吸引，但又不停留在这有限的具体世界中，而是想得更深、更远、更开阔。但是，这一切，在杜鹏程的作品中，并不是和艺术形象游离的，而是水乳交融地结合在一起，因此，你接受起来并不感觉生硬，而且往往起着画龙点睛的作用。"

梅启的《读〈特殊性格的人〉随感》发表于同期《文艺报》。梅启认为："胡万春同志的这篇作品，在性格描写上花的功夫，是有成效的。但作为一个短篇，它在结构上却有枝蔓臃肿之嫌。作者还不很善于选择最集中最有意义的生活场景，写一两个片断便表现出人物性格的特征和神采风貌来。"

八月

1日 胡安康的《略谈景物描写》发表于《安徽文学》第14期。胡安康认为："文学作品描写的对象是人。人不能离开环境而生活，因此，文学作品在描写人的同时必须描写环境。环境大致可以分为社会环境和自然环境两方面（如大而言之，自然环境也可以包括在社会环境之中），在这里，我只打算就自然环境的描写，也就是关于景物的描写，发表几点不成熟的感想。""人物应该个性化，景物描写也同样应该力求个性化。所谓个性化就是要有特色，要有创造性，要有作家自己的、独特的风格。""《老残游记》的思想内容有另外的问题，这里不去谈它，但在写景技巧这一点上，却有它的独到之处。刘鹗通过老残游湖的感受来描写明湖的景色，又加上作者观察入微，描写细致，所以读来分外亲切，真有置身其中之感。"胡安康进而谈到，"目前也有些人对此注意不够，有不少作品中的景物描写，流于一般化，读来没有清新优美的感觉……其实，要真正做到景物描写个性化也并不是一件容易的事，这要求作家要有宋代画家文全观察竹子的精神去观察自然，更要努力虚心向前辈作家学习才有可能成功"。

胡安康认为："在景物描写个性化的基础上，我们还要对它在具体作品中和人物刻划、故事情节的相互关系作进一步的研究。""首先，谈谈景和人物的关系。""所谓写景和写人的关系，就是如何利用写景来写人。利用写景来写人的手法是多方面的。通过写景来表现人物丰富复杂的内心世界就是其中之一。……在现实生活中，人往往因外界的景物而触发内在的情感，因此，借助对外界景物描写来表现人物内心世界是很自然的。在运用这一手法时，应该注意的是要以作品的人物的眼光去看外界景物，借此以表达人物在此时此地的感情状态，不要以作者的主观心情去描写景物。""另外，通过作者对环境的介绍来衬托人物性格，也是文学创作中常常运用的一种手法。""在作品中描绘出一幅真实的社会生活风俗画，使人物生活其中，更增加人物的真实感，这也是作家们常用的手法。""通过景物描写来显示人物性格的特征，除体现在上述三方面外，也还体现在其他的很多方面。譬如，通过景物描写来表明人物的身份；再如通过人物对某一自然环境的先后不同感受来显示人物心情的变化；又如通过一群人物所共处的环境的描写来展开人与人之间的关系，从而体现各个人物的各不相同的性格特征等等。总之，环境描写对表现人物性格的作用是多方面的，在运用这一手法时必须要掌握一个原则，就是写景要为写人服务，要符合人物性格的发展，要使人物在特定的环境中显得更加栩栩如生，更加丰满和完善。""其次，谈谈景和情节的关系。""景物描写和故事情节的关系也是多方面的，常见的是作者常常在作品的开头借助景物描写指明故事发生的地点和时间，并渲染一下气氛，以后整个作品的情节就在这样的基调上展开。""除了指明时地（指时间和地点——编者注）和渲染气氛外，景物描写也往往为以后情节进展埋下伏笔。""景物描写常常是情节的组成部分，它和情节的进展有机地交织在一起。""上面对景物描写和人物刻划和故事情节的关系分别作了叙述，这不过是为了叙述的方便起见，并不是说他们之间有截然不可逾越的鸿沟。在具体作品中，人物、情节和景物描写往往是水乳交融的，他们是互为表里，互为作用的。"

最后，胡安康提到："维诺格拉多夫曾经说过：'无产阶级文学决不排斥写景。我们可以在高尔基及其他无产阶级的作品中发见许多优秀的写景，风景是进行人底活动的场所，自然受人的影响，它本身也影响人。所以无产阶级的文学也在写景之中表现对于现实的态度并为着写人而利用写景,同时写出人与自然底一切的复杂关系'(《新文学教程》第六章《写景》)由此看来,细致入微地观察自然,力求景物描写个性化,并正确把握景物描写和人物刻划、故事情节的关系,我想这也是作家的一个重要任务。"

茅盾的《在部队短篇小说创作座谈会上的讲话》发表于《解放军文艺》第8期。茅盾写道,《工程师讲的故事》和《苇湖老人》"这两篇小说都是结构谨严,意象新颖,笔墨简洁活泼。但两篇的写法不同。前一篇写主人公在几天内碰到的事情,可以说是用一种概括的叙述的写法;后一篇是重点的写一桩事情。大家常说,短篇小说是写生活的横断面的,好比从树干的横断面(年轮)可以透示树的生活。这是一种表现方法。但还有一种方法,就是把主人公在相当长时期内的一段生活概括地写出来,当然要加以提炼,取其最重要的东西。《苇湖老人》是前一种写法,《工程师讲的故事》是后一种写法"。

茅盾认为:"讲讲人物描写问题。通过心理描写表现人物性格,和通过生产过程或战斗过程的描写表现人物性格,是两种不同的方式。……我们都知道,人物性格是通过动作表现出来的,因此要写人就要写生产过程或战斗过程,譬如写工业战线上的合理化建议和技术革新,如果不写工业生产的过程,恐怕不行。……生产过程或战斗过程的描写和心理描写……不是对立的,而是统一的,这两者也不是各自独立的,而是相互渗透的,相互联系的。这两种描写方式都需要,当然也要有节制。"

茅盾写道:"关于'典型环境中的典型性格'问题:这是人物描写的铁则,但短篇小说是否也这样要求呢?我认为,短篇小说因其篇幅的短小,不能要求一定要有人物性格的发展(当然也可以有);至于典型环境中的典型性格,也属于同样情况,短篇小说可以有,也可以没有。有的小说很短,但写出了典型环境,也写出了典型性格,这当然是好的小说;有的短篇小说把人物写出来了,虽然典型性并不一定强,但也会是一篇好的小说。不能要求所有的短篇小说都要有典型环境中的典型性格。"

茅盾写道:"再讲讲短篇小说的含蓄问题。所谓含蓄,就是不要把主题思想都摆出来,不要把所有的话都讲完,要留一些读者去想。"莫泊桑的小说《首饰》

和欧·亨利的小说《东方圣人的礼物》的"写法不同，前一篇是以概括的叙述的方法写的，后一篇完全是生活片段描写的方法，但作者都是让事实自己说话；作者不作结论，让读者去思索。""短篇小说应当写得含蓄，但含蓄不是含糊，主题思想一定要明确；要留些东西让读者去想，但却不能离开主题。"

同日，魏金枝的《性格·形象·故事》发表于《萌芽》第15期。魏金枝认为："人物的性格，总是人物形象的依据，而人物的形象，则只是表现人物性格的手段，两者之间，不免有着这么一个主从的关系，和先后的关系。固然，当作者在广泛的现实生活中了解人物性格的时候，总是反过面来，先从人物的各种行动中，也就是从人物的形象中，看出人物的性格来，然而一等到作者掌握住了人物的性格，实行表现人物性格的时候，他就必然还要依据作者自己所已经摸到的人物的性格，用一定的形象来表现人物的性格，不容许漫无限制地把不属于这一人物性格的形象混杂进去，从而打乱人物性格的统一性。……尽可以依据作者的生活经验、形象思维，以及他的深刻的艺术构思，塑造出多种多样丰富而绚丽的人物形象，却总不能违反这个一般原则，不能破坏人物性格的统一性。"

魏金枝写道："在此以外，我们仍然还得遵守另一条一般原则，那就是人物的发展性。……人物的性格，并不是一成不变的东西，尽可以由于主观和客观的关系而随时有所改变，由不成熟以至于成熟，或者从此堕落而不能回头。""但也还得返转来说，人物的性格，虽然具有它的发展性，却在发展之中，也仍然会保持它的统一性。所谓统一性，特别是由人物的出身、成分和素养所形成的这个混合体，总是人物性格的基础，在这个基础上，尽管可以有所改变，但是要改变它的基调，就非常困难；甚至已经基本上改变了的东西，等到一定的时际，仍会很快的恢复旧观；有的则尽管大有改变，还会带着难以磨灭的痕迹。"

魏金枝认为："所谓性格，就是人物活动的规律，所谓形象，就是人物性格的表现，两者的关系是非常密切的，因此，在表现性格的时候，决不能离开形象，而在描绘形象的时候，也决不能脱离性格。但在人物的性格和形象之间，还有一座从中连结的桥梁，那就是故事的结构。""人物的性格，固然是编演故事的根据，而故事也实在就是支撑性格的梁架；人物的形象，固然是表现故事的枝叶，而故事也实在是连结形象的躯干。三者是相互连贯着的，决不能把它们截然分裂开来。"

同日，王西彦的《漫谈文学技巧》发表于《新港》8月号。王西彦认为："讲究技巧，就是为了加强文学艺术的武器作用，为了更完美、更有效果地反映丰富多彩的现实生活，来满足人民的要求。我们评价作品的标准，固然是政治第一，艺术第二；可是，我们的要求却是'政治和艺术的统一，内容和形式的统一，革命的政治内容和尽可能完美的艺术形式的统一'。""重视艺术技巧是我们的固有传统。""刘勰写作《文心雕龙》的时候，由于总结了过去的文学经历，就能对思想内容和表现技巧的关系，作出很精确的论断。他指出过去的作品，有'为情而造文'和'为文而造情'的两种，前者'要约而写真'，后者'淫丽而烦滥'，所以，写作必须'述志为本'，应该以思想内容为主。……他认为一个掌握了表现技巧的人，就像擅长弈理的棋手，能操胜算"。值得注意的是，"技巧不能脱离生活……真正的技巧，还应该是对生活进行形象的概括，是形象地反映出生活的真实。"

同日，胡采的《论〈保卫延安〉的艺术特色》发表于《延河》8月号。胡采认为："作为创作上的一种特色和手法来考虑，到底是作者热情的议论好呢？还是冷静的客观的描述好呢？有人说议论好，说这是新时代新文学创作的一个特色；有人说：冷静的客观的描述好，因为从来的文学作品，大都是这样的；作者的思想，完全可以渗透到人物形象里面去，没有必要直接站出来讲话。""这两种手法和特色，谁强谁弱，谁高谁低，作为艺术创作问题，还可以继续研究。也许它们是各有千秋，并互为补充。但从《保卫延安》这部具体作品来看，却显示了它自身特色的很大优点。常常是象冒烟的柴堆一样，在紧要关头，作者站出来，讲那么几句最扼要、最激情、最富有深义的话，一下就发出火光，把整个意思都给点燃起来了。"

同日，上官艾明的《人物的肖象画》发表于《雨花》第15期。上官艾明认为："文学作品里的肖象，比绘画里的肖象的涵义要广泛得多。它包括人物的外貌特征、面部轮廓、表情、眼神、身姿、仪表神态、腔调手势、服饰，以及身体全部动作的描写。""作家描写人物的肖象，不是简单地描写人物的外形，画出人物的脸谱。而是结合着人物的阶级地位、身份职业、文化教养、年龄性格、地方习俗种种方面来写的,孤立地静止地描写,单纯地堆积起个别的特征,都无法在我们头脑里展现人物自己独特的风貌。"

上官艾明写道:"作家描写人物肖像,是有他自己的目的,是为了突出人物性格,为了表达通过形象所要传播的思想,因此,肖像的描写,就常常根据主要人物与次要人物,根据需要不需要的原则来决定。""首先是从人物介绍来考虑。赵树理的作品,几乎每一个主要人物登场,都作了扼要的介绍,勾画出人物的肖象来。""在进行人物介绍的时候,肖像可以由叙述人的观点来描写,也可以通过作品里的人物的观点来描写。赵树理经常采用叙述人的观点来描写,赵树理常采用作品中人物的观点来描写","不论是用什么方式来描写,在进行人物介绍的时候,总要给予读者一个清晰的印象。因此,主要人物登场,作者经常在进行人物的介绍的同时,勾勒着人物肖象的轮廓"。"其次,情节的需要。……结合情节的需要来描写肖象,往往成为整个作品的不可分割部分。描写了这些,不仅使人物形象鲜明,而且使作品的思想也显得更明朗。""再次,显示人物性格特征。……每个人物的肖象,能够鲜明地揭示人物自己的性格特征。由于不同的生活经历,阶级地位,和文化教养,往往规定了它的外貌的特征。"总之,"描写肖象不仅仅是技巧问题,好的肖像画,不但是写形,而且要写心、写神,形、心、神都写的酷肖生动,才能使人物从文字里跳脱出来"。

曾华鹏、范伯群的《谈次要人物的塑造——鲁迅小说学习札记之一》发表于同期《雨花》。曾华鹏、范伯群认为:"在塑造人物时,描写人物的行动是重要的一环,因为透过人物的行为可以看到人物的'秘密的内在动因'即人物的心灵世界。""次要人物在文学作品中,尤其是在短篇小说中,活动的范围的确是太狭小了。他们不可能随心所欲地漫步于作品篇幅之中,这就十分需要艺术家的高度的浓缩和概括的才能了。"

5日 支援的《关于人物的内心描写——兼评短篇小说〈接站〉》发表于《北方文学》8月号。支援认为:"描写人物的内心活动,是展示人物性格所不可缺少的一环。""好的人物内心描写,不应该以作者的主观思想来代替,而应该是人物自己的思想活动,具有人物自己的独特色彩。""真实而生动的人物内心描写,和其它方面的写作一样,不是随便凭空臆想所能写好的。作者必须探索人物的内心，置身在人物所处的环境当中，深刻地观察和体验人物的精神世界，分析研究一个人新思想的成长是经过怎样的曲折蜿蜒的道路，从而才能了解人物，展示人物性格，作出深入人心、鼓舞人心的人物内心活动的描写。"

同日，关沫南的《谈短篇小说的写作》发表于《文学青年》第8期。关沫南认为："短篇小说具有很多优越的特点，由于篇幅短节省时间，很多人都可以写可以读。它具有很强的群众性。同时也便于作家迅速地反映生活的变化。""短篇小说要用生动的文字，简洁而有效的艺术方法，通过少量的但却是有典型性的，意味深长的人和事，来概括和反映生活，这就决定了它写的人物要少，事件要小，时间要紧，剪裁要大，等等这样一些特点。因为短篇小说既然是艺术作品，它就必须要塑造人物，刻划人物的精神世界。"短篇小说"必须迅速地突出人物的内部和外部特征，让读者明确地熟悉主人公的主要性格。它必须用典型化的办法，赋给人物性格以重要的生活意义，并且一开始就把人物放在特定的环境中，特定的人和人的关系中，让他的内心世界和举动行为暴露无余，以便最鲜明最充分地显示他性格的特点。在情节和事件的安排上，短篇的情节与事件必须比较单纯，在多数情况下以写少量插曲和场面为宜"。

谢挺飞的《表象、本质及构思——读书札记二则》发表于同期《文学青年》。谢挺飞指出："一个好的短篇小说，犹如一首优美的诗歌、一幅精彩的图画。它使人喜欢，令人思索，耐人玩味，因为它单纯之中蕴藏着复杂，写静则静中有动，写闲则闲中有忙。这样的作品在近年的短篇创作中已经出现，我们感到高兴。""一个聪明的作者显然是不会采取这种笨拙的写法的，根据主题思想的需要，他要考虑怎样才能最好地反映生活。经过苦思默想之后，它可以从生活中找到一个最恰当的角度，找到那唯一最确切的方式加以深刻的表现。正是那一点，那一角度，那一情境，才最充分、最鲜明、最有力地表露了人物性格。"

同日，唐弢的《关于文学语言》发表于《文艺月报》8月号。唐弢认为："文学家用的主要是语言。而且当我们把这种语言称做文学语言或者艺术语言的时候，这就意味着：它同时要具备绘画和音乐的特点，有色彩、有音响地来反映生活和思想。""要求语言能够准确，鲜明，生动，作家必须不断地丰富自己的笔头：向生活汲取，从人民的口头采集。"

在"方言、土话和谚语"问题上，唐弢认为："向人民的口头学习，学习他们准确、鲜明、生动的语言，从这里汲取朴素的情调，明丽的色彩，充满着智慧与才情的口吻，对于丰富我们的文学语言，的确有很大的好处。""我赞成在文学作品里适当地运用方言、土话和谚语——包括歇后语在内，并且通过文学作品的传播，逐渐地吸收到民族语言里去。我说适当，就是要求能鉴别，慎选择，经过加工铸炼，不但看起来易懂，而且读起来顺口。……我赞成《水浒》的办法，却反对《海上花列传》那样的天书。"

在"人物语言性格化"问题上，唐弢认为："人物语言的应该性格化，这是中外古今，作家们一致承认的。""人物语言性格化……在实践里，却反映了两种不同的见解，一种是《水浒》作者的办法：根据人物性格来掌握语言的特征，有选择地加以运用；别一种是《海上花列传》作者的办法：按照人物原来的语言，来一个'照本全抄'——至少也是局部的抄。""我不想否认某些地区的语言……但是，倘说口头语可以不经过选择，不经过铸炼和加工，写到纸上，便成为出色的文学语言，我却不相信。""通过语言来刻划人物，主要是刻划人物的性格，自然也可以描写其他的特征，但这种特征又往往对性格起着渲染的作用。""什么人说什么话，这意味着每个人——至少也是某一类型人的讲话，有他或者他们独特的词汇、习惯语，还有自己的语法和腔调。这是阶级出身、文化教养、社会环境、职业地位、时代生活以及个人秉赋等等的总和。不能单单执着于地方色彩这一点，而且语言的地方色彩，也不等于当地口头语按原样的全面的搬用，因为这样做，人物的个性不是从地方色彩里被提炼出来，反而是埋没在一般的地方口头语里面，溶化了，消失了。"同时，"所谓人物语言性格化，一方面，要做到语言的基本风格符合于人物性格的主要特征，在全篇里统一起来，另一方面，还需要抓住人物说话当时的心理活动，鲜明而细致地把它表达出来"。

8日 冯健男的《谈沙汀的短篇小说》发表于《人民文学》8月号。冯健男认为，"沙汀在短篇小说的创作上积累了丰富的经验，他的短篇有其显著的艺术上的独创性"，即"观察的深入，结构的严紧，笔法的简练而含蓄"。沙汀的小说"取材严，结构也严"，但是"结构的谨严和情节的自然，在沙汀的短篇小说中是同时达到了的"。"沙汀的故事总是在要紧的、故事刚好发生的地方开头，然后一步步发展，一层层深入，这样经过四五个层次或转折，最后适可而止地结束"，"在写人物的时候，不只是用细描的办法。沙汀还往往用简练的笔法来说明人物行动和成长的历史和社会的原因"。

唐弢的《人物描写上的焦点》发表于同期《人民文学》。唐弢认为："在古典小说的传统中，我以为焦点是存在的，而且变化奇妙。有时是作者着意描写，落墨最多的主角，有时是渲染不多，甚至根本没有出场的另一个人物，他不是主角，然而在作者所描写的人物中，却的确是一个与主题思想相互关连的中心。""人物要有焦点，并且应该懂得怎样去掌握焦点。""我认为赵树理同志是最善于运用这种手法的。""我以为'小腿痛'的撒泼，'吃不饱'的撺掇，杨小四的处理问题时带着一点偏急，一方面，固然统一于各人自己的性格，另一方面，这些行动的产生，又集中在一个焦点——这就是口口声声叫人'锻炼锻炼'的社主任王聚海的身上。"《锻炼锻炼》的"作者掌握了人物描写上的焦点，通过焦点来展开各个人物的行动，这是中国古典小说在人物描写上的一个优秀的传统。焦点的作用在于突出人物之间的关系，使情节的舒卷产生有机的联系，这样一来，人物形象的独立性不仅不会削弱，而且可以更丰满，更多变化，更容易深入到主题的核心"。

吴组缃的《谈〈红楼梦〉里几个陪衬人物的安排》发表于同期《人民文学》。吴组缃认为："几个外围的陪衬人物。作者安排他们，主要是为了饱满深刻地表达中心内容、为了艺术结构的严密和完整，同时又和中心内容血肉连结着，成为不可分割的一体；决不能看做可有可无的外加的部分。"

吴组缃认为："人物的安排，本身就是对于实生活的提炼和概括，作者一点都不能离开实生活来运用他的匠心，而只有在丰富深厚的实生活基础上，才可以很好地发挥他的艺术才能。同时，它又必然跟作者对现实生活的认识能力和爱憎感情分不开；人物安排得对不对、好不好、高明不高明，并不单凭技巧的本身，实际是表现了作者对于生活的认识是否全面深刻、感情是否真实切挚。"

11日 石燕的《〈白洋淀纪事〉读后》发表于《文艺报》第15期。石燕认为，孙犁同志的《白洋淀纪事》"以抒情的笔触，从各个方面、各个角度、各种人物身上来歌颂、来发扬那种钢铁般的革命志气"。"《白洋淀纪事》中有不少篇幅,可以说写的是'家务事、儿女情'。但是,这'家务事、儿女情'和整个民族解放、社会解放斗争紧紧相连。不,它是民族解放、社会解放斗争的一部分;不,它也从这'家务事、儿女情'中在一定的深度和广度上反映了时代精神和时代面貌。""《白洋淀纪事》中有不少篇章有着浓郁的诗情画意。《采蒲台》《芦花荡》《荷花淀》描绘的景物,很容易使人联想起《水浒》中的某些场面来。""《白洋淀纪事》中许多篇章又都是一幅幅玲珑剔透的小品画。遣词用语,十分精炼。"

18日　李希凡的《谈〈红旗谱〉中朱老忠的形象创造》发表于《人民日报》。李希凡认为:"有人说,《红旗谱》是当代文学里写中国革命农民的最出色的小说之一。……《红旗谱》所以写得好,当然首先是和作者对于农村生活、农民性格的深刻了解和充分熟悉分不开的,这种了解和熟悉不仅充实了小说的情节内容和人物性格内容,而且使得作者能够运用和内容相一致的艺术笔触,朴素而又生动地再现他的人物性格。"

20日　柯罗连科的《关于现实主义和浪漫主义》发表于《世界文学》第8期。柯罗连科认为:"任何艺术作品都应该忠于现实,但是并不是所有一切正确地传达现实的东西,都是艺术的。……自然主义的主要的错误就是由于忘记这条道理而发生的。"

25日　朱寨的《谈〈山乡巨变〉及其它》发表于《文学评论》第4期。朱寨认为:"《暴风骤雨》之后,作者为后来的《山乡巨变》——作者艺术攀登上的更高点——又作了新的准备。作者从写作《铁水奔流》中,又进一步深切感受到生活的重要,同时发觉自己比较容易熟悉农村生活,更适宜表现农村的生活题材,于是在完成《铁水奔流》之后,便回到了自己的故乡——湖南农村——落了户。这是《山乡巨变》比《暴风骤雨》生活气氛更浓厚,更具特色,人物的性格更丰富而有个性的主要原因。但不能忽略了作者在《暴风骤雨》之后到《山乡巨变》之前这个阶段内,对中国古典小说——所谓'中国的东西'的重新钻研,对中国古典小说表现和刻划人物性格的高度艺术技巧的学习,(在这一时期作者写的《论〈三国演义〉》及其它谈文学的文章中可以看出来)对作者表现艺术上提高的意义。作者自己也说，他的《山乡巨变》在结构和刻划人物上，受了《水浒》和《儒林外史》的'一定的影响'。在《山乡巨变》中，作者通过人物的对话和具体环境中的具体行动来生动显现人物的手法和效果，同样可以用鲁迅评定《儒林外史》表现人物的艺术评语来评定《山乡巨变》的这点：'皆现身纸上，声态并作，使彼世相，如在目前'。以及《山乡巨变》艺术风格上单纯、精炼，也多是从中国自己东西中吸取到的。不过这些都通过作者自己的艺术经验，溶解在自己固有的艺术气质中，与从外国名著中获得的技巧和谐地结合起来。不过对中国自己东西的吸收，使作者的艺术风格更加纯熟，而具有自己民族的气派和作风。"

26日 周立波的《谈创作》发表于《光明日报》。周立波认为："有人认为有了素材就有了一切，无需剪裁，我认为这是不对的。素材只能给记录者自己运用。""有了材料就要选择，分清主次，断定那些部分应该强调，那些不要。譬如合作化运动，会议、报告和文件都是很多的，如果都写，就成了文件汇编。写《山乡巨变》时，考虑了哪些该强调，哪些可省略。会议不能全不写，但也不能每会都写。我参加了一个社的整个建社的过程，这个社是合作化运动的一个细胞。为了写人物，强调要个别串连。因为个别串连最能看出人物的性格。算账是运动中一个很好的发动群众的办法，但光写这个，别人看了就会感到很枯燥，因此书里写得非常少。生活故事，都要剪裁，要有所强调，有所删节。""关于人物的刻划。为了刻划人物，要充分熟悉人们的日常生活，不了解日常生活细节，刻划人物是不可能的……《山乡巨变》写好几个农民都是在灶屋里和人谈话，因为农民的好多活动大都在灶屋里。农民吃饭不打小孩，他们说，吃饭是大事，'雷公不打吃饭人'。在文学作品里，生活细节用得恰当，可以增加生活的气氛，可以显出人物的性格的特点。"

同日，冯牧的《探求新的生活的美——从艾芜的短篇集〈夜归〉谈起》发表于《文艺报》第16期。冯牧写道："我以为，不管从哪一方面来看，艾芜的小说集《夜归》，都应当被看作是作家在短篇小说创作道路上的一种新的迈进，一种新的进展，正像长篇《百炼成钢》标志着作家在整个创作道路上的显著的发展一样。《夜归》虽然包括的作品不多，同时也还不能说它们在艺术创造上已经达到了作家前所未有的艺术高度；但是，从这些作品当中，我们却可以明显地看到一个确切的事实，这就是：无论从主题思想上，从人物创造上，从艺术手法上来看，应当说作者已经努力达到了一种新的境地，一种和社会主义人民的昂扬奋发和精神世界相适应的境地；在这里，一切来自旧世界的属于精神上和情感上的暗影，都像阳光下的云雾似的消散无余了。呈现在我们面前的，是一片健康、和煦而明彻的气氛，是一片阳光普照、朝气蓬勃的气氛，是一片崭新的、沁人心脾的社会主义的气氛。把这种气氛，用来和艾芜过去作品当中的那种时而使人沉重、时而使人窒息的气氛相对照，就格外令人感到愉快欣悦。"

冯牧认为："许多年以来，艾芜同志在创作上的一个最为突出的特点，是以对于劳动人民生活的真切入微而且情感深挚的描绘作为中心内容的。这一创作方向，艾芜在二十几年以来可以说是坚守不渝、持之以恒的。……在《夜归》这本书中的八篇小说里，其中除了一篇题名为《夏天》的作品，是正面地反映了农村社会主义改造中两条道路的尖锐斗争以外，其他几篇大都是通过对于工人农民新的精神面貌与生活面貌的牧歌般的抒写和讴歌，来揭示出我们日常生活当中的新的美来。""艾芜同志为他的作品所选择的题材，都不是那种惊天动地和不同凡响的生活场景，而大都是一些普通的、日常的、人们可以大量地看到的生活。作者显然也无意于在生活中费力地寻觅那种曲折离奇、动人听闻的故事情节。他的全部精神都倾注着人们的日常生活，并且努力地从中探求着那足以表现我们生活的本质力量和社会特征的一切美好事物。"

冯牧写道："我以为，对于容量不大的短篇小说这种体裁，可以容许各种各样的写法：既可以采取大处着眼、正面突击的作法，集中地描写重大的斗争和典型形象，直接地描绘人物的精神面貌；也可以采取小处落墨、以一概余的写法，通过一些生活侧面和断片，来体现出生活风貌和时代精神。不论采用怎样的写法，当然都必须在作品当中展示出生活中的矛盾和冲突，这是对的；但是，在作品里写矛盾、写冲突的目的，无非是通过它们来揭示出现实生活的运动、发展以及人物性格的形成和深化。在艾芜的这些作品里，我们确实是很少遇到那种暴风疾雨式的斗争和冲突，但我们却能够从中看到在某种程度来说是更加复杂、更加曲折的矛盾和冲突。"

荒煤的《谈"细节"——杂感二则》发表于同期《文艺报》。荒煤认为："生活场景、风俗人情、人物形象和内心活动、社会背景、时代气氛等等，都需要详尽的细节的描写。这种描写愈真实、愈准确、愈鲜明，就愈加容易像磁石一般把读者引吸到作品所描写的世界里去。""艺术的细节的描绘，是艺术家再现生活的首要的手段。一部作品，无论是揭露生活的矛盾，刻划人物的性格和情节的展开，都不能缺少细节的描写。人物的外貌，从形象的特征、服装、衣饰、动作、手势、表情到一闪即逝的眼光中所流露的欢悦和悲凄；从大自然的种种景色，气候的变化万千，到一片落叶的声音和姿态……都需要非常真实、准确和鲜明的细节的描写。""有些小说，尽管故事早已熟悉了，情节的发展、人物命运的结局也知道了，可是随时信手翻来，都能叫人看下去，不忍丢手，这也就是细节描写的一种力量。因为，即令是一个局部，也有着吸引力，真实可信，有艺术的魅力。也有的小说，只要我们把故事情节了解之后，就没有再继续读下去的兴趣了。""自然，这种细节描写，不是指那些自然主义的烦琐的细节描写，不是为了追求某种效果，为细节而细节去进行细节描写。我们需要能够再现生活真实的细节，足以充分描写典型环境中的典型性格的细节。"

龙国炳的《关于阎兴和梁建》发表于同期《文艺报》。龙国炳认为："阎兴和梁建是小说《在和平的日子里》中两个对立的人物，他们的矛盾、纠葛，构成小说基本的情节线索。""阎兴，据我知道，目前有两种极不相同的意见：一种认为他是个浪漫主义者、理想主义者，一种截然相反，认为正面人物阎兴，思想境界还不够高，甚至缺少理想主义的光采,不能给人以向上的鼓舞力量。""我不否认阎兴是浪漫主义者、理想主义者，但我觉得他更是一个革命的行动主义者——实行家。""对梁建的看法，目前似乎也提出了两种不很相同的意见，一种意见认为作者'对于那种已被锈损了的灵魂的内心世界和感情活动的揭示和描写，还应当说是比较真实的和典型的'，'一部作品只能表现生活的某些主要的方面。作品的艺术形象还没有正面表现出来的东西，读者往往是可以根据自己的生活经验给以补充的。'（闻谊）一种意见则认为作者'没有更详细、具体地描写'梁建蜕化的思想根源和过程，'他的这种变化是叫人难以理解和置信的'（蔡葵）。""作者对梁建这号人物的思想本质的某些揭示和描写，确实是真实的可信的。"

文萍的《谈梁建——批判形象的教育意义》发表于同期《文艺报》。文萍认为："我们的社会主义文学，始终把塑造光辉的新英雄人物的任务提到首要的位置。他们是时代和生活的主人，也是文学作品中的主人。他们献身的热忱和英雄业绩，作为一个社会主义新人的无限丰富的精神境界，意志的力量和德行的美，是青年一代的光辉榜样。但同时，社会主义文学对阻碍我们生活前进的人的批判，塑造真实的批判形象，反面形象也并不忽视。""梁建，作为一个这样的反面教员，他的教育意义，就在于提醒着我们对于个人主义的警惕，擦亮我们识别灵魂深处的个人主义的眼睛，激起我们对于个人主义的憎恶。""当然，形象的教育性和真实性是一致的。只要生活中还有个人主义的存在，那么，梁建这个形象的生活真实性便不会失掉。"

本月

孙昌熙的《短篇小说中的"我"——读茹志鹃著〈百合花〉扎记之一》发表于《前哨》8月号。孙昌熙认为："这的确是一篇优秀的小说，这还不仅由于它是革命的政治内容和相当完美的艺术形式的统一，而且是别具风格的。作者善于以细腻的笔触，运用细节反映重大主题思想，同时灌注了作者自己深厚情感，凝聚起一种浓郁的抒情调子，使人读后有如饮了一杯醇酒，长久地回味着、思索着，余香久久不散。特别应该指出的是，短篇小说这一特殊的艺术形式所具有的一些艺术特点，《百合花》都有所表现，并获得了一定的成功。""在文艺理论、批评或文艺创作上，有一个术语叫做'视点'或'观点'。它不是指的作家渗透在艺术形象中的见解，或批评家在研究分析作品时表示的观点，而是在短篇小说里，作者常常使用的叙述情节和刻划形象的独特艺术手法。或者说，是作者已经决定了主角之后所采用的讲述方法。'视点'或'观点'包括着'第一人称'或'第一身'（即'我'）和'第三人称'或'第三身'（即'他'）两种讲述方式。因此这两种讲述方法（式）也就决定了两种角度（'视点'）。"

孙昌熙认为："作者用'第一身'讲述有什么好处呢？""第一，这种'视点'能够决定叙述的形式，使短篇小说有些散文或随笔化了。叙述起来非常自由，它的结构比较说来要求并不严格，有人曾把它比作一条河流，它顺了壑谷，避了丘陵，凡可以流处它都流到，当然也有限制，那就是说，流来流去却还是归入大海。……《百合花》的确有些散文或随笔化，'我'在作品中自由极了。""第二，这种讲述方法（式）可以使读者充分感到作品的真实性，因为这都是'我'的所见所闻，象向读者作真人真事的报告（艺术性的新闻）一样。而且由于'我'是作品的人物之一，因而尽管直率而明确地表示出'我'对描叙的人和事的感想、评论，并不使读者感到作品有过于强烈的主观色彩，相反承认它的客观性。因而不但不损害艺术性，相反，是丰富了它。在《百合花》中，'我'发了那样多的议论，倾吐了那样复杂而多变化的情感，读者所感到的却是'我'这个人物创造得非常成功。""不过，'第一身'的方式也有局限性或者说缺点。""第一，在刻划人物上，特别在揭示人物精神世界时，是不允许直探灵魂深处的。""第二，在描写场景时，由于局限于'我'的耳闻目见，因此凡是'我'所未见的场景就不能作正面的描写，而只能依靠别人的口述作想象与体会。"

九月

1日 麻梦华的《浅谈细节描写》发表于《东海》第17期。麻梦华认为："细节描写，是经常被用来刻划人物形象的一种艺术手法。""肖象的细节描写之所以能与它所附和着的人物形象，血肉相关地给我们留下如此深刻的印象，就因为，作者刻划他们，与刻划人物性格，是水乳交融地结合在一起的，是为了突出人物的性格服务的。""留心来看，细节描写也是有多种多样的，除了上面提到的肖象的细节描写之外，还有动作的细节描写，景物的细节描写等等。""所有这些细节描写，从现象看来，尽管各不相同，但从本质来看，它们的目的却是一致的。那就是：都是为了突出人物性格，突出主题思想。"

同日，陈辽的《对话马烽近作的技巧》发表于《雨花》第17期。陈辽认为："马烽同志三篇近作在情节发端处制造的'悬念'还不仅仅是为了引起读者对人物命运的关心或只是为了加强作品的故事性，而且也还是为了更好地表现人物。"这一特点"是和这三篇近作在情节安排上的第二个特点有联系的"，"第二个特点，我称之为情节发展上的'奇峰突起'，它既和情节发端处制造的'悬念'有联系——因为'悬念'是终究要在作品中给读者解除下来的；而且也和在生活中的重要时刻里表现人物这一人物创造手法密切相关。甚至可以这样说，情节发展上的'奇峰突起'，是由在生活中的重要时刻里描写人物的手法所决定的"。"马烽同志在情节安排上的这种波浪起伏式的表现方法，既可以从正面、从侧面、从人物自己眼中、也从旁人眼中来多方面地描写人物；也可以不致使读者由于情节发展上的一味'起浪'而叫人读时感到喘不过气来。"

5日 李传龙的《用行动展示性格》发表于《北方文学》9月号。李传龙认为："描写人物性格的方法很多，有所谓心理描写、肖象描写、对话描写、侧面描写等等，除这些方法而外，还有一种特别重要的方法，那就是描写人物的行动，也就是通过人物的行动来展示人物的性格。我们知道，行动和性格是有着密切联系的。人物的行动，总要受性格的制约；人物的性格，往往又通过行动来表现。""我们说用行动展示性格，这所指的行动，必须是受人物思想意识支配的行动，必须是合乎人物性格特点的行动，一句话，应该是人物自己的行动。""选择富于特征性的行动，是用行动展示性格的重要手段。""在伟大的古典作品中，人物栩栩如生，性格鲜明突出，这是和古典作家精心地选择和刻划人物的活动分不开的；因此我们今天要想把人物写好，除了提高思想水平，深入现实生活之外，还应该好好向古典作家学习，必须学会用行动展示性格的本领。"

同日，魏金枝的《漫谈细节》发表于《文艺月报》9月号。魏金枝认为："有些高明的作家，有时只用一个简短的细节描写，就可以描写出时代的气氛、人物的性格，同时也带动故事的进行，这就是'一石三鸟'。""好的细节描写也是这样，寥寥几笔，就能描写出人物的精神面貌和生活真实。""细节描写，自然也可以用浮雕的方法来处理，但有些浮雕的写作方法，暴看起来似乎只是浮光掠影地淡淡的几笔，而笔力所到，却是深刻而尖利的。""自然也有季节、景物、风俗、习惯等和人物性格关系不大的细节描写，但也决不是和人物性格、时代气氛截然无关的，要是截然无关，那就可以绝然不写。"

魏金枝认为："细节描写虽然在各种文学形式的创作中，有着这样的重要性，可是它到底只是作品中的一枝一节，它还是不能把整个作品的主题思想，连同某个人物性格的几个方面，或作品中整个故事结构的全部功效，完全负担起来。

很显然，要完成那么许多复杂而重要的责任，还得有一个强有力的用以贯串这些细节的主题思想和性格完整的一些人物，以及连结这些细节的故事结构，才能成为一个有机体。""唯有把许多有典型意义的细节有机地贯串起来，组织起来，才能达到从典型环境中描写典型性格的任务。"

8日　顾伟昌的《漫谈短篇小说的情节》发表于《北京文艺》9月号。顾伟昌认为："总起来看，《亲人》的情节有下列四点值得我们特别注意。第一，作者对情节的选择、提炼是非常精严的。……短篇小说的插曲是为作品的主题思想服务的，应当少而精才好。""第二，情节的生动性是《亲人》的艺术特色之一。短篇小说由于条件的限制，不宜表现复杂的情节，所以情节的生动性更显得重要。短篇小说作者要善于从生活中提炼具有典型性的、矛盾冲突最尖锐的情节，要善于使情节引人入胜地、曲折地发展。我们常看见到一些作品情节的发展像一潭死水一样没有一点波澜，读起来平淡寡味，纵然有好的内容，也不易取得艺术效果。同时我们认为情节的生动曲折又必须符合情节自身发展的逻辑，是为了更突出地揭示人物性格特征，塑造鲜明的典型形象。前述《亲人》情节中的三个转折就是很好的例子。它与那些追求荒诞无稽的情节，或为情节而情节，或故意制造玄虚、哗众取宠的做法是毫无共同之处的。不难看出，情节的生动性是基于作者对生活的深刻理解，对素材的精心选择，并且要着实地下一番跌宕腾挪的工夫。""第三，在情节的发展中刻画人物性格特征是《亲人》最主要的艺术特色。情节是'某种性格、典型的成长和构成的历史。'情节和性格的关系是非常密切的，它是在'某种性格、典型的成长'过程中显示出来的，当然，离开情节人物性格也不能存在，所以把情节简单地归结为故事梗概是不对的，它首先是揭示性格的手段。"

顾伟昌写道："最后还想谈谈《亲人》中偶然性情节的运用。……我们认为偶然性总是作为必然性的表现形式或补充而出现的，也就是说必然性是内部规律性，偶然性是它的表现形式或补充，二者是辩证统一的关系，偶然性只有建立在必然性的基础上才是真实可信的。"

同日，唐弢的《谈情节安排》发表于《人民文学》9月号。唐弢认为："我们通常的所谓情节，指的是一个完整的概念，既有情（故事情况），又有节（生活细节），曲折的是情，深厚的是节。""情节安排看来是一个结构上的问题，实质上却是一个人物性格创造上的问题。故事尽管简单，细节仍不能不经过缜密的部署，只有这样，才能使人感到深厚和丰满。"

11日 胡采的《论〈在和平的日子里〉》发表于《文艺报》第17期。胡采认为，杜鹏程的作品"自始至终洋溢着一种夺人的力量。他善于使用一种火辣辣的艺术语言，来赞颂人类最美好的心灵，习惯于把他的主人公们置于尖锐的冲突之中，来塑造新英雄人物的豪迈性格。无疑的，这些都是他艺术风格中很突出的东西。但并不止于此。我以为，构成他的艺术风格的，还有一个重要方面，这就是，他的作品，对生活揭示的深，基调定的高，他经常在阐发某种重要的人生课题，阐发作者从生活中间体会出来的某种人生哲理。把人生哲理和热烈诗情相结合，从而，使他的作品产生一种激动人心的力量，这是杜鹏程全部艺术特点的一个核心"。

胡采写道："从《保卫延安》到《在和平的日子里》，以及作者的一些短篇中，我们都可以发现：作者在塑造新英雄人物方面，有一个显著特点，就是他善于用一些并不连贯的事件和情节，通过这些事件和情节，描写出人物的高尚品质和美好心灵，就能够把一个新英雄人物的思想性格突现出来。在不连贯的事件和情节之间所留下的空隙，作者用他特有的思想和激情力量，把它们连贯起来。如果说，作者曾经用这样的方法，创造出许多成功的令人难忘的英雄形象，那么，用这同一的方法，来塑造象梁建这样的人物时，就立刻显示出它的缺点来了，至少，看来已经很不充分了。他必须在写作方面有所突破，而这种突破却并非容易。塑造新英雄人物，即使不写出他们成为英雄的历史过程，而读者也能根据他们的表现，根据人物思想性格的主要倾向，补充上自己的生活经验，按照自己的合理想象，对情节和事件的意义，对人物性格的发展，作出正确的判断。在我们这个时代，人们和英雄人物的思想心灵之间，总是比较容易沟通，比较容易互相呼应的。而对梁建这样的衰退蜕化分子就不同了。人们从梁建身上，不是接受某种思想情绪的感染和冲激，而是通过他获取严峻的生活教训。"

李希凡的《略论〈三国演义〉里的关羽的形象》发表于同期《文艺报》。李希凡认为："在《三国演义》里，真正能从'正面典型'的意义上，和曹操的形象造成对立情势并受到人民尊崇的，应该说是关羽的形象。虽然作者也在不少地方批判地描写了他的刚愎自用，他的骄傲自负……但是，整个说来，关羽的形象，却分明是作者作为一个'理想'英雄的典型创造出来的。""从小说来看，作为一个古代英雄人物，关羽形象的艺术魅力究竟表现在那里呢？撇开历史家的历史人物的考证，作为一个文学典型来观察，谁也不能不承认，关羽的形象是《演义》作者精心创造出来的一个深刻、生动的英雄形象。从对古代英雄形象的创造来看，《演义》作者确实有其独创的艺术特色。我们说，《水浒》的作者特别善于从斗争行动上刻划他的英雄性格，而《演义》作者兼有这种特长，但又特别善于从特定情势和人物的精神境界里，深刻地、突出地揭示他的英雄形象的内在威力，这最集中地表现在关羽形象的创造上。"

林志浩的《一个藏族孩子的新生——读〈打野牛的猎人〉》发表于同期《文艺报》。林志浩认为："几个月来，人们对于西藏人民的生活是格外关心的，希望能够读到这方面的文艺作品。《打野牛的猎人》（《延河》1959年5月号），是一篇动人而深刻的小说。""我认为，这篇小说比起某些新闻报道来，所以能够一新我们的耳目，原因就在于此——它不满足于只是描写藏民所受的物质上的压榨和肉体上的刑罚，而是着重地反映千百年来的农奴制度，在藏民精神上所留下的沉重的烙印。这是一种远比其他有形的压榨和刑罚更为深重的灾难，它可以陷人于万劫不复的地步。作者着重地暴露它，实际上是在灵魂深处暴露了西藏农奴制度的惨无人道，这就赋予了作品以更为深刻的思想力量。"

同日，卜夫的《从环境描写谈起》发表于《星火》11月号。卜夫认为："所谓环境，是指时间与空间。故事发生在什么时间和地点，要让读者知道。当然所谓时间，不一定细微到某年某月某日，地点也不一定非写出某省某县某村不可。但是大致的时间空间，作者和读者都要求心中有数。还有重要的一点，就是所谓环境描写，要写出周围的人与人的关系。""文艺作品中的环境描写，并不是从外部贴上去的可有可无的东西，而是于作品中的主要人物的行动、命运、性格的发展，密切地关联着的。"

16日 顾永芝的《试谈心理描写》发表于《东海》第18期。顾永芝写道："任何优秀的文学作品，都是通过鲜活鹿跳的人物形象来反映社会历史的本质面貌的。它的人物，总是活在读者的心中，成为他们终身的朋友、榜样或镜子。作品的艺术魅力，也由此显示出来。人物描写，永远是创作上的重大课题。要写活人物，除了具有高度的思想水平和丰富的生活经验外，还得掌握艺术技巧。"

顾永芝认为："心理活动，不仅是人物的思想、感情、愿望等等的最深的隐蔽所，能生动、全面、深刻、丰富地表现人物性格，而且是人物一切言行的根源。所以，揭示人物内心世界，进行充分的心理描写，是诸种人物描写方法中不可少的一种。""为了文学的社会功能——反映现实，教育人民，打击敌人，也得进行心理描写。""所谓心理描写，简单地说，就是充分刻画人物的精神面貌，就是描绘出他在特定的环境、历史时期中的思想、感情、愿望和体验，从而显示出他的性格特征和美学价值。""人们的心理活动，总是伴随着周围的环境、事件和人们的相互关系以及自己的性格、言行而展示出来的。""心理描写的方法是各式各样的。最通常的是作者以叙述人的身份或从人物的角度，直接描写出人物在事前、事中或事后的内心活动。这种方法直接而简便，清楚而深刻，读者一看就懂。"

顾永芝写道："梦境的描述，也是揭露人物心灵秘密的方法之一。'日有所思，夜有所梦'，梦是人物心理形象化的反映，是现实的一种变态反映。它不仅能表现、发展、深化人物的现有心理，而且能暗示以后心理的发展、变化。""人们的内心秘密隐藏得再深，也会从行动中自然地流露出来。心理活动本来就是和动作、语言等等结合在一起的。一个真正的艺术家，能从人物的细微变化中洞察出他的内心活动，并善于抓住这一点，从人物的动作和表情中，挖掘出他的内心秘密。""人物的语言同样是他的心理的直接表现，通过语言，可以直视其内心。以语言显示心理，有的采用心理的独白。""有的采用日记……有的通过书信，有的通过对话，等等不一。""从肖象的描绘中，同样能窥见人物的内心状况。""自然景物，往往被涂上人们的感情色彩，因人而异。""描写景物必须紧紧扣住人物的心弦，或渲染气氛，或烘托情感，或反衬心理，使人物的性格能从各方面清晰地表露出来。"

顾永芝总结道："以上种种，有人单独使用，有人结合使用。结合的，有的从语言动作中夹叙心理，有的从心理的直接描绘中穿插言行，有的相互交错，音容并茂,有的揉合一起,难以分出彼此,等等不一,由作者根据具体情况而定。""进行心理描写,必须首先注意其真实性。无论采取何种方式,都得从人物出发,与人物性格相吻合,与周围环境相协调,与主题、结构、情节相适应。什么样的人有什么样的心理活动,什么时间、什么地点、什么条件,都会有各自相应的心理状态。描写心理,得以上述情况为转移,才能恰如其分。其次,要注意生动性,要善于在节骨眼处,抓住具有决定性意义或典型性的瞬间进行深入细致的描绘,要从动的画面中展示人物的内心世界,切忌孤立、静止的描写,要能在心理描写中充分富有形象性。再次,要简洁,有变化。简单几笔就勾勒出一幅鲜明的图画,别长篇大论地空写。不能单调,要与别的人物描写的方法结合使用,多变化。当然还必须有意义,富有思想性。"

同日,丰村的《关于写人物——和工厂创作组同志谈创作》发表于《萌芽》第18期。丰村写道:"马列主义的文艺家,从来就是把作品的思想性和作品的艺术性并提的,也从来就认为好的艺术作品,是政治思想性的高强和艺术性的完美的统一。马列主义的文学家,坚决反对'技巧主义',但却从来没有忽视或抑低艺术技巧的重要性。"

26日 本刊编辑部的《突飞猛进中的兄弟民族文学》发表于《文艺报》第18期(庆祝建国十周年专号·一)。文章认为:"乌兰巴干的长篇《草原烽火》……以优美的、富有诗情画意的笔触,给我们描述了科尔沁草原上寥廓壮丽的风光和蒙古族同胞赛马、庙会等丰富多采的生活图景。这部作品的续篇《烈火燎原》亦已初步完成。作者还有两个短篇集,《牧场风雪》和《草原上的老摔跤手》,也都写出了草原上蒙古族人民的英雄气概。""19世纪蒙古族大作家尹湛纳西,也曾经有意识地学习过曹雪芹的艺术技巧,他的长篇小说《一层楼》《泣红亭》,无论在内容上和表现手法上都和《红楼梦》有些类似,甚至每一章的开头都有一首《西江月》之类的词。而回族诗人丁鹤年、满族词人纳兰容若深受到汉族文学的影响,则更是众所周知的了。在今天,加强国内各民族间的文化交流,更是当务之急。因为各民族文学之间的互相丰富,互相学习,能够促使我们祖国的文学事业获得更进一步的发展。"

何其芳的《文学艺术的春天》发表于同期《文艺报》。何其芳认为:"典型人物总是性格鲜明的,然而有性格的人物还不一定就是典型人物。小说和戏剧的思想的深刻、概括的高度正集中地表现在典型人物的创造上。不仅经常出现在文学批评里,而且广泛流传在人民生活中,出于作者的虚构,却成为人们的共名,成为人们肯定或者反对的人的共名。在'五四'以来的新文学中赶上或超过我国古典小说戏剧里的那些著名的典型的人物,至今为止,好像还是太少。是否创造出来了典型人物,这并不是衡量文学成就的唯一的标准。还有作品所反映的社会生活的广阔性、真实性,还有其他艺术方面的问题。并不是一切成功的小说、戏剧都创造出来了典型。然而这却是一个时代的文学达到了最高成就的标志。"

老舍的《古为今用》发表于同期《文艺报》。老舍认为:"我们要求自己以古典文字的神髓来创造新的民族风格,使我们的文字既有民族风格,又有时代的特色。我们的责任绝对不限于借用几个古雅的词汇。是的,我们必须创造自己的文字风格。"

玛拉沁夫的《为祖国各民族的文学大花园而欢呼》发表于同期《文艺报》。玛拉沁夫认为:"各民族之间的文化交流,是文化发展的必然规律。蒙族古典作家和翻译家们,很早以来就开始向汉族文学学习,并且把它们翻译成本民族的文字。如《水游》《三国志演义》《红楼梦》《聊斋志异》等都有蒙古文译本;不仅如此,我们的民间艺人们,多少年来,就到处演唱《隋唐演义》《西游记》等。毫不夸张地说,这些作品早已为蒙族人民家喻户晓了。""汉族文学对蒙族作家的创作也起了极其深刻的影响。这在蒙族最著名的古典作家尹基纳西的整个文学创作中,表现得最为明显。这位学识广博的作家,精通汉族文学,从他的长篇小说和诗歌中,也可以看到汉族文学的影响。"

邵荃麟的《文学十年历程》发表于同期《文艺报》。邵荃麟认为:"小说的风格也在发展,即如十年来出现的新作家,象杜鹏程、梁斌、王汶石等,也都已经形成了各人独特的风格。文学的民族风格、民族形式、艺术技巧、艺术个性,被作家们所普遍重视了。"

《建国十年来优秀创作》发表于同期《文艺报》,该文列出了优秀创作书目,其中小说作品有赵树理的《三里湾》(长篇)、艾芜的《百炼成钢》(长篇)、周立波的《山乡巨变》（长篇）、柳青的《铜墙铁壁》（长篇）、杨朔的《三千里江山》（长篇）、吴强的《红日》（长篇）、知侠的《铁道游击队》（长篇）、曲波的《林海雪原》（长篇）、杨沫的《青春之歌》（长篇）、梁斌的《红旗谱》（长篇）、冯德英的《苦菜花》（长篇）、李英儒的《战斗在滹沱河上》（长篇）、李乔的《欢笑的金沙江》（长篇）、乌兰巴干的《草原烽火》（长篇）、徐怀中的《我们播种爱情》（长篇）、高玉宝的《高玉宝》（长篇）；刘白羽的《火光在前》（中篇）、杜鹏程的《在和平的日子里》（中篇）、马加的《开不败的花朵》（中篇）、刘澍德的《桥》（中篇）、陈登科的《活人塘》（中篇）；康濯的《太阳初升的时候》（短篇）、马烽的《我的第一个上级》（短篇）、西戎的《姑娘的秘密》（短篇）、峻青的《胶东纪事》（短篇）、王愿坚的《普通劳动者》（短篇）、王汶石的《风雪之夜》（短篇）、李准的《车轮的辙印》（短篇）、胡万春的《特殊性格的人》（短篇），以及《新生活的光辉》（兄弟民族作家小说合集）。

本月

孙昌熙的《细节在小说里的用处——读茹志鹃〈百合花〉札记之二》发表于《前哨》9月号。孙昌熙写道："细节，我们很难给它下个定义，但它对我们并不陌生。象在小说中我们所看到的一些有深刻意义的人物生活中的琐事，某些场面中人物的一个简单的对话，一个细小的行动，一个小的内心活动，一个小的物件等等，都是我们所说的细节。这些细节，不是一般的细腻描写，而是富有特征的，具有典型意义的，经过作家深思熟虑有目的地创造出来用以塑造人物性格，构成与组织情节、场面等等的重要成分或有生命力的细胞。它是增强小说的艺术性并直接或间接为主题思想服务的必不可少的东西。简言之，它是构成小说的基础材料之一。""茹志鹃的小说《百合花》艺术特色之一，就是创造与运用细节的成功。这篇小说的基本情节对其他作品所描写的重大生活事件比较说来也是一个细节，因为它所描写的是伟大解放战争的一个小插曲。但却体现了重大的主题思想。""我们在这里强调细节是与那些自然主义者所热衷的为细节而细节有着本质的不同，如果任何一个细节在小说中不是一个有机的组成部分，起不到我们所谈过的那些作用，正如车尔尼雪夫斯基所说'无论一个细节——场景、性格，情节多么奥妙美丽，假若它不是为了最完全地表现作品的主题，它对作品的艺术性就是有害的。'"

十月

1日 李晓明的《写〈平原枪声〉的经过与体会》发表于《长江文艺》10月号。李晓明指出："我觉得老干部写小说有四大有利条件：一是素材丰富：写小说好比盖房子，我们的砖瓦灰砂石有的是，几十年中经历到的动人心弦的故事很多，这就是个基本条件。二是社会经历多：认识的人多，只要闭住眼睛一想，许多活灵活现的不同性格的人物就在脑子里演起电影来了，这是塑造人物的雄厚基础。写小说就是要写人，把人写不活就是一部死小说，象双目无神的泥胎一样，丝毫不感动人。第三个有利条件是语汇丰富：我指的语言不是说的美丽的词藻，而是分别人物不同特征的、充分体现人物性格的、富有生活气息的口语化的语言，和经过千百年锤炼的民间成语，这是使作品真实、生动，使人读了感到亲切的重要条件。第四个有利条件是所写的事件大部分是自己亲身经历的，所写的人物大部分是自己熟悉的，因此作者与书中的人物情感密切。"

李晓明写道："怎样进行结构设计呢？这就要对材料去粗取精，集中一些有代表性的最典型的情节。""把这些最动人的有代表性的典型情节，根据发展的顺序组织起来，分成章节，用几个中心人物把情节贯穿起来，这就是动笔之前必须完成的全书的结构工作。""故事情节必须真实，但不等于就是自然主义，和照镜子一样机械的反映客观；客观的真实生活必须经过加工制作，将素材加以集中概括和美化，允许加以适当的夸张，寓以更丰富的想象，使故事更加感人，但是这种加工提高之后，又必须不失真实才行，不能脱离现实的胡想乱造。"

李晓明认为："小说就是要写人，故事情节也是为写人物服务的。""凡书中有的人就必须有独特的性格，就叫他很自然的常出场。""写反面人物看来比写正面人物容易些，但是也容易犯两个毛病：一是把敌人写得太愚蠢，好象是很容易被打倒的，这就会给英雄人物的形象无形中给减了成色，不能衬托出英雄人物的英勇机智；第二个犯过的毛病是千篇一律的性格。其实，敌人虽然有共同性，但又有不同的性格，敌人内部也存在着尖锐的矛盾。"

同日，桃园溪的《谈英雄人物和周围群众的关系》发表于《海燕》10月号。桃园溪写道："英雄离不开人民，离不开斗争。任何英雄都是从斗争中成长起来的。要表现英雄人物的性格，就必须描写引起这个斗争的矛盾冲突。""我认为《一个土试验室的诞生》是篇较成功的作品。作品通过矛盾的两个方面——一种是以张金洪为代表的敢想敢干，富于革命性的先进思想；一种是虽有灭虫愿望，而对战胜病虫害缺乏信心的悲观、迷信的思想的斗争，不仅深刻的反映了英雄人物的精神面貌，而且也教育了群众。结局是在新的基础上，群众和英雄共同前进了。""贺水彬等同志否定这篇作品在描写英雄人物和群众关系上的成就。认为上述斗争及其解决，是'作者把个人和群众置于对立状态'，用以突出和'衬托'英雄。我认为这个批评是不正确的。""首先来说说'对立状态'这个问题，作品的确写了'对立状态'。我认为这种写法并不是什么错误。同时没有'对立状态'的存在，就难以显示出矛盾；而矛盾的两方面总是对立着的。第二，这种对立是可以统一的……第三，是关于贬低群众以突出和'衬托'英雄的问题了。这里要从历史的具体情况出发，而不能凭空的去责备作者。"

同日，蒋孔阳的《情节的提炼和结构的安排》发表于《上海文学》10月号（上海《文艺月报》改名为《上海文学》）。蒋孔阳认为："情节是不同于故事的。它没有本身的目的，它是作者站在一定思想的高度，为了突出地表现人物的性格和反映生活的矛盾，而后适应着人物性格发展的逻辑，在作品中所提炼出来的生活事件的过程。""情节是展示人物的性格的艺术手段，它是在人与人的关系之中合乎规律地形成起来的。""性格和情节，是交错在一起的。"

蒋孔阳认为："情节离不开生活，情节的源泉就是生活。……一般说，作家在生活中去发现和提炼情节，主要地不外采取下列几种途径：（一）写真人真事，以真人真事作为情节的线索。……（二）把生活中富有特征的生活事件，加以概括和集中，重新构成小说中的情节。……（三）作者深入在生活中，有了人物，有了思想，甚至也有了个别的场面，但缺乏贯串全部事件的情节线索，于是，作者就想办法去收集逸闻、故事等，并对这些逸闻、故事等进行加工。……（四）从民族文化的传统中，去找寻情节的线索。……（五）有些作品，特别是浪漫主义作品，它们的情节则是来自于作家对于生活的理解，然后幻想和虚构出来的。""作者提炼情节，还不限于把原来生活事件中的矛盾和斗争，加以深化和广化，发现它最本质的意义。而且还表现在作者变更原来的生活事件，使它更能够为作品的主题思想服务。""作者在提炼情节的过程中，还必须以情节线索作为核心，多方面地来展开矛盾和斗争，多方面地来描写人物的命运，从而多方面地来丰富情节。""情节的展开，有待于矛盾和冲突；情节的生动性和戏剧性，也是由于矛盾的紧张性和尖锐性而后形成的。"

蒋孔阳写道："优秀的作品在结构的具体安排上，一般都达到了下列的一些要求：（一）疏密详略，安排有度：文学是现实生活的艺术反映，因此，无论题材、情节、人物的性格等，都要经过提炼和典型化。""（二）首尾呼应，连成一气：作品的结构，一般分成三个部分，即开头、结尾和中间。这三个部分，并没有截然的界限，而是象中国过去所说的常山的蛇一样，连成一体，击首则尾应，击尾则首应。""（三）层次清楚，多样统一：既然是结构，当然要有层次。……在展开的过程中，事件与事件、场面与场面之间，当然应当有所区别。这一区别，便形成了结构的层次。但是，在区别的当中，事件与事件、场面与场面之间，又不是绝对分开的，而是象波浪一样，一浪推一浪。""（四）偶然必然，错综起伏：文学是要反映现实生活的规律性的。但是，文学所反映的规律性，不是赤裸裸地以规律本身的形式出现，而是通过丰富多采的生活来表现的。……偶然性的东西，在文学作品中，至少有两个作用：第一，丰富作品的生活内容和思想内容；第二，使情节变化跌宕，经常出乎读者意想之外，从而引起读者阅读的兴趣。……第三，偶然的细节，还应当为人物的性格服务。"

欧阳文彬的《试论茹志鹃的艺术风格》发表于同期《上海文学》。欧阳文彬认为："你在写这几篇短作品（指《妯娌间》《胜利百号大地瓜》《鱼圩边》——编者注）的时候，已经开始掌握短篇小说写作上紧凑、集中，从小事件反映大问题等基本的方法与原则，而且开始酝酿自己的风格。""从《新当选的团支书》和《在果树园里》到《百合花》，可以看出你写作技巧的日趋熟练，反映生活的日益深入，和艺术风格的逐渐形成。"

欧阳文彬认为："首先，在取材方面，你善于从生活中截取一些富有特征性的横断面。这本来是短篇小说写作上常见的特点之一。但是你所截取的横断面又自有与众不同的特点。它们是在更为严格的意义下的横断面,你的解剖刀下得十分利落干净,毫无拖泥带水的感觉。横断面既经选定,你就在上面精心雕刻,仔细描绘,使它突出,使它发光。""你的描写方法有点象静物写生,细腻逼真,神采毕露,然而运动的感觉还嫌不够,表现事物的发展也还不很充分。"

欧阳文彬写道:"其次,从结构上说,你的小说,故事都比较简单,既没有曲折离奇的情节,也没有惊心动魄的冲突。格局近似速写,仿佛随手拈来,其实却经过细心安排。由于艺术构思精巧,剪裁组织严密,你能把平凡的事件处理得枝叶扶疏,灿然可观。在短小的篇幅中,起承转合,呼应陪衬,应有尽有。你特别善于运用细节和道具,让它们彼此呼应,前后贯串,有时候还赋予它们象征性的风味,启发读者的思考与联想。""善于安排细节的呼应,是你的一大长处,你自然意识到了这一点,另一方面,还应该注意怎样把长处用得恰到好处,否则反会招致副作用。"

欧阳文彬提出:"又次,关于人物塑造,你也有自己的独特方法,就是从小处着眼,通过一点显示全身。你不喜欢用强光灯来照明,而喜欢用手电筒来探视,集中一点,照得它毫发毕露,触摸到它的血管脉络。""作家完全有权利按照自己的个性和特长选择写作对象并从不同的角度加以描写,但作家有责任通过作品反映生活中的矛盾,特别是当前现实中的主要矛盾。我们面临着史无前例的壮丽时代,广大的劳动人民正在党的领导创造惊天动地的业绩,现实生活中涌现了成千成万的英雄,他们不是什么神话传奇式的人物,他们也都是普通人,他们的性格在斗争中发展,在矛盾冲突中放出夺目的异彩。""今天的时代,要求作家创造多种多样新型的与时代呼吸相适应的风格,以便更充分地反映当前宏伟的现实。塑造具有共产主义品质的英雄形象,已经被提升为文学的首要任务了。""另一个问题是……'小人物'的生活中同样有矛盾冲突,这种矛盾冲突也是时代的矛盾冲突的一个部分。"

欧阳文彬还写道:"再次,还想谈一谈你的语言和文体。……你是一个诗人。你的语言精炼,流畅,委婉,而又饱含着感情。你的文体与其说是小说,还不如说是散文诗,读起来那么亲切,有味,娓娓动听。""和取材、结构、人物塑造等方面一样，你在语言和文体上也有自己的个性和主张。你不喜欢浓烈的色彩，粗壮的线条和一览无余的写法。你追求的是清淡、纤巧、含蓄。""我热切地盼望着在你的作品里听到雄浑的时代的脚步声，看到共产主义战士光辉的塑象。为我们这英雄的时代高唱更多更美的赞歌吧！"

5日 郭超的《作品中人物的命运》发表于《文学青年》第10期。郭超认为："作家和小说中的人物有种极奇妙的关系，有时根据情节发展和环境的需要，作者可以随意调配自己的人物。""那末，人物在作品中是否象木偶一样，随作者任意去支配自己的命运呢？这也不行，在小说中人物是有自己的生活逻辑和行动规律的，他有自己的思想、情感、意志、个性、爱好……他是一个活生生的人，而有他自己性格发展的行动的必然性；固然作者在创作构思中可以安排自己人物什么时候出场退场，在怎样的环境里说什么话，可是，人物往往不是按作者的意志去行动的。""所以，作家无论抱有怎样的见解和感情（爱和憎）去塑造人物形象时，对人物必须有极为深刻的理解，人物在脑子呼之欲出了，那末，就让他自己去创造故事吧，去说自己的话（即性格的语言），他便成为作品中有生命力、有性格的'独立'的人了，我们切不可用情节的框子去套住他；因为，人为的绳线是拉不住人物的命运的。"

8日 魏金枝的《漫谈鲁迅小说中的创作手法》发表于《人民文学》10月号。魏金枝认为，《狂人日记》和《长明灯》"两者的题材，应该说是相同的，然而作者对题材的处理方法是不同的。前者用日记的形式来写，后者用描绘的方法来写；前者从狂人的角度来写，后者从逼害狂人的角度来写；前者以独白的方法来写，后者以综合叙述的方法来写。……经过作者的分别处理，还使读者看到一个故事的两个方面，起了互相补充的作用"。"从表现的方式上来阐明一下，以《长明灯》来说，作者显然把四爷历来虐待侄子的一长串罪行略过了……来作为概括的描写。……因此在作品中声势汹汹的虽是无知麻木的群众，而实际上在暗中给狂人以最后一击的，却是慢条斯理、不动声色的四爷。这个，我把它叫做不着墨的描写。……而在《离婚》中……这里的不着墨的描写，乃是一种以少胜多的、以不对称作为对称来描写的反衬法，和在《长明灯》中所施用的并不相同。""作者总是竭尽全力，把人物描写到最深刻最饱和的地步为止,至于是否要用我们所说的不着墨的描写,这只是题材的适宜与否的问题,并不是由作者的主观来决定的。"

10日 陈辽的《铁划银钩出"金环"》发表于《雨花》第10期。陈辽认为:"如何使书中主要人物一出场就立刻在读者心目中产生深刻的印象,常常是作家煞费苦心的一件事。因为这在很大程度上关系到这个主要人物能不能抓住读者。在《野火春风斗古城》里,我们可以看到,每一个主要人物的出场都经过作者精心的设计。而对于金环,作者更花了一番心血,使她一出场就很有气势:并带有一种传奇色彩。""可以这样猜测,作者在创造金环这一人物时,曾经从古典小说中的巾帼英雄的形象里,借鉴过、吸收过一些东西,并且有意识地使金环这一人物形象和她先辈的巾帼英雄在精神上有着某种继承关系,但同时在思想基础方面却又使金环和她们有着根本的区别。这就是金环对同志的出力救护是建立在对革命事业负责的思想基础上的,而顾大嫂、孙二娘对亲朋的救护却不过是出之于私人的义气。但由于金环的英雄形象和这些前辈的巾帼英雄有着这样的'推陈出新'的继承关系,却使这一人物更加和我们接近,我们理解她也就更加变得容易了。如果我们这样的理解不错,那么,我们认为,在创造新英雄人物形象时,象作者那样,吸收和借鉴我国古典小说中某些英雄形象思想精神上和外部形象上的某些东西,借以充实我们的新英雄人物,使他们更容易深入人心,实在是一种值得肯定的尝试。"

泽民、伯良、履忠、中坚的《英雄和群众》发表于同期《雨花》。泽民、伯良、履忠、中坚认为:"我们时代的英雄最大的特点之一就是和群众有血肉不可分的联系。""有些作者往往为了强调英雄的作用,把群众描写得很落后,不惜花很大笔墨贬低群众,美化突出英雄人物,企图以落后烘托先进,其实这是对英雄人物的歪曲理解。在反对一味贬低群众,美化先进人物的时候,有些作者又走入了另一极端,认为社会主义时代,应该描写集体,不应该突出个人,其实这是把文艺上创造典型的规律给抹去了。文艺是通过个别描写一般的。"

16日 闻笛的《谈肖像描写》发表于《东海》第20期。闻笛写道:"肖像描写,是通过对人的容貌、表情、服装、姿态等的外表特征的描绘,来帮助刻划人物性格和补充人物形象的一种重要手法。它能使人物更加生动真实,栩栩如生,使读者如亲见其人，得到深刻的印象。""做衣服，不但要适合人的身材，而且还要考虑到人的爱好。肖像描写也一样，必须适合人物的性格；这是为了要'在他的容貌中找出性格和内心生活的反映'（爱伦堡：《谈谈作家的工作》）。因此，要避免从头到脚繁琐的、平均的、无目的的介绍，同时，也要纠正那种陈腐的和概念化的描写。"

闻笛认为："肖像好象是属于天然的、生理学的、不带任何阶级性和社会性的，然而，作者去描写它，却是带上作者爱憎的烙印。他给读者的不是一张照片，而是往往用夸张的手法，用讽刺的笔调，揭示他（她）的丑陋、奸刁、凶残……；用赞美的口吻，写出他（她）的美丽、淳朴、勇敢、机智……。于是，肖像描写就有了阶级性和社会性。""肖像描写的手法是十分繁多的。为了使人物形象突出，使作品变化多端、生动活泼，需要在同一作品中运用各种不同的手法，在充分考虑人物性格的开展、情节结构的安排的同时，来选择、组织生动的肖像描写。""比较常见的，是当人物刚出场时，作者先作一番全面的但是概括的介绍，给读者以鲜明的印象；而这肖像，往往是人物刚强或软弱、机智或迟疑、老实或狡猾、美丽或丑陋……的表记。然后，再把人物放在矛盾斗争中去证实这种性格。这叫静态描写，它本身带有某些缺点，往往使读者有孤立的、一般化的感觉；但也不必反对它。如果不是仅仅作为面貌的介绍，而又作为一种交代伏笔的技巧，在人物以后的活动中给以一定的照应，或伴随着人物活动的需要，重复地出现（这个重复不是别的，而是人物的内心活动在容貌上的反映），那末，人物的行动和性格就可与肖像密切地配合。""与此相反的是动态描写：人物的肖像，随着事件的发生、情节的开展、人物的活动而逐步地表现出来，而且为它们服务。"

闻笛写道："由于作品中的人物中总是相互联系的，总是发生各种冲突和矛盾的，因此，可以通过人物甲来介绍人物乙的肖像。……这种手法也很好，它不仅介绍了人物甲的肖像，而且也同时刻划了人物乙本身的性格；又因为是通过作为目击者的人物乙来描绘人物甲，更加强了真实感和生动性。""肖像描写，不通过作者直接介绍，还有另一种手法，就是通过对周围人物的渲染，烘托出所要描写的人。"

闻笛指出："一般地说，我们要求从肖像描写中，大致上猜测到人物的身份、职业、性格、风度和阶级地位等。但这并不能简单搞几个框子，要求对那一类人物必须有一定的肖像描写。其实，'人心不同有如其面'，人的肖像是不会尽同的。而且'人不可貌相'，有时从外表上看起来好象不符合他的身份，却更能反衬他的性格。""肖像描写，不能停留在生理学的观点上，如大眼睛、阔嘴巴；更重要的是把这些生理上的特征，更进一步在人物性格发展变化中去描写。性格发展变化，要在肖像中传神地得到变化和反映。这有两种手法：一种是对人物前后肖像的对照，一种是伴随着人物活动而出现的神态。"

26日 本刊编辑部的《十年来的文学新人》（陈骢整理）发表于《文艺报》第19、20期合刊。文章写道："许多新进的小说家，都是以短篇小说来开始他们的创作生活的。这是一种战斗性很强的文学样式，它便于迅速地反映在急剧变化中的社会生活；同时，和长篇小说相比，它也是一种较为容易掌握的文学样式，初学写作的人，往往通过这种样式来锻炼自己的笔力。""长篇小说，对于文学新兵们说来，是一种比较难于掌握的重武器。""在艺术修养上，他们也是程度不同地经过长时间的准备的。有些人在着手长篇创作之前，曾经通过其它的文学样式练过笔；有些人不仅熟读而且细心研究过古典的和当代老作家们的杰作，从中吸取了丰富的乳汁；有些人在创作过程中，得到文学界前辈们热情的指导和鼓励。"

冯牧、黄昭彦的《新时代生活的画卷——略谈十年来长篇小说的丰收》发表于同期《文艺报》。冯牧、黄昭彦写道："我们在长篇小说创作当中所取得的另一个显著的成就，是艺术风格上的百花齐放和蓬勃发展。如果说，我们在建国初期，还只有不多的作家在从事长篇创作，开始尝试以这种艺术形式来广阔而深刻地反映现实斗争生活，那末，在十年以后的现在，我们就可以看到，我们不但有许多作家（包括具有丰富创作经验的老作家和在斗争生活中成长的新作家）已经能够熟练地掌握长篇小说这种比较繁复的形式，创作了许多真实地、深刻地反映了时代面貌和时代精神的优秀作品，而且，通过他们的创作实践，逐渐在艺术创造上走向成熟，逐渐发展和形成了自己独特的艺术风格和艺术特色。"

宋爽的《五彩缤纷的短篇小说》发表于同期《文艺报》。宋爽指出："十年来，我们的短篇小说在艺术技巧上有了显著的提高，作家艺术表现手法上多方面的尝试，塑造人物性格方面所取得的新成就，以及社会环境和自然环境描写，艺术结构，语言，艺术风格的多样化、民族化、群众化等方面，都有了可喜的收获。""短篇小说是便于迅速反映急遽变化的社会生活和富于战斗性的一种文学形式。""许多内容充实、形式多样、使读者能够'借一斑而窥全豹'的优秀的短篇小说，已经和长篇小说'相依为命'、交相辉映地丰富了我们的文学园地，成为广大群众所公认和喜爱的一种文学形式了。自然，短篇小说是一种难以驾驭的文学形式，它特别需要单纯和明快，更需要精于剪裁和更集中，因此，一个优秀的短篇小说家，也就特别需要敏锐的感受力和观察力，善于把纷纭复杂的生活现象加以高度的艺术概括，然后通过富有性格特征的生活细节把人物表现出来，……在这些方面，我觉得我们的作家近几年来有了很大的进步，但还需要继续努力，比如说，如何使短篇小说在思想上、艺术上有更大的深度和广度，怎样通过人物性格的一个横断面更有力、更突出地概括和体现出我们的时代精神特征，怎样在真实、准确、生动地反映现实生活的前提下（这一方面，我们取得了重大的成就），对生活独具慧眼，不断发现具有深刻意义的新事物，能够及时和敏锐地提出前进生活中的重大问题，富有诗意地传达出时代的精神，我想，这些恐怕都是我们短篇小说作家今后努力提高自己作品质量的目标吧！"

十一月

1日 屈正平的《谈具体描写》发表于《草原》11月号。屈正平认为："具体描写，是塑造典型，反映生活很重要的艺术方法。""在谈具体描写的时候，我觉得首先应从根本上着眼。常说文学是现实生活的反映，只有生活才是作家创造、想象、描写的基础。一个对生活无知或理解得很肤浅的人，不可能创造出性格丰满的人物来的。""艺术创作的过程当中，作家所描写的现实或个人的理想，不能把所看到的、想到的都塞到作品里去，而要经过一番选择提炼和加工，就是我们常说的去糟取精，去伪存真。""那么，在复杂纷纭的现实中，选择细节进行具体描写，是否有个标准呢？我觉得有的。主要就是要服从主题需要，能够深刻地揭示人物性格的特征。"

屈正平认为:"在具体描写上,有时记录人物一句富有特征的话,都会增强作品的思想力量。""从成功的事例来看,在艺术作品中,无论是一个细节的选取,或人物的一颦一笑,一举手一投足的描绘,都要和主题、人物的性格联系起来考察,考察它反映现实的力量,对客观事物概括的深度,否则,无论那个情节本身多么美妙,都只能使艺术作品变得丑陋、臃肿不堪。""还有,在具体描写过程中,因为作家的立场、思想感情的不同,即会对同一个人物或同一个事件,有的从这个角度来写,有的从那个角度来写,你认为是丑的,他可能认为是美的。但是,无论美也好,丑也好,在作品里都明显地看到作家的态度和生活的理想。""'目标感'是贯穿在'同一行文字'里,就是说作家对客观事物的评价、褒贬,要自然地从情节里流泄出来,这就要求在具体描写时要有正确的观点,鲜明的爱憎。""在具体描写过程中,对于作家的要求,不唯要鲜明的立场,鲜明的爱憎,而且要有深刻的思想力量,才能在零乱芜杂的现实中,选取典型的情节,才能透过平凡的生活现象,看到深刻的本质的内涵。"

萧平的《谈"物件线索"》发表于同期《草原》。萧平认为:"在文学作品中,特别是在短篇小说中,我们时常可以看到围绕着某一物件展开的矛盾和纠葛,物件成为情节的中心,一贯始终。这种情况我们姑且称之为'物件线索'。""做为情节线索的物件除了是矛盾纠葛的中心外,往往都带有象征意义。""物件线索运用得当,会使作品的结构更加完整,艺术力量更强。但也不能滥用,如果每篇作品都采用这种结构手法,就索然无味了。再是不能把物件的意义弄得非常隐晦,或牵强附会,那样就变成寓言了。"

同日,浩然的《杂谈艺术概括》发表于《长春》11月号。浩然认为:"我觉得艺术概括,就是认识、组织和改造材料的问题;它意味着怎样从真人真事的基础上提高,加强文学作品的艺术性、形象化、典型化的问题。""写作真人真事是艺术概括的准备,也是艺术概括的辅助力量。""艺术概括,绝对不是对生活现象的加减。""艺术概括是具体的,不是抽象的。……艺术概括是基于生活的,艺术真实高于生活真实,但它必须建立在生活真实之上。"

尤里·纳基宾作、韩凌译的《短篇小说的细节》发表于同期《长春》。尤里·纳基宾认为:"所有的文艺作品,其中包括短篇小说,都是由细节组成的。……

当作家表现自己对事物的观察和感受的时候,他必须通过细节。""为了节省精力,要利用局部以代替整体。作家所选择的仅仅是事物的这样一些特征,它们合在一起可以使读者对作家所看到的现实获得最相近的概念。""细节的选择和细节的数量——必要的和足够的——以及细节的安排,甚至句子的旋律——所有这一切都是劳动、才能、经验、鉴赏力的产品。句子写成了,关系久远:事物一旦被观察和被描写出来,它在句子里面就永远不变。""在短篇小说中,细节选择特别重要;应该在极小的范围里,容纳整个无限的人们在其中生存的世界:无限的苍穹、广阔的大地、人的'无穷的'内心活动、我们时代和我们国家的精神。因为短篇小说也同样反映作家对世界的理解。这就是短篇小说之所以首先是说明整体,而后才是说明某一件事的原因。确切点说:作者应该通过某一件事来表现整体。""在语言艺术中,可以同样有成效地利用本质的和非本质的细节,事物直接的和间接的细节。但是,也许,艺术细节的重要性依赖于它的更为一般的属性——依赖于它的准确程度?""细节首先应该是准确的。……想必是准确地符合现实。""短篇小说应该一下子整个地被人所理解,犹如喝水,一饮而尽一样。这在短篇小说中,对细节提出了特殊的要求。应该这样安排细节:就是一般浏览的情况下,也能够在顷刻之间形成形象,使读者产生活生生的有如图画样的印象。"

同日,强模的《谈写景》发表于《山花》11月号。强模认为:"现实主义的文学作品,是很注意景物描写的。文学大师们也常常在写景中来抒发自己的情感,和对社会现实的主张与态度,并且利用风景、事物的描写,以创造人物活动的具体环境,从而更积极地显示出人与人、人与自然的复杂关系。""写景,绝不是小端末节,无足轻重的。往往一段优美的景物描写,能使读者感到心旷神怡,而得到美的享受。""在景物描写中,必须注意使景物密切地同人物性格、活动、情节的发展扣合,笔调要与整个内容完全协调一致。我国和外国的古典作品以及开国以来的优秀作品都给我们树立了典范,尽可以从中学习、借鉴。""此外,还有许多景物的写法,如对比的方法,动景、静景的描写;又如在作品中或作品末尾描写,在人物对话时描写,用人物的视觉观察描写,以哀景写乐,以乐景写哀……等等。但不要定成圈套,定死了反而戕害作品的美。"

同日，上官艾明的《渲染》发表于《雨花》第 21 期。上官艾明认为："作家为了创造气氛、刻划人物，突出主题，常常在作品里采取着意渲染的手法，来加深作品的艺术魅力。""渲染可以有多种多样的方法，大致说来，不外正、反、浓、淡。""在进行渲染的时候，有的作家采取色彩浓重的画笔来着色，有的作家却喜欢用较单纯淡浅的笔触来烘托。高尔基善于根据人物的多寡、场面的大小，气氛的松紧，人物的性格，和特定的情景，来运用浓淡不同的手法来渲染。""渲染要恰到好处，要结合环境描写和人物描写同时进行，渲染什么，不渲染什么，和怎么渲染，都不能视为一种单纯的技术，这里面还包含了思想立场和美学原则的问题呢！"

迅子的《谈结尾》发表于同期《雨花》。迅子指出："结尾，顾名思义是作品的结束部分。也是情节结构的一个组成要素。它的作用在于对人物（主要是主人公）的命运作最后的交代，也就是显示高潮以后的趋向。它关系到主题思想的完整。作者还往往借此寓意。好的结尾，会加深读者的印象，使读者浮想联翩，回味无穷。""好的结尾不仅能加深作品的思想性，有助于人物性格的塑造，还能渲染气氛，增强色调。同时又能发人深省，经得起回味和思索，给读者留下很多想象的余地，让读者根据自己的生活经验去想象、丰富，使作品的容量扩大，使有限的内容包涵更多的东西。这可说'含不尽之意于言外，言有尽而意无穷'了。"

3 日 杨大发的《谈作品中的"事故"》发表于《人民日报》。杨大发认为："'在生产中发生事故'，往往成为有些作品中的重要情节，以此来突出人物，表现人物。""'在严峻的时刻来表现人物'，是文学创作中的一个表现手法，而工业战线上的'严峻时刻'，却不一定是发生事故的时候。"

8 日 巴人的《略谈〈喜鹊登枝〉及其他》发表于《人民文学》11 月号。巴人认为："创造人物还应该善于抓住人物性格的特征，并善于使用性格化的语言。""只是我们的作者总爱用叙述用说明的方法来描写人物，较少用客观的描写的方法；让人物自己来行动、自己来说话。"

老舍的《答友书——谈简练》发表于同期《人民文学》。老舍认为："一个作家应当同时也是思想家。他博闻广见，而且能够提出问题来。即使他不能解决问题,他也会养成思想集中,深思默虑的习惯,从而提出具体的意见来。这可以叫作思想上的言之有物。思想不精辟,无从写出简洁有力的文字。""在思想之外,文学的语言还需要感情。没有感情,语言无从有力。"

10日 吴调公的《如闻其声,如见其人——怎样从对话中显示性格?》发表于《雨花》第11期。吴调公认为:"失败的对话,最大的缺点是不能显示性格。""克服对话的缺点问题,首先还是要掌握人物性格。""人物语言和人物内心活动永远息息相关。有些作者在安排对话的描写时,尽管没有同时去描写人物的心理活动,但如果对话写得好,读者一定可以想象得出人物的心理活动。另外,也有些对话,和心理描写配合得比较紧。"

吴调公指出:"为了克服语言中的性格的简单化,也还要注意写出人物性格的不同方面。有些作品里的语言,性格很划一,活象商品标签上的规格。急躁的人,整天就是'哇哟哟',热情的人,整天就是滔滔不绝、口若悬河,先进工人满嘴讲的尽是'找窍门''合理化建议',严格负责的人讲起话来必定带'板板六十四'的味儿。其实事实何尝如此呢?一个人性格有主要方面,也有次要方面,有统一,也有矛盾。反面人物做坏事,讲坏话,这是主要方面,但有时也可能做了个别不坏的事、讲了个别不坏的话。当然,那是次要的方面。"

11日 希治的《〈船长与大尉〉读后》发表于《文艺报》第21期。希治认为:"小说从萨尼亚(格里高里耶夫的爱称)的童年写起,细致深刻地描写了他的性格的成长过程。""小说并不只是故事'曲折',它的人物是写得深刻细致的。随着中心故事的发展,小说写了很丰富的社会生活,这使小说的生活有着丰满的血肉。"

同日,曹频的《也谈鲁迅小说中次要人物的塑造》发表于《雨花》第22期。曹频认为:"在文学作品中,特别是在小说中,人物的行动必不可免的象在社会中生活的人们一样,与周围的一切人与事发生联系、矛盾和冲突的。""在小说中,鲁迅更多的是从作品中的人物叙述观点来描绘另一人物的。对次要人物也是这样。"

16日 方凡人的《谈人物行动描写》发表于《东海》第22期。方凡人写道:"一部优秀的文学作品,主人公的形象一定是鲜明的,他们的性格一定是具有典型意义的。作家往往通过人物在作品中具体行动,来显示人物的内心世界,从而达到它对读者的教育作用。""在长篇小说中,作者经常通过一连串的故事来突出人物性格,这些故事细节的安排都是为了烘托人物。至于作品中人物形象是否生动,就要看作者所写的人物行动是否真实、典型了。""作者在写作过程中,应该有目的地挑选最有代表意义、最能反映人物性格特征的行动,精炼地描写他所要描写的人物。"

方凡人认为:"人物描写的方法多种多样。从行动上来描写人物,是我国古典小说中刻划人物常用的手段之一。作者常用十分简要的行动描写,把人物写得栩栩如生。""文学作品中人物的一举一动,总是代表着他的个性的。一般著名的现代作家,他们在作品中也很注意人物动作的描写。这种描写往往能够很好地帮助读者看到作品中人物的精神面貌。""人物行动描写,在短篇小说中更显得重要。因为长篇小说篇幅长,作者有时还可以用人物心理描写、语言特色等等,来补足行动描写的不足之处。同时,长篇小说人物多次出现;活动多了,也有助于人物形象的完整。在短篇小说里就没有上述这些条件。因此,描绘人物行动,给读者以深刻印象,是短篇小说艺术表现的重要特色。当然,人物的性格是要从多方面来表现的。"

李燕昌的《关于人物描写——文艺学习笔记三则》发表于同期《东海》。李燕昌写道:"一部长篇小说,要写到许许多多各式各样的人物。这些人物都有不同的遭遇和命运,因而也有不同的性格;不论这些人物是主要角色,还是次要角色,甚至是次之又次的角色。他们都按照自己的意志、自己对生活的看法生活着。""我们并不要求作者,对主要的和次要的人物平均使用笔墨,而是希望作者除了着力写好主要人物之外,也不放松对次要人物以及其他人物的描写,使之都能在作品中起作用。""要描写性格鲜明的人物,是不是一定要花费许多笔墨与篇幅?我看,不!""鲜明的人物形象,并不单靠用于这人物的笔墨的多少,而在于作者对人物的深刻理解与观察,写出最能代表这人物性格的某一特征与他的语言。""行动与语言,都是由这人物的性格来决定它的。""在描写人物的时候,要注意人物的阶级属性,还要仔细研究他们的生活经历,才能写出独特的鲜明的人物个性。"

周舸岷的《人物的外貌》发表于同期《东海》。周舸岷认为："文艺作品中的人物外貌，如果描写得鲜明生动，而且具有特色，就能给读者以难忘的印象，经常巩固读者对于这一人物的记忆。在忆起人物的同时，也就必然会联想到他的思想、行为、作风、品质，从而产生了爱他或者恨他的感情，达到文艺作品教育人的目的。""其实外貌描写的意义还远不止此。和其他描写人物的方法一样，它也是为了表现人物性格的。要衡量外貌描写得是否鲜明、生动、具有特色，就要看它是否能反映这一人物的性格。""人物的外貌和人物的经济地位（我们可以理解为阶级出身）、生活经历以及被这些所决定的人物性格，是有着密切联系的。成功的外貌描写，不但切合人物性格，而且能把人物性格表现得更加有血有肉。""作品中描写人物的性格，往往是一个发展的过程，外貌描写也应该体现人物性格的发展。"

周舸岷表示："上面谈的是描写人物外貌的意义和原则，在具体描写时还有许多方法。""从描写者的角度来看，可以分为直接描写和间接描写两种。直接描写就是以作者的口气来介绍人物外貌……这种方法的好处在于能在描写人物外貌同时，灵活的结合人物语言、动作、心里活动等描写人物性格。以作者的口气介绍人物外貌，又能把作者的爱憎感传染给读者。间接描写就是从作品中另外一个人物的眼中，介绍人物外貌。""这种方法的好处，在于能使作品中人物（介绍者）的感情和读者取得共鸣，让读者能以介绍者的感情去体会、观察人物外貌。同时，运用这种方法，在描写了被介绍者外貌的时候，也描写了介绍者。""从描写人物所化的笔墨多少，和作者所描写到的范围大小来看，可以分为白描和工笔画两种。""作者们在……外貌描写上所化的笔墨不多，描写的部分也很少，这样描写人物的外貌叫做白描。""工笔画就是细致的全面的描写人物的外貌。""描写人物外貌，也和描写人物动作一样，所描写的东西必须是最有代表意义，最能反映人物性格的。""白描外貌，必须选择有代表意义的部分，这谁都会同意，可工笔画是否应该这样，是否能这样呢？回答是肯定的。"

周舸岷写道："外貌描写可以分静的描写和动的描写两种，静的描写就是单一的描写人物外貌，不夹杂人物的其他活动……这种方法的好处，是能使读者注意力集中,专心一志地去体会、分析人物外貌。动的描写是把人物的外貌和人物的其他活动综合起来描写。这种写法,往往能使人物的外貌和人物的语言、动作、心理活动等互相参照互相烘托,达到表现人物性格的良好效果。"

十二月

5日 李传龙的《漫谈人物肖像的描写》发表于《北方文学》12月号。李传龙认为:"肖象描写是人物塑造的有机组成部分,肖象描写得好,就能加强人物的真实性和具体性,使人物活灵活现地站在读者面前。""肖象描写必须要严格遵循外形与内心统一的原则,作者一定要明确,肖象描写的目的,是为了表现人物的内心世界,显示人物的性格特征。""人物的肖象描写,并不等于照相。……作家描写人物的肖象……是抓住人物独特的神态和风度,选择人物最有特征的部分,寥寥几笔,就把人物富有精神特色的肖象勾画出来。"

同日,萧曼林的《杂谈细节描写》发表于《文学青年》第12期。萧曼林认为:"细节的描写对于主题思想的阐明和人物形象的塑造,应该起到'画龙点睛'的作用。要做到这一点,是不容易的。犹如作品中的情节描写一样,要求作家匠心提炼。选择那些最深刻、最集中、最本质地表现人物性格,说明思想内容的细节,有时甚至是只需要通过一两个细节描写,一下子揭示作品主题的巨大意义,使得人物的个性完全突现出来。"

萧曼林认为:"一般地说来,作品中人物心理状态的描写是较为困难的,所以一提心理描写,一些人总认为大概要毫费很多笔墨的。因此许多作家往往把人物的内心活动写成长篇枯燥的人物独白,或是通过第三者的客观感觉,外在的去写人物心理状态。然而优秀的作家总是善于把人物的内心活动与其行动紧密地结合起来,而且往往是通过细节描写来揭示人物的心理状态。"

萧曼林提出:"我国伟大的古典作家们是善于细节描写的,并且常常通过一个细节来说明作品中的重大事件,甚至是通过一个人物,因为他感情上的变化而引起外貌的突变来说明问题的。"

8日 苏晶的《从几部文学名著看作品中的细节描写》发表于《文学知识》12月号。苏晶认为:"细节描写实在并不是什么琐碎的细微末节的问题。作家很好地注意细节描写，从而创造出生动的有意义的细节来，实在是很必要的。一部作品所描写的人物性格、语言、行为、人物间的相互关系、情节发展、故事环境……等，都不可能是什么抽象的东西，它们必须是生动的、具体的、能唤起人们真实感的，这就需要许许多多鲜明的有感染力的细节把它们描写出来。""细节描写从属于作品整体，为作品所表现的思想主题服务。"

苏晶写道："细节描写不能脱离典型环境中的典型性格。中国古代许多优秀的作家早已体会到了这一点，而且用他们的卓越的细节描写成功地证明了这一点。远的不说，在我们的话本小说里，就可以找到许多描写得细致入微的细节，它们深刻地表现了人物的内心世界，用它们的艺术魅力紧扣住了读者的心弦。""在《红楼梦》里，细节描写比话本里的更加复杂，更加丰富多采。《红楼梦》里的描写还具有这样的艺术特色：作者善于在各种不同的场合下，通过各色人物之间变化多端的复杂关系，有时用平铺直叙的手法，有时又用含蓄曲折的描写来揭示人物丰富的多方面的性格。""有的作家还善于用一两个看上去十分平凡的细节深刻地揭示人物性格的本质方面。""由于典型环境不能与作品中的典型性格分离开，因此环境方面的细节描写也总是和典型性格有着直接或间接的联系。我们所说这种间接的联系，也表现在细节描写配合情节的发展，衬托出人物的思想情绪，在作品中造成一定的气氛这样一些方面。""对同一环境的不同描写，造成了不同的气氛，在人物心情上就引起了不同的感觉。从这点也可以看出关于环境的细节描写，不论作用如何，是整个作品的一个有机部分，和作品的人物也是不能分割开的。"

苏晶认为："伟大作家由于其艺术特色的丰富多采，在细节描写上也各有不同的风格。……善于运用含意深长而又简练的细节是鲁迅小说的特色。此外，象巴尔扎克的作品里对人物的外部面貌、衣着、举止的描写特别富有特征，而在托尔斯泰的作品里，揭示人物内心世界和心理活动的细节特别细腻和有感染力。这些风格上的特色，当我们学习古典作家的细节描写时，都是值得注意的。"

9日 延泽民的《要正确地反映生活的真实》发表于《人民日报》。延泽民认为："文学作品总是要描写人物的，描写人物的目的又是为了反映生活、反映社会意识以及完成某种主题意念等等。"

11日 陈默的《春到人间花自开》发表于《文艺报》第23期。陈默认为："马烽同志近年来在几篇小说中，先后塑造了好几个领导干部的形象。像《停止办公》中的杨书记，《我的第一个上级》中的田局长，都各自在不同方面突出地显示了党的领导干部的光辉性格和精神面貌。在《人民文学》12月号上发表的《太阳刚刚出山》里，马烽同志在这方面又作出了新的探索……作者通过这篇小说，从一个生活的侧面，相当深刻地反映了人民公社化运动的客观必然性，热情歌颂了人民群众的革命干劲和创造性，反击了右倾机会主义分子对总路线、大跃进和人民公社的污蔑。在朴实的故事里，蕴含着闪光的真理，是这篇小说特别引人深思的地方。"

同期《文艺报》发表符·德鲁津、勃·季亚科夫作，星花译，曹葆华校的《为党、为人民而生活和工作》。符·德鲁津、勃·季亚科夫认为："大家知道，西方新现实主义文学的脆弱性是在于它歌颂平庸的东西。这种文学夸大生活琐事，把它放在了不起的地位上，湮没了真正重要的东西。用现实主义方法描写的细枝末节并不能构成广阔的社会前景。这类作品的作者有时候也看出社会政治的对比，但是并不把它当作尖锐的社会政治冲突表现出来。""在这些作品中，用有才华的笔法描写的插曲和生活细节，变成了某种自我存在的东西。在描写它们当中，有时候破坏了美学上所能接受的规范，缩小了艺术家广阔的视野，而对日常生活琐事的偏爱又损害了革命浪漫主义的热情，有时候甚至歪曲了对生活的看法。""这些作品中的人物就变得渺小起来。仅仅描写他们的日常生活，就使他们失掉我们同时代人的特点——那些忘我的、充满英雄气概、勇往直前的人们的特点，那些为共产主义事业奋斗的、信仰坚定、斗志昂扬、百折不回的战士的特点。""不论 Г·巴克拉诺夫的《一寸土》、А·沃洛金的《五个黄昏》、Ю·卡扎科夫的《叛徒》以及其他一些刊登在《青春》上的作品，都显示出自然的生活描写方法，表现着对个别生活琐事的强烈感受。这样一来，就会显然地缩小眼界，夸大次要的东西而湮没主要的东西。""这就造成了把小事情夸大而把真正的大事情缩小的现象。那些采取这种做法的作家们，实际上是离开了为我们生活中新的先进事物而斗争的道路，离开了我国文学的康庄大道而转到七弯八拐的小胡同里去了，走在就象同我们的社会生活不沾边的道路上去了。""虽然奇怪得很,可是竟然有人为这种'文学独创'辩护,他们捍卫苏联作家要有叙述人的苦难、心灵创伤和生活消沉的权利。试问,到底是谁剥夺了这种权利呢?难道是社会主义现实主义文学的乐观主义和高度人道精神排除了生活中的悲剧、痛苦和深切的感受吗?不是有米·萧洛霍夫的《一个人的遭遇》和《静静的顿河》吗?有尼·奥斯特洛夫斯基的《钢铁是怎样炼成的》吗?有亚·法捷耶夫的《毁灭》和《青年近卫军》吗?有阿·托尔斯泰的《苦难的历程》吗?有列·索波列夫的《海魂》、符·维什涅夫斯基的《乐观的悲剧》和亚·考涅楚克的《舰队的毁灭》吗?有鲍·波列沃依的《真正的人》吗?有列·列昂诺夫的《俄罗斯森林》和弗·科切托夫的《叶尔绍夫兄弟》吗?有阿·特瓦尔朵夫斯基的《路边的屋子》吗?还能列举出不知多少作品,其中许多都成为了我们文学出色的典范,艺术家在这些作品中揭示了人的悲剧,描写了引起读者非常激动的极其深沉的痛苦!"

同期《文艺报》发表符·德鲁津、勃·季亚柯夫作,眉山译,曹葆华校的《坚持高尔基的传统——给〈文学与生活报〉编辑部的信》。符·德鲁津、勃·季亚柯夫写道:"我们认为,现在应该对国外的新现实主义、它的矛盾以及它把渺小的东西放大,而把真正大的东西弄得支离破碎的自然主义倾向进行严肃认真的分析。对国外新现实主义的这种创造性的分析只会带来好处,只会进一步加强我们坚持社会主义现实主义、坚持苏联文学的党性和人民性、坚持高尔基传统的斗争。""我们主张的是同技巧不可分开的高度思想性。"

严家炎的《生动扎实的〈老牛筋〉》发表于同期《文艺报》。严家炎认为:"读过《老牛筋》这个作品的人,都会觉得它在艺术上很有特色。全篇遒劲的语言,喜剧性的情节,对于塑造老牛筋这个人物形象,显得分外协调和贴切。尽管作者常在描写中夹点叙述,有时还要发点抒情的议论,但却仍然干净利落,很少使人有拖泥带水的感觉。有些叙述的腔调,甚至还为作品增色不少。""在真实素材的基础上,作者溶入了自己的理想,从而塑造了高于生活的人物形象。作者还以运用从生活中捕捉来的对话见长。通过人物的对话,不仅生动地表现了各个人物的性格特点,还传达出各个人物说话时的神情姿态,这就使作品增加了生活实感,使人物形象跃然纸上,读起来有声有色。"